SHARON BOLTON

Das Dunkle in dir

GOLDMANN

Sharon Bolton

Das Dunkle in dir

Thriller

Aus dem Englischen
von Marie-Luise Bezzenberger

GOLDMANN

Die englische Originalausgabe erschien 2022 unter dem Titel
»The Dark« bei Orion Fiction, an imprint of
The Orion Publishing Group Ltd, London.

MIX
Papier | Fördert gute Waldnutzung
FSC® C014496

Penguin Random House Verlagsgruppe FSC® N001967

1. Auflage
Deutsche Erstveröffentlichung August 2023

Umschlaggestaltung: UNO Werbeagentur GmbH
Umschlagmotiv: Arcangel Images/Trevor Payne; FinePic®, München
Redaktion: Dr. Ulrike Brandt-Schwarze
LS · Herstellung: ik
Satz: GGP Media GmbH, Pößneck
Druck und Bindung: GGP Media GmbH, Pößneck
Printed in Germany
ISBN: 978-3-442-49408-8

www.goldmann-verlag.de

Für Belinda,
die meine allerbeste Freundin ist,
und für Simon,
der ihr allerbester Freund war

Prolog

Ein paar Stunden nach Mitternacht saßen zwei junge Frauen in einem Auto, das dicht vor dem Rand einer Klippe stand. Eine von ihnen war tot, die andere fühlte sich nur so. Der Ort, an dem sie angekommen waren – wobei sie die Straße verlassen und die letzten Meter über die unwegsame Landzunge zurückgelegt hatten –, war der höchste Kreidefelsen Britanniens. Außerdem galt er als eine der beliebtesten Stellen der Welt für Selbstmörder. Vorsichtigen Schätzungen zufolge war er seit den frühen Sechzigern für knapp unter fünfhundert Suizide verantwortlich gewesen.

Die Frau, deren Herz rein technisch gesehen noch schlug, überlegte, ob zwei weitere wohl ausreichen würden, um das hübsche runde halbe Tausend vollzumachen. Sie machte den Motor aus, ließ das Summen, mit dem er abkühlte, in der Nacht verklingen und öffnete die Tür, um der Welt Lebewohl zu sagen.

Die Augen ihrer fest angeschnallten Gefährtin waren geschlossen, doch als die Luft ins Auto strömte, wehte ihr das Haar übers Gesicht und verlieh ihm ganz kurz einen Anschein von Leben.

Ein gemeiner Trick. Die Frau, die sich noch ans Leben klammerte – noch für ein paar Minuten –, stieg aus, schloss die Autotür und sah erleichtert zu, wie es im Wagen dunkel wurde. Die hundertzwanzig Kilometer vom Süden

Londons bis hierher, nur von ihren eigenen Gedanken und den Schuldzuweisungen eines Leichnams neben ihr begleitet, waren schwerer gewesen, als sie gedacht hatte. Sie wandte sich von dem Auto ab und trat auf jene schwarze Leere zu, die, wie sie genau wusste, hinter dem Klippenrand wartete.

Für September war die Nacht kühl, eine leichte Brise wehte von Westen. Da der Wind fast direkt von der Isle of Wight kam, trug er einen Hauch des gestrigen Fischfangs heran, außerdem den Geruch früher Herbstfeuer und reifer Früchte, die von schwer beladenen Bäumen fielen. Andererseits hatte sie schon immer eine lebhafte Fantasie gehabt. Vielleicht war es auch nur der salzige Gestank des Strandes hundertsechzig Meter unter ihr.

Bestimmt war es ein grauenvoller Strand. Er hatte zu viele zerschlagene und zerschellte Körper in die Arme geschlossen, zu viel Blut der Sterbenden aufgesogen, um irgendetwas anderes zu sein. Jetzt war es zu spät, viel zu spät, aber bestimmt gab es bessere, schönere Orte zum Sterben.

Als die Augen der jungen Frau sich an die Dunkelheit gewöhnt hatten, konnte sie die silberweiße Linie der Kreidefelsen ausmachen, die sich nach Westen erstreckten, und sah das Blinken des Leuchtturmes in der Bucht. Der Mond war etwas mehr als halb voll, missgebildet und merkwürdig unbefriedigend in seiner Unvollständigkeit, doch er strahlte wie eine polierte Silbermünze und beleuchtete sanft die Wolken. Die Sterne waren winzig und flackerten wie Lichterketten, deren Batterie gleich den Geist aufgibt. Das Meer war endlose Schwärze, ein riesiges, solides Glänzen, das schimmerte, als stiege sein dunkler Schein aus seinen Tiefen empor. Es war ein stummes Meer, seiner Stimme beraubt: Weder brandeten noch murmelten die Wellen an den Felsen, von donnern ganz zu schweigen.

Der Schmerz zu vieler zu großer Verluste lastete schwer auf der jungen Frau, und als sie auf den Rand der Klippe zuging, dehnte er sich in ihrer Brust aus wie aufgehender Teig und füllte allen Raum aus, sodass selbst das Atmen schwer wurde. Gleichzeitig brannte der Wind ihr in den Augen und trieb Tränen hervor, die sie bis jetzt nicht hatte vergießen können. Tränen waren für erträglichen Kummer gedacht, für geringeres Leid; dieser Schmerz konnte unmöglich durch kleine Wassertropfen gelindert werden. Er würde hervorbrechen, wenn er kam, würde ihre Haut, ihr Fleisch und ihre Knochen auseinanderbersten lassen wie Schrapnell. Natürlich würden die Felsen dort unten ihm dabei behilflich sein.

Wenigstens würde es dann ein Ende haben.

Als die Gestalt aus der Finsternis auftauchte, dachte sie, ihrer toten Freundin sei die Geduld ausgegangen und sie habe die übernatürliche Kraft heraufbeschworen, auf eigenen Beinen zu ihrem Grab zu schreiten. Ihr Schreckensschrei zerplatzte im Wind.

Nicht ihre Freundin, ein Fremder, aber einer mit derselben schaurigen Absicht.

»Ihr könnt mich nicht daran hindern!« Der Junge war angespannt, er bebte wie ein Läufer vor dem Wettrennen seines Lebens. Auch er war nur ein kleines Stück vom Klippenrand entfernt. Wenn er lossprintete, würde der Schwung ihn darüber hinaustragen.

»Okay«, sagte sie.

Er war ungefähr in ihrem Alter, knapp unter zwanzig, allerdings ließ sich das in der Düsternis nur schwer sagen. Kleiner als sie, mit schmalen Schultern und molliger Taille, und er keuchte, als sei der Fußmarsch hierher – auf dem Parkplatz hatten keine anderen Fahrzeuge gestanden – Schwerarbeit gewesen. Oder vielleicht hatte er auch geweint. Sein Gesicht sah im schwachen Mondlicht fleckig und streifig aus. Er musste ganz dicht am Rand gesessen haben, vom Gras halb verborgen, und aufgesprungen sein, als sie näher kam.

»Es ist meine Entscheidung«, stieß er hervor, noch immer bereit loszurennen. »*Mein* Leben.«

»In Ordnung.«

Seine Kleider, feucht vom Regen, der vor Kurzem gefallen war, rochen frisch und sahen sauber aus. Sie waren ziemlich neu, seine Sneakers waren keine Billigware, und sein dunkles Haar war vor nicht allzu langer Zeit geschnitten worden.

»Du bist einer von denen, stimmt's?« Hektisch sah er sich um, als dächte er, andere – ihre fiktiven Mitverschwörer – könnten sich gerade an ihn anschleichen. »Von denen, die versuchen, uns davon abzuhalten.«

Sie seufzte. »Ich werde dich nicht davon abhalten.«

»In dem Forum, in dem ich bin, da haben sie mich gewarnt, dass hier Leute sein würden wie du. Da hieß es, man soll zwischen zwei Uhr nachts und sechs Uhr morgens kommen, dann wär's am unwahrscheinlichsten, dass ich jemandem begegne.«

Sein Atem ging stoßweise, seine Stimme stockte. Einen Moment lang ärgerte sie sich maßlos darüber, dass ihre letzten Momente nicht friedlich sein würden, weil ihre Gedanken von diesem weinerlichen Teenager in Anspruch genommen wurden, der in seinem kurzen, verwöhnten Leben wahrscheinlich noch nie richtige Probleme gehabt hatte.

Doch das war unfreundlich, und sie wollte nicht unfreundlich sein, nicht in den letzten Minuten ihres Lebens.

»Deine Freundin da im Auto.« Er zeigte nach hinten, als könnte sie vergessen haben, wo der Wagen stand. »Telefoniert die gerade? Ruft sie, wie nennt ihr das, Verstärkung?«

Das Auflachen, so kurz und bitter es auch war, überraschte sie. Lachen fühlte sich an wie etwas, das sie endgültig aus ihrem Leben ausgesperrt hatte. »Das bezweifle ich.«

Er machte einen Schritt auf den Klippenrand zu. »Komm mir nicht zu nahe«, rief er schrill wie eine erschrockene alte Frau.

»Hab ich nicht vor.«

Sie wollte nicht unfreundlich sein, aber das hier nervte allmählich, und außerdem würde früher oder später jemand anderes vorbeikommen: ein Streifenwagen, jemand von der Telefonseelsorge, ein Gutmensch mit Schlafstörungen. Sie hatte nicht ewig Zeit.

»Ist doch 'ne große Klippe. Ich komm dir nicht in die Quere, wenn du mir nicht in die Quere kommst.«

Damit trat sie an den Rand und schaute hinunter. Sie hatte noch nie Höhenangst gehabt, doch jetzt flutete eine Woge der Übelkeit über sie hinweg. Einen Augenblick lang schien es, als bewege sich der Boden unter ihren Füßen. Kreide war alles andere als stabil; die Felsen bröckelten ständig. Sie wippte ein wenig auf den Füßen. Nichts gab nach, und sie war ein bisschen enttäuscht. Wie viel leichter wäre es gewesen, sich die Entscheidung abnehmen zu lassen.

»Meinst du das ernst?«, fragte der Junge.

Wahrscheinlich ernster als er. Sie fragte sich, wie lange er wohl schon hier war, über sein Leid nachgrübelte und sich vormachte, dass er tatsächlich springen würde.

»Du bist nicht von der, wie heißen die noch, von der Küstenwache oder diesen Samariter-Typen?«

»Ich bin hier, um da runterzuspringen, genau wie du.«

»Du lügst. Das ist ein Trick, irgend so ein psychologischer Rückkopplung-Scheiß. So zu tun, als wär's dir egal, damit es mir nicht mehr egal ist.«

»Und, funktioniert's?«

»Nein!«

»Verdammt«, brummte sie halblaut. »Ich lasse echt nach.«

Schweigen. Dann: »Ich heiße Nick.«

Es klang zögerlich, als sei er sich seines eigenen Namens nicht sicher. »Ich hab nicht gefragt«, erwiderte sie.

»Ich habe einen Abschiedsbrief geschrieben, an meine Mum und meinen Dad.«

»Das hilft ihnen bestimmt unheimlich.«

Einen Moment lang nur Wind, und, ja, jetzt konnte sie die Wellen dort unten hören.

»Echt jetzt?«, fragte er. »Du willst echt springen?«

»Also, eigentlich werde ich fahren. Das Gaspedal durchtreten und ins Nirwana rauschen wie Thelma und Louise am Grand Canyon.«

»Was?« Er hatte die Popkultur-Anspielung nicht verstanden.

»Ach, egal. Mach's gut, Nick. Einen schönen Tod noch.«

»Warte!«, rief er ihr nach, noch bevor sie den Weg zum Auto zur Hälfte zurückgelegt hatte. Sie drehte sich um und wusste dabei, dass schon das ihr etwas sagen sollte: Noch konnte sie zurückgerufen werden.

»Es passiert doch sofort, oder? Das mit dem Tod, meine ich. Ich kriege doch nichts davon mit?«

Seufzend ging sie wieder zum Rand der Klippe und trat neben ihn.

»Normalerweise ist man nicht sofort tot«, sagte sie. »Wenn man geköpft wird, dann wahrscheinlich ja. Vielleicht auch bei einer Explosion. Sonst dauert es eine Weile, bis der Körper total abschaltet. Also, nein, man ist nicht sofort tot. Sehr schnell, aber nicht sofort.«

»Wie schnell?«

Sie tat so, als denke sie darüber nach, obgleich sie auf der Fahrt hierher an wenig anderes gedacht hatte. »Sekunden, wenn du Glück hast. Deine Knochen zerbrechen auf den Felsen. Teile von deinem Schädel werden in dein Gehirn gedrückt, und von da an gibt's kein Zurück mehr. Vielleicht bohren sich auch ein paar Rippen in dein Herz, und das blutet dann aus. Und deine Lunge könnte auch in Fetzen gerissen werden, auch von deinen eigenen Knochen, sodass das Atmen unmöglich wird.«

Sie sah, wie er schauderte.

»Wenn du kein Glück hast, werden deine lebenswichtigen Organe nicht allzu schwer beschädigt. Dann liegst du stundenlang da am Strand, wahrscheinlich gelähmt, hast tierische Schmerzen und wartest darauf, dass du verblutest oder dass dein Herz versagt. Aber was weiß ich denn schon? Ist ja nicht so, als hätte ich das schon mal gemacht.«

»Du bist *doch* eine von denen, von diesen Psychotypen. Du versuchst, mir Angst zu machen, damit ich's nicht tue.«

Genug jetzt. Sie machte einen Schritt auf ihn zu. »Möchtest du, dass ich dich schubse?«

Seine Augen wurden vor Schreck riesengroß. »Was?«

»Wenn du willst, schubse ich dich. Brauchst es bloß zu sagen.«

Die Hände abwehrend vorgestreckt, wich er zurück. »Bleib ja weg von mir.«

»Wie du meinst.« Sie musste zurück zum Auto, musste es hinter sich bringen, doch irgendetwas hielt sie zurück.

»Der Aufprall wird noch nicht mal das Schlimmste sein«, sagte sie. »Am schlimmsten wird der Moment sein, wo du springst, wenn du im freien Fall bist. Dann wirst du's bereuen, würdest alles dafür geben, wieder oben auf festem Boden zu stehen, auch mit all dem Schmerz, den du durchmachst, aber dann wird es zu spät sein.«

»Wenn du das glaubst, warum machst du's dann?« Rasch schaute er zu dem Auto hinüber. »Habt ihr irgend so einen Selbstmordpakt, du und die andere da?«

Eine neue Woge des Schmerzes. »Sie ist schon tot. Sie ist vor ein paar Stunden gestorben, an einer Überdosis.«

»Wart ihr, äh, ein Liebespaar?«

»Nein, sie war nur die einzige Freundin, die ich noch hatte.«

»Tut mir echt leid.«

Er sah auch aus, als meine er das ernst. »Danke.«

Sekunden verstrichen.

»Und wieso bist du hier?«, erkundigte sie sich.

Er antwortete nicht.

»Hat deine Freundin mit dir Schluss gemacht?«

»Ich hatte noch nie eine Freundin.« Seine Stimme klang hässlich vor Bitterkeit. »Mädchen interessieren sich nicht für Typen, die aussehen wie ich.«

Trotz allem neugierig, musterte sie ihn noch einmal und schaute diesmal genau hin. Er war klein, und das Gewicht um seine Taille wäre an Schultern und Armen besser aufgehoben, doch da war nichts, was gesunde Ernährung und ein paar Monate Fitnesstraining nicht beheben könnten. Seine Nase war ein bisschen krumm, und seine Augen lagen ziemlich tief in den Höhlen, was ihm etwas Falkenhaftes gab, doch sein Haar war dunkel und glänzte, und seine Lippen waren voll und wohlgeformt. Das Unansehnlichste an ihm waren schlimme Aknepickel, die auf der unteren Hälfte seines Gesichts wucherten und auf Wangen und Stirn sprossen, aber die Zeit und die richtige Behandlung würden das schon regeln. Keine Narben, keine entstellenden Muttermale. Sie öffnete schon den Mund, um irgendeine Plattitüde über sein Aussehen von sich zu geben, und beschloss dann, dass es ihr egal war.

»Würdest du das tun?« Er war nicht bereit, es gut sein zu lassen.

»Baggerst du mich etwa an?«

»Mädchen, die so aussehen wie du, interessieren sich nicht für Jungs wie mich«, fuhr er fort. »Sogar die hässlichen Mädchen sind scharf auf die gut aussehenden Typen. Solche wie ich haben keine Chance.«

Er wollte, dass sie ihm widersprach, ihm versicherte, dass er sich irrte, dass ihn viele Mädchen attraktiv finden würden. Die eine Hälfte von ihr wollte das tun, und sei es nur, damit er sie in Ruhe ließ, aber sie war so unfassbar müde. Mehr als alles andere wollte sie schlafen. Das Problem beim Schlaf war allerdings, dass er immer irgendwann endete. Wenn man schlief, wachte man auf. Aus der Sorte Schlaf, die sie im Sinn hatte, gab es kein Erwachen.

»Würdest du nicht, stimmt's? Du würdest nichts mit mir anfangen.«

»Nein«, antwortete sie wahrheitsgemäß. »Willst du mitkommen?«

»Was?«

»Ich steige jetzt ins Auto, und dann fahre ich da über den Rand. Ich glaube nicht, dass du dich traust, allein zu springen, aber wenn du dich hinten reinsetzt, nehme ich dich mit.«

Sie war auf dem Rückweg zum Auto, und diesmal blieb sie nicht stehen. »Letzte Gelegenheit«, rief sie über die Schulter. »Und komm uns nicht in die Quere, ich halte nämlich nicht an.«

»Ich komme mit.« Er holte sie ein, als sie beim Auto ankam.

»Sicher?«, fragte sie.

Er sah aus, als würde ihm gleich schlecht werden, doch er nickte.

Sie öffnete die hintere Wagentür. »Setz dich auf diese Seite«, wies sie ihn an. »Ich will nicht, dass du dich an mir festkrallst, wenn wir über den Rand fliegen.«

»Tolle Kiste«, bemerkte er, während er hinter dem Beifahrersitz Platz nahm.

»Geklaut.«

Sie verriegelte die Türen und ließ den Motor an, testete das Gaspedal, obwohl sie wusste, dass der Wagen vollkommen in Ordnung war. Ihre Hand lag auf der Handbremse, bereit, sie zu lösen.

»Scheiße!« Er hatte die Frau auf dem Beifahrersitz berührt. »Die ist ja wirklich tot. Voll abartig. Die ist echt tot!«

»Hast du gedacht, ich lüge dir was vor?«

Er zerrte am Türgriff, bekam die Kindersicherung nicht auf. »Ich dachte, das ist ein Trick, und ihr beide wärt von der Küstenwache und bringt mich wieder runter nach Eastbourne.«

»Pech gehabt.« Sie löste die Handbremse und ließ den Fuß auf der Kupplung. Eine minimale Bewegung im linken Fußgelenk, und das Auto würde vorwärtsschießen. Sie hatte bereits gesehen, dass das Gelände zur Klippe hin abfiel.

»Lass mich raus!«

Ach, Herrgott noch mal!

Er fing an, gegen das Fenster zu hämmern. »Hilfe!«, schrie er. »Lass mich raus! Hilfe!«

Also, bei diesem Geschrei würde sie nicht sterben. Außerdem könnte er jeden Moment kapieren, dass er die Hände um ihren Hals legen und zudrücken könnte, und dann würden sie nirgendwo hinfahren.

Sie entriegelte die Türen. Binnen eines Sekundenbruchteils war der Junge draußen und rannte auf den Klippenpfad zu. Sie sah ihm nach, bis er verschwand, bis es wieder still auf der Felskuppe war.

»Wo waren wir?«, fragte sie ihre tote Begleiterin.

Die Frau neben ihr hatte keine Antwort darauf.

»Klar zum Angriff?«

Immer noch keine Antwort, und so saß sie da und wartete darauf, dass der Schmerz von Neuem kam, über sie hinwegflutete und ihr einen Grund gab, den einen Fuß hinunterzudrücken und den anderen anzuheben.

Er kam nicht.

Sie dachte an den Jungen, der gerade in Richtung Eastbourne rannte und sein Pech verfluchte, dass er Sekunden, bevor er allem ein Ende machen konnte, einer Irren begegnet war. Heute Nacht hatte sie einem Menschen das Leben gerettet.

Verdammt, das fühlte sich gut an.

»Ich wünschte, ich hätte dich retten können«, sagte sie zu der Frau neben ihr.

»Wie wär's, wenn ich stattdessen dich rette?«, antwortete ihre tote Freundin.

Und dann drehte sie sich ohne ersichtlichen Grund nach dem Rücksitz um, wo der Junge eben noch gesessen hatte. Auf dem hellgrauen Leder lag der Stoß Dokumente, die sie aus der besetzten Wohnung im Süden von London mitgenommen hatte, in der sie beide gewohnt hatten. Keine Pässe oder Führerscheine; so etwas hatten beide Mädchen nie beantragt, und auch keine Geburtsurkunden, weil die schon vor Jahren im Behördendschungel verloren gegangen waren. Eine Karte mit einer Sozialversicherungsnummer, ein Bibliotheksausweis, ein Studentenausweis. Sehr wenig, um zwei Teenagerleben zu dokumentieren. Von denen eines definitiv vorbei war.

Die Frage war: Welches?

Vollkommen unerwartet hatte sich aus völliger Verzweiflung eine Chance ergeben, und jetzt sah sie sich der Möglichkeit gegenüber, ganz neu anzufangen. Den Schmerz und den Verlust und die Hoffnungslosigkeit zurückzulassen. Sie wäre blöd, sie nicht zu nutzen.

Blöd war sie noch nie gewesen.

Sie machte den Motor aus und nahm rasch alle Papiere im Wagen an sich, die auf dessen letzte Insassen schließen lassen könnten. Als Nächstes wischte sie das Lenkrad sowie sämtliche Oberflächen im Innenraum sauber, an die sie herankam. Dann löste sie den Sicherheitsgurt ihrer Freundin, schob die Hände unter den Körper der Toten und zerrte sie auf den Fahrersitz hinüber. Schließlich schaltete sie in den Leerlauf und löste die Handbremse. Einen Moment lang rührte das Auto sich nicht vom Fleck, also packte sie den Rand des offenen Fensters, stemmte die Füße in den felsigen Boden und schob.

Bewegung. Sie schob noch einmal an, und der Wagen rollte los. Mit einem letzten Blick auf ihre tote Freundin rannte sie zum Heck des Fahrzeugs, wo sie sich besser dagegenstemmen konnte. Das Auto wurde schneller, wich ein wenig nach links ab und fand ein stärkeres Gefälle. Es rollte weiter, und sie brauchte nicht mehr zu schieben.

Sie blieb stehen und sah zu, wie es Fahrt aufnahm, bis die Vorderräder den Rand der Klippe erreichten. Ganz kurz hielt es inne, und sie dachte schon, es würde vielleicht doch nicht klappen. Doch dann kippte der Kühler ab, das Scharren von Metall auf Stein zerriss die Stille, und der Wagen überschlug sich, zeigte der Nacht das Fahrgestell. Gleich darauf war er verschwunden.

Es kam ihr sehr lange vor, bis das Krachen ertönte. Sie schaute nicht hinab; sie hatte nicht das Bedürfnis, die

Verwüstung dort unten zu sehen. Stattdessen verließ sie die Heidelandschaft und machte sich auf den langen Fußmarsch zurück nach London.

Sie würde ein neues Leben beginnen. Noch einmal ganz von vorn anfangen.

Nach etwa einem Jahr bewarb sie sich erfolgreich bei der Londoner Polizei.

Teil 1

1

Mehr oder weniger auf den Tag genau zwölf Jahre später

Seit sie zur Flusspolizei von London gegangen war, hatte Constable (mit ein bisschen Glück demnächst Sergeant) Lacey Flint sich daran gewöhnt, von der Themse überrascht zu werden. Riesig und prachtvoll, manchmal zugleich herzzerreißend schön und lautlos beängstigend, war sie zu einer ständigen Präsenz in ihrem Leben geworden. Ihr Geruch verließ sie niemals, und auch ihre Geräusche nicht. Ihr endloser Takt gab jetzt den Rhythmus ihres Lebens vor. Sie wohnte auf dem Fluss, arbeitete auf dem Fluss, vertrieb sich die Zeit auf dem Fluss. Sie liebte ihn mit einer Leidenschaft, die sie in ihrem Leben nur wenigen anderen Dingen und praktisch keinem anderen Menschen entgegenbrachte. Fast keinem. Einen Menschen gab es, weit weg, den sie immer geliebt hatte und immer lieben würde, und noch einen anderen. *Den* anderen.

Die Themse jedoch, die Themse war wie ein Zuhause, nährend, tröstend, sicher und zugleich ein wildes Abenteuerland.

Sie wusste, dass der Fluss niemals ihr Freund werden würde. Niemand, der Grips im Kopf hatte, war sich der Themse jemals sicher, schon gar nicht jenes Teils, der durch

London floss und durch die Gezeiten beeinflusst wurde, des gefährlichen Teils. In etwas über einem Jahr bei der Marine Policing Unit hatte Lacey Flint in Leichentücher gehüllte tote und halb ertrunkene lebendige Frauen aus dem Wasser geborgen, die vor unaussprechlichen Gefahren in fernen Ländern geflohen waren. Sie hatte Waffen aus der Eisenzeit gefunden, Knochen prähistorischer Tiere und Flaschenpostnachrichten, die sich als Abschiedsbriefe von Selbstmördern erwiesen. Sie hatte Schmuggelware und betrunkene Junggesellenabschieds-Piraten aus dem Fluss gefischt. Sogar einer Meerjungfrau war sie begegnet.

Manchmal hatte sie das Gefühl, sie hätte alles gesehen, was der Fluss zu bieten hatte, deshalb machte sie das aufblasbare Einhorn nicht stutzig, das verlassen und schmutzig in der Gezeitenzone des Ufers lag. Es hätte sie stutzig machen sollen, aber selbst Lacey Flint konnte gelegentlich falschliegen.

September: Die schönste Zeit des Jahres, voll goldenem Licht und silbrigem Dunst, wenn der Fluss eine Zeit lang zur Ruhe kommt, weil die meisten leichtsinnigen Touristen heimreisen und die Säufer nicht mehr so oft auf den Ufermauern hocken. Lacey liebte den September, schließlich war sie in diesem Monat geboren worden. Na ja, irgendwie.

Vor etwas mehr als vierzig Minuten war sie von ihrem Zuhause aufgebrochen, einer alten Segeljacht, die im Deptford Creek lag. Allerdings nicht zur Arbeit, ihr Dienst begann nämlich erst am Nachmittag, sondern zu einem privaten Treffen. Lacey Flint hatte persönliche Freundschaften sehr lange gemieden, weil Freunde die Angewohnheit hatten, neugierig zu sein, Fragen zu stellen und Geheimnisse auszugraben, die niemals das Tageslicht erblicken sollten. Doch sie hatte gelernt – manchmal zu ihrem Schaden, öfter zu ihrem Nutzen –, dass das Leben ein nerviges Geschäft war und so eine Art hatte, einen einzuholen, ganz gleich, wie gut man sich vor ihm versteckte. Also hatte sie jetzt Freunde, und zwei davon hatten sich mit ihr in einem süßen kleinen Café (ihre Worte, nicht Laceys) an der Tower Bridge zu einem späten Frühstück verabredet. Normalerweise brauchte man keine vierzig Minuten vom Deptford Creek zur Tower Bridge, nicht einmal im Londoner Verkehr, aber Lacey Flint war auf dem Wasserweg unterwegs.

Natürlich.

Ihr weißes Kajak flog selbst gegen die starke Strömung nur so übers Wasser. Seit fast drei Stunden herrschte jetzt Ebbe, und der Fluss erreichte gerade seine höchste Fließgeschwindigkeit von etwa vier Knoten. Er riss alles mit sich, was nicht genug eigenen Antrieb hatte, hinab zu seiner Mündung und schließlich hinaus in die Nordsee.

Lacey hielt sich dicht am Nordufer, denn auf dem Wasser rechts – oder steuerbord – zu fahren war eine Vorschrift der Londoner Hafenbehörde, und indem sie im Flachen blieb, mied sie die volle Kraft des Gezeitenstroms. Man konnte sich nicht darauf verlassen, dass die Schwimmbagger, die Lastkähne und die Thames Clippers, die Katamarane des Londoner Bootdienstes in der Mitte des Flusses ein einsames Kajak bemerkten. Oder ihm auswichen, wenn sie es sahen. Wenn man auf der Themse unterwegs war, war es wirklich besser, sich am Rande des Geschehens zu halten.

Lacey kannte den Fluss gut, und seit sie nach Deptford Creek gezogen war, hatte sie enorm an Kraft zugelegt. An den meisten Tagen ging sie paddeln oder sogar schwimmen, obwohl das Schwimmen im Gezeitenbereich gesetzlich verboten war. Laut ihrem Vorgesetzten Superintendent David Cook würde sie fristlos gefeuert werden, wenn sie noch einmal dabei erwischt würde. *Und diesmal ist es mir ernst, Lacey.* Nach dem Frühstück zurückzufahren würde ein Kinderspiel sein. Der Gezeitenstrom würde auf ihrer Seite sein. Sie würde ganz locker dahinrauschen und das Paddel nur zum Steuern benutzen.

Fünf Minuten vor der vereinbarten Zeit hielt sie auf die St. Katharine Docks zu. Einen Steinwurf weit entfernt flussaufwärts ragte die Tower Bridge in ihrer ganzen viktorianischen Pracht hoch und protzig empor, und unter den zahlreichen Fußgängern darauf schienen zwei sie zu beobachten.

Eigentlich waren es drei, aber sie konnte nur zwei sehen.

Eine von beiden, die Größere, winkte, und Lacey riskierte es, einen Paddelschlag lang aus dem Takt zu kommen, um zurückzuwinken. Die kleinere dunkelhaarige Frau hielt die Arme weiter fest um den Brustkorb geschlungen, ein Brustkorb, der dicker und unförmiger aussah als sonst.

Plötzlich wurde Lacey durch etwas in der Nähe des Piers abgelenkt, das dort nicht hinpasste. Ein Gummitier lag auf dem schmalen Landstreifen zwischen der Ufermauer und dem Wasser. So ein aufblasbares Pool-Schwimmtier für Kinder, weiß, mit regenbogenbunten Streifen. Am Kopf etwa anderthalb Meter hoch und ungefähr genauso lang, und weit hinten in ihrem Kopf hörte sie ein ganz leises Flüstern, dass aufblasbare Gummitiere auf einem der gefährlichsten Flüsse der Welt nichts verloren hatten.

2

Helen sah Lacey natürlich als Erste, weil sie niemals ihren Polizei-Instinkt verloren hatte, sich ständig umzuschauen, Inventur zu machen und Probleme zu erkennen, noch bevor die überhaupt wussten, dass sie zu Problemen werden würden. Dana hatte das früher auch gekonnt.

Heutzutage machte es sie nervös, über die Brücke zu gehen. Was, wenn die nun anfing, in der Mitte aufzuklappen, während sie noch versuchte, auf die andere Seite zu gelangen, und nicht hinunterkonnte? Soweit sie wusste, war das noch nie vorgekommen, seit über hundert Jahren nicht, aber trotzdem.

Helen, die nichts von möglichen Brückenkatastrophen ahnte, blickte flussabwärts.

»Die hat sie ja nicht alle«, stellte sie fest und meinte natürlich Lacey in dem weißen Boot, das aussah, als könnte eine ordentliche Heckwelle es zum Kentern bringen.

Dana widersprach ihr nicht. Sie war schon vor geraumer Zeit zu dem Schluss gekommen, dass Lacey Flint sie nicht alle hatte. Inzwischen wusste sie nicht mehr, wie oft der Leichtsinn der jungen Frau sie seit dem Abend, an dem sie sich zum ersten Mal begegnet waren, in Angst und

Schrecken versetzt hatte. Damals hatte Lacey, von oben bis unten mit dem Blut einer Sterbenden beschmiert, an einem ganz besonders schauerlichen Tatort bemerkenswerte Geistesgegenwart gezeigt. Andererseits war Lacey einer der tapfersten Menschen, die Dana kannte, und ihre Instinkte waren fast schon brillant.

Inigo zappelte an Danas Brust, und automatisch umfasste ihre Hand seinen Kopf, um ihn zu beruhigen. Sie trug ihn gern in der Babytrage, ganz dicht an den Körper geschnallt. So konnte sie sich das Bedürfnis am besten erfüllen, ihn wieder in ihrem Bauch zu haben, wo niemand ihn anrühren, ihm etwas tun oder ihn ihr wegnehmen konnte.

Dana hatte niemandem – nicht einmal Helen – erzählt, dass sie nie wirkliche Angst gekannt hatte, bevor ihr Sohn zur Welt gekommen war, doch dass diese jetzt ihr ganzes Leben bestimmte: Angst vor ungewöhnlichem Schreien oder Wimmern, vor zu langer Stille während der Nacht, vor erhöhter Temperatur, vor Ausschlag, davor, ihn jenen Sekundenbruchteil aus den Augen zu lassen, der nötig wäre, damit er spurlos verschwand. Sicher fühlte sie sich nur, wenn sie alle drei im Schlafzimmer lagen, Inigo in dem Bettchen auf ihrer Seite des Bettes. Und, nein, er mochte ja vielleicht fast sechs Monate alt sein, aber für ein eigenes Zimmer war es noch zu früh. Danas Welt war plötzlich voller Furcht, und doch würde sie ihn schon in wenigen Tagen stundenlang in der Kindertagesstätte in Southwark lassen, die sie gerade besichtigt hatten, damit sie wieder arbeiten gehen konnte.

Dana Tulloch war Detective Inspector bei der Londoner Polizei, oder zumindest war sie das gewesen, bevor sie Mutter geworden war.

Sie spürte, wie die Erleichterung sie durchströmte, als sie von der Brücke herunterkamen und das kleine Stück bis zu ihrem Treffpunkt gingen. Das Café, nebenbei ein beliebter Feinkostladen, gehörte einem Sizilianer, und obwohl der normalerweise nicht erlaubte, dass Tische reserviert wurden, machte er für die beiden ranghohen Polizistinnen stets eine Ausnahme. Während er für einen wartenden Kunden Trüffelöl und getrocknete Pilze in eine Papiertüte packte, begrüßte er Dana und Helen mit einem schmalen Lächeln und deutete auf einen Tisch an der Wand gegenüber.

Mit schmerzendem Rücken befreite Dana Inigo aus der Trage und setzte ihn auf ihren Schoß. Für den Rest ihres Aufenthalts würde sie die Arme nicht heben, damit er nicht herunterfiel, doch Ini war ein aktives, ungeduldiges Baby, das höchst ungern still saß und es noch mehr hasste, festgehalten zu werden.

»Da kommt sie ja«, sagte Helen. Dana wandte sich um und erblickte draußen auf der Straße eine schlanke blonde Frau in Sportkleidung.

Es war seit Juni das erste Mal, dass die beiden Lacey zu Gesicht bekamen. Damals war sie von ihrem gemeinsamen Freund Mark Joesbury für eine schwierige Undercover-Aktion im Nordwesten vereinnahmt worden. Technisch gesehen war die Operation ein Erfolg gewesen, und ein paar sehr gefährliche Männer warteten nun auf ihren Prozess. Andererseits war dabei eine junge Frau ums Leben gekommen. Kein anständiger Polizist kam über so etwas leicht hinweg. Mark machte das immer noch zu schaffen, und es war unwahrscheinlich, dass es Lacey anders ging.

Die Klingel an der Ladentür ertönte, und Lacey setzte ein Lächeln auf, das für Dana gezwungen aussah. Es war jedenfalls nicht ganz leicht gewesen, sie zu dem Treffen heute Vormittag zu überreden.

»Mein Gott, der ist ja riesengroß geworden!« Laceys Blick blieb auf das Baby gerichtet, während sie Helen auf die Wange küsste und Dana anlächelte. »Wie war's in der Kindertagesstätte?«

»Mindestens zwei Grad zu warm, und die brauchen dringend ein paar Polstermöbel, um den Krach zu absorbieren«, antwortete Dana. »Da drinnen rennen große Kinder ganz dicht neben den Bettchen von den Kleinen herum, und ich bin mir nicht sicher, dass das Essen da so bio ist, wie die behaupten.«

»Ganz toll«, sagte Helen. »Supernette Erzieherinnen und sehr fröhliche Kinder. Die haben die besten Bewertungen in ganz Südlondon, und am Montagmorgen geht's für ihn los. Du freust dich drauf, stimmt's, Knirps?« Helen schnitt Inigo eine Grimasse, der daraufhin quietschte und mit den Händen in der Luft herumwedelte.

»Babys brauchen soziale Interaktion«, fügte sie hinzu. »Und ihre Mütter auch. Und selbst wenn nicht, müssen die Mütter wieder arbeiten.«

»Er ist immer so fröhlich.« Lacey lächelte Inigo an. »Ich glaube, ich habe ihn noch nie weinen hören.«

»Weil Dana ihn nie absetzt«, sagte Helen. »Fragen Sie sie mal, ob Sie ihn auf den Schoß nehmen dürfen. Na los, versuchen Sie's. Sie wird irgendeine Ausrede finden, ihn nicht herzugeben.«

»Natürlich darf Lacey Ini auf den Schoß nehmen«,

wehrte Dana schroff ab. »Aber sie ist doch gerade erst von Deptford hier raufgepaddelt, und wahrscheinlich will sie erst mal wieder zu Atem kommen.«

Lacey setzte sich.

»Kommt mir vor, als wär's schon eine Ewigkeit her«, begann Helen. »Wir haben Sie nicht mehr gesehen, seit Sie aus Cumbria zurück sind.«

Typisch Helen, schwierige Themen direkt anzusprechen, dachte Dana.

»Und, froh, wieder auf dem Fluss zu sein?«, fuhr Helen fort. »Oder haben Sie sich das mit der Arbeit als Zivilpolizistin in Cumbria noch mal überlegt?«

Vor achtzehn Monaten hatte Lacey, die damals kurz davor gewesen war, der Polizei für immer den Rücken zu kehren, eine Versetzung beantragt, ein Schritt, zu dem normalerweise Beamte gezwungen wurden, die in Ungnade gefallen waren. Lacey jedoch hatte eine vielversprechende Karriere beim CID aufgegeben, der Abteilung für Schwerverbrechen, und war bei der Flusspolizei in den Streifendienst zurückgekehrt.

»Das ruhige Leben hat durchaus seinen Reiz.« Lacey lächelte, wohl um zu zeigen, dass das halb als Witz gemeint war. Die Themse war eine der befahrensten urbanen Wasserstraßen der Welt, eine viel genutzte Route sowohl bei Drogen- als auch bei Menschenschmugglern. Und sie forderte zahlreiche Opfer.

»Dana möchte Sie etwas fragen«, verkündete Helen.

Verdammt. Damit hatte sie warten wollen.

»Was denn?« Lacey machte ein neugieriges Gesicht. Ein ganz klein bisschen argwöhnisch sah sie auch aus.

Dana hatte vorgehabt, erst einmal zu sondieren, wie es Lacey ging, und das Gespräch vielleicht sogar zu vertagen.

»Sie wissen doch, dass Neil stellvertretender DI war, während ich im Mutterschutz war?«, begann sie.

Neil Anderson war Danas Stellvertreter im Major Investigation Team – oder MIT – des Reviers von Lewisham, ein Officer, mit dem Lacey schon mehrmals zusammengearbeitet hatte.

»Seine Beförderung wird wahrscheinlich innerhalb der nächsten paar Wochen bestätigt, und er wird sich bald versetzen lassen«, fuhr Dana fort. »Das Team wird neu zusammengestellt, und dann gibt es eine freie Stelle. Ich habe ganz oben vorgefühlt, und wenn Sie Interesse daran haben, zum CID zurückzukommen, würde Ihre Bewerbung wohlwollend aufgenommen werden.«

Dana sah, dass Laceys Augen dunkel wurden. Sie wusste, dass alle sie gewarnt hatten. Helen, Mark, sogar David Cook, Laceys Boss bei der Flusspolizei, alle hatte ihr versichert, dass Lacey da, wo sie war, gut aufgehoben sei. Um eine junge Frau zu schützen, die ihnen allen am Herzen lag, hatten sie gesagt, Lacey sei in zu viele gefährliche und schwierige Fälle involviert gewesen und habe in ihrer jungen Karriere mehr Tod und Finsternis erlebt als die meisten Polizisten in ihrem ganzen Berufsleben.

Dem konnte Dana nicht widersprechen, doch es machte sie rasend, ein solches Talent vergeudet zu sehen. Lacey hatte das Zeug zu einer großartigen Zivilfahnderin.

»Ich kann ja mal darüber nachdenken«, sagte Lacey, den Blick fest auf die Tischplatte gerichtet. »Vielen Dank.«

Dana achtete nicht auf Helens »Ich hab's dir ja gesagt«-Blick. »Da wäre allerdings noch eins …«

Das Frühstück kam, bevor sie den Satz beenden konnte. Haferbrei mit Beeren für sie, ein Croissant für Lacey und eine Riesenportion Eggs Benedict auf Ciabatta für Helen, die anscheinend nie auch nur ein Gramm zunahm, ganz egal, was sie aß. Inigo, der seit Kurzem Interesse an richtigem Essen zeigte, griff nach der Schale seiner Mutter. Dana nahm ihn auf den Arm und probierte. Viel zu heiß, und wahrscheinlich war da Salz drin. Sie würde ihn mit einer Himbeere abspeisen.

»Und, irgendwelche Verehrer?«, erkundigte sich Helen bei Lacey. Das war ein weiteres Thema, das man Danas Meinung nach besser vermied. Laceys »Ja-Nein-Weiß nicht«-Beziehung mit Mark Joesbury schien sich endgültig festgefahren zu haben.

»Was ist denn mit diesem Kollegen, Sie wissen schon, der Kletteraffe? Wie nennen sie den noch mal? Batman?«

Mark sagte auch nichts dazu. Davon abgesehen ging er Dana und Helen fast ebenso sehr aus dem Weg, wie Lacey es getan hatte. Wahrscheinlich versuchte er, genau diese Fragen zu umschiffen.

»Spiderman«, antwortete Lacey. »Alias Finn Turner. Und nein, der macht für meinen Geschmack zu sehr auf Frauenheld.«

»Haben Sie in letzter Zeit mal den neuen Boss von der SCD10 gesehen?«

Helen meinte Mark, der nach dem Cumbria-Fall vor Kurzem zum Leiter der Abteilung für Undercover-Ermittlungen befördert worden war.

Ganz ehrlich, kannte diese Frau die Bedeutung des Wortes »Takt«?

Unten am Wasser, keine zweihundert Meter entfernt, blies ein Mann das Schwimmtier ein wenig fester auf.

3

»Sie wollten mich etwas fragen«, sagte Lacey zu Dana, als sie aufstanden, um zu gehen.

Die Rechnung war bezahlt, die Babysachen waren zusammengesucht und in Helens Rucksack verstaut, und Inigo saß wieder sicher verpackt in seiner Bauchtrage. Die drei Frauen verabschiedeten sich von dem Cafébesitzer und traten auf die Promenade hinaus. Der Tag war heller geworden. Die Wolken verzogen sich und hinterließen einen kornblumenblauen Himmel, doch vom Wasser wehte eine frischere Brise herüber.

»Das können wir auch ein andermal besprechen«, erwiderte Dana. Die anderen hatten recht gehabt: Lacey war noch nicht bereit für eine Rückkehr zum CID. Ihre Weigerung, über Cumbria zu reden, ihre ausweichenden Antworten auf Fragen nach Mark, ihr Widerwille, über sich selbst zu sprechen – das alles führte zu ein und derselben Schlussfolgerung: Lacey war noch nicht so weit.

»Nein, könnt ihr nicht«, ging Helen dazwischen. »Bringt's hinter euch, sonst zieht sich das noch ewig so hin.«

Dana seufzte deutlich hörbar. »Es ist nur – alle sind wirklich ganz scharf darauf, Sie wieder ins CID zurückzuholen, Lacey. Sie wissen, wie wertvoll Sie wären, aber …«

Verdammt noch mal, Helen, dies war doch wirklich nicht der richtige Moment.

»… es gibt da einige … also, ich will nicht Bedenken sagen, nur ein bisschen … na ja, man könnte es Unbehagen nennen … Und wie sehr Sie die Leute beruhigen könnten … das wäre sehr hilfreich, um die Wogen zu glätten.« Helen atmete laut durch die Nase aus.

»Spucken Sie's schon aus.« Laceys Miene war ein Sinnbild geduldiger Belustigung.

»Es werden Fragen über Ihre monatlichen Besuche in der Haftanstalt Durham gestellt«, stieß Dana hastig hervor. »Ich verstehe ja, dass Sie und Victoria Llewellyn sich schon lange kennen, und jeder weiß, dass Sie eine entscheidende Rolle bei ihrer Festnahme gespielt haben, und es steht überhaupt nicht zur Debatte, dass Sie sich damals falsch verhalten hätten, das hat die Anhörung ja klargestellt. Es ist nur …«

»Es sieht nicht gut aus.« Laceys Gesicht hatte dichtgemacht. Ohne Danas Blick zu erwidern, zückte sie ihr Handy. »Hören Sie, ich muss los, sonst verpasse ich die Flut. Besprechen wir das doch wirklich ein andermal. War schön, Sie wiederzusehen.«

Und damit hatte es sich. Ein flüchtiger Wangenkuss für beide, ein längerer auf Inigos Köpfchen, und Lacey hatte sie stehen lassen und war zum Tower Bridge Quay marschiert.

»Hab's dir ja gesagt«, bemerkte Helen.

4

Als Dana und Helen sie nicht mehr sehen konnten, erlaubte Lacey sich, langsamer zu gehen. Sie hatte immer gewusst, dass das passieren würde; in gewisser Weise hatte sie Glück gehabt, dass sie nicht schon früher damit konfrontiert worden war. Ihre regelmäßigen Besuche bei einer der berüchtigtsten Serienmörderinnen Großbritanniens hatten früher oder später zum Thema werden müssen.

Weitere Fragen würden folgen, das wusste Lacey, von Personen, die nicht ihre Freunde waren, bis ihre Lage unmissverständlich klar wurde. Entweder sie stellte ihre allmonatlichen Besuche im Gefängnis von Durham ein, oder sie konnte sich jegliche Chancen auf eine Beförderung abschminken. Sogar ihr Job könnte auf dem Spiel stehen.

Eine Fähre legte gerade vom Pier ab und zog einen funkelnden Silberfächer hinter sich her. Vor ihr auf der Bootsrampe zankten sich zwei Möwen um die Überreste einer Wollhandkrabbe, und ein goldener Luftballon, der irgendjemandem zum einundzwanzigsten Geburtstag gratulierte, versuchte, sich von der Brücke loszureißen, wo er hängen geblieben war. Lacey, die tief in Gedanken versunken war, bemerkte kaum etwas davon.

Nur wenige zu langen Freiheitsstrafen verurteilte Gefängnisinsassen erregten auch nur einen Bruchteil der öffentlichen Aufmerksamkeit und des Medieninteresses, die

Victoria Llewellyn auch fast zwei Jahre nach ihrer Festnahme zuteilwurden. Zum Teil konnte man ihre Berühmtheit damit erklären, dass sie jung und schön war, und genauso durch die große Sympathie, die ihr Fall geweckt hatte.

Victoria, damals gerade sechzehn Jahre alt, und ihre vierzehnjährige Schwester Cathy waren in einem Park in Cardiff von fünf englischen Privatschülern vergewaltigt worden. Die Eltern der Jungen hatten all ihren Reichtum und Einfluss eingesetzt und dafür gesorgt, dass keine Anklage erhoben wurde.

Das Leben der beiden Schwestern, das ohnehin schon aus dem Ruder lief, war völlig aus den Fugen geraten. Cathy, die Jüngere, war vollkommen entgleist. Sie war von zu Hause weggelaufen und hatte in London auf der Straße gelebt. Alle Welt glaubte, dass sie ein paar Jahre später bei einem tragischen Unglücksfall auf einem Flussboot ums Leben gekommen wäre, denn sie wurde offiziell für tot erklärt. Als Victoria vom Tod ihrer Schwester erfuhr, hieß es, hatte sie einen brutalen Racheplan geschmiedet. Wild entschlossen, die Jungen, die sie vergewaltigt hatten, zu vernichten, ihr Leben zu zerstören, so wie das ihre zerstört worden war, hatte sie ihre Wut gegen deren Mütter gerichtet.

Eine nach der anderen hatte sie vier der Frauen mittleren Alters entführt und sie grauenvoll und öffentlichkeitswirksam ermordet. Während sie noch darauf aus war, ihr letztes Opfer zur Strecke zu bringen, war sie gestellt und verhaftet worden – und zwar von Lacey.

Die Welt – oder zumindest jener Teil der Welt, den die Londoner Polizei darstellte – glaubte, dass Lacey Flint und Victoria Llewellyn alte Freundinnen gewesen waren, die sich kennengelernt hatten, als Victoria nach ihrer Schwester gesucht und Lacey ebenfalls auf der Straße gelebt hatte. Die Polizei nahm an, dass langjährige Loyalität der Grund für Laceys Besuche in Durham war.

Was die Welt glaubte, stimmte natürlich nicht. Die Wahrheit war ein Geheimnis, das niemals ans Licht kommen durfte. Lacey durfte die Welt niemals wissen lassen, wer die Frau in der Haftanstalt in Durham wirklich war, genauso wenig, wie sie sie aus ihrem Leben verbannen konnte.

Ein Glück, dachte sie, dass sie nicht die Absicht hatte, zum CID zurückzukehren und dass sie ihre Tage bei der Londoner Polizei glücklich und zufrieden als kleiner Constable bei der Flusspolizei verbringen konnte. Sie konnte sogar aus dem Polizeidienst ausscheiden, wenn sie wollte. Denn die Frau, die die Welt – fälschlicherweise – als Victoria Llewellyn kannte, war für Lacey so lebenswichtig wie das Atmen.

5

»Okaaay«, sagte Helen in jenem gedehnten, nervösen Tonfall, den Menschen anschlagen, wenn sie eigentlich sagen wollen, dass irgendetwas überhaupt nicht okay ist.

Die beiden Frauen waren die Treppe zur Tower Bridge zu einem Drittel hinaufgestiegen, und Helen hatte aus irgendeinem Grund nach unten geschaut. Vielleicht wollte sie zusehen, wie Lacey davonpaddelte.

»Was ist denn?« Instinktiv legten sich Danas Hände um Inigos Bauchtrage.

Helen antwortete nicht, also folgte Dana ihrem Blick mit den Augen. Unten auf der Uferpromenade waren zwei Personen stehen geblieben, um zu plaudern, ein Mann und eine Frau, die beide Kinderwagen vor sich herschoben. Und zwei andere Männer, die sich Schals über Mund und Nase gewickelt hatten, gingen rasch auf sie zu. Als sie den Kinderwagen der Frau erreichten und einer von ihnen sich darüber beugte, rannte Helen die Treppe wieder hinunter.

Von ihrer Warte aus sah Dana entsetzt zu, wie der Mann das Baby der Frau – ein in Rosa gekleidetes Mädchen – aus dem Kinderwagen riss und mit ihm auf den Kai zurannte.

Direkt vor ihren Augen wurde ein Baby entführt!

Als Helen am Fuß der Treppe ankam, sprintete sie los, doch der zweite Mann war dem ersten gefolgt, und beide donnerten die Rampe zum Pier hinunter. Passanten, die den Vorfall mitangesehen hatten, brüllten, einer rannte hinter den Männern her. Die Mutter begann zu schreien. Der Mann, mit dem sie sich unterhalten hatte, schrie, dass sie Hilfe bräuchten: Könnte ihnen vielleicht mal jemand helfen, und ob jemand die Polizei rufen würde.

Dana konnte an nichts anderes denken als an das Kind in ihren Armen. Es zu beschützen, das war jetzt ihre Aufgabe. Ihre einzige Aufgabe.

»Dana!«, schrie Helen ihr zu. »Meldung!«

Während Helen die Rampe hinunter aus ihrem Blickfeld verschwand, mühte Dana sich ab, ihr Handy aus der Tasche zu ziehen. Sämtliche Telefonnummern, die sie jahrelang im Kopf gehabt hatte – sie hatte doch immer so ein gutes Zahlengedächtnis gehabt –, waren ihr abhandengekommen, also wählte sie den Notruf und hoffte, dass der noch funktionierte.

Die Mutter des entführten Kindes, mittlerweile völlig hysterisch, beugte sich über die Promenadenmauer und schrie zu den Leuten unten auf dem Pier hinab. Zu Leuten, die Dana nicht sehen konnte, zu denen aber die beiden Entführer sowie mehrere unschuldige Zuschauer gehören mussten. Und außerdem Helen, die sich, ohne nachzudenken, geradewegs in die Gefahr gestürzt hatte, weil sie das immer so machte. Und natürlich Lacey Flint, die inzwischen bestimmt unten am Wasser war und die Ärger anzog wie violette Blumen Bienen.

Danas Notruf wurde beantwortet, und sie fand die nötigen Worte.

»Entführung im Gange, Promenade am Nordufer, ein paar Meter südlich von der Tower Bridge. Ein Baby ist der Mutter weggerissen worden, Täter ist zu Fuß auf dem Tower Bridge Quay unterwegs zum Fluss. Brauche dringend Hilfe.«

Sprechen konnte sie, doch sie konnte sich nicht bewegen. Früher wäre sie Helen dicht auf den Fersen gewesen.

»Dana Tulloch, Detective Inspector, MIT Lewisham, zurzeit nicht im Dienst.«

Inigo, der ihre Angst spürte, begann zu wimmern.

»Zwei männliche Täter, weiß, glaube ich, vermummt. Sie müssen noch auf dem Pier sein, es sei denn, sie haben es irgendwie aufs Wasser geschafft. Ich kann's nicht richtig sehen.«

Wenn sie näher heranginge, könnte sie mehr erkennen.

»Sie müssen die Wasserpolizei verständigen! Bestimmt planen die eine Flucht auf dem Fluss.«

Trotzdem verharrte sie wie festgewachsen an Ort und Stelle, wusste nicht, ob sie hierbleiben sollte, wo sie und ihr Baby sicher waren. Oder sollte sie sich ins Getümmel stürzen, den Tatort sichern, die schreiende Mutter beruhigen, ihren Job machen?

Und dann wurde ihr die Entscheidung abgenommen, denn der andere Mann in diesem furchtbaren Tableau, der Vater, der unbeachtet zurückgeblieben war, hob seinen eigenen Kinderwagen hoch und schleuderte ihn über die Promenadenmauer. Der Wagen verschwand und stürzte dem Fluss tief unter ihnen entgegen.

6

Detective Chief Inspector Mark Joesbury saß an seinem Schreibtisch, und davon bekam er immer schlechte Laune. Oft und regelmäßig sagte er sich, er sei bis zu seiner Stufe der Unfähigkeit befördert worden, und in letzter Zeit war seine Stimmung so düster, dass er das wirklich glaubte. In jüngeren Jahren und in weniger ranghohen Positionen hatte er sich hervorgetan. Als Streifenpolizist hatte er einen guten Draht zu den Leuten in den Stadtvierteln gehabt, in denen er tätig war, einen Draht, der ihm eine Menge an Informationen eingebracht hatte, von der die meisten Polizisten nur träumen konnten. Rasch zum Detective befördert, war seine

Aufklärungsrate unerreicht gewesen, und sein Potenzial für Undercover-Arbeit war entdeckt worden. Als verdeckter Ermittler der SCD10 der Londoner Polizei war er dank seiner unkonventionellen Herangehensweise mehr als einmal nur knapp an einer Entlassung vorbeigeschrammt, aber er hatte stets geliefert. Er hatte einige der gefährlichsten und aufsehenerregendsten Operationen im ganzen Land geleitet und als deren Gipfel die Familie des Präsidenten der Vereinigten Staaten gerettet. Damals hatten seine Vorgesetzten ihn versetzen wollen. Sie hatten gesagt, er sei drauf und dran, eine bekannte Persönlichkeit zu werden – der Todeskuss für jeden Undercover-Polizisten. Doch er hatte auf einem letzten Einsatz bestanden. Einem Einsatz, bei dem er fast (und nicht zum ersten Mal) die Frau verloren hätte, die er liebte, und einen Menschen getötet hatte. Zum ersten Mal.

Und das war's dann. Ein Schreibtischjob für DCI Joesbury. Von jetzt an würde er Operationen planen, würde die jungen Kollegen ins Feld schicken, würde andere Männer und Frauen Gefahren aussetzen. Von jetzt an würde alles Blut an seinen Händen kleben, denn über ihm kam niemand mehr.

Und in so etwas war er wirklich nicht besonders gut.

»Sir.«

Ein Mitarbeiter seines neuen Teams streckte den Kopf in sein Büro. Theo Cox hatte in Cambridge Informatik studiert und war Spezialist für Online-Finanzvergehen und -betrug. Eine Zeit lang hatte er in der City gearbeitet, ehe er als Berater zur Metropolitan Police gegangen war. Nach den nötigen Schulungen war er Joesburys Team zugeteilt worden.

Für einen Polizisten war Theo immer sehr gut angezogen, und Joesbury hatte so ein Gefühl, dass der heutige Anzug aus einem Seidengemisch war, wenn nicht gar aus reiner Seide. Und mit an Sicherheit grenzender Wahrscheinlichkeit maßgeschneidert. Immer trug er Hemden und Krawatten in leuchtenden Blau- oder Fliedertönen, um die Farbe seiner tief liegenden Augen zu betonen. Sein Haar war skandinavisch blond und tadellos frisiert.

Dankbar für die Störung schloss Joesbury den Bericht, den er gerade überflogen hatte. »Theo, was kann ich für Sie tun?«

Mit der unerschütterlichen Selbstsicherheit eines Absolventen von Privatschulen und einer Eliteuniversität stand Theo bereits im Büro. »Sie haben doch gesagt, wir sollen es Sie sofort wissen lassen, wenn in der Nähe der Tower Bridge irgendetwas Ungewöhnliches vorgeht?«

Theo überwachte »das Rauschen«, die Online-Aktivitäten in der Hauptstadt und ihrer Umgebung und hielt Ausschau nach dem Wirbel im Datenstrom, dem besonderen Augenblick, dem Anfang eines Musters. Nach allem, was darauf hindeuten könnte, dass sich irgendwo etwas zusammenbraute.

»Was haben Sie denn?«

Die Hände des Jungen waren leer. Offenbar hatten er und seinesgleichen noch nie von schriftlichen Unterlagen gehört. »Ist vor ein paar Sekunden reingekommen, und das System hat's mit einem Warnhinweis versehen. Ich hab's an Sie weitergeleitet.«

Joesbury öffnete sein Postfach. Ein paar Zeilen Text, ein Internetalarm.

Theo gab ihm kaum Gelegenheit, den Text zu verarbeiten. »Entführung eines Babys auf der Promenade südlich der Tower Bridge. Eine Polizistin außer Dienst war vor Ort. Streife ist unterwegs.«

»Dana«, sagte Joesbury, als er den Namen seiner besten Freundin und der Patentante seines Sohnes auf dem Bildschirm entdeckte. Rasch blickte er auf. »Und die Entführung ist noch im Gange?«

Ein heftiges, erregtes Nicken. »Sieht so aus.«

Die Tower Bridge war etwas mehr als anderthalb Kilometer von Scotland Yard entfernt.

Joesbury war auf den Beinen. »Holen Sie Ihren Mantel.«

7

Die Themse hat einen beeindruckenden Gezeitenbereich, zwischen Hoch- und Niedrigwasser kann sie mit bis zu sieben Metern aufwarten. Obgleich das absolut gesehen nicht bemerkenswert ist (der Severn, der fünfzehn Meter schafft, findet das vielleicht lustig), bedeutet es doch, dass ein Fluss, der zu Beginn des Tages bis hoch an die Promenadenmauer heranreicht, sechs Stunden später einen recht breiten Uferstreifen frei lassen kann.

Als Lacey Flint an jenem Morgen Mitte September wieder auf dem Tower Bridge Quay ankam, hatte gut vier Stunden lang Ebbe geherrscht, und ein schmaler grauer Strand war erschienen, übersät mit schmierigen Steinen und Müll. Die Ufermauer, bekränzt mit alten Ketten zum Festmachen, ragte fünfzehn Meter empor. Schmutzgeschwärzte Steine im oberen Teil, während der untere von triefendem smaragdgrünen Seegras bedeckt war.

Lacey strebte auf den inneren Rand des Piers zu, wo sie ihr Kajak festgemacht hatte. Die Besitzer der Landungsbrücke hatten kein Problem damit. Die meisten Leute, die am oder auf dem Fluss arbeiten, ziehen es vor, sich mit der Flusspolizei gut zu stellen, und Lacey hatte sich während ihrer Zeit bei der Einheit bei den gesetzestreuen Mitgliedern der Flussgemeinschaft recht beliebt gemacht. Bei den weniger gesetzestreuen war sie weniger beliebt.

Das Schwimmtier, das ihr vorhin aufgefallen war, war immer noch da. Es lag ein paar Meter flussabwärts am Strand und wurde jetzt von einem Mann im dunklen Jogginganzug an einer dünnen Schnur festgehalten. Laceys erste instinktive Reaktion war Erleichterung, dass es nicht in den Händen von Kindern war, ein Gefühl, das weniger als eine Sekunde anhielt.

Kaum hatte sie sich ins Kajak gesetzt, als auf der Promenade über ihr ein Tumult ausbrach. Schreie gellten durch das Alltagsbrausen des Londoner Straßenverkehrs, und eine Frau – Lacey glaubte, Helens Stimme zu erkennen – brüllte etwas. Eine Hupe ertönte. Rennende Schritte. Der Steg, der von der Promenade zum Pier hinabführte, begann zu hüpfen und zu beben, als schwere Schritte ihn entlangpolterten. Zwei Männer kamen auf sie zugeeilt.

Lacey reagierte augenblicklich. Hastig kletterte sie aus dem Kajak und zückte ihr Handy, während der erste Läufer, das Gesicht halb von einem Schal verborgen, ihren

Blick erwiderte und langsamer wurde. Helle Augen. Ein Weißer. Jung, dünn. Er hielt etwas an die Brust gedrückt.

Ein dritter Mann erschien auf dem Steg, älter, mit dunklerer Haut und in Arbeitskleidung. Er verfolgte die beiden.

»Haltet sie auf!«, rief er und rannte den Steg hinunter.

Die beiden Männer wurden wieder schneller; dann erschien auch Helen auf der Bildfläche. Der erste Mann erreichte den Pier, und, großer Gott, das war ja ein Baby da in seinen Armen. Er sprang über das Geländer, landete auf dem Uferstreifen und rannte an ihr vorbei.

»Lacey, er hat ein Baby!«, schrie Helen unnötigerweise. Das Baby, das instinktiv begriff, dass seine sichere, ordentliche Welt auf den Kopf gestellt worden war, brüllte aus vollem Hals.

Lacey nahm die Verfolgung auf und wusste, dass ihre Chancen nicht gut standen. Weder trug sie Uniform, noch hatte sie ihren Dienstausweis bei sich. Kein Funkgerät, um die Zentrale in Wapping zu kontaktieren, keine Verstärkung. Sie war nur eine junge Frau, die sich drei Kerlen gegenübersah, die irgendetwas Unfassbares vorhatten. Als sie vom Pier sprang, sank sie tief in den grauen Schlamm ein und konnte nur entsetzt zusehen, wie die drei Männer das Baby in das Schwimmtier legten und es aufs Wasser hinausstießen.

Sie hatte doch gewusst, dass mit diesem Schwimmdings etwas nicht stimmte. Warum hatte sie nicht früher gehandelt?

Dann kamen die drei Männer auf sie zu wie die vorderste Reihe einer Rugbymannschaft. Der Erste schlug mit der rechten Faust zu. Der Schlag traf sie seitlich am Kopf und brachte sie aus dem Gleichgewicht. Der Zweite brüllte etwas, das sie nicht verstand. Fast wäre sie hingefallen; sie schwankte, während sie versuchte, sich zu fangen. Gleichzeitig entfernten sich die quatschenden Schritte der Männer.

Sie drehte sich nicht um, um ihnen nachzusehen, wie sie davonliefen. Das Baby!

Lacey rannte zum Wasser. Die Schnur an dem Schwimmtier, vielleicht bekam sie die zu fassen … Doch der gierige Fluss hatte sich sein neuestes Opfer bereits geholt, und das Gummieinhorn, weiß mit Regenbogenstreifen, trieb fast zwanzig Meter flussabwärts.

Eine Hand berührte ihre Schulter. »Wie tief ist es hier?«, fragte Helen. »Kann ich da rauswaten?«

Lacey wirbelte herum. »Nie im Leben. Rufen Sie in Wapping an. Die haben ein paar Minuten, um es abzufangen.«

Allerhöchstens ein paar Minuten. Normalerweise machte die Ebbe vier Knoten, und die Dienstelle Wapping, wo die Flusspolizei stationiert war, lag nicht weit stromabwärts. Als Lacey wieder über das Geländer des Piers kletterte, sah sie, wie der vierte Mann, ein Pakistani in Arbeitskleidung, den drei Männern auf dem Uferstreifen hinterherrannte, doch er war älter und langsamer, und sie hatten einen ordentlichen Vorsprung. Sie hörte Helen telefonieren; sie nannte ihren Namen und Dienstgrad und verlangte, sofort nach Wapping durchgestellt zu werden. Und Lacey wusste, dass sie das alles hinter sich lassen musste. Der Fluss, das Baby – das war alles, woran sie jetzt denken konnte.

Polizisten werden dazu ausgebildet, zu sehen, zu registrieren, und die Officers der Wasserpolizei konnten nicht auf der Themse unterwegs sein, ohne ständig ihre Umgebung wahrzunehmen. Bei Lacey Flint war das nicht anders, wenn überhaupt, so war sie besser darin als die meisten anderen. Am Anleger von Wapping hatte eine Targa-Motorjacht gelegen, als sie vorhin vorbeigepaddelt war, eines der Boote, mit denen sie und die anderen auf dem Fluss patrouillierten, und außerdem zwei schnelle Festrumpfschlauchboote. Ihre Kollegen könnten wirklich binnen weniger Minuten auf dem Wasser sein.

»Ich kann mir das Ding schnappen«, schrie sie Helen zu und sprang wieder in ihr Kajak. »Lassen Sie den Fluss für alle Fahrzeuge sperren. Und die Jungs in Wapping sollen sich …«

Als der Gezeitenstrom sie mitriss, sah sie, wie Helen herumfuhr und nach Luft schnappte. Ein Kinderwagen war oben auf der Promenadenmauer erschienen. Er verharrte kurz dort, dann stürzte er herab und schlug fünfzehn Meter tiefer hart auf dem Sand auf.

8

Am Fuß der Treppe zur Tower Bridge hatte sich eine Menschenmenge versammelt. Irgendwo in der Ferne näherte sich eine Sirene.

Der Mann, der den Kinderwagen geworfen hatte, war auf der anderen Seite der stark befahrenen Straße. Er ging nach Norden, in Richtung Innenstadt, und Dana musste ihn laufen lassen. Ein anderer Mann, im Anzug und mit einer Ausgabe der *Financial Times* in der Hand, löste sich aus der Menge und strebte auf den Pier zu. Eine Hand fest um Inigos Kopf gelegt, rannte Dana auf ihn zu.

»Sir!«

Oben an der Rampe machte er halt und drehte sich um.

»Sir, ich bin Polizeibeamtin außer Dienst. Meine Kollegen sind unterwegs. Könnten Sie bitte hierbleiben und alle daran hindern, zum Fluss hinunterzugehen, bis sie hier sind?«

Der Mann deutet auf das Wasser. »Er hat ein Baby da runtergeworfen.« Er schluckte. »Der Kinderwagen, den er runtergeschmissen hat … da war ein Baby drin. Er hat ein Baby über die Mauer geworfen!«

»Ich weiß, Sir. Meine Kollegin ist da unten, und ich gehe gleich selbst hin. Das hier ist jetzt ein Tatort, und wir müssen ihn sichern. Können Sie uns helfen, bitte? Ein paar Minuten?«

Der Mann sah erst unsicher und dann erleichtert aus. Er nickte zustimmend, also schob Dana sich an ihm vorbei. Inigos Kopf noch immer fest umfasst, rannte sie die Rampe hinunter.

Drei Personen tauchten in ihrem Blickfeld auf. Helen, die in ihr Handy sprach, den Blick fest auf den umgestürzten Kinderwagen gerichtet. Ihre Lebensgefährtin, der mutigste Mensch, den sie kannte, den nichts aus der Ruhe brachte, sah aus, als müsse sie sich gleich übergeben. Der Mann, der die Entführer verfolgt hatte, lehnte völlig außer Atem am Geländer des Piers. Auch er starrte voller Grauen den halb im Schlamm steckenden Kinderwagen an. »Babys«, stammelte er halblaut, als Dana näher kam, »wer tut denn kleinen Kindern so was an?« Und Lacey, die wieder in ihrem Kajak saß und wie wild vom Pier wegpaddelte. Von dem Baby oder den beiden Männern, die es entführt hatten, war nichts zu sehen.

»Ja, Constable Lacey Flint hat die Verfolgung aufgenommen«, sagte Helen gerade. »In einem Kajak. Sie ist ungefähr …« Dana sah, wie Helen den Blick mühsam zum Fluss wandte, »… fünfzig Meter flussabwärts von der Tower Bridge. Das Aufblas-Schwimmtier kann ich nicht sehen. Ja, weiß, an der höchsten Stelle ungefähr anderthalb Meter hoch, mit Regenbogenstreifen. Ein Einhorn. Wir brauchen Rettungsteams auf dem Fluss, sofort!«

Als Dana ihrer Partnerin die Hand auf die Schulter legte, fuhr Helen zusammen und entspannte sich erst, als sie sah, wer da zu ihr getreten war. Sie beendete das Telefonat, und ihr Blick huschte rasch zu Inigo.

»Ihm fehlt nichts«, sagte Dana. »Was ist hier los?«

»Drei Männer, einer hat hier unten auf die beiden anderen gewartet. Das Baby treibt auf dem Fluss, in einem aufblasbaren Gummitier, das sehr wackelig aussieht, und Lacey ist ihm auf den Fersen. Und dann ist das da passiert.«

Mit einer knappen Kopfbewegung deutete Helen auf den umgekippten Kinderwagen.

Lacey war bereits außer Sicht. Auch sie war mutig, war superfit und mehr als kompetent, aber wie konnte ein Baby da draußen auf dem Fluss überleben? Und in der Zwischenzeit hatte sich nur ein paar Meter entfernt eine weitere Tragödie ereignet.

»Wir müssen nachsehen«, sagte Dana.

»Ich weiß.«

Keine der beiden Frauen rührte sich von der Stelle. »Ich glaube, ich kann das nicht«, stieß Helen hervor.

Dana hakte die Bauchtrage los. »Hier, nimm Ini.«

Ihr Körper fühlte sich kalt an, als sie Helen ihren Sohn reichte. Und als sie auf das zuging, das, wie sie instinktiv wusste, das Allerschlimmste sein würde, was sie jemals gesehen hatte, fühlte es sich an, als wäre irgendetwas Lebenswichtiges in ihr plötzlich nicht mehr da. Als würde ihr gemeinsamer Sohn verschwinden, wenn sie sich zu Helen umdrehte. Während ihre Füße in den Schlamm einsanken, ertappte sie sich dabei, dass sie bezweifelte, jemals Mutter gewesen zu sein.

Doch das hier war ihr Job, sie musste dorthin.

Der Schlamm war tief. Danas Schuhe waren bereits völlig verdreckt, und das war ja bestimmt gut. Es musste eine weiche Landung gewesen sein. Aber der Wagen war über fünfzehn Meter tief hinuntergestürzt, und selbst wenn das Kind angeschnallt gewesen war, hatte es sich bestimmt schwer verletzt. Wenn überhaupt, dürften die Gurte alles noch schlimmer gemacht und den kleinen Körper festgehalten haben, als die Wucht des Aufpralls ihn zerriss. Das arme kleine Ding hätte bessere Chancen gehabt, wenn es nicht festgeschnallt gewesen wäre. So wie die Dinge lagen, war Dana klar, dass das Kind sich höchstwahrscheinlich das Genick gebrochen hatte.

Was für ein Vater stürzte sein kleines Kind in den beinahe sicheren Tod? Überhaupt kein Vater, begriff sie. Das Baby, das sie gleich vor sich sehen würde, war entführt worden, um ermordet zu werden. Zwei tote Babys, denn das Kind auf dem Fluss konnte unmöglich überleben. Wie konnte so ein schöner Tag so fürchterlich entgleist sein?

Als sie den Kinderwagen erreichte, erkannte sie Marke und Modell, ein Silver Cross Pioneer in Taubengrau. Er kostete fast neunhundert Pfund und war einer von sechs auf ihrer Auswahlliste gewesen.

Ach, Herrgott noch mal, Dana, ich kann mir nicht noch *einen Kinderwagen anschauen. Würdest du dich bitte mal entscheiden?*

Der Wagen stand auf dem Kopf, das graue Stoffverdeck war größtenteils im Schlamm verborgen, und die Räder drehten sich immer noch.

Dana war sich auch nicht sicher, ob sie das konnte. Ein ermordetes Baby, es war unvorstellbar. Und doch, wenn es denn getan werden musste, dann sollte es von einer Mutter getan werden.

Der Gedanke verlieh Dana Mut, jedenfalls ein wenig, und sie packte das Aluminiumgestell und zerrte daran. Der Schlamm zerrte zurück. Sie spürte jemanden an ihrer Seite, und ihr wurde klar, dass es Helen war. Jetzt hatte *sie* sich Inigo vor die Brust geschnallt.

Unter dem grauen Stoffverdeck drangen Babylaute hervor: Ein Prusten, ein Greinen, dann ein hohes Weinen. Die beiden Frauen schauten auf ihr eigenes Kind hinab. Es schlief tief und fest.

»Es lebt noch, um Himmels willen. Helen, hol es da raus, es lebt noch!«

Gemeinsam packten sie zu und zerrten an dem Kinderwagen. Diesmal lösten ihre vereinten Kräfte ihn aus dem Schlamm und stellten ihn wieder auf die Räder.

Das Baby darin, das einen blau-weiß gestreiften Strampler und ein blaues Mützchen anhatte, war noch immer angeschnallt und sah abgesehen von ein paar Schlammspritzern vollkommen unversehrt aus. Das Weinen ging weiter, und doch war das Gesicht, das die beiden Frauen anstarrten, vollkommen regungslos. Leblos, und doch nicht tot. Es war überhaupt kein Baby, sondern eine lebensechte Babypuppe mit einem eingebauten Geräusch-Mechanismus.

9

Das Einhorn hatte einen ganz schönen Vorsprung, doch Laceys Kajak war dafür gemacht, schnell durchs Wasser zu gleiten. Es war deutlich aerodynamischer als ein rundes aufblasbares Gummitier und würde es bald einholen, wenn die Umstände ansonsten gleich waren.

Nur waren die Umstände nicht gleich. Das Einhorn war in die schnellere Strömung in der Mitte des Flusses hinausgezogen worden; ihm dorthin zu folgen wäre für Lacey gefährlich. Ein Lastkahn in voller Fahrt würde nicht auf kleinere Boote in seinem Fahrwasser achten. Und eine der Fähren könnte sie alle beide umnieten.

Von Wapping bis zur Tower Bridge waren es gut anderthalb Kilometer, und der Gezeitenstrom würde einen Kilometer innerhalb weniger Minuten zurücklegen. Rein technisch hätte die Flusspolizei genug Zeit, das Kind abzufangen, aber nur, wenn ihre Kollegen sofort draußen sein konnten. Manchmal ging das nicht: Schlüssel waren verkramt worden. Boote mussten aufgetankt werden, der richtige Officer war gerade nicht da. Helens Anruf hatte bestimmt die Hafenbehörde in Alarmbereitschaft versetzt, die eigentlich für die Sicherheit auf dem Fluss zuständig war, aber deren Rettungsbootstation war zu weit weg.

Eine Welle schwappte über das Kajak. Lacey, die mit vor Anstrengung geöffnetem Mund paddelte, registrierte den schmutzigen, öligen Geschmack des Themsewassers, während das Gummitier – jetzt etwas näher, vielleicht fünfzig Meter entfernt – auf einer ganz ähnlichen Welle emporhopste. Solche Aufblasdinger waren als Pool-Spielzeug für Kinder gedacht, nicht für rasch dahinströmende Flüsse mitten in einer Großstadt. Der sanfteste Wirbel, die kleinste Heckwelle eines vorbeifahrenden Bootes würde es umkippen, und das Baby würde untergehen wie ein Stein.

Das Einhorn kippte nicht um, doch es drehte sich in der Strömung. Durch seine runde Form konnte es im Wasser nicht Kurs halten, und das Fehlen eines Kiels ließ es jedes Mal in eine andere Richtung treiben, wenn der Wind es erfasste. Vierzig Meter weit weg, aber der Wind drückte es wieder auf das Nordufer zu. Dichter am Ufer war auf dem Fluss weniger los, aber andererseits gab es dort mehr Hindernisse, die das Schwimmtier zum Kentern bringen könnten.

»Weg da!«

Ohne dass sie es gemerkt hatte, hatte sich ein Motorboot Lacey von hinten genähert. Als sie sich kurz umdrehte, brüllte der Skipper: »Raus aus der Fahrrinne!«

Es waren vier Personen an Bord, eine davon filmte sie anscheinend gerade mit einer Videokamera.

»Nach Steuerbord ausweichen«, rief sie zurück. »Bleiben Sie von dem Gummiding da weg!«

Jetzt lagen noch zwanzig Meter zwischen ihr und dem Baby, und sie rauschten gerade an den Hausbooten der Hermitage Riverboat-Community vorbei. Deren Bewohner rannten über die Decks hinter dem Schwimmtier her.

»Ein Baby!«, schrie einer von ihnen ihr zu. »Da ist ein Baby drin!«

Das Motorboot, dessen Crew halbwegs begriffen hatte, was los war, hielt mit ihr Schritt, und das war gut. Es war sehr viel sichtbarer als sie und würde ihr Flankenschutz geben.

Die Hausboote blieben hinter ihnen zurück. Zehn Meter, und sie konnte das Baby brüllen hören, konnte seine Händchen wie winzige Flaggen in der Luft wedeln sehen.

»Bleiben Sie hinter mir«, schrie sie dem Skipper zu. »Versuchen Sie, mich gegen die Heckwellen abzuschirmen.«

»Geht klar!«

Eine Barriere vor ihr auf dem Wasser. Die Targa-Motorjacht und beide Festrumpfschlauchboote der Flusspolizei waren ausgelaufen und hielten im Gezeitenstrom ihre Position. Polizisten mit Ferngläsern standen auf allen drei Booten. Ein lautes Hornsignal. Sie hatten sie gesehen.

Sieben Meter. Sechs. Gerade die Leichtigkeit des Aufblasspielzeugs bewahrte es vor einer Katastrophe. Es hüpfte auf der kleinsten Welle. Doch sollte irgendetwas es aufhalten, seine Fahrt über das Wasser stoppen, so würde es umkippen und sofort überspült werden.

Und in wenigen Sekunden würde es gegen die beiliegenden Boote vor ihm prallen.

Es durfte nicht umkippen, sie musste es vorher erreichen. Lacey senkte den Kopf, paddelte noch schneller und nahm dabei winzige Korrekturen vor, um auf dem Kurs des Gummitiers zu bleiben.

Fünf Meter, vier. Rasch hob sie das Paddel aus dem Wasser.

Drei Meter, zwei, einer. Ihr Kajak war neben dem Schwimmtier. Lacey konnte das Baby sehen, das jetzt beängstigend still dalag. Sie beugte sich aus dem Boot und packte den nassen Strampler. Eine Welle schwemmte über den Bug des Kajaks, und sie hielt die Luft an. Der Bug tauchte wieder empor, und das Kajak richtete sich auf. Rasch riss sie den Arm hoch und spürte das Gewicht des Babys. Ein Schreckensmoment der Erkenntnis, dass das Ganze hier und jetzt doch noch fürchterlich schiefgehen konnte. Der Strampler hielt. Das Kind riss überrascht die Augen auf, und dann lag der kleine Körper fest an Laceys Brust, kompakt und lebendig.

10

Joesbury ließ sein Motorrad – eine knallrote Ducati Panigale V4R, von der er insgeheim wusste, dass er damit wie ein angejahrter Volltrottel aussah – in der Obhut eines Constable von der Streife zurück, zeigte dem Beamten, der den Tatort bewachte, seinen Dienstausweis und ging dann zum Uferstreifen voran. Theos Gesicht war wachsbleich, und der Schweiß an seinen Schläfen ließ sich nicht so ohne Weiteres abwischen. Auf der Stirn hatte er eine rote Druckstelle von einem zu engen Helm. Sein Haar, eben noch vollendet gestylt, klebte ihm zusammengedrückt am Kopf.

»Noch nie hintendrauf gesessen?«, erkundigte sich Joesbury und sah Dana und Helen mit einem Polizisten unten auf dem Strand stehen.

»Schon sehr oft, Sir. Schon sehr oft.«

Joesbury beschloss, dass er dieses Gespräch nicht fortführen wollte, und ging mit großen Schritten auf das Ende des Piers zu. »Jetzt gibt's dreckige Schuhe«, verkündete er schroff, als er auf den Strand hinuntertrat.

Die eleganten Halbschuhe des Jungen, die über sechshundert Pfund gekostet haben dürften, würden völlig ruiniert werden, und Joesbury war klar, dass er wirklich aufhören musste, so ein Arsch zu sein. Wahrscheinlich war er auf dem Weg hierher zu schnell gefahren.

»Seid ihr alle drei okay?«, fragte er, und sein Blick zuckte von Dana zu Helen und dann zu dem Büschel dunkler Haare, das an Helens Oberkörper festgeschnallt war.

»Piers Morgan sagt, echte Männer tragen keine Kängurubeutel«, bemerkte er, weil er in letzter Zeit wirklich nicht anders konnte, als ein Arsch zu sein.

»Piers Morgan kann mich kreuzweise«, gab Helen zurück. »Genau wie du.«

Okay, er hatte es ja nicht anders gewollt. Er stellte sich dem Constable von der Streife vor, bevor er sich wieder Dana zuwandte.

»Wer ist hier zuständig?«

»Fürs Erste Gayle.« Dana zeigte auf eine blonde Polizeibeamtin Mitte dreißig, die gerade Polizei-Absperrband an dem Kinderwagen festmachte. »Neil übernimmt später, aber der war noch woanders im Einsatz. Er ist unterwegs.«

Joesbury kannte sowohl Detective Constable Gayle Mizon als auch Neil Anderson, den stellvertretenden Detective Inspector vom Revier Lewisham, wo auch Dana stationiert war.

»Wohin sind die Täter getürmt?«, wollte er wissen und meinte, nachdem Helen in die entsprechende Richtung gezeigt hatte: »Zur Treppe am Tower, würde ich tippen. Zweihundert Meter flussaufwärts. Hat jemand sie verfolgt?«

»Es war ja niemand da.« Nach Helens Tonfall zu urteilen, war sie immer noch sauer auf ihn. »Dana und ich haben uns auf das Baby konzentriert. Auf *die Babys*, wie wir da noch gedacht haben.«

Joesbury nickte geistesabwesend. Bei seiner Ankunft hatte man ihm berichtet, dass sich das Baby in dem Kinderwagen als Attrappe herausgestellt hatte. Von dem auf dem Fluss gab es noch immer nichts Neues.

»Wär's möglich, dass das andere Baby auch nicht echt war?«, fragte er.

»Ich habe es schreien hören«, antwortete Helen. »Und in den letzten sechs Monaten habe ich reichlich Babygeschrei zu hören bekommen, ich tippe also auf echt.«

»Das da hat auch geschrien.« Dana schaute zu dem Kinderwagen im Schlamm hinüber.

Theo blickte den Fluss hinauf und hinunter. »Zweihundert Meter sind eine ganz schöne Strecke in diesem Matsch«, bemerkte er.

»Mit dem Boot abzuhauen wäre riskanter gewesen«, erwiderte Joesbury. »Drei Männer zu Fuß können sich in London sehr viel leichter verstecken als ein Boot auf dem Fluss. Und die Schlauchboote der Flusspolizei sind verdammt schnell.«

»Und nicht weit weg«, ergänzte Helen. »Ich würde sagen, die Typen haben gewusst, was sie tun. Und wir suchen nach vier Männern. Der Vater, der den Kinderwagen runtergeschmissen hat, gehörte auch dazu.«

»Beschreibung?«

»Weiß, männlich, und so, wie die sich bewegt haben und wie schnell sie gerannt sind, ziemlich jung. Zwanzig und ein bisschen, höchstens dreißig. Drei hatten sich Schals um die untere Gesichtshälfte gewickelt.«

Joesbury wusste, dass er nicht gerade beeindruckt aussah, aber, Herrgott noch mal, die beiden waren ranghohe Polizistinnen. War das wirklich alles, was sie zu bieten hatten?

»Wir haben uns auf die Babys konzentriert«, wiederholte Dana. »Es ging alles wahnsinnig schnell, und, ja, wir haben uns überrumpeln lassen.«

»Jetzt entschuldige dich doch nicht bei ihm«, fuhr Helen sie an. »Wir wissen ja noch nicht mal, warum er …«

Ihr Handy klingelte, und sie wandte sich ab, um den Anruf anzunehmen. Mehrere endlose Sekunden lang lauschte sie und sog dann scharf die Luft ein.

»Das Baby ist in Sicherheit«, verkündete sie, nachdem sie das Gespräch beendet hatte, und Joesbury sah, dass ihre Hände zitterten. »Lacey hat das Gummidings eingeholt und hat's geschafft, sich die Kleine zu schnappen. Sie sind beide unterwegs ins Royal London Hospital. Das Baby ist sehr kalt, aber, na ja, wir müssen abwarten. Wenigstens ist es aus dem Wasser raus.«

Danas Augen schimmerten.

»Lacey?«, fragte Joesbury. »Meint ihr etwa …?«

Beide Frauen wollten ihn anscheinend nicht ansehen. »Wir haben uns zum Frühstücken mit ihr getroffen«, sagte Dana nach einer gefühlten Ewigkeit.

»Sie war auf dem Pier, als das Ganze losging«, fügte Helen hinzu. »Sie war mit dem Kajak hier.«

»Dann sollten wir wohl dankbar sein, dass sie nicht geschwommen ist«, knurrte Joesbury.

»Reden Sie etwa von Lacey Flint?« Der Constable schaute von einem Detective zum anderen. Dann fing er Joesburys Blick auf und ließ es bleiben.

»Ich meine«, fuhr er fort, »ist das nicht die, die …«

»Was immer Sie gleich sagen wollen, die Antwort lautet wahrscheinlich Ja«, erklärte Helen ihm und wandte sich dann an Theo. »Und da DCI Joesbury keinerlei Anstalten macht, uns einander vorzustellen, ich bin Helen Rowley, und das hier ist DI Dana Tulloch. Willkommen am Tatort, möglicherweise einer der schlimmsten, die wir alle je erlebt haben. Allerdings, so wie sich die Dinge zu entwickeln scheinen …«

Dana streckte die Hand aus und strich ihrer Frau über den Arm. »Mark?«, fragte sie. »Wieso bist du hier?«

11

Der Mann, der vor ein paar Stunden mitangesehen hatte, wie seine sorgfältig ausgearbeiteten Pläne gründlich fehlgeschlagen waren, bemühte sich, ruhig zu bleiben, und sagte sich, dass es eigentlich gar nicht so schlimm gewesen sei.

Die vier Akteure waren alle wohlbehalten zu ihrer jeweiligen Basis zurückgekehrt, möglicherweise sogar, ohne von irgendwelchen Überwachungsgeräten erfasst worden zu sein. Nicht dass das eine Rolle gespielt hätte – sie hatten ihren Zweck erfüllt und würden nicht noch einmal eingesetzt werden.

Die Medien hatten den Vorfall bereits aufgegriffen. Er wurde in vagen Formulierungen als Eilmeldung gebracht: »Berichte von einem beunruhigenden Vorfall an der Tower Bridge in London. Es sind Rettungskräfte vor Ort, und der Öffentlichkeit wird geraten, die Gegend zu meiden.« Die großen Mittagssendungen waren mehr ins Detail gegangen, und um vier Uhr war eine Pressekonferenz anberaumt worden.

Es wäre der perfekte Start gewesen, wenn nur diese Zicke auf dem Uferstreifen nicht gewesen wäre. Er hatte damit gerechnet, dass es Zeugen geben würde, vielleicht sogar Möchtegern-Helden. Doch nicht einmal im Traum wäre er auf den Gedanken gekommen, dass irgend so eine durchgeknallte Tussi dem Kind hinterherpaddeln und es tatsächlich retten würde.

Dieser greinende kleine Kackautomat hätte inzwischen längst Krabbenfutter sein müssen.

Seine Hände hatten sich zu Fäusten geballt, seine Nägel, die wieder einmal zu lang geworden waren, bohrten sich in die Handflächen. Da ihm klar war, dass er das Beste daraus machen musste, rief er Rage auf, eine Webseite im Darknet, die er vor ein paar Wochen gestartet hatte.

Das von der Tower Bridge aufgenommene Video, auf dem das Gummiteil aufs Wasser hinaustrieb, war bereits von einem seiner Mitstreiter gepostet worden, bearbeitet, sodass die Zicke in dem Kajak nicht zu sehen war. Der Fokus musste auf der grandiosen Geste liegen, nicht auf der zufällig geglückten Intervention.

Gut gemacht, Brüder!, schrieb er darunter. *Was für ein wunderbarer, glorreicher Anfang.*

12

Inigo, der nach dem aufregenden Vormittag ziemlich aufgekratzt war, brauchte beim Stillen länger als sonst und war nicht geneigt, wie üblich in milchtrunkenen Schlaf zu sinken. In der Ecke des Raumes, der für die Befragung von Kindern und vulnerablen Personen benutzt wurde, stand ein Fernseher. Da sie wusste, dass Hintergrundgeräusche ihren Sohn oft beruhigten, drückte Dana auf den Knopf der Fernbedienung, und das wohlbekannte Gesicht der Moderatorin der Nachmittags-Talkshow *Loose Women* füllte den Bildschirm.

»Schauen wir uns doch mal an, worüber alle Welt heute Morgen geredet hat«, sagte sie.

Das Bild wechselte und zeigte jetzt eine Wiederholung der Talkshow *Question Time* der BBC vom Vorabend. Einer der Gäste, ein britischer Schauspieler namens Fergus Lord, redete gerade. »Ich sagte ja gar nicht, dass Emma keine ausgezeichnete Schauspielerin ist«, beteuerte er.

»Schauspieler*in«, verbesserte die linke Politikerin zu seiner Linken ihn.

Lord warf ihr einen kurzen Seitenblick zu. »Von mir aus. Ich sage, dass ich der größere Star war, als wir zusammen an *The Turnaround* gearbeitet haben.«

Die Kamera schwenkte auf das Publikum, auf Gesichter, in denen sich Verachtung, Ungläubigkeit und Spott malte.

»Ich hatte mehr Fernsehauftritte gehabt, und sie war relativ unbekannt«, fuhr Lord fort, der entweder nicht merkte, dass ihm das Wohlwollen der Zuschauer abhandenkam, oder dem es egal war. »Ich war für die das profitablere Talent, und natürlich haben sie mir mehr bezahlt.«

Der Clip endete, man sah wieder das *Loose Women*-Studio, und die Kamera schwenkte zurück, um Lord zu zeigen, der an dem langen, gebogenen Tisch saß. Neben ihm saßen die Moderatorin und drei andere Frauen, die alle regelmäßig in der Show auftraten.

»Ihre Bemerkungen bei *Question Time* haben ja ein bisschen für Aufruhr gesorgt«, begann die Moderatorin. »Möchten Sie sich entschuldigen?«

Fergus Lord war etwa dreißig, ein Schauspieler, der es mit achtzehn oder neunzehn in einer beliebten Vormittagsserie über eine Eliteschule zu Ruhm gebracht hatte. Seither hatte er sich mit einer ganzen Reihe Rollen als liebenswerter Sohn aus gutem Hause in dieser Nische häuslich eingerichtet. Außerdem war er ein Stand-up-Comedian mit rechtslastigen politischen Ansichten. Trotzdem – oder vielleicht auch gerade deswegen – war er in den Arbeiterkreisen Nordenglands verblüffend erfolgreich. Ohne sich für seine privilegierte Herkunft zu entschuldigen, redete er ungeniert und unverblümt über Dinge, die die Arbeiter direkt betrafen.

»Absolut nicht«, antwortete er mit seiner charakteristischen Eliteschulstimme. »Ich habe doch nichts Beleidigendes oder Unsinniges gesagt.«

»Emma Winter war in mehr Szenen als Sie und hatte – ich glaube, so hat es jemand nachgeprüft – zwanzig Prozent mehr Text, und trotzdem hat sie für die Serie fünfzigtausend Pfund weniger bezahlt bekommen?«

Lord seufzte schwer. »Sie hat den Betrag bekommen, den ihr Agent aushandeln konnte, genau wie ich. Das hatte nichts mit sexueller Diskriminierung oder dem sogenannten Gender Pay Gap zu tun, das ist die kommerzielle Realität.«

»Der sogenannte Gender Pay Gap?«, ging eine der anderen Frauen dazwischen. »Dann glauben Sie also nicht, dass es den wirklich gibt?«

Lords lässiges Achselzucken erweckte den Eindruck, dass ihn die Frage langweilte. »Sie können mir bestimmt Statistiken vorzitieren. Was ich sagen will, ist, es gibt Gründe, warum Frauen nicht immer dasselbe verdienen wie Männer, die nichts mit Diskriminierung zu tun haben.«

Eine der drei Diskussionsteilnehmerinnen fragte: »Glauben Sie denn nicht an gleiche Bezahlung für gleiche Arbeit?«

»Ich glaube an gleiche Bezahlung für gleichen Wert«, erwiderte Lord. »Wenn die Schauspielerin dasselbe Einspielergebnis bringt wie ihr Kollege, dann wird sich die Bezahlung angleichen. Bis dahin strengen Sie sich mehr an, Ladys. Verdienen Sie sich die dicke Kohle, auf die Sie ein Anrecht zu haben glauben.«

Während aus dem (vorrangig weiblichen) Publikum höhnische Zwischenrufe ertönten, wurde die Tür des Vernehmungszimmers aufgedrückt, und Detective Constable Gayle Mizon, eine von Danas Kolleginnen, stand im Türrahmen.

»Lacey ist aus dem Krankenhaus zurück«, meldete sie.

Dana sammelte ihre Siebensachen ein – man brauchte für Babys immer so viel Kram –, balancierte den Kleinen an der einen und die Tasche auf der anderen Schulter und verließ den Raum. Aber der Fernseher hatte gewirkt, Inigo schlief tief und fest.

Auf der Treppe begegneten sie und Gayle Lacey. »Ist er okay?«, fragte diese leise und betrachtete das Baby.

»Er mag's nicht, wenn seine Routine durcheinanderkommt«, flüsterte Dana zurück. Ihr war bewusst, wie unbehaglich sie sich hier fühlte, an diesem Ort, wo sie früher ganz und gar zu Hause gewesen war. Inigo hatte alles verändert. »Und Sie?«, fragte sie, als sie oben an der Treppe ankamen.

Die andere Frau rang sich ein kaltes Lächeln ab. »Ist für mich Alltag.«

Hinter der Milchglastür der Einsatzzentrale konnten sie undeutliche Gestalten ausmachen und gedämpfte Stimmen hören.

»Willkommen daheim, Boss«, sagte Gayle mit freudlosem Lächeln. Sie öffnete die Tür und ging ihnen voran.

Ungefähr ein Dutzend Personen saßen bereits in dem Raum, darunter Neil Anderson und Pete Stenning, die zusammen mit Gayle den Kern von Lewishams Major Investigation Team bildeten. Sie waren Danas Truppe, ihre Leute, und sie hatte sich noch nie weniger gefreut, sie zu sehen. Außerdem war Superintendent David Cook anwesend, der Leiter der Londoner Flusspolizei.

»Wer hat Sie denn eingeladen, David?«, fragte Dana, während sie und Lacey Platz nahmen und Gayle sich über die Technik beugte.

»Ich mich selbst«, antwortete Cook. »Ist schließlich auf dem Fluss passiert.«

Cook war berüchtigt dafür, sein Revier gegen alle und jeden zu verteidigen.

»Das Wichtigste zuerst.« Neil erhob sich. »Dem Baby, das heute Vormittag am Fuß der Tower Bridge seiner Mutter weggerissen wurde, geht es gut, und es wird damit gerechnet, dass die Kleine sich wieder vollständig erholt, dank des prompten Eingreifens und des enormen Muts von Constable Flint. Gut gemacht, Lacey.«

Applaus ertönte. »Lacey, sind Sie okay?«, wollte Neil wissen.

»Könnte nicht besser sein, Sarge.« Laceys gezwungenes Lächeln sagte etwas anderes. »Ich meine, Sir.«

»Sarge reicht.« Neil räusperte sich. »Was weniger erfreulich ist, ist, dass die vier an der Entführung beteiligten Männer verschwunden sind. Wir wissen, dass sie den Uferstreifen über die Schiffsanlegestelle beim Tower verlassen haben und die Lower Thames Street entlanggerannt sind. Danach haben sie sich unserer Ansicht nach getrennt. Wir suchen mit der Gesichtserkennungssoftware, aber das könnte einige Zeit dauern. Irgendwelche Ideen, Mr C.?«

»Das wäre der erste Punkt, wo sie vom Fluss wegkonnten«, meinte Cook. »Niemand läuft weit über den Uferstreifen. Da gibt's Schlammflächen, in denen man ersaufen kann, und sogar bei Ebbe steht viel vom Strand unter Wasser. Ich würde sagen, die haben das vorher gecheckt. Überprüfen Sie mal die Überwachungsaufnahmen bei Niedrigwasser während der letzten paar Wochen. An diesem Teil der Promenade gibt es eine Menge Kameras, der Tower ist immer ein potenzielles Ziel. Vielleicht sehen Sie sie ja noch mal, ohne dass sie vermummt sind.«

»Wird erledigt«, versicherte Pete und machte sich eine Notiz.

»Wir haben sämtliche Zeugen am Tatort befragt«, fuhr Neil fort, »allerdings müssen wir mit manchen vielleicht noch mal sprechen. Außerdem appellieren wir an weitere Zeugen, sich zu melden: Leute in Autos oder Bussen, die da gerade vorbeigefahren sind, so was in der Art, und wir werden ein paar Tage lang Leute an der Brücke haben.«

Das war das übliche Vorgehen. Auf Plakaten würden Datum und Uhrzeit des Vorfalls sowie eine Telefonnummer angegeben werden, über die man Kontakt aufnehmen konnte, und ein Constable in Uniform würde als Ansprechpartner für Passanten vor Ort sein.

»Wir denken, das Ganze war so geplant, dass das Risiko der vier Beteiligten, erkannt oder sogar verfolgt zu werden, minimiert wurde. Die beiden Angreifer waren vermummt. Die gesamte Aufmerksamkeit war auf sie gerichtet, also hat niemand auf den Vater geachtet, den alle für einen unbeteiligten Zuschauer gehalten haben. Das mit dem über die Mauer geschmissenen Kinderwagen war ein Geniestreich. Nachdem das passiert war, haben alle auf der Promenade nach unten geschaut, um zu sehen, was mit dem Baby ist, das ihrer Meinung nach da drin war. Und die Leute unten auf dem Uferstreifen haben zuerst auf das Baby im Wasser und dann auf das Kind geschaut, das vermeintlich in dem Kinderwagen lag.«

»Das unechte Baby war übrigens keine Puppe«, warf Gayle ein. »Das ist ein ziemlich ausgeklügeltes technisches

Gerät; so was wird beim Unterricht in Kinderkrankenpflege als Lernhilfe eingesetzt. Einen Babysimulator nennt man das. Die sind nicht so leicht zu bekommen, vielleicht können wir also rauskriegen, wer das Ding gekauft hat.«

»Das Teil ist voll gruselig«, bemerkte Pete. »Ich musste es in die Asservatenkammer runterbringen. Als ich's dagelassen habe, hat es angefangen zu plärren. Ungelogen, es war echt schwer, einfach wegzugehen.«

Neil schaute kurz zu Dana hinüber. »Ohne den abstürzenden Kinderwagen hätte Helen die Täter wahrscheinlich verfolgt.«

»Und sie hätte sie auch gekriegt, oder zumindest einen von ihnen«, meinte Dana. »Helen ist eine tolle Läuferin.«

»Wie nicht anders zu erwarten«, fuhr Neil fort, »stammen unsere besten Informationen von Ihnen dreien. Helen hat lange mit uns gesprochen, bevor sie gegangen ist, und Lacey auch, während sie noch im Krankenhaus war. Und Ihren Input haben wir auch einfließen lassen, Ma'am.«

Nachdem Gayle ein paarmal auf die Tastatur ihres Laptops getippt hatte, erschienen vier Phantombilder auf dem Bildschirm hinter Neil. Es war toll, dass das Team sie so schnell erstellen lassen hatte, doch sie waren ziemlich vage. Die vier Männer sahen alle mehr oder weniger gleich aus: weiß, irgendwo zwischen zwanzig und fünfunddreißig, stumpfbraunes Haar, nichtssagende Augen, keinerlei charakteristische Merkmale. Die beiden, die das Baby entführt hatten, hatten Schals um die untere Gesichtshälfte gewickelt. Der Dritte, der bestimmt der Mann auf dem Uferstreifen gewesen war, hatte lockiges dunkles Haar und dicke

Augenbrauen. Der, der so getan hatte, als wäre er Vater eines Babys, trug eine enge Strickmütze.

»Gibt's noch irgendetwas hinzuzufügen, Ladys?« Neils Blick huschte von Dana zu Lacey. Mit neuerlichen Gewissensbissen, weil sie sich bei den Ereignissen des Vormittages so wenig eingebracht hatte, schüttelte Dana den Kopf.

Lacey meldete sich zu Wort. »Die haben sich bewegt wie junge Männer, aber nicht wie besonders sportliche junge Männer. Als die beiden mit dem Baby am Strand angekommen sind, haben sie schwer geatmet. Und sie haben sich auch nicht gut bewegt, total unbeholfen. Kämpfer waren sie auch nicht. Einer von denen hat mir eine verpasst, aber wenn er gewusst hätte, wie das geht, hätte er mich umgehauen.«

»Wer hat mit den Eltern gesprochen?«, wollte Dana wissen.

Gayle blickte von ihrem Laptop auf. »Ich. Ein Mr Liam Browne und eine Ms Jessica Standish, nicht verheiratet, aber seit sechs Jahren zusammen. Scheinen ein ganz stabiles Paar zu sein. Finanziell nicht schlecht gestellt, aber bei Weitem nicht reich, also fällt Entführung wegen Lösegelds gleich aus. Beide arbeiten Vollzeit, deswegen waren Ms Standish und die kleine Amelia auf dem Weg zu der Kindertagesstätte in Southwark.«

Dieselbe Tagesstätte, in die Inigo ab Montag gehen sollte, falls Dana jemals wieder bereit sein würde, ihn aus den Augen zu lassen.

»Wir müssen noch mal mit ihnen reden«, fuhr Gayle fort. »Ich habe mich für heute Nachmittag bei ihnen angesagt, aber sie bestehen steif und fest darauf, dass sie keine Ahnung hatten, wer die vier Männer waren, und sie können sich nicht vorstellen, warum irgendjemand ihrem Kind etwas antun wollen könnte.«

»Das nehmen wir ihnen nicht einfach so ab«, meinte Dana. »Sprechen Sie mit ihren Nachbarn, ihren Arbeitskollegen, mit den Mitarbeitern der Kindertagesstätte, ob irgendwem etwas Ungewöhnliches aufgefallen ist. Wenn die beiden uns an ihre Computer heranlassen, können wir uns ihre Finanzen ansehen und schauen, ob sie irgendjemandem Geld schulden. Irgendwas Verdächtiges, egal was, und ich möchte, dass wir Haftbefehle beantragen.«

»Worauf wir uns unter anderem konzentrieren müssen«, sagte Neil, »ist, dass der Boss sich bereit erklärt hat, um vier eine Pressekonferenz abzuhalten. Er möchte, dass Sie zu ihm raufkommen, Ma'am, also machen Sie sich darauf gefasst, auf dem Podium zu sitzen.«

Dana überlegte, ob es Sinn hatte, darauf hinzuweisen, dass sie streng genommen noch im Mutterschutz war.

»Wir können schildern, was passiert ist, erklären, wie die Ermittlungen ablaufen werden und um Informationen bitten«, fuhr Neil fort. »Aber wir müssen auf die große Frage vorbereitet sein.«

Er hielt kurz inne.

»Warum«, sagte Dana.

Neil nickte. »Genau. Warum tun sich vier Männer zusammen, um ein Baby zu entführen und es auf die Themse hinaustreiben zu lassen?«

Etliche Sekunden lang herrschte Schweigen im Raum, dann sagte Lacey: »Aufmerksamkeit.«

»Aufmerksamkeit wofür?«, fragte Neil.

Lacey zuckte die Achseln. »Keine Ahnung. Aber wenn die Eltern die Wahrheit sagen und das Ganze nichts mit ihnen zu tun hatte, dann ging es dabei darum, Aufmerksamkeit zu erregen. Das habe ich die ganze Zeit gedacht, während ich versucht habe, das Gummitier einzuholen: Das ist ein Stunt.«

»Ich glaube, Lacey hat recht«, sagte Pete. »Ich glaube, wir werden das Ganze heute Abend weltweit in den Nachrichten zu sehen kriegen. Ein aufblasbares Einhorn treibt mit einem lebendigen Baby an Bord einen der berühmtesten Flüsse auf dem Planeten runter? Das ist ein Bild, das die Leute lange im Kopf behalten werden.«

»Aber die haben doch bestimmt keine brauchbaren Filmaufnahmen davon, oder?«, fragte Dana. »Bloß das, was von den Ufern aus gefilmt worden ist. Das ist ja schon mal gut.«

»Unglücklicherweise doch«, gestand Gayle. »Das Boot, das Lacey heute Morgen geholfen hat, hatte eine Gruppe Landvermesser an Bord. Die hatten Videokameras und haben eine ganze Menge Nahaufnahmen gemacht. Und die sind schon gepostet worden.«

»Wollen Sie mir etwa erzählen, ich werde Lacey und ihr Kajak in den Abendnachrichten sehen?« Cook lief allmählich rot an. In seinen Augen war Paddeln zwar besser als Schwimmen – und außerdem war es nicht verboten –, aber es gefiel ihm trotzdem nicht.

»Hoffen wir's nicht«, antwortete Neil. »Wir haben denen eine einstweilige Verfügung vor den Latz geknallt und dafür gesorgt, dass sie sämtliche Aufnahmen von Lacey löschen, aber wir können nicht garantieren, dass nicht doch etwas nach draußen gedrungen ist. Und wenn die Nachrichtenmedien ein Bild haben, dann benutzen sie es auch.«

Rasch sah Dana zu Lacey hinüber. Sie war noch blasser geworden als sonst. Solange Dana sie kannte, hatte Lacey jegliche Publicity gemieden. Zum ersten Mal begann Dana sich zu fragen, ob es dafür vielleicht einen Grund gab.

»Na, das war's ja dann wohl mit Ihrer Undercover-Karriere.« Cook war nicht einverstanden damit, dass Lacey so oft zur Einheit für verdeckte Ermittlungen abgestellt wurde. »Aber ich habe da noch eine andere Frage, auf die ich gern eine Antwort hätte.«

»Und die wäre?«, erkundigte sich Dana.

»Ich will wissen, was Mark Joesbury und sein Bengel heute Morgen auf dem Uferstreifen zu suchen hatten«, grollte Cook.

»Ich glaube, das möchten wir alle gern wissen«, pflichtete Dana ihm bei.

Lacey ließ einen langen, vorsichtigen Blick durch den Raum wandern. »Mark war da?«, fragte sie.

»Ja«, antwortete Dana. »Und er war viel zu schnell da, als dass es Zufall gewesen sein könnte. Irgendwie haben er und sein Team gewusst, was da passiert. Sie wissen irgendetwas, was wir nicht wissen.«

13

»Sie haben sie also auch rausgeschmissen.« Helen stellte ein Tablett ab und tischte Kaffee, Cola Zero, ein Sandwich mit Hühnchen und einen Blaubeer-Muffin auf.

»Ich habe ihnen alles gesagt, was ich weiß.« Lacey hielt den schlafenden Inigo in den Armen und war überrascht, wie schwer er sich anfühlte, wo er doch noch so klein war. »Außerdem wollten sie über Mark reden.«

»Das will ich auch. Was hatte er da zu suchen?«

Lacey hielt den Blick weiter auf das Baby gerichtet. »Keine Ahnung. Ich war ja längst weg, als er gekommen ist. Nicht dass er mir irgendwas gesagt hätte.«

Das Baby, das Lacey an diesem Morgen dem Fluss entrissen hatte, war leichter gewesen als Inigo, aber trotzdem eine ganz schöne Last, um es mit ausgestrecktem Arm hochzuheben. Schaudernd dachte sie an ihre Angst, der Strampler könnte zerreißen und das Kind ihr aus der Hand rutschen.

»Sind Sie sicher, dass Sie okay sind?« Helen sah sie unverwandt an.

Noch während sie nickte, wusste Lacey, dass sie ganz und gar nicht okay war. Alles, was sie wollte, war ein ruhiges Leben. Nun ja, so ruhig, wie es eben ging, wenn man bei der Polizei war, auf dem Fluss Patrouille fuhr, für Ordnung sorgte, aufpasste, dass niemand zu Schaden kam.

Nichts davon konnte sie zu Helen sagen, also konzentrierte sie sich stattdessen auf Inigo. Als merke er, dass sie ihn anstarrte, öffneten sich die Augen des Kleinen. So tiefblaue Augen mit langen dunklen Wimpern, die Lacey staunend ansahen. Seidiges dunkles Haar, aber helle Haut. Heller als die seiner Mutter. Lacey hatte nie nach Inigos Vater gefragt; das wäre ihr irgendwie unhöflich vorgekommen. Seine Eltern waren Dana und Helen.

»Also«, meinte Helen, »da wird an einem bekannten Ort ein bizarrer, aufmerksamkeitsgeiler Stunt abgezogen, der katastrophale Folgen hätte haben können, und ganz zufällig taucht der neue Leiter der SCD10 am Tatort auf. Wonach sieht das für Sie aus?«

»Das war kein Zufall«, sagte Lacey. »Das war Teil von etwas Großem. Mark und sein Team haben damit gerechnet.«

Helen öffnete ihre Cola. »Genau das dachte ich auch. Und noch etwas, einer von den Typen auf dem Uferstreifen, der mit dem blauen Schal vorm Gesicht, der hat uns doch angebrüllt. Haben Sie verstanden, was er gesagt hat?«

Lacey schüttelte den Kopf. Am Fluss war es laut gewesen: Wind, Bootsverkehr, Autos auf der Brücke.

»Er hat mich einen verdammten Scheißfoid genannt.«

»Einen was?«

»Und dann hat er das noch mal gesagt. Verpiss dich, Foid.«

Inigo gab einen tiefen Seufzer von sich, und seine Augen schlossen sich wieder. »Was ist ein Foid?«, fragte Lacey.

»Gute Frage. Ich hab's nachgeschlagen, als sie Sie im Krankenhaus durchgecheckt haben. Also, es kann für einen Waffenschein in Illinois stehen, für einen Identitätsnachweis oder für eine Mineralart, die man in vulkanischem Gestein findet.«

»Da bin ich aber froh, dass wir das geklärt haben.«

Helen trank einen Schluck aus ihrer Coladose. »Deshalb habe ich noch ein bisschen tiefer gegraben und in Erfahrung gebracht, dass das außerdem eine Kurzform von Femoid ist, oder ›*female humanoid*‹. Ein Begriff, der für Frauen benutzt wird und der andeutet, dass sie keine vollwertigen Menschen sind.«

»Und wer benutzt den?«

»Männer, die Frauen hassen«, antwortete Helen. »Wie sich herausgestellt hat, gibt's sehr viele davon.«

»Die haben versucht, ein Baby umzubringen, keine Frau.«

Helen blickte auf Inigo hinab, und ihr Gesicht schien sich zusammenzuziehen, als verspüre sie einen jähen, scharfen Schmerz. »Und was ist das Allerschlimmste, was man einer Frau antun kann?«

Wenn man Helens Miene sah, war das nicht schwer zu erraten. »Ihrem Baby etwas zu tun«, sagte Lacey.

»Wenn dem Zwerg da irgendwas passiert, dann ist das Danas Tod. Das ist nicht nur so dahingesagt, sie würde wirklich daran sterben.«

Nicht nur Dana, dachte Lacey im Stillen. Laut sagte sie: »Und Mark ist da irgendwie involviert?«

Helen beugte sich über den Tisch. »Das ist das, was ich denke. Also, wer von uns beiden hat die besten Chancen, Mark Joesbury aus den Rippen zu leiern, was Sache ist?«

Nein, da machte sie nicht mit. »Warum fragen Sie nicht Dana?«

»Die sagt mir nichts, aus der kriegt man nichts raus. Kommen Sie schon, was läuft da mit euch beiden?«

Wie konnte sie darauf antworten, wenn sie es doch selbst nicht wusste?

»Wir hatten beide wahnsinnig viel zu tun«, sagte Lacey und schaute auf ihr Handy. Der Boss hatte ihr angeboten, sie nach Wapping mitzunehmen, und in nicht einmal einer Stunde fing ihr Dienst an.

»Aber er hatte Zeit, mit dieser Frau von der BBC auszugehen?«

Nachdem sie diese Bombe hatte platzen lassen, machte Helen sich daran, geräuschvoll ihr Sandwich auszuwickeln. »Letzten Monat waren sie ein Wochenende in Somerset.«

Lacey hielt den Blick auf das Baby gerichtet. »Er hat eine Freundin?«

»Nein, ich wollte sehen, wie Sie reagieren«, erwiderte Helen. »Und geben Sie mir Ini lieber, bevor Sie Ihren Kaffee trinken, sonst murkst Dana uns beide ab. Sagen Sie ihr auf jeden Fall, dass ich Cola getrunken habe, wenn sie fragt.«

Der Kleine wurde von einer Frau zur anderen gereicht. Dabei wachte er auf und strahlte Helen an.

»Also, hat er jetzt eine Freundin oder nicht?«, fragte Lacey, weil sie einfach nicht anders konnte.

»Nein, hat er nicht«, brummte Helen. »Wir wünschten, er hätte eine, er ist nämlich unfassbar mies drauf. Nein, korrigiere, er ist ein wandelndes Männliche-Wechseljahre-Klischee. Haben Sie das Motorrad gesehen, auf dem er rumfährt? Vor Ende des Jahres bringt er sich mit dem Ding um. Oder jemand anderen.«

»Sein Schreibtischjob macht ihm keinen Spaß?«

Helen schnaubte. »Das Ironische daran ist, er macht das echt gut«, sagte sie. »Er kennt diese Arbeit besser als jeder andere, er hat einen sehr organisierten Verstand, und seine Crew liebt ihn heiß und innig. Er ist einfach nur todunglücklich und macht alle um ihn herum unglücklich. Jetzt mal im Ernst, Lacey, können Sie sich nicht mal für die Allgemeinheit opfern?«

Helen schaffte es immer wieder, sie zum Lachen zu bringen.

»So schlimm kann's doch nicht sein«, meinte Lacey und wusste, dass es sehr wohl so schlimm war, für sie jedenfalls. Jeden Abend, wenn sie verzweifelt auf ein bisschen Schlaf hoffte, war er in ihrem Kopf, jeden Morgen war er das Erste, woran sie dachte, wenn sie aufwachte. Es gab Zeiten, da hatte sie am ganzen Körper Phantomschmerzen, so sehr sehnte sie sich nach ihm.

»Das mit Sonntag klappt bei Ihnen immer noch?«, fragte Helen. »Mark wird nämlich auch da sein. Aus irgendeinem Grund hat Dana darauf bestanden, dass er Patenonkel wird. Ich meine, die Frau hat in ihrem ganzen Leben noch nie an Gott geglaubt. Seit ihrem zehnten Lebensjahr ist sie eine säkulare Hindu.«

Inigos Taufe. Helen und Dana, zwei so unkonventionelle Frauen, waren in Sachen Erziehung ihres Sohnes total auf Konventionen umgeschwenkt.

»Natürlich«, versicherte Lacey. »Ich freu mich drauf.«

Sie fürchtete sich davor. Kirche, gefolgt von mehreren Stunden Small Talk und dem Bemühen, möglichst nicht in Joesburys Nähe zu kommen. Und sich seiner Gegenwart dabei die ganze Zeit bewusst zu sein.

Die beiden Frauen schwiegen einen Moment lang. Verdutzt wegen der Stille, fing Inigo an zu quietschen und mit den Ärmchen zu fuchteln, als wolle er auf sich aufmerksam machen. Helen beugte sich vor und prustete ihm auf die Nasenspitze, sodass er vor Vergnügen krähte.

»Sagen Sie bloß niemandem, dass Sie das gesehen haben«, sagte sie. »Ich tue immer so, als ob ich den kleinen Scheißer nicht ausstehen kann.«

Eine SMS ließ Lacey wissen, dass Cook seine Besprechung beendet hatte. Da sie wusste, dass er nicht gern warten würde, verabschiedete sie sich und eilte hinaus. In der Tür drehte sie sich noch einmal um. Helen, jetzt völlig von ihrem Sohn in Anspruch genommen, starrte dem Kleinen wie gebannt in die Augen, und in diesem Moment blickte Lacey geradewegs in ihr Herz. Helen verbarg dort eine Liebe, die sie zu verzehren drohte.

Davon kann ich ein Lied singen, dachte sie im Stillen.

14

Mark Joesbury hatte einen Anzug sowie ein sauberes Hemd, eine Krawatte und anständige Schuhe im Büro deponiert. Das war ein Glück, denn nicht lange, nachdem er nach Scotland Yard zurückgekehrt war, wurde ihm gesagt, er solle in zehn Minuten am Haupteingang sein. Er musste wieder los, diesmal mit Commissioner Dickinson. Die Fahrt zur Marsham Street dauerte nicht lange.

»Was glauben Sie, wie viel Zeit haben wir noch?«, fragte seine Vorgesetzte, als sie durch die Sicherheitskontrollen geschleust wurden. »Bis …«

»… die Kacke am Dampfen ist?«, schlug Joesbury vor.

»Ich wollte eigentlich sagen, bis die Katze aus dem Sack ist.«

»Steht in den Sternen, jedenfalls nicht viel«, sagte Joesbury. »Das Darknet ist voll von dieser Geschichte, und die Videos sind auch überall im regulären Internet unterwegs. Wir haben versucht, die Aufnahmen von der Polizistin rauszulöschen, aber da pissen wir gegen den Wind.«

»Sie ist bei der Flusspolizei, richtig?«

»Richtig. War vor Ort, als es passiert ist.«

»Ein Glück.«

Ihr Ziel war ein großer Raum mit Glasfront im ersten Stock. Der Sekretär am Schreibtisch begrüßte Dickinson wie eine alte Bekannte. »Sie will Sie gleich sprechen«, sagte er. »Gehen Sie ruhig rein. Kann ich Ihnen Kaffee bringen?«

»Keine Kraftausdrücke«, wies Joesburys Vorgesetzte ihn halblaut an, als sie vor ihm in den Raum trat. »Guten Morgen, Madam Home Secretary.«

Innenministerin Alison Brabin, die eines der vier bedeutenden Ministerämter des Staates bekleidete, war leibhaftig beängstigend sexy. Ihre Figur war füllig, fast schon plump, doch alles saß an der richtigen Stelle und war perfekt proportioniert. Ihr fliederfarbenes Kostüm hätte man als etwas eng bezeichnen können, wenn man ihr nicht wohlgesinnt wäre, doch nur wenige Menschen empfanden in ihrer Gegenwart so – jedenfalls Männer nicht. Ihr Haar war blond, schulterlang und absichtlich zerzaust, und ihr Make-up war farbenfroh. Sie sah aus wie eine Schauspielerin aus einer Seifenoper. Vom Beruf her war sie Anwältin für Gesellschaftsrecht mit einem rasiermesserscharfen Verstand, und wenn sie bei der Fragestunde im Parlament den Premierminister vertrat, hatte der Oppositionsführer sich hinterher schon des Öfteren vor dem Lunch einen ordentlichen Drink bestellt.

Die Innenministerin verschwendete keine Zeit. »Commissioner, wie wahrscheinlich ist es, dass es sich bei dem Vorfall von heute Morgen um einen isolierten Anschlag handelt?«

»Praktisch gleich null.« Dickinson verschwendete ebenfalls keine Zeit.

»Dann hat es also angefangen«, stellte Brabin fest. Noch hatte sie Joesbury keines Blickes gewürdigt.

»Wie weit sind Sie informiert, Ma'am?«, erkundigte sich Dickinson.

»Setzen wir uns.« Die Innenministerin ging zu dem Konferenztisch am anderen Ende des Raumes hinüber. Der Duft, den sie hinter sich herzog, war leicht und blumig, mit einer Andeutung von Orange. Dasselbe Parfüm, das Lacey trug.

Brabin zog einen Stuhl heraus. »Ich bin über die Diskussionen im JTAC auf dem Laufenden. Also los, alle beide, ich habe nicht den ganzen Tag Zeit.«

Das JTAC – Joint Terrorism Analysis Centre – war eine Taskforce aus Angehörigen verschiedener Behörden, die unter der Oberaufsicht des Inlandsgeheimdienstes MI5 damit beschäftigt war, terroristische Bedrohungen für das Land zu überwachen.

»Ich habe gehört, Sie sind unser bester Mann dafür, diese Typen zu kriegen«, sagte sie zu Joesbury, als alle drei Platz genommen hatten. »Deshalb wollte ich mich von Ihnen informieren lassen. Gehen Sie davon aus, dass ich keine Ahnung habe, aber bitte seien Sie sparsam mit meiner Zeit.«

»Wir glauben, dass die Attacke heute Morgen von einer Gruppe durchgeführt wurde, die sich MenMatter nennt. Selbst ernannte Incels«, begann Joesbury. »Das ist ein Kürzel für *involuntary Celibates* – unfreiwillige Zölibatäre. Also kurz gesagt, Männer, die nicht zum Schuss kommen.«

Eine subtile Reaktion der Frau ihm gegenüber: Ihre Augen wurden schmal, und sie bog sich ein ganz klein wenig vom Tisch zurück, weg von ihm.

»Das sind Männer – meistens jung und vorrangig weiß –, die glauben, sie hätten ein Anrecht auf eine liebevolle sexuelle Beziehung mit einer attraktiven Frau«, fuhr er fort. »Sie halten das für ihr von Gott gegebenes Recht.«

Der Blick der Innenministerin hielt den seinen weiter fest.

»Sie glauben, dass ihr Scheitern auf diesem Gebiet nichts mit ihrem eigenen Verhalten zu tun hat, sondern darauf zurückzuführen ist, dass die Gesellschaft zu viel Wert auf Oberflächlichkeiten legt, vor allem auf gutes Aussehen, aber auch auf materiellen Erfolg. In ihren Augen sind selbst ganz gewöhnliche Frauen hinter den bestaussehenden, erfolgreichsten Männern her, den Alphamännchen, sodass die Durchschnittlichen und die Hässlichen keine wie auch immer gearteten sinnstiftenden Beziehungen knüpfen können.«

»Und diese Versager sind jetzt Terroristen?«, fragte Brabin. »Die können sich eine Hose anziehen und sich lange genug von *Grand Theft Auto* loseisen, um irgendetwas organisiert zu kriegen?«

»Die meisten wahrscheinlich nicht«, erwiderte Joesbury. »Aber für so was braucht man nicht viele Leute.«

»Das hier vermittelt Ihnen vielleicht einen besseren Eindruck davon, womit wir es zu tun haben könnten.« Dickinson schob einen getippten Bericht über den Tisch. »Im Mai 2014 hat in Isla Vista in Kalifornien ein Mann namens Elliot Rodger sechs Personen durch Schüsse, Stiche und Anfahren mit dem Auto getötet und vierzehn verletzt. Er hat sich ein Feuergefecht mit der Polizei geliefert, ehe er seine Waffe gegen sich selbst gerichtet hat.«

»Und vorher hat er ein Video auf YouTube gepostet«, fügte Joesbury hinzu. »Er hat behauptet, er wolle Frauen dafür bestrafen, dass sie ihn zurückgewiesen hätten. Und sexuell aktive Männer auch, weil er sie beneiden würde.«

»Rodger ist seither in der Incel-Community als The Supreme Gentleman bekannt«, erklärte seine Vorgesetzte. »Als eine Art Schutzheiliger.«

»Drei Attacken in Kanada, darunter zehn Personen, die mit einem Lieferwagen getötet wurden, und neun andere in einem Klassenzimmer in Oregon. Und in jüngerer Zeit sind in Deutschland neun Personen von einem Typen namens Tobias Rathjen umgebracht worden. Genau wie Rodger hat der ein Manifest veröffentlicht, in dem er seine Unfähigkeit anspricht, erfolgreich eine Beziehung einzugehen.«

»Wir denken, das heute Morgen war der Anfang, und dass das Ganze schnell eskalieren wird«, sagte Dickinson.

»Und das wissen Sie, weil Sie das Darknet, wo das meiste von diesem Zeug gepostet wird, von einem Team überwachen lassen?«, fragte Brabin.

»Wir haben schon eine ganze Weile ein wachsames Auge darauf«, antwortete Dickinson. »Genau wie unsere Kollegen in der National Crime Agency, die Sicherheitsbehörden und die Kommunikationszentrale der Regierung.«

»Ich lasse gerade vier Beamte, die alle Informatik studiert haben, darunter eine Frau, die sich als Kerl ausgibt, versuchen, diese Gemeinschaft zu infiltrieren. Zwei von denen haben in Cambridge studiert, einer am Imperial College und die Frau an der London School of Economics. Die beobachten, was da abgeht, und außerdem hat jeder von ihnen mehrere gefakte Internet-Identitäten. Sie geben sich als die Personen aus, nach denen sie fahnden. Klassische Undercover-Arbeit, nur eben virtuell, im Cyberspace.«

Die Innenministerin gab mit einem Nicken zu verstehen, dass sie ihnen folgen konnte.

»Was sich zu unserem Vorteil auswirkt«, fuhr Joesbury fort, »ist, dass Terrorgruppen bemerkt werden wollen. Für sie ist es wichtig, dass die Welt und ihre eigene toxische Gemeinschaft wissen, dass etwas kommt.«

»Diese Typen reden von einem Tag der Vergeltung, an dem diejenigen, die ihnen das Leben schwer machen, bekommen, was sie verdienen. Darauf wird in letzter Zeit immer öfter Bezug genommen.«

»Das Ganze ist ein ziemlich delikater Balanceakt«, meinte Joesbury. »Die wollen ihre Communities in Wallung bringen, damit sie sich auf das freuen, was kommt, ohne dass sie dabei zu viel verraten.«

»Warum Babys?«, fragte Brabin. »Warum hat sich der erste Anschlag gegen ein Baby gerichtet. Wie passt das zu deren Frauenhasser-Agenda?«

»Wir glauben, es geht um Aufmerksamkeit«, antwortete Joesbury. »Terroristen wollen schockieren, alle sollen über sie reden. Ein Anschlag, der nicht bemerkt wird, wäre ein Scheitern der allerschlimmsten Sorte. Also, was würde für mehr Empörung sorgen als ein Mordanschlag auf ein Baby?«

»Einen Welpen abmurksen?«, schlug Brabin vor.

Joesbury erlaubte seinem Gesicht, sich zu einem halben Lächeln zu entspannen. »Ich nehme alles zurück.«

Commissioner Dickinson räusperte sich. »Was wir entscheiden müssen«, sagte sie, »ist, ob wir mit unserer Ansicht – dass der Vorfall von heute Morgen das Werk von Terroristen und der Anfang einer geplanten Kampagne war – gleich an die Öffentlichkeit gehen, oder ob wir es fürs Erste als isoliertes Ereignis herunterspielen. Schlussendlich, Ma'am, ist das Ihre Entscheidung.«

»Das JTAC ist der Meinung, wir sollten den Deckel drauflassen«, warf Joesbury ein. »Wenn wir zugeben, dass wir hier über Terroristen reden, geraten die Leute in Panik. Sie werden wissen wollen, was wir unternehmen, wen wir im Visier haben, warum wir nicht mehr wissen. Und die Medien werden uns rund um die Uhr im Nacken sitzen.«

»Wenn wir es andererseits nicht tun und es noch einen Anschlag gibt, wird man uns vorwerfen, die Leute nicht gewarnt zu haben«, entgegnete Commissioner Dickinson.

»Wir können die Leute nicht warnen, wenn wir keine Ahnung haben, was als Nächstes kommt, oder wann, oder wo«, widersprach Joesbury. »Und Gott steh uns bei, wenn wir das öffentlich eingestehen.«

Einen Moment lang sagte niemand etwas.

»Wir könnten die Kindergärten und Kindertagesstätten in der Stadt warnen, damit sie ihre Sicherheitsvorkehrungen verschärfen«, schlug Brabin vor. »Und zur Bring- und Abholzeit für verstärkte Polizeipräsenz vor Ort sorgen.«

»Das können wir tun«, stimmte Joesbury zu. »Aber ich denke, das Kind ist schon in den Brunnen gefallen. Ich glaube nicht, dass die noch mal Babys aufs Korn nehmen werden. Zum einen ist bei einem Angriff gegen ein Baby für die meisten Menschen eine rote Linie überschritten, sogar für sexuell frustrierte Männer. Und zum anderen wird die Botschaft dadurch undeutlich. Sie hassen *Frauen*, junge Frauen, die sexuell aktiv sind, nur eben nicht mit ihnen.«

»Aber sie gehen nicht nur gegen Frauen vor«, wandte Dickinson ein. »Bei allen größeren Anschlägen, die wir in Europa und Nordamerika gesehen haben, sind nicht nur Frauen getötet und verletzt worden, sondern auch Männer. Die hassen auch Männer, jedenfalls die erfolgreichen.«

»Also junge, attraktive, sexuell aktive Personen«, stellte Brabin fest. »Na, ein Glück, dass es davon in London nicht viele gibt.«

15

»Wir reden hier davon, dass jede Bar und jedes Restaurant, jeder Club, jedes Fitnesscenter und jedes Spa in London ein potenzielles Ziel ist«, erklärte Joesbury der Gruppe. Auf dem Rückweg nach Scotland Yard hatte er sowohl Dana als auch David Cook angerufen und sie gebeten, an einer Besprechung mit seinem eigenen Team teilzunehmen. Commissioner Dickinson hatte gefragt, ob er auch Lacey und Helen dabeihaben wolle, schließlich wären sie doch beide Polizistinnen und waren am Tatort gewesen. Seine schroffe Antwort war wahrscheinlich ein bisschen sehr aggressiv gewesen. Nein, er wollte keine von beiden auch nur in der Nähe dieser Ermittlungen haben.

Er überlegte, ob er wegen Lacey in den letzten Monaten so eklig zu Helen gewesen war. Äußerlich waren die beiden sich ähnlich: schlank, athletisch, mit hellem Haar und klassisch-schönen Gesichtszügen. Beide waren perfekte Beispiele für *staceys*, das war der Spitzname der Incels für die begehrenswertesten, unerreichbarsten Frauen. Dass der Anschlag von heute Morgen von zwei Staceys vereitelt worden war, würde ein herber Schlag für die Men-Matter-Bewegung sein. Das könnte er benutzen, das wusste er, er könnte Helen und Lacey in den Mittelpunkt rücken, eine Reaktion seitens der Incels provozieren. Nur würde er nie wieder freiwillig mit Lacey zusammenarbeiten; er konnte einfach nicht klar denken, wenn sie in der Nähe war.

Und so waren bei der Besprechung er, Dave Cook und Dana sowie sein junges Team anwesend, von dem so viel abhing: Theo Cox und Archie Leech, ein Absolvent des Imperial College. Georgie Lock, eine Frau mit sowohl britischen als auch chinesischen Vorfahren aus Hongkong, hatte an der London School of Economics Informatik und Psychologie studiert, und Warwick Bowman war genau wie Theo in Cambridge auf der Universität gewesen, allerdings hatte er seinen Master in Rechtswissenschaft gemacht. Vier junge Leute, allesamt brillant.

»Ganz zu schweigen von Kinos, Theatern und Parks bei schönem Wetter, und von Rugbyspielen am Sonntagmorgen, wenn die Ehefrauen und Freundinnen den Chads zujubeln.«

Georgie wandte sich an Dana: »Chads gehört zum Incel-Wortschatz, genau wie Staceys, gut aussehende Frauen, die auf Chads stehen. Chads sind die attraktiven, sexuell erfolgreichen Alphamännchen.«

»Typen wie wir.« Archie grinste Theo und Warwick an. »Wir sind doch Bilderbuch-Chads. Waren Sie zu Ihrer Zeit bestimmt auch, Sir.«

Joesbury reagierte nicht darauf, das kannte er alles schon. Die drei jungen Männer waren, genau wie Archie gesagt hatte, physisch alle vom selben Schlag: groß und athletisch, blond und gut aussehend.

»Die Innenministerin möchte fürs Erste nicht, dass wir damit an die Öffentlichkeit gehen«, fuhr er fort. »Ihrer Meinung nach ist das Land nicht bereit für eine brandneue terroristische Bedrohung. Eine, die sich gegen die halbe Bevölkerung Großbritanniens richtet.«

»Uns bleibt vielleicht verdammt noch mal gar nichts anderes übrig«, knurrte Cook. »Bald fängt die Vorweihnachtszeit an. Viel von der ganzen Feierei findet auf dem Wasser statt. Dafür zu sorgen, dass dabei nichts passiert, fällt in meinen Verantwortungsbereich.«

»Brabin denkt, und ich bin da ganz ihrer Ansicht, dass die Leute, die hinter MenMatter stecken, vorsichtiger werden, wenn das Ganze erst mal öffentlich bekannt ist«, sagte Joesbury. »Dann sind unsere Chancen geringer, sie zu infiltrieren. Wir haben ein Zeitfenster, und das müssen wir nach besten Kräften nutzen.«

»Haben Sie irgendeine Ahnung, wer diese Kerle sind?«, wollte Cook wissen.

Warwick, der Einzige in Joesburys Team, der nicht naturblond war, sich das Haar aber silbern gebleicht hatte, um zu den anderen zu passen, drückte auf ein paar Tasten seines Laptops und drehte ihn zu Dana und Cook herum. Auf dem Bildschirm waren vier Internetnamen – *MadHatter, Joker, BlackPill88* und *AryanBoy* – zusammen mit auffälligen, farbenfrohen virtuellen Figuren aufgelistet.

»Das sind die Avatare der Typen, die uns interessieren«, erläuterte Warwick. »Die posten alle wahnsinnig viel: Reddit, 4Chan, YouTube, Twitter – die tauchen immer wieder auf. Und im Darknet sogar noch öfter. Alle vier sind sehr geschickt und vermeiden die übelsten Sprüche und Beschimpfungen, aber es sind definitiv Influencer. Ständig weisen sie auf irgendwelche Websites hin, auf andere Diskussionsforen, und locken Neulinge an.«

»Wissen wir irgendetwas über diese Leute?«, fragte Dana. »Im realen Leben, meine ich.«

Warwick schüttelte den Kopf. »Nicht viel. Die verwenden alle Tor-Browser, wir können also ihre IP-Adressen nicht ermitteln, aber wegen gelegentlicher Bemerkungen zum Leben in London denken wir, dass sie hier in der Stadt wohnen.«

»Tor-Browser?«, fragte Cook.

»Das Darknet ist der Teil des Internets, auf den man über die normalen Suchmaschinen keinen Zugriff hat«, erklärt Theo. »Um da reinzukommen, braucht man einen Softwarebrowser namens Tor, bei dem alle Suchanfragen anonym bleiben.«

»Weiter, Warwick«, wies Joesbury ihn an, nachdem Cook mit einem Nicken kundgetan hatte, dass er verstand.

»Also, die vier Typen hier in der Mitte«, sagte Warwick. »Wenn wir uns die mal einen nach dem anderen anschauen …«

Das Bild wechselte und zeigte jetzt den ersten der Avatare, MadHatter, einen Mann mit weißem Gesicht, rotem Haarschopf, gelben Augen und einem ausgefallenen Hut mit breitem Band.

»Das ist ein Bild von Johnny Depp in dem Film *Alice im Wunderland*«, erklärte Warwick. »Wir sind uns aber ziemlich sicher, dass Depp nicht hinter dem Decknamen steckt. MadHatter, glauben wir, hat einen Job mit normalen Arbeitszeiten. Seine Posts erscheinen nämlich normalerweise nach sieben Uhr abends und gehen dann bis in die frühen Morgenstunden weiter, aber nicht die ganze Nacht.«

Der Laptop zeigte ein anderes Bild, den Schauspieler Joaquin Phoenix mit der entsprechenden Gesichtsbemalung als Joker in dem gleichnamigen Film.

»Joker scheint keinen festen Job zu haben«, fuhr Warwick fort. »Vielleicht arbeitet er ja, aber wenn, dann wahrscheinlich von zu Hause aus. Er schreibt oft in den frühen Morgenstunden, und in merkwürdigen Intervallen tagsüber.«

»Und dass er einen Computer an seiner Arbeitsstelle benutzt, kann nicht sein?«, fragte Dana.

»Wenn er das tut, finden wir ihn«, sagte Theo. »Firmencomputer haben nicht dieselben Schutzvorrichtungen, die sich diese Typen zu Hause eingebaut haben.«

»Sie werden's nicht riskieren, von der Arbeit aus zu posten«, meinte Archie. »Die IT-Abteilung würde es merken, wenn was nicht koscher ist.«

»Der Nächste ist BlackPill88.« Warwicks Bildschirm zeigte eine schattenhafte Gestalt hinter fließenden vertikalen grünen Linien. »Wieder eine Anspielung auf einen Film. Das hier ist ein Screenshot aus *Matrix*. Ziemlich am Anfang des Films wird die Figur Neo vor eine Wahl gestellt. Entweder er nimmt die blaue Pille und kehrt in die sichere, aber unechte Welt zurück, an die er gewöhnt ist, oder er nimmt die rote Pille und sieht die unbequeme Wahrheit, was aus dem Leben geworden ist.«

»Wir sehen eine Menge Anspielungen auf blaue, rote oder schwarze Pillen auf den Incel-Websites«, warf Georgie ein. »Die rote Pille nehmen, bezieht sich auf den Moment, wo der Schleier fällt und ein Mann die Welt als das wahrnehmen kann, was sie wirklich ist: Ein komplexes System aus Strukturen, Gesetzen und Glaubenssätzen, die dafür gemacht sind, Frauen zu bevorzugen.«

»Wie zum Teufel kommen die denn zu diesem Schluss?«, wollte Dana wissen.

»Männer kämpfen an vorderster Front«, antwortete Theo. »Sie verrichten die schlimmsten, die dreckigsten körperlichen Arbeiten und haben die höchste Selbstmordrate. Die Wahrscheinlichkeit, eines gewaltsamen Todes zu sterben, ist bei ihnen höher, sie lassen bei einer Scheidung finanziell mehr Federn, verlieren ihre Kinder, werden hintenrum dazu genötigt, die Kinder anderer Männer großzuziehen, und so weiter.«

»Wenn man die rote Pille nimmt«, sagte Georgie, »dann kapiert man, wie hoffnungslos die Welt gegen das gesamte männliche Geschlecht ausgerichtet ist. Angeblich. Die schwarze Pille steht für einen Incel, der aufgegeben hat, der über Selbstmord nachdenkt.«

»Nach dem Timing seiner Posts zu urteilen, könnte BlackPill88 arbeitslos oder selbstständig sein, genau wie Joker«, führte Warwick weiter aus. »Und dann haben wir noch AryanBoy.« Ein Hakenkreuz füllte den Bildschirm aus. »Er ist der Boss, glauben wir. Sie sind alle vier gebildet, allerdings entgleist BlackPills Orthografie von Zeit zu Zeit. Aber AryanBoy, der ist klug, und er will, dass alle das merken. Er streut gern Zitate aus der Philosophie und der klassischen Literatur ein. Ist ein bisschen ein Angeber.«

»Kennen sie sich? Im realen Leben, meine ich«, fragte Dana.

»Schwer zu sagen«, antwortete Warwick. »Könnte sein, dass sie sich nie begegnet sind, aber wenn sie die Anschläge gemeinsam planen, dann haben sie eine Möglichkeit, außerhalb des Netzes zu kommunizieren.«

»Hat einer von denen auf die Vorfälle von heute Morgen reagiert?«, wollte Cook wissen.

Joesbury konnte einen Seufzer nicht unterdrücken. »Großer Gott, ja. Die überschlagen sich vor Begeisterung.«

16

Die Geschichte wurde verändert, lautete der letzte Eintrag auf der Rage-Website. *Die Schlacht hat begonnen.*

Der Verfasser lehnte sich zurück und bewunderte sein Werk. Die Fotos, die heute Morgen mit einem Teleobjektiv gemacht worden waren, waren richtig gut geworden.

Der Lauf der Geschichte wurde verändert, hätte sich noch besser angehört, aber jetzt war es wahrscheinlich zu spät, da noch daran herumzudoktern. Seit seinem ersten Post zu dem Anschlag vor fast vier Stunden drehte die Seite komplett frei. Schon zweitausend Kommentare, und es kamen andauernd neue. Fast vierhundert aktive User in diesem Augenblick. Überall in Großbritannien, in Europa – und ja, jetzt bekamen sie auch Posts aus Nordamerika, ihre Brüder in den USA waren erwacht – feierten Männer den ersten Schlag in einem Krieg, von dem er versprochen hatte, dass er die Welt verändern würde. Sehr bald würden auch Australien, Neuseeland und der Ferne Osten online sein.

Tolle Nachrichten gleich nach dem Aufwachen. Super gemacht, Jungs.

Voll der Scheiß-Hammer!

Bin froh, dass endlich mal jemand was tut.

Inmitten des Jubels waren ein oder zwei zweifelnde Stimmen erschienen, die gefragt hatten, warum das erste Ziel ein Baby gewesen sei. Abweichende Meinungen waren in diesem frühen Stadium nicht hilfreich. Er beschloss, noch einen weiteren Post hinzuzufügen.

Der biologische Drang der Foids, sich fortzupflanzen, Babys in die Welt zu setzen, ist die Wurzel der strukturellen Ungerechtigkeit, unter der wir leiden. Dieses stärkste, niederste aller Bedürfnisse treibt sie zu dem promisken Verhalten, das wir überall um uns herum sehen. Wenn die Staceys mit den Chads kopulieren, geben sie diesem widerwärtigen Drang nach, ohne zu wissen, was sie antreibt. Vergesst nicht, Foids haben nicht die nötige intellektuelle Kapazität, um ihr eigenes Verhalten zu verstehen. Ein Bedürfnis befiehlt ihnen zu ficken, also ficken sie, und zwar mit dem größten, stärksten und attraktivsten Chad, den sie kriegen können. Derselbe Instinkt, der sich in dem Drang manifestiert, starke, attraktive Babys zu machen, treibt sie noch mehr zu dem Alphamännchen hin. Erst wenn sie geschwängert worden sind, wenn sie begreifen, dass der Chad nicht für sie da sein wird, kommen sie zurück zu den Beta-Fotzenknechten, damit die ihre kleinen Bastarde aufziehen. Ein Baby sieht vielleicht klein und harmlos aus, Brüder, aber das tut eine Gewehrkugel auch.

Sehr schön. Eigentlich einer seiner besten Posts. Ein letzter Satz sollte das Ganze abrunden.

Vergießt keine Tränen für das Kind, das heute Morgen geopfert worden ist. Es war ein Mädchen.

Okay, streng genommen hatte das Balg ja überlebt, aber das war einfach ein tolles Schlusswort.

17

Lacey Flint besaß nicht viel. Dass sie sich eine in den 1950er-Jahren gebaute Segeljacht gekauft hatte, die dauerhaft – und illegal – an der Theatre Marina im Deptford Creek festgemacht war, war völlig untypisch für sie gewesen, und achtzehn Monate später war sie angesichts der enormen Veränderung in ihrem Leben, für die das Boot stand, immer noch ganz durcheinander. Vielleicht, um dieses gewaltige Ding zu kompensieren, das sie jetzt ihr Eigen nannte, hatte sie ihren sonstigen Besitz auf ein Minimum reduziert. Sie hatte vieles weggeworfen und kaufte nichts, was nicht notwendig und unumgänglich war. Von Zeit zu Zeit tröstete sie sich mit dem Gedanken, dass sie, sollte sie wegmüssen, einfach die Leinen loswerfen und mit all ihrer weltlichen Habe davonsegeln könnte.

Natürlich müsste sie zuerst Segeln lernen.

Das Boot schaukelte, als jemand an Bord kam. »Lacey!«, rief eine Stimme, die zugleich nervös und stinksauer klang.

»Ich bin unten.« Lacey klappte den Laptop zu, als ein Paar Sneakers auf den Stufen des Niedergangs erschienen.

»Hier gibt's ja überhaupt kein Licht!«, maulte eine Stimme. »Bin zweimal fast reingefallen. Was soll der Scheiß?«

»Ich hab doch gesagt, du sollst eine Taschenlampe mitnehmen«, brummte Lacey halblaut.

Emma Boston war freie Journalistin. Sie hatten sich vor zwei Jahren kennengelernt, als beide in die brutalen Serienmorde verwickelt gewesen waren, die von Laceys alter Freundin Victoria Llewellyn begangen worden waren. Anfangs zutiefst misstrauisch, hatten sie gelernt, einander zu vertrauen. Mehrmals hatten sie sich zusammengetan, für gewöhnlich, wenn Lacey fand, dass ein Thema ans Tageslicht gebracht werden musste. Irgendwann im Laufe der Zeit war Emma zu einer Freundin geworden, genau wie Dana und Helen.

Emma, mit Mitte zwanzig ein wenig jünger als Lacey, war irgendwann in ihrer Vergangenheit bei einem Brand entstellt worden. Die rechte Seite ihres Gesichts war schlimm vernarbt, besonders um den Unterkiefer herum. Doch während ihrer Bekanntschaft hatte Lacey Verbesserungen an Emmas Äußerem bemerkt. Wahrscheinlich war das ihrem guten Standing als Journalistin zu verdanken. Größere Zeitungen hatten mehrere Enthüllungsartikel ihrer Freundin veröffentlicht, und sie hatte einen prestigeträchtigen Preis gewonnen.

»Ich kann nicht lange bleiben«, verkündete Emma, als Lacey sich bückte, um das Essen aus dem Ofen zu holen. »Um zehn habe ich ein Meeting mit dem *New Statesman*. Warst du das heute Morgen auf dem Fluss?«

Lacey blickte nicht auf. »Keine Ahnung, wovon du redest.«

»Ganz unter uns? Jetzt mal im Ernst.«

»Zur richtigen Zeit am richtigen Ort«, antwortete Lacey.

»Ich hatte Glück. Also, kannst du mir helfen, oder machen wir uns hier nur einen Mädelsabend?«

Emma lachte. »Die Manosphäre, dieses antifeministische Netzwerk? Darüber willst du etwas wissen?«

»Bis heute hatte ich noch nie davon gehört.«

Doch vor ihrem Dienst hatte sie Zeit gehabt, den Begriff *female humanoid* zu googeln, und sie hatte das Gefühl gehabt, in ein sehr finsteres Kaninchenloch gefallen zu sein.

Sie öffnete Pappschachteln, legte Löffel zurecht, und der Geruch von Ingwer, Chili und Knoblauch erfüllte die Kajüte.

»Man könnte wohl sagen, das ist wie eine Masse miteinander verbundener individueller Zellen«, meinte Emma, »die alle online operieren, jede mit ihrer eigenen, einzigartigen Identität, ihren eigenen Zielen und ihrem eigenen Wortschatz, aber sie haben viel gemeinsam.«

Sie griff sich Papier und Stift, die auf dem Tisch bereitlagen, und zeichnete ein grobes Wabenmuster aus Sechsecken.

»Incels.« Sie schrieb das Wort in eine der Zellen. »Wahrscheinlich die Ekligsten in dem ganzen Haufen. Dann haben wir die sexistischen Pick-up-Artists und MGTOW oder Men Going Their Own Way.« Während sie die einzelnen Gruppen aufzählte, schrieb Emma jeden Namen in eine Zelle der Wabe.

»Männerrechtsaktivisten, Neonazis, Homophobe. Es gibt noch andere. Im Grunde Männer, die aus irgendeinem Grund beleidigt sind, sehr oft wegen Kleinigkeiten, manchmal wegen etwas, das sie sich einbilden, und die sich im

Internet treffen und radikalisiert werden. Hast du schon mal von der Alt-Right-Pipeline gehört?«

»Ich nehme mal an, das hat nichts mit der Abwasserkanalisierung an der Themse zu tun.«

»Das ist eine Methode, um junge weiße Männer zu ködern, die sich über irgendetwas ärgern, ihnen Sündenböcke anzubieten – typischerweise ethnische Minderheiten und Frauen, gelegentlich auch Homosexuelle – und sie dann in Communities einzubinden, wo ihre Ansichten bestätigt werden. Sie fühlen sich besser und fangen an, nach noch mehr Bestätigung zu suchen. Das ist eine Schraube ohne Ende, die immer weiter abwärtsführt.«

»Und es ist eine Pipeline, weil …«

»Sie hat Einstiegsstellen, die ganz unauffällig wirken, total Mainstream. Leute wie Jordan Peterson, der kanadische Professor, und Ben Shapiro, der amerikanische konservative Kommentator. Steven Crowder ist auch so einer. Ihre Ansichten sind größtenteils gar nicht unvernünftig, aber wenn Männer sich online ihre Sendungen anschauen, dann werden die Algorithmen aktiv, und die angebotenen Inhalte werden allmählich ein bisschen radikaler. Ganz subtil, sodass die User gar nicht merken, dass sich der Tonfall geändert hat, dass sie in die Pipeline gezogen werden.«

Lacey blieb stumm. Das hier war anscheinend etwas, was Emma sich von der Seele reden musste.

»Hier in Großbritannien haben wir … lass mich kurz nachdenken … Fergus Lord, den Schauspieler, der gestern Abend bei *Question Time* war. Der lässt sich schon seit einer Ewigkeit auf Twitter über Männerrechte aus, über die

Rechte von Vätern und so weiter. Da stellen also all diese charismatischen, intelligenten Kommentatoren ihre Posts in den sozialen Medien ein, zu denen jeder Zugang hat. Im Laufe der Zeit werden die Leute dann allmählich in krassere und gewaltbereite Diskussionen reingezogen. Und die finden nicht alle auf Facebook und YouTube statt.«

»Auf Websites wie 4Chan oder Reddit?«, fragte Lacey. »Und dann im Darknet? Ich habe mir heute Nachmittag selbst einen kleinen Crashkurs verpasst.«

Emma legte ihre Gabel hin und seufzte. »Lacey, wenn du in einem von diesen Foren warst, dann hast du ja gesehen, wie da auf Frauen eingedroschen wird. Einfach nur für das Verbrechen zu existieren und eine Stimme und Meinungen zu haben.«

Eine Welle ließ das Boot schaukeln, sodass der Wein in den Gläsern der beiden Frauen schwappte.

»Jedes Mal, wenn ich einen Artikel schreibe oder etwas teile, bricht das über mich herein«, sagte Emma. »Und wenn der Inhalt irgendwas mit Feminismus oder mit Frauenthemen zu tun hat, dann verhundertfacht es sich. Und egal, wie oft ich mir sage, dass ich das ignorieren soll, es kommt durch. Es vergeht kein Tag, an mir nicht erzählt wird, ich sei zu hässlich, um am Leben zu sein.«

Emma trank und schluckte heftig.

»Ich sollte mehr online unterwegs sein, nicht wahr?«, fragte Lacey leise. »Ich sollte wissen, was da draußen abgeht.«

Emma schnaubte. »Du kommst bei der Polizei nicht weiter, wenn du dich nicht mit dem Internet auskennst. Dann sitzt du dein ganzes Leben lang auf dem Fluss fest.«

Lacey dachte darüber nach. »Das wäre nicht unbedingt schlimm.«

»Für manche Leute vielleicht nicht. Für dich …« Sie ließ den Gedanken in der Luft hängen.

Emma hatte recht, begriff Lacey. Sie hatte gedacht, sie könne Polizistin sein und sich vor der toxischen Schattenseite des Lebens verstecken. Sie war dumm gewesen.

»Kannst du mir helfen?«, fragte sie. »Mir zeigen, wie ich anfangen soll?«

»Gib mir mal dein Handy.« Emma streckte die Hand aus. »Und willkommen auf der dunklen Seite.«

18

Es war kurz vor Mitternacht, und Inigo brüllte. Dana war kurz davor, dasselbe zu tun. Im Schlafanzug und mit roten Augen erschien Helen in der Tür.

»Dana, nichts für ungut, aber wenn ich noch einmal *Alle meine Entchen* höre, haue ich irgendwas kaputt.«

Dana fuhr herum, und die unverhoffte Bewegung veranlasste Ini dazu, die Lautstärke hochzudrehen. »Fällt dir was Besseres ein?«

Helen gähnte. »Hat er Temperatur?«

»Nein, ich hab gemessen. Er hat vor einer Stunde getrunken. Er ist trocken. Er macht einfach nur Randale.«

Wehe, dachte sie im Stillen. *Wehe, du sagst jetzt, dass mein Stress auf ihn abfärbt.*

Helen war nicht blöd. »Ich fahre mal ein bisschen im Auto mit ihm rum«, erbot sie sich.

»Das funktioniert nicht. Sobald du die Sitzschale aus dem Auto nimmst, wacht er auf.« Helen hatte nie gelernt, die Sitzschale ganz vorsichtig aus dem Wagen zu heben, ein weiterer Punkt auf der langen Liste der Dinge, die Dana in letzter Zeit auf die Nerven gingen.

Sie reichte ihren Sohn an Helen weiter, der daraufhin nur noch heftiger brüllte. Es gab Zeiten, wo nur sie gut genug war. »Ich gehe mit ihm spazieren.«

Im Flur nahm Dana ihren Regenmantel vom Haken und knöpfte das Verdeck des Kinderwagens auf. Helen folgte ihr und hob die Stimme, um sich verständlich zu machen. »Es ist fast Mitternacht.«

»Sag das mal deinem Sohn.«

Seufzend legte Helen Inigo in den Wagen. »Gib mir meinen Mantel.«

Dana zerrte sich eine Mütze über den Kopf und stopfte Ini unter seine Decke. »Geh wieder ins Bett, ich mach das schon.«

Helen musste morgen um fünf aufstehen, um nach Brüssel zu fliegen. Trotzdem blieb sie in der Tür stehen, versperrte den Ausgang. »Du kannst doch nicht ganz allein losziehen.«

»Ich bleibe auf der Hauptstraße. Da sind immer Leute. Mir passiert schon nichts.«

Auf der Promenade an der Themse waren heute Morgen auch Leute gewesen, doch klugerweise erinnerte Helen sie nicht daran. »Es gießt«, sagte sie stattdessen.

»Und was genau kannst du dagegen machen?«

Helen stülpte das durchsichtige Plastikverdeck über den Kinderwagen. Das Baby zumindest würde trocken bleiben. »Du bleibst auf der Hauptstraße?«

Dana nickte und öffnete die Tür. Das Wetter war eklig geworden. Der Regen pladderte auf die Straßen und hinterließ Pfützen, die aussahen wie schwarzes Glas, und die Bäume wankten unter der Wucht des Windes. Merkwürdigerweise könnte das sogar helfen; Inigo liebte Unwetter. Er war mitten in einem zur Welt gekommen, an einem grauenvollen Montagmorgen. Monate später schaute er gern Blättern zu, die im Wind dahinwirbelten, ließ sich oft durch das Prasseln der Regentropfen an den Fensterscheiben beruhigen.

»Hast du dein Handy dabei?«, wollte Helen wissen.

Dana trat rückwärts durch die Tür und rollte den Kinderwagen vorsichtig die Stufen hinunter. »Ich bin doch nur zehn Minuten weg.«

»Rühr dich nicht von der Stelle.« Sekunden später war Helen wieder da und hielt Dana ihr Handy hin. Dana schob es in die Innentasche ihres Mantels, zog Handschuhe an und ging in die Nacht hinaus. Binnen Sekunden hatten die Straßenlaternen, die Neonreklamen, die regennassen Farben der Nacht und der Wind, der den Kinderwagen schaukelte, ihre übliche hypnotisierende Wirkung auf den Kleinen. In noch nicht einmal zehn Minuten würde er tief und fest schlafen.

Dana hatte eine Stammroute, ein paar hundert Meter die Straße entlang und dann nach Norden zur Albert Bridge, bevor sie nach rechts abbiegen und sich wieder auf den Heimweg machen würde. Sie zog sich die Mütze fester über den Kopf und hielt den Kopf gesenkt.

Es klappte. Sie sah, wie ihr kleiner Sohn tief seufzte. Seine Augen, die jetzt noch offen waren, wurden allmählich glasig. Er blinzelte, seine Lider schlossen sich und öffneten sich wieder, doch jetzt konnte sie sehen, wie viel Mühe ihn diese simple Bewegung kostete.

Der Straßenverkehr, ein sanftes Summen im Hintergrund, half ebenfalls. London schlief niemals, nicht richtig. Von irgendwo hinter ihr zerriss ein Geräusch das Rauschen des Regens und der Automotoren, eine Art klapperndes Klirren von einer geworfenen Glasflasche, aber sie schaute nicht zurück. An der Ecke bog sie in die A3220 ein, die Straße, die gleich darauf zur Albert Bridge werden würde, und nutzte dabei die Gelegenheit, kurz die Straße entlangzuspähen, die sie gerade verließ.

Ein Mann mit einer Baseballkappe, ungefähr hundert Meter entfernt, schien sie anzustarren.

Endlich schlossen sich Inigos Augen und blieben zu. Jetzt würde er bis gegen sechs Uhr schlafen, doch dann würden sie beide allein sein, bis Helen morgen Abend zurückkam.

Als sie das Ende ihrer Straße erreichte, blieb Dana stehen. Zwei Streifenwagen parkten mit funkelndem Blaulicht quer auf der Straße. Da wurde gerade jemand festgenommen. Noch während sie zusah, trat ein Polizist vor eine Tür in der Nähe und fing an dagegenzuhämmern. In einem anderen Haus begann jemand zu brüllen. Da konnte sie mit Inigo nicht vorbeigehen, der Krach würde ihn aufwecken.

Sie ging weiter die A3220 hinunter. Nach ein paar Metern schaute sie sich neugierig um. Sie wollte sehen, wie es bei der Verhaftung lief. Da sah sie abermals den Mann mit der Baseballkappe. Er war noch immer hinter ihr, und der

Abstand zwischen ihnen war kleiner geworden. Jetzt waren es nur noch gut zwanzig Meter.

Dana ging schneller. Der Verkehr war nicht mehr so stark, zwischen jedem vorbeikommenden Fahrzeug lagen Sekunden. Wenn sie die Straße erreichte, die um den Battersea Park herumführte, würde noch weniger los sein. Sie empfand wachsendes Unbehagen und zugleich Ärger darüber, dass ihre instinktive Reaktion auf einen einsamen Mann mitten in der Nacht darin bestand, ihn zu fürchten. Groll gegen sich selbst – die meisten Männer stellen doch überhaupt keine Bedrohung für Frauen dar –, aber auch gegen ihn. Er hätte die Straße überqueren und auf der anderen Seite weitergehen, hätte ein klein wenig Sensibilität an den Tag legen können.

Peinlich berührt davon, wie leicht sie es mit der Angst bekommen hatte, ging sie langsamer, straffte die Schultern und richtete sich etwas auf. Sie wollte sich umblicken, doch ihr Instinkt riet ihr, ihm ihre Furcht nicht zu zeigen, denn das würde ihm Macht verleihen. Rasch tastete sie ihre Manteltasche nach ihrem Handy ab. Helen könnte binnen weniger Minuten bei ihr sein, aber die war bestimmt wieder ins Bett gegangen, schlief vielleicht schon, und sie hatte am nächsten Tag eine wichtige Besprechung. Und wenn sie ihre Partnerin jetzt aus dem Bett holte, würde sie nachts nie wieder das Haus verlassen können, ohne dass es Streit gab.

Wieder wurde Dana schneller; sie konnte nicht anders. Sie hatten sich auf diesen speziellen Kinderwagen geeinigt, weil Helen damit laufen gehen konnte. Dana konnte auch laufen – zugegebenermaßen nicht so wie Helen –, aber doch einigermaßen, wenn es sein musste.

Fast ohne es zu merken, hatte sie angefangen, in Schaufenster auf der anderen Straßenseite und in die Fenster vorbeifahrender Autos zu schauen, ob sie den Mann hinter ihr darin ausmachen konnte. Als sie die Spannung nicht mehr aushalten konnte, blickte sie sich um. Er war fünfzehn Meter entfernt.

Ein Weißer, ungefähr eins fünfundsiebzig, schlank, zwischen zwanzig und vierzig Jahre alt. Er trug eine dunkle Jacke mit hochgeschlagenem Kragen, und die Kappe bedeckte sein Haar. Den Kopf hatte er gesenkt, sodass sie sein Gesicht nicht sehen konnte. Vom Alter, vom Kleidungsstil und vom Verhalten her hatte er ungute Ähnlichkeit mit den Männern, die heute Morgen das Baby entführt hatten.

Ein schwarzes Taxi fuhr vorbei in Richtung Brücke. Danach war die Straße leer.

Sie waren nur vierhundert Meter vom Fluss entfernt. Überhaupt nicht weit. Sowohl Inigo als auch der Kinderwagen könnten binnen Sekunden über das Geländer gehievt werden, und sie würde nichts tun können, gar nichts. Die schreiende Frau von heute Morgen, in wenigen Sekunden könnte sie das sein.

Dana ging noch schneller, rannte fast, doch jetzt war er nahe genug, dass sie seine Schritte hören konnte.

Wie war das möglich? Wie hatten die sie so schnell gefunden? Er war garantiert nicht allein, bestimmt hatte er irgendwo seine Kumpel. Keiner der Angreifer von heute Morgen war gefasst worden. Vielleicht hatten sie ein Auto, hatten geplant, sich ihr Kind zu schnappen und mit ihm davonzurasen. Wie konnte sie bisher nicht begriffen haben, wie vollkommen hilflos Mütter mit Babys waren?

Wieder schaute sie sich um. Der Mann hielt ein Handy hoch, fast so, als würde er sie filmen.

Das reichte. Sie blieb stehen und drehte sich um. Jetzt wusste sie Bescheid, wusste, dass sie sich die Bedrohung nicht nur eingebildet hatte. In diesem Moment war beiden klar, was sie voneinander zu halten hatten.

Sie konnte das Schimmern von Augen unter der Baseballkappe sehen. Auf der Straße fuhr ein Auto vorbei, dann noch eins, doch falls die Fahrer sie überhaupt bemerkten und mitbekamen, dass sie Schwierigkeiten hatte, so zogen sie es vor, sich nicht einzumischen.

Dana machte kehrt und rannte los. Ihr war klar, dass das Schaukeln des Wagens Ini aufwecken würde, doch der war jetzt das kleinste ihrer Probleme. Sie schoss um die Ecke und fand den Prince of Wales Drive genauso dunkel und verlassen vor, wie sie es erwartet hatte. Auf der einen Seite der Park, von hohen Bäumen und dichten Büschen gesäumt, auf der anderen Häuser, allesamt dunkel und still.

Helen anrufen? Der Mann würde sie vorher einholen. Die Notrufnummer? Für die galt dasselbe. Sie könnte um Hilfe rufen, aber die Chancen, dass irgendein Möchtegernheld wach und gewillt war, einzugreifen, standen nicht zu ihren Gunsten. Der Mann hielt mit ihr Schritt. Er rannte nicht so wie sie, doch das war auch gar nicht nötig. Seine Kleidung war für schnelle Bewegungen geeignet, ihre nicht. Er wurde nicht durch ein Baby behindert. Er brauchte nur einen kurzen Sprint einzulegen, dann hätte er sie.

Tu irgendwas!

Dana blieb wieder stehen und machte kehrt. Keuchend zog sie ihr Handy aus der Tasche, hatte mehr Angst als je zuvor in ihrem Leben. Sie öffnete die Kamera-App und machte ein Foto von ihm. Aus etwas mehr als fünf Metern Entfernung, die Länge eines großen Zimmers, starrten sie einander an.

»Was unterstehen Sie sich!« Dana raffte jedes Quäntchen Furcht in ihrem Körper zusammen und ließ sie wie Wut klingen.

Er trat einen Schritt zurück. »Was'n?« Seine Stimme war leise und undeutlich.

»Was unterstehen Sie sich, mich um diese Zeit zu verfolgen? Was unterstehen Sie sich, hier zu versuchen, mir Angst zu machen? Ich bin Polizistin, und ich habe gerade ein Foto von Ihnen gemacht und es ins Polizeinetz gestellt. Jeder Kollege, der heute Nacht in London Dienst hat, schaut sich gerade Ihr Gesicht an. Mehrere bewaffnete Einheiten dürften hierher unterwegs sein. Die Gesichtserkennungssoftware wird die Datenbanken durchsuchen und herausfinden, wer Sie sind.«

Nur das mit dem Foto stimmte, der Rest war Bullshit. Dana hatte gar nicht genug Zeit gehabt, um das Bild des Mannes irgendwo hinzuschicken, und sie bezweifelte, dass es scharf genug war, um brauchbar zu sein. Dies war jetzt eine Pattsituation; es ging darum, wer die größeren *cojones* hatte.

»Wenn mir oder meinem Kind irgendwas passiert, weiß man ganz genau, wer dafür verantwortlich ist«, fuhr sie fort. »Hören Sie Sirenen?«

Sein Blick huschte wild nach rechts und links.

»Immer schön die Ohren aufsperren. Gleich hören Sie welche.«

Die Hände zum Zeichen der Aufgabe erhoben, machte der Mann einen Schritt rückwärts, dann noch einen. »Ich weiß gar nicht, was Sie da quatschen, ich hab Sie doch gar nicht verfolgt.«

»Ich will Ihren Namen wissen. Und einen Ausweis sehen.«

»Durchgeknallte Tusse!« Er machte auf dem Absatz kehrt und rannte davon. Sekunden später bog er um die Ecke und war verschwunden.

Die *Cojones*-Frage war gestellt und beantwortet worden. Dieses Mal.

19

Gut fünf Kilometer von dort entfernt, wo Dana zitternd neben Helen lag, die zu wecken sie nicht übers Herz gebracht hatte, versuchte Mark Joesbury gar nicht erst zu schlafen. Er saß in seiner Wohnung in Pimlico in dem Zimmer, das zugleich als Büro und als Schlafzimmer für seinen Sohn diente, surfte in der Manosphäre und verzweifelte an seinem eigenen Geschlecht.

Eine Nachricht ploppte in seinem Postfach auf. Sie war von Archie, der möglicherweise schwarze Künste praktizierte, er schlief nämlich anscheinend nie.

Aktivität auf der Rage-Website, stand da. *Chat-Aktivitäten, ab ca. 18:00, kurz nachdem die Pressekonferenz gezeigt wurde. Da könnte was abgehen.*

Joesbury öffnete seinen Tor-Browser und folgte Archies Link. Zu dem Thread, den Archie im Auge behalten hatte, gab es fast tausend Kommentare und zurzeit etwa zweihundert aktive User. Ein Post von AryanBoy hatte das Ganze ausgelöst.

Unser Tag ist nahe, lautete er. *Soldaten der Revolution, das hier ruft euch zu den Waffen. Schlagt heute Nacht zurück. Carpe Diem. Lasst euch von euren Brüdern in Calgary inspirieren.*

Unter seine Eröffnungsworte hatte AryanBoy einen Text von einem kanadischen User aus Calgary hineinkopiert.

Ich fahre tierisch darauf ab, Frauen auf verlassene Parkplätze und in Parkhäuser zu folgen. Ich komme näher und näher, bis ich sie praktisch anfassen kann. Wenn ich sehe, wie nervös die dabei werden, kriege ich einen Ständer.

Das ist einfach, effektiv und brillant, hatte AryanBoy weiter geschrieben. *Nutzt euren angeborenen Naturvorteil, um zurückzuschlagen. Die Foids haben Angst vor uns. Sie haben Angst vor unserer Stärke, vor unserer überlegenen Körperkraft, sie wissen, dass wir ihnen wehtun können. Geht heute Nacht auf die Straße, Brüder, und lehrt einen Foid das Fürchten. Folgte einem, kommt ihm ganz nahe, erinnert ihn daran, wer wir sind.*

»Grundgütiger«, brummte Joesbury.

Ein Strom Kommentare folgte, und immer mehr tauchten in Echtzeit auf, als Joesbury abwärts scrollte.

Mach ich, ich geh gleich raus.

Geile Idee, bin dabei.

Nichts wie los, sollen die Scheißweiber sich in die Hosen pissen.

Dann andere, die zur Vorsicht rieten.

Geht nicht zu nahe ran.

Macht euch was vors Gesicht, denkt an Videokameras.

Und vor allem, betonte einer, *verstoßt gegen keine Gesetze. Fasst den Foid nicht an, dem ihr folgt, tut nichts, was ihnen einen legitimen Grund gibt, die Bullen zu rufen. Ihr könnt euch sogar entschuldigen. Sorry, Schätzchen, ich wollt dir keine Angst machen. Hab nicht nachgedacht.*

Setzt euch Kopfhörer auf, riet ein weiterer, *dann könnt ihr behaupten, ihr hättet euch gerade voll konzentriert einen Podcast reingezogen und gar nicht mitbekommen, was um euch rum passiert.*

Joesbury erkannte einen der Namen, die Archie benutzte, wenn er versuchte, die Websites zu infiltrieren.

Wo geht denn das ab?, hatte Archie unter seinem Decknamen gefragt. *Gibt's eine besondere Gegend, wo das gerade läuft?*

Im Stadtzentrum von London, hatte AryanBoy geantwortet. *Konzentrieren wir uns darauf. Stellt eure Erfolge ins Netz, Brüder. Macht dies zu einer unvergesslichen Nacht.*

Und dann hatten die Posts begonnen, als Männer auf die Straßen gegangen waren, um nach Frauen zu suchen, die allein unterwegs waren, um ihnen nachzustellen und ihnen Angst zu machen.

Bin einem Foid an den Pembridge Gardens entlang hinterher, hatte einer geschrieben. *Fast hundert Meter weit, und die blöde Kuh hatte keine Ahnung, dass ich da war. Musste schließlich anfangen zu husten. Da hat sie mich bemerkt. Ist über die Straße rüber, also ich natürlich auch. Dann ist sie an einer Gasse vorbeigegangen, und es wäre total einfach gewesen, sie da reinzuzerren und sie blutig zu ficken. Aber denkt an die Regeln. Nicht anfassen, diesmal nicht.*

Hab gerade 'ne klassische Stacey auf der Clerkenwell Road gestalkt, schrieb ein anderer. *Die Schlampe hat mit ihrem blonden Haar in meine Richtung gewedelt, bis sie gerafft hat, dass ich vielleicht hinter ihr her sein könnte. Wie die versucht hat, auf ihren hohen Absätzen zu rennen, das war das Witzigste, was ich seit Jahren gesehen hab.*

Es kamen noch mehr solche Posts, jeder gefolgt von einer Reihe Glückwunsch-Kommentare. Überall in London schwelgten Männer darin, einsamen Frauen Angst zu machen.

Eine SMS von Archie ging auf seinem Handy ein. Joesbury rief ihn an.

»Ich hab gesehen, dass Sie wach sind«, sagte Archie.

Das Team wusste immer, wann die anderen online waren. Joesbury hatte das zuerst etwas gruselig gefunden.

»Sehen Sie sich's gerade an?«, wollte der Junge wissen.

Unablässig kamen Kommentare und Bilder herein.

»Was machen wir jetzt?«, fragte Archie.

»Ich lasse ein Bulletin rausgeben.« Joesbury griff nach dem Telefon. »Nicht dass das viel bringt. Wir habe nicht genug Streifenwagen, um das auch nur annähernd im Blick zu behalten.«

»Die meisten Frauen erstatten bestimmt keine Anzeige«, meinte Archie. »Die denken, sie werden von einem Mann verfolgt, aber es passiert ja nichts, und dann entschuldigt der sich auch noch dafür, dass er sie erschreckt hat, nachdem er ihnen Todesangst eingejagt hat. Das ist ja eigentlich kein Verbrechen, oder?«

»Genau genommen ist es sehr wohl eins, aber Sie haben recht. Die meisten Frauen werden froh sein, wenn nichts passiert. Sie werden nichts unternehmen.«

»Haben Sie ein paar von den Fotos gesehen? Oh Mann, da ist eine Frau mit Kinderwagen.«

»Wo?«

»Ziemlich weit unten, vor ungefähr zehn Minuten gepostet, von einem, der sich LadySlicer78 nennt.«

Joesbury fand den Post, sah die Rückansicht der Frau in dem Regenmantel auf einer Straße in Battersea. Sah das Firmenlogo an dem Kinderwagen.

»Himmel, Arsch und Wolkenbruch!«

»Sir?«

»Wir reden morgen weiter, Arch. Saubere Arbeit.«

Joesbury nahm den Hörer seines Festnetztelefons ab, um Dana anzurufen.

20

Der Mann, der Tausenden rund um den Globus (sowie einer erklecklichen Anzahl Gesetzeshütern) online als AryanBoy bekannt war, saß vor seinem Computer und sah zu, wie die Nacht sich entfaltete. Seine Soldaten hatten sämtliche Erwartungen übertroffen. Wenn all die Posts – und mit jeder Sekunde wurden es mehr – echt waren, und viele waren mit Fotos oder Videoclips versehen, um ihre Authentizität zu belegen, dann geschah gerade das noch nie Dagewesene. Morgen früh würde sich etwas für alle Zeit verändert haben: Den Männern Großbritanniens, möglicherweise auch anderswo, würde ihre Macht wieder bewusst geworden sein. Eine essenzielle Wahrheit wäre in ihrer aller Denken bekräftigt worden: Die Frauen haben Angst vor uns. *Wir* haben die Macht. So war es schon immer, wir sind nur eingelullt worden, verschaukelt worden, man hat uns glauben gemacht, es wäre anders. Morgen früh, das wusste AryanBoy, würde seine Armee frisch und gestärkt sein, ganz heiß auf die nächste Schlacht, bereit und gewillt, sich einzubringen. Das machte den Fehlschlag der Operation an der Tower Bridge fast wett.

Den partiellen Fehlschlag, er sollte nicht zu hart mit sich ins Gericht gehen. Sein endloses Streben nach Perfektion wirkte sich nicht immer zu seinen Gunsten aus. Zumindest am Anfang war der erste Anschlag doch gelaufen wie am Schnürchen. Die vier Männer, online ausgesucht und interviewt, die einander völlig fremd gewesen waren, bevor sie sich an der Tower Bridge getroffen hatten, hatten ihre Rollen perfekt gespielt. Die Entführung war reibungslos über die Bühne gegangen, das Balg war in den Gezeitenstrom hinausgestoßen worden, und das regenbogenfarbene Gummitier war wie ein Symbol der Hoffnung übers Wasser gewirbelt.

Dass an diesem Morgen drei – Herrgott noch mal, drei! – Polizistinnen außer Dienst an der Brücke gewesen waren, und dass eine davon mit dem Kajak gekommen und dem Gör hinterhergepaddelt war wie in einer abgefahrenen britischen Folge von *Baywatch*, das war einfach übelstes Pech. Und schlimmer noch, sie hatte das Kind eingeholt und es aus dem Wasser gefischt. Wäre das Balg draufgegangen, spurlos im Wasser versunken, dann hätten die Leute noch jahrelang über diesen Stunt geredet. Er hätte sogar die Erinnerung an Elliot Rodgers Massenschießerei 2014 in Kalifornien in den Schatten gestellt. Die Welt hätte sich vor einem neuen Supreme Gentleman verneigt.

Er musste sich damit begnügen, der Aufmacher in den landesweiten Nachrichten zu sein, doch selbst dort waren die Community oder ihre gemeinsame Sache nicht erwähnt worden. Diese blöden Arschlöcher im Revier von Lewisham hatten das Ganze runtergespielt, hatten suggeriert, dass es das Werk einzelner Idioten gewesen sei, ein schiefgegangener Scherz. Es musste eine Möglichkeit geben, das zu umgehen. Die Welt musste wissen, dass dies erst der Anfang war.

Das Problem bei Aktivitäten im Darknet war, dass sie im Dunkeln blieben, die meisten Mikroattacken von heute Nacht würden von der Welt gar nicht bemerkt werden. Nur wenige Frauen, nahm er an, würden Anzeige erstatten, und ob die Volltrottel von der Polizei die Zusammenhänge erkennen würden, durfte bezweifelt werden. Es musste eine Möglichkeit geben, die ganze Welt dazu zu bringen, die rote Pille zu schlucken und zu sehen, was Sache war.

Also, das war doch mal eine Idee!

AryanBoy rief eine Recherche auf, die er vor drei Jahren begonnen hatte, als er nach Journalisten gesucht hatte, die bereit waren, vom Mainstream und vom politisch korrekten Berichten abzuweichen, und fand die, die er sich ausgesucht hatte. Er las Emmas Bostons Arbeiten jetzt schon seit einer ganzen Weile. Persönlich war sie für ihn nicht von Interesse – zum einen war sie potthässlich, und zum anderen schrieb sie regelmäßig über Feminismus und Frauenthemen –, aber sie ging Kontroversen niemals aus dem Weg. Alles, was der Mainstream sich nicht anzufassen traute – Boston packte zu und scherte sich einen Dreck darum, wen sie damit kränkte. Und sie hatte sich im Laufe der letzten paar Jahre einen Namen gemacht. Ihr Name tauchte regelmäßig in überregionalen Zeitungen auf.

Emma Boston könnte die Richtige sein.

In den paar Minuten, die er nicht auf der Rage-Website gewesen war, waren weitere Posts eingetroffen, doch es war fast zwei Uhr morgens, und jetzt dürften weniger Frauen allein auf den Straßen unterwegs sein. Es wurde darüber spekuliert, ob sie so etwas morgen wieder machen würden.

Nein, schrieb er. Er wusste, dass eine Aktion ihre Wirkung einbüßte, wenn sie sich zu lange hinzog. Morgen Nacht würden weniger Frauen draußen sein, in der Nacht danach sogar noch weniger, und es würde schwerer sein, die Truppen aufzurütteln, wenn er sie das nächste Mal brauchte. Sie sollten hungrig bleiben und ungeduldig auf den nächsten Ausfall warten, so machte man das.

Wir halten unser Pulver trocken, schrieb er. *Es kommt noch mehr. Fürs Erste erfreut euch an einem ruhmreichen Tag. Unsere Sache hat das Auge der Welt auf sich gezogen* (hatte sie noch nicht, aber die meisten dieser Versager online würden das nicht mitbekommen).

Und dann tauchte ein neuer Post auf.

Wüsste ja zu gern, wo die Stacey mit dem Kajak wohnt. Ein paar von uns könnten da mal vorbeischauen und dem Dreckstück eine Lektion erteilen.

Dieser Post lenkte den Thread in eine vollkommen neue Richtung, und die Männer überboten sich gegenseitig mit den brutalsten sexuellen Rachefantasien, die sie an der Polizistin ausleben könnten, die das Baby gerettet hatte.

Einen Moment lang war er versucht zu antworten, ihnen die Informationen zu geben, die sie völlig wild machen würden. Doch die Vorsicht hinderte ihn daran. Gerade wollte er seinen Computer für heute Nacht herunterfahren, als ein Foto auf seinem Bildschirm erschien, ein Foto von einer Frau in einem Kajak. Die besagte Stacey. Von einer Gruppe Landvermesser fotografiert, die an diesem Morgen auf dem Wasser gewesen waren. Das Bild war aus Gründen der Vertraulichkeit fast sofort aus dem Internet entfernt worden, jedoch nicht, bevor seine Armee es zu fassen bekommen hatte.

Die Polizistin war jung, Mitte bis Ende zwanzig, und bestimmt sah sie sehr gut aus, wenn ihr Gesicht nicht gerade vor Anstrengung verzerrt war, weil sie aus Leibeskräften auf einem riesigen Fluss paddelte. Ihr Haar, lang und blond, war hinter ihrem Kopf zum Pferdeschwanz gebunden.

Allmächtiger. Sie war es!

AryanBoy wusste, wie groß sie war, obwohl sie in dem Kajak saß. Er wusste, wie ihre Stimme klang. Es war Jahre her, dass sie sich begegnet waren, doch er hätte sie überall wiedererkannt.

Die Frau, die an diesem Morgen das Baby gerettet hatte, war dieselbe, die vor zwölf Jahren, am absoluten Tiefpunkt seines Lebens, versucht hatte, mit ihm im Auto über den Rand der Klippe von Beachy Head zu fahren.

21

Seit Lacey widerwillig akzeptiert hatte, dass es für jemanden, der zum Sergeant der Londoner Flusspolizei befördert werden wollte, nicht gerade verantwortungsbewusst war, in der Themse zu schwimmen, hatte sie die Royal Docks von London entdeckt, wo Freiwasserschwimmen nicht nur erlaubt war, sondern sogar aktiv gefördert wurde. An dem Morgen nach ihrem Abenteuer an der Tower Bridge schwamm sie ohne Zwischenfall ihre üblichen tausendfünfhundert Meter und war noch vor acht Uhr wieder aus dem Wasser heraus. In einen viel zu großen, gefütterten Bademantel gehüllt, kam sie in den Umkleideraum und hörte das Handy in ihrer Tasche klingeln.

Der Anrufer hatte es bereits zweimal versucht. Es war Joesbury.

»Hi.« Der Umkleideraum war plötzlich viel zu klein, also trat sie hinaus in die frische Luft.

»Mark?«, fragte sie, nachdem Sekunden vergangen waren und er immer noch nichts gesagt hatte.

»Du musst mir einen Gefallen tun«, sagte er. »Falls du heute Vormittag frei hast. Tut mir leid, dass ich dich darum bitten muss, aber …«

Der Himmel über ihr war von tiefem, reinem Blau mit nur ganz leichten Wolkenstreifen, und seine Farbe wurde vom Fluss vollendet gespiegelt. Es war selten, dass die

Themse blau aussah, aber wenn, dann war es so schön anzusehen.

Sie wartete auf das, was nach dem »Aber« kam. Es kam nichts.

»Was denn für einen Gefallen?«, fragte sie, denn wenn er sie brauchte, dann war sie da. So war das eben. Alles auf der ganzen Welt für Mark Joesbury, bis auf das, wonach er sich am allermeisten sehnte.

»Kannst du heute Vormittag zu Dana gehen? Helen ist den ganzen Tag in Brüssel, und ich kann erst ab Mittag. Ich muss Huck irgendwo hinfahren.«

»Ich denke schon«, antwortete sie. »Aber …«

»Sie ist gestern Nacht massiv belästigt worden und hatte furchtbare Angst. Von denselben Typen, die für den Mordversuch an dem Baby verantwortlich waren. Könnte Zufall sein, aber ich will's nicht drauf ankommen lassen.«

Lacey sah den Schwimmern zu und betrachtete die silbernen Wellen in ihrem Kielwasser, während Joesbury ihr berichtete, was geschehen war.

»Vor ihrem Haus steht ein Streifenwagen, aber ich glaube, es sollte jemand bei ihr sein«, schloss er. »Sie hat es Helen nicht erzählt, weil sie genau wusste, dass die dann nicht nach Brüssel fliegen würde, und sie tut so, als ginge es ihr gut, aber das stimmt nicht. Du weißt ja, wie sie ist, wenn's um das Baby geht.«

»Wie eine Mutter.« Lacey dachte daran, wie Joesbury sich einmal selbst mit der Möglichkeit konfrontiert gesehen hatte, sein geliebtes Kind zu verlieren. Der fähigste Mann, dem sie je begegnet war, hatte nicht mehr klar denken können.

»Ich mache mich gleich auf den Weg«, sagte sie.

»Das ist nett von dir. Ich bin um zwölf da.«

Und hieß das, überlegte Lacey, während sie sich anzog, dass sie bleiben sollte, bis er kam, oder dass sie vorher verschwinden sollte?

Was Dana betraf, hatte er recht gehabt, das wurde Lacey innerhalb der ersten fünf Minuten klar, nachdem sie in Battersea angekommen war. Ihre ehemalige Vorgesetzte gab sich zu viel Mühe, ganz normal zu wirken. Sie drängte Lacey ein Frühstück auf, das diese gar nicht wollte, kam mit blauen Wimpelketten an, die im Garten aufgehängt werden sollten, und mit jeder Menge Luftballons, die alle aufgeblasen werden mussten. In der sonst so ordentlichen Küche stapelten sich Kartons mit Partyessen und im Spülbecken die schmutzigen Töpfe und Küchenutensilien. Eine Pfütze, die nach püriertem Obst aussah, trocknete unbeachtet auf den Bodenfliesen neben der Spüle.

Eine halbe Stunde lang ließ sich Lacey in manische Partyvorbereitungen einspannen, polierte Gläser, ordnete die Champagnerflaschen im Kühlschrank neu an und schnippelte Gemüse für Salate, doch als ein zu fest aufgeblasener Luftballon platzte, woraufhin der schlafende Inigo mit einem erschrockenen Heulen aufwachte und Dana in Tränen ausbrach, war sie gezwungen, das Kommando zu übernehmen.

Sie nahm der weinenden Dana das Baby ab und trug ihn nach draußen in den kleinen, aber gepflegten Garten. Ihr war klar, dass die tanzenden gelben Blätter und die bunten Blumen ihn eher beruhigen würden als seine verstörte Mutter. Erst als sein Kopf auf ihre Schulter sank, kehrte sie ins

Haus zurück. Dana stützte sich mit den Händen auf den Küchentresen und starrte auf die Granitplatte hinunter.

»Ich kann das nicht mehr«, sagte sie, ohne aufzublicken. »Ich kann nicht mehr gegen Verbrecher antreten, die brauchen nämlich bloß mein Kind zu bedrohen, und ich werde weich.«

»So geht's doch allen Eltern«, beteuerte Lacey und fragte sich insgeheim, was sie denn schon wusste. »Sie lernen, damit klarzukommen. Wie nennt man das, ›sich an die neue Normalität anpassen‹?«

Inigo stieß einen tiefen Seufzer aus.

»Helen geht's nicht so«, entgegnete Dana. »Helen ist gestern hinter diesen Typen hergerannt, genau wie Sie. Ich war völlig von der Rolle.«

In seliger Unkenntnis der Verzweiflung seiner Mutter begann Inigo, Lacey ins Ohr zu schnarchen.

»Er ist fix und fertig«, meinte Dana. »Zu viel Aufregung gestern, und er war heute Nacht viel wach.«

»Sie anscheinend auch.«

Danas Augen waren blutunterlaufen und glasig vor nicht geweinten Tränen, darunter waren dunkle Ringe.

»Und wenn es kein Zufall war?«, fragte sie. »Wenn die uns hierher gefolgt sind, wenn die wissen, wo wir wohnen?«

»Das erscheint mir sehr unwahrscheinlich«, antwortete Lacey, die sich bereits dasselbe gefragt hatte. Bestimmt genau wie Joesbury, das wusste sie. »Es hätte schließlich niemand wissen können, dass Sie gestern Morgen an der Brücke sein würden, also muss es Zufall sein, meinen Sie nicht?«

Dana machte immer noch ein beklommenes Gesicht. »Na ja, vielleicht schon.«

»Und in so kurzer Zeit hätten die Sie doch gar nicht identifizieren können. Helen und mich vielleicht, aber nicht Sie und Inigo.«

Mit einem zustimmenden Nicken, aber noch immer besorgt, streckte Dana die Arme nach ihrem Sohn aus, und das Kind wurde von einer Frau zur anderen gereicht. Dana trug ihn zum Kinderwagen und bückte sich gerade, um ihn hineinzulegen, als Laceys Handy klingelte. Rasch griff sie danach und ging davon aus, dass es wieder Joesbury war. Er war es nicht.

»Emma?« Sie trat hinaus in den Hausflur.

Ihre Freundin verschwendete keine Zeit mit Geplauder. »Wir müssen uns treffen«, sagte sie. »Es ist etwas passiert. Etwas Wichtiges.«

22

Der Lärm und der Betrieb schienen Inigo zu beruhigen. Ungestört verschlief er Emmas Ankunft. Dana hatte die Journalistin vor zwei Jahren während Victoria Llewellyns Mordserie kennengelernt und als Zeugin befragt. Ein paar Minuten später weckte ihn auch das Eintreffen von Mark nicht, der nur selten besonders leise irgendwo auftauchte und mit jemandem aus einem Cyberteam kam, einem Mann namens Archie. Mark umarmte Dana rasch, nickte Lacey höflich zu und gab Emma die Hand.

»Sie haben mir ein Sandwich gekauft«, sagte Emma zu

ihm, während sie in Danas Wohnzimmer gingen. »Als ich damals zum Verhör geholt worden war.«

»Ich erinnere mich«, antwortete Mark. »Danke, dass Sie gekommen sind. Tut mir leid, dass ich das fragen muss, aber ich muss sicher sein, dass Sie diese Besprechung nicht aufzeichnen. Darf eine der Ladys Sie nach Wanzen absuchen?«

Etwas verdutzt nickte Emma und holte ihr Mobiltelefon hervor. Dana überprüfte, ob es ausgeschaltet war, während Lacey ihre Freundin nach verborgenen Aufnahmegeräten abtastete.

»Wo ist Huck?«, wollte Dana wissen, während die Leibesvisitation vonstattenging. »Ich dachte, er ist bei dir?«

»Bei einem Kumpel«, erwiderte Mark. »Er kommt in einer Stunde nach.«

»Sie ist sauber«, verkündete Lacey nach zwei Minuten und formte dann mit den Lippen ein lautloses »Sorry« für ihre Freundin.

Emma zuckte die Achseln. Sie setzten sich, und Dana vergewisserte sich, dass sie den Babymonitor sehen konnte. Archie legte ein Handy auf den Couchtisch und drehte es so zu Emma herum, dass es aufnahm, was sie sagte.

»Schießen Sie los«, forderte Mark die Journalistin auf.

»Er hat heute Morgen um zehn angerufen«, begann Emma. »Es war eine unbekannte Nummer, da gehe ich nicht immer ran, aber bei der hatte ich so ein Gefühl. Er kannte meinen Namen, wusste alles über mich. Meine Nummer steht nicht im Telefonbuch. Als ich gefragt habe, woher er sie hat, hat er gelacht und gesagt: ›Nichts leichter als das.‹«

»Stimmt das?«

»Leicht würde ich's nicht nennen.« Archie machte sich auf einem Laptop Notizen. »Eine Nummer zu finden, die nicht im Telefonbuch steht, zeugt von einigem Geschick.«

»Er hat sich AryanBoy genannt«, berichtete Emma weiter. »Er hat gesagt, er hat den Anschlag an der Tower Bridge organisiert, und die Mikroattacken letzte Nacht. Ich musste fragen, was er damit gemeint hat, und er hat gesagt, das wäre ein bedeutender Teil seiner Strategie, um ein gesundes Klima der Angst zu erzeugen. Er hat behauptet, gestern Nacht wären Hunderte seiner Männer – das waren seine Worte, *seine* Männer – draußen auf den Straßen unterwegs gewesen und hätten Frauen, die dumm genug gewesen wären, allein unterwegs zu sein, daran erinnert, dass sie nie sicher sind.«

Dana empfand heftige Gewissensbisse; wie hatte sie Inigo nur so in Gefahr bringen können?

Emma sah sich in der Runde um. »Stimmt das? Haben gestern Nacht wirklich Hunderte Männer Frauen gestalkt, die allein draußen waren?«

Mark seufzte. »Emma, mir ist klar, dass Sie viele Fragen haben. Können wir uns die für den Schluss aufheben?«

Die Journalistin schwieg lange genug, um die anderen daran zu erinnern, dass sie im Augenblick die Oberhand hatte.

»Er hat gesagt, die Entführung des Babys, die Aktionen gegen Frauen in London letzte Nacht, das wäre nur der Anfang«, fuhr sie einen Moment später fort. »Gestern Morgen hätte die Polizei Glück gehabt, hat er gesagt, aber das würde nicht wieder vorkommen. Er hätte noch jede Menge mehr geplant, noch viel Schlimmeres, und er hätte reichlich Ressourcen und würde nicht aufhören, bis seine Bewegung und seine Männer das bekommen, was sie wollen.«

»Was können Sie uns über seine Stimme sagen?«, fragte Mark. »Jung, alt? Britisch, irgendein erkennbarer Akzent? Gebildet?«

»Weiß und britisch, würde ich tippen«, antwortete Emma. »Er hatte einen ziemlich deutlichen Midlands-Akzent. Birmingham, dachte ich, aber ich bin keine Expertin. Ich würde sagen, er war gebildet. Gutes Vokabular. Und alt war er nicht.«

»Hat nicht viel zu sagen, Sir«, meinte Archie. »Heutzutage kriegt man ziemlich coole Software zur Stimmveränderung. Der hätte sich wie ein Klingone anhören können, wenn er gewollt hätte.«

»Der nächste Anschlag würde passieren, bevor der Monat zu Ende ist, hat er gesagt, und von jetzt bis Weihnachten wird es immer schlimmer werden«, fuhr Emma fort. »Ich habe ihn gefragt, was er will … und was er *von mir* will.«

Sie hielt inne und beugte sich zu einer schwarzen Handtasche hinunter, die neben ihr auf dem Teppich lag.

»Ich musste mitschreiben.« Sie klappte ein Notizbuch auf und begann vorzulesen. »Er hat gesagt, das Ziel der Bewegung sei ganz simpel.« Rasch blickte sie auf. »Ist es nicht, aber er hat das Wort mehrmals benutzt, also glaubt er das anscheinend wirklich. Sie wollen die Wiederherstellung der rechtmäßigen sozialen Ordnung – das ist ein exaktes Zitat –, in der die Männer ihr Geburtsrecht auf Führung und Kontrolle zurückbekommen.«

»Typisch Incel«, bemerkte Archie halblaut.

»Außerdem«, Emma wartete, bis alle zuhörten, »haben sie eine ganze Reihe spezifische Forderungen.«

»Weiter«, drängte Mark.

»Erstens, dass Frauen mit sofortiger Wirkung das Wahlrecht verlieren. Fürderhin – wieder seine Formulierung – wird es keiner Frau erlaubt sein, bei Parlaments- oder Kommunalwahlen ihre Stimme abzugeben.«

Lacey lachte nervös auf.

»Als Nächstes«, las Emma weiter vor, »sollen alle weiblichen Abgeordneten sofort ihren Sitz im Parlament verlieren, und bei darauffolgenden Nachwahlen stehen dann nur männliche Kandidaten zur Wahl.«

Mark bedeutete ihr mit einer Geste fortzufahren.

»In Zukunft wird keine Frau länger als bis zum achtzehnten Lebensjahr eine Bildungsanstalt besuchen, die einzigen Ausnahmen sind Krankenschwestern, Lehrerinnen und Sozialarbeiterinnen. Frauen, die sich vorher in bestimmten Berufen qualifiziert haben, dürfen weiter praktizieren, um die wirtschaftliche Rentabilität zu garantieren, allerdings unter Aufsicht eines männlichen Kollegen. Lehrerinnen, die sich neu qualifizieren, dürfen nur in Grundschulen unterrichten.«

»Das ist doch irre«, sagte Lacey.

»Das ist noch gar nichts.« Emma warf ihrer Freundin einen raschen Blick zu, und Dana konnte sehen, dass das Gespräch mit AryanBoy die Journalistin trotz ihres aufgesetzten Draufgängertums ziemlich erschüttert hatte. »Alle Frauen müssen bis zum einundzwanzigsten Lebensjahr heiraten. Frauen, die bis dahin nicht verheiratet sind, wird ein passender Ehemann zugewiesen. Kinder sind Besitz des

Vaters, und im Falle einer Scheidung bekommt er automatisch das Sorgerecht. Nur Männer können die Scheidung einreichen. Bevor eine Schwangerschaft abgebrochen wird, muss die Erlaubnis des Vaters vorliegen.«

Sie hielt inne, wartete vielleicht auf eine Reaktion. Niemand hatte etwas zu sagen.

»Weibliche Homosexualität wird wieder für ungesetzlich erklärt«, fuhr sie fort, »allerdings bin ich mir nicht sicher, dass sie jemals illegal war. Männliche Homosexualität wird sich ihrer Erwartung nach auf natürlichem Wege geben, wenn alle Männer Zugriff auf passende Partnerinnen haben. Geschlechtsumwandlungen werden verboten. Frauen müssen sich in der Öffentlichkeit züchtig kleiden, und Vergewaltigung in der Ehe wird entkriminalisiert.«

Sie beendete ihren Vortrag. Noch immer wusste anscheinend niemand, was er oder sie sagen sollte.

»Ist das alles?«, fragte Mark schließlich.

»Das ist ja lächerlich.« Laceys normalerweise blasses Gesicht war rot angelaufen. »Damit machen die sich doch zur Lachnummer.«

»Nein, tun sie nicht«, erwiderte Dana. »Das meiste von dem, was Emma gerade vorgelesen hat, ist in extrem islamischen Ländern die Norm.«

»Diese Typen sind aber keine Islamisten«, wandte Lacey ein. »Die sind weiß, oder?«

»Ja, sie sind weiß«, bestätigte Archie. »Zumindest die allermeisten, aber die Tatsache, dass so viele Länder auf der ganzen Welt genau so ein patriarchalisches System haben, wird das, was sie vorschlagen, ganz vernünftig erscheinen lassen. Jedenfalls in ihren Augen.«

Und auch in den Augen anderer, dachte Dana. Wie viele Männer – auch wenn sie Gewalt nicht eine Sekunde lang befürworteten – sehnten sich insgeheim nach einer Zeit zurück, als Männer und Frauen noch wussten, wo ihr Platz war? Etwas verschob sich hier, begriff sie. Die Welt veränderte sich auf subtile, aber signifikante Weise, während sie hier in ihrem aufgeräumten, eleganten Wohnzimmer saßen.

»Die können doch nicht erwarten, dass hier solche drakonischen Maßnahmen eingeführt werden.« Lacey sah aus, als bekäme sie es allmählich mit der Angst. »Oder irgendwo anders in der westlichen Welt.«

Alle drei Frauen, stellte Dana fest, sahen Mark an, warteten auf seine Reaktion. Es war egal, wie sehr Frauen wie sie gegen die Vorstellung eines derart repressiven patriarchalischen Regimes aufbegehrten, sie würden machtlos sein, solange Mark und seine Geschlechtsgenossen sie nicht unterstützten. Die Sicherheit der Frauen, sogar ihre Freiheit, hingen ganz und gar von der Güte der Männer ab.

»Das können die nicht machen, oder?«, fragte Lacey. »Die können das doch nicht ernst meinen?«

»Mit an Sicherheit grenzender Wahrscheinlichkeit nicht«, sagte Mark. »Genauso wenig, wie islamische Terroristen wirklich damit rechnen, den Westen zu unterwerfen und ein weltweites Kalifat zu errichten. Was die wollen, ist Aufmerksamkeit. Die Frage ist, was wollen sie von Ihnen, Emma?«

»Er will, dass ich über sie schreibe«, antwortete Emma. »Er war stocksauer, dass der Eröffnungsschlag – seine Formulierung – nicht so gelaufen ist wie geplant. Er will, dass ich einen Artikel in einer überregionalen Zeitung veröffentliche.«

»Und ihnen die Publicity verschaffen, auf die sie so scharf sind?«, fragte Mark.

Emma nickte.

»Und, werden Sie's tun?«, wollte er wissen.

Natürlich würde sie es tun, kein Journalist konnte einer solchen Chance widerstehen.

»Sobald ich aufgelegt hatte, habe ich Lacey angerufen«, sagte Emma. »Glauben Sie bloß nicht, ich unterstütze diese Versager. Was die da an der Tower Bridge versucht haben, war obszön. Und wenn sie sagen, sie hätten noch Schlimmeres geplant …«

Sie ließ den Gedanken in der Luft hängen.

»Andererseits …?«, soufflierte Lacey.

»Wenn ich den Artikel nicht rausbringe, versucht er's bei jemand anderem«, erklärte Emma. »Die meisten Journalisten, die ich kenne, würden da nicht zögern. Mit dieser Story könnte ich echt Karriere machen.«

»Was hast du zu ihm gesagt?«, fragte Lacey.

»Ich habe gesagt, ich müsste ein bisschen recherchieren«, antwortete Emma. »Dass ich mich erst einmal über ihre Sache schlau machen und rausfinden will, ob es gestern Nacht wirklich solche Mikroattacken gegeben hat. Gab's die wirklich?«

Die Freundin Emma verschwand allmählich im Hintergrund, und die Journalistin Emma übernahm für sie.

»Rechnest du damit, noch mal mit ihm zu sprechen?«, erkundigte sich Lacey.

Emma nickte. »Er hat gesagt, er ruft mich heute Abend an, und dann braucht er eine Entscheidung.«

»Wird er sich mit dir treffen?«, fragte Lacey. »Persönlich, meine ich.«

»Das bezweifele ich«, erwiderte Emma. »Aber ich kann ihn fragen.«

»Könnt ihr den Anruf zurückverfolgen?«, wandte Lacey sich an Mark. »Wenn Emma mitmacht, heißt das.«

»Kommt drauf an«, antwortete Archie. »Ich würde damit rechnen, dass er ein Wegwerfhandy benutzt, das bar bezahlt worden ist, und eine virtuelle Telefonnummer per Smartphone-App.«

»Also nein?«, fragte Lacey.

»Also ja«, erwiderte Archie. »Jedes Telefon lässt sich orten. Jedes Mal, wenn er das Ding benutzt, egal, ob er telefoniert, eine SMS schreibt oder damit ins Netz geht, hinterlässt er eine Spur, der die Telefongesellschaften folgen können. Die können sagen, wo er ist, indem sie überprüfen, welche Sendemasten sein Signal auffangen. Wenn er zwei Handys hat, was wahrscheinlich ist, sein eigenes und das Wegwerfhandy, das er benutzt, um Sie anzurufen, befinden sich dann beide zur selben Zeit zwischen denselben Sendemasten. Wir finden ein Telefon, das demselben Verlauf folgt wie das Wegwerfhandy, und das führt uns zu ihm.«

Sowohl Lacey als auch Emma saßen mit gerunzelter Stirn da und hatten Mühe, Archies Erklärung zu folgen.

»Seid einfach froh, dass er es versteht«, riet Mark ihnen halblaut.

»Wenn er mit jemand anderem unterwegs ist«, fuhr Archie fort, »zum Beispiel mit einem Freund, dann können wir ihn durch das Handy des Freundes tracken. Das Nächste ist ein bisschen technisch, aber wenn wir das Handy geortet haben, können wir anfangen, Informationen über das Gerät selbst einzuholen, und das könnte uns zu seinem Provider führen und zu dem Laden, wo er das Ding gekauft hat. In den meisten Geschäften gibt es Videoüberwachung, und die Leute, die da arbeiten, erinnern sich für gewöhnlich an Kunden, die bar bezahlt haben. Stimmerkennungssoftware könnte uns vielleicht helfen. Es ist aber sehr gut möglich, dass er das alles weiß. Er wird darauf gefasst sein.«

»Emma, sind Sie bereit, als Gegenleistung für exklusive Informationen über die Ermittlungen mit uns zu kooperieren?«, fragte Mark.

Sie sah ihm in die Augen. »Was glauben Sie, warum ich hier bin?«

23

In dem Moment, in dem die Journalistin sich bereit erklärte, mit ihnen zusammenzuarbeiten, bereute Joesbury schon, dass er sie gefragt hatte. Es war ja gut und schön, von seinem Team zu erwarten, dass sie Risiken eingingen, und er konnte nicht mehr zählen, wie oft sein eigenes Leben schon am seidenen Faden gehangen hatte. Aber Emma war Zivilistin. Sie war nicht in so etwas ausgebildet, man konnte sich nicht unbedingt auf sie verlassen, und sie würde ein weiteres potenzielles Problem darstellen. Andererseits war sie alles, was sie hatten.

»Warte mal, ist das nicht gefährlich?« Dana sprach seine Gedanken laut aus. »Für Emma, meine ich.«

»Die tun mir nichts, solange ich für sie nützlich bin«, meinte Emma.

»Und wenn Sie nicht mehr nützlich sind?«, fragte Dana zurück. »Wenn Sie Ihre Story geschrieben haben und zu einem erstklassigen, sehr bekannten Opfer geworden sind? Wenn Sie glauben, Sie könnten denen trauen, weil Sie getan haben, was die wollten und weil sie Ihnen anscheinend dankbar sind?«

»Die gehen sofort auf dich los, wenn sie rausfinden, dass du mit der Polizei zusammenarbeitest«, stimmte Lacey Dana zu.

Joesbury stand auf. Es wurde Zeit, hier weiterzukommen. Die beiden Frauen, die ihm – möglicherweise mit Ausnahme seiner Mutter – am meisten bedeuteten, waren bereits viel zu sehr in diese Geschichte involviert. Und beide hatten Angst. Sie versuchten, die subtile Veränderung ihrer Einstellung ihm und Archie gegenüber zu verbergen, doch er hatte sowohl in ihren Köpfen als auch in Emmas Kopf denselben Denkprozess ablaufen sehen. *Sind die beiden noch Verbündete? Können wir ihnen noch vertrauen?*

»Emma, könnten Sie nach Scotland Yard mitkommen?«, fragte er. »Da können wir Sie angemessen instruieren und Schutzmaßnahmen für Sie arrangieren.«

Mit einem nervösen Blick auf Lacey stand Emma auf.

»Die Kollegen von der Streife sind draußen, bis Helen nach Hause kommt.« Joesbury strebte auf die Wohnungstür zu. »Huck kommt um zwölf, ist das okay? Ich weiß nicht genau, wann ich zurück bin.«

»Er wird sich ärgern«, warnte Dana, obgleich Huck normalerweise nie etwas dagegen hatte, Zeit mit ihr zu verbringen.

Rasch blickte Joesbury dorthin, wo Lacey in der Wohnzimmertür stand, und fühlte zum ersten Mal seit Stunden, wie sich ein wenig von der Anspannung löste. Ohne Make-up und mit vom Schwimmen noch feuchtem Haar, so mochte er sie am liebsten.

»Nicht wenn Lacey hier ist«, sagte er. »Der merkt gar nicht, dass ich weg bin.«

Im Büro von Scotland Yard stellte Joesbury Emma seinem Team vor, wobei er zur Sicherheit nur die Vornamen verwendete. Während die anderen ihr das Equipment erklärten, das sie heute Abend benutzen würden, wurde er zu einer Besprechung mit Commissioner Dickinson gerufen. Er fand sie im Gespräch mit Dan Owen vor, dem Leiter der Anti-Terror-Abteilung.

»Wir werden einiges einstecken müssen, wenn wir sie ihre Story schreiben lassen«, gab Dickinson vom Fenster ihres Büros her zu bedenken, das auf die Themse hinausging. »Entweder stehen wir da wie Trottel, die nicht gewusst haben, was los ist, oder wir haben unsere Pflicht vernachlässigt, der Öffentlichkeit reinen Wein einzuschenken.«

Es gab keine Möglichkeit, Emma davon abzuhalten, außer sie einzusperren, doch darauf wies Joesbury seine Vorgesetzte klugerweise nicht hin.

»Emma Boston ist der beste Ermittlungsansatz, den wir im Moment haben.« Er nahm sich Kaffee – der Kaffee im Büro seiner Vorgesetzten war der beste im ganzen Gebäude. »Wenn wir die Öffentlichkeit informieren, bevor sie ihre Story schreibt, gewinnen wir die Oberhand, aber wir verlieren unsere beste Chance, die Typen zu finden.«

»Ich bin mir gar nicht sicher, dass wir so viel einstecken müssen, Ma'am«, sagte Dan Owen. »Das Baby ist von Polizistinnen gerettet worden, die gerade dienstfrei hatten, mit rechtzeitiger Hilfe der Flusspolizei. Bis jetzt sind wir da ziemlich gut rausgekommen.«

Commissioner Dickinson seufzte und griff zum Telefon. »Dann sage ich wohl besser der Innenministerin Bescheid.«

Um acht Uhr abends war Emma Boston wieder in Scotland Yard. Sie saß in der schalldichten Zelle, die für Telefonate verwendet wurde, welche die Polizei von London zurückverfolgen musste, und wartete darauf, dass AryanBoy anrief. Ihr Telefon war mit dem technischen Equipment draußen im Büro vernetzt, sodass Joesbury und das Team jede eingehende SMS sehen und bei jedem Anruf mithören konnten, den sie machte oder erhielt.

Eine SMS ploppte genau in diesem Moment auf Emmas Handy auf und erschien in einem markierten Fenster auf Joesburys Bildschirm.

Viel Glück, du machst das bestimmt ganz prima. Lacey

Joesbury schaute sich nicht um, doch er war sich ziemlich sicher, dass mehr als ein Mitglied seines Teams kurz zu ihm herübergeschielt hatte. Ihm, nahm er zur Kenntnis, hatte Lacey nicht viel Glück gewünscht.

Sie mussten wirklich reden. Die letzten Male waren sie sich bei einem Einsatz im Nordwesten begegnet, der sich sowohl als schwierig als auch als gefährlich erwiesen hatte. Seit sie wieder in London waren, hatte er ihr Freiraum gelassen. Wenn er ganz ehrlich war, hatte er auch selbst welchen gebraucht. Eine Unschuldige war in Cumbria ums Leben gekommen, und ganz gleich, wie oft er sich sagte, dass er es nicht hätte verhindern können, immer war da diese kleine Stimme in seinem Innern, die flüsterte, dass es seine Schuld war.

Zum ersten Mal hatte Joesbury keine Einwände erhoben, als seine Vorgesetzten gesagt hatten, er müsse mit den Außeneinsätzen aufhören. Und mit einem Job in London würde er in Laceys Nähe sein. Was für Probleme ihrer Beziehung auch immer im Weg standen, die Geografie brauchte keins davon zu sein.

Emmas Handy begann zu klingeln. Durch die Glasscheibe, die die Zelle vom Büro trennte, bedeutete Joesbury ihr mit einem Nicken, dass sie den Anruf annehmen solle.

Emma betätigte den Schalter, der die Verbindung herstellte, und sagte »Emma Boston« in das Mikrofon, während der Soundtechniker das leise Hintergrundgeräusch anlaufen ließ, das den Anrufer glauben machen sollte, sie sei in ihrer Wohnung in Earl's Court.

»Wo sind Sie?«, fragte der Anrufer, während Emma heftig nickte – ja, er war's –, und Joesbury schaute zu dem Team hinüber, das den Anruf zurückverfolgen sollte. Niemand erwiderte den Blick, sie waren bereits schwer beschäftigt. Auch zwei Mitglieder seines Cyber-Squad waren anwesend. Georgie war online, surfte durch eine Incel-

Website nach der anderen und suchte nach Echtzeitreaktionen auf den Anruf. Archie sollte versuchen festzustellen, ob hier eine Stimmveränderungssoftware verwendet wurde.

»Zu Hause«, antwortete Emma.

»Und wo ist zu Hause?«, fragte AryanBoy mit deutlichem Midlands-Akzent.

»Das sage ich Ihnen nicht«, antwortete Emma.

Joesbury nickte beifällig.

»Ich habe mit ein paar Kontakten bei der *Mail on Sunday* gesprochen«, fuhr Emma fort. »Die sind grundsätzlich interessiert, für nächsten Sonntag.«

»Nein«, wehrte AryanBoy ab. »Ich will eine von den Besseren. Und ich will, dass die Story morgen früh rauskommt.«

»Geht nicht«, erwiderte Emma. »Erstens muss ich sie schreiben, und das wird fast die ganze Nacht dauern. Den Abgabetermin für morgen früh schaffen wir auf gar keinen Fall. Und die von der Redaktion müssen den Artikel lesen und überprüfen, ob alles stimmt. Sie werden mit ihren Kontaktleuten bei der Polizei reden wollen. Keine Zeitung wird eine Story bringen, bei der sie später möglicherweise dastehen könnten wie Vollidioten.«

Schweigen.

»Dann eben Montagmorgen«, sagte AryanBoy. »Und ich will die *Times*. Auf der Titelseite.«

»Das kann ich Ihnen alles nicht versprechen. Wenn Sie die *Mail on Sunday* nicht wollen – die übrigens eine Mordsauflage hat, daher denke ich, Sie sollten sich das noch mal überlegen –, dann fange ich wieder ganz von vorn an«, entgegnete Emma. »Es könnte sein, dass die Redakteure der

Tageszeitungen übers Wochenende nicht zu erreichen sind, und selbst wenn ich den Chefredakteur der *Times* zu fassen bekäme, vielleicht hat der ja kein Interesse. Ich weiß, es ist eine Riesenstory, aber bei diesen Leuten weiß man nie.«

Noch mehr Schweigen.

»Das Beste, was ich versuchen kann, ist Mitte der Woche«, fuhr Emma fort. »Mittwoch, wenn wir Glück haben Dienstag. Oder wir bleiben bei der *Mail on Sunday* und nächstem Wochenende.«

Joesbury konnte die Hände der Journalistin zittern sehen, obwohl sie völlig normal und selbstsicher klang.

»Es sei denn, Sie haben diese Woche noch was anderes vor«, fügte Emma hinzu. »Dann muss es wahrscheinlich Dienstag sein, damit das Geschehen nicht weiterläuft, bevor die Story erscheint. Das verstehe ich.«

Joesbury reckte den Daumen nach oben. Sie tat alles, worum er sie gebeten hatte.

»Ich denke darüber nach«, sagte AryanBoy, während der Officer, der den Anruf zurückverfolgte, Joesbury zu sich winkte. »Geben Sie mir ein paar Optionen, okay? Halten Sie die *Mail on Sunday* bei der Stange, aber fragen Sie wegen Mitte nächster Woche nach, am Dienstag oder Mittwoch. Wir nehmen dann das beste Angebot.«

Der Arsch hatte Spaß daran, Befehle zu geben.

»Okay, mach ich«, sagte Emma in der Zelle. »Also, darf ich Ihnen ein paar Fragen stellen?«

»Schießen Sie los.«

»Wir glauben, er ist im St. James's Park«, sagte der Officer zu Joesbury und zeigte auf ein trianguliertes Gebiet auf seinem Bildschirm, das den größten Teil der Grünanlage im

Zentrum von London umfasste, wenn auch nicht alles. »Aus technischer Sicht könnte er überall in diesem Dreieck sein, aber dass er im Freien ist, erscheint am wahrscheinlichsten.«

»Erzählen Sie mir ein bisschen über sich«, sagte Emma.

AryanBoy lachte. »Oh, netter Versuch.«

»Ich rechne nicht mit Namen und Adresse, aber meine Leser werden wissen wollen, wer hinter einer so großen Bewegung steckt. Was treibt Sie an? Warum halten Sie solche extremen Aktionen für notwendig? Können Sie mir sagen, wie alt Sie sind? Waren Sie jemals verheiratet?«

»Hier geht's nicht um mich. Es geht um Männer, die von einem System versklavt worden sind, das zu ihren Ungunsten in Schieflage geraten ist.«

Der Mann ließ sich seine Ungeduld anmerken. Zu diesem frühen Zeitpunkt des Gesprächs deutete das auf mangelnde mentale Stabilität hin.

»Wir versuchen, auf die Überwachungskameras in dieser Gegend zuzugreifen«, fuhr der Officer fort. »Sollte nicht lange dauern.«

Hinter sich hörte Joesbury Archie in sein Telefon sprechen. »Zentrale, hier ist Suite 134, können Sie alle verfügbaren Einsatzwagen zum St. James's Park schicken? Verdächtiger ist weiß, männlich, Alter zwischen zwanzig und vierzig, wahrscheinlich allein, telefoniert mit einem Handy. Beobachten, nicht ansprechen.«

Das war viel zu vage, bestimmt waren dort Dutzende Männer unterwegs, auf die diese Beschreibung passte.

In der Zelle sprach Emma weiter. »Und trotzdem haben wir einen Mann als Premierminister, zwei Drittel der

Abgeordneten sind Männer und die meisten Angehörigen der Judikative auch. Wie können Sie da sagen, das Establishment bevorzugt Frauen?«

»Ich rede doch nicht von den paar Männern ganz oben an der Spitze, die sind ja das Problem.«

Die Stimme des Anrufers wurde lauter, dadurch würde man ihn leichter ausfindig machen können. Ein Mann, der in einem Londoner Park wütend in sein Handy brüllte, würde Zeugen vielleicht auffallen.

»Männer mit Macht und Geld werden immer so viel weibliche Aufmerksamkeit bekommen, wie sie wollen«, fuhr AryanBoy fort. »Die wissen, dass die Frauen sich darum schlagen, mit ihnen auszugehen, sie zu heiraten, Affären mit ihnen zu haben, vor allem, wenn sie auch noch gut aussehen. Ich rede von Männern wie mir. Die Frauen, die von Rechts wegen uns zustehen sollten, überschlagen sich geradezu, um bei den obersten zwanzig Prozent der Männerwelt zu landen. Die übrigen achtzig Prozent bleiben auf der Strecke.«

»Die von Rechts wegen Ihnen zustehen sollten?«, fragte Emma mit zaghafter Stimme nach.

»Die Frau ist zum Wohle des Mannes auf die Welt gekommen, um seine Gehilfin zu sein, lesen Sie mal Ihre Scheißbibel, Emma!«

Schweigen, sowohl in der Zelle als auch im Büro. Die Wut des Mannes hatte etwas Beängstigendes.

»Okay, hier haben wir's«, sagte der Beamte leise, der für die Anrufverfolgung zuständig war. Joesbury schaute hin und sah ein halbes Dutzend Bildschirmfenster, das die Aufnahmen verschiedener Überwachungskameras rund um den St. James' Park zeigten.

»Sie waren bestimmt ziemlich angepisst, dass Ihre kleine Nummer an der Tower Bridge von einer Frau vereitelt worden ist«, bemerkte Emma. »Was würden Sie ihr gern sagen?«

Joesbury ging zu der Scheibe hinüber und schüttelte den Kopf.

»Wenn die neue Ordnung in Kraft ist, ist sie keine Polizistin mehr«, antwortete AryanBoy, und seine Stimme wirkte ruhiger. »Dann wird sie mit einem passenden Partner verheiratet sein und wird ihrem Mann dienen, so wie eine Frau es tun soll.«

»Na, viel Glück, Kumpel«, brummte Joesbury vor sich hin.

»Vielleicht heirate *ich* sie ja«, fügte AryanBoy hinzu.

»Was sollten die sogenannten Mikroattacken heute in den frühen Morgenstunden bewirken?«, fragte Emma.

»Eine Erinnerung zur rechten Zeit, daran, wer die Macht hat.«

»Wie meinen Sie das?«

»Ich glaube, das wissen Sie. Heute Morgen ist keine Frau zu Schaden gekommen; nächstes Mal ist das vielleicht anders.«

»Was planen Sie als Nächstes?«

»Etwas Großes.«

»Können Sie das etwas näher ausführen?«

»Kann ich? Ja. Will ich? Nein.«

»Glauben Sie allen Ernstes, dass Ihre Forderungen erfüllt werden? Westliche Regierungen pflegen nicht mit Terroristen zu verhandeln.«

»Das liegt daran, dass Terroristengruppen immer das

Interesse einer Minderheit vertreten. Wir vertreten die Hälfte der Weltbevölkerung.«

»Nein, das tun Sie nicht. Sie vertreten einen kleinen Prozentsatz Männer, die bei Frauen nicht zum Zuge kommen. Richtige Männer werden Sie auslachen.«

Joesbury machte eine beschwichtigende Geste mit beiden Händen: *Nicht so heftig. Machen Sie ihn nicht wütend. Sorgen Sie dafür, dass er weiterredet.*

»Sie machen sich etwas vor, Emma«, sage AryanBoy. »Was glauben Sie, wie viele Männer bei einer Bewerbung um einen Job oder bei einer Beförderung übergangen worden sind, weil aus Gründen der politischen Korrektheit eine weniger qualifizierte Frau eingestellt werden musste? Glauben Sie etwa, die sind auf Ihrer Seite? Wie viele Väter haben durch eine unfaire Scheidung keinen Zugang mehr zu ihren Kindern, vom Haus der Familie ganz zu schweigen, und haben einen Großteil ihres Einkommens eingebüßt? Glauben Sie, die werden sich darum reißen, die Rechte der Frauen zu verteidigen? Wie viele ehemalige Soldaten, die im Kampf für ihr Land ihre Gesundheit geopfert haben und mit denen sich jetzt keine Frau verabreden will, weil ihre Körper voller Narben sind, werden sagen, nein, natürlich müssen wir die Frauenrechte verteidigen? Was glauben Sie, wie viele Männer insgeheim auf die Zeit zurückblicken, als sie die Ernährer waren, als sie zu einer respektvollen Familie heimgekommen sind, zu einer liebenden Gattin, und das Abendessen hat auf dem Scheißtisch gestanden?«

»Der ist ja wahnsinnig«, hörte Joesbury Georgie leise sagen.

Doch er war nicht wahnsinnig, irgendwie hatte das, was dieser verschrobene Arsch von sich gab, ja Hand und Fuß, und das machte ihn gefährlich.

»Frauen haben nicht die intellektuelle Härte für die Topjobs der Welt, sie haben nicht die körperliche Kraft, um die schweren Sachen zu meistern. Sie sind emotional und intellektuell unterentwickelt und moralisch defizitär. Sie sind wie Tiere, bessere Schimpansen, wenn Sie so wollen, und sie sind auf diese Erde gesetzt worden, um unsere Dienerinnen zu sein.«

Joesbury sah zu, wie Emma den Kopf in die Hände sinken ließ, und wusste, dass er hier Schluss machen musste. Für solchen Scheiß war sie nicht ausgebildet.

»Waren Sie bei der Tower Bridge dabei?«, wechselte Emma das Thema.

»Ich hatte das Ganze geplant. Die vier Männer haben unter meinem direkten Befehl gestanden.«

»Aber Sie waren nicht vor Ort? Sie haben jemand anderes das Risiko eingehen lassen?«

»Ein General muss sich von seiner Armee fernhalten. Aber ich war da. Ich habe alles gesehen.«

Emmas Blick zuckte hoch, und Joesbury nickte ihr abermals zustimmend zu. Dann drehte er sich um, doch ihm war klar, dass Archie und Georgie sich die Aufnahmen der Überwachungskameras rund um die Tower Bridge von gestern bereits noch einmal vorgenommen hatten. Später würden die mit den Aufnahmen aus der Gegend um den St. James's Park verglichen werden. Sollte an beiden Orten derselbe Mann auftauchen, standen die Chancen gut, dass es der Gesuchte war.

»Was Sie verstehen müssen, Emma, ist, dass das heute früh erst der Anfang war. Dieses Land wird einen Tag der Vergeltung erleben, an dem sich alles ändert, an dem all das Unrecht, unter dem wir jahrzehntelang gelitten haben, beseitigt werden wird.«

»Meinen Sie einen speziellen Tag? Ein Datum im Kalender, an dem etwas geschieht?«

»Selbstverständlich. Der Tag der Vergeltung ist real.«

»Und wann?«

»Bald.«

»Dieses Jahr?«

Eine Pause, dann: »Ja.«

Es war Mitte September, sie hatten dreieinhalb Monate Zeit bis zum Jahresende.

»Und was wird dann passieren?«

»Etwas Großes, etwas, das alles verändern wird.«

»Werden Menschen sterben?«

»Viele. Aber viel wichtiger ist, *wer* sterben wird.«

»Was müssen wir tun, damit es nicht dazu kommt?«

»Ich bin froh, dass Sie das fragen. Es muss schnell ein Gesetz im Parlament eingebracht werden, und zwar mithilfe der Notstandermächtigung. Wir haben Anwälte in unserer Bewegung, wir wissen, dass das geht. Dieses Gesetz wird unsere Forderungen umsetzen.«

»Sie erwarten, dass die Regierung von Großbritannien Ihren Forderungen nachgibt? Das ist doch verrückt.«

»Dann wird der Tag der Vergeltung kommen. Und das Ausmaß der Verwüstungen wird so groß sein, dass die Regierung stürzt. Ein neues Regime wird ihren Platz einnehmen, eins, das seinen Zweck erfüllt. Und die anderen Länder werden sich uns anschließen. Die Welt ändert sich, Emma, und heute Morgen hat es angefangen.«

»Wie finden die Menschen Sie?«, wollte Emma wissen. »Ich meine, Männer, die Sie für Ihre Sache rekrutieren wollen. Wo müssen die suchen?«

»Sie müssen nicht suchen. Wir finden sie.«

»Können wir uns treffen?«

»Auf gar keinen Fall. Halten Sie mich für einen Idioten? Außerdem sind Sie nicht mein Typ.«

»Wie kann ich Kontakt mit Ihnen aufnehmen? Um Sie wissen zu lassen, wie ich mit der *Times* weiterkomme?«

»Ich rufe Sie Montagmorgen an. Dann gebe ich Ihnen eine E-Mail-Adresse, an die Sie Ihren Entwurf schicken können.«

»Ich fürchte, so läuft das nicht. Bei dem, was ich schreibe, haben Sie kein Mitspracherecht.«

»So läuft es diesmal, oder ich spreche nicht wieder mit Ihnen.«

Emma nahm Blickkontakt mit Joesbury auf, beide Hände in der Luft.

»Nach dem nächsten Anschlag werden Sie wieder mit mir reden wollen, Emma, das verspreche ich Ihnen.«

Joesbury nickte.

»Okay, Sie können es vorher sehen«, sagte Emma. »Aber Ändern oder Umschreiben, das geht nicht. Keine Zeitung druckt einen Propaganda-Artikel, und ich veröffentliche nichts unter meinem Namen, was mir nicht gefällt. Das wäre ein Ausschlusskriterium.«

»Soll mir recht sein. Diese Polizistin, die in dem Kajak. Können Sie mir ihre Telefonnummer geben?«

»Was?«

»Die ist genau mein Typ. Sie nicht, sorry. Ich könnte mich mit ihr treffen, wenn das alles vorbei ist.«

Joesbury schüttelte den Kopf. Emma machte ein *Halten Sie mich für bescheuert, oder was?*-Gesicht, während sie sagte: »Ich kenne sie nicht.«

»Aber Sie wissen, wer sie ist. Sie wissen, wo sie arbeitet. In Southwark, würde ich tippen, das ist das nächste Polizeirevier. Vielleicht lasse ich ja mal ein paar von meinen Männern den Personaleingang checken.«

»Ich habe keine Ahnung, wo sie arbeitet«, sagte Emma.

»Okay, wir sind fertig. War nett, Emma. Bis Montag.«

Die Verbindung brach ab. Der ganze Raum schien kollektiv auszuatmen, und Joesbury sank auf einen Stuhl.

»Sehr gut«, sagte er zu Emma, als diese aus der Zelle kam. »Das haben Sie super gemacht.«

Andere im Raum pflichteten ihm bei. Emma lehnte sich an die Tür der Zelle.

»Alles okay?«, fragte er.

Sie machte eine unverbindliche Geste. »Ich denke schon. Der Typ ist völlig durchgeknallt, stimmt's?« Sie schaute zu den Monitoren hinüber. »Was gefunden?«

»Ist jetzt eine Frage der Zeit«, antwortete der zuständige Officer. »Wir müssen die Software laufen lassen, Übereinstimmungen finden. Die Chancen stehen ganz gut.«

»Ich muss nach Hause«, sagte Emma zu Joesbury. »Ich muss mich an die Arbeit machen.«

Georgie erhob sich. »Mein Auto steht hinterm Gebäude. Ich fahre Sie nach Hause. Die Kollegen von der Streife werden uns da erwarten.«

»Sie bekommen bis auf Weiteres rund um die Uhr Personenschutz, Emma«, erklärte Joesbury. »Und wenn der Dienstplan es erlaubt, ist jemand aus meinem Team bei Ihnen.«

»Sir, es hört sich an, als wäre ihm Lacey Flint aufgefallen«, meinte Archie. »Können wir das nutzen?«

»Du meinst, sie als Köder benutzen, um ihn anzulocken?«, fragte Georgie. »Sie hat doch schon öfter undercover gearbeitet, oder?«

Joesbury stand auf. »An so einen Scheiß braucht ihr nicht mal zu denken«, knurrte er und verließ den Raum.

24

Laceys Dienst endete um zehn. Seit acht Uhr war Regen gefallen, hatte den Fluss in eine brodelnde schwarze Wassermasse verwandelt und die Decks der Targa-Jacht glitschig gemacht. Als stellvertretender Sergeant war sie Bootsführerin gewesen, eine Verantwortung, von der ihr noch immer ganz flau im Magen wurde, doch es war ein ruhiger Dienst gewesen. Sie waren flussaufwärts bis nach Teddington gefahren und hatten unterwegs bei den St. Katharine Docks und noch ein paar anderen Marinas vorbeigeschaut. Außerdem hatten sie die Unterseiten der Brücken in Augenschein genommen und die Crew eines Lastkahns, die es wirklich hätte besser wissen sollen, gewarnt, dass sie zu dicht am Sperrgebiet rund um den Palace of Westminster entlangfuhren.

Zurück in Wapping hatte sie an die Nachtschicht übergeben, ihren Dienstbericht abgeheftet, und dann hatte sie frei. Beim Umziehen schaute sie auf ihr Handy und fand nur eine SMS von Dana, die sich für ihre Hilfe heute Vormittag bedankte und sich darauf freute, sie morgen zu sehen. Nichts von Emma.

Als sie vor dem Schleusenhof ankam, der zu dem Jachthafen führte, wo ihr Boot lag, machte Lacey sich an das mühsame Prozedere, das Tor aufzuschließen und zu öffnen, dann hindurchzufahren, ihr Auto zu parken und das Tor wieder abzuschließen. Besucher, die zu Fuß zur Marina kamen, gingen durch eine schmalere Tür, die eigentlich auch abgeschlossen sein sollte. Oft war das allerdings nicht der Fall. Normalerweise störte sie das nicht. Heute Abend sah sie nach.

Es herrschte Ebbe, und die Boote lagen alle tiefer als die Kaimauer. In den nächsten paar Stunden, während sie schlief, würde der Flussarm fast völlig trockenfallen und nur noch ein Süßwasserrinnsal übrig bleiben, der allerletzte Teil des River Ravensbourne. Laceys Segeljacht und alle anderen, die hier lagen, würden in den Schlamm sinken. In den frühen Morgenstunden würde das Wasser zurückkehren. Für gewöhnlich spürte sie es, wenn es kam, und wurde von dem Schaukeln in einen sachten Halbschlummer gewiegt, wenn ihr Zuhause wieder emporgehoben wurde.

Ein Zug, einer der letzten für heute Nacht, rumpelte über die Brücke über ihr, als Lacey auf die Leiter zuging, die vom Kai hinabführte. Die Brücke, ein riesiges, hässliches Betonungetüm, war möglicherweise das Einzige, was diesen Teil des Flüsschens vor der Gentrifizierung bewahrte. Solange die Brücke stand, war die Theatre Arm Marina für Bauunternehmer uninteressant.

Lacey war klar, dass die meisten ihrer Nachbarn schon im Bett waren, und so suchte sie sich leise ihren Weg über zwei benachbarte Boote zu ihrem eigenen, dem letzten in der Reihe. Als sie über die Reling stieg, klingelte ihr Handy.

»Zweimal an einem Tag?«, fragte sie mit pochendem Herzen. »Die Leute fangen noch an zu reden.« Das war unter den gegebenen Umständen doch ziemlich flapsig gewesen, oder? »Ist Emma okay?«

»Der geht's gut«, antwortete Joesbury. »Arbeitet wie wild und kriegt von einer sehr gelangweilten Georgie in regelmäßigen Abständen Kaffee und Sandwiches vorgesetzt.«

»Ist es einigermaßen gelaufen?«

»Ich wäre ja nach Wapping gekommen, aber ich konnte nicht rechtzeitig weg«, sagte er, ohne ihre Frage zu beantworten. »Hast du mal zehn Minuten?«

Er brauchte schon wieder ihre Hilfe. »Klar.« Lacey ließ sich auf dem feuchten Sitz ihres Cockpits nieder.

»Okay, ich dachte nämlich, ich ruf lieber vorher an, ich wollte dich nicht erschrecken. Ich komme rüber zu dir.«

Er beendete das Gespräch. Lacey schaute zum Tor hinüber. Es lag im Dunkeln und war kaum zu sehen, aber das da könnte eine Gestalt sein, die gerade hinüberkletterte wie ein Dieb in der Nacht.

Joesbury. Sie erkannte seine Silhouette, als er durch den schwachen Schein der Straßenlaternen schritt. Als er die Leiter erreichte, huschte sie rasch zum Niedergang und sprang in die Kajüte hinunter, um nachzusehen, ob es im

Boot auch nicht allzu unordentlich war. Das kam nur selten vor. Lacey hatte viele Fehler, Schlampigkeit jedoch gehörte nicht dazu. Der einzige Spiegel hing in dem kleinen Duschbad, doch sie kam nicht mehr dazu hineinzuschauen, ehe sie schwere Schritte im Cockpit hörte. Gleich darauf schwang er sich in die Kajüte hinab.

Lacey wusste nicht mehr, wann Joesbury das letzte Mal auf dem Boot gewesen war, wann sie sich das letzte Mal so nahe gewesen waren. Oder allein. Er trug Jeans und Lederjacke, sein Haar war feucht vom Regen, und er hatte sich heute nicht rasiert. Im trüben Licht der Kajüte wirkten seine türkisblauen Augen fast schwarz.

»Kaffee?«, bot sie an.

Joesbury schüttelte ganz leicht den Kopf. »Großer Gott, nein. Wenn ich noch mehr Kaffee trinke, verliere ich jegliche Bodenhaftung.«

Sie hatte auch Bier, hatte die Flaschen aufgehoben, die sie gekauft hatte, als sie dachte, sie und Joesbury könnten vielleicht eine gemeinsame Zukunft haben. Sie lagen ganz hinten in ihrem kleinen Kühlschrank. Irgendwie hatte sie es nie über sich gebracht, sie wegzuräumen, nicht einmal in einen Schrank. Aber Alkohol schien ihr im Moment eine ganz schlechte Idee zu sein.

»Wir müssen reden«, sagte er und lehnte sich mit dem Rücken an den Niedergang. Vielleicht wollte er ja taktvoll sein und sich nicht weiter in die sehr kleine Kajüte hineindrängen. Möglicherweise war ihm nicht klar, dass es aussah, als würde er ihr den Fluchtweg versperren.

»Wir werden morgen mehrere Stunden miteinander verbringen«, bemerkte sie.

»In Gesellschaft von mindestens fünfzig anderen Personen«, entgegnete er. »Und es gibt etwas, was du sofort wissen musst.«

»Was denn?«

»Der Kerl, der bei diesen Incels das Sagen hat und sich AryanBoy nennt.«

»Der Typ, mit dem Emma heute Abend telefoniert hat?«

»Genau. Anscheinend hat er ein Auge auf dich geworfen.«

Das ergab doch keinen Sinn. »Wie denn das?«

»Er war an der Tower Bridge, als du deine Wonder-Woman-Nummer abgezogen hast. Hat nach deiner Telefonnummer gefragt, wollte wissen, wo du arbeitest.«

Lacey blieb stumm. Es war ausgeschlossen, dass Angaben zu ihrer Person weitergegeben worden waren.

»Er hat auf Southwark getippt, aber es ist nur eine Frage der Zeit, bis er auf die Flusspolizei kommt. Dann kann er vor dem Revier in Wapping rumhängen und dir nach Hause folgen.«

»Der kommt hier doch nicht rein.«

»Ich bin reingekommen«, stellte Joesbury fest.

»Und was soll ich machen?«, fragte sie.

»Verdammt vorsichtig sein. Ich habe Cook eine Nachricht geschickt, damit er Bescheid weiß. Er wird dafür sorgen, dass alle von der Flusspolizei auf verdächtige Aktivitäten rund ums Revier achten und dass sich niemand dazu verleiten lässt, persönliche Informationen rauszurücken. Das mache ich in Southwark gleich morgen früh auch.«

»Danke«, sagte sie.

Joesbury trat einen Schritt vor und betrachtete das Schott der Kajüte. »Hier ist es nicht sicher genug, Flint. Ich wünschte, du würdest in einem Wohnblock wohnen. Im zehnten Stock.«

»Ich hab's nicht so mit großer Höhe«, erwiderte sie. »War's das?«

Sie wollte nicht unhöflich klingen, und sie wollte weiß Gott nicht, dass er ging, aber ganz ehrlich, dass er hier war, dabei konnte nichts Gutes herauskommen. Und er hatte ja bereits klargemacht, dass er nur gekommen war, um sie zu warnen, um seiner Pflicht als ranghöherer Polizeibeamter bei einer laufenden Ermittlung Genüge zu tun.

Anstatt zu antworten, trat Joesbury nun doch weiter in die Kajüte hinein, quetschte sich am Herd vorbei und auf eine der Bänke. Sie setzte sich ihm gegenüber und riskierte es, den Reißverschluss ihrer Jacke zu öffnen.

»Ich hätte dich nicht bitten sollen, mich zu heiraten«, sagte er. »Das war blöd.«

Okay, jetzt würden sie also wirklich reden. »Hat die Stimmung damals schon ziemlich verändert.«

Einen Moment lang antwortete Joesbury nicht, und Lacey wusste, dass er an jenen Sommerabend vor etwas über einem Jahr dachte: Ein Empfang in Downing Street 10, bei dem auch der mutmaßlich mächtigste Mann der Welt zugegen gewesen war, ein Mann, der tief in ihrer beider Schuld stand. Hand in Hand waren sie der Menschenschlange aus dem Haus in den Rosengarten dahinter gefolgt, nachdem der berühmte Mann sie hatte gehen lassen. Die Luft war erfüllt gewesen vom Duft nach Rosen und teurem Parfum, vom Geplapper aufgeregter Stimmen. Ein Tisch voller Champagnergläser hatte goldene Bläschen in einen gleichermaßen goldenen Abend hinaufsteigen lassen. Sie war vor simpler, wunderbarer Freude darüber, bei dem Mann zu sein, den sie liebte, schier überwältigt gewesen. Und dann hatte er alles verdorben.

»Ich liebe dich immer noch«, sagte er.

Und das war wieder Freude, Freude, die sie zu verschlingen drohte wie ein starker Gezeitenstrom. Lacey senkte den Blick auf die Tischplatte. Sehr viel länger konnte sie ihn nicht ansehen, sonst würde etwas Furchtbares passieren.

»Es hat sich nichts geändert«, erwiderte sie leise.

Etwas Furchtbares wie das Geständnis, dass sie ihn auch liebte, dass sie ihn fast schon seit dem Abend liebte, als sie sich zum ersten Mal begegnet waren, und dass sie niemals damit aufhören würde. Dass sie alles auf der Welt dafür geben, alles dafür tun würde, in seinem Leben zu sein. Außer ihn zu vernichten.

»Bist du schon verheiratet?«

»Was?« Aufrichtig verblüfft, hätte sie fast gelacht. »Nein, natürlich nicht.«

Joesbury lehnte sich zurück. »Verdammt. Ich dachte, damit hätte ich's geknackt.«

»Du glaubst, das ist der einzige Grund, warum eine Frau dich nicht heiraten will? Dass sie schon gebunden ist?«

»Mir fällt kein Grund dafür ein, dass eine Frau, die mich liebt und keine anderen Verpflichtungen hat, sich weigert, etwas mit mir zu tun zu haben, nur weil ich klargemacht habe, dass ich langfristige Pläne hatte.«

Lacey öffnete den Mund, um ihn auflaufen zu lassen. Das war so typisch Joesbury, Gefühle vorauszusetzen, die sie nie laut ausgesprochen hatte. »Wie kommst du …«

Und begriff, dass es sinnlos war. Sie war einfach nicht gut genug im Lügen. Und wieso seinen Schmerz noch verschlimmern? Er hatte eine Erklärung verdient, doch wenn sie ihm die Wahrheit sagte, würde er vor einer unmöglichen Wahl stehen.

Ich bin nicht Lacey Flint. Ich habe die Identität einer Toten gestohlen. Wenn das herauskommt, ist nicht nur meine Karriere zu Ende, und ich werde wegen einer Straftat angeklagt, sondern dir geht es genauso. Es sei denn, du verrätst mich.

Das konnte sie dem Mann, den sie liebte, nicht antun.

»Liebst du mich?«, fragte er und zeigte eine Unsicherheit, die er nur Sekunden zuvor geleugnet hatte.

»Ja«, antwortete sie.

Er griff über den Tisch. Sie zog beide Hände weg und sah, wie seine Augen dunkel wurden.

»Vertraust du mir?«, fragte sie zurück. Das hatte sie ihn schon einmal gefragt. Bei einer anderen Gelegenheit hatte er ihr dieselbe Frage gestellt. Als Menschenleben auf dem Spiel gestanden hatten, hatte jeder von ihnen totales Vertrauen in den anderen eingefordert.

Joesbury seufzte tief. Er wusste, was sie vorhatte. Er wusste, dass sie gewonnen hatte.

»Ja.«

»Dann sprich nie wieder darüber.«

Sein Körper sank zusammen, als hätte eine unsichtbare Macht alle Luft aus ihm herausgesaugt. Plötzlich sah er erschöpft und um Jahre gealtert aus. Er stand auf.

»Wir sehen uns in der Kirche«, sagte er.

Dann drehte er sich um, hatte einen Fuß auf der untersten Stufe des Niedergangs.

»Mark.«

Er blieb stehen.

»Bitte geh nicht.«

Es schien etliche Sekunden zu dauern, bis ihre Worte zu ihm durchdrangen. Er erstarrte, und einen Moment lang dachte sie, er hätte sie nicht gehört, oder er hätte sie gehört und würde trotzdem gehen, und sie spürte, wie sich ein Aufheulen des Entsetzens in ihrer Kehle zusammenballte. Genau in dem Augenblick, als er sich zu ihr umdrehte, erhob sie sich von ihrem Platz.

Die Kajüte war winzig, und Joesbury war kaum weiter als einen Schritt von ihr entfernt. Die wichtigste Reise in Laceys Leben dauerte nur einen Herzschlag.

25

Der Mann, der sich von Zeit zu Zeit AryanBoy nannte, surfte nicht im Darknet und sah zu, wie sich die vergifteten Posts vermehrten, wie der Hass sich ausbreitete wie eine Ölpest auf stillem Wasser. Er sann auch nicht über das Gespräch mit Emma Boston nach, das an diesem Abend stattgefunden hatte. Das war so gut gelaufen, wie er es eben hatte erwarten können, und er zweifelte nicht daran, dass die Story Mitte der Woche veröffentlicht werden und die Bewegung auf eine ganz neue öffentliche Bewusstseinsebene heben würde. Stattdessen dachte er an die Nacht vor zwölf Jahren, als er seinem Leben beinahe ein Ende bereitet hatte.

Seitdem hatte er oft an diese psychopathische Schlampe da oben auf der Klippe gedacht, an ihre totale Verachtung, ihr völliges Desinteresse an seinem Schmerz. Für sie war er ein Ärgernis gewesen, ein lästiges Hindernis im Weg ihrer eigenen Pläne. Im allerschlimmsten, verzweifelten Moment seines Lebens, als er krampfhaft nach einem winzigen menschlichen Kontakt gesucht hatte, nach ein klein wenig ganz gewöhnlichem Anstand und Verständnis, hatte sie sich von ihm abgewandt. In ihren Augen war er weniger als nichts gewesen, und in jener Nacht hatten sich sein Unglück und seine Einsamkeit in rasende Wut verwandelt.

Und jetzt hatten sich ihrer beider Wege – ihrer beider Schwertklingen? – abermals gekreuzt. Ihre Anwesenheit auf dem Fluss konnte kein Zufall gewesen sein. Sie war seine Nemesis und würde ihm auf Schritt und Tritt folgen wie ein tollwütiger Hund. Die Schlacht zwischen ihnen beiden, denn als solche betrachtete er es jetzt, würde nicht enden, bevor einer den anderen zermalmt hatte.

Sie war eine beeindruckende Feindin, eine, die er nicht unterschätzen sollte. Sie hatte die Londoner Polizei und sämtliche Insignien des Establishments auf ihrer Seite. Aber er hatte eine Armee. Und ein sehr gutes Gedächtnis.

In den paar Sekunden, die er hinten in ihrem Auto gesessen hatte, bevor ihm aufgegangen war, dass sie nicht zur Küstenwache gehörte, dass sie nicht vorhatte, ihn zu retten und dass sie wirklich eine Leiche neben sich sitzen hatte, waren ihm ein paar auf dem Rücksitz verstreute Dokumente aufgefallen. Er erinnerte sich an einen Büchereiausweis aus Cardiff, an eine Karte mit einer Versicherungsnummer, an eine Bahncard für Studenten. Alle Details, was das für Dokumente gewesen waren, wusste er nicht mehr, wohl aber die zwei Namen, die darauf gedruckt gewesen waren.

Lacey Flint, Victoria Llewellyn.

Er hatte angenommen, dass das die Namen der beiden Frauen in dem Auto waren, von denen eine tot war und die andere es gleich sein würde, und hatte diese Information ganz hinten in seinem Kopf abgespeichert. Jetzt, als er am Fenster saß und an seinem Computerbildschirm vorbei in den Nachthimmel hinausstarrte, war er ganz besonders dankbar für seine Fähigkeit, Einzelheiten aus den Tiefen seines Gedächtnisses zutage zu fördern. Er vergaß nur selten etwas, jedenfalls nicht vollständig, und diese beiden Namen hatte er sich ganz bestimmt gemerkt.

Zwei Frauen hätten in jener Nacht sterben sollen: *Lacey Flint, Victoria Llewellyn.* Wenn er im Laufe der Jahre an sie gedacht hatte, war er davon ausgegangen, dass sie tot waren. Eine von ihnen war ja definitiv schon hinüber gewesen, als sie ganz kurz im selben Auto gesessen hatten. Die durchgeknallte Tussi, mit der er oben auf der Klippe geredet hatte, die ihn in dem Auto eingesperrt hatte und mit ihm über den Rand der Klippe gefahren wäre, wenn er es nicht geschafft hätte, sich zu befreien, war durchaus imstande gewesen, ihren Selbstmordplan durchzuziehen. Und doch hatte sie es nicht getan.

Er überlegte, ob er ihren Sinneswandel vielleicht verursacht hatte, ob ihre Begegnung sie davon überzeugt hatte, dass das Leben weitergehen konnte. Wie interessant wäre es, wenn das Schicksal sie beide aneinandergekettet hätte.

Wenn es sie auf der Klippe zusammengeführt hatte, damit jeder den anderen retten und damit dann, zwölf Jahre später, die wahre Schlacht beginnen konnte.

AryanBoy wäre nicht dorthin gekommen, wo er jetzt war, wenn er nicht stets gründlich gewesen wäre. Bevor er weitermachte, musste er überprüfen, wer – wenn überhaupt – an jenem Abend von der Klippe gestürzt war. Er rief erst die Website der Rechtsmedizin von Eastbourne auf und dann die Berichte sämtlicher amtlicher Untersuchungen der letzten zwölf Jahre.

Die meisten Beachy-Head-Selbstmörder waren identifiziert worden. Entweder sie hatten Papiere bei sich, oder sie ließen Freunde und Verwandte zurück. Die Liste war deprimierend lang, und er unterdrückte ein Schaudern bei dem Gedanken, wie knapp er vermieden hatte, dass auch sein Name darauf stand. Aber keine Victorias, keine Laceys. Dann fand er einen Bericht über eine unbekannte Tote, einen Monat nach der fraglichen Nacht. Ihr Leichnam war im Innern der zerquetschten Überreste eines Autos gefunden worden, eines zwei Jahre alten Lexus, zwischen Fahrersitz und Lenkrad eingeklemmt. Als Todesursache wurden multiple Verletzungen angegeben, und da stand auch etwas darüber, wie viel Heroin im Blut der Toten festgestellt worden war. Es sprach nicht gerade für das Können des Pathologen, fand AryanBoy, dass er behauptete: *Beim Aufprall auf die Felsen ist der Tod wahrscheinlich augenblicklich eingetreten, da keinerlei Hinweise darauf vorliegen, dass die Person ertrunken ist.*

So eine schlaue Leiche, die selbst über den Klippenrand gefahren war.

Bezeichnenderweise war nur *ein* Leichnam in dem Lexus gefunden worden. Seine Nemesis war also doch unbeschadet davongekommen.

Mit wachsender Erregung gab er *Lacey Flint* in seine Suchmaschine ein, und Google lieferte die Einträge, die er erwartet hätte, einschließlich Fotos von Frauen dieses Namens auf der ganzen Welt. Er brauchte nicht lange, um zu sehen, dass die Frau von der Klippe nicht darunter war. Es gab Lacey Flints auf Facebook und LinkedIn, und er verbrachte mehrere Minuten damit, mögliche Kandidatinnen zu sichten. Nicht eines der Fotos passte zu seiner Erinnerung, aber etliche Lacey Flints verwendeten sonderbare Avatare, Bilder von Blumen oder Zeichentrickfiguren. Seiner Erfahrung nach taten Frauen das nur, wenn sie grottenhässlich waren, dennoch überprüfte er die Angaben jeder einzelnen. Keine wohnte in London oder in Pendlerdistanz zur Stadt, und keine schien im richtigen Alter zu sein.

Er suchte weiter, auf Twitter und Instagram, auf YouTube und TikTok. Als er das Potenzial des frei zugänglichen Internets erschöpft hatte, öffnete er seinen Tor-Browser, doch nach fast einer Stunde musste er seine Niederlage eingestehen. Die Lacey Flint, nach der er suche, hatte keine Onlinepräsenz, und das war angesichts der unersättlichen Aufmerksamkeitsgeilheit der meisten Frauen ungewöhnlich.

AryanBoy tippte *Victoria Llewellyn* in ein neues Suchfeld.

Wow!

Augenblicklich schoss sein Puls hoch. Sein Herz hämmerte gegen seinen Brustkorb wie damals bei diesen demütigenden Wettläufen beim Schulsportfest. Wieso hatte er diese Verbindung bisher nicht erkannt? Er klickte auf den ersten Link, las den Wikipedia-Eintrag, und allmählich wurde ihm die Brust ungemütlich eng. Das war ja der Hammer! Er kehrte zu den Suchergebnissen zurück und klickte einen Zeitungsartikel an. Nachdem er ihn im Eiltempo überflogen hatte, erwog er, zu überprüfen, ob er noch wach war. Er las noch einen, dann einen dritten. Victoria Llewellyn war der Ripper, die Mörderin, die vor noch nicht einmal zwei Jahren im Zuge irgendeines perversen Rachefeldzugs vier Frauen abgeschlachtet hatte. Sie war in Cardiff geboren und aufgewachsen, und hinten in dem Lexus hatte ein Bibliotheksausweis aus Cardiff gelegen.

Wieso hatte er diese Verbindung bisher nicht gesehen?

Mit zitternden Händen klickte AryanBoy die Seite mit den Bildern an, auf der wieder und wieder dasselbe Gesicht erschien. Jung, blond, schön, wahnsinnig – wenn auch nicht im juristischen Sinne, denn sie war für verhandlungsfähig erklärt worden und saß jetzt in Durham.

Auf was zum Teufel war er da gestoßen?

Er klickte ein Bild von Llewellyn an, das kurz nach ihrer Festnahme gemacht worden war, und vergrößerte es. Das war nicht die Frau, die ihm zweimal im Wege gestanden hatte. Nun ja, natürlich nicht, die war vorgestern auf der Themse gewesen und saß nicht in Durham hinter Gittern. Und doch gab es da Ähnlichkeiten: das ovale Gesicht, die ebenmäßigen Züge, die Form der Augen.

Er entdeckte ein anderes Bild und vergrößerte es ebenfalls. Es war in einem Fotoautomaten aufgenommen worden und zeigte zwei Mädchen, die herumalberten. Victoria

Llewellyn hatte eine Schwester gehabt. Cathy, die Jüngere, war mit etwa vierzehn erstaunlich hübsch. Die Ältere, die zu einer Mörderin herangewachsen war, war voll auf dem Goth-Trip, mit schwarzem Haar, dickem Make-up und verkniffenem weißen Gesicht.

Die Erkenntnis traf ihn wie ein Schlag, und ein paar Sekunden lang fragte er sich, ob er vielleicht gerade einen Herzinfarkt hatte. Dieses Foto hatte er schon einmal gesehen, oder ein ganz ähnliches. Das Passfoto auf dem Bibliotheksausweis hinten in dem Lexus war am selben Tag gemacht worden, in demselben Fotoautomaten. Die Frisur des Goth-Girls war dieselbe gewesen, dasselbe Make-up, derselbe winzige goldene Ring in der linken Augenbraue. Sogar die Lederjacke mit dem hochgeklappten Kragen war dieselbe.

Das Mädchen oben auf der Klippe hatte dunkles Haar gehabt, am Ansatz jedoch, wo die schwarze Farbe herauswuchs, war es hell gewesen. Er hatte kein Make-up und keinen Schmuck gesehen, aber sie hatte diese Lederjacke angehabt. Er erinnerte sich daran, wie sie den Kragen gegen den Wind hochgeschlagen hatte, wie sie den Reißverschluss hinuntergezogen hatte, als sie wieder ins Auto gestiegen war. Das Mädchen in dem Lexus, das ihn vor zwölf Jahren beinahe umgebracht hatte, war Victoria Llewellyn gewesen, war zur berüchtigtsten Mörderin geworden, die Großbritannien jemals gekannt hatte. Und doch war sie vor noch nicht einmal zwei Tagen auf dem Fluss unterwegs gewesen.

Wer zum Teufel saß also da in Durham?

26

Lacey erwachte mit dem Gesicht an Joesburys Schulter, sein Brusthaar kitzelte sie an der Nase. Ohne nachzudenken, rieb sie ihre Wange an ihm. Er schnappte nach Luft, sein Körper wurde steif, und ganz hinten aus seinem Hals drang ein gedämpftes Aufstöhnen.

Das Boot schaukelte sanft; die Flut war da. Durch das kleine Kabinenfenster, das sie in den frühen Morgenstunden geöffnet hatte, bevor sie eingeschlafen waren, konnte Lacey den Fluss riechen: fauliges Moos und schwarzer Schlamm, altes Holz und den ganz schwachen Hauch eines Lagerfeuers. Und, am allerseltsamsten, reife Birnen. Die Themse barg tausend Gerüche in ihren geheimen Falten und trug mit jeder Flut neue Überraschungen herbei. Der Regen hatte aufgehört, und Sonnenlicht schickte einen staubigen Strahl durch die Kabine.

Joesbury reckte sich und tastete in dem unbekannten Bett herum. Seine Augen öffneten sich, er grinste breit. »Guten Morgen.«

Er rollte sich zu ihr hin. Stützte sich auf die Ellenbogen und senkte das Gesicht, bis es nur noch Zentimeter von ihrem entfernt war. Sie konnte die Hitze seiner Haut spüren.

»Hallo.« Es war doch absurd, schüchtern zu sein, nach allem, was sie hinter sich hatten, nach allem, was sie Stunden zuvor getan hatten – trotzdem konnte sie ihm nicht in die Augen sehen.

Joesbury küsste sie aufs Ohr, auf den Hals, und verschob dabei den einen Oberschenkel so, dass er zwischen ihre glitt. Er wollte sie schon wieder.

Kein Problem.

»Scheiße!« Jetzt schaute er dicht hinter ihrem Kopf auf seine Uhr.

»Was ist denn?«

»Ich hätte vor einer Stunde bei Dana sein sollen.«

Laceys Körper schrie protestierend auf, als er sich von ihr löste und sie der kalten Luft in der Kabine aussetzte.

»Vor zwölf passiert da doch sowieso nichts«, wandte sie ein.

Joesbury war jetzt auf den Beinen und streckte sich; er reichte mit Leichtigkeit an die Decke heran. »Huck hat bei ihnen übernachtet. Ich habe gesagt, ich bin da, bevor er aufwacht. Das Letzte, was die beiden heute Morgen brauchen, ist ein Zwölfjähriger, der ihnen dauernd in die Quere kommt.«

Lacey blieb in der Schlafkabine und sah durch die Tür zu, wie Joesbury hektisch nach seinen Kleidern suchte. Die ovale Türöffnung reichte nicht ganz bis zum Boden, sondern endete etwa fünfzehn Zentimeter darüber und bildete eine Türschwelle, über die sie nachts mehrmals gestolpert war, bis das motorische Gedächtnis sie gelehrt hatte darüberzusteigen. Das war eins der wenigen Dinge an der Jacht, die ihr nicht gefielen, jetzt jedoch erkannte sie die Möglichkeiten, die diese Schwelle bot. »Huck kann ganz toll mit Inigo«, sagte sie. »Gestern hat er ihn stundenlang beschäftigt.«

Seine Boxershorts in der Hand, drehte sich Joesbury zu ihr um. In der Jacht war es beim Aufwachen immer kalt, und sie spürte, wie sie in der kühlen Luft am ganzen Körper eine Gänsehaut bekam.

»Helen und Dana wären bestimmt einverstanden«, erklärte sie ihm. »Vor zwei Tagen hat Helen mir gesagt, ich soll mich für das Team opfern.«

Joesbury machte einen Schritt auf sie zu. »Sie hat *was* gesagt?«

Blitzschnell packte Lacey ihn um die Taille und stieg gleichzeitig auf den schmalen Holzrand des Türrahmens. Jetzt war sie ein paar Zentimeter größer als er. Sie stützte sich an ihm ab, um das Gleichgewicht zu halten, hob sich auf die Zehenspitzen und manövrierte sich in die richtige Position.

»Was zum Teufel machst du denn?«, stöhnte er, als sie sich an ihn presste.

»Mich für das Team opfern«, flüsterte sie ihm ins Ohr.

Lacey wusste nicht mehr, wann sie das letzte Mal in der Kirche gewesen war. Als sie ein paar Reihen hinter Joesbury in der St. Saviour's Church in der Battersea Park Road saß, fragte sie sich, ob dies vielleicht ihr allererstes Mal war. Als Kind war nie jemand mit ihr in die Kirche gegangen, ihre Schule war säkular ausgerichtet gewesen, und obwohl ein paar Beerdigungen stattgefunden hatten, seit sie bei der Polizei von London angefangen hatte, zählten die irgendwie nicht. Eine Beerdigung hatte mit diesem freudigen Gottesdienst nichts gemein, wo simple, sich immer wiederholende Gesten und Gesänge Balsam für gequälte Seelen zu sein schienen, wo das gemeinsame Singen das Herz weit machte und wo eine Gemeinde ein neues Leben willkommen hieß, um geliebt und beschützt zu werden, um dazuzugehören.

Lacey spürte, wie die Gemeinde zusammenhielt, wie silbrige Fäden von dem kleinen Kind ausgingen und sich um jeden schlangen. Wieso hatte sie nicht gewusst, wie wunderbar es sein konnte, in die Kirche zu gehen?

Als sie durch das Portal nach draußen trat, holte Joesburys Sohn Huck sie ein. »Tante Dana hat auch so ein Kleid.« Er nahm ihre Hand, merkte, was er gerade getan hatte, und ließ sie wieder los.

»Das war auch mal Tante Danas Kleid.« Lacey roch den leichten Hauch eines Herrenparfums. »Sie hat's mir für den Empfang beim Premierminister geliehen und dann gesagt, ich könnte es behalten, sie war damals nämlich schwanger, und es hätte ihr sowieso nicht mehr gepasst.«

»Aber jetzt passt es ihr doch wieder«, gab Huck zu bedenken.

»Meinst du, ich soll's ihr zurückgeben?«

»An dir sieht's besser aus.« Joesbury trat an ihre andere Seite. »Und das Letzte, was Dana braucht, sind noch mehr Klamotten.« Auch er nahm ihre Hand, anders als sein Sohn ließ er sie nicht wieder los.

Die Party, vor der sie sich gefürchtet hatte, erwies sich als überhaupt nicht schlimm. Lacey, die normalerweise Small Talk hasste, fand es diesmal leicht, als sie, von den beiden Gastgeberinnen wie eine kleine Schwester ehrenhalber behandelt, von einer Gruppe zur nächsten wanderte und

Essen und Getränke anbot. Diejenigen, die sie kannten, wollten über ihren Geniestreich auf dem Fluss reden, und die, die sie nicht kannten, machten ihr Komplimente wegen ihres Kleides und sagten, wie schön es gewesen sei, ihre Freude beim Gottesdienst mit anzusehen.

»Gehen Sie oft in die Kirche?«, fragte eine betagte Nachbarin. »In welche denn?«

Und es war auch ganz leicht, einfach weiterzugehen, schließlich gab es immer mehr Gläser zu füllen, mehr Essentabletts herumzutragen. Gegen drei Uhr, als ihr in den ungewohnt hochhackigen Schuhen die Füße wehtaten und sie wusste, dass sie nicht mehr mit dem Auto nach Hause fahren könnte, wenn sie noch ein Glas Champagner trank, wurde Lacey bewusst, dass sie glücklich war.

Der Gedanke war beängstigend.

»Was ist denn?« Joesbury hatte sich unbemerkt an sie herangepirscht. »Du siehst aus, als hättest du ein Gespenst gesehen.«

Eine Hand – nicht seine – landete in ihrem Kreuz.

»Saubere Arbeit, Lacey«, zischte Helen ihr ins Ohr, ehe sie weiterging und boshaft zu ihr zurücklächelte. Nein, das war kein Lächeln, es war ein lüsternes Grinsen.

Lacey blicke zu Joesbury auf. »Du hast es ihr erzählt?«

Er hatte den Anstand, ihrem Blick auszuweichen. »Natürlich nicht. Sie haben's erraten.«

»Wie denn? Hast du's dir auf ein T-Shirt drucken lassen?«

»Na, streng genommen wäre das ja dann nicht geraten …« Er sah seinen Sohn am anderen Ende des Gartens mit einem ungefähr gleichaltrigen Jungen über irgendeinem Gerät brüten. »Ich glaube, Huck weiß auch Bescheid.«

Entsetzt starrte Lacey das Kind an. »Das ist widerlich.«

»Er ist zwölf, nicht sechs. Er will wissen, ob du nachher mit zu uns kommst. Wir holen uns irgendwo was zu essen.«

Zu Joesbury, in seine Wohnung in Pimlico, die sie noch nie gesehen hatte. Ein Bild von ihnen dreien tauchte in ihrem Kopf auf, wie sie zusammen auf dem Sofa hockten und sich einen Film ansahen, der für einen Zwölfjährigen geeignet war. Huck, der trotz der Einwände seines Dads darauf bestand, zwischen ihnen zu sitzen.

»Und mir gefällt der Gedanke nicht, dass du nachts da auf dem Kai rumhängst.«

»Das hört sich an, als würde ich's für Geld Matrosen besorgen.« Enttäuschung flutete durch sie hindurch. »Aber ich kann auch nicht, ich muss um zehn in Wapping sein. Ich habe die ganze Woche Nachtdienst.«

»Dann eben ein andermal.« Joesbury setzte eine bekümmerte Miene auf, dann beugte er sich vor und flüsterte ihr ins Ohr: »Und zwar bald.«

27

»Wie fühlst du dich?«

»Gut«, antwortete der Mann, den AryanBoy nur unter seinem Online-Namen Waluigi kannte. »Ich fühl mich gut. Jetzt kann ich den Laden sehen.«

»Okay, ganz langsam. Gehen wir's noch mal durch.«

AryanBoy sagte sich, dass er ruhig bleiben müsse, dass die Panik schnell durchs Telefon auf Waluigi übergreifen würde, wenn er jetzt durchdrehte. Schon konnte er hören, wie der Atem des anderen immer schneller ging, und seine Stimme war lauter als nötig. Viel würde auf der Straße in Peckham nicht los sein, erst später, wenn die Pubs sich langsam leerten und Betrunkene auf der Suche nach anderen Freuden dort aufkreuzten. Eine falsche, zufällig belauschte Bemerkung konnte in diesem Stadium eine Katastrophe auslösen.

»Eine Frau sitzt am Empfang«, sagte er, obwohl sie beide das Ganze schon mehrmals durchgesprochen hatten. »Die Security-Typen kommen erst später.«

»Eine Frau, hinter dem Tresen. Die kommt da nicht rechtzeitig raus, um mich aufzuhalten.« Allmählich hörte Waluigi sich an wie ein Roboter. Insgeheim fragte sich AryanBoy, ob er irgendetwas eingeworfen hatte, obwohl ihm gesagt worden war, dass er das nicht tun solle.

»Wenn du dich nach hinten durchdrängst«, fuhr AryanBoy fort, »wird sie nach dem Telefon greifen. Sie wird den Sicherheitsdienst anrufen, aber die brauchen eine halbe Stunde, bis sie da sind. Das wissen wir genau.«

Er wusste es nicht genau, aber er war sich ziemlich sicher. Vor Monaten hatte er einen anderen von seinen Männern in den Laden geschickt und ihn dort eine Szene machen lassen. Die Frau hinter dem Empfangstresen hatte nicht die Polizei gerufen. Das Etablissement namens Bubbles mochte eine Lizenz als Massagesalon und Spa haben, aber jeder wusste, was hinter den Milchglasfenstern und den Saloon-Schwingtüren wirklich im Innern abging. Probleme, die einen Polizeieinsatz auslösten, konnten leicht dazu führen, dass das Bubbles geschlossen wurde. Wenn dieselbe Frau Schreie hörte, würde sie wahrscheinlich doch bei der Polizei anrufen, aber das nächste Revier war etliche Kilometer weit weg, und wenn Waluigi nicht ganz besonders großes Pech in Gestalt vorbeifahrender Streifenwagen beschieden war, hatte er jede Menge Zeit.

AryanBoy tippte eine Nachricht für seine Untergebenen. *Zehn Minuten Countdown. Fangt an, die Leute auf die Rage-Site zu lotsen. Die Männer in der Nähe müssen bereit sein mobilzumachen.*

Zu Waluigi sagte er: »Geh durch die Schwingtür nach hinten. Erinnerst du dich an den Plan, den ich dir geschickt habe? Was ist links von dir?«

»Das Spa. Da gehe ich nicht rein, ich könnte auf dem nassen Boden ausrutschen.«

»Genau. Auf der anderen Seite des Korridors sind die Massageräume. Die ignorierst du auch.«

»Und was ist, wenn da jemand drin ist?«

Das war unwahrscheinlich, sie hatten sich diese Zeit am Abend nicht ohne Grund ausgesucht. Der Salon hatte noch nicht lange offen, und es würden, wenn überhaupt, nur wenige Freier dort sein. Zufälligerweise war dies auch die Zeit, in der die meisten Angehörigen seiner Armee zu Hause und online sein würden. Wenn die mitbekamen, dass auf der Rage-Site etwas abging, würden sie sich in Scharen dort einfinden.

Und genau das würde jetzt geschehen, wenn seine Leute ihren Job richtig machten. Die Erregung würde bereits wachsen.

»Du willst dich nicht auf eine Keilerei mit irgendeinem Kerl einlassen«, sagte er, »du bist wegen der Foids da. Also, es könnte sein, dass du im Korridor einem oder zwei von denen begegnest, das wissen wir natürlich nicht, aber das ist dann ein Bonus.«

»Bonus, okay.« Der Kerl keuchte. »Ich steh jetzt genau davor.«

Er hatte dem Arschloch gesagt, er solle nicht zu nahe rangehen.

»Geh vorbei. Geh noch nicht rein, lass dir Zeit. Gehst du weiter?«

»Ja, ja, bin vorbeigegangen.«

»Gut. Geh weiter. Hast du das Messer irgendwo, wo du es leicht erreichen kannst?«

»Innentasche. Ich hab geübt, ich kann's sofort rausziehen.«

»Und du hast Handschuhe an?«

»Ja. Und dieses Dingsda vorm Gesicht.«

Waluigi hatte Equipment geschickt bekommen, einschließlich eines Kapuzenschals, den er sich über Mund und Nase gezogen hatte, als er aus der U-Bahn gestiegen war. Das würde reichen, um jede Gesichtserkennungssoftware auszutricksen.

»Und du weißt, wie du vorgehen musst. Unterm Bauchnabel rein, erst nach unten stechen, in Richtung Fotze, und dann noch mal nach oben, aufs Herz zielen. Zweimal, zwei Stiche, ist das klar?«

»Ja, ja.«

»Die meisten von den Foids werden hinten im Aufenthaltsraum sein. Die werden in Panik geraten, wenn du reinkommst, vor allem, wenn sie Schreie gehört haben und du

Blut an dir hast, aber Panik ist gut. Foids sind wie Schafe, wenn sie Panik kriegen. An der anderen Seite des Raums siehst du die Tür nach draußen, und auf die gehst du zu. Stich dabei mit dem Messer um dich. Die werden nicht versuchen, dich aufzuhalten. Wir wollen mindestens eine Tote, mehr wäre geil, aber wenn ein paar von denen einfach nur ordentlich was abkriegen, wäre das auch toll.«

Keine Antwort. Aber die Leitung stand noch; AryanBoy konnte den keuchenden Atem des anderen hören.

»Wenn du an der Tür bist, geh sofort raus. Da ist eine kleine Eisentreppe, nur drei oder vier Stufen, aber sei darauf vorbereitet, du willst ja nicht ausrutschen. Das Hoftor ist bestimmt abgeschlossen, aber du kannst auf die Mülltonnen steigen und von da über die Mauer klettern. Wenn du draußen bist, lauf in den Park. Du weißt, was du dann machen sollst, nicht wahr?«

Er sollte es wissen, sie hatten das wie oft besprochen? Viermal oder öfter.

»Und wenn ich's nicht bis in den Park schaffe?«

»Du schaffst es. Bis dahin sind die anderen draußen; du wirst also nicht allein sein.«

»Und wenn nicht?«

Scheiße noch mal! Vor vierundzwanzig Stunden hatte der Arsch geschworen, er würde sich live im Internet erhängen, weil er nicht einen einzigen weiteren Tag seiner einsamen, sinnlosen Existenz ertragen könne. Jetzt, wo er die Chance bekam, einen glorreichen Abgang hinzulegen, auf demselben Level wie Elliot Rodger, Chris Harper-Mercer und Alek Minassian, hatte er Schiss, dass die Bullen ihn erwischen könnten.

Mit ruhiger Stimme sagte AryanBoy: »Du gewinnst so oder so. Wenn du da erst mit Blut an den Händen zur Tür raus bist, dann bist du einer von unseren Helden. Der erste richtige Schlag geht auf dein Konto. Selbst wenn sie dich schnappen, die ganze Welt wird deinen Namen kennen. Und wenn sich alles ändert, wenn die neue Ordnung eingeführt ist, werden alle unserer Freiheitskämpfer freigelassen und bis ans Ende ihres Lebens in Ehren gehalten. Kriegen ein tolles Haus, brauchen nicht mehr zu arbeiten, kriegen die besten, schönsten Frauen. Bist du jetzt bereit?«

»Ich glaube schon. Ja. Ja, bin ich.«

»Als wir uns das letzte Mal unterhalten haben, hast du mich gefragt, wieso ein Massagesalon. Warum wir uns Huren vornehmen wollen, weißt du noch?«

»Ja.«

»Also, jetzt sag ich's dir. Diese Läden existieren, um Männer zu entwürdigen. Die knöpfen uns dreißig Pfund dafür ab, dass sie uns einen runterholen, fünfzig für einmal Blasen, und dabei behandeln sie uns die ganze Zeit wie Dreck. Männer sollten nicht für schlechten Sex bezahlen müssen, der ihnen widerwillig von tripperverseuchten Huren angeboten wird. Wenn die neue Ordnung kommt, wird kein Mann jemals wieder für Sex bezahlen müssen, und die Frauen, die uns früher Geld dafür abgenommen haben, werden zur Strafe von Hunden vergewaltigt.«

Verflucht, wo war das jetzt hergekommen? Machten Hunde so was überhaupt …? Konzentrier dich! Er durfte jetzt nicht die Kontrolle verlieren.

»Letzte Woche um diese Zeit wolltest du dich umbringen. Willst du das jetzt immer noch?«

»Nein. Fuck, nein.«

»Super. Wie weit bist du weg?«

»Zehn Meter.«

»Okay, mach deine Bodycam an.«

»Okay, bin dabei. Kannst du was sehen?«

»Moment, warte, noch nicht reingehen. Ja, ich kann's sehen.«

AryanBoys Bildschirm erwachte schlagartig zum Leben, und er sah ein körniges Bild der Straße in Peckham vor sich. Die Bodycam war auch in dem Päckchen gewesen, das Waluigi geschickt worden war.

»Ich bin direkt vor dem Laden.«

»Das sehe ich.«

Das große Schaufenster des Bubbles Spa und Massagesalons war überstrichen worden, um es undurchsichtig zu machen. Aufgemalte Wasserblasen stiegen vom Fenstersims empor. Die meisten waren halb weggekratzt, und das Fenster war verdreckt.

AryanBoy begann zu tippen, verkündete seinen Followern auf der Rage-Site, was gleich passieren würde. »In zehn Sekunden sind wir live«, sagte er zu Waluigi. »Dann sieht die ganze Welt dir zu. Wenn du jetzt kneifst, wenn du Scheiße baust, sehen es alle, aber ich weiß, das tust du nicht. Ich weiß, du wirst uns stolz machen.«

»Ich geh jetzt rein.«

»Fünf Sekunden. Du schaffst das. Ich glaube an dich. Vier, drei, zwei …«

AryanBoy hörte das Klingeln, als die Tür des Massagesalons aufgerissen wurde.

»Eins«, sagte er leise.

28

Nachdem er seinen Sohn nach Hause gefahren hatte, trat Joesbury um Viertel nach zehn in seine Wohnung.

Lacey trug jetzt bestimmt schon Uniform und ging über den Pier in Wapping auf die wartende Targa-Motorjacht zu. Als stellvertretender Sergeant würde sie heute Nacht deren Skipper sein. Sie und ihre Crew würden auf einem Abschnitt des Flusses Patrouille fahren und vorgegebene Aufgaben zu erledigen haben. Wenn sie Glück hatten, würde es eine ruhige Nacht auf dem Wasser werden, und sie würde nicht viel zu berichten haben, wenn ihr Dienst ein paar Stunden vor dem Morgengrauen endete.

Sie hatte sieben Stunden Nachtdienst vor sich, und bei all dem, was gerade bei der SCD10 los war, würde sein Leben auf absehbare Zeit ziemlich hektisch sein. Es würden Tage vergehen, bevor er sich wieder mit ihr treffen konnte, und vielleicht war das ja gar nicht schlecht, wenn man bedachte, wie vollständig sich sein Leben in den letzten vierundzwanzig Stunden umgekrempelt hatte. Ganz ehrlich, er hatte Mühe, das alles einigermaßen zu begreifen.

Nicht dass er sich beschweren würde. Joesbury grinste in sich hinein, als er den Wagen abschloss und über die Straße ging.

Er hatte schon die Wohnungstür geöffnet und das Licht angemacht, als ihm klar wurde, wie unfassbar müde er war.

Gut, dass er früh ins Bett gehen konnte und eine Nacht vor sich hatte, die sehr süße Träume verhieß.

Es klingelte. Unwillkürlich fragte er sich, ob Lacey aus irgendeinem unerfindlichen Grund doch gekommen war, und trat wieder in den Flur hinaus. Sein Herz wurde bleischwer, als er sah, wer vor der Tür stand. Nicht Lacey.

Sondern Probleme.

»Da geht irgendwas Neues ab«, begann Archie, während er, Georgie und Warwick Joesbury ins Wohnzimmer folgten. Theo, fiel es ihm wieder ein, hatte sich ein seltenes freies Wochenende gegönnt. »Wir dachten, wir sollten Sie auf den neuesten Stand bringen, bevor wir für heute Schluss machen.«

»Cyberflashing«, sagte Warwick. »Hat gleich heute früh angefangen.«

Joesbury überlegte kurz. »Sie meinen, anonym Pornos an Fremde verschicken?«

Cyberflashing war eine ganz üble Nummer. Zuerst lud der Täter sich Bilder auf ein Endgerät herunter, für gewöhnlich auf sein Handy. Dickpics, Penisbilder, waren typisch, aber Hardcorepornografie war auch nicht ungewöhnlich: Gruppenvergewaltigungen, brutale sexualisierte Gewalt. Dann machte sich der Kerl an einem öffentlichen Ort – eine Bushaltestelle, ein Zugabteil, ein volles Geschäft – an eine Frau heran und schickte das Bild per AirDrop an ihr Telefon.

»Das soll eindeutig das fortsetzen, was Samstagnacht passiert ist«, fuhr Warwick fort. »AryanBoy sagt der Community, was sie tun sollen, und im ganzen Land ziehen

Männer los und lassen es krachen. Und dann gehen sie wieder nach Hause und geben im Internet damit an.«

»Aber AirDrop ist doch nicht auf jedem Handy aktiv«, wandte Joesbury ein. »Ich habe dafür gesorgt, dass Huck es auf seinem abschaltet.«

»Stimmt«, erwiderte Warwick. »Aber AirDrop-open-to-all ist die Werkseinstellung.«

»In den sozialen Medien geht die Post ab«, meinte Georgie. »Besonders auf Facebook und Twitter. Da draußen gibt's gerade eine Riesenmenge sehr wütende Frauen.«

»Denen ist gesagt worden, sie sollen sich Frauen suchen, die allein unterwegs sind«, fügte Archie hinzu.

»Und dann schnell abhauen«, sagte Georgie. »Sie sollen nicht riskieren, in der Nähe zu bleiben, um zu sehen, wie die Frauen reagieren, weil manche Foids – ihre Worte, natürlich – wüssten, wie das funktioniert.«

»Warum?«, fragte Joesbury. »Was soll das? Was bringt denen das?«

»Stress«, antwortete Georgie. »Einschüchterung. Die schicken eine Botschaft: Wir kommen an euch ran, sogar durch eure Technologie. Ihr seid niemals sicher.«

»Von wie vielen Vorfällen reden wir hier?«, wollte Joesbury wissen.

»Als wir hierher losgefahren sind, waren's über fünfzehnhundert Kommentare in dem Thread. Die meisten behaupten, sie hätten es getan.«

»Das Problem ist, wir können nicht viel machen«, sagte Warwick. »Es gibt kein Gesetz, das Cyberflashing explizit verbietet. Wir müssten die existierende Gesetzgebung nutzen, und das wäre nicht ideal. So was zu beweisen wäre echt schwer, und wir würden nur ein Bruchteil von denen kriegen, die da mitgemacht haben.«

»Um Ihre Frage von eben zu beantworten, Sir«, meldete sich Archie zu Wort, »ich denke, es geht zum Teil um Aufmerksamkeit. Über diese Nummer wird in den nächsten Tagen viel berichtet werden, auch ohne Emmas Artikel. Zum Teil geht's auch darum, Moral und Motivation der Truppe hochzuhalten. Aber vorrangig wollen sie, dass die Frauen weiter Angst haben, denke ich.«

»Genau«, mischte Georgie sich ein, und zum ersten Mal fiel Joesbury auf, dass sie anders reagierte als die Männer. Die Jungs waren besorgt, Georgie war sichtlich getroffen. »Wenn wir nachts rausgehen, dann folgt ihr uns. Wenn wir tagsüber draußen sind, an öffentlichen Orten, mit Freunden, kommt ihr trotzdem an uns ran. Ihr wollt uns wissen lassen, dass wir nie sicher sind, weil ihr überall seid. Und ihr hasst uns.«

In diesem Moment begann Joesburys Handy zu klingeln. Dann folgte Archies, dicht gefolgt von Warwicks und Georgies. Vier Telefone, die Aufmerksamkeit forderten, und Joesbury merkte, wie das Glücksgefühl des Tages verflog.

29

Nicht einmal eine halbe Stunde nach dem Eingang des ersten Notrufs hatte sich eine ansehnliche und sehr laute Menschenmenge rund um den Bubbles Spa und Massagesalon in Peckham versammelt. Zumeist waren es junge Männer, viele filmten die Szene mit ihren Handys. Als Joesbury sich zwischen den Polizeiwagen, die die Straße versperrten, hindurchschlängelte, raste gerade ein Krankenwagen mit heulender Sirene los, unter höhnischem Grölen der Zuschauer. Ein zweiter stand am Straßenrand. Nachdem er sein Motorrad abgeschlossen hatte, drängte sich Joesbury durch die Menge.

»Verschissene Huren, geschieht denen recht!«

Joesbury duckte sich unter dem Absperrband hindurch und zeigte dabei rasch seinen Dienstausweis vor. Im selben Moment explodierte ganz in der Nähe ein Feuerwerkskörper.

»Dreh dich mal um, Alter! Immer schön in die Kamera lächeln!«

»Wieso darfst du dir die toten Huren angucken?«

»Wir haben auch Rechte, nur dass das klar ist!«

Großer Gott, er wurde hier angegangen wie ein Tory-Politiker in Liverpool.

»Die sind vor etwa ’ner Viertelstunde im Pulk hier aufgetaucht.« Der Abend war nicht warm, doch der Sergeant, der hier draußen die Stellung hielt, war rot im Gesicht und schwitzte. »Haben uns keine Chance gelassen, den Tatort richtig zu sichern. Verdammte soziale Medien.« Mit einer Kopfbewegung deutete er auf die Tür des Massagesalons. »Ist ’ne Riesenschweinerei da drin.«

Wieder drängte die Menge nach vorn und zwang den Sergeant, seinen Leuten zu helfen, sie zurückzuhalten. »DI Anderson ist drinnen«, rief er Joesbury noch zu.

In dem Wissen, dass er gleich etwas zu sehen bekommen würde, das den besten Tag der letzten zwei Jahre ruinieren würde, drückte Joesbury die Tür auf. Das Klingeln der Glocke ließ die vier Personen in dem Raum dahinter aufblicken.

Eine junge Frau südasiatischer Herkunft, spärlich bekleidet und dick geschminkt, stand zusammengesunken in einer Ecke. Eine ältere weiße Frau saß hinter dem Empfangstresen, auf einer Seite von einer Polizistin und auf der anderen von Neil Anderson flankiert. Da Dana offiziell noch in Elternzeit war, war er zum Tatort gerufen worden. Er kam auf Joesbury zu.

»Zwei Tote, mindestens eine Schwerverletzte«, berichtete er leise. »Das Ganze wurde live gestreamt. Die Horde da draußen war vor uns hier. Als Erstes mussten wir die hier rauskanten.« Er warf einen raschen Blick zu den Saloon-Schwingtüren hinüber. »Vom Tatort an sich ist nichts Nennenswertes mehr übrig.«

»Meine Leute löschen die Videos gerade«, sagte Joesbury. »Wo ist er hin? Der Täter? Ist er noch hier?«

Anderson schüttelte den Kopf. »Ist zur Hintertür raus.« Er schaute zu der Empfangsdame hinüber. »Elaine sagt, er hat anscheinend genau gewusst, wo er hinwollte. Ich muss es mir noch selbst anschauen, aber ich kann hier nicht weg, bevor ich alle Frauen hier rausgeschafft habe. Die Typen da draußen, das ist ein verdammter Mob.«

Wie aufs Stichwort stimmte die Menge vor der Tür Sprechchöre an. Die Männer hörten sich an wie eine Meute Fußballfans.

»Ich geh da nicht raus«, jammerte die Frau in der Ecke. »Die wollen uns alle umbringen.«

»Niemand kommt an Sie ran, Schätzchen«, versicherte Anderson ihr. »Kommen Sie, suchen wir Ihnen mal einen Stuhl.«

Joesbury trat näher ans Fenster, um zu verstehen, was die Männer draußen sangen.

»Wär'n die Frauen doch Löcher im Pflaster, und ich wär 'n Müllmann und kipp sie zu mit mein'm Laster.«

»Sind die Kollegen von der Spurensicherung schon da?«, erkundigte sich Joesbury.

Etwas knallte gegen das Fenster.

Anderson schüttelte den Kopf. »In fünf Minuten. Drei von den Mädchen werden noch immer hier behandelt. Der Rest ist völlig hysterisch. Nein, Schätzchen, nicht …« Er unterbrach sich, um die junge Frau davon abzuhalten, durch die Schwingtür nach hinten zu laufen. »Lassen Sie die Sanitäter ihre Arbeit machen. Wir bringen Sie bald hier raus.«

Schritte und leise Stimmen waren zu hören. Anderson und Joesbury drehten sich um und sahen zu, wie Constables in Uniform zwei junge Frauen durch die Schwingtür führten. Beide Frauen waren in Decken gehüllt und hatten Blutflecken auf Haut und Kleidern.

Die Lautstärke draußen nahm zu, als die Gruppe das Gebäude verließ.

»Ist schwer zu sagen, wer verletzt ist und wer nicht«, meinte Anderson. »Ich schicke sie zur Sicherheit alle ins St. Barts.«

Er wandte sich wieder an die junge Asiatin. »Schätzchen, Sie sind die Nächste. Haben Sie hier irgendwo einen Mantel, den wir …«

Anderson konnte den Satz nicht vollenden, denn keinen Meter hinter ihm zersprang das große Fenster an der Vorderseite des Gebäudes. Die junge Asiatin schrie gellend, als Joesbury sie aus dem Weg zerrte. Er hielt die Luft an und wartete darauf, dass die Scherben herabregneten. Gott sei Dank geschah das nicht, doch ein kräftiger Stoß von draußen würde Tausende potenziell tödliche Splitter in den Raum fliegen lassen.

»Verflucht, was zum Teufel geht hier ab?«, brüllte die Empfangsdame. »Holen Sie uns hier raus!«

»Wir brauchen mehr Leute«, sagte Joesbury zu Anderson. »Das sind keine harmlosen Gaffer da draußen.«

»Glauben Sie, die haben was damit zu tun?«

»Na, normal ist das nicht. Wir sollten so viele von denen einkassieren, wie wir können, und sie nach Lewisham schaffen.«

Anderson wandte sich ab und sprach in sein Funkgerät, und Joesbury trat näher an die Schwingtür heran. Dahinter konnte er einen schmalen Korridor sehen. Irgendwo gab eine Frau lang gezogene, hohe Klagelaute von sich.

Ein Rettungssanitäter kam aus einem Zimmer, gefolgt von einem zweiten; zwischen sich trugen sie eine Trage. Joesbury zog die Schwingtür auf, um sie durchzulassen, und sah eine Frau in frühen mittleren Jahren unter einer Thermodecke liegen, schwarzhaarig und rundlich. Eine Sauerstoffmaske bedeckte ihr Gesicht, und ihre linke Hand hing blutbeschmiert über den Rand der Trage. Bevor die Tür zufiel, sah er eine Tote auf dem Boden des Korridors liegen: eine weitere Frau, schlank und zierlich, mit hennarot gefärbtem Haar. Ihr Blut bildete eine scharlachrote Lache um ihren Leichnam. Blutige Fußspuren zogen sich in beide Richtungen den Korridor entlang. Als Tatort war das hier jetzt schon ein Desaster.

»Neil, darf ich mal nach hinten?«, fragte er.

Anderson drehte sich nicht einmal um. »Passen Sie auf, wo Sie hintreten.«

Joesbury suchte sich einen Weg den Korridor hinunter, von einer sauberen Stelle auf dem Boden zur nächsten. Jemand hatte die Türen dort mit Stühlen blockiert, und er konnte in jedes Zimmer blicken, an dem er vorbeikam. Das Spa zu seiner Linken bestand aus einem Whirlpool auf einem Podest und einigen Sonnenliegen aus Kunststoff auf dem Linoleumboden. Rechts von ihm war ein kleiner Raum mit einer Massageliege, die mit einem Handtuch bedeckt war. Auf einem einzelnen Regalbord standen eine Großpackung Papierhandtücher und eine große Flasche Babyöl. Er musste um die Tote herumtreten, um weiter in das Gebäude vorzudringen.

Noch eine leere Massagekabine, dann eine dritte. Beim Geräusch einer sich öffnenden Tür fuhr Joesbury zusammen, dann trat Pete Stenning aus der allerletzten Tür im Korridor. Vorsichtig kam er auf ihn zu und achtete dabei sorgfältig darauf, wohin er die Füße setzte.

»Was genau ist passiert?«, fragte Joesbury.

»Schwer zu sagen«, antwortete Stenning. »Die Frauen, die nicht schwer verletzt sind, sind total verstört, und die meisten sprechen auch nicht gerade gut Englisch. Aber nach dem, was wir aus ihnen rauskriegen konnten, ist der Täter vor ungefähr einer halben Stunde hier aufgekreuzt und hat sich mit Gewalt den Weg durchs Büro bis hier nach hinten gebahnt.«

Stennings Blick fiel auf den Leichnam zu seinen Füßen. »Die da hat er gleich hier umgebracht. Eine andere hat den Lärm gehört und den Kopf aus der Kabine da hinten rausgestreckt. Die hat er auch abgestochen. Sie hat noch gelebt, als der erste Rettungswagen kam, aber die Sanitäter haben sie für tot erklärt.«

»Kunden?«

»Einer, der hatte auf das Mädchen seiner Wahl gewartet. Hat sich vom Acker gemacht. Aber wir müssen ihn finden, er hat den Kerl nämlich mit an Sicherheit grenzender Wahrscheinlichkeit gesehen.«

»Neil sagt, der Täter ist zur Hintertür raus?«

Stenning nickte. »Ist in den Aufenthaltsraum gestürmt, wo noch ein paar Frauen darauf gewartet haben, dass es hier drinnen voll wird. Die beiden, die noch da drin sind, haben ein paar echt üble Schnittwunden abgekriegt. Wir haben ihnen Erste Hilfe geleistet, so gut wir konnten, jetzt warten wir auf noch einen Krankenwagen.«

»Ein paar andere Frauen? Wie viele?«

»Zwei sind da jetzt noch drin, einer müssten Sie am Empfang begegnet sein. Und die haben was von einem Mädchen namens Mala gesagt, die zur Hintertür rausgerannt ist, als der Kerl reingekommen ist. Hört sich an, als wäre hier voll die Hölle los gewesen. Der Typ hat sie angeschrien und mit seinem Messer um sich gestochen wie ein Irrer. Aber er schien zu wissen, wo er hinwollte. Hat direkt auf die Hintertür zugesteuert.«

»War er hinter dem Mädchen namens Mala her?«

Stenning stieß einen tiefen Seufzer aus und ging ihm den Korridor hinunter voran. Joesbury folgte ihm, vorbei an der zweiten Toten – einer Rothaarigen mit blassem Gesicht, die mit offenen Augen zusammengesackt an der Wand der letzten Kabine lehnte – und in einen Raum mit einer Küchenzeile an der einen Wand sowie einem Fernseher auf einem Resopaltisch und etlichen schäbigen Sesseln. Eine Frau mit silberblondem Haar und aschfahlem Gesicht drückte ihren Oberarm mit der anderen Hand gegen ihre Brust. Ein ungeschickt darum gewickeltes Handtuch verfärbte sich langsam tiefrot.

»Dauert nicht mehr lange, Schätzchen«, tröstete sie der Constable, der neben ihr kauerte. »Gleich schaffen wir euch hier raus.«

Zwei andere Personen – ein Opfer der Messerattacke und der sie betreuende Polizist – standen an der Spüle und versorgten die verletzte Hand der Frau. Joesbury erhaschte einen kurzen Blick auf die Wunde und fühlte, wie sich ihm der Magen umdrehte: Die Handfläche der Frau war bis auf die Knochen aufgeschlitzt worden.

Stenning zog die Tür auf, die nach draußen führte.

»Vorsicht, Pete«, rief Joesbury. »Wir wissen nicht sicher, ob er wirklich weg ist.«

Vier eiserne Stufen führten auf einen mit Steinplatten

gepflasterten und sehr dunklen Hof hinunter. Draußen wurde Joesbury wieder daran erinnert, wie laut es inzwischen geworden war. Die Menge vor dem Haus schien noch größer geworden zu sein, und Sirenen kamen näher. Alle paar Sekunden gellten Autohupen.

Der Hof sah aus wie eine Müllkippe. Jede Ecke war voll: eine fleckige Matratze, eine kaputte Massageliege, entsorgte Elektrogeräte, leere Eimer, in denen Chemikalien zur Poolreinigung gewesen waren.

»Mala?«, rief Joesbury. »Wir sind von der Polizei. Sie sind jetzt in Sicherheit.«

Noch mehr Feuerwerk schoss in den Himmel hinauf, dann ließ ein leises Wimmern beide Männer erschrocken zusammenfahren. Sie folgten dem Geräusch dorthin, wo Mülltonnen an der Mauer standen. Der Lichtstrahl von Joesburys Taschenlampe fiel auf das blasse Gesicht einer jungen Frau, die zwischen zweien davon kauerte.

»Sind Sie verletzt?« Stenning hockte sich hin.

Sie schaute an ihm vorbei zu Joesbury hinüber und hob die rechte Hand. »Er ist da rüber.«

Sie zeigte auf die Mauer.

»Ich schau mich mal um«, sagte Joesbury zu Stenning, der Mala gerade auf die Beine half.

»Aber sehen Sie sich vor«, antwortete Stenning, als Joesbury auf eine der Tonnen stieg – wahrscheinlich dieselbe, die der Täter benutzt hatte – und ihm über die Mauer und in die Gasse dahinter folgte. Als er dort landete, hörte er zuerst, wie Stenning Mala dazu überredete, wieder in den Massagesalon zurückzukehren, und dann das Klingeln seines Handys. Es war Georgie, die aus Scotland Yard anrief.

»Nur kurz ein paar Infos, Sir. Wir haben Videoaufnahmen davon, wie der Täter da aufkreuzt. Sein Online-Name ist Waluigi, Sie wissen schon, die Figur aus den Super-Mario-Spielen. Er ist am Bahnhof Queens Road ausgestiegen und von da aus zu Fuß zum Bubbles gegangen. Sein Gesicht ist verdeckt, aber er hatte eine helle, dünne Jacke an, und, so wie's aussieht, leichte Cargohosen. Außerdem hat er eine Baseballkappe auf und hat sich einen Schal um die untere Gesichtshälfte gewickelt. Oh, und er hat einen großen Rucksack auf dem Rücken.«

Während Georgie sprach, sah Joesbury sich um. Vor ihm war die hohe Mauer eines Industriegeländes – unmöglich zu erklettern. Zu seiner Rechten erstreckte sich die Gasse hundert Meter weit oder noch weiter, zur Linken etwa zwanzig Meter weit.

»Ich gehe nach links«, sagte Joesbury und machte sich auf den Weg. »Der Typ ist bestimmt voller Blut, Georgie. Wenn er auf den Straßen unterwegs ist, fällt er jemandem auf.«

»Das dachten wir auch«, antwortete sie. »Aber wir können keine Spur von ihm finden. Nichts auf den Kameras, und Meldungen kommen auch keine rein.«

Joesbury erreichte das Ende der Gasse und blickte die Straße hinauf und hinunter. Eine Reihe geparkter Autos sah leer aus, doch das konnte er ja im Vorbeigehen überprüfen.

»Und was war noch?«, fragte er Georgie.

»Wir überwachen die Rage-Website – Sie wissen, dass der Überfall live gestreamt worden ist?«

»Bitte sagen Sie mir, dass das Video gelöscht worden ist.«

»Auf YouTube und Facebook auf jeden Fall, aber auf der Rage-Site ist es immer noch online, und so wird's wahrscheinlich auch bleiben. Ist echt schlimm, Sir.«

Ein ganz schwaches Zittern schwang in Georgies Stimme mit, eine krasse Erinnerung daran, dass sein Team, so klug und tüchtig sie auch alle waren, so etwas noch nie erlebt hatte. Es würde sie verändern, noch bevor die Nacht zu Ende war.

Wie dem auch sei, jetzt war nicht der richtige Zeitpunkt für Therapiegespräche. »War's das?«

»Nein.« Georgie klang gekränkt. »Die haben wieder so einen Ruf zu den Waffen gepostet. Jeder, der in der Nähe von Peckham wohnt, soll auf die Straße rausgehen und Randale machen. Die Polizei behindern, ihrem heldenhaften Bruder helfen zu türmen. Sehen Sie da irgendwas in der Art?«

Nun, das erklärte vieles.

»O ja. Danke, Georgie, ich melde mich.«

Die Straße, auf der Joesbury sich wiederfand, blieb weiterhin leer. Wenn er nach links ginge, würde er in ein paar Minuten wieder auf der Hauptstraße herauskommen. Er konnte den Lärm der Menge hören, die Spottgesänge gegen die Polizei, die Feuerwerkskörper. Es war fast so, als hätte der bestellte Mob Anweisung, sich auf die Vorderseite des Gebäudes zu konzentrieren und alle Aufmerksamkeit dorthin zu lenken.

Joesbury wandte sich nach rechts, weg vom Tatort und dem Aufruhr, die dunkle Straße hinunter.

30

Lacey liebte den Fluss bei Nacht.

Natürlich liebte sie ihn auch bei Tage. An heißen Sommertagen, wenn sogar die Themse ihre übliche schlammbraune Farbe wechselte und das Saphirblau des Himmels absorbierte. An klaren Herbsttagen, wenn goldene Blätter auf der Wasseroberfläche verstreut waren wie Konfetti. Ganz besonders liebte sie den Fluss im Morgengrauen, der Frühnebel verfärbte sich rosig, wenn die Sonne aufging. Und die Abende konnten wunderschön sein, wenn die sinkende Sonne die Londoner Glasfassaden mit schimmernden Bronze- und Kupferschattierungen überzog und ihr Spiegelbild auf dem Wasser flimmerte.

Aber nachts. Die Nacht war etwas Besonderes. Im Dunkeln wurde die Themse zu einer langsamen, trägen Schlange, die sich durch das Herz der Hauptstadt wand. Nachts ging der Verkehr auf dem Fluss fast bis auf null zurück, und es kam nur selten vor, dass ein Patrouillenboot der Flusspolizei einem anderen Wasserfahrzeug begegnete. Wenn das geschah, riefen die Beamten es oft an, vor allem, wenn es ein Boot war, das sie nicht kannten, und die Gespräche, die sich daraus ergaben, waren fast immer freundlich, wie die zwischen Reisegefährten.

Nachts glitt das Boot in Lachen aus regungsloser schwarzer Finsternis hinein und wieder heraus, Lachen, die so still waren, so dunkel, dass sie manchmal dachte, sie würden vielleicht nie wieder ins Licht hinaustreiben. Doch wenn das Licht dann kam, strahlte es wie ein Schatz.

Die ersten zwei Stunden ihres Dienstes waren ruhig gewesen. Seit sie in Wapping abgelegt hatten, waren Lacey und ihre Crew nur einem Müllkahn begegnet, der zur Flussmündung fuhr. Als es auf Mitternacht zuging, steuerte sie das House of Parliament an. Die Überprüfung der Sicherheitszone um den Sitz des Parlaments war ein regelmäßiger, wichtiger Teil der Nachtpatrouille.

Der Anruf kam, als gerade der Elizabeth Tower in Sicht kam. Der Wind hatte während der letzten Stunde aufgefrischt, und Lacey und ihre beiden Crewmitglieder waren in der Kabine. Sie stand am Ruder. Gemma Jackson, eine neue Rekrutin, kochte Kaffee in der kleinen Kombüse, und Finn Turner, wegen seines außergewöhnlichen Klettergeschicks auch als Spiderman bekannt, saß am Arbeitstisch und füllte das Aufgabenblatt aus. Lacey spürte, wie ihr Privathandy in ihrer Jackentasche vibrierte, und sah auf die Uhr. Eine Minute nach Mitternacht. Wohl wissend, dass Anrufe um diese Zeit nur selten gute Nachrichten bedeuteten, zog sie das Telefon hervor und fühlte sich kein bisschen besser.

»Emma?«, fragte sie. »Alles okay? Ist was passiert?«

Die Stimme, die ihr antwortete, kannte sie nicht. »Hallo, Lacey.«

»Wer ist da?«

Finn blickte von seiner Arbeit auf.

Die Stimme am Telefon – eine Männerstimme mit Midlands-Akzent – sagte: »Bist du heute Nacht auf dem Fluss?«

Emma sollte jetzt zu Hause sein, sicher und geborgen hinter neu eingebauten Schlössern und mit einem Streifenwagen direkt vor der Haustür. Und trotzdem hatte ein Mann mit einem Midlands-Akzent – AryanBoy hatte einen Midlands-Akzent – ihr Handy.

»Noch einmal, wer ist da?«

»Ich hoffe, du bist auf dem Fluss, Lacey. Ich habe eine kleine Überraschung für dich arrangiert.«

»Lassen Sie mich mit Emma sprechen.«

Finn war auf den Beinen, den Blick fest auf Laceys Gesicht geheftet. In der Kombüse war Gemma wie angewurzelt stehen geblieben.

»Geht nicht, fürchte ich. Emma ist im Moment anderweitig gebunden. Und nein, das ist keine Redewendung.«

Er hatte Emma in seiner Gewalt, oder er wollte sie glauben machen, dass es so war. Auf jeden Fall hatte er ihr Telefon.

»Was wollen Sie?«, fragte sie.

»Viel, Lacey, viel. Zuallererst will ich, dass du diejenige bist, die heute Nacht Emmas Leiche aus dem Fluss zieht.«

Eis ballte sich in Laceys Magen zusammen. »Sie haben sie umgebracht?«

»Na ja, noch nicht, nicht richtig. So gut wie. Diesmal rettest du niemanden mehr, Lacey, so wie der Wind im Moment weht. Und ihr Tod wird das Wenigste sein. Wenn sie geht, nimmt sie noch sehr viele mit. Schau in den Himmel, Lacey.«

31

Joesbury kannte sich in London aus. Er war in der Stadt geboren, war hier zur Schule gegangen und hatte – abgesehen von ein paar Undercover-Jobs, die ihn für kurze Zeit woanders hingeführt hatten – seit seinem Abschluss an der Polizeischule hier gearbeitet. Es gab kaum eine Straße auf der Südseite des Flusses, durch die er nicht mehr als einmal gegangen oder die er nicht im Auto oder auf dem Motorrad entlanggefahren war, und Peckham war da keine Ausnahme.

Wenn der Mörder, der sich Waluigi nannte, zu Fuß unterwegs war – eine Annahme, von der Joesbury, wie er wusste, erst einmal ausgehen musste –, dann kam er nur per Bahn oder Bus schnell von hier weg.

»Georgie«, sagte er, als sie sich am Telefon meldete. »Werfen Sie mal einen Blick auf den Bahnhof Nunhead.«

»Tue ich schon seit einer ganzen Weile«, antwortete sie. »Niemand zu sehen, auf den die Beschreibung passt.«

»Und behalten Sie die Buslinien im Auge, ja?«

»Bin schon dabei.«

Dank seiner blutbefleckten Kleidung würde Waluigi leicht zu entdecken sein, doch er hätte auch einen Satz saubere Klamotten darunter tragen oder im Rucksack dabeihaben können. Joesbury drehte sich beim Gehen langsam im Kreis und hielt Ausschau nach Mülltonnen. Er kam an einem Seniorenwohnheim vorbei, schenkte ihm jedoch nur einen beiläufigen Blick. In solchen Institutionen wurde nachts die Haustür abgeschlossen.

Das nächste Gebäude war eine Schule. Das Schultor war versperrt, und über den Eisenzaun könnte man zwar klettern, aber nur mit großer Mühe. Er ging weiter, vorbei an einem Geschäft für Baustoffe, einer Reihenhauszeile, einem Wohnblock. An der Ecke flackerte eine Straßenlaterne und verlieh der leeren Straße etwas Surreales.

Auf der anderen Straßenseite war ein kleiner Stadtpark, der nachts geschlossen wurde, aber die Umzäunung war nur hüfthoch. Der Park war von hohen Linden und dichten Büschen umgeben und als nächtlicher Treff für Drogendealer und Obdachlose bekannt.

Joesbury flankte über den Zaun, drängte sich durch einen Lorbeerbusch, der nach Pisse stank, und kam auf einer Freifläche heraus. Auf der einen Seite befand sich ein Kinderspielplatz, auf der anderen ein Basketballplatz. Vor ihm wanden sich schmale Trampelpfade über eine Rasenfläche auf eine Baumgruppe zu.

Das bisschen Licht, das noch vorhanden war, verschwand, als Joesbury unter das erdrückende, feuchte Blätterdach der Bäume trat. Zehn Meter von dem Obdachlosenlager entfernt konnte er es bereits riechen: alter Zigarettenqualm und frischer Marihuanarauch, Alkohol und vergammelndes Essen, Urin- und Schweißgeruch. Jeden Tag schickten die Behörden Leute, um die Obdachlosen und ihren Krempel aus dem Park zu schaffen. Jeden Tag kamen die Menschen und ihr Gepäck zurück, sobald es dunkel wurde.

Ein Hund knurrte. Sein Besitzer, in einem Schlafsack vergraben, war ein Mann Mitte fünfzig. Seine Haut war verwittert wie altes Leder, und seine Augen waren gelb und rotgerändert.

Als hätte eine stumme, übersinnliche Botschaft unter ihnen die Runde gemacht, wurden sich die anderen Draußenschläfer Joesburys Gegenwart bewusst. Er hörte raschelnde Bewegung in zwei Einmannzelten. Ein Junge, der zusammengesackt an einem Baum lehnte, hob schwankend den Kopf.

Vier Personen: der Hundebesitzer, der Junkie und die beiden in den Zelten.

Die Obdachlosen wurden nur selten aggressiv. Oft waren sie betrunken oder zugedröhnt und ausnahmslos in schlechtem gesundheitlichem Zustand, abgemagert und alles andere als fit. Ärger gingen sie furchtsam aus dem Weg, vor allem Ärger mit der Polizei. Joesbury hatte keine Angst vor Obdachlosen. Der Mann jedoch, hinter dem er her war, war nicht obdachlos. Er war weder unterernährt noch geschwächt und stand wahrscheinlich nicht unter Drogen, auch wenn man das nicht ausschließen konnte. Der Mann, der beschlossen haben könnte, sich in dieser kleinen Gemeinschaft zu verstecken, war jung und stark und wusste sehr gut mit einem scharfen Messer umzugehen.

Joesbury spürte das vertraute Beschleunigen seines Herzschlags, das Kribbeln, als die kleinen Härchen auf der Haut strammstanden. Er ermahnte sich, dass er das alles eigentlich hinter sich gelassen haben sollte. Eigentlich sollte er jetzt an seinem Schreibtisch sitzen und die Operation aus sicherer Entfernung leiten. Er dachte an seinen Sohn zu

Hause, der keine Ahnung von den Risiken hatte, die sein Vater gerade einging. Er dachte an Lacey, an die verwirrende Seligkeit, sie endlich in seinem Leben – und in seinem Bett – zu haben. Das durfte er nicht versauen, nicht jetzt.

Energisch zog er den Reißverschluss seiner Jacke zu, obwohl er wusste, dass selbst eine Motorrad-Lederjacke eine scharfe Klinge nicht aufhalten würde. In einer Tasche steckten Handschellen, aber damit hatte es sich auch. Keine Pistole, kein Taser, nicht einmal ein Funkgerät, um rasch Kontakt zu einer Streife aufnehmen zu können. Er zog seinen Dienstausweis hervor und zeigte ihn dem Mann, der ihn jetzt argwöhnisch beobachtete.

»Polizei«, sagte er leise. »Ich muss Ihnen ein paar Fragen stellen.«

Wie er geahnt hatte, lösten seine Stimme und seine Identität eine Woge der Bewegung aus. Der Mann mit dem Hund krabbelte aus dem Schlafsack. »Muss mal woandershin«, nuschelte er und ging davon. Der Junge an dem Baum versuchte aufzustehen, und schaffte es nicht, die Drogen hatten ihn zu fest im Griff. Eine Hand tauchte aus einem der Zelte auf, zerrte am Reißverschluss, zog ihn ein kleines Stück auf.

»Wir woll'n kein' Ärger«, jammerte eine Frau. »Wieso könnt ihr uns nich' in Ruhe lassen?«

Joesbury konzentrierte sich auf die letzte verbliebene Möglichkeit. Ein billiges Zelt, das neuer aussah als das andere, sauberer, und um das herum keine Habseligkeiten verstreut waren. Keine Essensreste, keine leeren Flaschen, keine feuchten Kleidungsstücke.

Joesbury streckte den Fuß vor und drückte eine Delle in den Nylonstoff. »Sir?«, sagte er. »Ich bin Polizist. Kann ich Sie kurz sprechen?«

Keine Antwort.

Er beugte sich vor, griff nach dem Reißverschluss und zog ihn auf. Eine Nylonklappe fiel zur Seite.

Die Gestalt in dem Zelt lag auf dem Bauch, das Gesicht in den Falten des Schlafsacks verborgen. Nach einem weiteren raschen Blick in die Runde rüttelte Joesbury den Mann an der Schulter.

»Sir, ich muss mit Ihnen reden. Können Sie bitte aufstehen?«

Ein Stöhnen antwortete ihm.

Joesbury konnte Körpergeruch riechen, aber nicht den abgestandenen, säuerlichen Dunst, den er mit Obdachlosen assoziierte. Möglicherweise sogar einen winzigen Hauch Waschpulver. Dieser Kerl roch zu gut für seine Umgebung. Mit hämmerndem Herzen trat Joesbury zurück und zückte sein Handy. Es dauerte zu lange, bis der Anruf durchging. Er glaubte, das Geräusch eines Reißverschlusses zu hören, doch die hingestreckte Gestalt rührte sich nicht.

»Was'n los?«, beschwerte sich der Mann, dessen Gesicht Joesbury noch immer nicht gesehen hatte.

»Ich muss mit Ihnen über einen Vorfall ganz in der Nähe der Queen's Road reden, Sir«, sagte Joesbury, als sich endlich jemand meldete. »Georgie, ich bin im Jubilee Park. Können Sie sofort Verstärkung schicken? Ich bin gerade dabei, jemanden festzunehmen.«

Der Mann kam aus seinem Schlafsack hervorgeschossen. Er sprang auf und war mit einem Satz aus dem Zelt heraus. Wilde Panik verzerrte sein Gesicht.

Joesbury sah das Messer auf seine Augen zuschnellen und sprang zurück. Es verfehlte ihn um Zentimeter. Der Angreifer ging erneut auf ihn los.

Und stolperte.

Es war ein junger Mann mit glatt rasiertem Allerweltsgesicht. Er fand das Gleichgewicht wieder und rannte weiter, diesmal von der Baumgruppe fort. Joesbury setzte ihm nach.

»Georgie, ich verfolge den Verdächtigen. Männlicher Weißer, Mitte zwanzig, etwas über eins fünfundsiebzig, mittlere Statur. Läuft nach Norden durch den Jubilee Park auf die Bidwell Street zu. Verdächtiger ist bewaffnet. Wiederhole, Verdächtiger ist bewaffnet.«

Ohne aufzulegen, steckte er das Handy wieder in die Tasche.

Der Verdächtige, in einem schwarzen Sweatshirt und schwarzen Jogginghosen, das stumpfbraune Haar schweißfeucht, war schon fast am Zaun. Zwei Meter entfernt. Anderthalb Meter. Joesbury holte tief Luft und machte sich zum Sprung bereit.

Der Verdächtige erreichte den Zaun und fuhr herum, und das war ein verdammt großes Messer, das er da in der rechten Hand hielt. Ein Küchenutensil, ein Tranchiermesser. Zwei Menschen hatte der Kerl damit schon umgebracht, ein dritter würde keinen Unterschied mehr machen.

Joesbury hob beide Hände und trat einen Schritt zurück. »Kumpel, es ist vorbei. Hier wimmelt's vor Polizisten. Du kommst nicht aus dem Park raus. Lass das Messer fallen.«

Der Verdächtige keuchte, Schweiß stand ihm auf der Stirn.

»Du bist bestimmt Waluigi«, meinte Mark. »Coole Figur, mein Sohn steht voll auf den. Und auf Mario. Das sind seine beiden Lieblinge. Wie heißt du richtig?«

»Leck mich.«

Joesbury deutete mit dem linken Daumen über seine Schulter. »Bisschen extrem, was du da hinten abgezogen hast. Hat dir eins von den Mädchen was getan? Kann ich verstehen, man kann sich da ja nicht auf irgendwelche Vorschriften berufen.«

»Ich würde diese Scheißhuren nie anrühren.«

»Kumpel, du rennst bei mir offene Türen ein. Wenn's nach mir ginge, würde ich diese Schuppen alle dichtmachen. Versiffte Drecklöcher. Zocken einen verdammt noch mal ab, alle. Du rauchst nicht zufällig, oder? Ich brauch ganz dringend 'ne Fluppe.«

Er klopfte seine Taschen ab, als suche er nach einer Zigarettenschachtel.

»Da gibt's diese Frau«, fuhr er fort. »Seit Monaten fährt die schon mit mir Schlitten. Die Sache ist die, ich weiß, dass sie auf mich steht, aber sie … keine klare Linie, verstehst du, was ich meine? Ich hab keinen blassen Dunst, woran ich mit ihr bin. Ich sag dir, Alter, das macht mich noch wahnsinnig. Bist du sicher, dass du keine Zigarette hast?«

Jetzt fiel ihm wieder ein, dass Georgie immer noch in der Leitung hing und dass alles, was er sagte, aufgezeichnet werden würde. Na schön, er war so weit gekommen.

»Hast du's deswegen getan?«, fragte er. »Weil dir 'n Mädchen das Leben schwer gemacht hat?«

Waluigis Augen zuckten von links nach rechts, suchten nach den neuen Bedrohungen, die – zu Joesburys Schrecken – noch immer nicht aufgetaucht waren. »Die sind doch alle gleich, verdammte Scheiße.«

»Also, weißt du, da liegst du falsch. Nimm mal meine Ex-Frau ... bitte! War nur 'n Witz. Bei der hab ich gewusst, wie ich mit ihr dran war, hab gewusst, was sie wollte. Das Problem war nur, sie wollte, dass ich jeden Abend um fünf zu Hause bin, und so hab ich nun mal nicht getickt, verstehst du? Frauen, die bremsen einen aus, versuchen, einen zu ändern. Warst du je verheiratet?«

Der Mann mit dem Messer – Waluigi – schüttelte den Kopf.

Joesbury senkte die Stimme. »Alter, ich weiß, was bei dir Sache ist. Die meisten von uns wissen das, die Typen, von denen ich jetzt rede. Scheiße, Polizeiarbeit war so viel leichter, bevor sie die verdammten Weiber da rangelassen haben. Aber wir müssen nun mal gute Miene zum bösen Spiel machen.«

Er riskierte es, sich umzuschauen. Wenn nicht irgendetwas fürchterlich schiefgegangen war, umstellten gerade Polizisten den Park. Es war gut möglich, dass auch die bewaffnete Sondereinheit unterwegs war.

»Wenn's nach mir ginge, würde ich dich laufen lassen und so tun, als wärst du mir abgehauen, aber hier im Park gibt's überall Kameras, das geht also nicht. Uns bleibt nichts anderes übrig, als dich einzukassieren. Was ich dir sagen kann, ist, niemand wird's dir besonders schwer machen.« Er senkte die Stimme noch weiter. »Wir sind auf deiner Seite, Kumpel.«

Er riskierte einen Schritt nach vorn. Waluigi trat zurück und stieß gegen den Zaun. Wieder hob er das Messer; es war keine sechzig Zentimeter von Joesburys Herz entfernt.

»Aber wenn du damit zustichst, dann ist Feierabend für dich. Wir Bullen passen aufeinander auf.«

Der Mann, zehn Jahre jünger als Joesbury, hatte seinen Atem wieder unter Kontrolle. Jetzt sog er mit voller Absicht rhythmisch die Luft ein, füllte seinen Körper mit Sauerstoff, wie Athleten es unmittelbar vor einem Wettlauf taten.

Joesbury trat abermals einen Schritt zurück, die Hände in der Luft.

»Ach, scheiß drauf«, knurrte er. »Sieh zu, dass du Land gewinnst. Lauf in Richtung Peckham Station, und dann den Weg zum Denmark Hill rauf. Damit rechnen die nie.«

Waluigi ging mit dem Messer auf ihn los. Joesbury hielt mit ausgestreckten Armen das Gleichgewicht und riss das rechte Bein hoch. Sein Fuß traf den anderen an der Brust und ließ ihn seitwärts zu Boden kreiseln. Joesbury ließ sich auf ihn fallen und drückte ihn mit seinem vollen Gewicht nieder. Rasch hob er den Kopf weit genug, um sich umzublicken. Wo blieb die Scheißverstärkung?

Mühsam kam er auf die Knie hoch, fühlte, wie Waluigi unter ihm zappelte, und griff nach seinen Handschellen. Endlich, rennende Schritte und das Gebrüll erregter Stimmen.

»Wir haben ihn, Boss, alles klar.«

Polizisten in Stichwesten erschienen an jeder von Waluigis wild fuchtelnden Gliedmaßen. Einer wand ihm das Messer aus der Hand, ein zweiter setzte sich auf seine

Beine. Während Joesbury taumelnd auf die Füße kam, wurden Waluigi die Hände gefesselt. Erst als er keine Bedrohung mehr darstellen konnte, begann einer der Männer, ihn über seine Rechte aufzuklären.

Es war vorbei, die Festnahme war geglückt, und die Fünfergruppe ließ sich einen Moment Zeit, um wieder zu Atem zu kommen. Joesbury blickte auf den Mann am Boden hinunter, dachte an die beiden toten Frauen in dem Bordell, die wahrscheinlich von Menschenschmugglern mit falschen Versprechungen hierhergelockt worden waren, von Männern, die sie nicht mehr wertschätzten als dieses Arschloch hier.

»Du verdammter, elender Drecksack!« Joesbury machte einen Schritt nach vorn und holte mit dem rechten Fuß aus.

»Sir!«

Eine junge Polizistin trat zwischen ihn und den Verdächtigen.

»Das kann ich nicht zulassen, Sir.« Sie war zwanzig Zentimeter kleiner und etwa fünfundzwanzig Kilo leichter als Joesbury und hielt seinem Blick unbeirrt stand. Ihre Bodycam war direkt auf ihn gerichtet. Genau wie die ihrer drei Kollegen.

Die Polizistin wandte den Blick nicht von Joesburys Augen, als sie ihrerseits den rechten Fuß anhob und nach hinten austrat, schnell und heftig wie ein gereiztes Pferd. Ihr Stiefel knallte gegen Waluigis Nase und brach sie, sodass das Blut daraus hervorspritzte wie vorhin die Funken aus den Feuerwerkskörpern.

»Das ist meiner!«, formte sie lautlos mit den Lippen.

Joesburys Handy klingelte. Ganz gleich, um was es da ging, es konnte warten. Er schaute rasch nach dem Namen auf dem Display.

Lacey.

32

AryanBoy ließ sich auf einer Bank am Südufer nieder, die, wie er sich zuvor vergewissert hatte, nicht im Lichtschein einer Straßenlaterne oder irgendwelcher Schaufenster stand und sich außer Reichweite der Überwachungskameras befand. Er sah noch einmal nach, ob sein Handy ausgeschaltet war, und holte dann seine Kamera sowie ein starkes Fernglas aus dem Rucksack. Beides richtete er auf etwas am anderen Ufer und stellte den Fokus ein. Perfekt.

Blendwerk, mehr war es nicht. Zuerst einen willigen Handlanger in den Süden Londons hinunterschicken, um blutiges Chaos anzurichten, und warten, bis die Londoner Polizei in voller Mannschaftsstärke dort auflief. Ein sehr viel kleineres Ablenkungsmanöver in Earl's Court, und alles war bereit.

Eine private Motorjacht kam auf dem Wasser vorbei, dicht am Südufer, was streng genommen nicht korrekt war. Doch das Schiff war hell erleuchtet, und auf dem Wasser herrschte nicht viel Verkehr. AryanBoy senkte den Blick und verbarg sein Gesicht unter seiner dunklen Kapuze. Ein Zeuge gerade jetzt, das wäre nicht hilfreich. Es wäre sehr viel sicherer, woanders zu sein, überall, nur nicht hier, doch er hatte einfach nicht widerstehen können.

Der Wind brannte ihm in den Augen und ließ sie tränen, sodass die Lichter am Ufer anschwollen und tanzten. Das erinnerte ihn an die drogeninduzierten Halluzinationen seiner Jugendtage, bevor er widerstrebend akzeptiert hatte, dass Chemikalien nicht die Antwort waren. Jetzt war er schon lange clean. Er blinzelte die Tränen weg. Bald würde es so weit sein.

Die Entführung von Emma Boston war bisher bei Weitem die schwierigste Operation gewesen. Mehrere Helfer hatten koordiniert werden müssen, und jeder von denen hätte im allerletzten Moment kalte Füße kriegen und die Polizei verständigen können. Er hatte damit gerechnet, dass Emma vorsichtiger sein und sich nicht so leicht aus ihrem sicheren Zuhause herauslocken lassen würde, aber letzten Endes war sie genauso gewesen wie so viele andere. Hatte einfach nicht glauben wollen, dass ihr das Allerschlimmste zustoßen könnte.

Schade, dass ihr Artikel für die *Daily Mail* nicht besser gewichtet gewesen war, doch ihr Tod würde eine starke Botschaft in die Welt senden. *Niemand sollte sich mit uns anlegen, schon gar nicht eine Frau.*

Die Tatsache, dass sie Lacey Flints beste Freundin war, war ein feiner Bonus.

AryanBoy schaute auf die Uhr und blickte auf den Fluss hinunter. Gleich.

33

Sämtliche Instinkte sagten Lacey, sie müsse die Targa-Jacht mit voller Fahrt nach Wapping zurücksteuern, zu Emmas Wohnung fahren und bei der Suche helfen. Der gesunde Menschenverstand und die Vorschriften befahlen ihr, genau dort zu bleiben, wo sie gerade war.

Es war zwanzig Minuten nach Mitternacht.

Nachdem AryanBoy aufgelegt hatte, hatte sie als Allererstes die Zentrale angerufen. Inzwischen würden Polizisten bei Emmas Wohnung eingetroffen sein und sich mit den Kollegen aus dem Streifenwagen kurzschließen, die ein Auge auf sie hätten haben sollen. Sie würden hineingehen und sich vergewissern, dass sie wirklich verschwunden war, würden bei allen ihnen bekannten Kontaktpersonen nachfragen und dann, wenn es sein musste, den Tatort sichern und untersuchen.

Danach hatte sie Joesbury angerufen. Er war gerade bei einem anderen Einsatz gewesen, hatte sich jedoch bereit erklärt, nach Scotland Yard zurückzufahren und die Suche nach Emma zu leiten. Bestimmt war er jetzt schon auf dem Rückweg und schmiss seine Leute aus den Betten, um herauszufinden, was zum Teufel überhaupt passiert war.

Mit dem dritten Anruf hatte sie aus Wapping maximale Unterstützung für den Rest der Nacht angefordert. Falls

Mr Cook und Scotland Yard einverstanden waren, würde in Kürze jedes verfügbare Polizeiboot bei der Suche helfen. Lacey hatte alles getan, was sie konnte, und jetzt musste sie ihren eigenen Job machen.

AryanBoy hatte sie angerufen, nicht Scotland Yard. Irgendwie hatte er herausgefunden, dass sie die namenlose Polizistin gewesen war, die das Baby gerettet hatte, und dass sie auf dem Fluss arbeitete. Sie hatte ihn wütend gemacht, und er wollte sich rächen. Er hatte ihre Nummer auf Emmas Handy gefunden, und das hieß, er wusste, dass sie beide befreundet waren. Nichts von alldem war im Moment wichtig. Das Einzige, was zählte, war, Emma zu finden.

»Erzählen Sie's mir noch mal«, sagte Finn. »Vielleicht fällt Ihnen ja noch irgendwas ein.«

Die beiden standen trotz des immer stärker werdenden Windes draußen auf der Flybridge. Unten in der engen Kabine zu bleiben war ihnen unmöglich erschienen.

»Er hat mich gefragt, ob ich auf dem Fluss bin, also weiß er, dass ich bei der Flusspolizei bin. Er hat gesagt, er will, dass *ich* Emmas Leiche finde, aber sie sei noch nicht tot. Er hat gesagt, sie sei ›anderweitig gebunden‹, und dass ich in den Himmel schauen solle.«

»Eine Brücke?« Es wäre nicht das erste Mal, dass die Flusspolizei genauer gesagt, ihr Kletterteam, dessen Star Finn war – einen Leichnam unter einer der Londoner Brücken hervorholen musste.

»Wäre gar nicht schwer«, fuhr Finn fort. »Man macht sie an einem langen Seil fest, das am Geländer befestigt ist, und schmeißt sie rüber.«

Lacey funkte auf dem offenen Kanal die Bitte an alle Fahrzeuge auf dem Fluss, die Unterseite der Brücken genau in Augenschein zu nehmen.

»Dann müssen wir sie bald finden«, meinte Finn. »Hängetrauma.«

Ein Hängetrauma war eine häufige und potenziell tödliche Folge davon, frei in der Luft zu hängen. Die Auswirkungen der Schwerkraft, der Bewegungslosigkeit und des Drucks auf wichtige Arterien und Venen führten zu schwerem Sauerstoffmangel im Gehirn und zur Freisetzung von Toxinen in den lebenswichtigen Organen. Normalerweise setzten die Symptome bereits nach fünfzehn Minuten ein. Wenn Emma von einer Brücke herabhing, würde sie nicht lange durchhalten.

»Ich bin mir nicht sicher«, erwiderte Lacey. »Er hat außerdem gesagt, ihr Tod wäre das Geringste dabei, und dass sie noch viele mitnehmen würde.«

»Und was zum Teufel soll das heißen?«

»Keine Ahnung. Und er hat irgendwas über den Wind gesagt. Er hat gesagt, so, wie der Wind im Moment weht, würde ich sie nicht retten können.«

»Und wo fahren wir jetzt hin? Den Fluss rauf oder runter?«

Im Augenblick befanden sie sich dreihundert Meter stromaufwärts vom House of Parliament. Der Wind, böig, mit einer Geschwindigkeit von knapp fünfzig Stundenkilometern und laut Vorhersage zunehmend, kam von Nordosten, fauchte über das auslaufende Wasser und ließ alle paar Sekunden Wellen über den Bug schäumen. Die Wassertemperatur war in den letzten paar Wochen auf etwa neun Grad gesunken. Heute Nacht konnte niemand lange in der Themse überleben.

»Lacey?«, hakte Finn nach.

Wenn AryanBoy Emma auf kürzestem Weg zum Fluss gebracht hatte, würde sie hier irgendwo in der Nähe sein. »Wir bleiben hier«, antwortete sie. »Und wir warten.«

34

Joesbury traf wieder in Scotland Yard ein, als Archie und Warwick gerade aus Emmas Wohnung zurückkamen. Sie begegneten sich an der Eingangstür.

»Wir glauben, wir wissen, wie die das gemacht haben, Sir«, berichtete Warwick. »So gegen zwanzig nach elf ist der Feueralarm im Haus losgegangen. Im Treppenhaus war in einer der oberen Etagen irgendwelches Gerümpel angezündet worden. Hat keinen großen Schaden angerichtet, aber es hat gereicht, um sämtliche Rauchmelder und dann eine Massenevakuierung auszulösen. Da hätten so an die vierzehn, fünfzehn Leute versucht, in aller Eile das Gebäude zu verlassen. Wir müssen davon ausgehen, dass Emma eine davon war.«

»Und wo war der Streifenwagen, verdammt noch mal?«, wollte Joesbury wissen.

»Die haben sich um einen Vorfall eine Straße weiter gekümmert«, antwortete Archie. »Hat sich ernst angehört – eine Messerstecherei –, und sie waren am nächsten dran.

Vor dieser Geschichte hat Emma nicht als wirklich gefährdet gegolten – das Ganze war nur eine Vorsichtsmaßnahme.«

»Das mit der Messerstecherei war ein blinder Alarm«, fügte Warwick hinzu. »Ein Ablenkungsmanöver. Das Ganze war sorgfältig geplant.«

»Könnte sie zu einer Freundin gegangen sein?«, wollte Joesbury wissen.

»Unwahrscheinlich.« Archies Miene war ernst. »Nicht, wenn man die Nachricht in Betracht zieht, die wir gefunden haben.«

Archie hielt einen Anrufbeantworter in den Händen, vermutlich war es der Apparat, der an Emmas Festnetztelefon angeschlossen gewesen war. Nur sehr wenigen Personen, hatte sie Joesbury erzählt, würde sie jemals diese Nummer geben.

»Wie sieht's in Peckham aus?«, erkundigte sich Warwick, als sie das Treppenhaus erreichten.

»Lewisham hat alles im Griff«, antwortete Joesbury. Es kam ihm schon so vor, als wäre der Einsatz in Peckham lange her. Im Vorbeigehen sah er auf die Wanduhr. Vier Uhr morgens. Noch nicht einmal eine Stunde, seit er Waluigi geschnappt hatte. »Der Typ ist in Gewahrsam.«

Sie erreichten ihr Stockwerk und das Großraumbüro. Joesbury goss sich Kaffee ein, während Archie den Anrufbeantworter anschloss.

»Sie enttäuschen mich, Emma.« AryanBoys Stimme war erschreckend laut in dem stillen Raum. »Das ist nicht das, was ich erwartet habe. Das können Sie nicht veröffentlichen.«

Emma, die AryanBoy ihren Artikel über MenMatter nicht hatte schicken wollen, bevor er endgültig fertig war, hatte ihn bereits an die *Daily Mail* gesandt. Die Zeitung war nach eigenem Bekunden zufrieden gewesen, und er sollte am nächsten Tag – Dienstag – auf Seite fünf erscheinen und auf der Titelseite angekündigt werden. Es würde eine Riesenstory werden.

Wie versprochen hatte sie AryanBoy den Artikel gestern am späten Abend zugeschickt.

Eine kurze Pause, dann Emmas Stimme, noch rau vom Schlaf. »Tut mir leid, dass es Ihnen nicht gefällt.«

Wieder Schweigen, dann sagte AryanBoy: »Ich habe die Story für Sie korrigiert. Das hat mich Zeit gekostet, die ich nicht erübrigen kann, aber jetzt ist der Artikel fast annehmbar. Ich hoffe, Sie können stenografieren?« Er klang, als hätte er Mühe, sich zu beherrschen.

»Entschuldigung«, sagte Emmas Stimme auf dem Band, »aber ich habe doch ganz deutlich gesagt, dass Sie nicht zustimmungsberechtigt sind. Keine Zeitung würde einen Beitrag veröffentlichen, der nicht unvoreingenommen geschrieben ist.«

»Das nennen Sie unvoreingenommen? Sie schreiben jetzt mit, ich sag's nicht noch einmal …«

»Der Artikel, den ich geschrieben habe, ist bereits angenommen worden. Es ist zu spät, ihn noch zu ändern, nicht einmal, wenn …«

AryanBoy ließ sie nicht ausreden. »Der Krieg gegen die Ungerechtigkeit und die Zersetzung der natürlichen Ordnung hat begonnen. Überall auf der Welt setzen sich Männer zur Wehr. Angefangen hat er an der Tower Bridge, am

Freitagmorgen, als der erste Schlag erfolgt ist. Schreiben Sie das mit, Emma?«

Der Mann schrie praktisch ins Telefon.

»Nein«, antwortete Emma mit zittriger Stimme. »Der Artikel, den ich geschrieben habe, wird erscheinen. Das war der Deal. Ich bin Ihnen dankbar für Ihre Kooperation, aber …«

»Dann sind Sie der nächste Foid, der geopfert wird, Emma. Wie, haben Sie etwa geglaubt, es würde in der neuen Ordnung einen Platz für Sie geben? Kein Mann wird Sie anrühren. Ich meine, haben Sie mal in den Spiegel geschaut? Kein Mann könnte Ihnen nahekommen, ohne kotzen zu müssen. Das hier ist Ihre letzte Chance. Schreiben Sie auf, was ich sage, oder Sie erleben die nächste Woche nicht mehr.«

Auf der Tonaufnahme herrschte ein paar Sekunden lang Schweigen.

»Was, Sie glauben, ich kriege so was nicht hin? Ich kann in ein paar Sekunden Männer vor Ihrer Tür aufschlagen lassen, Emma. Die sind schon in Ihrer Straße.« Er ratterte ihre Adresse hinunter, beschrieb sogar die Farbe des Rollos vor dem Fenster. »Wir wissen von dem Polizeiauto auf der Straße, und von diesem blonden Jüngling, der Ihnen Kaffee bringt, als wäre er eine Art Lakai. Sie denken, ein gut aussehender Chad wie der würde sich für Sie interessieren? Dem schneiden wir als Erstes die Kehle durch, und dann kommen wir Sie holen. Machen Sie Ihr Testament, Schlampe.«

Die Aufnahme war zu Ende.

»Das war um vier Minuten nach elf«, meinte Archie.

Vor nicht einmal zwei Stunden.

»Warum hat sie uns nicht angerufen?«, fragte Joesbury. »Wenn man so einen Anruf kriegt und solche Drohungen zu hören bekommt, dann ist das doch das Erste, was man tut! Man ruft diejenigen an, deren Job es ist, dafür zu sorgen, dass man am Leben bleibt.«

»Die haben ihr nicht viel Zeit gelassen«, entgegnete Archie. »Der Feueralarm ist nur ein paar Minuten später losgegangen. Das heißt, die hatten das lange vorher geplant, schon bevor AryanBoy angerufen hat. Wahrscheinlich sogar, bevor er ihre Story gelesen hat.«

Alle drei fuhren zusammen, als die Tür aufging und Georgie hereinkam. »Wir haben Emmas Handy geortet«, verkündete sie. »Sieht nicht gut aus.«

35

»Emmas Handy wurde zum letzten Mal vor etwa einer Stunde auf dem Chelsea Embankment geortet.« Lacey fand den entsprechenden Abschnitt am Nordufer der Themse auf dem Kartenplotter und vergrößerte das Gebiet rund um den Chelsea Harbour. »Ungefähr zwischen der Edith Grove und der Beaufort Street, und sehr nahe am Fluss.« Sie wendete das Boot. »Ich fahre da jetzt hin. Finn, können Sie Wapping anfunken und Bescheid sagen? Gehen Sie runter, hier oben hören Sie nichts.«

Der Wind, der die ganze Zeit über immer stärker geworden war, hatte es schwer gemacht, zu verstehen, was Joesbury ihr gerade mitgeteilt hatte. Im Wesentlichen, dass Emma um kurz nach elf einen Anruf von AryanBoy bekommen hatte, und zwar unter einer Nummer, die er gar nicht hätte kennen dürfen. Er war wütend gewesen und hatte ihr gedroht. Und jetzt war Emma verschwunden.

»Kommen Sie wieder nach hinten, Gemma«, rief sie der jungen Frau am Bug zu. »Ich gebe gleich Gas.«

Die Crew hatte gerade ihre Inspektion der Vauxhall Bridge beendet. Sie waren um die Landungsbrücken darunter herumgekurvt und hatten mit starken Lampen die Bögen von unten ausgeleuchtet. Die Chelsea Bridge war die nächste auf der Liste gewesen, und danach die Albert Bridge und dann die Battersea Bridge. Doch irgendwie glaubte Lacey nicht, dass es hier um Brücken ging. *Schau in den Himmel.*

Doch im Himmel über dem Fluss war nichts. Wenn die Incels nicht vorhatten, Emma von einem Wolkenkratzer am Fluss zu stoßen oder irgendwie an einen Hubschrauber gekommen waren, war es einfach nicht möglich, etwas aus großer Höhe in die Themse zu werfen.

Und dann sah sie sie, eine Ansammlung von Lichtern hoch über dem Südufer, ein so vertrauter Anblick, dass sie gar nicht darüber nachgedacht hatte. *Schau in den Himmel.* Während der letzten paar Jahre war in London unfassbar viel gebaut worden: Überall in der Stadt wurden Wohnhäuser hochgezogen, Büroblocks, Freizeiteinrichtungen. Baustellen waren allgegenwärtig, und der Himmel über London war voller Kräne.

»Finn, Gemma«, rief sie. »Ich weiß, wo sie ist.«

36

Joesbury parkte sein Motorrad hinter der Reihe Streifenwagen. Rund um ihn herum war die Suche nach Emmas Telefon bereits im Gange: Der Weg auf der Promenade und ein Teil der Straße waren gesperrt worden, und eine Kollegin durchsuchte gerade das Pappkartonbett eines Obdachlosen. Dessen Bewohner hockte mit gesenktem Blick und mürrischer Miene ein kleines Stück entfernt auf dem Boden. Archie stand in einer Signaljacke auf der anderen Seite der Straße. Er fing Joesburys Blick auf und schüttelte den Kopf.

Verdammt, war das kalt. Er holte eine dick gefütterte Jacke aus der Gepäckbox des Motorrads und zog sie an. Dann trat er an die Ufermauer und blickte über das Wasser. Nur wenige Menschen in London, mit Ausnahme der Flusspolizei und ein paar Mitarbeitern in der Abteilung des Umweltamtes, die für den Fluss zuständig war, kannten die Themse besser als er. Er konnte mit einem Blick erkennen, ob Ebbe oder Flut herrschte und wann die Gezeiten wechseln würden. Er konnte das normale Schlammbraun des Wassers von akuten Verschmutzungen unterscheiden und kannte die wahrscheinlichsten Entsorgungsstellen für unerwünschte Leichen. Dies war keine davon.

Dann sah er ein Licht, das sich übers Wasser bewegte. Er kniff die Augen zusammen und sah ein Motorboot der Marine Policing Unit zwischen der Albert Bridge und der Battersea Bridge flussaufwärts fahren. Auf der Flybridge konnte er drei Gestalten ausmachen, zu weit weg, um Einzelheiten erkennen zu können. Das musste Laceys Boot sein.

Lacey war von AryanBoy angerufen worden. Sie sollten glauben, dass es hier um den Fluss und Emma ging, sollten im Fluss nach Emma suchen. Und wenn sie nun an der Nase herumgeführt wurden?

Jäh überkam ihn das grauenhafte Gefühl, dass in Wirklichkeit geplant gewesen war, Lacey aus der Deckung zu locken, dass sie und nicht Emma das eigentliche Ziel war. Er zog sein Handy aus der Tasche, um ihr zu sagen, sie solle verdammt noch mal von der Flybridge verschwinden.

Gerade wollte er ihre Nummer antippen, als das Telefon klingelte. Lacey rief an.

37

»Das glaube ich nicht, Lacey«, hatte Gemma vorhin widersprochen. »Mein Dad arbeitet auf dem Bau. Die Baustellen werden nachts abgeschlossen, meistens gibt's da Nachtwächter. Und die Kräne sind immer abgeschlossen. Da darf nicht einfach jeder x-Beliebige ran, das ist viel zu gefährlich.«

»Diese Typen sind nicht jeder x-Beliebige«, hatte Lacey geantwortet.

»Aber wo sollen wir anfangen?«, fragte Finn. »Es gibt doch Dutzende Kräne in London. An wie vielen sind wir zwischen hier und Westminster vorbeigekommen?«

»Ihr Handy war am Nordufer, in der Nähe vom Chelsea Harbour«, entgegnete Lacey. »Da suchen wir.«

Dicht am Ufer entlang, fuhren sie vorsichtig stromaufwärts. Als sie sich der Albert Bridge näherten, sahen sie blitzende Blaulichter vor ihnen die A3212 entlangrasen. Lacey nahm Fahrt weg, damit Gemma und Finn die Unterseite der Brücke absuchen konnten, doch tief im Innern wusste sie, dass sie Emma nicht von einer Brücke hängend vorfinden würden. AryanBoy hatte etwas sehr viel Ambitionierteres im Sinn.

Nachdem die Suche unter der Brücke beendet war, kamen am Südufer weitere Kräne in Sicht. Die Stahlkonstruktion der Türme war im Dunkeln unsichtbar, doch da Kräne eine Gefahr für tief fliegende Flugzeuge darstellten, waren sie nachts gut beleuchtet. Helle weiße Lichter zogen sich wie Sterne an den Türmen hinauf und die langen Arme entlang, winzige blaue Lämpchen umgaben die Führerkabinen, und riesige rote Blitzlichter blinkten an den äußeren Enden der Gerüste. Seltsamerweise zeigten die Arme aller drei Kräne in die windabgewandte Richtung.

Und dann tauchte hinter einem hohen Gebäude ein vierter auf – am Nordufer, nur ein kleines Stück vor ihnen.

»Das könnte der Richtige sein«, meinte Lacey und zeigte darauf.

»Am Chelsea Harbour wird ein neues Hotel gebaut«, sagte Gemma. »Die Firma von meinem Dad hat sich um den Auftrag beworben. Aber ich glaube immer noch nicht, dass so was gehen könnte. Dafür würde man jedoch einen Kranführer brauchen.«

Mit jeder Sekunde, die sie flussaufwärts fuhren, kam der Kran näher. Die Positionen der Lichter schienen dort anders zu sein als bei denen am Südufer.

»Der zeigt in eine andere Richtung«, stellte Lacey fest.

Finn fand das Fernglas, das immer auf der Flybridge lag, und hob es an die Augen, um sich den Kran genauer anzusehen.

»Schaut euch mal die Arme von den dreien da an.« Lacey deutete über den Fluss. »Die zeigen alle in die Richtung, in die der Wind weht. Der da nicht. Der Arm ragt über den Fluss. Hat das etwas zu bedeuten?«

»Sorry«, antwortete Gemma. »Mein Dad ist Polier, kein Kranführer.«

»Wenn Kräne nicht in Betrieb sind, lässt man sie sich mit dem Wind drehen«, sagte Finn, das Fernglas noch immer auf das Nordufer gerichtet. »Ich musste mal an so einem Ding hochklettern. Und ich glaube, da hängt eine Last dran.« Er senkte das Fernglas und sah Lacey an. »Das kommt mir nicht richtig vor.«

»Nicht bei Nacht«, pflichtete Lacey ihm bei. »Nicht bei diesem Wind.«

Finn reichte ihr das Fernglas. »Bin mir aber ziemlich sicher, dass es keine Leiche ist«, meinte er. »Eher eine Art großer Sack.«

Lacey stellte das Fernglas scharf und war sich ihrer zitternden Hände bewusst. Jetzt war der Kran gut zweihundert Meter entfernt. Sie sah seinen langen, mit silbrigen Lichtern besetzten Arm, der über den Fluss hinausragte und alle paar Sekunden vom Wind erschüttert wurde. Sie sah den recht großen offenen Henkelsack, der ungefähr fünfzehn Meter unter der Spitze des Armes hing und hin und her pendelte. Was immer da drin war – und sie musste zu Gott beten, dass es nicht Emma war –, drohte jeden Moment herausgekippt zu werden.

38

Der Polier der Baustelle wohnte zum Glück in der Nähe und brauchte nur eine halbe Stunde, bis er da war und das Tor aufschloss, damit die Streifenwagen hindurchfahren konnten. Joesbury und Archie waren bereits über den Zaun geklettert und standen auf dem stillen Gelände, weiter jedoch waren sie nicht gekommen. Der Kran selbst war von einem verschlossenen Zaun umgeben, zu hoch und zu glatt, um darüberzuklettern.

»Ich glaube, das ist ein Bauschuttsack.« Archie hatte sich von einer der Streifen ein Fernglas geliehen. »Sieht aus wie so eine von den Riesentaschen, in denen Baumaterial transportiert wird, Sie wissen schon, Sand, Kies, manchmal auch Mutterboden. Aus so weißem Nylongewebe.«

»Ist da was drin?«

»Da muss was drin sein, sonst würde er wie wild durch die Gegend wehen. Das Ding bewegt sich, bei diesem Wind würde sich ja auch alles bewegen, aber wenn er leer wäre, würde er flattern wie eine Fahne.«

Joesbury nahm sich einen Moment Zeit, um die Baustelle in Augenschein zu nehmen. Sie war raumsparend eingerichtet worden, wie es in der Londoner Innenstadt notwendig war, und die Arbeiten waren noch im Frühstadium. Ein Betonfundament war gelegt worden, und ein Wald aus Stahlstäben spross daraus empor und wartete darauf, die Außenwände zu stützen. Material – Ziegel, Steinplatten, weitere Stahlstäbe, das meiste noch in Plastik verschweißt – lag einsatzbereit gestapelt da. Wenn Lacey recht hatte und Emma an diesem Kran hing – und er hatte das grauenhafte Gefühl, dass es durchaus so sein könnte –, dann gab es hier in der Nähe keinen einzigen Quadratmeter, der als Landeplatz nicht tödlich wäre. Nicht dass der Fluss viel besser war. Wenn der Sturz sie nicht umbrachte, würde der Gezeitenstrom sie mitreißen, und die Chancen, sie im Dunkeln zu bergen, waren gleich null.

Außerhalb der Baustelle zerriss eine Sirene die Nacht. Noch mehr Einsatzwagen trafen ein, und jeder verfügbare Polizist in ganz London würde auf dem Weg nach Chelsea Harbour sein. Denn die Möglichkeit, dass eine junge Journalistin in den Tod stürzen würde, war zum geringsten ihrer Probleme geworden.

Wie sich herausgestellt hatte, hatte AryanBoy keine leeren Drohungen von sich gegeben, als er behauptet hatte, Emma würde mehr als ein Leben mit in den Tod reißen, wenn sie abstürzte. Und Lacey hatte ganz richtiggelegen, als ihr aufgefallen war, dass der Kran auf der Baustelle am Chelsea Harbour in eine andere Richtung zeigte als alle anderen in der Gegend.

»Ihr wollt mich wohl verarschen!«, hatte der Polier ins

Telefon gebrüllt, als Joesbury ihm die Situation erklärt hatte. »Sie müssen die ganze Gegend räumen lassen!«

In den umliegenden Straßen war die Evakuierung bereits im Gange. Im Laufe der letzten paar Minuten hatte Joesbury Fetzen von Funksprüchen außerhalb der Baustelle gehört. Die Bewohner der Luxuswohnungen am Chelsea Harbour, allesamt Multimillionäre, waren nicht gerade erfreut, in den frühen Morgenstunden aus dem Bett gerissen zu werden. Seiner Ansicht nach würde ihnen das allerdings bestimmt lieber sein, als im Schlaf etliche hundert Tonnen Stahl aufs Dach zu bekommen.

Mit wachsender Lautstärke und unter zahlreichen Kraftausdrücken hatte der Polier ihnen erklärt, dass Kräne, wenn sie nicht in Betrieb waren, »frei schwenkbar« standen; etwas, das als Schwenkbremse bezeichnet wurde, war dann ausgeschaltet. Turmkräne, die weit über hundert Meter hoch sein konnten, waren bei starkem Wind extrem gefährdet. Ein Kran, dessen Arm festgestellt war – so wie es bei diesem der Fall sein musste, da er sich nicht bewegte –, konnte sehr leicht umgeweht werden.

»Na, dann hoffen wir mal, dass das Ding in den Scheißfluss kracht! Alles andere wäre 'ne verdammte Katastrophe!«, hatte der Polier gebrüllt, ehe er den Hörer aufknallte.

So oder so, Emmas Chancen waren nicht gerade berauschend.

Der Polier fuhr nicht mit seinem eigenen Wagen auf der Baustelle vor, als er ankam. Joesbury hegte den Verdacht, dass er den ein ganzes Stück weiter unten an der Straße abgestellt hatte, außer Reichweite eines umstürzenden Stahlturms.

»Der Kranführer ist unterwegs«, ließ er Joesbury wissen. »Allerdings …« Er schaute nach oben und sprach den Satz nicht zu Ende. »Und Sie glauben, in dem Sack da ist jemand drin?«, fragte er stattdessen.

»Wie lange noch, bis er hier ist?«, fragte Joesbury zurück.

»Fünf Minuten, vielleicht zehn. Sie müssen Ihre Leute hier rausschaffen. Jeder, der nicht hier sein muss, sollte sich vom Acker machen. Ich mein's ernst, das Ding kann jeden Moment umkippen.«

»Kann man die Bremse von hier aus lösen?«

Der Polier schüttelte den Kopf. »Nein. Nur von der Kabine aus.«

»Können wir sie mit einem Hubschrauber runterholen?«, schlug Archie vor.

Genau diese Frage hatte Joesbury bereits gestellt, doch seine Bitte um Luftunterstützung war abschlägig beschieden worden.

»Wie läuft so was?«, fragte Joesbury. »Sagen Sie mir, was getan werden muss, wenn der Kranführer da ist.«

»Der Kran hat einen Laufkatzausleger, keinen Nadelausleger«, begann der Polier, nachdem er tief Luft geholt hatte. »Der Ausleger, Sie würden vielleicht Horizontalarm dazu sagen, lässt sich nicht heben und senken. Er schwenkt horizontal um dreihundertsechzig Grad. Und an dem Aufleger ist eine Laufkatze mit einem Flaschenzugsystem angebracht, um die Last anzuheben und abzusenken. Da, sehen Sie, an der Unterseite?«

Joesbury nahm das Fernglas und fand den Arm des Krans, den der Polier als Ausleger bezeichnete. Nahe an dessen äußerem Ende, gut fünfundzwanzig Meter vom Turm entfernt, hing ein kastenförmiges Gebilde.

»Das ist die Laufkatze«, erklärte der Polier. »Da läuft ein Seil durch, den ganzen Ausleger entlang und dann durch den Block. Das ist das ovale Metallding, das Sie da direkt unter der Laufkatze sehen.«

Joesbury fand den Block. »Da hängt ein Sack dran. Sieht aus wie ein Bauschuttsack. Kann das einer von Ihren sein?«

»Unwahrscheinlich.« Der Polier hatte den Blick nicht von dem Kran abgewandt. »Sieht aus wie ein Schüttgutsack für den Einmalgebrauch. Bei denen schneiden wir die Henkel durch, damit sie nicht noch mal benutzt werden können.«

Also war der Sack, der Emmas Absturz verhinderte, nicht stabil. Als hätten sie nicht schon genug Probleme.

»Was macht der Kranführer, wenn er da oben ist?«, wollte Joesbury wissen. »Kann er den Sack auf die Baustelle absenken?« Er schaute sich um. »Wir brauchen etwas Weiches zum Drunterlegen.«

Der Polier machte ein sehr beklommenes Gesicht. »Hören Sie, Kumpel, ich bin mir nicht …«

Er beendete den Satz nicht. Ein anderer Mann war zu ihnen getreten: klein, untersetzt, Ende vierzig. Er trug einen Bauhelm und eine Signaljacke.

»Der Kranführer.« Der Polier stellte sie einander vor, und Joesbury erklärte, was notwendig war.

»Geht nicht.« Der Mann trat einen Schritt zurück und rammte beide Füße auf den Boden wie jemand, der sich nicht umstimmen lassen würde.

»Sie sind doch Kranführer?«, fragte Joesbury.

»Der einzige, den Sie kriegen werden, bevor's hell wird, und ich sage Ihnen, bei dem Wind geht da keiner rauf.«

»Das habe ich Ihnen ja zu erklären versucht«, brummte der Polier. »Ab 'ner bestimmten Windstärke werden Kräne stillgelegt. Den hier können wir bei Windgeschwindigkeiten über sechzig Stundenkilometer nicht betreiben. Im Moment haben wir in Böen über siebzig, und im Laufe der nächsten Stunde soll's noch zulegen. Ich kann nicht erlauben, dass da jemand raufgeht.«

»Wir sollten nicht mal hier sein, Rob«, bemerkte der Kranführer. »Wenn der Kran runterkommt, kann 'ne Windbö das Ding überall hinschieben.«

Joesbury hob beide Hände. »Sekunde mal, Freunde. In dem Sack da liegt eine junge Frau, und die könnte noch am Leben sein.«

»Sind Sie sicher?«, wollte der Polier wissen. »Haben Sie sie gesehen?«

»Die ist nicht am Leben«, fügte der Kranführer hinzu. »Nicht wenn sie schon 'ne Weile da oben hängt. Da wär sie an Unterkühlung gestorben.«

»Wenn wir sie da oben lassen, stirbt sie ganz bestimmt«, erwiderte Joesbury.

»Bei dem Wind würde ich da nicht raufgehen, selbst wenn die Schwenkbremse aus wäre«, sagte der Kranführer. »Ich könnte den Ausleger nicht halten. Das Beste, was ich tun könnte, wäre, den Sack auszuklinken und sie ins Wasser fallen zu lassen.«

Joesbury schloss die Augen, atmete tief durch und spürte, wie ihm am ganzen Körper der kalte Schweiß ausbrach. Dann öffnete er die Augen wieder.

»Geben Sie mir die Schlüssel«, sagte er zu dem Polier.

Der Mann starrte ihn entgeistert an. »Was?«

»Archie, geben Sie dem Kranführer Ihr Funkgerät, und bleiben Sie bei ihm. Sorgen Sie dafür, dass er weiß, wie man damit umgeht, und lassen Sie ihn nicht von der Baustelle. Er soll mich einweisen.«

Archie nickte mit weit aufgerissenen Augen.

»Was soll'n das werden?«, fragte der Polier.

Als Antwort packte Joesbury ihn am Arm und führte ihn im Polizeigriff zu dem Kran hinüber. »Aufmachen«, befahl er. »Ich geh da rauf.«

39

»Er tut *was*?« Lacey spürte, wie das letzte bisschen Wärme aus ihrem Körper wich.

Während sie darauf gewartet hatten, von dem Team auf der Baustelle zu hören, hatte Gemma ihren Vater angerufen, der ihnen ganz genau erklärt hatte, was ein festgestellter Kran bei starkem Wind bedeuten konnte.

»Das dürfen Sie nicht zulassen!«, fuhr sie fort, als Archie am anderen Ende der Leitung nicht antwortete.

»Er ist der ranghöchste Officer vor Ort.« Archie musste den Wind überschreien. »Er sagt an, wo's langgeht.«

»Lassen Sie mich mit ihm sprechen.«

»Er ist sechs Meter über dem Boden. Ich soll dafür sorgen, dass sämtliche Boote auf dem Wasser mindestens hundert Meter Abstand halten, bis er das Ding entsperrt hat. Hören Sie, ich muss Schluss machen.«

»Und was können wir tun?«, wollte Lacey wissen und fragte sich insgeheim, ob sie sich gleich übergeben müsste.

»Beten.« Archie war weg.

»Finn, übernehmen Sie das Ruder«, befahl Lacey. »Steuern Sie in die Mitte der Fahrrinne. Und geben Sie mir das Fernglas.«

Während die Motorjacht sich vom Ufer fortbewegte, richtete Lacey das Fernglas auf den Turm des Krans. Zuerst sah sie gar nichts, der untere Teil war hinter den Gebäuden am Fluss verborgen. Dann kam ein Bauhelm in Sicht, gefolgt von einer Signaljacke. Aus dieser Entfernung hätte sie ihn nicht erkannt, wenn man ihr nicht gesagt hätte, dass es Joesbury war. Vor ihren Augen schien der Turm zu kippen, neigte sich weit aus der Senkrechten. Sie hielt den Atem an und war überzeugt, dass er gerade umstürzte. Der Wind ließ nach, und der Turm richtete sich wieder auf. Beim nächsten Mal vielleicht nicht. Beim nächsten Mal könnte er umkippen.

Das hier war die Strafe dafür, dass sie es gewagt hatte, ein paar Stunden vollkommenes Glück zu riskieren. Der Mann, den sie liebte, der tapferste, leichtsinnigste, dämlichste Mann, den sie kannte, würde sterben. Und sie musste zusehen.

40

Joesbury hatte nie darüber nachgedacht, wie lange es wohl dauerte, in eine Kranführerkabine hinaufzuklettern. Diese hier, hatte man ihm gesagt, befände sich fünfzig Meter über dem Boden, und da hätte er noch Glück gehabt. Viele Londoner Kräne wären sehr viel höher.

Er hatte nie Probleme mit großer Höhe gehabt, war auf See mehrmals bis zur Spitze eines Mastes hochgehievt worden, doch nichts hätte ihn darauf vorbereiten können, wie der Turm, in dem er emporkletterte, sich im Wind bewegte. Er hatte erst die ersten drei Abschnitte der Zickzack-Leiter hinter sich, als sein Oberkörper bereits schweißnass war. Und er zitterte wie Espenlaub.

Man hatte ihn angewiesen, nicht nach unten zu schauen, also tat er natürlich jedes Mal genau das, wenn er anhielt, um wieder zu Atem zu kommen. Schon jetzt waren die wenigen Menschen, die noch dort unten standen, schwer zu erkennen. Bis auf den Polier, den Kranführer, Archie und ein paar Kollegen von der Streife am Tor war das Gelände geräumt worden. Alle wussten, dass sie türmen sollten, so schnell sie konnten, wenn es so aussah, als würde der Kran umstürzen.

Seine Hände waren eiskalt; niemand war auf die Idee gekommen, ihm Handschuhe zu geben.

Außerhalb der Baustelle flackerte Blaulicht über Häuserfronten, Geschäfte und geparkte Autos, und Taschenlampenstrahlen tanzten in den Straßen herum. Die Evakuierung der nahe liegenden Gebäude ging noch immer weiter. Alle Straßen in der Umgebung waren gesperrt worden, ebenso der Fluss. Laceys Targa-Jacht sowie ein paar Festrumpfschlauchboote der Flusspolizei waren die einzigen Wasserfahrzeuge in der Nähe, und er hatte bereits gesehen, dass sie sich in die Mitte der Fahrrinne zurückzogen.

Die normalen Geräusche der Londoner Nacht verklangen, als er immer weiterkletterte, und nur noch das Tosen des Windes war zu hören. Und – immer lauter – das Hämmern seines eigenen Herzens.

»Sie machen das prima, Mark«, ließ ihn der Kranführer über Funk wissen. »Klettern wie ’n Champion.« Vielleicht hatte er auch »Schimpanse« gesagt, aber der Wind machte es fast unmöglich, jedes Wort aus dem Funkgerät zu verstehen. So oder so erschien ihm der Vergleich nicht im Entferntesten angemessen. Seine Jacke hing schwer an ihm, doch er war gewarnt worden, sie ja nicht zurückzulassen. Laut dem Kranführer, der es ja wissen musste, würde es da oben »arschkalt« sein.

Dreißig Minuten, hatte man ihm gesagt, würde er brauchen, um die Führerkabine zu erreichen, noch einmal zehn, um sich dort einzunisten, und dann noch einmal zehn, um sich mit allem vertraut zu machen. Schon jetzt kam es ihm so vor, als klettere er bereits seit Stunden.

Eine Bö krachte gegen den Turm.

»Festhalten, Kumpel«, ertönte die Stimme des Kranführers. »Bleiben Sie mal kurz, wo Sie sind.«

Das brauchte man Joesbury nicht zweimal zu sagen. Er klammerte sich an die Leiter und hielt die Luft an, während der Turm schwankte. Nach etlichen Sekunden, als er schon sicher war, dass er gleich abschmieren würde, kehrte der Kran in die Senkrechte zurück.

»Sie haben schon über die Hälfte geschafft«, verkündete der Kranführer. »Und Sie sind gut in der Zeit. Machen Sie sich keinen Kopf übers Runterfallen. Der Käfig fängt Sie auf, Sie fallen nur bis zur nächsten Plattform. Konzentrieren Sie sich aufs Raufklettern.«

Der hatte leicht reden. Seine Beine fühlten sich bereits ganz wackelig an, sein Atem ging schwerer und schwerer.

Je höher Joesbury stieg, desto mehr von der Stadt wurde unter ihm sichtbar. Die Lichter der Themsebrücken verwandelten riesige Teile des Flusses in tiefes Kobaltblau, während blaues und türkisgrünes Licht aus Tausenden Fenstern fiel. Zwischen den juwelenbunten Gebäuden verliefen unzählige goldene Bänder, die Straßen Londons. Autoscheinwerfer schimmerten silbern, und auf Wolkenkratzern thronten rote Warnlichter wie leuchtende Blutstropfen.

»Sie sind an der Kabine«, sagte der Kranführer. Joesbury schrak zusammen und begriff, dass er beim Klettern tatsächlich geistig weggedriftet war, hypnotisiert von dem dunklen Kaleidoskop unter ihm. »Schön vorsichtig mit den Schlüsseln.«

Joesbury zwang seine halb erfrorenen Finger, die Kabine aufzuschließen und zog sich dann hinein. Seine Erleichterung darüber, dem Wind entkommen zu sein, währte nicht lange. In dieser Höhe war der Turm ständig in Bewegung, und er schwebte noch immer in unmittelbarer Gefahr, mitsamt dem Kran abzustürzen.

In der Kabine gab es einen einzigen Sitz. Taumelnd sackte er darauf und zog die Tür zu. »Ich bin drin«, meldete er dem Mann unten auf dem Boden.

»Super. Jetzt müssen Sie die Zündung einschalten. Linke Konsole, sieht aus wie in jedem Auto. Nehmen Sie den kleineren Schlüssel.«

Joesbury fand ihn, steckte ihn ins Zündschloss und drehte ihn. Ein leises, grollendes Geräusch ertönte, und sein Sitz begann sachte zu vibrieren. Gleichzeitig bemerkte er eine Veränderung der Kabinenbeleuchtung. Auf der Konsole waren eine Reihe Anzeigen, unter anderem eine, die Windrichtung und -geschwindigkeit anzeigte.

»Erledigt«, berichtete er.

»Ich seh's. Jetzt die Schwenkbremse. Auf der rechten Konsole sind drei Schalter in einer Reihe. Auf dem mittleren ist ein Vorhängeschloss-Symbol. Der sollte von Ihnen weggekippt sein. Ist das so?«

»Jep.«

»Kippen Sie ihn in die andere Richtung. Sofort.«

Joesbury betätigte den Schalter, und der Ausleger des Krans schwang ruckartig im Uhrzeigersinn mehr als neunzig Grad herum und drehte dabei die Kabine mit. Plötzlich schaute er in eine ganz andere Richtung, weg vom Fluss.

»Scheiße!« Er hatte die Griffe an dem Sitz gepackt und einen Augenblick lang nackte Todesangst empfunden.

»Nein, das ist gut. Das Ding stellt sich auf die Windrichtung ein. Jetzt sind Sie nach Südwesten gedreht, der Wind kommt aus Nordosten.«

Joesbury kämpfte gegen eine Woge der Übelkeit an und schaute rasch nach unten. Der Fluss war jetzt links von ihm.

»Jetzt ist das Ganze sehr viel weniger gefährlich.« Die Erleichterung in der Stimme des Kranführers war deutlich zu hören. »Aber wir müssen das trotzdem durchziehen. Es ist zu windig, um lange da oben rumzuhängen. Okay, Sie haben da zwei Hebel, wie die Schaltknüppel in 'nem Auto, einen auf jeder Seite.«

»Alles klar.« Joesbury streckte die Hände aus und tippte mit den Fingern leicht gegen die beiden Hebel.

»Der linke ist die Schwenksteuerung. Damit drehen Sie den Ausleger. Und ich werde Ihnen gleich sagen, dass Sie den nach links drücken sollen, sodass Sie den Ausleger gegen den Uhrzeigersinn bewegen, wieder über den Fluss. Mit dem anderen Hebel kontrollieren Sie die Laufkatze. Wenn Sie den zu sich hinziehen, rollt die Last näher an den Turm ran, und das wollen wir auch, aber machen Sie sich deswegen im Moment keine Gedanken. Okay, den linken Hebel ganz sachte nach links.«

Joesbury tat wie geheißen. Nichts geschah.

»Das Ding rührt sich nicht.«

»Sie drehen gegen den Wind. Bisschen fester drücken, ganz vorsichtig.«

Joesbury konnte den Windwiderstand fühlen, als der Ausleger anfing, sich zu bewegen. Vielleicht war es ja nur Einbildung, doch die Windgeschwindigkeit schien zugenommen zu haben, selbst in der kurzen Zeit, die er in der Kabine verbracht hatte. Mit der freien Hand wischte er sich den Schweiß von der Stirn.

Er wusste nicht genau, ob er schon einmal solche Angst gehabt hatte. Er würde nicht sterben, redete er sich ein, und hielt den Hebel weiter gedrückt. Richtig abgestellte Kräne fielen nicht um, nicht einmal bei Sturm. Der Ausleger schwenkte weiter herum, und der Fluss tauchte abermals vor ihm auf. Er sah ein Licht auf dem Wasser, das Laceys Boot sein konnte, und sagte sich, dass er sie wiedersehen würde und dass er ihre Freundin retten würde, wenn es ihm möglich war.

Noch ein paar Grad mehr. Jetzt zeigte der Ausleger nach Südosten, und der Windwiderstand wurde immer stärker.

»Immer schön weiter«, wies der Mann unten am Boden ihn an.

»Er rührt sich nicht.«

»Mehr Druck. Ganz ruhig.«

Er versuchte es, und ein neuerlicher Schweißausbruch ließ ihn am ganzen Körper frösteln. »Ich kann nicht. Das war's. Mehr geht nicht.«

»Scheiße.«

Schweigen. Gute fünfzehn Meter unter dem Ende des Auslegers pendelte der Sack, in dem sich vielleicht – vielleicht aber auch nicht – Emma Boston befand, wie wild hin und her.

»Was ist denn? Reden Sie mit mir.«

Mehrere Sekunden lang bekam er keine Antwort.

»Archie, verdammte Scheiße, was läuft da unten?«

»Moment, Sir. Die besprechen sich gerade.«

»Okay, Mark, wir kriegen den Ausleger nicht wieder über die Baustelle.« Wieder der Kranführer. »Der Wind ist zu stark. Sie müssen das Ding über dem Fluss runterlassen.«

»Ich versucht's mal andersrum«, widersprach Joesbury. »Im Uhrzeigersinn.«

»Dann passiert genau dasselbe. Ihr habt doch Boote auf dem Fluss, stimmt's? Sie müssen den Sack runterlassen, und eines von den Booten nimmt ihn auf.«

Emma in den Fluss hinabsenken? Das würde sie nicht überleben.

»Ich glaube, das kann ich nicht.«

»Anders kriegen Sie sie nicht runter, Kumpel. Okay, Sie müssen jetzt den Hebel in die Gegenrichtung ziehen, nur so fünf bis zehn Grad. Kriegen Sie das hin? Vorsicht, der Ausleger schwenkt sehr schnell zurück.«

In die Gegenrichtung zu drehen war leicht.

»So ist's gut, Kumpel. Jetzt sind Sie ein bisschen stabiler, und Sie sind immer noch über dem Fluss.«

»Sir, da unten geht gerade eine Targa-Jacht in Position«, meldete Archie. »Der Skipper weiß Bescheid. Es ist Constable Flint, Sir.«

Natürlich.

»Okay, Kumpel, immer schön die Nerven behalten, Sie machen das prima. Also, den Block senkt man ab, indem man den linken Hebel dreht. Gegen den Uhrzeigersinn für runter, mit dem Uhrzeigersinn für rauf. Wenn Sie so weit sind, drehen Sie langsam gegen den Uhrzeigersinn.«

Joesbury tat, was ihm gesagt wurde. Am Ende des Auslegers begann der Block mit dem daran hängenden Sack immer tiefer zu sinken, geradewegs auf die Themse zu.

41

»Das Ding kommt jetzt runter, Lacey.«

»Verstanden.« Lacey fasste das Ruder auf der Brücke fester und schaute rasch nach Steuerbord. An der Promenadenmauer war ein gemeißeltes Steingesicht, von oben angestrahlt, das hatte sie auf Höhe der Heckreling gehalten. Der Wind drückte das Boot auf das Südufer zu, Wellen schleuderten es alle paar Sekunden hin und her, und die auslaufende Flut schob es flussabwärts. Und obendrein hatte es auch noch angefangen zu regnen. Das verschlechterte die Sicht und machte das Deck glitschig und gefährlich. Es waren die schlimmstmöglichen Bedingungen, um ein Boot im Fluss an Ort und Stelle zu halten. Sie merkte, wie der Rumpf rückwärtsglitt, und erhöhte die Drehzahl des Motors.

Finn und Gemma standen am Bug. Der Plan, auf den sie sich vor ein paar Minuten mit Archie geeinigt hatten, sah vor, den Schüttgutsack auf den flachen Teil des Decks zwischen der Bugspitze und der Vorderseite der Kajüte abzusenken. Theoretisch wäre dort genug Platz dafür. In der Praxis waren sie mitten in der Nacht bei sehr widrigen Witterungsbedingungen zugange, und Gemma war zwar eine gute Polizistin, hatte aber weder die nötige Größe noch die nötige Kraft für so etwas. Finn, mit über eins neunzig und der Beweglichkeit eines Sportlers, war ideal dafür, doch er konnte auch idiotisch leichtsinnig sein.

»Seid ihr beide gesichert?«, fragte sie.

»Das haben Sie schon mal gefragt«, gab Finn zurück. »Die Antwort ist immer noch Ja. Ich glaube, Sie müssen ein bisschen mehr nach Steuerbord halten, drei Meter vielleicht. Und ein bisschen weiter nach vorn.«

Lacey und ihre Crew verständigten sich über Funk; der Wind war zu laut, als dass es etwas gebracht hätte, von einem Ende des Bootes zum anderen zu brüllen.

Sie schaute nach hinten. Die beiden Festrumpfschlauchboote hatten sich zu beiden Seiten der Motorjacht positioniert, ein paar Meter stromabwärts, so wie sie es erbeten hatte. Dort waren sie am besten platziert, um etwas – oder jemanden – aufzufischen, das oder der ins Wasser fiel.

Finn hatte recht, sie war zu weit flussabwärts, doch der Gezeitenstrom war jetzt am stärksten und rauschte auf die Flussmündung zu, und der Wind kam mit voller Wucht vom Nordufer. Sie würde warten müssen, bis der Sack fast im Wasser war, ehe sie das Boot in Position brachte. Und sie würde von der windabgewandten Seite kommen müssen, damit er auf das Boot geweht wurde.

»Wir bleiben erst mal hier«, sagte sie. »Haben Sie eine Vorstellung davon, wie weit der Sack weg ist?«

Finn starrte himmelwärts. »Schwer zu sagen. Vielleicht ist er jetzt zwanzig Meter tiefer, kann auch mehr sein. Ist immer noch ein ganz schön weiter Weg.«

Das Funkgerät erwachte knisternd zum Leben. »Patrouillenboot Targa, Patrouillenboot Targa, hier ist DCI Mark Joesbury. Wenn Sie mich hören können, gehen Sie auf Kanal 18.«

»DCI Joesbury, hier ist Constable Lacey Flint auf dem Fluss. Schalte jetzt auf Kanal 18.« Sie wechselte die Frequenz. »Mark, bist du da?«

»Ja, ich bin da. Wie geht's dir?«

»So lala. Und dir?«

Sie hörte etwas, was ein leises Auflachen gewesen sein könnte. »Hab schon bessere Abende erlebt. Hör zu, wir haben ein Problem mit der Sicht. Ich kann euch nicht mehr sehen, weil das Gebäude da im Weg ist, und ich werd's nicht sehen können, wenn der Sack Kontakt mit dem Boot bekommt. Der Kranführer und der Polier haben euch im Blick, aber von da, wo sie sind, können sie die Entfernungen nicht besonders gut einschätzen. Du wirst mich beim Absenken einweisen müssen. Ist das okay?«

Großer Gott, nein, wenn das Ganze jetzt schiefging, wäre es ihre Schuld.

»Verstanden«, sagte sie. »Ich glaube, es sind noch ungefähr fünfundzwanzig Meter. Mach weiter.«

Pendelnd und flatternd sank der geisterhafte Sack immer weiter abwärts.

»Zwanzig Meter«, sagte sie. »Sind wir sicher, ob das, was wir suchen, wirklich da drin ist?«

Da sie wussten, dass die sicheren Funkfrequenzen der Polizei durchaus abgehört werden konnten, hatte keiner der an der Operation Beteiligten Emmas Namen genannt oder auch nur erwähnt, dass der Sack menschliche Fracht enthalten könnte.

»Negativ. Ich hab gerade Archie am Handy. Die Leute von der Baustelle sagen, du bist zu weit flussabwärts. Du musst ein bisschen mehr vorwärts und nach Steuerbord.«

Nein. Sie war hier diejenige, die am Ruder stand, die fühlen konnte, wie der Fluss sich unter ihr bewegte.

»Ich weiß, was ich tue. Lass das Ding weiter runter und halt die Geschwindigkeit konstant. Noch zehn Meter.«

Der Plan – wenn sie es schafften, den Sack auf das Boot zu bekommen, wenn Emma dort drin war und wenn sie noch lebte – war, das kurze Stück zum Pier des Chelsea Hospital zu fahren, wo Rettungshelfer warteten.

Es gab eine Menge »Wenns« in diesem Szenario.

Sollten sie einen Leichnam aus dem Sack holen, würden sie nach Wapping aufs Revier zurückfahren. Dort wurden aus dem Fluss geborgene Leichen angeliefert.

Eine verirrte Welle schaukelte das Boot, und Gemma stolperte. Sie griff nach der Reling und fing sich wieder. Finns Blick huschte von dem herabsinkenden Sack zu Lacey am Ruder. Er fand noch immer, dass sie zu weit flussabwärts war, war aber ein zu guter Polizist, um noch einmal Einwände vorzubringen.

Lacey schaute zur Promenadenmauer hinüber. Das Steingesicht war noch immer direkt hinter der Heckreling. Sie hielt ihre Position.

»Fünf Meter«, sagte sie ins Funkgerät. »Weiter. Halt die Geschwindigkeit und deine Position konstant. Drei Meter. Ich komme jetzt hin. Finn, Gemma, fallt ja nicht rein!«

Sie drückte den Gashebel nach vorn, und das Boot glitt durchs Wasser. Einen Moment lang dachte sie, sie hätte sich verschätzt und der Sack würde gegen die Wand der Kajüte pendeln und dann über ihre Köpfe hinwegrauschen, doch Finn – dieser Idiot – sprang in die Luft und bekam ihn zu fassen. Er zerrte ihn zurück, weg von der Kajüte; Gemma packte die andere Seite, und zusammen wuchteten die beiden den Sack aufs Deck hinunter.

»Mark, halt!«, rief Lacey. »Nicht weiter!«

»Habt ihr sie?«

»Warte.«

Sie hatten nur Sekunden, um das hier zu schaffen. Finn griff nach oben, hantierte mit dem Haken des Krans herum und fluchte. Dann schrie er Gemma etwas zu, die ihm etwas reichte, das sie aus der Jackentasche geholt hatte. Wieder griff Finn zu dem Haken hinauf, und Lacey sah eine Messerklinge aufblitzen, als er die Schlaufen des Sacks durchschnitt und der Haken über das Boot pendelte.

»Köpfe runter, alle beide!«, schrie sie, als der schwere Stahlhaken über das Kajütendach schrammte. »Mark, wir haben den Sack gesichert. Sieh zu, dass dieser Haken hier verschwindet.«

Der Haken schnellte nach oben und schwang davon. Vorn im Boot lagen Finn und Gemma auf den Knien und griffen in den weißen Nylonsack.

»Habt ihr sie?«, wiederholte Joesbury über Funk.

Finn und Gemma hatten das weiße Nylongewebe auseinandergezerrt wie die Blütenblätter einer Blume und den gefesselten Körper einer bewusstlosen jungen Frau enthüllt. Laceys Herz wurde bleischwer. Das bisschen, was sie hinter dem brutal um den Kopf geschnürten Knebel von Emmas Gesicht sehen konnte, sah wachsweiß aus.

Dann löste Gemma den Knebel behutsam, und Lacey sah Emma nach Luft schnappen. Finn drehte sich zur Brücke um und reckte den Daumen hoch.

»Volle Kraft voraus, Skipper«, sagte er. »Wir müssen einen Passagier am Chelsea Hospital absetzen.«

Sie waren nur Sekunden von dem Pier entfernt. Nicht genug Zeit, als dass Finn und Gemma etwas anderes tun konnten, als Emma auf der kurzen Fahrt mit ihren eigenen Körpern zu wärmen und zu sichern. Lacey widerstand der Versuchung, mit voller Fahrt loszubrausen, denn das Wasser war immer noch sehr unruhig. Sie fuhr zum Anleger des Krankenhauses, ging längsseits und warf einem wartenden Constable die Heckleine zu.

»Auftrag ausgeführt, DCI Joesbury«, meldete sie, während Finn die Bugleine festmachte und ein Rettungshelfer sich anschickte, an Bord zu kommen. »Und jetzt komm um Gottes willen da runter!«

42

Zweiundfünfzig Sekunden nach der angekündigten Zeit kam Helen zur Haustür herein.

»Hab ich's verpasst?«, rief sie. Dana hörte, wie ein Mantel auf den Boden des Flurs fiel, und dann Schritte, die die Treppe heraufgerannt kamen. Die Tür des Arbeitszimmers wurde aufgestoßen.

»Ich warte noch«, antwortete Dana leise, denn Inigo schlief nur ein paar Meter entfernt. »Eine Minute zu spät.«

Helen trat hinter sie und ließ eine Hand auf ihre Schulter sinken. »Gibt's irgendwas Neues?«

»Jason Hancock ist wegen zweifachen Mordes angeklagt worden«, sagte Dana, ohne den Blick vom Bildschirm abzuwenden. Jason Hancock, alias Waluigi, war der Mann, der in dem Massagesalon ein Blutbad angerichtet hatte. »Aber die von der Terrorabwehr sind mit ihm fertig. Er weiß nichts, hat keinen direkten Kontakt mit AryanBoy oder einem von den anderen Anführern von MenMatter gehabt, und wir haben auf keinem seiner Endgeräte irgendetwas Nützliches gefunden.«

»Also Kanonenfutter?«

»Wie wir gedacht haben. Das Positive an dem Ganzen ist, die Sachlage ist eindeutig. Wir haben seine blutigen Kleider im Park gefunden, also können wir ihn mit beiden Opfern in Verbindung bringen. Die Frau vom Empfang im Bubbles hat ihn unter einem Dutzend möglicher Kandidaten wiedererkannt. Wir haben die Aufnahmen seiner Bodycam und die der verschiedenen Überwachungskameras, die ihn auf dem Weg dorthin gefilmt haben. Da braucht man wirklich kein Expertenteam.«

»Wissen wir sonst noch was über ihn?«

»Er ist fünfundzwanzig, hat an der De Montford University Informatik studiert und ist beruflich nie so richtig aus den Startlöchern gekommen. Arbeitet zurzeit in dem Amazon-Depot in Bromley. Wenige Freunde im richtigen Leben, begeisterter Gamer, und wie ich wahrscheinlich nicht hinzuzufügen brauche, hat er anscheinend keine Freundin. Ein typischer Incel.«

Helen zog einen Stuhl heran und setzte sich neben Dana.

»Allerdings haben wir mehrere Darknet-Unterhaltungen zwischen ihm und AryanBoy gefunden«, fuhr Dana fort.

»Die haben ihn scharfgemacht, da gibt's keine Zweifel. Haben ihn total unter Strom gesetzt und alles, was ihm nicht gepasst hat, hochgeputscht, bis er kurz vorm Explodieren war.«

Die digitale Zeitanzeige in der Ecke des YouTube-Fensters zeigte, dass »Das Event« gegenwärtig zweieinhalb Minuten zu spät dran war.

»Hast du die Mädels gesehen?«, erkundigte sich Dana.

Seit der Entführung und dem Mordversuch vor drei Tagen wohnten Emma und Lacey in Mark Joesburys Wohnung in Pimlico. Dort waren die Sicherheitsvorkehrungen vom Feinsten, und Mark hatte Lacey davon überzeugt, dass es sinnvoll wäre, wenn die beiden jungen Frauen erst einmal zusammenblieben. Er war so lange auf Laceys Boot gezogen.

Lacey war zu ihrer eigenen Sicherheit vorübergehend von der Flusspolizei nach Lewisham versetzt worden, zum Major Investigation Team unter Danas Leitung.

»Emma behauptet steif und fest, es ginge ihr gut«, meinte Helen. »Das stimmt nicht, aber sie will unbedingt, dass wir das glauben. Sie weigert sich immer noch, die Stadt zu verlassen. Sie sagt, wenn die Typen hier an sie rankommen, wo die Londoner Polizei sie bewacht, dann kommen sie überall an sie ran, und dem kann man ja auch nur schwer widersprechen.«

Emma hatte ihnen nur frustrierend wenig über die Männer – drei oder vier, glaubte sie – sagen können, die sie gekidnappt hatten. Nur dass wenige Minuten, nachdem sie nach AryanBoys Wutanfall aufgelegt hatte, der Feueralarm im Gebäude losgegangen war. Sie war sich nicht sicher gewesen, ob sie ihre Wohnung verlassen sollte oder nicht und war schon drauf und dran gewesen, Scotland Yard anzurufen, als es an der Tür geklopft hatte. Der Unbekannte im Flur hatte das vereinbarte Codewort verwendet, das einen vertrauenswürdigen Besucher ankündigte – oder so hatte sie damals gedacht.

Doch Emmas Erinnerungen an die Entführung waren so vage und durcheinander, dass Mark und sein Team zu dem Schluss gekommen waren, dass sie unter einer Art Posttraumatischem Stresssymptom litt und wahrscheinlich keine verlässlichen Aussagen machen konnte.

»Und noch immer nichts darüber, wie sie in die Baustelle eingedrungen sind?«, wollte Helen wissen.

Dana schüttelte den Kopf. »Wir versuchen, jeden ausfindig zu machen, der im Laufe des letzten Jahres da gearbeitet hat, jeden, der Schlüssel für den Kran hätte klauen können, aber das sind sehr viele.«

Der nichtssagende Hintergrund des Bildschirms veränderte sich.

»Es geht los«, sagte Dana und spürte, wie sich Helens Hand um ihre schloss.

Auf dem Bildschirm erschien ein Zimmer in einem anscheinend ganz normalen Haus. In der Mitte standen ein ziemlich großer Ledersessel und rechts daneben ein kleiner runder Tisch. Hinter dem Sessel ragte eine hohe Stehlampe über dem Mann auf, der darinsaß, und verwandelte ihn in eine schwarze Silhouette. Er begann zu sprechen.

»Manche von euch wissen vielleicht, wer ich bin. Ihr kennt mich als AryanBoy. Wir haben uns online unterhalten, wir haben eine Community gebildet, und ich schätze euch alle. Aber ich spreche jetzt zu jedem Mann in ganz Großbritannien, um Folgendes zu sagen …«

Einen Moment lang hielt er inne. Er hatte denselben Midlands-Akzent, der laut Fachleuten auf die Nähe von Birmingham hindeutete.

»Unsere Zeit ist nahe.«

Denselben Fachleuten war es nicht gelungen, die Stimmveränderungssoftware zu identifizieren, die AryanBoys eindeutigen Akzent erzeugte. Wie Dana erfahren hatte, ließ sich die meiste Software, die im Darknet Stimmen unkenntlich machte, ohnehin nicht knacken.

»Zu lange haben wir jetzt schon im Schatten jener gewartet, die geringer sind. Wir waren höflich, respektvoll. Wir haben uns wie Gentlemen benommen, und es wurde uns mit Verrat vergolten. Man hat uns dafür keine Höflichkeit erwiesen, keinen Respekt, keine Freundlichkeit. Die Frauen, die wir beschützen, die wir lieben und verehren wollten, die Frauen, für die wir schwer gearbeitet, für die wir unsere Sicherheit und sogar unser Leben riskiert haben, haben sich von uns abgewandt und gierig nach dem größeren Gefährten gesucht, nach dem reicheren, dem mächtigeren.«

Jetzt konnte Dana zwei blasse Hände sehen. Wurde es heller auf der Bühne? Würden sie AryanBoy tatsächlich zu Gesicht bekommen? Sie fühlte Helens Körperwärme, als ihre Frau sich noch weiter vorbeugte.

»Ich bin hier, um euch zu sagen, dass es damit ein Ende haben wird«, sagte die Gestalt auf dem Bildschirm, »und zwar sehr bald. Es wird einen Tag der Abrechnung geben, oder sollte ich sagen, einen Tag der Vergeltung?«

Das Licht wurde definitiv stärker. Dana konnte den Schattenriss seiner Haare sehen, die Breite seiner Schultern. Es würde möglich sein, seine Körpergröße zu schätzen, vielleicht sogar sein Gewicht.

»An diesem Tag werden sich die Männer Großbritanniens zurückholen, was ihnen von Geburt her zusteht. Andere auf der ganzen Welt werden folgen, bis die natürliche Ordnung wiederhergestellt ist. Viele Länder, die aufgeklärter sind als unseres, sind uns bereits voraus. Wir schauen auf unsere Brüder im Nahen Osten, auf dass sie uns den Weg zeigen, uns in unserem Streben unterstützen, ein helles Licht sind, dem wir folgen.

Also, Brüder, seid bereit. Bewaffnet euch, regelt eure finanziellen Angelegenheiten. Wenn es Frauen in eurem Leben gibt – Ehefrauen, Mütter, Töchter –, sagt ihnen, dass ihr sie liebt, aber dass sie die neue Weltordnung akzeptieren müssen. Haltet sie im Haus, damit sie in Sicherheit sind. Dies ist ein Krieg, und die Schlachten werden an zahlreichen Fronten geschlagen werden, sogar bei uns daheim. Nicht wenige werden sterben, sogar einige unserer tapferen Soldaten. Wenn es euch, wie so vielen von uns, wegen der Gier, der Wankelmütigkeit und der Unbeständigkeit der Frauen schwergefallen ist, sinnstiftende Beziehungen einzugehen, fasst Mut. Bald wird eure Einsamkeit ein vergessener Traum sein.

Seid bereit, und schließt euch dem Kampf an. Teilt dieses Video, so oft ihr könnt, bevor die korrupten, frauendominierten Behörden es löschen. Speichert es auf euren privaten Servern ab. Schließt euch uns im Darknet an, wenn ihr könnt. Und vor allem, seid bereit für das Zeichen.

Der Tag der Vergeltung ist nahe.«

Der Bildschirm wurde dunkel.

»Tja«, stellte Helen fest. »Jetzt haben wir den Scheiß.«

Teil 2

43

Oktoberstürme bescherten der Hauptstadt heftige Verwüstungen. Laceys ehemalige Kollegen bei der Flusspolizei verbrachten einen großen Teil ihrer Zeit damit, gefährliches Treibgut aus dem Wasser zu bergen oder kleine Boote zu retten, die in Not geraten waren. Straßen wurden blockiert, weil uralte Bäume dem Sturm nicht hatten standhalten können, und die Londoner schlurften durch verrottende Laubhaufen, derer kein Straßenfeger Herr zu werden schien.

Der Regen erreichte seinen Normalstand für Oktober und fiel immer weiter. Abwasserkanäle verstopften. Etliche Londoner U-Bahnhöfe standen unter Wasser, und der Bürgermeister forderte mehr Geld von der Regierung, um die Krise zu bewältigen. Allerdings tat er das immer, also achtete niemand groß darauf.

Großbritannien trauerte, als ein alter Mann und sein Spaniel in Teddington in den Fluss geweht wurden. Der Hund krallte sich an einen ins Wasser gefallenen Ast und wurde von ein paar Arbeitern des Umweltamtes klatschnass herausgefischt, der Leichnam seines Besitzers jedoch wurde tagelang nicht gefunden.

In den Wochen, die auf Emmas Entführung und versuchte Ermordung, auf ihre explosive Story in der *Daily Mail* und auf AryanBoys Video folgten, wuchs die Zahl der

Fälle von häuslicher Gewalt um über fünfzehn Prozent, denn zornige Männer sahen sich in ihrem Groll bestätigt. Solche Anstiege waren normalerweise mit Weihnachten verbunden, oder mit einer Niederlage Englands bei einem wichtigen Fußballspiel.

Frauenorganisationen behaupteten, die Zahl könnte sogar noch höher sein, da oft keine Anzeige erstattet würde. Auch Vergewaltigungen kamen häufiger vor, und selbst die relativ seltenen Überfälle auf Frauen durch Wildfremde nahmen zu. Freie Plätze in Frauenhäusern waren seltener geworden als die Gutenberg-Bibel.

Das Video hatte leider nur wenige weitere Hinweise auf AryanBoys Identität geliefert, doch Joesbury und seinem Team war klar, dass fast vierzig Millionen Männer weltweit es sich angeschaut hatten, sowohl im Darknet als auch im allgemein zugänglichen Internet, und dass Tor-Browser jetzt fast dreißig Prozent häufiger heruntergeladen wurden. Der Datenverkehr auf den Incel-Websites im Darknet, vor allem auf der Rage-Site, hatte in ähnlicher Größenordnung zugenommen.

Die Fachleute waren geteilter Meinung darüber, ob die Zunahme der Gewalt direkt mit der MenMatter-Bewegung zusammenhing, doch die Statistiken ließen sich nur schwer wegdiskutieren. Frauen wurden für das Verbrechen bestraft, Frauen zu sein.

Die großen Social-Media-Unternehmen stellten mehr Leute ein, um eine konstante Flut von Hasskommentaren im Auge zu behalten und zu löschen, die sich entweder gegen Frauen oder als Gegenreaktion gegen Männer richteten. Jeden Tag wurde das Thema in der einen oder anderen

Form in Talkshows diskutiert, im Parlament wurden Fragen gestellt, und eine Kommission war eingerichtet worden, die sich mit Gewalt gegen Frauen beschäftigen sollte.

Alles, was Joesbury gefürchtet hatte, war eingetroffen, und noch mehr.

Andererseits: Endlich, nach zwei Jahren Elend, Enttäuschung und Frustration, waren Lacey Flint und Mark Joesbury ein Paar. Beide waren noch immer ein bisschen verblüfft darüber, dass sich dieses völlig unerwartete Gefühl der Freude in ihr Leben geschlichen hatte. Beide wussten, dass sie dem jeweils anderen trotz aller Intimität sehr viel verschwiegen, und beiden machte es eine Heidenangst, was sie jetzt zu verlieren hatten.

Es gab Tage, da vermisste Joesbury – wenn er ganz ehrlich zu sich war – die alten Zeiten, als er zwar nicht glücklich, aber mit weniger zufrieden gewesen war.

Am zweiten Dienstag des Monats zog er Anzug und Krawatte an und nahm ein Taxi zu einem kleinen, teuren Hotel am Strand. Dort zeigte er dem dunkelhaarigen jungen Mann, der den Eingang zum Saal bewachte, seinen sehr überzeugenden Presseausweis. Er sah Georgie und Warwick in der dritten und der fünften Reihe sitzen. Emma saß zwei Plätze von Warwick entfernt.

In vielerlei Hinsicht hatten ihr die Ereignisse der letzten Zeit nicht geschadet: Wenn es um Incel-Gewalt ging, war sie inzwischen als Reporterin erste Wahl, und die überregionalen Zeitungen brachten regelmäßig Storys und Meinungsartikel von ihr. Dadurch, dass sie die Entführung überlebt hatte, war sie zu einer Art Nationalheldin geworden. Sie war in diversen Talkshows gewesen, hatte wahnsinnig viel zu tun und war erfolgreich, und das half, sie von dem Strom aus Beleidigungen und Drohungen abzulenken, der sich über sie ergoss.

Zu Joesburys großem Bedauern war Emma im Darknet zu einem Dauerthema geworden. Regelmäßig erschienen Beiträge, zumeist schlecht geschrieben und ohne jegliche Faktengrundlage, immer mit wenig schmeichelhaften Fotos von der vernarbten Seite ihres Gesichts. Angefeuert von AryanBoy und den drei anderen Incel-Führern, überboten sich die Männer der Cyber-Unterwelt gegenseitig darin, so widerwärtig und bedrohlich zu sein, wie sie nur konnten. Die Hassposts erschienen auch in den sozialen Medien. Dort wurden sie rasch gelöscht, addierten sich jedoch zu einer erbarmungslosen Hetz- und Einschüchterungskampagne.

Emma war noch immer nicht bereit, London zu verlassen oder ihren Beruf aufzugeben.

Der Saal füllte sich weiter, Joesbury schätzte die Anzahl der Stühle auf etwa fünfzig. Angesichts der Menge, die sich bereits in dem Raum mit dem dicken Teppich und den schweren Vorhängen versammelt hatte und der immer noch eintreffenden Neuankömmlinge nahm er an, dass die meisten besetzt sein würden.

Der Mann, dessen Vortrag sie sich anhören wollten, wurde von einem Selfmade-Milliardär gesponsort und war Gerüchten zufolge finanziell so gut ausgestattet wie ein amerikanischer Präsidentschaftskandidat.

Vorn im Saal war eine behelfsmäßige Bühne in Violett- und Blautönen errichtet worden. Das Wort *UNITY* – Einigkeit – wurde auf die Wand dahinter projiziert, und dasselbe Logo prangte an dem einsamen Rednerpult. Peppige Musik lief, eine Melodie, die Joesbury nervtötend vertraut vorkam, die er jedoch beim besten Willen nicht einordnen konnte. Er erkannte mehrere bekannte Journalisten und Redakteure.

Eine elektronisch verstärkte Stimme riss Joesbury aus seinen Gedanken und bat die Anwesenden, ihre Plätze einzunehmen. Das Licht im Saal wurde gedimmt, das auf der Bühne wurde heller, und der Star der Show – der ehemalige Film- und Fernsehschauspieler Fergus Lord – trat ans Rednerpult.

Joesbury hatte Lord noch nie leibhaftig gesehen. Überrascht stellte er fest, dass der Schauspieler äußerlich nicht besonders beeindruckend war. Mäßig hochgewachsen, vielleicht etwas über eins achtzig, aber schlank und perfekt proportioniert. Sein wie angegossen sitzender blauer Anzug und das schneeweiße Hemd kündeten von den exklusiven Maßgeschäften in der Saville Row und der Jermyn Street. Mit seinen lockigen dunkelbraunen Haaren und tief liegenden braunen Augen wirkte er nicht im üblichen Sinn attraktiv. Aber er war ein auffallender Mann, der im richtigen Leben jünger aussah als auf der Leinwand oder auf dem Bildschirm.

Sein Auftritt bei *Question Time,* der jetzt über einen Monat zurücklag, hatte seiner steilen Schauspielerkarriere zumindest zeitweise ein jähes Ende bereitet. Die Film- und Fernsehwelt, die von Personen dominiert wurde, deren politische Ansichten eher nach links tendierten, konnte Lords nicht gerade politisch korrekte Äußerungen nicht vergeben oder vergessen. Als die Angebote ausgeblieben waren, hatte

Lords politischer Aktivismus Fahrt aufgenommen, und er war immer regelmäßiger eingeladen worden, um in Talkshows und in den Nachrichten über Feminismus, Männerthemen und den Krieg der Geschlechter zu diskutieren.

Jetzt war er im Begriff, noch eine Schippe draufzulegen.

»Ich bin heute hier«, begann Lord, nachdem er allen für ihr Kommen gedankt hatte, »um für eine vergessene Minderheit zu sprechen. Für Männer.«

Leises Gemurmel wehte durch den Saal, man hörte eine Frau lachen, aber ganz leise und nervös. Lord ließ sich nicht beirren.

»Die Selbstmordrate unter Männern ist auf Rekordhöhe gestiegen«, verkündete er dem Saal, in dem es still geworden war. »Die Wahrscheinlichkeit, eines gewaltsamen Todes zu sterben, ist bei Männern doppelt so hoch wie bei Frauen. Beim Militär sterben sehr viel mehr Soldaten als Soldatinnen, auch wenn man ihre größere Anzahl in Betracht zieht. Weiße und schwarze britische Jungen schneiden in den meisten Schulen schlechter ab als ihre Klassenkameradinnen. Wenn Sie sich keine noble Privatschule leisten können, rechnen Sie nicht damit, dass Ihr Sohn es zu etwas bringt. Das Scheidungsrecht benachteiligt Männer in geradezu schändlicher Weise. Aus Erfahrung weiß ich, dass es in unserem Rechtssystem durchaus die Norm ist, Haus und Kinder zu verlieren. Das Familienleben leidet, eine von drei Ehen wird geschieden, und die Kinder alleinerziehender Eltern sind denen mit einem stabileren familiären Hintergrund immer unterlegen. Unsere Gesellschaft ist zerbrochen, weil wir zugelassen haben, dass ihr natürliches Gleichgewicht gestört wurde.«

Joesbury folgte dem Beispiel der Zuhörer um sich herum und tippte auf der Tastatur seines Laptops herum.

»Ich will hier gleich ganz eindeutig sagen, dass ich die MenMatter-Bewegung nicht gutheiße«, beteuerte Lord. »Ich verurteile ihren Einsatz von Gewalt und Drohungen, um ihre Ziele zu erreichen. Einer solchen gefährlichen und destruktiven Ideologie werde ich mich niemals anschließen.«

»Blödsinn«, sagte eine Frau hinter Joesbury leise.

Oben am Rednerpult machte Lord den Eindruck, als hätte er die Bemerkung ebenfalls gehört, doch das war bestimmt unmöglich. Er hielt einen Moment inne, und es hatte den Anschein, als sähe er Joesbury direkt in die Augen.

Der Mann hatte etwas Bedrohliches an sich.

Lord schaute kurz auf seine Notizen hinunter und sprach weiter. »Aber ich möchte klarstellen, dass ich weiß, was die Menschen umtreibt, die hinter MenMatter stehen. Ich verstehe ihre Frustration und ihren Zorn. Ich teile ihre Sehnsucht nach Veränderung, aber zufällig glaube ich, dass es eine bessere Methode gibt, diese Veränderung herbeizuführen. Und das ist der Grund dafür, dass ich heute eine neue politische Partei namens UNITY ins Leben rufe.«

Im Hintergrund begann das Wort *UNITY* zu leuchten, die Buchstaben verfärbten sich von Blau zu schimmerndem Silber.

»In den kommenden Wochen«, verkündete Lord, »werden wir unser Manifest veröffentlichen. Fürs Erste kann ich Ihnen sagen, dass UNITY für Gerechtigkeit steht. Gerechtigkeit für Männer, für Jungen aus dem Arbeitermilieu, für traditionelle Produktionsgemeinschaften. Für ehemalige

Militärangehörige, die Mühe haben, sich ihr Leben wieder aufzubauen, nachdem sie so viel für ihr Land geopfert haben. Für Männer, die schwierige traumatische Ehescheidungen durchmachen, sehr oft Scheidungen, die sie gar nicht wollen. Wir bieten auch den Frauen Gerechtigkeit an, die erkennen, dass die Gesellschaft vom rechten Wege abgekommen ist, und die Chance begrüßen, zu einer traditionelleren und erfüllenden Lebensweise zurückzukehren. Ich bin überzeugt, dass es viele solcher Frauen gibt.«

Während Lord weiterredete und sich über die großzügige Finanzierung der neuen Partei – durch einen Spender, der es vorzog, anonym zu bleiben – und über ihre Pläne ausließ, im folgenden Frühjahr bei den Kommunalwahlen Kandidaten aufzustellen, sah Joesbury sich verstohlen im Saal um. Jeder wichtige Politikreporter der Hauptstadt war anwesend. Lords persönliches Profil sowie die Tatsache, dass in den sozialen Medien schon seit Wochen über wenig anderes geredet wurde als über die wachsende Bedrohung durch die Incels, hatten für garantiertes Interesse gesorgt. In politischen Kreisen mochte man Lord nicht ernst nehmen – besonders der Premierminister hatte sich typisch abfällig geäußert –, aber er hatte Nachrichtenwert.

Vorn am Rednerpult kam er allmählich zum Schluss.

»Zu denjenigen, die hinter der MenMatter-Bewegung stehen, sage ich Folgendes: Ich werde eure Stimme sein. Ich weiß, dass euer Anliegen gerechtfertigt ist, und ich werde für euch sprechen. Die Zeit des schweigenden Leidens ist vorbei, aber wir sprechen jetzt an der Wahlurne. Legte eure Waffen nieder, und schließt euch mir an, denn gemeinsam können wir uns die Erde zurückholen.«

»So ein Scheiß«, knurrte eine andere Frau hinter Joesbury.

»Wir haben noch Zeit für ein paar Fragen«, stellte Lord fest. »Laura?«

Die Kameras richteten sich auf die zierliche blonde Frau in der ersten Reihe.

»Sie sagen, Sie gehören nicht zur MenMatter-Bewegung«, sagte die BBC-Reporterin. »Aber in der Öffentlichkeit wird hier doch sicher eine natürliche Verbindung hergestellt werden. Ihre Ziele sind ja praktisch identisch, und das Timing deutet darauf hin, dass die politische Partei aus der terroristischen Bewegung entstanden ist. Sind Sie nicht die Sinn Féin der MenMatter-IRA?«

Lord antwortete mit einem bedächtigen, entschiedenen Kopfschütteln, eine seiner typischen Gesten, die Joesbury aus dem Fernsehen kannte. »Auf gar keinen Fall. Ich verurteile die Übergriffe von MenMatter. Aber was in den letzten Monaten vor unseren Augen in unserer Gesellschaft zum Vorschein gekommen ist, ist nichts anderes als Wut, weil die Männer Großbritanniens keine Stimme haben. UNITY wird ihnen diese Stimme geben. UNITY wird ihnen zuhören und für sie das Wort ergreifen. Jetzt, wo wir da sind, wird MenMatter nicht mehr gebraucht. Robert?«

Der Politik-Korrespondent des Privatsenders ITV bekam das Mikrofon in die Hand gedrückt. »Wir haben in den sozialen Medien immer mehr Forderungen gesehen, selbst von ein paar Mainstream-Kommentatoren, dass die Regierung einige Frauenrechte zurückschrauben soll«, sagte er. »Zum Beispiel die Vorschrift einzuführen, sich sittsam zu kleiden, Restriktionen bei Abtreibungen, eine Ausgangssperre ab zehn Uhr abends für Frauen, die nicht in Begleitung eines Mannes sind, ein Verbot, dass Frauen gemeinsam Wohnungen mieten können. Der Gedanke dahinter ist, dass MenMatter ihre Kampagnen zurückfahren werden, wenn einige ihrer Forderungen erfüllt werden. Würden Sie die Einführung solcher Maßnahmen unterstützen?«

»Keine glaubwürdige Regierung wird mit Terroristen verhandeln«, antwortete Lord, »und das sollte sie auch nicht. UNITY geht es nicht darum, die Freiheiten der Frauen einzuschränken oder ihnen das Leben schwerer zu machen. Es geht darum, Gleichheit herzustellen, Männern gleiche Chancen und Rechte zu geben. Nehmen Sie mal Abtreibungen: Wie kann es rechtens sein, dass einem potenziell liebevollen und hilfsbereiten Vater das Recht verwehrt wird, dass sein Kind geboren wird, nur weil der Elternteil, der das Kind austrägt – die sogenannte Mutter – sein Leben beenden will? UNITY wird fordern, dass Väter ein gleichberechtigtes Mitspracherecht bei Schwangerschaftsabbrüchen bekommen. Beth?«

Die dunkelhaarige Frau übernahm das Mikrofon. »Was glauben Sie, was MenMatter für den Tag der Vergeltung geplant hat?«

»Ich habe keine Ahnung. Die Leute, die hinter MenMatter stehen, teilen uns ihre Pläne nicht mit. Aber um zu verhindern, dass die Übergriffe schlimmer werden, ist es wichtig, dass den Männern Großbritanniens eine Stimme gegeben werden muss. Und da kommen wir ins Spiel.«

44

»Also, was denken wir?«, fragte Joesbury, als er und Georgie wieder im Büro ankamen. Warwick war mit Emma zu der Wohnung in Pimlico gefahren. »Ist Fergus Lord Teil der MenMatter-Bewegung, oder ist er ein Trittbrettfahrer?«

»Trittbrettfahrer«, antwortete Georgie ohne Zögern. »Seine Karriere liegt nach seinem desaströsen Auftritt in *Question Time* in Trümmern, aber er ist noch jung. Er braucht eine neue Aufgabe.«

»Ich bin mir da nicht so sicher«, meinte Archie. »Man kann eine politische Partei nicht innerhalb von Wochen aus dem Boden stampfen. Ich denke, er hat das schon seit einer ganzen Weile geplant.«

»Das war aber doch gar keine politische Partei, oder?«, hielt Georgie dagegen. »Das waren er, ein Privatschulabsolvent als Adlatus und ein schicker Hotelsaal.«

Theo schaute von seinem Schreibtisch auf. »Seine Crowdfunding-Website ist seit zwei Wochen online. Steht im Moment bei einer Viertelmillion Pfund von fast zehntausend Spendern.«

Während die anderen bei der Pressekonferenz gewesen waren, hatten Theo und Archie die Reaktion der sozialen Medien darauf beobachtet und außerdem die Vorstellung der Onlinepräsenz der neuen Partei. »Seine Website ist ziemlich cool«, fuhr Theo fort. »Und man kann da gleich

Parteimitglied werden. In den ersten zwei Stunden sind fast siebenhundert Leute eingetreten. Nicht vergessen, die Mitgliedschaft gibt's billig, kostet bloß einen Zehner.«

»An Emmas Wohnung in Earl's Court waren wieder welche zugange«, berichtete Archie. »Haben eine Dose rote Farbe gegen die Haustür geschmissen. Der Vermieter will uns die Rechnung schicken.«

»Ich dachte, wir hätten verbreitet, dass sie nicht mehr da wohnt«, erwiderte Joesbury gereizt. Inzwischen war es nicht mehr ganz so neu und aufregend, auf Laceys Boot zu wohnen und ständig an ihre Abwesenheit erinnert zu werden. Er wollte zurück in seine Wohnung, und Lacey sollte ihn regelmäßig besuchen, wenn sie schon nicht auf Dauer dort wohnte.

Seit sie wieder zum CID versetzt worden war, war es für sie schwieriger geworden, sich zu treffen. Sie war nur selten bereit, Emma abends allein zu lassen, und gemeinsam zu übernachten – entweder bei ihm oder bei ihr – erwies sich als Herausforderung.

Aber Mittagessen, dachte er, Mittagessen ist doch auch was. Sie konnten immer noch zusammen zu Mittag essen.

Er ging zum Fenster. Vom Großraumbüro aus hatte man einen Blick auf den Fluss, anders als die nicht gerade inspirierende Aussicht aus seinem eigenen Büro. Eine junge Frau mit hellem Haar in einem Mantel, der die Farbe von Ahornsirup hatte, kam aus südlicher Richtung näher, wahrscheinlich vom U-Bahnhof Westminster. Sie hatte die Straße überquert, um näher am Wasser entlanggehen zu können. In der Hand hielt sie eine Papiertüte von einem der Sandwichläden, damit sie keine Zeit damit verschwenden mussten, sich ein Café zu suchen. Sie konnten sich auf eine Bank setzen und essen und reden und dabei dem Wasser zusehen.

»Ich glaube, das ist denen egal, Boss«, sagte Archie gerade. »Es ist ein Ort, den die Incels mit Emma in Verbindung bringen, also machen sie ihn zur Zielscheibe. Für die ist sie immer noch Staatsfeindin Nummer eins, allerdings kriegt die Innenministerin auch ganz schön ihr Fett weg.«

Die Frau auf der Promenade zückte ihr Handy und tippte eine SMS. Joesbury wartete auf das *Ping* seines Handys und merkte, dass er lächelte.

»Meinst du nicht, dass die Lacey immer noch am meisten hassen?«, fragte Georgie.

Archie zuckte die Achseln. »Wirf 'ne Münze. Gott steh uns bei, wenn die rausfinden, dass die beiden zusammenwohnen.«

Draußen blickte Lacey an dem Gebäude hinauf, vielleicht konnte sie ihn ja sogar sehen. Doch er befand sich ziemlich weit über dem Boden, und sie konnte ja nicht wissen, welche Fenster die von der SCD10 waren.

Joesbury wandte sich vom Fenster ab. »Bis nachher, Leute«, sagte er. »Hab eine Verabredung.«

45

Sie hatte einen Freund. Die Schlampe hatte tatsächlich einen Freund, und zwar noch nicht sehr lange, so wie die beiden sich anstellten, mit ihren verstohlenen Blicken und den heimlichen Berührungen, wenn sie dachten, niemand schaue zu. AryanBoy hatte sie jetzt schon mehrmals miteinander gesehen: wie sie in einem Park im Süden der Stadt Jugendlichen beim Fußballspielen zusahen, sich in einem heruntergekommenen chinesischen Restaurant in Kennington ein spätes gemeinsames Frühstück gönnten. Eines frühen Sonntagmorgens waren sie sogar bei den Royal Docks schwimmen gegangen.

Der Kerl war gar nichts Besonderes. Sah nicht besonders gut aus, hatte ganz sicher nichts auf dem Kasten und war allem Anschein nach ein bisschen ein Schlägertyp, und doch jene Art Mann, auf den Frauen unweigerlich flogen.

Sie wohnte jetzt sogar in seiner Wohnung. Er selbst wohnte da nicht, er hockte in ihrem Boot im Deptford Creek, und sie hatte es sich mit dieser hässlichen Zicke Emma Boston bei ihm gemütlich gemacht. Doch es war nur eine Frage der Zeit, bis die beiden Boston ausquartierten und ihre Ruhe hatten, um sich dumm und dämlich zu vögeln.

Tja, daraus würde nichts werden.

Mach's dir nicht zu bequem, Lacey Flint. Ich komme dich holen.

46

Auf dem Rückweg nach Lewisham bekam Lacey einen Anruf vom Revier und machte daraufhin einen Abstecher. Sie zeigte dem jungen Mann an der Tür von The Mudlark – einem Pub und Restaurant am Südufer dicht bei der London Bridge – ihren Dienstausweis.

»Sie ist da hinten«, wurde ihr gesagt, und sie folgte dem Angestellten unter dicken Eichenbalken und Messinglampen hindurch durch den langen Schankraum zu einem Tisch in der Ecke, die am weitesten von der Tür entfernt war. Eine Polizistin saß daran, während ihr männlicher Kollege ein kleines Stück entfernt stand. Außerdem saß dort eine junge Frau mit gesenktem Kopf, den Blick fest auf ihr Handy gerichtet, auf das sie wie wild eintippte.

»Belinda Scott?« Lacey trat an den Tisch. »Ich bin vom Major Investigation Team im Revier von Lewisham.«

Die junge Frau strich ihr langes dunkles Haar zurück. Ihre Nase hatte geblutet, und die Haut um die Augen herum war gerötet. Ihre Wimperntusche war verlaufen und zog sich als Tränenspuren durch ihr Make-up. Mehrere blutige Servietten lagen auf dem Tisch.

Lacey setzte sich. »Wir können uns auch auf dem Weg ins Krankenhaus unterhalten, wenn Ihnen das lieber ist«, begann sie. »Aber ich muss mit den Leuten sprechen, die hier arbeiten, und mit allen Gästen, die Zeugen waren. Ich fürchte also, Sie werden noch ein paar Minuten warten müssen.«

Das Mädchen schaute von Neuem auf ihr Handy. »Ich will nicht ins Krankenhaus. Ich will nach Hause.«

»Das kann ich verstehen. Können Sie mir erzählen, was passiert ist?«

Ein ruckartiges, tränenüberströmtes Aufblicken. »Ich hatte mich hier mit jemandem verabredet. Auf einen Drink. Und dann taucht dieser Typ auf und fängt an, mich anzubrüllen. Als ich gesagt habe, so kann er mit mir nicht reden, hat er mir eine geknallt.«

In dem Anruf an das CID von Lewisham war von einem brutalen Angriff gegen eine junge Frau die Rede gewesen, durch einen Mann, den sie nicht kannte.

»Mit wem waren Sie hier verabredet?«, erkundigte sich Lacey.

»Na, mit dem Mann, mit dem ich gechattet hatte. Er hat gesagt, wir sollten uns hier treffen, weil hier immer viel los ist und ich keine Angst vor einem Treffen mit einem Fremden haben müsste.«

Schon jetzt klang die Geschichte deprimierend vertraut. An dem Tag, als Lacey zum MIT von Lewisham zurückgekehrt war, hatte MenMatter seine jüngste Offensive gestartet – Operation Catfish, inspiriert von den Online-Aktivitäten eines Incels aus Connecticut in den Vereinigten Staaten. Da sie ein Auge darauf haben musste und eine Aufgabe für ihre neueste Rekrutin brauchte, hatte Dana Lacey darauf angesetzt.

In diesem ganz neuen Kontext war *catfish* als Verb gemeint: es bedeutete »täuschen, um zu demütigen«.

»Und Sie sind diesem Mann heute zum ersten Mal begegnet?«, fragte Lacey.

Widerstrebend schob die junge Frau ihr Handy über den Tisch. In der geöffneten Tinder-App sah Lacey das Profilbild eines Mannes Ende zwanzig mit tollen Zähnen. Sein schwarzes Haar war nach hinten gekämmt, sein Bart kurz getrimmt. Sein Name war angeblich Charlie Coates.

»Er hat gesagt, er wäre Berater bei Deloitte, dem Wirtschaftsunternehmen«, schniefte Belinda. »Wir haben fast einen Monat lang gechattet; ich bin ja nicht blöd.«

»Ich weiß, dass Sie nicht blöd sind«, antwortete Lacey. »Diese Typen sind sehr clever. Sie sind nicht die erste Frau, der das passiert ist, bei Weitem nicht.«

Catfishing hieß, dass der Täter eine gefakte Online-Identität einstellte, für gewöhnlich auf der Dating-Website Tinder, aber die Gebildeteren waren auch auf Twitter, Facebook und Instagram zu finden. Der Schlüssel bestand darin, sich als attraktiven, erfolgreichen Singlemann zu präsentieren – als typischen Chad, im Incel-Slang –, der auf der Suche nach weiblichen Bekanntschaften war. Wenn eine Frau »anbiss«, begann sie, ihm zu schreiben. Sie chatteten, er wirkte witzig, intelligent und hatte anscheinend jede Menge aktive, interessante Hobbys. Nach einer Weile beschlossen sie, sich zu treffen.

»Sie sollten also hierherkommen«, sagte Lacey. »Und was ist dann passiert?«

»Er war spät dran, nicht sehr, etwa zehn Minuten, aber ich hab angefangen zu überlegen, ob ich reingelegt worden bin. Bei Tinder weiß man ja nie, oder?«

Lacey stimmte ihr zu, ja, das wäre so.

»Und dann ist dieser andere Typ hier aufgekreuzt. Ich habe ihn reinkommen sehen, weil ich zur Tür geschaut habe, aber es war eindeutig nicht Charlie, also habe ich weiter SMS an eine Freundin geschrieben. Und ehe ich's mich versehe, steht der Kerl neben mir und filmt mich mit seinem Handy.«

Die Polizistin mischte sich an. »Belinda hat am Fenster gesessen.« Sie zeigte auf einen Tisch, der gegenwärtig abgesperrt war. Ein Glas, in dem anscheinend Rotwein gewesen war, lag umgekippt darauf.

»Ich sage also ›kann ich dir helfen?‹«, fuhr Belinda fort, »und er hat angefangen, ganz laut zu reden, sodass es alle hören konnten.«

»Wissen Sie noch, was er gesagt hat?«

»So was wie: ›Du bist also Belinda Scott, zweiundzwanzig Jahre alt, aus Wandsworth, und du arbeitest als Zahnarzthelferin in der Hamden Dental Clinic in Battersea.‹ Ich weiß nicht mehr genau, was dann kam, irgendetwas von wegen, ob meine Kollegen eigentlich wüssten, dass ich im Internet Männer aufreiße. Da haben schon alle geguckt.«

Natürlich hatten alle geguckt. Die Catfish-Dates fanden immer an öffentlichen Orten statt, wo viel los war, um die Frau maximal zu demütigen.

»Und dann hat er gesagt, Charlie kommt nicht, Charlie existiert gar nicht, er hätte ihn erfunden, um allen zu zeigen, was für ein oberflächliches, selbstsüchtiges Miststück ich bin.«

»Wir haben mit dem Manager gesprochen, er hat das bestätigt«, ergänzte der Polizist. »An diesem Punkt sind die

Leute vom Service dazwischengegangen, aber die hat er auch ziemlich heftig beleidigt.«

»Mit denen rede ich später«, antwortete Lacey. »Erzählen Sie weiter, Belinda.«

»Er hat gesagt, er filmt das alles und stellt es ins Internet, damit jeder sieht, was für eine dämliche Versagerin ich bin. Da bin ich ausgerastet.«

Sie schlug die Augen nieder.

»Ich wäre schon früher ausgerastet«, meinte Lacey. »Ich verurteile Sie nicht, ich muss nur wissen, was passiert ist.«

Belinda schniefte und zuckte dann zusammen, weil ihre Nase schmerzte. »Ich bin aufgestanden und hab nach seinem Handy gegriffen. Wusste gar nicht genau, was ich vorhatte, vielleicht versuchen, das Video zu löschen. Sein Telefon ist auf den Tisch gefallen, auf mein Glas, und hat es umgekippt, und er hat irgendwas gebrüllt. Und dann lag ich plötzlich auf dem Boden. Die Leute sagen, er hat mich geschlagen.«

»Hat er auch«, bestätigte der Polizist. »Ist auf den Überwachungsaufnahmen. Wir haben's uns schon angesehen.«

»Als die Leute mir aufgeholfen haben, war er weg«, beendete Belinda ihre Schilderung. »Macht er das wirklich, womit er gedroht hat, den Clip in den sozialen Medien posten?«

Lacey wechselte einen Blick mit der Polizistin. »Möglicherweise nicht. Die Tatsache, dass er Sie in aller Öffentlichkeit geschlagen hat, bedeutet, er weiß, dass wir da dran sind. Vielleicht traut er sich ja nicht, Beweise zu posten. Wenn er's doch tut, können wir die Plattform bitten, das Video zu löschen, und da es mit einem Verbrechen in Verbindung steht, werden sie das wahrscheinlich tun. Aber wissen Sie was, selbst wenn es da draußen auftaucht, niemand wird Ihnen die Schuld an dem Ganzen geben.«

»Doch«, sagte Belinda.

Lacey machte sich nicht die Mühe, ihr zu widersprechen, denn sie wusste: Ja, genau das würden die Leute tun. Wenn das Opfer eine Frau war, wenn der Übergriff ein sexuelles Motiv hatte, dann war immer die Frau schuld daran. So war das eben.

47

Dana machte die Haustür zu, schob den Riegel vor, schloss ab und legte die Kette vor, auch wenn sie wusste, dass sie später Besucher hereinlassen würde. Die Welt auszuschließen war zu einem wesentlichen Teil ihres Abendrituals geworden. Erst wenn die Tür zu war – richtig zu –, wenn sie, Helen und Inigo sicher und geborgen im Haus waren, war an Entspannung auch nur zu denken. Sechsundzwanzig Tage, seit AryanBoy seinen Ruf zu den Waffen durchs Internet geschickt hatte, fast ein Monat, seit er dem Land mit einem Tag der Vergeltung gedroht hatte – und mit jedem Tag, der verging, fühlte Dana, wie das Unheil näher kam.

Endlose Spekulationen in den Medien darüber, welche Form der große Tag wohl annehmen würde, waren auch nicht gerade hilfreich. Ein völliger Zusammenbruch des gesamten Gesundheitssystems? Eine Kernschmelze der Finanzmärkte im Vereinigten Königreich? Eine Katastrophe wie 9/11? Jeden Morgen beim Aufwachen war Danas erster Gedanke: Es könnte heute sein. Heute könnte der Tag sein, an dem ich alles verliere.

Davon hatte sie Helen nichts erzählt, sie hatte niemandem davon erzählt, denn sie wurde das Gefühl nicht los, dass ihre Ängste Wirklichkeit werden würden, wenn sie sie laut aussprach.

Regentropfen glitzerten auf Inigos Wimpern, als sie seine Sitzschale in die Küche trug. Als er sah, dass seine andere Mum, die Spaß-Mum, gerade seinen Kinderstuhl bereitstellte, was natürlich Essen bedeutete, verlangte Inigo sofort laut quietschend, aus der Sitzschale gehoben zu werden. Er hatte in der Kinderkrippe Abendessen bekommen, doch dieses Kind hörte anscheinend nie auf zu futtern. Seit er vor einer Woche angefangen hatte zu krabbeln – und zwar auf Helen zu, nicht auf sie, was ganz ehrlich schwer zu verzeihen war –, entsprach sein Appetit, der von Anfang an beträchtlich gewesen war, ungefähr dem eines Zweijährigen.

Helen hatte auf dem Nachhauseweg im Feinkostladen Halt gemacht und Wein, Brot, Käse und Oliven besorgt, alles zugegebenermaßen köstlich. Außerdem hatte sie eine riesige Tupperdose mit Suppe aus dem Gefrierschrank aufgetaut. Selbst gekocht von Dana, die sich über die Erwartbarkeit des Ganzen ein bisschen ärgerte. Würde es Helen umbringen, Spaghetti zu machen? Andererseits war das Haus makellos sauber, sowohl im Esszimmer als auch im Wohnzimmer brannte Feuer im Kamin, und Lampen warfen goldenes Licht in alle dunklen Ecken. Es sah aus wie ein Zuhause.

»Hallo, Balg.« Helen strahlte das Baby an und drückte Dana dann einen Kuss auf die Stirn. »Lacey hat angerufen und gesagt, sie kommen später. Emma muss den Artikel fertig schreiben, den sie ihr nach der Pressekonferenz heute Vormittag aufgedrückt haben. Ich füttere das Krabbelgezücht.«

»Du weißt schon, dass du noch ungefähr ein Jahr Zeit hast, bis er das alles nachplappert?« Dana hängte ihren feuchten Mantel auf.

»O Scheiße, nur so wenig!« Helen hob den Kleinen aus der Sitzschale und warf ihn in die Luft. Das machte sie immer, und jedes Mal, wenn sie ihn hochwarf, setzte Danas Herz aus. Es kostete sie ihre ganze Willenskraft, ihre Partnerin nicht anzuschreien, dass sie aufpassen solle.

»Hatte Hancock seinen Auftritt vor Gericht?«, wollte Helen wissen.

»Er bleibt bis zum neuen Jahr in Untersuchungshaft.« Dana stellte fest, dass es ihr merkwürdig widerstrebte, die warme Küche zu verlassen. »Aber bei dem Tower-Bridge-Baby gibt's Fortschritte. Wir haben Anklage gegen einen dritten Verdächtigen erhoben.«

»Drei von vier, nicht schlecht.« Helen holte eine Schale Babybrei aus der Mikrowelle. »Wie habt ihr den gefunden?«

»Wieder mal Lacey und Gayle, genau wie bei dem Kerl, der den Dad gespielt hat: durch die Spuren, die er beim Shoppen hinterlassen hat. Sie haben nach einem identischen aufblasbaren Einhorn gesucht und das Ganze schließlich auf einen eBay-Händler eingegrenzt, der behauptet hat, er hätte noch zwanzig davon auf Lager. Also sind sie nach Kent gefahren und haben mit den Leuten in dem Geschäft geredet.«

Helen prüfte die Temperatur des Breis. »Und die haben das Ding verkauft? Mein Gott, was ist *das* denn für eine Pampe?«

»Die haben in den letzten sechs Wochen nur eins verkauft, an jemanden, der in den Laden gekommen ist und bar bezahlt hat. Hat sich nicht ausgewiesen, aber es gab Aufnahmen von Überwachungskameras von ihm in dem Geschäft, und halt dich fest, vom Parkplatz. Wir konnten sein Kennzeichen erkennen. Danach war's leicht. Und das ist Steckrübenpüree.«

Helen tat so, als müsse sie sich übergeben, das Baby quietschte vor Entzücken, und Dana nahm sich etwas von dem Wein. Der Mann, der am Morgen der Tower-Bridge-Entführung den Vater mit dem Kinderwagen gespielt hatte, war anhand ebendieses Kinderwagens überführt worden. Den hatte er gebraucht gekauft, gegen Barzahlung, doch er hatte seine dienstliche E-Mail-Adresse benutzt, um Kontakt mit dem Verkäufer aufzunehmen. Das hatte genügt. Das Team hatte seine Firma ausfindig gemacht, seine Firma hatte die IP-Adresse zum Schreibtisch des Mannes zurückverfolgt, und als Bonus hatte Danas Team einen Teilabdruck hinter einem der Räder des Kinderwagens gefunden, der mit seinen Fingerabdrücken identisch war.

Auf ganz ähnliche Art und Weise hatten Fingerabdrücke auch zur Festnahme des dritten Verdächtigen geführt. Auf David Cooks Rat hin hatten sie die Überwachungsaufnahmen der letzten paar Wochen vor der Entführung rund um die St. Katharine Docks gesichtet und waren auf Bilder von allen drei Männern gestoßen, die zehn Tage vor dem Vorfall gemacht worden waren. Die drei standen an den Toren und hatten sich diesmal nicht die Mühe gemacht, sich zu vermummen. Und was am besten gewesen war: Lacey war aufgefallen, dass einer von ihnen keine Handschuhe angehabt und das Metallgeländer des Piers angefasst hatte. Seine Fingerabdrücke waren noch verwendbar gewesen und passten zu einem Satz in der Datenbank: Der Mann war zwei Jahre zuvor in Zusammenhang mit Fußballkrawallen verhaftet worden. Es war ein gutes Resultat, und Dana war mehr als einmal für Laceys beharrliche Detailversessenheit dankbar gewesen. Sie erwog ernsthaft, mit David Cook zu reden. Lacey war die geborene Zivilfahnderin und vergeudete auf dem Fluss nur ihr Talent.

Leider waren die drei Männer privat nicht miteinander bekannt und hatten wirklich keine Ahnung, wer der vierte gewesen war, oder wer der Drahtzieher hinter dem Ganzen war. AryanBoy, MadHatter, Joker und BlackPill88 waren immer noch auf freiem Fuß.

Und jeden Tag rückte der Tag der Vergeltung näher.

48

Nicht zum ersten Mal grübelte der Mann, der sich den Namen AryanBoy gegeben hatte, über seinen mangelnden Erfolg bei Frauen. Ihm war klar, dass es nicht mehr um Äußerlichkeiten ging. Seit der Schule war er acht Zentimeter gewachsen, war den Babyspeck losgeworden und hatte sich dafür Muskeln zugelegt. Mehr als ein Mädchen hatte ihm gesagt, dass es wirklich nicht an seinem Aussehen läge, dass er gut aussehen würde, besser als der Durchschnitt, es sei einfach nur …

Sie brachten diesen Satz nie zu Ende, konnten ihm nie sagen, was er wissen musste. Und nach einem Vorfall an der Uni, als … nun, darüber brauchte er nicht weiter nachzudenken.

Er bückte sich, um eine Flasche aufzuheben, die verlassen auf dem Gehsteig lag, schaute sich um und schleuderte sie dann mit aller Kraft in die Leere vor ihm. Er hatte einen guten Wurfarm; die Flasche flog durch die Luft, ehe sie sich in einem anmutigen Bogen herabsenkte und mit hörbarem Platschen im Wasser verschwand.

Es war ja nicht so, als hätte er sich nicht bemüht. Herrgott noch mal, wenn es fürs Bemühen Medaillen gäbe … Etliche teure Fehlversuche waren notwendig gewesen, doch er hatte gelernt, sich gediegen zu kleiden. Er hatte eine Wohnung in einem guten Stadtviertel, fuhr ein anständiges Auto. Eigentlich müsste er sich vor verfügbaren Frauen gar nicht retten können. Und trotzdem drängten die sich nach den Chads, die sie scheiße behandelten.

Es war so scheißfrustrierend, zu wissen, dass er irgendetwas falsch machte, etwas, das er nicht genau benennen konnte, etwas außerhalb seines Blickfeldes, denn wenn er wüsste, was es war, dann könnte er etwas dagegen tun.

Es gab Zeiten, da machte es ihn rasend, wie unfair das alles war.

AryanBoy ging schneller, strebte auf die Lichter der Tower Bridge zu. Als die Tage kälter und die Abende kürzer geworden waren, hatte er angefangen, sich am Fluss herumzutreiben, angezogen von seiner Finsternis und seinen ständig wechselnden Launen. Er rechnete nicht damit, sie zu sehen, erst recht nicht jetzt, wo die Polizei sie zu ihrer eigenen Sicherheit in eine andere Abteilung versetzt hatte. Doch die Boote der Flusspolizei fuhren hin und wieder vorbei. Er wusste, dass das blöd war, doch sie halfen ihm, sich ihr irgendwie näher zu fühlen.

Außerdem, dachte er, während er im Dunkeln an den stillen Ufern der Themse entlangstreifte und in das dunkle Wasser hinunterstarrte, hatte er das Gefühl, dass er endlich begriffen hatte. An allem, was in seinem Leben immer noch nicht stimmte, war das Mädchen vor zwölf Jahren oben auf der Klippe schuld, das Mädchen, das entgegen aller Wahrscheinlichkeit wieder in sein Leben getreten war.

Die Frau, die sich jetzt Lacey Flint nannte, war an allem schuld.

49

»Also«, sagte Helen zwei Stunden später, als Inigo im Bett lag, das Abendessen aufgegessen war und sie eine Tafel Nussschokolade in Stücke gebrochen hatte, was ihrer Vorstellung von Nachtisch entsprach. »Sie wollten sich nach der Finanzierung von Terroranschlägen erkundigen?«

Mit einem Kopfschütteln wies Emma das angebotene Stück Schokolade zurück. »Lacey sagt, das wäre Ihr Spezialgebiet bei Interpol.«

Helen warf Lacey einen raschen Blick zu. »Sie schmeichelt mir. Aber ich kann Ihnen wahrscheinlich genug Hintergrundwissen vermitteln, also schießen Sie los.«

»Terrorismus ist teuer«, begann Emma, nachdem sie kurz auf ihre Notizen hinuntergeblickt hatte. »Wo kriegen die Typen von MenMatter ihr Geld her?«

»Terrorismus *kann* teuer sein«, bestätigte Helen, »aber was wir bisher von den Incels gesehen haben, ist ziemlich Low Budget. Die Kosten für das Gummitier, für den Kinderwagen, die Babypuppe. Sogar bei der Website reden wir hier höchstens von einem niedrigen vierstelligen Betrag.«

»Aber wenn die die Schrauben anziehen wollen, womit sie ja die ganze Zeit drohen, dann brauchen sie mehr Geld«, wandte Emma ein. »Bomben sind ja nun nicht billig.«

»Terrorismus wird oft vom Staat gesponsort«, sagte Helen, »aber das ist hier unwahrscheinlich. Manche Leute finanzieren ihre Anschläge durch kommerzielle Aktivitäten, legale oder illegale. Bekanntlich hat die IRA ein paar Hundert Taxis besessen, ein paar Pubs und mehrere Spielautomaten. Das Problem bei Tätigkeiten zum Geldverdienen ist, sie machen eine Menge Arbeit, man muss zunächst Geld investieren, und es braucht Zeit und Einsatz, damit sie Erfolg haben. Ich würde mich wundern, wenn eine so neue Gruppierung wie MenMatter ihre Aktivitäten auf kommerzielle Weise finanziert. Bleiben noch zwei Möglichkeiten. Erstens, eine oder mehr eingetragene Wohltätigkeitsorganisationen gründen und um Spenden bitten. Mehrere islamische Terrorgruppen finanzieren sich so. Die andere, und das ist die einzige, von der ich glaube, dass sie hier funktionieren könnte, ist Crowdfunding. Die Männer, die die Gruppe angeblich weltweit zu Tausenden unterstützen, können ja auch aufgefordert werden, sie zu finanzieren. Eine große Anzahl Kleinspenden kann sich zu einer ganz ordentlichen Summe addieren.«

»Sie meinen, so was wie eine GoFundMe-Website?«

»Die würde sehr schnell deaktiviert werden«, sagte Dana. »Bei den meisten Crowdfunding-Sites hat man ein wachsames Auge darauf, wer sie benutzt. Ich kann mir nicht vorstellen, dass sich eine Terrorgruppe da lange hält.«

»Es gibt ein paar Rechtsaußen-Plattformen, die da toleranter wären«, erklärte Helen. »Hatreon, WeSearchr, Counter Fund. Das Problem bei denen ist, sobald die Banken und Kreditkartenunternehmen mitbekommen, was da läuft, reichen sie die Zahlungen nicht weiter.«

»Manche verlegen sich mit Erfolg auf Kryptowährungen wie Bitcoin«, fügte Dana hinzu. »Aber mit so was fühlt sich nicht jeder wohl.«

»Die werden aber immer beliebter«, sagte Helen. »Und an Anleitungen dafür, wie man das macht, herrscht kein Mangel. Ich würde also auf Folgendes tippen: MenMatter finanziert sich über Crowdfunding und benutzt dazu eine Rechtsaußen-Plattform und eine Cyberwährung.«

»Stimmt«, sagte Lacey. »Entschuldigen Sie, Dana, ich hatte keine Zeit, Sie auf den neuesten Stand zu bringen. Heute hat mich Theo Cox angerufen, Sie wissen schon, einer aus Marks Team. Theo ist fürs Finanzielle zuständig, er hat nach dem Studium in Cambridge seinen Master in London gemacht.«

Dana nickte.

»Also, Finanzexperte Theo sagt, auf der MenMatter-Website, der Rage-Site, ist ein Appell veröffentlicht worden«, fuhr Lacey fort. »Die wollen Spenden, um einen Rechtsbeistand für die drei Männer zu finanzieren, die wir wegen der Tower-Bridge-Entführung angeklagt haben. Und vor einiger Zeit ist noch ein separater Spendenaufruf erschienen, für Jason Hancocks Verteidigung. Inzwischen gibt's auch Links im ganz normalen Internet.«

»Dann sollten wir also wissen, wie viel sie eingenommen haben«, stellte Dana fest. »Alle Kryptowährung-Transaktionen sind öffentlich.«

»Theo sagt, es tauchen jede Stunde neue Kampagnen auf, und es ist fast unmöglich, die alle im Blick zu behalten. Er hat gesagt, er hält mich auf dem Laufenden.«

»Es besteht auch die Möglichkeit«, meinte Helen, »und ich betone, die Möglichkeit, dass diese neue politische Gruppierung UNITY mit MenMatter in Verbindung steht. UNITY hat über zehntausend Mitglieder, die alle zehn Pfund abgedrückt haben. Das sind hunderttausend Pfund in ein paar Tagen. Wenn Sie das drucken, werden Sie wegen Verleumdung verklagt, Emma, also lassen Sie's. Aber behalten Sie es im Hinterkopf.«

»Das könnte aber funktionieren«, sagte Lacey. »Männer, die mit den Zielen von MenMatter sympathisieren, aber vor Gewalt zurückschrecken, könnten das Gefühl haben, sie steuern mit ihrem Mitgliedsbeitrag bei UNITY etwas bei. Wenn UNITY politisch nichts erreicht, sind sie vielleicht eher geneigt, ein bisschen direkte Action zu fördern. Ganz gleich, was passiert, das Geld fließt weiter.«

Ihr Handy klingelte. Laceys Gesicht schien um einiges

blasser zu werden, als sie auf das Display schaute und eilig aufstand. »Da muss ich rangehen«, sagte sie. »Entschuldigen Sie mich.«

50

Lange war die junge Frau auf der Klippe mit dem zweifarbigen Haar und der Lederjacke, die Frau, die er jetzt in Gedanken Lacey Flint nennen musste, für AryanBoy eine böse, aber ferne Erinnerung gewesen. Ein Ärgernis, das er ganz hinten in seinem Kopf verwahren konnte, weil diese Nacht auf dem Beachy Head für den Mann, der er jetzt war, keinerlei Bedeutung hatte.

In letzter Zeit jedoch dachte er immer öfter an sie und wurde immer zorniger. Weil sie alles falsch gemacht hatte!

Sie hätte in ihm eine verwandte Seele sehen sollen, so wie er in ihr. Sie hätten einander trösten sollen, hätten zusammen auf der Klippe sitzen, sich an den Händen halten und reden sollen, bis sie einander in- und auswendig kannten. Und als die Finsternis zum sanften Gold der Morgendämmerung wurde, hätte er begriffen, dass er doch nicht allein war, dass das Schicksal eingegriffen und er im allerschlimmsten Moment seines Lebens seine Seelengefährtin gefunden hatte.

Sie hätten den Beachy Head zusammen verlassen sollen. (Der Lexus mit dem toten Mädchen darin war ein logistisches Problem, das er noch nicht zufriedenstellend gelöst hatte.) Sie hätten in einem Café in Eastbourne frühstücken und sich dann in sein Zimmer schleichen können, bevor die anderen richtig wach waren. Eng umschlungen hätten sie einschlafen und beim Aufwachen wissen sollen, dass keiner von ihnen je wieder allein zu sein brauchte. Sie gehörte zu ihm. Warum verdammt noch mal hatte das Miststück das nicht eingesehen?

Nun, diesmal würde es anders sein. Diesmal würde sie nicht davonkommen.

51

Lacey eilte aus Danas und Helens Haus ins Freie und schnappte sich dabei ihren Mantel. Draußen ging sie über die Straße und dann noch ein ganzes Stück den Gehsteig hinunter. Erst als sie sicher war, dass niemand sie belauschen konnte, nahm sie den Anruf entgegen.

»Tic?« Es war ein alter Spitzname, denn sie und die Frau, die die Welt als Victoria Llewellyn kannte, hatten sich darauf verständigt, nie ihre richtigen Namen zu verwenden, selbst wenn niemand zuhören konnte. »Ist alles okay?«

Tics Anrufe drückte sie niemals weg, wenn es nicht sein musste, ganz gleich, was sie gerade tat.

»Alles bestens.« Die vertraute Stimme klang beruhigend normal. »Aber es ist was passiert.«

Im Hintergrund konnte Lacey schroffe Befehle hören, aufbegehrende Frauenstimmen, das Zuschlagen einer schweren Tür. Der ganz normale Sound eines Hochsicherheitstrakts im Frauengefängnis.

»Was?« Lacey fühlte, wie sich ihre Schultermuskeln verspannten. »Was ist passiert?«

»Ich bin von einem Mann kontaktiert worden, der behauptet, er sei Schriftsteller. Ein Typ namens Adam Ryan. Wir haben uns ein paar E-Mails geschrieben.«

Insassen eines Hochsicherheitsgefängnisses konnten E-Mails erhalten, aber nur indirekt. Die Mails kamen auf einem zentralen Konto an, und nachdem sie überprüft und genehmigt worden waren, wurden sie ausgedruckt und dem oder der Gefangenen ausgehändigt, ein Verfahren, das oft Tage dauerte. Die Empfänger durften antworten, aber nur unter strenger Aufsicht und zu festgelegten Zeiten. Das Resultat war, dass E-Mail-Verkehr mit jemandem, der im Gefängnis saß, nicht viel schneller war als die Schneckenpost.

»Er schreibt ein Buch über Mörderinnen, mit dem Titel *Lady Killers*. Ich hab gesagt, das ist alles andere als originell, aber ich bin mir nicht sicher, ob er das gerafft hat.«

»Passiert dir so was nicht oft?«, fragte Lacey.

»Oh, andauernd. Aber an dem ist irgendwas anders. Irgendwas ist komisch.«

Der Regen wurde stärker. »Inwiefern?« Sie sah sich nach etwas um, wo sie sich unterstellen konnte, und fand nichts.

»Er will nicht sagen, wer sein Agent oder sein Verleger ist, behauptet aber, er hätte einen Wahnsinnsvorschuss bekommen, fünfzig Riesen, und die würde er fifty-fifty mit mir teilen, wenn ich mitmache. Der bietet mir fünfundzwanzig Riesen an, Lacey, so was tun Schriftsteller nie! Ich glaube, ich dürfte das auch gar nicht annehmen, wegen irgendwelchem Quatsch, dass ich nicht von meinen Verbrechen profitieren darf.«

Lacey schlug den Mantelkragen hoch und beugte sich vor, um Gesicht und Handy vor dem Regen zu schützen.

»Und ich kann im Internet nichts über den Kerl finden. Schriftsteller haben alle eine enorme Onlinepräsenz, sogar die, von denen man noch nie gehört hat. Ich glaube, dieser Adam Ryan ist ein Fake.«

»Ich nehme mal an, es gibt einen Grund dafür, dass du ihn nicht einfach in die Wüste schickst?«

»Wir haben zweimal miteinander telefoniert. Da musste ich jedes Mal eine andere Nummer anrufen, das hat mich misstrauisch gemacht. Wer ändert denn innerhalb einer Woche seine Telefonnummer?«

»Der benutzt Wegwerfhandys.«

»Das dachte ich auch. Er will nicht, dass ich – oder eher die Gefängnisleitung, oder die Polizei – ihn finden kann. Und er hat komische Fragen gestellt. Hat viel nach meinem früheren Leben gefragt, wo ich aufgewachsen bin, ob ich noch lebende Angehörige hätte, ob ich Besuch bekomme, wer mir am nächsten steht.«

»Ein Biograf würde Hintergrundinfos brauchen«, gab Lacey zu bedenken.

»Ja, aber das wäre doch nicht das Erste, was er fragen würde, oder? Er würde erst mal in die Vollen gehen. Wie fühlt es sich an, jemandem ein Messer in den Bauch zu stechen? Wie ist das, wenn ein anderer Mensch einem total ausgeliefert ist? Wie schnell kühlt Blut ab, wenn es überall über einen drüberläuft?«

»Tic …«

»Ich weiß, du stehst nicht auf so was, aber die Leute, die mit mir reden wollen, die fahren da immer total drauf ab. Das sind richtige Spinner. Und dann hat er gefragt, was ich von dieser ganzen Incel-Nummer halte.«

Lacey richtete sich kerzengerade auf. Der Regen spielte keine Rolle mehr. »Er hat von den Incels gesprochen?«

»Jetzt kapierst du's. Er wollte wissen, wie ich den Überfall auf den Massagesalon gefunden hätte, und die Entführung von der Journalistin, und ob ich irgendwas anders gemacht hätte, und ob ich einen Rat für Männer hätte, die ihren Frust an Frauen auslassen wollen, die sie enttäuscht haben.«

»Was hast du zu ihm gesagt?«

»Ich habe gesagt, Emma Boston ist eine meiner Heldinnen, und Jason Hancock ist ein erbärmlicher Wichser, der kriegt, was er verdient, wenn er jemals in meine Nähe kommt.«

»So ist's recht«, lobte Lacey, empfand dabei jedoch ein Aufwallen der Trauer. Manchmal war es ihr fast unmöglich, die kaltblütige Mörderin mit dem Mädchen in Einklang zu bringen, das sie früher einmal gekannt hatte.

»Dann hat er gesagt, ich werde allmählich zu so einer Art Incel-Ikone, und Tausende Männer auf der ganzen Welt würden zu mir aufblicken, weil ich vier Frauen umgebracht habe, die das Leben ihrer Söhne ruiniert hätten.«

»Hast du doch gar nicht.«

»Hey, du brauchst mir nicht zu sagen, was ich getan habe, ich war dabei. Und dann wollte er wissen, ob ich mein Aussehen benutzt hätte, um Männer zu manipulieren. Also,

Herrgott, wer tut das nicht? Da bin ich schon misstrauisch geworden. Der hat sich weniger für mich interessiert, als dafür, wie er mich an der Incel-Bewegung andocken kann. Also wollte ich ihm gerade sagen, er solle sich ins Knie ficken, weil ich mit diesen gefährlichen Arschlöchern nichts zu tun haben will, als er etwas gesagt hat, bei dem mir das Blut in den Adern gefroren ist.«

Lacey hatte noch nie erlebt, dass Tic diese Formulierung gebraucht hätte.

»Er hat gesagt, er will mich besuchen, aber er will anderen Besuchern nicht in die Quere kommen. Er hat gefragt, ob ich Angehörige habe, die Kontakt zu mir halten, Eltern vielleicht, oder Geschwister. Ich habe gesagt, ich habe keine Verwandten, weil, darauf hatten wir uns ja geeinigt. Und er hat gefragt, ob ich mir da sicher wäre? Ob ich sicher wäre, dass ich keine Schwester habe?«

So fühlte es sich also an, wenn einem das Blut in den Adern gefror.

»Er heißt Adam Ryan, Lacey. Mr A. Ryan. Musst du's dir aufschreiben?«

Lacey streckte die Hand aus und schrieb den Namen auf das Beifahrerfenster des nächstbesten Autos. Den Buchstaben A für Adam. Dann den Nachnamen. Die Buchstaben begannen sofort zu zerlaufen, Wassertropfen rannen das Glas hinab.

A Ryan. AryanBoy.

Tics nächste Worte waren nicht notwendig, doch sie sagte es trotzdem.

»Der interessiert sich gar nicht für mich, Lacey. Sondern für dich.«

52

AryanBoy war dahintergekommen. Lange hatte es nicht gedauert. Die beiden jungen Frau in dem Auto in jener Nacht waren Lacey Flint und Victoria Llewellyn gewesen. Die, die noch am Leben war, musste Victoria sein (Lederjacke, schwarze Farbe im ansonsten blonden Haar, walisischer Akzent), also war die Unbekannte, die in dem gestohlenen Lexus von der Klippe gerollt war, Lacey Flint gewesen. Aus irgendeinem Grunde hatte Victoria beschlossen, die Identität ihrer Freundin zu stehlen, nachdem sie sich nicht getraut hatte, ihren Selbstmordplan durchzuziehen.

Was die Identität der Frau anging, die im Gefängnis von Durham mehrere lebenslängliche Freiheitsstrafen absaß, war er sich weniger sicher. Victorias Schwester Cathy war immer noch sein bester Tipp. Die beiden Frauen hatten sich ähnlich genug gesehen, vor allem als junge Mädchen, um damit durchzukommen.

Zuerst hatte ihn die Entdeckung verblüfft, dass Cathy Llewellyn angeblich bei einem Hausboot-Unfall auf der Themse ertrunken war, aber er war zu dem Schluss gekommen, dass es bei den Llewellyns wohl in der Familie lag, den eigenen Tod vorzutäuschen und eine geklaute Identität anzunehmen. Warum Cathy den Namen ihrer älteren Schwester angenommen hatte, das war eine andere Frage. Was er hoffte – wirklich, wirklich hoffte –, war, dass sie beide an den Morden beteiligt gewesen waren, denn das wäre etwas, was er super als Hebel einsetzen könnte. Eine Frau, die so ein Geheimnis hütete, würde doch tun müssen, was immer er wollte, oder?

Hey, vielleicht hatte sie ja sogar ihre Freundin kaltgemacht, die richtige Lacey Flint, die sie von der Klippe hatte stürzen lassen? Wäre das nicht der Hammer?

AryanBoy verbrachte dieser Tage viel Zeit damit, davon zu träumen, dass die Frau auf der Klippe ihm jeden seiner Wünsche erfüllen musste.

In der Zwischenzeit musste er seine Theorie auf die Probe stellen. Er hatte Kontakt zu der Frau in Durham aufgenommen und ein paar Steine ins Rollen gebracht. Wie lange sollte er warten, bevor er zuschlug?

53

»Emma«, fragte Dana, »hat Lacey Ihnen erzählt, was heute passiert ist? Der jüngste Vorfall der sogenannten Operation Catfish?«

Emma nickte. »Sie sagt, Sie können nur sehr wenig dagegen tun. Finden Sie das richtig?«

Ihre Frage stieß auf Schweigen.

»Sie dürfen mich nicht zitieren«, sagte Dana.

Emma nickte rasch und heftig. »Ich weiß. Sie sind eine nicht namentlich genannte Quelle bei der Polizei.«

Emma hatte an diesem Abend etwas Ungeduldiges, Ruheloses an sich, das war Dana schon innerhalb der ersten halben Stunde aufgefallen. Sie redete schnell, unterbrach andere öfter und fuhr bei lauten Geräuschen zusammen. Seit einem Monat zu wissen, dass andere Leute – sehr viele Leute – ihren Tod wollten, hatte deutlich sichtbare Auswirkungen. Außerdem, wurde Dana plötzlich klar, hatte sie darauf bestanden, mit dem Gesicht zur Tür zu sitzen.

Lacey hatte gerade das Haus verlassen. Vielleicht hatte sie die Haustür nur angelehnt.

»Keiner von uns findet das richtig«, sagte Dana, nachdem sie etliche unbehagliche Sekunden lang gegen die Versuchung angekämpft hatte, aufzustehen und nachzusehen. »Es ist nicht richtig, dass Frauen, die nachts allein unterwegs sind, verfolgt und eingeschüchtert werden können, es ist nicht richtig, dass jungen Mädchen, sogar Zehnjährigen, Hardcorepornos aufs Handy geschickt werden, und es ist nicht richtig, dass Frauen öffentlich gedemütigt werden können, wenn sie einfach nur versuchen, eine ernsthafte Beziehung zu einem Mann einzugehen. Aber juristisch ist das alles eine sehr graue Grauzone, und im Regelfall ist so etwas streng genommen kein Verbrechen, solange die Frau nicht verletzt oder bedroht wird.«

»Und da, wo so was als Verbrechen betrachtet wird, ist es sehr schwer nachzuweisen«, fügte Helen hinzu. »Wir reden hier von Dutzenden Vorfällen, vielleicht Hunderten, von denen viele für sich allein geringfügig erscheinen. Aber alle zusammen werden sie zu einem großen Problem.«

»Lacey sagt, Sie sehen Gegenreaktionen? Frauen, die tatsächlich zurückschlagen?«

»Gut so«, blaffte Helen, den Mund voll Schokolade.

»Nein, das ist nicht gut, die bringen sich nämlich dabei in Gefahr«, entgegnete Dana. »Sie versuchen, diese Catfishing-Nummer gegen Männer einzusetzen, richten Fake-Accounts ein, schauen, wer anbeißt, und konfrontieren dann Männer, die eindeutig nicht das sind, was sie laut ihrem Profil zu sein vorgeben. Das Problem ist, wenn Männer sich in der Öffentlichkeit von Frauen gedemütigt fühlen und wütend werden, können sie sich auf eine Art und Weise wehren, die uns nicht zur Verfügung steht. Hier kommen Frauen ernsthaft zu Schaden.«

Und das brauchte sie Emma wohl kaum zu sagen. Emma, die täglich Videoclips bekam, auf denen sie über der Themse hing.

»Was glauben Sie, wie sich diese neue Partei auswirken wird, UNITY?«, wollte Emma wissen. »Ich meine, die Morde in dem Spa und mein kleines Abenteuer sind jetzt über einen Monat her. Diese Frauen-spätnachts-stalken-Nummer und das mit dem Cyberflashing war nach ein paar Tagen wieder vorbei, sogar das Catfishing ist nicht mehr so verbreitet wie am Anfang. Vielleicht war ja eine neue politische Partei genau die Veränderung, die wir gebraucht haben.«

»AryanBoy ist aber nicht weg«, wandte Dana ein. »Er sagt seinen Followern, sie sollen abwarten und ihr Pulver fürs Erste trocken halten.«

»Der plant noch was anderes, nicht wahr?«, meinte Emma. »Das hier ist die Ruhe vor dem Sturm.«

»Ja«, pflichtete Dana ihr widerstrebend bei. Allein schon dies einzugestehen, fühlte sich an, als gäbe sie ihren Ängsten

Macht über sich. »Wir denken, genau so ist es. Noch einmal, Emma, zitieren Sie mich nicht, aber was mir wirklich Sorgen macht, ist, dass die großen Aktionen – was Ihnen und dem Baby passiert ist, und das mit den Frauen in Peckham – und sogar die niederschwelligen Einschüchterungskampagnen Wirkung zeigen. Das ist bei Terror immer so. Die brutalen Anschläge der IRA haben die Beziehungen zwischen Briten und Iren maximal belastet. Islamistischer Terror erzeugt antiislamische Ressentiments, und das führt zu rassistischen Angriffen auf alle Menschen mit Migrationshintergrund, egal welchen Glaubens. Die Incel-Bewegung spaltet Männer und Frauen, und das ist beängstigender als alles, was davor war, weil wir nämlich ganz und gar voneinander abhängig sind.«

»Und weil die Männer gewinnen werden«, ergänzte Helen.

54

Lacey fuhr die kurze Strecke von Battersea zu Joesburys Wohnung in Pimlico. Emma saß auf dem Beifahrersitz und schwieg, wie immer, wenn sie neue Informationen verarbeitete. Das passte Lacey sehr gut, sie musste nämlich selbst viel nachdenken.

Es schien sehr lange her zu sein, dass sie das letzte Mal solche Angst gehabt hatte.

Ein zu großer Zufall. Viel zu groß. Ein Mann, der als AryanBoy bekannt war, mutmaßlich das Gehirn von Men-

Matter, hatte seit geraumer Zeit versucht, sie zu finden, und das mit einigem Erfolg. Und jetzt kommunizierte ein Mann namens Adam Ryan, der krankhaftes Interesse an der Incel-Bewegung und eine wenig überzeugende Coverstory hatte, mit einer inhaftierten Mörderin, zu der sie eine sehr enge Beziehung hatte. Und er redete nicht nur, er machte Andeutungen über Verwandte, über Schwestern.

»Könnte dich jemand verpfiffen haben?«, hatte Tic am Telefon gefragt, während Lacey gerade überlegt hatte, ob sie sich absetzen könnte, sofort, noch heute Abend. Und wie das moralisch zu rechtfertigen wäre, weil sie dann Emma allein und unbewacht zurücklassen würde. Ihre Notfalltasche, die sie vor Jahren gepackt hatte, mit Geld, Wechselklamotten und gefälschten Papieren darin, war nicht in greifbarer Nähe. Sie hatte sie woanders verstauen müssen, als sie erfahren hatte, dass Joesbury auf ihrem Boot wohnen würde, und schnell an sie heranzukommen wäre so gut wie unmöglich.

»Also, wäre das denkbar?«, hatte Tic nachgehakt.

Es erschien ihr unwahrscheinlich. Kaum jemand wusste von ihren Besuchen in Durham. Dana und Helen, Joesbury natürlich, und ihr Boss Superintendent Cook: Menschen, denen sie davon hatte erzählen müssen, die die Geschichte kannten und glaubten, dass Lacey und Victoria von früher her befreundet waren. Keiner von denen hätte etwas gesagt. Es sei denn …

»Unmöglich ist es wohl nicht. Dana hat vor gar nicht langer Zeit gesagt, die da oben hätten sich nach meinen Besuchen bei dir erkundigt und würden andeuten, dass das bei einem angehenden Sergeant nicht gut aussieht. Leichtsinniges Gerede verbreitet sich immer schnell. Und er hat definitiv gefragt, ob du eine Schwester hast? Das waren seine exakten Worte?«

»Jep.«

»Woher kann er das wissen? Wie kann überhaupt jemand das wissen?«

»Vielleicht weiß er's ja gar nicht. Hör zu, es ist zu früh, um Panik zu schieben. Der hat doch mehr zu verlieren als du, er ist ein Mörder und ein Terrorist. Du hast nur auf deinem Bewerbungsbogen geschwindelt. Das machen die Leute schließlich andauernd.«

»Aber nicht bei der Polizei.«

»Trotzdem, wenn er ernsthaft vorhat, mich zu besuchen, das ist doch etwas, das du nutzen kannst, oder?«

Etwas, das sie nutzen konnte. Es wäre gefährlich, und es würde ein Alleingang sein müssen, ohne den Schutz der Londoner Polizei.

Aber blieb ihr denn etwas anderes übrig?

55

Am Donnerstag dieser Woche würde es Unwetter geben, was perfekt zu Danas Stimmung passte. Seit AryanBoys Drohung, Chaos zu entfesseln, waren achtundzwanzig Tage vergangen. Achtundzwanzig Tage, an denen Dana – außer an Wochenenden – ihr Kind in der Tagesstätte abgeliefert hatte, ohne sicher zu sein, dass sie zurückkommen würde, um es wieder abzuholen. Achtundzwanzig Tage des Zusammenschreckens, wenn ein Auto eine Fehlzündung hatte. Des Widerwillens, die U-Bahn zu nehmen, nicht dass sie dann unter der Erde festsitzen würde. Des Eilens von einem Betonpoller auf dem Gehsteig zum nächsten, falls ein vorbeikommender Lieferwagen beschloss, auf den Bürgersteig zu fahren und direkt auf sie zuzuhalten. Achtundzwanzig Tage eines Lebens in Angst.

Und nun hatte es den Anschein, als wäre sie da nicht die Einzige, auch Theo Cox war sichtlich nervös. Eine Nervosität, die nichts mit Expertise zu tun hatte, davon besaß er eindeutig mehr als genug. Er spielte beim Reden an seinem Haar herum, zupfte an den Manschetten seines Hemdes, hielt keinen Blickkontakt: alles klassische Anzeichen für Unbehagen. Sie schaute rasch auf die Informationen hinunter, die Mark ihr über ihn geschickt hatte. Ursprünglich kam er aus Oxford, hatte aber in Cambridge studiert, Informatik und Finanzwirtschaft. Eine Zeit lang hatte er in der City gearbeitet, als quantitativer Analyst bei Goldman Sachs, ehe er dort gekündigt hatte, um sich nach etwas umzusehen, was er als »lohnenderen Beruf« bezeichnete.

Anders als Archie und Warwick waren Theo und Georgie zivile Mitarbeiter der Polizei von London, sie hatten nicht die übliche Polizeiausbildung in Hendon absolviert. Theo, ein Soldatenkind, hatte einen großen Teil seiner Kindheit im Internat verbracht. Zu den Hobbys, die er angegeben hatte, gehörte Laientheater, und laut Mark war er ein ausgezeichneter Schauspieler. Er galt als guter Kandidat für künftige Undercover-Einsätze, und zwar analog, nicht mehr online. Wie alle vier Mitglieder des Cyber-Squad war er Single.

Da seine eigene Zeit begrenzt war, hatte Mark Theo nach Lewisham geschickt, um Dana und ihr Team über den MenMatter-Fall auf den neuesten Stand zu bringen.

»Kurz nach dem Anschlag auf den Massagesalon«, sagte Theo gerade, »haben wir eine neue Entwicklung bemerkt. Lehrern und Eltern ist aufgefallen, dass Jungen im Teenageralter ein neues Onlinespiel namens *Rage and Rampage* spielen. Das kann man sich aus dem Netz runterladen, trotz all unserer Bemühungen, das zu verhindern. Wie Sie gleich sehen werden, wird da ein brutaler Überfall auf ein Privatgymnasium simuliert. Das hier ist eine Kopie eines tatsächlichen Spielablaufs, die wir vor ein paar Tagen gemacht haben.«

Er beugte sich kurz über seinen Laptop, dann erwachte der Bildschirm hinter ihm zum Leben, und die Aufzeichnung eines Onlinespiels begann. Dana und ihre Kollegen sahen zu, wie der Protagonist, ein Junge mit dem Internetnamen Nate666, ein Schulgebäude betrat. Von der Eingangstür aus warf er ein Messer, das die Frau am Empfang mitten in die Brust traf. Als sie hinter dem Tresen zusammenbrach, legte er los. Er streifte in der Schule herum und metzelte alle arglosen Schülerinnen und Lehrerinnen nieder, die ihm über den Weg liefen, spürte die zu Tode Verängstigten auf, die sich in Schränken versteckten, trat die Türen von Umkleideräumen ein und brachte zur Sicherheit auch noch ein paar Jungen um. Sein Amoklauf wurde von einem laufenden Kommentar begleitet. Bei jedem Opfer, das er niederstreckte, zählte er auf, was er alles gegen sie hatte, gegen die Mädchen, die ihn hatten abblitzen lassen, gegen die Jungen, die auf ihn herabblickten.

»Ich fasse es nicht, dass dieser Scheiß immer noch online ist«, stieß Gayle Mizon hervor.

Theo klickte auf *Pause.* »Mein Kollege Warwick Bowman arbeitet gerade mit der Rechtsabteilung daran, es endgültig entfernen zu lassen. Das Problem dabei ist, dass es sich oberflächlich gar nicht so sehr von anderen Spielen unterscheidet, die zum Spaß Gewalt simulieren.«

»Wissen wir, wie beliebt dieses Spiel ist?«, wollte Dana wissen, als Theo die Aufnahme weggeklickt hatte. Ihr war ein bisschen übel.

»Heute Morgen hat sich ein Schulleiter bei mir gemeldet«, antwortete Theo, »und zwar der sechste innerhalb von drei Tagen. Wenn wir das Ding nicht aus dem Netz nehmen können, ist es ruckzuck größer als Minecraft. Was allerdings noch besorgniserregender ist, wir glauben allmählich, dieses Spiel könnte viel bedeutender sein, als wir zuerst gedacht haben.«

»Inwiefern?«, fragte Dana.

»Solche Spiele generieren Millionen«, erklärte Theo. »Manchmal Milliarden. Wir können nicht sagen, wie viele Abonnenten dieses hier hat, aber wir sehen es in den Vereinigten Staaten auftauchen, in Kanada, Australien, Südafrika. Und dabei ist es erst ein paar Wochen alt. Noch ein paar Wochen mehr, vor allem bei all der Publicity, die die Incels kriegen, und wir könnten es mit zigtausend Playern zu tun haben.«

»Aber man kann es umsonst runterladen und spielen«, meinte Neil Anderson. »Man hat uns glauben gemacht, dass es zur Gehirnwäsche dient. Terroristengruppen benutzen so was andauernd, um potenzielle junge Rekruten zu radikalisieren.«

»Spielen kann man umsonst«, bestätigte Theo. »Das ist das Geschäftsmodell bei den meisten dieser Spiele, aber die verdienen ihr Geld mit etwas, das sie Mikrotransaktionen nennen.«

Dana fühlte, wie sie Kopfschmerzen bekam. »Und was ist das?«

»Bei der Basisversion des Spiels bekommt jeder Player ein paar Macheten und ein paar Messer, die er sich in die Stiefel steckt, und außerdem so eine Art Schwert, das er auf dem Rücken trägt. Aber sie werden dazu angehalten, für Upgrades zu bezahlen – für Schusswaffen und Granaten, kleine Extras, die ihren Fantasievorstellungen mehr Macht verleihen und noch mehr Spaß machen. Und nächste Woche wird ein ganz neues Level eingeführt, da gibt's dann auch eine Schulaufführung und einen Schwimmwettkampf. Das neue Level kostet dann pro Player zehn Pfund.«

»Ist ja nicht besonders viel«, bemerkte Pete Stenning.

»Nein, und deshalb merken die meisten Eltern es vielleicht gar nicht, wenn ihr Sohn das überweist«, antwortete Theo. »Aber lassen Sie zehntausend Player upgraden, dann haben Sie hundert Riesen, plus dem Einkommen von all den anderen Waffen und den besonderen Fähigkeiten. Allmählich sieht es so aus, als ob sich das Ganze zu einem sehr anspruchsvollen Spiel mit gewaltigem Einnahmepotenzial entwickelt.«

»Mark hat gesagt, die sind darauf gefasst, dass das Spiel aus dem Netz entfernt wird«, fügte Dana hinzu. »Er sagt, die haben angefangen, Warnungen zu veröffentlichen. Was man tun soll, wenn das passiert, damit der Spaß beim Spielen nicht ausgebremst wird.«

»Überall auf der ganzen Welt laden sich Teenager Tor-Browser runter, um im Darknet weiterzuspielen«, sagte Theo. »Das ist das eigentlich Beängstigende. Dieses Spiel schnappt sich Tausende Jungen und zerrt sie an einen sehr finsteren Ort. Manche von denen schaffen es vielleicht nicht, da wieder rauszukommen.«

»Was mir Angst macht …« Neil erhob sich. »Was haben die Typen mit all dem Geld vor, das sie da scheffeln? Woher wissen wir, ob die nicht vielleicht Bomben bauen?«

56

Als Lacey am Samstag auf dem Bahnhof King's Cross in den Zug stieg, hätten nur wenige sie erkannt, nicht einmal die Leute, die sie gut kannten.

Sie trug weite, schlabbrige Klamotten, wie die Teenager, die bis spätabends auf der Promenade herumhingen. Ihr langes Haar war zu einem lockeren Zopf geflochten und unter der Wollmütze verborgen. Sie trug keinerlei Make-up, dafür aber eine verspiegelte Sonnenbrille, die sie während der ganzen Fahrt nicht abnahm. Außerdem hatte sie einen Rucksack und ein Skateboard dabei, um den Look abzurunden.

In den Tagen nach dem Abendessen bei Dana und Helen hatten sie und Tic einen Plan geschmiedet. Tic würde sich bei Adam Ryan melden, einem Treffen zustimmen und ihm einen Besuchsantrag schicken. Lacey würde am selben Tag inkognito nach Durham fahren und vor dem Gefängnis warten.

Tic würde sich mit Ryan treffen. Sobald er weg war, würde sie zum Telefon flitzen – nachdem sie die anderen Insassinnen bestochen hatte, damit es frei war – und Lacey eine Beschreibung durchgeben. Dann konnte Lacey dem Mann folgen, zurück nach London und dorthin, wo er wohnte.

»Und du findest nicht, dass du dich hier an die Vorschriften halten solltest?«, hatte Tic gefragt. »Nach dem, was du mir über Beschattungen erzählt hat, wird das verdammt schwer, wenn du's allein machst. Wenn du deine Polizeikumpel mit an Bord holst, kriegen die das besser hin. Wir könnten das Arschloch bis Sonntagabend eingebuchtet haben.«

»Und wenn er alles weiß? Über uns, meine ich? Der hält in der Arrestzelle doch nicht den Mund, oder?«

Tic war verstummt.

»Ich glaube nicht, dass wir das riskieren können«, hatte Lacey gesagt, als versuche sie, die andere zu überzeugen.

Und wenn er alles weiß?, hatte Tic gefragt, nachdem sie kurz jemand anderem erklärt hatte, nein, sie wäre noch nicht fertig, und sie würde verdammt noch mal Schluss machen, wenn sie fertig wäre. »Was machst du dann? Ich meine, ich an deiner Stelle würde das schnell regeln. Aber ich kann mir bei dir nicht vorstellen, dass du das Gesetz in die eigenen Hände nimmst.«

»Dann muss ich verschwinden«, antwortete Lacey. »Mich absetzen. Wir haben immer gewusst, dass es dazu kommen kann. Wenn du nichts mehr von mir hörst, *lange* nichts mehr von mir hörst, dann weißt du, was passiert ist.«

Das Ganze konnte kein Zufall sein, da waren die beiden sich einig, und trotzdem war sie hier, Tage später, und hoffte verzweifelt, dass es doch ein Zufall war und dass Adam Ryan bloß ein Möchtegernschriftsteller war. Dass seine Frage nach einer Schwester einfach nur ein Blindversuch gewesen war, und dass Lacey ihr Leben nicht demnächst um die Ohren fliegen würde.

Doch er war kein einfacher Möchtegernschriftsteller. Tic hatte recht gehabt. Adam Ryan hatte keine Internetpräsenz, war nirgends zu finden. Der Autor Adam Ryan war nicht real.

Als sich um halb zwei vor dem Gefängnis die übliche Schlange bildete, war Lacey körperlich erschöpft. Sie lehnte fünfzig Meter entfernt an einem Geländer und sah die Besucher ankommen: alte Frauen mit Enkelkindern, Männer in den Vierzigern, Fünfzigern, Sechzigern. Mehrere von ihnen kannte sie vom Sehen, ein oder zwei mit Namen. Lacey hielt Ausschau nach einem jüngeren Weißen, denn die meisten Incels gehörten zu dieser demografischen Gruppe. Der Mann würde gut gekleidet sein, vielleicht ein bisschen unkonventionell und auf Künstler gemacht. Er würde versuchen, die Fiktion aufrechtzuerhalten, dass er Schriftsteller war.

Um kurz nach zwei öffneten sich die Türen, und das langsame Einlassverfahren begann. Erst als der letzte Besucher im Gebäude war, konnte sich Lacey entspannen. Sie joggte den Hügel hinunter, suchte sich einen Pub und bestellte sich ein Sandwich und etwas zu trinken. Die Anspannung und das ständige Herumlaufen hatten sie müde gemacht. Sie behielt die Uhr im Auge und wusste, dass sie mehr oder weniger eine Stunde Zeit hatte. Sie lehnte sich zurück und ließ es zu, dass ihr die Augen zufielen.

Ihr Handy klingelte. Es war Tic. »Lacey, er ist nicht aufgetaucht.«

»Bist du sicher?«

Ein schwacher Seufzer, dann: »Wir machen das mit den Besuchern hier schon ziemlich lange. Die kommen uns nicht abhanden. Er ist nicht hier.«

Sie hatte die ganze Fahrt nach Durham umsonst gemacht. »Er hat kalte Füße bekommen?«

»Vielleicht. Oder vielleicht hatte er das von Anfang an geplant. Findest du nicht – im Rückblick, meine ich – dass er ganz schön indiskret war? Er hat mir seinen Namen gesagt, Adam Ryan. Ihm muss klar gewesen sein, dass ich da die Verbindung erkenne – es sei denn, die denken wirklich, Frauen sind blöd wie Schweinescheiße –, und sein Interesse an der Incel-Bewegung hat er auch ganz klar gezeigt. Und Andeutungen über irgendwelche Schwestern gemacht.«

»Du denkst, wir sind über den Tisch gezogen worden?«

»Ich bin scheißwütend auf mich, aber, ja, das denke ich. Wo bist du jetzt?«

»Im Pub.«

»Schau dich mal um. Unauffällig.«

Ein Gefühl der Furcht beschlich Lacey, als sie ihre Umgebung betrachtete. Sie hatte sich einen Tisch in einer Ecke gesucht, also konnte sie den ganzen Schankraum und die Hälfte der Bar sehen. Eine Gruppe Studenten saß am Fenster, ein nicht mehr ganz junges Paar in Wanderkluft hockte am nächsten Tisch, und ein einzelner Mann, der allein dasaß, las Zeitung. Sie konnte sein Gesicht nicht sehen.

»Ich muss Schluss machen«, sagte Tic. »Diese Typen tun Frauen weh, Lacey. Sei vorsichtig.«

Sie war weg. Lacey war auf sich allein gestellt.

Und jetzt war sie also die Gejagte. Sie hatten sie aus der Deckung gelockt, allein, ungeschützt, und Hunderte Kilometer von ihrem heimischen Revier entfernt. Jeder Mann, in dessen Nähe sie kam, war eine potenzielle Bedrohung. Der Reisende, neben dem sie im Zug nach Hause sitzen würde, konnte ein Messer oder Schlimmeres bei sich haben.

Lacey war der Appetit vergangen. Sie ging zur Damentoilette und nahm dabei so viel von dem Pub in Augenschein, wie sie nur konnte. Zwei Männer saßen allein an der Bar.

Im Korridor war es nach dem zu stark geheizten Schankraum richtig kalt. Am anderen Ende führte ein Notausgang auf den Hinterhof hinaus. Lacey strebte auf die offene Tür zu. Ihr war klar, dass sie gerade in Panik geriet, und es war ihr egal. Sie erreichte die Straße und beschleunigte ihre Schritte.

Auf dem Weg durch die kleine Domstadt schaute sie sich kaum um und kam völlig außer Atem am Bahnhof an. Sie war eine der Letzten, die ihre Plätze im Zug einnahmen, auf dem Bahnsteig knallte der Bahnhofswärter schon die Türen zu. Zwei Frauengruppen saßen ganz in der Nähe. Die eine – auf der anderen Seite des Mittelgangs und ein Stück weiter vorn im Waggon – bestand offensichtlich aus

Studentinnen, die andere direkt vor Lacey ebenso offensichtlich nicht. Die Nicht-Studentinnen waren aufgetakelt bis zum Anschlag und machten bereits den Prosecco auf. Etwas weiter hinten saßen eine junge Familie, ein älteres Ehepaar, ein Vater und sein Sohn in identischer Fußballkluft.

»Entschuldigung.« Ein Mann im Mittelgang blickte auf sie herab. »Sorry«, fuhr er fort, »ich wollte Sie nicht erschrecken.«

Er war jung, Ende zwanzig, glattrasiert und weiß. Etwas über eins fünfundsiebzig und schlank gebaut, leger und völlig unauffällig gekleidet. Sein dunkles Haar war ein wenig zu lang, seine Augen waren von einem hellen Grau. Das Gesicht war an den Schläfen breit und wurde zum Unterkiefer hin schmaler. Er sah ganz gewöhnlich aus, nicht besonders gut, bei Weitem nicht hässlich.

»Ist das Ihres?«, fragte er. Er hielt ihr Skateboard in der Hand.

Noch immer brachte sie kein Wort heraus. Sie behielt seine Hände im Auge, wartete darauf, dass sie nach dem verborgenen Messer griffen, nach der Pistole, nach der Axt.

»Ich war eben im Pub, und ich glaube, ich hab Sie da gesehen. Ich skate auch, deshalb ist mir Ihr Board aufgefallen. Als Sie nicht zurückgekommen sind, dachte ich, ich nehm's mal mit, so auf Verdacht.«

»Auf was für einen Verdacht?«, fragte sie.

Die Hand, die nicht das Board hielt, hob sich in einer beschwichtigenden Geste. »Sorry, das soll jetzt hier nicht irgendwie komisch sein. Ich habe Sie auf der Herfahrt im Zug gesehen, also hab ich angenommen, dass Sie vielleicht wieder zurückfahren. Wenn's nicht Ihres ist, finde ich schon ein Zuhause für das Teil, ich habe viele Freunde, die skaten.«

»Es ist meins. Vielen Dank.«

Lächelnd streckte er die Hand aus. Sie zuckte abermals zurück, aber er legte das Skateboard nur in die Gepäckablage über ihr, ehe er seine Jacke auszog und sie über seinem eigenen Platz verstaute.

Eine dunkelgrüne Jacke, mit braunem Stoff gefüttert. Eine ganz ähnliche hatte sie schon einmal gesehen.

»Ich bin Jack«, sagte er und lächelte auf sie herab.

»Sind Sie sicher?«

Er sah sie merkwürdig an, und, okay, ja, sie verhielt sich ziemlich abgedreht, aber wenn er nicht AryanBoy war, hatte sie nichts zu verlieren, und wenn doch, na ja, dann hatte sie nichts zu verlieren. Dann konnten sie beide ja auch ehrlich zueinander sein.

»Wollen Sie 'nen Ausweis sehen?«, fragte er.

»Nein, ist schon okay. Danke für das Board. Das war nett von Ihnen.«

Der Pfeife gellte, der Zug setzte sich in Bewegung. Bis nach King's Cross waren es dreieinhalb Stunden, und die ganze Zeit über würde sie nicht wissen, ob der Mann, der nur eine Armlänge entfernt saß, ihr etwas antun wollte. Sie könnte sich woanders hinsetzen. Wenn er ihr folgte, würde das etwas beweisen. Oder sie konnte bleiben und das Spiel mitspielen.

Lacey traf eine Entscheidung. Sie zog sich die Strickmütze vom Kopf und schüttelte ihren Zopf herunter, dann zog sie ihre Jacke aus und legte sie auf den Sitz neben sich.

Dabei konnte sie fühlen, wie Augen sie von der anderen Seite des Mittelgangs aus beobachteten.

Sie drehte sich um und lächelte den jungen Mann an. Er hatte ein Taschenbuch auf dem Schoß, hatte es aber nicht aufgeschlagen. »Besuch bei Freunden in Durham?«, fragte sie. »Bei Verwandten?«

Er neigte den Kopf. »Ein Kumpel von mir studiert da.«

»Muss ja ein guter Kumpel sein. Ist 'ne ganz schön lange Reise.«

»Und was haben Sie für eine Ausrede? Freund?«

»Jemand, der mir nahesteht.« Wieder lächelte sie. »Im Gefängnis.«

Ein sonderbarer Ausdruck huschte über sein Gesicht – Verblüffung, gefolgt von Beklommenheit. Sah echt aus, aber es war schwer, das mit Sicherheit zu sagen. »Krass.« Er senkte den Blick auf das Buch und rutschte auf seinem Sitz herum.

»Fahren Sie die ganze Strecke?«, erkundigte sie sich fröhlich.

»Bitte?«

»Bis London. Wohnen Sie in London?«

Er nickte nervös. Sie hatte ihn verschreckt. Das bedeutete wahrscheinlich, dass er wirklich war, was er zu sein vorgab.

Als der Zug schneller wurde, ließ eine Durchsage sie wissen, dass der Speisewagen geöffnet habe und man dort Tee, Kaffee, Erfrischungen und alkoholische Getränke bekommen konnte.

»Ich heiße Laura.« Sie nannte den Namen, den sie früher schon einmal benutzt hatte, als sie für eine Undercover-Operation eingespannt worden war.

Der Mann, der sich Jack nannte, stand auf. »Kann ich Ihnen was zu trinken besorgen?«, fragte er. »Ihren letzten Drink haben Sie ja stehen lassen.«

»Vielen Dank«, antwortete sie. »Ich hätte gern ein Bier.«

Während er weg war, hatte Lacey Gelegenheit, einen Blick auf das Taschenbuch zu werfen, das er las – die Jubiläumsausgabe von *The Vagina Monologues* von Eve Ensler. Auf den ersten Blick schien das für einen Incel eine sonderbare Wahl zu sein, andererseits war es ja vielleicht auch eine gute Requisite. Seinen Rucksack hatte er mitgenommen, doch seine Jacke lag noch in der Gepäckablage. Sie stand auf, fuhr mit den Händen über den Stoff und behielt dabei den Gang im Auge. Außen grün und innen braun, mit beigefarbenem Besatz. Etwas in der rechten Tasche fühlte sich nach Schlüsseln an. Sie ging das Risiko ein, zog die Jacke herunter und ließ sich wieder auf ihren Sitz sinken. Dann zog sie den Reißverschluss der Tasche auf. Schlüssel, ein Päckchen Kaugummi, etwas Kleingeld. Nichts in den anderen Taschen. Sie erhob sich, legte die Jacke zurück und setzte sich gerade wieder, als die automatische Tür zwischen den Waggons zischend aufging.

Er hatte zwei Flaschen Cobra und eine Tüte Chips mitgebracht, mit Käse- und Zwiebelaroma. »Ihre haben Sie doch im Pub liegen lassen«, meinte er und reichte ihr die Tüte. »Ich hätte Ihnen ein Sandwich geholt, aber ich hatte nicht gesehen, was für eins Sie hatten. Und außerdem könnten Sie ja Veganerin sein, aber die hatten nur Schinkensandwiches.«

Sie hatte Hunger, war aber zu angespannt, um etwas zu essen. Und sie hatte keine Ahnung, ob das jetzt nett oder unheimlich war. Ihm war tatsächlich aufgefallen, was für Chips sie sich zu dem Sandwich gekauft hatte?

»Super, danke«, sagte sie. »Die nächste Runde geht auf mich. Eine ungewöhnliche Lektüre haben Sie da.«

Rasch schaute er auf das Buch hinunter. »Finden Sie? Ich würde sagen, Männer haben von dem Buch mehr als Frauen. Haben Sie's gelesen?«

Lacey schüttelte den Kopf.

»Viele Frauen sagen, es hätte sie stärker gemacht.«

»Und was sagen Männer?«

Er zuckte mit den Schultern. »Erhellend. Also, wo skaten Sie denn?«

»Stockwell«, antwortete sie, »Clapham. Manchmal auf der Promenade. Kommt natürlich drauf an, wer gerade da ist. Kann manchmal 'ne ganz schöne Männerveranstaltung sein.«

»Tja, da kann man nichts machen.«

»Dieses Jahr hab ich mir selbst den Ollie beigebracht.«

Er machte ein beeindrucktes Gesicht, dabei war das laut den Internetseiten, die sie sich angesehen hatte, ein ziemlich einfacher Move. Zum Glück war es nicht sehr wahrscheinlich, dass sie um eine Vorführung gebeten wurde. Dann ging die Tür abermals auf, und der Zugbegleiter ging durch den Waggon und kontrollierte die Fahrkarten, sodass sie ihre Unterhaltung abbrechen mussten. Als er vorbei war, hatte der Mann, der behauptete, er heiße Jack, sein Buch wieder zur Hand genommen. Während sie so tat, als beschäftige sie sich mit ihrem Telefon, machte Lacey unauffällig ein Handyfoto von ihm, und dann eins von seiner Jacke.

Als sie die Bilder gerade abspeicherte, tauchte eine Eilmeldung auf ihrem Display auf.

Schwerer Zwischenfall in London. Zahlreiche Verletzte. Polizei spricht von Terroranschlag.

57

Joesbury hatte sich angewöhnt, an den Wochenenden zu arbeiten, an denen Huck nicht bei ihm war und Lacey, was zurzeit immer öfter vorkam, entweder fand, sie müsse ein Auge auf Emma haben, oder andere Pläne hatte. Heute gehörte zu diesen Plänen eine Zugfahrt nach Durham, um diese Irre Victoria Llewellyn zu besuchen.

Sie hatte ihm schon vor langer Zeit eindeutig zu verstehen gegeben, dass ihre Beziehung zu Llewellyn nicht zur Diskussion stand, und er hatte sich gefügt. Doch das war vorher gewesen. Jetzt überlegte er, wie wichtig das Wissen, dass sie jeden Monat freiwillig einen Tag mit der Frau verbrachte, die ihn angeschossen hatte, jetzt, wo sie zusammen waren, sein würde.

Verdammt, er wäre wahrscheinlich sowieso zur Arbeit gekommen. Auch wenn er außer so einem Gefühl ganz tief im Bauch nicht den geringsten Beweis hatte, konnte er spüren, dass sich irgendetwas anbahnte. Das Getöse der Incels war lauter geworden und hatte jetzt etwas Schadenfrohes. Das Team war ganz seiner Meinung, da baute sich Erregung auf. Es war jetzt fast einen Monat her, dass AryanBoy mit der neuen Apokalypse gedroht hatte. Irgendetwas musste geschehen, und zwar bald.

»Mark, wir registrieren hier sehr viele Chat-Teilnehmer«, teilte ihm seine Kontaktperson in der Kommunikationszentrale der Regierung gerade per Telefon mit. »Das geht schon die ganze Woche so, aber heute hat es enorm zugelegt. Ich habe Commissioner Dickinson informiert. Sie wird mit der Innenministerin darüber sprechen, dem JTAC Druck zu machen, um die Bedrohungslage als höher einzustufen. Wir glauben, hier könnte etwas unmittelbar bevorstehen.«

»Sir.« Warwick war im Türrahmen aufgetaucht. »Ich glaube, da läuft was.«

Der Junge war ungewöhnlich blass. Er hielt ein Mobiltelefon in den Händen und drehte es wie einen Satz Spielkarten, die er gleich mischen wollte.

»Jetzt gerade?«, fragte Joesbury.

»Irgendwer streamt live auf der Rage-Site. Die Arschlöcher drehen komplett frei.«

»Haben Sie das gehört?«, fragte Joesbury ins Telefon.

»Ja, wir kümmern uns gleich drum«, kam die Antwort.

Das Gespräch wurde beendet, und Joesbury folgte Warwick ins Großraumbüro. Es war fast leer – nur er und Warwick waren hier –, doch als sie auf eine Reihe Bildschirme auf den Tischen in der Mitte zustrebten, kamen andere Mitarbeiter aus nahe gelegenen Büros durch die Tür. Es sprach sich herum.

»Ich pack's mal auf den großen Bildschirm.« Warwicks Finger bewegten sich schneller, als Joesburys Blick ihnen folgen konnte. Gleich darauf erwachte der riesige Monitor an der hinteren Wand des Raumes zum Leben, und Joesbury sah einen Livestream auf der Rage-Website. Eine Großstadtstraße mit zäh fließendem Verkehr. Sah nach London aus – ja, ein roter Doppeldeckerbus kam ins Bild gekrochen. Das Bild hüpfte und schwenkte von einer Seite zur anderen, als bewege derjenige, der die Kamera hielt, sich schnell vorwärts, und zwar eher zu Fuß als auf einem Fahrrad. Fußgänger, die in die Gegenrichtung unterwegs waren, kamen ins Bild und verschwanden wieder.

»Er hat sich die Kamera an der Brust befestigt«, meinte Warwick. »Wie bei dem Video, das wir von Jason Hancock aus dem Massagesalon bekommen haben. Ich schalte mal Audio zu.«

Eine Sekunde später konnten sie den Lärm einer viel befahrenen Londoner Straße hören: Autos, dröhnende Bassklänge aus einem vorüberfahrenden Wagen, den schrillen Schrei eines kleinen Kindes.

»Ich melde das an die Zentrale.« Joesbury beugte sich über den Tisch und klickte auf die Leitung zur Zentrale von Scotland Yard. Da begannen in der unteren Ecke des Bildschirms Kommentare aufzutauchen.

Scheiße, ich fahr da ja so dermaßen drauf ab.

Mach sie fertig, Alter.

Joesbury sah ein Gebäude, das er zu kennen glaubte, und konnte schweres Atmen hören. Rasch blickte er zu Warwick hinüber, dann wurde ihm klar, dass er die Person hinter der Kamera hörte. Der Mann keuchte beinahe.

Die Kommentare rissen nicht ab.

Jetzt kriegen die Foids ihr Fett.

Kratzt ab, ihr Scheißschlampen.

»Unmittelbar bevorstehender Terroranschlag in Central London«, sagte Joesbury in das Mikrofon. »Wird live im Internet gestreamt. Benachrichtigen Sie alle Einheiten. Könnte in der Nähe vom Bahnhof Elephant and Castle sein. Ja, bestätige, genau da. Verdächtige Person ist wahrscheinlich männlich, aber zurzeit haben wir keine weiteren Informationen. Er ist auf der A3 in Richtung Unterführung unterwegs. Schicken Sie die Streifenwagen dorthin. Vorsichtig vorgehen, Verdächtiger dürfte bewaffnet sein.«

Er klickte die Leitung weg. »Bringen Sie mich auf den neuesten Stand«, sagte er zu Warwick, während auf dem Bildschirm der Mann mit der Kamera an der Brust in eine Seitenstraße einbog. »Und jemand soll rausfinden, was in dieser Straße ist«, rief er laut.

»MadHatter hat vor ein paar Minuten gepostet.« Warwicks Stimme klang zittrig. »Hat behauptet, gleich würde was ganz Großes passieren, und alle sollen auf die Website gehen, um Zeuge zu sein. Im Moment sind über dreitausend User online.«

»Da ist ein Kulturzentrum«, rief eine Stimme. »Und ein Sportzentrum. Er ist nicht weit weg von der South Bank University.«

Dreitausend war bereits zu niedrig geschätzt. Die Zahl der aktiven User auf der Website wuchs schneller, als Joesbury mithalten konnte. Was immer gleich geschah, würde sich vor den Augen sehr vieler Menschen abspielen.

»Holen Sie die anderen«, wies Joesbury Warwick an, der zu einem anderen Schreibtisch ging und nach einem Telefon griff.

Die Kommentare kamen weiter herein, zunehmend erregt, oft obszön, und der Mann mit der Kamera ging schneller. Ohne sich umzudrehen, wusste Joesbury, dass sich hinter ihm immer mehr Leute versammelten.

»Er geht zur Universität«, sagte jemand.

Wieder öffnete Joesbury die Leitung zum Kontrollzentrum. »Verdächtiger ist auf dem Weg zur Universität. Können wir deren Security informieren? Wie weit ist die nächste Streife weg?«

»Fünfzehn Minuten«, kam die Antwort. »Haben Sie eine Personenbeschreibung?«

»Negativ.«

»Da ist das Sportzentrum«, sagte jemand hinter Joesbury.

»Er geht ins Sportzentrum.«

»Psst, er sagt was.«

Es wurde still. Dann schien eine Männerstimme – hoch, atemlos und mit einem Süd-London-Akzent – den ganzen Raum zu füllen.

»Alles klar, bin voll drauf. Dann wollen wir mal.«

Die Eingangstüren des Sportzentrums der South Bank University füllten den Bildschirm aus.

»Wir brauchen die Nummer von dem Sportzentrum. Hat jemand eine Telefonnummer von denen?«

Hinter Joesbury wies jemand die Zentrale an, das Sportzentrum zu warnen.

Zu spät. Die automatischen Türen glitten auf. Ein Empfangstresen, groß und kreisförmig, lag vor ihnen. Die Kamera wandte sich nach rechts und hielt auf eine Schranke zu, die dazu gedacht war, den Zugang zu den Räumlichkeiten zu kontrollieren.

»Kann ich Ihnen helfen, Sir?«, rief eine Stimme und wurde ignoriert. Ein schwarzer Lederhandschuh kam in Sicht, als der Mann mit der Kamera gegen die Schranke drückte. Sie bewegte sich nicht.

»Sir? Kann ich Ihnen helfen?«

Das Bild schwankte und ruckte, als der Verdächtige über die Schranke sprang und einen Korridor im Inneren des Gebäudes hinunterrannte. Eine Frau mit einem kleinen Kind, die ihm entgegenkam, drückte sich und ihre Tochter gegen die Wand.

»Er ist bewaffnet«, sagte jemand halblaut.

»Sir, ich habe den Empfang von dem Sportzentrum am Telefon«, rief eine Stimme vom anderen Ende des Raumes herüber. »Was soll ich denen sagen?«

»Wo sind die Kollegen von der Streife?«, wollte Joesbury wissen.

»Fünf Minuten. Überall Stau. Die kommen einfach nicht durch.«

»Niemand soll sich dem Verdächtigen nähern«, sagte Joesbury. »Wenn sie die Leute schnell evakuieren können, ohne in seine Nähe zu kommen, sollen sie's tun. Wenn sie Räume abschließen können, sollen sie's tun. Die sollen sich grundsätzlich von ihm fernhalten, bis Verstärkung kommt.«

Eine schwarze Tasche tauchte im Bild auf, und eine behandschuhte Hand griff hinein. Die Waffe, die sie hervorzog, war riesig und knallbunt. Ein Wasserblaster mit Pumpe.

»Du willst mich wohl verarschen«, knurrte Joesbury.

»Was ist denn das für'n Teil?«, fragte jemand.

»Soll ich die Kollegen zurückpfeifen?«

»Nein!«, blaffte Joesbury.

Der Mann blieb stehen. Sie konnten ihn atmen hören. Er drehte sich so, dass die Aufschrift an der Tür direkt vor ihm in der Mitte des Bildschirms auftauchte.

Damenumkleide.

»O Gott, nein«, seufzte jemand Joesbury ins Ohr, als ein Fuß in einem schweren Stiefel zutrat und die Tür aufsprang. Der Verdächtige marschierte hindurch, trat eine zweite Tür auf und stand in der Frauenumkleide.

Es war ein großer Raum, dazu gedacht, zwei oder mehr Mannschaften zu beherbergen. Zur Linken waren eine Reihe Duschnischen und dann eine Reihe Toilettenkabinen. Auf der gegenüberliegenden Seite des Raums, durch den Dampf der heißen Duschen nur unscharf zu erkennen, befanden sich die Spinde. Vier Bankreihen mit Garderobenhaken in Kopfhöhe darüber nahmen den größten Teil des Raumes ein.

»Ein Hockeyteam«, sagte jemand leise, als die Kamera eine hohe runde Tonne einfing, aus der die gekrümmten Enden von Feldhockeyschlägern ragten.

Die Kommentare, die fast zu schnell hereinkamen, um sie lesen zu können, nahmen einen lüsternen Ton an.

O Mann, Alter, lass mir ’n bisschen Zeit. Lass mich das genießen.

Foid City. Schaut euch die Scheißweiber an.

Selbst durch den Dampf hindurch konnten sie sehen, dass die Umkleide voller junger, mehr oder weniger unbekleideter Frauen war. Ein Mädchen, das Haar zu einem blonden Pferdeschwanz zusammengerafft, kam aus einer

Duschnische; ein Handtuch bedeckte ihren Körper gerade eben so von den Schenkeln bis zu den Achselhöhlen. Eine andere stand in Slip und BH da und streckte einen Arm zur Decke, während sie Deodorant auftrug.

Joesbury sah zwei sehr verschiedene Hockeytrikots. Eines war blau und schwarz, das andere rot mit gelben Insignien. Wenn man pro Mannschaft bis zu zwanzig Spielerinnen veranschlagte, einschließlich der Reservespielerinnen, dann hieß das möglicherweise, dass da vierzig junge Frauen unmittelbar gefährdet waren.

Der Eindringling war bemerkt worden. Es wurde lauter; Handtücher wurden hochgerissen, schlanke Gestalten schlüpften in Duschnischen und Kabinen. Bis jetzt jedoch herrschte Ärger und Entrüstung vor und keine Angst.

»Hey, ich glaube, du hast dich in der Tür geirrt.«

Eine der Torhüterinnen – Joesbury sah ihren Helm und ihren Gesichtsschutz auf einer Bank in der Nähe liegen – hatte den Mann angesprochen. Sie sah aus, als wäre sie achtzehn oder neunzehn, groß, das glänzende dunkle Haar offen um die Schultern.

Die Kamera schwenkte herum, und der Wasserblaster erschien im Bild. »Halt deine Scheißfresse, Miststück!«, fauchte der Mann, und ein Strahl schoss auf die junge Frau zu. Sie war ebenso schnell wie der Mann und trat zur Seite. Die Flüssigkeit verfehlte sie.

»Raus hier, du perverser Scheißer!« Sie trat auf ihn zu, forderte ihn heraus. »Filmst du uns etwa, du Widerling?«

Joesbury ertappte sich dabei, wie er »Nein, tu's nicht« flüsterte, als von irgendwo außerhalb des Bildes ein gellender Schrei ertönte.

Die Pistole schwang abermals auf die Torhüterin zu, doch sie war zu nahe, der Lauf traf sie am Arm. Anderswo im Raum schrien inzwischen mehrere Frauen. Der Schütze trat zurück, um Platz zum Zielen zu haben, und die Torfrau sprang weg. Er fuhr von Neuem herum und feuerte wild drauflos.

Flüssigkeit schoss aus dem Lauf und traf eines der am nächsten stehenden Mädchen auf die Brust, ein paar Zentimeter über dem Handtuch, das sie sich gegen den Körper drückte. Ihre Haut glühte rot, schien zu dampfen. Sie schrie auf, drückte die Hand gegen die Stelle und kippte hintenüber.

Joesbury und seine Kollegen sahen entsetzt zu, wie der Verdächtige den Pump-Mechanismus des Wasserblasters betätigte. Seine Hand riss den Hebel mehrere Male zurück, um die Kammer neu zu füllen, und dann feuerte er, zweimal, dreimal, noch einmal, zielte auf die, die ihm am nächsten waren. Die Waffe mochte ein Kinderspielzeug sein, aber der Pump-Mechanismus verlieh ihr Wucht, vor allem in der Enge des Raumes. Die Flüssigkeit konnte durch die ganze Umkleide spritzen. Mädchen flohen, fielen über Hockeyschuhe, über Kleidungsstücke, über einander. Die Schreie wurden ohrenbetäubend.

»Das ist Säure«, sagte jemand leise hinter Joesbury. »Dieser abartige Scheißkerl schießt mit Säure auf sie.«

Die Mädchen konnten nirgendwo hin. Die, die am dichtesten bei den Toiletten waren, knallten die Türen der Kabinen zu und versperrten sie, doch diese dürftigen Verstecke waren bald voll. Die andern drückten sich gegen die hintere Wand. Die Schreie hörten nicht auf.

»Er blockiert die Tür«, sagte Warwick, als der Schütze die Frauen nicht weiter in die Umkleide verfolgte. »Er lässt sie nicht raus.«

»Wir brauchen ein bewaffnetes Einsatzteam«, sagte Joesbury. »Sagt mir bitte, dass die Neunzehner schon unterwegs sind.«

Die SCD19 war die bewaffnete Spezialeinheit der Londoner Polizei. Sie konnte auf keinen Fall schnell genug dort sein.

Der Mann hörte auf zu feuern. Aus Schreien wurde verängstigtes Wimmern, Stöhnen, Hilferufe.

»Wieso hat er aufgehört?«, fragte jemand hinter Joesbury.

»Das Ding ist leer«, antwortete jemand anderes. »Mein Sohn hat so eine Wasserpistole, Super Soaker heißen die. So viel geht in den Tank nicht rein. Er muss immer wieder nachfüllen.«

»Haben wir jetzt Kollegen da im Gebäude?«, rief Joesbury.

Sie hörten ein Klappern, als etwas Schweres zu Boden fiel, und dann wackelte das Bild auf dem Schirm heftig, als der Mann sich bückte. Sie sahen die Tasche, sahen, wie seine behandschuhten Hände sie öffneten. Daneben lag der weggeworfene Super Soaker. Er holte einen zweiten aus der Tasche.

»Scheiße!«

Lautes Klopfen, jemand hämmerte an die äußere Tür. »Können Sie uns Ihren Namen sagen?«, rief jemand. »Wir wollen mit Ihnen reden. Nur reden.«

»Okay, okay.« Das war die Stimme des Schützen. Er richtet sich auf und zielte mit der Waffe. »Okay, bringen wir's zu Ende.«

Wieder pumpte er Flüssigkeit in die Kammer. Dann trat er von der Tür weg, sprang auf die Bank und blickte zu der ersten Toilettenkabine hinüber. Zwischen der Kabinentür und der Decke der Umkleide war eine große Lücke von etwa sechzig Zentimetern. Der Säurestrahl flog durch die Luft, beschrieb eine Kurve und fiel auf die Frauen hinab, die sich in der Kabine drängten.

Schmerzensschreie.

Der Mann machte auf der Bank einen Schritt zur Seite und feuerte abermals.

Dann fiel er von der Bank. Eben war die Kamera noch auf die Tür der Toilettenkabine gerichtet, dann flog sie durch die Luft, und dann sahen sie nur noch feuchte Fliesen.

»Er liegt auf dem Boden«, stellte Warwick fest.

»Rein mit den Männern!«, brüllte Joesbury.

Das Bild wurde deutlicher. Jetzt zeigte die Kamera, die noch immer funktionierte, die Leuchtröhren an der Decke. Sie hörten eine Männerstimme vor Schmerzen stöhnen. Dann wurde die Wasserpistole sichtbar.

Eine zweite Gestalt trat ins Bild. Die Torhüterin. Mit erhobenem Hockeyschläger stand sie über dem Mann. Sie schlug zu, und die Wasserpistole flog dem Mann aus der Hand.

Die Kamera wanderte von ihrem Gesicht zu ihren Beinen. Der Mann versuchte, sich aufzusetzen. Sie sahen den Schläger durch die Luft fahren, hörten ein lautes Krachen, und dann kippte die Kamera abermals zur Seite weg.

»Volltreffer«, stellte jemand fest.

Das Auftauchen etlicher dunkler Hosenbeine und schwerer schwarzer Stiefel verriet ihnen, dass die Polizisten endlich gewagt hatten, den Umkleideraum zu betreten.

58

Dreieinhalb Stunden zogen sich hin und wurden zu vier Stunden, als der Zug in Grantham aufgehalten wurde, und die Informationen waren frustrierend spärlich. Die Nachrichten brachten immer wieder dieselben wenigen Details: Ein großes Gebiet rund um die South Bank war von der Polizei abgeriegelt worden, der Anschlag war anscheinend auf ein Sportzentrum beschränkt gewesen. Mehrere Verletzte, alles junge Frauen, waren ins Krankenhaus gebracht worden. Zurzeit schien es keine Todesopfer zu geben.

Laceys SMS an Joesbury war mit drei Worten beantwortet worden: *Wo bist du?* Nachdem er erfahren hatte, dass sie in einem Zug von Durham nach London saß, hatte er sich nicht wieder gemeldet. Eine ähnliche SMS an Dana war überhaupt nicht beantwortet worden, und weder Emma noch Helen wussten mehr als das, was sie in den Nachrichten hörten.

Großes Freizeitzentrum in Newington, hatte Helen geschrieben. *Dana ist vor einer Stunde dahin gerufen worden. Mark auch da. Hört sich übel an.*

Twitter half ihr auch nicht viel weiter: wackelige Videos von Polizeiwagen, die Londoner Straßen hinunterrasten, ein Krankenwagen mit Blaulicht, rennende Menschen.

»Scheiße«, sagte der Mann auf der anderen Seite des Mittelgangs halblaut. »Das ist ja voll abgefuckt.«

Als sie zu ihm hinüberblickte, sah er sie an. »Haben Sie's auch gehört?«

»Ich weiß, dass es möglicherweise einen Terroranschlag gegeben hat. Was läuft da?«

Jack reichte ihr sein Handy. »Drücken Sie auf *Play*«, wies er sie an. »Aber ich sollte Sie warnen, ist nicht schön.«

Lacey nahm das Telefon und tippte auf das Icon mit dem Dreieckspfeil. Die Qualität der Aufnahme war schlecht, aber gut genug, dass man sehen konnte, wie der Verdächtige ein Sportzentrum betrat und mit Säure um sich spritzte. Als die Frauen zu schreien begannen, hielt sie das Video an.

»Ist das auf YouTube?«, fragte sie, als sie ihm das Handy zurückgab.

»Ich hab's auf Facebook gesehen. So ein Typ, den ich kaum kenne, hat es geteilt. Ziemlich abartig, nicht?«

»Säure?«, fragte sie. »Sagen die, es war Säure?«

»Chlorwasserstoffsäure«, antwortete er. »Nicht gerade die toxischste, aber eine von denen, an die man am leichtesten rankommt.«

»Würde die das Teil nicht zerfressen, das der Kerl benutzt hat, diese Wasserpistole? Sind solche Dinger nicht aus Plastik?«

»Chlorwasserstoffsäure greift Plastik nicht an«, antwortete Jack. »Der Kerl musste aufpassen, dass er nicht selbst verätzt wird, aber es sah aus, als hätte er dicke Handschuhe angehabt.«

»Sie kennen sich ja gut aus.«

»Ich habe Naturwissenschaften studiert. In Durham. Da war viel Chemie dabei.«

»Und wo hätte der sich Chlorwasserstoffsäure besorgen können?«

Bedächtig und entspannt zuckte Jack mit den Schultern. »Er gibt ›Chlorwasserstoffsäure‹ in die Suchmaschine ein und klickt auf den ›Jetzt Kaufen‹-Button.«

»So einfach ist das?«

»Waffen sind überall, Laura. So ziemlich alles kann in den falschen Händen eine Waffe sein.«

Und war das jetzt eine Feststellung oder eine Drohung? Mittlerweile war die Landschaft draußen von nichtssagenden Mauern, Plastikschildern und Industrieanlagen abgelöst worden, die die Außenbezirke von London ankündigten. Bis King's Cross war es nicht mehr weit.

»Und, wohnen Sie in London?«, erkundigte sich Jack.

»Im Augenblick wohne ich in Pimlico. In der Wohnung eines Freundes.«

»*Ihres* Freundes?« Er machte ein hoffnungsvolles Gesicht.

Um sie herum begannen die Leute ihre Tischchen abzuräumen und ihre Sachen zu packen. Lacey entspannte ihre Lippen zu einem schwachen Lächeln. »Das ist jetzt das zweite Mal, dass Sie etwas von einem Freund gesagt haben.«

»Man kann's ja mal versuchen.«

»Ja, die Wohnung gehört meinem Freund.«

Obwohl – stimmte das? War Joesbury ihr Freund?

Jack zog eine gespielte Flunsch. »Mein übliches Pech.«

Und was war das jetzt – normale Enttäuschung oder Verbitterung?

»Im Moment wohnt er nicht da«, fügte Lacey. »Wir machen sozusagen gerade mal Pause.«

Jack hatte sich vorgebeugt, um seine Jacke anzuziehen. Jetzt sah er sie wieder an.

»Sie könnten mir ja Ihre Nummer geben«, sagte sie. »Für den Fall, dass das mit der Pause nicht funktioniert.«

Er sah so aus, als denke er darüber nach, dann grinste er, griff in eine Innentasche und holt eine Karte heraus, die er ihr reichte. *Jack Brine, Webdesign und Management* stand darauf, außerdem Kontaktdaten und eine Internetadresse.

»Wissen Sie, Laura, Sie kommen mir bekannt vor«, meinte er, während er den Reißverschluss seiner Jacke zuzog. Sein Auftreten hatte sich verändert; er wirkte irgendwie fröhlicher, selbstbewusster, weil eine attraktive Frau nach seiner Telefonnummer gefragt hatte. »Das habe ich schon in dem Pub gedacht«, fuhr er fort. »Das war einer der Gründe, warum Sie mir aufgefallen sind. Was haben Sie noch mal gesagt, wo Sie arbeiten?«

Sie hatte überhaupt nichts gesagt. »Ich bin Büroleiterin«, antwortete sie. »Bei einer Personalvermittlung in Whitechapel.«

Er schüttelte den Kopf. »Nein, das kann's nicht sein. Wo kommen Sie her? Wo Sie geboren sind, meine ich.«

Sie saugte sich eine Stadt aus den Fingern. »Ich bin in Milton Keyes aufgewachsen.«

Jacks Miene blieb düster. »Da bin ich noch nie gewesen. Sind Sie manchmal in Shepherd's Bush, in White City?«

»Das ist für mich am anderen Ende von London.«

Die Lautsprecherdurchsage teilte ihnen mit, dass sie in wenigen Minuten King's Cross erreichen würden und sie sich vor dem Aussteigen vergewissern sollten, dass sie all ihre persönlichen Habseligkeiten bei sich hatten.

»Es ist nur so.« Jack ließ nicht locker. »Ich hab das Gefühl, ich hätte Sie vor einiger Zeit mal gekannt. Als wir sehr viel jünger waren, meine ich.«

Sie zog ihre Jacke an. »Und wie könnte das sein?«

»Sie waren nicht mal eine Weile in Eastbourne, oder? Da bin ich aufgewachsen. Ich sehe Sie an, und ich denke Eastbourne.«

Der Zug hielt, die Türen wurden entriegelt, und die Leute setzten sich in Bewegung. Jack, der bereits im Mittelgang stand, wurde in Richtung Tür mitgeschwemmt. Er nickte ihr zu und deutete mit einer Geste Telefonieren an, dann drehte er sich um und stieg aus. Lacey rührte sich nicht von der Stelle. Durch das Fenster sah sie ihn den Bahnsteig hinunter auf die Schranke zugehen und verschwinden. Erst als das Großraumabteil leer war, stieg sie aus.

In der Bahnhofshalle suchte sie sich eine Bank, setzte sich und rief das Foto auf, das sie von ihm gemacht hatte. Es verriet ihr nichts, was sie nicht bereits wusste. Mittelgroß, ungefähr in ihrem Alter. Sein dichtes, dunkles Haar wellte sich von der Stirn nach hinten und lockte sich weich um seine Ohren. Er hatte eine ausgeprägte, leicht gekrümmte Nase, ein ovales Gesicht und volle Lippen. Seine Augen – recht hübsche Augen – lagen tief in den Höhlen und waren von dunklem Blau. Jack Brine sah nicht besonders gut aus, war aber absolut nicht hässlich, und sie erinnerte sich nicht, ihm jemals begegnet zu sein. Und doch hatte er sie mit Eastbourne in Verbindung gebracht.

Sie war in ihrem Leben nur ein einziges Mal in Eastbourne gewesen.

Niemand wusste von der Fahrt nach Beachy Head, nicht einmal Tic hatte sie je alles darüber erzählt. Kein lebender Mensch wusste, was in jener Nacht geschehen war, außer dieser komische Bengel, der ihr damals beinahe in die Quere gekommen wäre. War der als Erwachsener zu AryanBoy geworden? Und hatte er sie nach all der Zeit wiedergefunden?

Vor zwölf Jahren. Ein aufdringlicher, unglücklicher Teenager, der Hilfe brauchte. Sie hatte so wenig Notiz von ihm genommen.

Jetzt schaute sie auf, sah sich in der Bahnhofshalle um, ob er sich immer noch hier herumtrieb und sie beobachtete. Nichts von ihm zu sehen.

Es war nicht möglich. Und gleichzeitig war es die einzige Möglichkeit. Und es würde auch sein unnatürliches Interesse erklären, wenn sie für ihn mehr war als bloß die Polizistin, die das Baby gerettet hatte.

Im Auto hatten Papiere gelegen, auf dem Rücksitz, wo er – wenn auch nur ganz kurz – gesessen hatte. Kurz nachdem sie wieder in London angekommen war, hatte sie ihre verbrannt, die auf den Namen Victoria Llewellyn, und nur die ihrer toten Freundin Lacey behalten. Er hatte sie gesehen, das war die einzig mögliche Erklärung. Er hatte sich erinnert, und er hatte es ausgeknobelt. Er wusste genau, wer sie war.

59

»Gott sei Dank keine Toten«, berichtete Joesbury Commissioner Dickinson eine Stunde später, als sie sich in der Marsham Street trafen. »Zwei von den Frauen haben schwere Verätzungen. Sie werden gerade operiert. Sieben andere haben leichte Verätzungen.«

Seine Vorgesetzte, die nicht im Dienst gewesen war, fluchte halblaut, etwas, was Joesbury bei ihr noch nie erlebt hatte, wenn sie in Uniform war. »Der Täter ist in Gewahrsam?«

»Jep. Dem Himmel sei Dank für die Torhüterin.«

Die Torfrau, eine achtzehnjährige Studentin der Leeds University namens Kate, hatte den Angreifer mit einem Schlag von der Bank gefegt. Bei dem Sturz hatte er sich das Handgelenk gebrochen und die Säurepistole losgelassen. Sie hatte sie ihm aus der anderen Hand geschlagen und sie über den Fliesenboden schlittern lassen, sodass er sie nicht mehr erreichen konnte. Als sie gesehen hatten, dass der Mann am Boden lag und momentan hilflos war, waren viele Mädchen aus der Umkleide geflüchtet, und bewaffnete Polizeibeamte waren hereingestürmt gekommen.

»Amen«, antwortete Dickinson, während sie ins Büro der Innenministerin geführt wurden. »Ist sie okay? Die Torhüterin, meine ich.«

»Sie ist nicht verletzt.« Joesbury sah die Ministerin draußen auf dem Flur stehen. »Hoffen wir, dass das genug ist. Georgie ist gerade bei ihr und erklärt ihr, wie wichtig es ist, so weit wie möglich in den nächsten Wochen die Finger von den sozialen Medien zu lassen. Das Letzte, was wir brauchen, ist, dass sie zu einer Zielscheibe für die Incels wird, so wie Emma und Lacey.«

»Ich habe mich für Sie aus dem Fenster gelehnt, Mark«, sagte Alison Brabin, als sie durch die Tür marschiert kam. »Sie haben mir nichts geliefert. Und jetzt habe ich zwei fürs Leben entstellte Hockeyspielerinnen. Wer um Gottes willen schießt denn mit Säure auf junge Mädchen?«

»Bei allem Respekt, Ma'am«, ging Dickinson dazwischen, bevor Joesbury den Mund aufmachen konnte. »Was die Bedrohung durch die Incels angeht, steht die Londoner Polizei eigentlich recht gut da. Drei von vier der Tower-Bridge-Attentäter stehen unter Anklage. Und der Täter von heute befindet sich in Polizeigewahrsam. Mark hat Jason Hancock höchstpersönlich festgenommen, was von beachtlichem Mut zeugt. Und er war wesentlich daran beteiligt …«

»Ja, ja, er ist ohne Zweifel ein ganz harter Brocken«, unterbrach Brabin sie. »Aber wir brauchen jetzt Köpfchen, nicht Muskeln. Setzen Sie sich, alle beide. Wir kriegen immer nur das Fußvolk zu fassen, die Einfaltspinsel, die losgeschickt werden, um die gefährlichen Dinger zu drehen. Sind wir näher dran, diejenigen zu schnappen, die im Zentrum des Ganzen stehen? Sie wissen schon, die, die sich Joker oder MadHatter nennen … Die Namen von den beiden anderen Flachpfeifen kann ich mir einfach nicht merken.«

»Wir gehen mehreren Hinweisen nach, Ma'am«, sagte Joesbury, als Dickinson nicht antwortete.

Obwohl sie ihnen gesagt (befohlen?) hatte, dass sie sich setzen sollten, war Brabin stehen geblieben. Sie trug ein knallrotes Kleid, eng an den Hüften und tief ausgeschnitten. Ihre Absätze waren sehr hoch. »Wissen wir irgendetwas Neues darüber, wie diese Leute miteinander kommunizieren?«

»Ja«, antwortete Joesbury, froh, mit ein paar guten Nachrichten aufwarten zu können. »Die benutzen ein System, das man Dead Drops nennt.«

Keine Reaktion, bis auf ein Augenbrauenzucken.

»Jede Zelle, wenn man so will, richtet einen E-Mail-Account ein, zu dem alle über ein Passwort Zugang haben«, fuhr er fort. »Wenn einer mit der Gruppe kommunizieren muss, schreibt er einen Entwurf, der, solange er nicht versandt wird, nur minimale elektronische Spuren hinterlässt. Die anderen loggen sich dann in das E-Mail-Konto ein.«

»Von irgendwoher«, fügte Dickinson hinzu. »Zum Beispiel aus Internetcafés und öffentlichen Bibliotheken, und wahrscheinlich jedes Mal von woanders.«

Joesbury nahm den Faden wieder auf. »Dann lesen sie die Nachricht, antworten, wenn nötig – wieder als Entwurf –, und löschen dann die alten Nachrichten.«

»Müssen Internetcafés die Informationen über ihre Kunden nicht speichern?«, fragte die Innenministerin. »Können wir nicht sämtliche öffentlichen Einrichtungen mit Internetzugang in einem bestimmten Umkreis rund um den Wohnort dieser Leute kontaktieren und ihre Protokolle beschlagnahmen?«

»Leider nein, Ma'am«, antwortete Dickinson. »In anderen Rechtssystemen ist das möglich, aber bei uns deckt die gegenwärtige Rechtsprechung das nicht ab.«

Die Innenministerin schnaubte.

»Und das ist das Problem«, sprach Joesbury eine stetig wachsende Erkenntnis laut aus, die ihm schon seit Wochen zugesetzt hatte. »Ich habe die besten Teams in der ganzen IT-Branche darauf angesetzt, und diese Typen sind genauso gut wie wir.«

60

»Gayle, was machen Sie denn hier?«

Erschrocken fuhr Gayle Mizon auf ihrem Stuhl herum. Sie sah müde aus, aber das taten sie alle.

Streng genommen hätte Dana ihr Haus – und Helen und Inigo – wegen des Anschlags auf das Sportzentrum nicht verlassen müssen. Niemand war lebensgefährlich verletzt worden, der Täter war in Gewahrsam, und Neil, der Dienst hatte, war durchaus fähig, alles zu regeln.

Aber dies könnte doch der Anfang sein, die Säureattacke könnte der Eröffnungsschlag sein. Es war dreißig Tage her, das AryanBoy sein Video veröffentlicht hatte, und der Tag der Vergeltung musste bald kommen.

»Ich habe mal ein bisschen Ruhe gebraucht, Boss«, sagte Gayle, als Dana näher kam. »Wollte mir die Aufnahmen von der Tower Bridge noch mal anschauen.«

Ein paar Wochen nach der Entführung des Babys hatte ein später Zeuge der Polizei die Beschreibung eines Mannes geliefert, der dabei gesehen worden war, wie er den Vorfall gefilmt hatte. Danach hatte Gayle Überwachungsaufnahmen gefunden, auf denen ein weißer Mann die Tower Bridge kurz nach dem Anschlag verließ.

Dana zog sich einen Stuhl heran. »Und, was gefunden?«

»Sehen Sie sich mal diesen Clip an«, antwortete Gayle. »Das ist am Südufer, etwa hundert Meter flussaufwärts von der Brücke. Sehen Sie den Typen da, mit der Kamera über der Schulter?«

Das war kein neuer Fund.

»Der, dem Sie auf den Überwachungsaufnahmen eine ganze Weile gefolgt sind? Ich dachte, den hätten Sie im Potter's Field Park verloren?«

Gayle öffnete auf ihrem Laptop Google Maps und rief die Gegend rund um die Tower Bridge auf. Dann schaltete sie auf Satellitenansicht um und deutete auf ein L-förmiges grünes Areal zwischen der Brücke und der City Hall. »Stimmt«, bestätigte sie. »Kein Mann mit grauer Baseballkappe, grüner Jacke und einer Profi-Kamera, der den Park verlässt. Wir haben gedacht, er hätte vorher die Gegend ausgekundschaftet und eine Route gefunden, wo er nicht gefilmt wird. Aber wenn er sich nun umgezogen hat?«

»Er hatte keinen Rucksack dabei«, wandte Dana ein. »Nur die Kamera. Wo soll er die Sachen zum Umziehen herhaben?«

»Sagen wir mal, er hatte eine Pudelmütze in der Jackentasche. Das wäre ja nun nicht weiter schwer, die gegen die

Kappe einzutauschen. Und nehmen wir mal an, das war eine Wendejacke, sagen wir, auf der anderen Seite war sie braun.«

Gayle öffnete einen anderen Screenshot. »Das hier hat Lacey gestern gefunden. Eine von den Kameras vor der City Hall hat den Typen aufgenommen. Hat der nicht einen ganz ähnlichen Körperbau?«

Dana konzentrierte sich auf die Männergestalt in brauner Jacke und Pudelmütze, gute fünfzehn Meter von der Kamera entfernt. »Ja, aber geht der nicht gerade wieder in Richtung Tower?«

»Sieht so aus, deswegen ist er uns auch vorher nicht aufgefallen. Und hier haben wir ihn noch mal, hier geht er in Richtung Borough High Street, und von vorn gesehen hat er einen ganz schönen Bierbauch.«

Dana sah genauer hin. Der Mann hielt den Kopf gesenkt – möglicherweise war er sich der Überwachung durch die Kameras bewusst –, sodass sein Gesicht nicht zu erkennen war, doch um den Oberkörper herum sah er tatsächlich seltsam missgestaltet aus.

»Er hat sich die Kamera unter die Jacke gesteckt«, sagte sie.

»Das haben wir uns auch gedacht. Also hat Lacey nach grün-braunen Wendejacken gesucht und das hier gefunden. Schauen Sie mal.«

Noch ein Screenshot, diesmal von einer Shopping-Website. Eine Wendejacke für £ 59,99, auf der einen Seite grün und auf der anderen braun mit beigefarbener Kante.

»Sie konnte heute nicht ins Büro kommen, also hab ich gesagt, ich kümmere mich weiter darum«, erklärte Gayle.

»Okay, das hilft uns«, stellte Dana fest. »Aber wissen wir, wohin er von der Borough High Street aus gegangen ist?«

»Erst seit heute Nachmittag.«

Gayle rief einen letzten Screenshot auf. »Sieht der Typ da aus wie der mit der Wendejacke? Der da in das Gebäude geht?«

Dana ließ sich Zeit. Die Gestalt war ziemlich weit von der Kamera entfernt, doch die Jacke, die sie trug, schien braun zu sein, genau wie die Pudelmütze. »Das ist eine öffentliche Bibliothek«, sagte sie.

»Ja, die John Harvard Library in der Borough High Street. Hat heute bis sieben Uhr abends auf. Was halten Sie davon, dass wir da mal vorbeischauen?«

»Sie bluffen, stimmt's, Officers?«

Die alte Bibliothekarin war eine kleine, stämmige Frau. Ihr eisgraues Haar war zu einem glatten Bob geschnitten, und ihre Augen waren von kaltem Blau. »Wenn Sie befugt wären, unsere Festplatten zu durchsuchen, wären Sie mit einem Spurensicherungsteam und einer gerichtlichen Verfügung hier aufgekreuzt.«

Der Raum, in den Dana und Gayle gebracht worden waren, war mehr Lager als Büro. Bücherkisten standen auf dem Boden herum, und billige Regale bogen sich unter der Last von Aktenkästen, Papierstapeln und diversem anderen Bibliothekszubehör.

»Bekommen Sie eine gerichtliche Verfügung«, fuhr die Bibliothekarin fort, »wenn Sie eine beantragen?«

»Wahrscheinlich«, antwortete Dana, obgleich sie sich da ganz und gar nicht sicher war. »Wir können für den 11. September eine Spur von der Tower Bridge bis zu diesem Gebäude nachweisen, gleich nach einem schweren Anschlag an den St. Katharine's Docks. Ein Mann, mit dem wir unbedingt sprechen wollen, hat an diesem Vormittag die Bibliothek betreten.«

Die Bibliothekarin zog zwei vollendet geformte silberne Brauen hoch. »Aber das wird dauern?«

»Verfügungen können ein paar Tage dauern«, gab Dana zu.

»Und in der Zwischenzeit wird es furchtbare Anschläge geben, wie den gerade in der South Bank University. Von welchem Zeitfenster reden wir hier?«

»Zwischen neun und elf Uhr«, meldete Gayle sich zu Wort. »Da ist der Videoclip das erste Mal gepostet worden.«

Kalte blaue Augen blinzelten sie an. »Sie meinen, das Video, wie das Baby den Fluss hinuntertreibt? Das ist *hier* ins Netz gestellt worden?«

»Möglicherweise«, antwortete Dana.

Die Frau nahm Platz und klickte ein Icon auf der Randleiste an. »Das ist der Hintereingang in unser System«, erklärte sie. »So können wir sämtliche Internetaktivitäten an einem bestimmten Tag sehen. Aber wissen Sie, ich bin keine Expertin, ich weiß nicht genau, wie das funktioniert. Vielleicht müssen Sie Montag wiederkommen, wenn Sally Dienst hat. Sie hat das System zum größten Teil eingerichtet.«

»Ich kenne mich ganz gut aus«, sagte Dana und befahl sich im Stillen, sich nicht zu viele Hoffnungen zu machen. »Haben Sie etwas dagegen, dass ich mir das mal anschaue?«

Die Bibliothekarin stand auf. Dana setzte sich auf ihren Platz und fing an, die aufgezeichneten Internetaktivitäten des fraglichen Vormittags durchzugehen: die Websites, die von Bibliotheksbesuchern aufgerufen worden waren, versandte und empfangene E-Mails, bezahlte Rechnungen. Zum Glück war in der Bibliothek zu dieser Zeit nicht viel los gewesen.

»Hier«, sagte sie nach ein paar Minuten. »MadMax101 hat um neun Uhr zwanzig eine E-Mail verschickt.«

Sie merkte, wie Gayle sich über ihre Schulter beugte und die Adresse des Empfängers fotografierte. MadMax101 sagte ihnen nichts, doch diese Typen hatten ja alle möglichen Onlinenamen.

»Mit einem Video.« Dana klickte auf den Anhang.

Eine Filmaufnahme des Flusses erschien, jener Clip, den Männer auf der ganzen Welt bejubelt hatten. Die Dokumentation des Erstschlags.

»Reicht das?«, fragte die Bibliothekarin. »Haben Sie den Dreckskerl?«

61

»Das war super, Dana«, sagte Joesbury. »Von Ihnen natürlich auch, Gayle.«

Er hörte eine Hupe, das Aufheulen eines Motors. Dana saß im Auto.

»Hat's geholfen?«, wollte sie wissen.

»Definitiv. Ich habe gerade Rückmeldung von der Technikabteilung bekommen. Das Video ist an einen Dead-Drop-Account geschickt worden, genau wie wir erwartet haben, aber die haben Mist gebaut. Sie haben's nicht gelöscht.«

Die Verbindung war kurz weg, und er musste Dana bitten zu wiederholen, was sie gesagt hatte.

»Könnt ihr sehen, wer sich da eingeloggt hat?«

»Eine Internetadresse, die wir gerade ausfindig machen. Das könnte die Panne sein, durch die wir an sie rankommen. Drück uns die Daumen. Wo fahrt ihr hin?«

»Zurück zu dem Sportzentrum. Ich muss nach meinen Leuten sehen. Bis bald.«

Dana war weg, und als hätte sie seine sämtliche Energie mitgenommen, war Joesbury plötzlich todmüde, ohne wirklich zu wissen, warum. Es war ja nicht so, als würde er in letzter Zeit viel tun, außer herumsitzen und warten, während andere ihre Arbeit machten.

Joesbury war es gewohnt, mittendrin zu sein und nicht an der Seitenlinie zu stehen. Immer öfter wurde er im Schlaf von Träumen heimgesucht, in denen er sah, wie Lacey, sein Sohn oder sogar Dana von einer zornigen Sturmflut davongeschwemmt wurden, während er danebenstand und zusah. Seine Tage verbrachte er meist damit, sich angesichts der wachsenden Bedrohung gegen alle, die ihm wichtig waren, völlig hilflos zu fühlen.

Und seit wann war es so verdammt ermüdend, herumzustehen und nichts zu tun?

Er seufzte und wusste, dass er vor den frühen Morgenstunden wahrscheinlich nicht von der Arbeit wegkommen würde.

»Sir, wir glauben, wir haben was.«

Joesbury blickte auf und sah Georgie und Archie in der Tür seines Büros stehen. Er deutete auf den runden Tisch und stand auf, um sich zu ihnen zu setzen. Alle nahmen Platz. Er wartete. Georgie warf Archie einen raschen Blick zu, und der nickte ihr daraufhin zu. Sie holte tief Luft und hielt sie kurz an.

»Ich glaube …«, begann sie, »es ist möglich … ganz sicher bin ich mir nicht …«

»Georgie hat möglicherweise BlackPill gefunden«, verkündete Archie.

Joesbury sagte sich, dass er sich nicht freuen durfte, und bezweifelte dann, dass er überhaupt die Kraft dafür hätte.

»Sie wissen doch noch, wie wir analysiert haben, wann die vier Hauptplayer posten«, begann sie.

Joesbury nickte. Georgie hatte »wir« gesagt, die Arbeit jedoch hatte sie gemacht; mit einem Diplom in Psychologie war sie am besten dafür geeignet. Sie hatte die Aktivitäten der vier Männer studiert und Profile erstellt, die ausschließlich auf ihrem Internetverhalten basierten. AryanBoy war der Anführer, das dominante Gruppenmitglied. Er war gebildet und neigte ein bisschen zum Angeben, oft streute er Anspielungen auf klassische Literatur in seine Texte ein. Georgie war zu dem Schluss gekommen, dass er selbstständig oder vielleicht auch arbeitslos war, denn seine Posts erschienen zu jeder Tages- und Nachtzeit. Joker, der genau wie AryanBoy offenbar keinen Job mit geregelten Arbeitszeiten hatte, war zornig, seine Posts waren aggressiv und spielten oft auf Gewalt und Wut an. MadHatter war der Spaßvogel der Gruppe, er nahm nur wenig ernst und riss ständig Witze. Fairerweise musste man zugeben, dass MadHatter wirklich geistreich war, allerdings war er auch ausnahmslos gemein. Anders als bei den beiden anderen beschränkten sich seine Beiträge auf die Zeit nach sieben Uhr abends und auf die Wochenenden. BlackPill88 war der Außenseiter, er war ungebildet und machte häufig Rechtschreibfehler.

»Ich habe schon seit einer ganzen Weile den Verdacht, dass BlackPill Legastheniker sein könnte«, fuhr Georgie fort. »Es gibt bestimmte Fehler, die ganz typisch für eine Lese-Rechtschreib-Schwäche sind. Er dürfte das wissen und versuchen, es zu verbergen, aber hin und wieder rutscht ihm doch etwas durch. Er verwechselt häufig große und kleine Buchstaben, das kommt bei Legasthenikern auch oft vor. Also habe ich im Internet nach Legasthenikern gesucht, die Interesse an Incel-Themen zeigen. Das Programm hat ein paar Dutzend mögliche Kandidaten ausgespuckt, und die habe ich im Auge behalten.«

»Vor ein paar Stunden ist ihr etwas aufgefallen«, sagte Archie. »Und das haben wir uns sehr genau angeschaut.«

»Wir wollten nichts überstürzen«, beteuerte Georgie.

»Verstehe«, erwiderte Joesbury und wünschte sich insgeheim, die beiden würden verdammt noch mal zur Sache kommen.

Immer noch nichts.

»Erzählen Sie weiter«, ermunterte er Georgie.

»Es ist etwas ganz Kleines«, meinte sie. »Deswegen habe ich bisher auch nichts gesagt, aber wenn man bedenkt, mit wem es zu tun hat …« Sie schielte nervös zu Archie hinüber.

Jetzt reichte es Joesbury. »Georgie, ich liebe Sie, Sie sind brillant, aber das halte ich nicht aus. Archie, sagen Sie's mir, und zwar schnell.«

Archie nahm ihn beim Wort. »Ein Typ namens Jack Brine hat das YouTube-Video von dem Säureanschlag geteilt, ungefähr eine halbe Stunde, nachdem es gepostet worden war«, berichtete er. »Es hatte den Anschein, als würde er den Angriff verurteilen, aber er hat drei Worte verwendet, nach denen Georgie gesucht hat.«

»Zwei Worte und eine Kombination aus großen und kleinen Buchstaben«, verbesserte Georgie. »Sorry, Archie, mach weiter.«

»Also haben wir da ein bisschen nachgebohrt«, fuhr Archie fort, »und an seinem Interesse für die Incel-Bewegung besteht kein Zweifel. Er hält sich zurück, stellt kaum Kommentare ein, aber er verteilt viele Likes und teilt auch ziemlich viel. Manches davon ist ein bisschen fragwürdig.«

»Seine Schreibmuster haben sehr große Ähnlichkeit mit denen von BlackPill«, bemerkte Georgie. »Sie sind nicht identisch – ich hab ein paar Abweichungen gefunden –, aber ähnlich genug, um ihn ernst zu nehmen. Auch schon bevor …«

»Er hat vorhin von seinem Handy aus gepostet«, sagte Archie. »Und dabei das öffentliche WLAN der North Eastern Railway benutzt, irgendwo in der Nähe von Peterborough.«

»Er hat in einem Zug gesessen?«, fragte Joesbury.

»Und nicht einfach nur in irgendeinem«, bestätigte Archie. »In dem Zug um zwei Uhr fünfzehn von Edinburgh nach London. Mit Zwischenhalt in Durham.«

Georgie fragte: »Ist Lacey nicht …?«

Joesbury war auf den Beinen.

»Sir, ihr geht's gut.« Archie hielt ihn zurück, als er schon auf halbem Weg zu seinem Schreibtisch war. »Das haben wir gecheckt, bevor wir zu Ihnen gekommen sind. Sie ist in Ihrer Wohnung, bei Emma.«

Joesbury blieb stehen und ließ einen tiefen Atemzug entweichen.

»Aber das ist gut, Sir«, beteuerte Archie. »Bestimmt gibt es Überwachungsaufnahmen von ihm, und vielleicht hat Lacey ihn ja auch gesehen.«

Es war wirklich gut. Möglicherweise ihr erster echter Treffer. Außerdem bedeutete es, dass jemand Lacey den ganzen Weg bis nach Durham und zurück gefolgt war.

Und wieder war es Hilflosigkeit, die ihn überkam, in einer lähmenden Abfolge von Bildern: Emma, wachsbleich und schlotternd in einem Krankenhausbett. Helen und Dana, die auf dem Uferstreifen der Themse mit den Tränen kämpften. Die blutbespritzten Wände des Massagesalons, und heute die mutige Torhüterin, die mit ihrem Hockeyschläger auf einen bewaffneten Angreifer losging. Lacey würde bei Gefahr denselben Mut an den Tag legen. Und das würde ihr Tod sein.

62

»Ich hatte keine Ahnung«, sagte Tic nach einem so langen Schweigen, dass Lacey schon meinte, die Verbindung wäre getrennt worden. »Ich hatte keine Ahnung, dass du das getan hast. Ich dachte, Lacey – die richtige Lacey – wäre in London gestorben.«

»Ist sie auch.« Lacey schloss die Augen und durchlebte erneut eine der schlimmsten Nächte ihres Lebens. »Das war in der Zeit, als ich nach dir gesucht habe. Eines Abends – ich war kurz davor aufzugeben, es war klar, dass du nicht gefunden werden wolltest – bin ich noch mal zurück in die Wohnung in dem besetzten Haus, und es ging ihr total dreckig. Ich weiß nicht, ob sie sich mit Absicht eine Überdosis gesetzt oder einfach nur aus Versehen irgendwelches gepanschtes Zeug genommen hatte. Sie sah aus wie tot, die Augen weit offen, keine erkennbare Atmung. Ich hab's geschafft, sie auf die Straße rauszuschleppen, aber da war niemand. Und es gab auch keine Telefonzellen. Also hab ich ein Auto geklaut. Aber als ich wieder bei ihr angekommen bin, war sie tot.«

»Und dann bist du nach Beachy Head gefahren?«

»Ich hatte alles verloren«, sagte Lacey zu Tic. »Dass Lacey gestorben war, das war der Tropfen, der das Fass zum Überlaufen gebracht hat. Ich wollte nicht mehr leben. Beachy Head war das Einzige, was mir eingefallen ist.«

»Du wolltest über den Klippenrand fahren?«

Da sie wusste, dass Emma irgendwo in der Wohnung war, sprach Lacey sehr leise. »Das hatte ich jedenfalls vor, aber vielleicht hätte ich's auch nicht getan. Vielleicht hätte ich auch irgendeinen anderen Grund gefunden, es nicht zu tun, wenn der Typ nicht dort gewesen wäre. Wir werden's nie wissen, und ich glaube auch nicht, dass es im Moment wichtig ist.«

»Wahrscheinlich nicht. Ich kann nur den Gedanken nicht ertragen. Und heute im Zug, das war er?«

Bewegung im Flur. Lacey stand auf und öffnete die Tür einen Spalt weit. Emma war mit ihrem Handy beschäftigt und wandte ihr den Rücken zu. Einmal am Tag, manchmal eine ganze Stunde lang, »putzte« sie ihren Twitter-Account, arbeitete sich durch endlose Antworten und Nachrichten, löschte die Hassbotschaften, versah die Unterstützungsbekundungen mit Likes, blockte die Serienpöbler. Einmal hatte sie Lacey die Posts gezeigt. Sie waren widerlich. Nach einem Vorschlag, dass man Emma doch von ihrem Elend erlösen und ihre Organe spenden solle, hatte Lacey nicht mehr weitergelesen.

»Wer könnte es denn sonst sein?«, fragte sie Tic, nachdem sie die Tür leise wieder zugezogen hatte. »Die Art, wie der *Eastbourne* betont hat, war irgendwie merkwürdig.«

»Also ist Adam Ryan, AryanBoy, der meistgesuchte Mann in ganz Großbritannien, in Wirklichkeit ein Webdesigner namens Jack Brine, der dir nach Durham gefolgt ist und dir heute Nachmittag ein Bier spendiert hat?«

»Sieht so aus.«

Ein langes, leises Pfeifen drang aus dem Telefon. Dann sagte Tic: »Das würde erklären, warum er so auf dich fixiert ist, vor allem, nachdem du ihm neulich seine erste große Nummer auf dem Fluss versaut hast. Sagst du's deinem Lover?«

»Wenn ich ihm irgendetwas davon erzähle, muss ich ihm alles erzählen.«

Und jede Minute, die verging, war ein gefährlicher Terrorist länger auf freiem Fuß, weil sie es ihm nicht sagte. Wie viele Leben würden noch ausgelöscht werden, während sie ihr schmutziges kleines Geheimnis hütete? Was sie tat, war unverzeihlich.

Irgendwo im Hintergrund drängte die Stimme einer Wärterin die Frauen, *mal einen Zahn zuzulegen, Ladys.*

»Aber erkannt hast du ihn nicht?«, fragte Tic. »Du hättest ihn doch bestimmt erkannt, oder? So lange ist das ja nun auch nicht her.«

Das war der eine Hoffnungsschimmer, an den Lacey sich geklammert hatte. »Menschen verändern sich sehr in zwölf Jahren. Und ich konnte ihn damals nicht besonders gut sehen … es war dunkel, und ich hatte andere Dinge im Kopf.«

»Und im Wagen lagen definitiv Ausweispapiere?«

Das hatte sie alles bereits erklärt. Normalerweise war Tic nicht so schwer von Begriff. »Ich denke, wir müssen akzeptieren, dass er weiß, wer ich bin und wer du bist.«

»Du musst mit ihm reden«, sagte Tic. »Ich muss jetzt Schluss machen. Er hat dir seine Nummer gegeben, stimmt's? Du musst dich mit ihm treffen und ihn fragen, was er will.«

»So einfach?«

»Manchmal ist es wirklich so einfach.«

»Und was dann?«

»Na ja – das wird dann nicht so einfach.« Tic lachte leise. »Vielleicht musst du dann wieder Victoria sein.«

63

»Lacey!« Ein drängendes Flüstern. »Lacey, bist du wach?«

Jetzt war sie wach. Anderswo als auf dem Boot schlief sie nur selten gut, und die merkwürdigen, unbestimmbaren Geräusche Pimlicos weckten sie oft. Das hier jedoch war etwas Neues. Ein Klopfen. Jemand klopfte an die Zimmertür.

»Emma? Was ist denn?« Lacey konnte die Silhouette ihrer Mitbewohnerin in der offenen Tür sehen.

»Kein Licht!« Laceys ausgestreckter Arm erstarrte mitten in der Bewegung. »Ich glaube, da draußen ist jemand.«

Joesburys Wecker – in Gestalt von Buzz Lightyear aus dem gleichnamigen Film – verriet ihr, dass es Viertel nach drei war. Eine Zeit, in der man sich normalerweise darauf verlassen konnte, dass es selbst auf den belebten Straßen von Pimlico ruhig geworden war, wenn auch nicht wirklich still.

»Ich habe gehört, wie das Seitentor zum Hof aufgegangen ist«, sagte Emmas Umriss. »Das ist direkt unter meinem Fenster. Ich bin ins Bad gegangen und hab jemanden im Hof gesehen.«

Es gab acht Wohnungen in dem Altbau, und alle entsorgten ihren Müll im Hinterhof, den man über einen schmalen Weg neben dem Haus erreichte.

»Er hat zu unseren Fenstern hochgeschaut. Ich glaube, er konnte mich sehen.«

Es war nicht weiter überraschend, dass Emma seit ihrer Entführung sehr ängstlich war. Sie fuhr zusammen, wenn es klingelte, und eilte dann zu dem großen Erkerfenster, um zu sehen, wer vor der Tür stand. Sie achtete sehr darauf, abends die Tür abzuschließen, und erschrak sogar, wenn das Telefon klingelte. Da sie die letzten Jahre in einem Dauerzustand physischer Gefährdung verbracht hatte, hatte Lacey vergessen, dass dies für die meisten Menschen kein Normalzustand war. Emma machte sich wahrscheinlich unnötig Sorgen. Trotzdem fiel ihr kein guter Grund ein, warum jemand um diese Zeit im Hinterhof sein sollte.

Sie fand ihren Pullover und die Turnschuhe.

»Was machst du denn?«, fragte Emma entsetzt. »Du gehst doch nicht etwa da raus?«

»Wahrscheinlich nicht.« Lacey verließ ihr Zimmer – Joesburys Schlafzimmer – und wandte sich nach links zum Badezimmer, dem einzigen Raum, dessen Fenster direkt auf den Hof hinausging. Sie stieg auf die Toilette und drückte das Gesicht an das obere Fenster, das immer offen war. Von unten im Hof kam das Geräusch von Metall, das gegen Stein prallte.

Füchse, dachte sie. Die Viecher waren eine verdammte Plage. Dann ein halblauter Fluch. Sie hatte noch nie einen Fuchs fluchen hören.

»Kannst du was sehen?«, fragte Emma von der Tür her.

Lacey hob die Hand, damit sie still war, und sah unten ein Licht aufflackern. Es war sofort wieder verschwunden.

Zu schwach für eine Taschenlampe – vielleicht eine Reflexion von einem Handydisplay.

»Soll ich Scotland Yard anrufen?«, zischte Emma.

Lacey quetschte sich an ihr vorbei und trat in Hucks Zimmer, in dem Emma zurzeit wohnte. In einem Korb in der Ecke bewahrte der Junge seine Sportsachen auf, darunter auch einen Cricketschläger, da war sie sich ziemlich sicher … ja, da war er. Sie ging zurück in ihr eigenes Zimmer, um ihr Telefon zu holen, dann war sie bereit.

»Was hast du vor? Du willst wirklich da raus?«

Ein Vorteil daran, die beiden jungen Frauen in Joesburys Apartment einzuquartieren – der Vorteil, der Lacey überzeugt hatte –, war, dass es besser gesichert war als so ziemlich jede andere Privatwohnung in ganz London. Schlösser und Alarmanlage waren auf dem allerneusten Stand; es gab sogar einen Panikknopf neben Joesburys Bett. Das hatte bedeutet, dass die Rund-um-die Uhr-Bewachung, die Emma zuteilgeworden war, seit AryanBoy sie das erste Mal kontaktiert hatte, nicht länger notwendig war. In ihrer Freizeit war Lacey zu Emmas Personenschützerin geworden. Sogar eine Gehaltserhöhung hatte sie bekommen, und das zusätzliche Geld war sehr nützlich. Also musste sie jetzt etwas tun, um es zu verdienen.

»Du musst aus dem Badezimmerfenster schauen«, wies sie die andere an. »Wenn du irgendetwas siehst oder hörst, was dir Angst macht, oder wenn ich schreie, dann drückst du auf den Panikknopf – du weißt doch, wo der ist, nicht wahr?«

Emma nickte mit weit aufgerissenen Augen.

»Dann rufst du von deinem Handy aus Scotland Yard an. Und du machst niemandem auf, außer mir oder jemandem aus Marks Team. Im Großen und Ganzen nur jemandem, den du kennst, okay? Und diesmal wirklich nur jemandem, den du kennst!«

»Ich halte das nicht für eine gute Idee.«

»Emma, ich bin Polizistin. So etwas ist unser Job. Ich bin gleich wieder da.«

Lacey schloss die Wohnungstür auf und trat in den dunklen Flur hinaus. »Achte darauf, dass die Tür wieder richtig zu ist.«

Als sie auf die Haustür zuging und die Zugluft an ihren nackten Beinen spürte – Lacey schlief immer in Sportshorts – ging ihr auf, dass sie einen Fehler gemacht hatte: Sie hatte keine Taschen. Ihr Handy war notwendig, und ohne den Cricketschläger ging sie da nicht hinaus. Das hieß, dass sie ihre Schlüssel zurücklassen musste. Sie schob sie in einen Haufen nicht abgeholte Post auf dem Tisch in der Eingangshalle, suchte den schweren Türstopper, mit dem bei größeren Lieferungen die Tür offen gehalten wurde, und klemmte ihn in den Türspalt. Dann schlüpfte sie hinaus in die Dunkelheit.

Der heftige Wind der letzten Tage hatte sich gelegt, und die Nacht war ungewöhnlich still, beklemmend still. Sogar ein Hauch von Frost lag in der Luft, die ihr in Nase und Kehle kribbelte.

Der Mond, der hoch über der langen Linie der Dachfirste stand, würde in ungefähr einer Woche voll sein. Eine in der Ferne verschwindende Reihe Straßenlaternen warf seinen kalten Schein zurück. Irgendwo ganz in der Nähe bellte ein Hund.

Die Straße wurde auf beiden Seiten von Autos gesäumt.

Sie hielt Ausschau nach einem, dessen Innenbeleuchtung an war, nach Schatten, die auf jemanden im Wagen schließen ließen, nach einer Bewegung. Nichts zu sehen. In den Häusern gegenüber brannte in ein paar Fenstern Licht hinter Rollos oder Vorhängen, doch auf der Straße war nirgends eine lebende Seele zu sehen.

Sie tippe eine rasche SMS an Emma. *Alles okay?*

Sofort kam eine Antwort. *Ja. Und bei dir?*

Lacey schickte Emma ein »Daumen hoch«-Emoji, ging das halbe Dutzend Stufen hinunter, die auf die Straße hinunterführten, und bog nach links in den Weg neben dem Haus ein.

Dort war es sehr dunkel. Zwischen dem vierstöckigen Haus und der vier Meter hohen Mauer, die das Grundstück vom nächsten trennte, war nicht viel mehr als sechzig Zentimeter Platz. Das Licht der Straßenlaternen hatte keine Chance, den Boden zu erreichen. Das Tor, dunkelblau gestrichen, war kaum zu sehen, allerdings wusste Lacey nach etlichen Wochen Mülldienst, dass es nur gut vier Meter entfernt war. Mit der Handytaschenlampe beleuchtete sie den Weg. Das Tor war offen. Das war ungewöhnlich, aber nicht unbedingt erschreckend.

Lacey war durchaus klar, dass sie hier möglicherweise in eine Sackgasse tappte – auch als Falle bekannt –, als sie durch das Tor trat. Hoch über ihrer linken Schulter hörte sie ein Fauchen. Sie blickte hoch und sah die grünen Augen einer Katze mit dunklem Fell. Während das Tier sie misstrauisch beobachtete, erreichte sie die hintere Ecke des Hauses.

Der ungefähr zehn Quadratmeter große Hof erstreckte sich über die halbe Rückseite des Hauses. Die andere Hälfte bestand aus einem Privatgarten, der zu einer der Kellerwohnungen gehörte. Wenn sie das Gesicht gegen die Ecke von Joesburys Schlafzimmerfenster drückte, konnte Lacey einen Blick auf eine Ecke des Gartens erhaschen. Bisher war ihr nicht aufgefallen, dass ein Tor vom Hinterhof in den Garten führte. Ein möglicher Fluchtweg für den Eindringling?

Als sie kurz nach oben schaute, glaubte sie, Emmas Umriss im Badezimmerfenster ausmachen zu können. Lacey hob die Hand, eine Geste, die beruhigen sollte, und machte sich dann an die Arbeit. Sie hatte sechzehn Mülltonnen zu überprüfen, acht davon waren große Container für Recycling-Abfälle, und sie musste in jeden hineinschauen. Als sie fertig war und mit der Handylampe in alle Ecken und Schatten geleuchtet hatte, zitterte sie vor Kälte. Sie tippte abermals eine SMS. *Immer noch okay?*

Ja. Was gefunden?

Ihr wurde von Minute zu Minute kälter, und sie hatte weder Zeit noch Nerven für einen SMS-Chat, also versuchte Lacey sich an dem Gartentor. Zu ihrem Erstaunen öffnete es sich.

Der Garten dahinter war auf den ersten Blick ziemlich verwildert. Doch nach einigen Sekunden wurde nach und nach eine Art Ordnung sichtbar. Ein von Bodendeckern und Moos überwucherter Pfad wand sich von einer kleinen, mit Steinplatten gepflasterten Terrasse auf einen Miniatur-Pavillon zu, der in der gegenüberliegenden Ecke unter Efeu und Geißblatt kaum zu sehen war. Büsche und Sträucher kämpften um Platz und drängten gegen die Gartenmauern und auf den Pfad zu. Spätblühende Dahlien und Rosen leuchteten in hellen, metallischen Tönen aus dem Blätterwerk hervor, und irgendwo außer Sicht rieselte Wasser über Steine. Solarlampen leuchteten aus ihren Verstecken zwischen den großen, exotischen Blättern hervor und schufen kalte grüne Lichtinseln.

Lacey stand still und lauschte. Der wuchernde Garten war in ständiger Bewegung: Blätter raschelten, und unsichtbare Geschöpfe huschten auf zu dunklen, zu tief verborgenen Wegen dahin, als dass sie sie hätte sehen können. Rasch schaute sie zu der Kellerwohnung hinüber – niemandem gefiel die Vorstellung, aufzuwachen und eine Fremde in seinem Garten vorzufinden –, doch dort blieb alles dunkel.

Jetzt nur noch im Pavillon nachsehen.

Ihre Schritte knirschten auf dem Kiesweg und warnten jeden, der sich in der Sommerlaube versteckte. In der kleinen, schmalen Tür war ein Plexiglasfenster. Für den Fall, dass da jemand herausgestürmt kam, trat Lacey zur Seite und leuchtete mit dem Handy hinein. Ein Korbsessel und ein dazu passender Beistelltisch. Sonst nichts.

Komme zurück, schrieb sie Emma. *Alles gut. Teewasser aufsetzen.*

Tee wäre gut, dachte sie, als sie den Gartenpfad entlangtappte, und eine Wärmflasche wäre sogar noch besser. Hatte Joesbury überhaupt eine? Schien irgendwie nicht sein Ding zu sein. Ein warmer Körper, das wäre jetzt sehr schön. Wieder ins Bett zu kriechen, sich an Joesbury anzukuscheln, das erschien ihr wie das Allerbeste der Welt.

Sie zog das Tor auf, schaute sich ein letztes Mal auf dem Hinterhof um und trat hinein. Joesbury hätte allerdings nie zugelassen, dass sie draußen nach einem nächtlichen Eindringling suchte. Sie wäre der warme Körper gewesen, der darauf wartete, ihn wieder im Bett willkommen zu heißen. Lacey erlaubte sich ein Lächeln und schloss das Tor. Sie war direkt unter dem Badezimmerfenster, als sie Emma schreien hörte.

64

Lacey rannte los. Sie war auf ein klassisches Ablenkungsmanöver hereingefallen. Emma war die ganze Zeit das Ziel gewesen; der Mann im Hof hatte nur als Lockvogel gedient. Die hatten gewusst, dass sie nachsehen und Emma allein lassen würde.

Und sie hatte die Tür offen gelassen, hatte ihre Schlüssel unten auf dem Flurtisch liegen gelassen. Wie hatte sie nur so blöd sein können? Sie erreichte die Stufen und schoss hinauf.

Im Haus klangen Emmas Schreie noch lauter. Lacey fand die Schlüssel dort, wo sie sie zurückgelassen hatte, was unlogisch war, aber sie hatte keine Zeit, darüber nachzudenken. Die Wohnungstür war immer noch abgeschlossen, und das war auch unlogisch.

Emmas Schreie wurden immer lauter, und in der Wohnung polterte es, Glas ging zu Bruch. Dort drinnen war die Hölle los. In den anderen Wohnungen waren die Leute ebenfalls wach.

»Emma, ich komme! Polizei, bleiben Sie, wo Sie sind!«

Sie brüllte ins Leere, nichts als Schreie kamen als Antwort zurück. Ein Schloss war offen, der Schlüsselbund rutschte ihr aus den Fingern. Das Schreien ging immer weiter, und Schreien hieß doch, dass sie am Leben war, oder? Lacey sperrte das zweite Schloss auf, und Gott sei Dank hatte Emma die Kette nicht vorgelegt, dann wäre sie nämlich nie in die Wohnung hineingekommen. Sie stieß die Tür auf.

Als Erstes fiel ihr der Geruch auf. Organisch, widerlich. Sie kämpfte gegen einen Brechreiz an und fand den Lichtschalter.

Die Schreie kamen aus dem Wohnzimmer. Den Cricketschläger hoch erhoben, rannte Lacey darauf zu, als winzige Geschosse auf sie zugezischt kamen.

Gegenstände – nein, Lebewesen – trafen sie ins Gesicht, zu klein, um Schaden anzurichten, aber albtraumhaft bizarr. Sie kämpfte gegen den Drang an, kehrtzumachen und davonzurennen.

Emma, der völligen Hysterie nahe, stand mitten im Wohnzimmer. Sie schlug mit den flachen Händen auf ihren Körper ein, fuchtelte in der Luft herum, mühte sich ab, die Geschöpfe zu verscheuchen, die sie anzugreifen schienen. Sie wirbelten um sie herum wie Bienen oder Wespen, aber irgendwie schlimmer. Emma stand mitten in einem Schwarm großer exotischer Insekten.

Eines davon, mehrere Zentimeter lang, mit sandfarbenem Körper, schwarzem Kopf und riesigen schwarzen Beinen, landete auf Laceys Schulter. Sie schlug es weg. Es kam zurück, schwebte über ihrem Kopf.

Fliegende Insekten, Dutzende, vielleicht auch mehr, kreisten durchs Zimmer, rammten die Wandlampen, die Fenster und vor allem Emma.

Jemand klopfte laut an die Wohnungstür. »Alles okay da drin? Mark?«

»Nicht reinkommen!«, schrie Lacey zurück. »Rufen Sie die Polizei! So schnell Sie können.« Etwas anderes – klein, schwarz, eklig – kroch an ihrem nackten Schenkel hinauf.

Lacey zwang sich mit Gewalt zum Handeln. Sie hatte schon so einiges erlebt, doch das hier war schwer zu toppen. Sie packte ihre Freundin am Arm und zerrte sie den Flur hinunter ins Bad. Dort knallte sie die Tür vor den Insekten zu, die noch nicht an ihnen beiden hingen, drehte die Dusche auf und schob Emma darunter.

Der Wasserstrahl ließ die andere Frau verstummen. Sie schlug beide Hände vors Gesicht und begann stattdessen zu schluchzen, aber wenigstens war es jetzt leiser. Lacey trat zu Emma in die Duschkabine, nahm den Duschkopf aus der Halterung und richtete die volle Wucht des Strahls auf Emmas Körper.

»Umdrehen.«

Emma tat wie geheißen und ließ sich von Lacey die Insekten aus den Haaren spülen, von den Schultern, vom ganzen Körper. Die Viecher, zu groß, um durch den Abfluss zu rutschen, sammelten sich als bröselige Insektensuppe in der Duschwanne. Auf sie zu treten und sie unter den Füßen knirschen zu fühlen, ließ sich nicht vermeiden.

»Alle weg.« Lacey drehte Emma herum, die ihr Gesicht noch immer verbarg, und schob sie aus der Kabine.

Dann konzentrierte sie sich auf sich selbst, wich den ertrinkenden Insekten aus und spülte sich gründlich ab. Danach trat sie aus der Dusche und schloss die Tür fest hinter sich.

Joesburys Bademantel hing an einem Haken. Lacey zog Emma den Schlafanzug aus, trocknete sie ab und legte ihr den Bademantel um. Sie fand ein kleines Handtuch und wickelte es ihrer Freundin um den Kopf.

»Jetzt können die Biester dir nicht mehr in die Haare kriechen«, erklärte sie. »Du hast jetzt keine mehr an dir. Ich weiß, das war grauenvoll, aber ich glaube nicht, dass die uns was tun können. Versuch, nicht durchzudrehen, okay?«

Emma nickte. Sie hockte auf dem Toilettendeckel, zog die Füße unter sich und machte sich so klein wie möglich.

Noch mehr Gehämmer an der Wohnungstür. Triefnass öffnete Lacey die Badezimmertür einen Spalt weit.

»Was ist denn los da drin?«

»Wir sind okay«, rief Lacey zurück. »Nicht reinkommen. Ist die Polizei unterwegs?«

»Ich habe angerufen, ich weiß nicht, wann die hier aufschlagen.«

Ein Notfall in Joesburys Wohnung dürfte Priorität haben; die Kollegen würden in wenigen Minuten hier sein.

Auf der Toilette schluchzte Emma etwas, das sich anhörte wie »die waren in den Teebeuteln«, doch sehr verständlich war das nicht, und Lacey hatte dringendere Sorgen. Sie fand ein Handtuch im Wäscheschrank und versuchte, sich einigermaßen abzutrocknen.

Die kleineren schwarzen Insekten hatten sich verkrümelt. Sie sah ein paar in dem Winkel zwischen der Duschwanne und der Wand hocken, aber die anderen waren verschwunden. Die größeren jedoch, die waren richtig unheimlich und anscheinend unnatürlich auf sie fokussiert. Eines davon, das auf dem Rand des Waschbeckens hockte, schien sie zu beobachten. Ein zweites flatterte um ihren Kopf herum, seine Flügel machten ein gruseliges klapperndes Geräusch.

Als Lacey abermals durch die Tür spähte, sah sie, dass die Tür zu Joesburys Schlafzimmer zu war. Und außerdem lag ihr Handy vor der Wohnungstür im Flur, wo sie es fallen gelassen hatte, und irgendjemand rief sie gerade an.

»Wir müssen hier weg«, sagte sie zu Emma. »In mein Zimmer. Kopf runter, mach die Augen zu, wenn du willst. Und dann Vollgas.«

Ohne Emma Zeit zum Widersprechen zu geben, zerrte sie sie auf die Beine und in den Flur hinaus. Unterwegs bückte sie sich, um ihr Telefon aufzuheben. Sie schaffte es zum Schlafzimmer, zog Emma hinein und schloss die Tür.

Der Anruf kam von Joesburys Nummer, er war noch immer in seinem Büro bei Scotland Yard.

»Was zum Teufel ist los?«, verlangte er zu wissen, als sie sich meldete. »Bist du okay?«

Rasch sah Lacey sich um, ob irgendwelche Insekten ihnen gefolgt waren, und sah eines beim Kleiderschrank hocken. Sie zog ihren klatschnassen Pullover aus und ließ ihn auf das Vieh fallen. Emma sackte aufs Bett und schluchzte von Neuem los.

»Lacey, sag doch was!«

Erschöpft ließ Lacey sich hinter der Tür zu Boden sinken. »Das glaubst du mir nie.«

65

»Sie waren in der Dose mit den Teebeuteln.«

Emma war rasch in eines der beiden Betten in dem Doppelzimmer gestiegen, das Joesbury in Barons Court aufgetrieben hatte. Das Hotel war deprimierend – die ausgeleierten Polster der Möbel waren an den Rändern ausgefranst, die harten Oberflächen zerschrammt –, und das Zimmer war winzig, erst recht für die fünf Personen, die sich dort hineingequetscht hatten. Doch der Nachtportier hatte keinen Einspruch dagegen erhoben, dass uniformierte Polizisten für den Rest der Nacht im Foyer Posten bezogen, oder gegen einen Streifenwagen hinter dem Haus. Die beiden Frauen würden hier sicher sein.

Abgesehen davon, dass sie bei ihm auch hätten sicher sein sollen – seine Wohnung war wie Fort Knox. Rasch schaute er zu Lacey hinüber. Sie hatte ihm kaum in die Augen sehen können, seit er vor der Wohnung aufgetaucht war und die beiden draußen auf den Stufen gehockt hatten.

»Teebeutel?«, fragte er. »Ein bisschen mehr als das brauche ich schon.«

»Lacey hat mir vom Hof eine SMS geschickt, dass ich Teewasser aufsetzen soll.« Emma unterdrückte ein Schaudern. »Die Teebeutel sind in einer Dose auf dem obersten Bord in dem Schrank über dem Kessel – na ja, das wissen Sie ja, ist ja Ihre Küche. Und Ihre Dose.«

»Aber nicht deine Teebeutel«, fügte Lacey hinzu und versuchte zu lächeln. »Ich habe mir eigene gekauft.«

»Das freut mich«, erwiderte Joesbury. »Und die Insekten waren in der Dose?«

»Heuschrecken und Grillen.« Warwick war mit seinem Laptop zugange, seit sie das Zimmer betreten hatten. »Kriegt man ganz leicht per Mailorder bei verschiedenen Verkäufern, die Futter für exotische Haustiere anbieten.«

Emma schniefte. »Ich habe nach oben gegriffen und die Dose aufgemacht, ohne mir etwas dabei zu denken, und dann habe ich da reingegriffen.« Sie verstummte und schauderte.

»Es sah aus, als würden sie uns angreifen«, sagte Lacey. »Sind die aggressiv?«

»Menschen gegenüber nicht.« Warwick las vom Bildschirm ab. »Sie sind bekannt dafür, dass sie Ernten vernichten, aber das sind größtenteils Einzelgänger. Unter bestimmten Umständen fressen sie mehr, werden größer, vermehren sich schneller und fangen an, Herdenverhalten an den Tag zu legen. Ein typischer Schwarm. Was Sie gesehen haben, war wahrscheinlich kollektive Panik, ausgelöst davon, plötzlich in einer neuen Umgebung zu sein, mit sehr vielen feindseligen Geräuschen und Bewegungen.«

Warwick blickte auf. Er saß mit dem Rücken zum Zimmer, also nahm er im Spiegel Blickkontakt auf. »Die Viecher sind völlig harmlos, falls Ihnen das hilft.«

»Tut's aber nicht«, knurrte Emma.

»Wann habt ihr die Dose zum letzten Mal aufgemacht?«, fragte Joesbury.

Emma sah Lacey an. »Ich trinke grünen Tee, manchmal

auch Kamillentee. Schwarzen Tee trinkt nur Lacey, und die war heute den ganzen Tag nicht da.« Sie sah auf die Digitaluhr auf dem Tisch zwischen den beiden Betten. Die zeigte 04 Uhr 16. »War gestern den ganzen Tag nicht da«, verbesserte sie sich.

»Am Freitag vielleicht«, sagte Lacey. »Aber ich glaube nicht, ich bin nämlich die ganze Woche jeden Tag früh los und habe mir unterwegs was zum Frühstück geholt. Abends trinke ich normalerweise keinen Tee.«

»Ich bin mir nicht sicher, ob das relevant ist«, bemerkte der Sergeant von der Streife, der für den Vorfall zuständig war. »Die Insekten sind doch offensichtlich in der Wohnung deponiert worden, als Constable Flint draußen auf dem Hof war.«

Lacey schüttelte den Kopf.

»Wahrscheinlich sind einfach die Dosen ausgetauscht worden«, fügte der Sergeant hinzu. »Und der Täter hat sich draußen rumgetrieben und darauf gewartet, dass Ms Flint die Wohnung verlässt. Die Überwachungskameras haben ihn bestimmt erwischt.«

»Bis jetzt nicht.« Warwicks Blick war immer noch auf seinen Laptop gerichtet. »Ich habe hier Lacey, wie sie aus dem Haus kommt und dann nach hinten verschwindet. Dann habe ich sie auf dem Hinterhof. Sie ist wieder weg, als sie nach nebenan in den Garten geht, und dann sehe ich sie nach vorn zur Haustür rennen. Sonst niemanden.«

»Sie haben die Dosen nicht ausgetauscht, als ich draußen war«, sagte Lacey. »Emma hat die Tür abgeschlossen, und die war immer noch abgeschlossen, als ich zurückgekommen bin.«

»Sie haben Ihre Schlüssel gleich hinter der Haustür liegen lassen«, entgegnete der Sergeant. »Und die Haustür war offen. Es wäre ein Kinderspiel, in die Wohnung zu kommen.«

»Das hätte ich nicht tun sollen«, meinte Lacey, »aber niemand hat die Schlüssel angerührt, die lagen noch genau so da, wie ich sie hingelegt hatte. Und Emma hätte es gehört, wenn jemand in die Wohnung gekommen wäre.«

»Wieso Insekten?«, fragte Joesbury. »Kommt mir irgendwie komisch vor.«

»Frauen hassen Insekten«, antwortete Emma. »Es ging nicht darum, uns etwas anzutun, wir sollten vor Angst durchdrehen.«

»Hat ja auch geklappt«, gab Lacey zu.

Joesbury stand auf. »Kann ich dich kurz sprechen?«, sagte er zu Lacey und deutete mit einer Geste an, dass sie in den Flur hinausgehen sollten.

Er führte sie ein paar Schritte von der Tür weg und drehte sich dann zu ihr um. Sie senkte den Kopf und trat auf ihn zu, so wie sie es immer machte, wenn sie in die Arme genommen werden wollte, und er war nur zu gern bereit, diesem Wunsch nachzukommen. Unter dem Sweatshirt fühlte sie sich kalt an, und ihr Haar war feucht.

»Morgen schicke ich jemanden in die Wohnung und lasse ein paar Sachen für euch beide holen«, sagte er. »Wenn du nicht arbeitest, könntest du ja den Tag mit mir auf dem Boot verbringen.«

»Klingt gut«, nuschelte sie in seine Brust. »Aber ich weiß nicht, ob ich Emma allein lassen kann.«

Eine Ausrede, die er in letzter Zeit viel zu oft zu hören bekam.

»Wir suchen euch eine Unterkunft, die ein bisschen weniger deprimierend ist als das hier«, fuhr er fort und warf einen Blick auf die zerschrammten Wände, die flackernden Lampen und den abgetretenen Teppichboden.

»Ich weiß, ich habe Mist gebaut«, sagte sie. »Aber heute früh war niemand in der Wohnung. Das hätte Emma gehört, und Warwick hätte den Kerl auf den Überwachungsaufnahmen gefunden.«

»Du hättest nicht rausgehen sollen«, sagte er. »Dafür bist du nicht da.«

Sie hob den Kopf und wollte widersprechen. »Da ist noch etwas«, fuhr er fort, bevor sie etwas sagen konnte. »Ist dir gestern auf dem Rückweg nach London im Zug irgendetwas aufgefallen?«

Sie senkte den Blick. »Wie meinst du das?«

»Lacey, sieh mich an.«

Als sie es tat, war irgendetwas in ihren Augen anders. Und dann trat sie zurück, weg von ihm.

»Ein Mann namens Jack Brine war im selben Zug wie du«, sagte er. »Wir glauben, er könnte einer von den Incel-Anführern sein. Georgie hat irgendeinen brillanten Budenzauber mit Mustern und Suchen abgezogen, verlang bloß nicht, dass ich dir das erkläre.«

»Der Zug war ziemlich voll«, sagte sie nach einer Pause, die viel zu lange dauerte. »Mit einem Typen habe ich kurz geredet. Der hat mir seine Visitenkarte gegeben. Er kam mir, ich weiß nicht, ein bisschen unheimlich vor. Glaubst du, das könnte AryanBoy sein?«

»Georgie denkt, er ist BlackPill, einer von den anderen. Kannst du ihn beschreiben?«

»Ich habe ein Foto von ihm.« Sie holte ihr Handy aus der Tasche und scrollte durch die Galerie. Als sie es hochhielt, sah Joesbury einen Mann Ende zwanzig mit dunklem Haar und schmalem Gesicht, der auf ein Buch hinabschaute. »Es war seine Jacke, die hat mich misstrauisch gemacht. Sah aus wie eine Wendejacke, grün und braun, wie die, die der Mann auf der Tower Bridge anhatte, nach dem wir suchen.«

Während Lacey das Bild an sein Handy schickte, fragte Joesbury: »Und wann genau hattest du vor, mir das zu sagen?«

Ihre Miene verschloss sich, man hätte sie fast als mürrisch bezeichnen können. »Ich hatte vor, darüber nachzudenken und es am Montag Dana zu sagen«, erwiderte sie. »Die ist jetzt meine Vorgesetzte. Hör zu, das Ganze war mir ein bisschen unangenehm, aber um ehrlich zu sein, das scheint ein bisschen zu viel des Zufalls zu sein. Ich meine, woher sollte AryanBoy, BlackPill oder wer auch immer wissen, dass ich in einem Zug nach Durham sitzen würde?«

Das konnte er nicht wissen. Trotzdem, es gab da etwas, was sie ihm verschwieg.

»Hat er gesagt, aus welchem Teil von London er kommt?«

»Laut seiner Karte aus Shepherd's Bush, warum?«

Schade. »Das Team hat vor ein paar Stunden eine interessante IP-Adresse gefunden«, antwortete er. »Ein Internetcafé in Fulham. Von da aus sind Videos von der Baby-Entführung ins Netz gestellt worden. Wenn wir diesen Brine mit der Adresse in Verbindung bringen können, haben wir einen soliden Beweis gegen ihn.«

Sie nickte, aber das Nicken war geistesabwesend, und wieder spürte er ihre Distanziertheit. Manchmal fühlte es sich an, als entzöge sie sich ihm immer mehr, je näher sie sich körperlich kamen.

»Du musst ein bisschen schlafen«, sagte er. »Das müssen wir alle. Ich gehe mal die anderen rausschmeißen.« Er machte einen Schritt auf die Zimmertür zu.

»Mark.« Sie fasste ihn am Handgelenk, hielt ihn zurück. »Ich liebe dich. Das weißt du doch, oder?«

Es war das allererste Mal, dass sie das laut gesagt hatte. Großer Gott, jetzt machte er sich *wirklich* Sorgen.

66

In der Wohnung war es dunkel, als AryanBoy zurückkam. Er machte kein Licht. Er musste duschen, weil er völlig verdreckt und verschwitzt war. Er musste etwas essen, weil sein Blutzucker im Keller war, und etwas trinken, weil seine Hände noch immer zitterten. Und er musste schlafen, weil er in ein paar Stunden einen hammerharten Tag vor sich hatte. Er tat nichts von alldem. Stattdessen kauerte er minutenlang in seinem Wohnzimmer, den Kopf an das Sofa gelehnt. Niemals durfte er irgendjemandem, schon gar nicht seinen engen Verbündeten, erzählen, wie nahe er daran gewesen war, alles zu ruinieren.

Sie hätte ihn beinahe erwischt.

Der überwucherte Garten hatte ihn gerettet. Sie hatte nicht gesehen, dass der Pavillon nicht ganz an der Mauer stand, die das Grundstück nach hinten begrenzte. Dort war eine Lücke, gut fünfundzwanzig Zentimeter breit und von Gestrüpp verborgen, und da hatte er sich hineingequetscht. Sie war ihm so nahe gekommen, dass er sie hatte atmen hören.

Blöd und leichtsinnig von ihm, selbst hinzugehen und ihre Mülltonne nach irgendetwas zu durchsuchen, das er gegen sie verwenden konnte. Er hätte jemand anderen schicken sollen; schließlich hatte er Dutzende Handlanger, die ganz wild darauf waren, ihm zu helfen. Doch Lacey Flint war ein Geheimnis, das er nicht zu teilen bereit war. Und wenn er ganz ehrlich zu sich war, machte es ihn außerdem tierisch an, ihr nahe zu sein.

Er war zu nahe gekommen. Wenn sie ihn gesehen hätte, wäre das das Ende von allem gewesen.

Ganz allmählich ging sein Atem wieder ruhiger. Der völlig unerwartete Bonus bei dem Ganzen waren natürlich die Schreie gewesen, die er gehört hatte, als er in aller Eile über die hintere Gartenmauer geklettert war. Er hatte schon gedacht, die Insekten würden krepieren, bevor die beiden sie fanden. Dass die Viecher mitten in der Nacht losgelassen worden waren, als beide Frauen ohnehin extrem nervös waren, war besser als alles, was er hätte planen können.

Vielleicht war das alles doch nicht so schlecht gelaufen. Vielleicht begünstigte das Schicksal tatsächlich die Mutigen.

Er fühlte sich besser, also würde er wohl doch schlafen können. Aber zuerst einmal online checken, wohin die beiden gebracht worden waren.

Und vielleicht, wenn er sich dazu in der Lage fühlte, noch ein kleines bisschen mehr im Wespennest herumstochern.

67

Joesbury und die anderen waren weg. Lacey hatte das Licht ausgemacht und Emma gesagt, sie solle versuchen zu schlafen. Die ständigen Bewegungen und das unregelmäßige Atmen im anderen Bett verrieten ihr, dass ihre neue Zimmergenossin dabei ebenso wenig Erfolg hatte wie sie selbst.

Abhauen oder bleiben? Vor zwei Jahren, als »Victoria Llewellyn« ihren mörderischen Amoklauf durch ganz London veranstaltet hatte, hatte Lacey türmen wollen, nur um von Joesbury unbeabsichtigt daran gehindert zu werden. Es war blanke Ironie, dass es allein schon der Gedanke an ihn war, der sie nun davon abhielt. Wenn sie sich jetzt absetzte, würde sie ihn nie wiedersehen. Und schlimmer noch, er würde sie verachten. In seinen Augen wäre sie eine Lügnerin und ein Feigling.

Ein Handy klingelte.

»Ist bestimmt Mark.« Lacey schob die Decke weg und versuchte, sich an den Weg zum Schreibtisch zu erinnern, wo sie ihr Telefon zum Aufladen hingelegt hatte.

Emmas Stimme korrigierte sie. »Lacey, das ist meins.«

Der Schein ihres Handys bildete einen kleinen Lichtkreis um Emmas Hand. Es klingelte weiter. Aus irgendeinem Grund meldete sie sich nicht.

Lacey streckte die Hand nach der Nachttischlampe aus. »Was ist denn?«

»Die Nummer. Ich glaube, das ist er.«

Das Handy klingelte noch zwei weitere Male, und Emmas Gesichtsausdruck – Schreck und Abscheu – sagte Lacey, dass der fragliche »Er« kein willkommener Anrufer war. Also doch nicht Mark.

»Ich habe eine neue Nummer«, sagte Emma. »Die kann er nicht kennen.«

Die Mailbox sprang an und gab ihnen ein paar Sekunden Zeit.

»Bist du sicher?«, übertönte Lacey die aufgezeichnete Stimme, die den Anrufer anwies, eine Nachricht zu hinterlassen.

»Ich habe ein gutes Zahlengedächtnis. Das hier ist die Nummer, die er damals benutzt hat.«

Die Ansage war zu Ende, die beiden Frauen warteten. Nichts.

»Nur damit das klar ist, du meinst AryanBoy?«

Als Emma nickte, begann das Handy erneut zu klingeln.

»Geh ran«, sagte Lacey.

Emma tippte erst auf das grüne und dann auf das Lautsprecher-Icon und legte das Telefon auf den Nachttisch zwischen ihnen.

»Hey, Emma!« Der vertraute Midlands-Akzent. »Wie hat Ihnen meine kleine Überraschung heute Nacht gefallen?«

»Leck mich«, antwortete Emma.

»Ich hab's Ihnen doch schon gesagt, Sie sind nicht mein Typ. Geben Sie mir Lacey.«

Emma sah fragend zu ihr hinüber. Laut sagte sie: »Wie kommen Sie darauf, dass sie hier ist?«

»Ihr seid gesehen worden, als man euch beide in diese Absteige in Barons Court gebracht hat«, erwiderte er. »Ich habe nur gewartet, bis eure Bodyguards weg sind. Geben Sie sie mir.«

Lacey griff nach dem Handy und schaltete den Lautsprecher aus. »Hier ist Lacey«, sagte sie. »Was wollen Sie?«

»Aber, aber, begrüßt man so einen alten Freund?«

Lacey wandte der beklommenen Emma den Rücken zu und verließ das Zimmer, ohne die Tür fest zu schließen. Während sie den Korridor hinunterging, fragte sie: »Waren Sie das gestern im Zug?«

»Könnte sein.«

Sie bezweifelte es. Jack Brine hatte keinen Midlands-Akzent gehabt. Und Joesbury glaubte, dass Jack Brine BlackPill88 war, warum und wieso, hatte er nicht erklärt. Jetzt, wo sie darüber nachdachte, war es logischer, dass ihr einer von den anderen gefolgt war und sie angesprochen hatte. Und das erklärte auch, warum sie Brine nicht wiedererkannt hatte. Sie hatte ihn wirklich noch nie gesehen.

Es könnte auch bedeuten, dass mehr als eine Person ihr Geheimnis kannte.

Die Stimme am Telefon – AryanBoy – sagte: »Du bist also doch nicht von der Klippe runtergefahren. Sag mir, hatte ich irgendwas damit zu tun?«

Er war es also, er war es definitiv.

»Ich habe keine Ahnung, wovon Sie reden«, antwortete sie.

»Du enttäuschst mich, Lacey. Oder sollte ich Victoria sagen?«

»Was wollen Sie?«

»Das werde ich dich wissen lassen. Und ich hoffe, es versteht sich von selbst, dass es sehr schlimme Folgen hätte, wenn einer von deinen Polizeikumpeln von deiner Vergangenheit erfährt oder wenn du versuchst, die Stadt zu verlassen.«

68

Es war zweiunddreißig Tage her, dass AryanBoy dem weiblichen Geschlecht den Krieg erklärt hatte, und sie tappten noch immer im Dunkeln.

Fergus Lord war nur deshalb eine Person von polizeilichem Interesse, weil sein Einstieg in die Politik zeitlich mit dem Auftreten der MenMatter-Bewegung zusammengefallen war. Und weil die Ziele seiner Partei, obwohl sie nicht mit denen der Terrorgruppe identisch waren, diese zumindest ergänzten. Sie hatten keinen anderen Grund, ihn zu verdächtigen, und das hier war wahrscheinlich totale Zeitverschwendung. Vielleicht hätte Dana den Termin sogar abgesagt und an ihrer Stelle einen Untergebenen geschickt, doch aus irgendeinem Grund war es Lacey sehr wichtig gewesen, und Dana hatte gelernt, Laceys Instinkt zu vertrauen.

Lord wohnte in Fulham, nicht weit vom U-Bahnhof Parsons Green, also nahmen Dana und Lacey die U-Bahn. Sie waren zu früh dran und mussten warten, bis Lord vom Television Center zurückkam, wo er Gast einer morgendlichen Nachrichtensendung gewesen war. Ein dunkelhaariger Mann Ende zwanzig führte sie in ein gemütliches Wohnzimmer und schaltete einen Fernseher ein, der die letzten drei Minuten des Interviews zeigte.

»Sie wollen, dass Männer wieder Männer sind, das verstehe ich«, sagte der Moderator gerade, während die Augenbrauen seiner Co-Moderatorin in ihrem Haar verschwanden. »Aber für manche von uns ist das doch gar kein Problem. Müssen die Männer, von denen Sie sagen, sie wären unterdrückt, nicht einfach ihren Mann stehen?«

»Ich denke, manche von denen werden behaupten, dass sie genau das tun«, warf die Co-Moderatorin schroff ein. »Und Frauen kommen zu Schaden.«

Die Tür des Wohnzimmers öffnete sich, und der Geruch von frischem Kaffee wehte vor Lords Assistent in den Raum.

»Die Kekse hab ich heute Morgen selbst gebacken«, verkündete er, während Fergus Lord sich auf dem Bildschirm über fehlgeleitete Männer ausließ, die auf Gewalt zurückgriffen, weil sie keinen anderen Weg sahen. »Das da ist übrigens eine Aufnahme. Gus wird gleich hier sein, ich folge ihm auf Find My Friends.«

Er wandte sich zum Gehen. Dana rief ihn zurück. »Sie haben Ihre Rolle hier noch gar nicht erklärt, Mr …?«

»Ich bin Charlie.« Der Mann bedachte sie mit einem breiten Lächeln. »Einfach nur Charlie. Und ich mache …« Er hob beide Hände, als versuche er, eine Antwort aus der Luft zu pflücken, und entschied sich dann für: »Alles Mögliche.«

»Ein bisschen mehr brauche ich schon«, erwiderte Dana. »Ihren Namen, bitte, und in was für einer Beziehung Sie zu Mr Lord stehen. Persönlicher Assistent, Agent, Freund, Lebensgefährte?«

Der Mann stieß einen übertrieben tiefen Seufzer aus. »Gus ist nicht schwul«, sagte er. »Und man könnte mich wohl als seinen Manager bezeichnen. Bevor er in die Politik gegangen ist, war ich für seinen Terminkalender verantwortlich. Und für seine Finanzen, für seinen privaten Verwaltungskram, so was eben. Das mache ich alles immer noch, aber seit wir UNITY an den Start gebracht haben, ist natürlich viel mehr zu tun.«

In diesem Moment hörten sie, wie eine Tür aufging und eine wohlbekannte Stimme rief: »Ich bin's.«

Mit einem halblauten »Entschuldigen Sie mich« verschwand Charlie.

Die Wohnzimmertür schloss sich wieder.

»Er heißt Charlie Frost«, sagte Lacey leise. »Sein Name stand auf der Einladung, die vor der Partei-Präsentation an die Presse verschickt worden ist. Ich habe ihn mir auf LinkedIn angeschaut. Er und Lord kennen sich schon sehr lange.«

Die Tür schwang auf. »Er zieht sich nur schnell um«, ließ Charlie sie wissen. »Gus kann Anzüge nicht ausstehen.«

Die Tür fiel wieder ins Schloss.

»Also, wir sollten lieber hoffen, dass er die Wahrheit gesagt hat und Gus nicht schwul ist«, bemerkte Dana. »Sonst waren jede Menge Vorbereitungen für die Katz.«

Lacey schaute an sich herunter und verzog das Gesicht. »Ich glaube, es wirkt schon irgendwie.«

Es war Helen gewesen, der die Ähnlichkeit zwischen Lacey und Lords Exfrau aufgefallen war, einer Social-Media-Influencerin, die sich vor ein paar Jahren öffentlichkeitswirksam, kostspielig und demütigend von Lord hatte scheiden lassen. Mithilfe von Fotos aus dem Internet sowie des Inhalts von fünf Kleiderschränken – ihrem, Helens, Emmas, Gayles und Laceys eigenem, der so gut wie nutzlos gewesen war; anscheinend trug die Frau nichts anderes als Jeans – hatten sie den charakteristischen Look der Ex imitiert. Als Lacey an diesem Morgen in Lewisham aus der Damentoilette des Reviers gekommen war, das Haar offen und gelockt, mit viel mehr Make-up als sonst und im engen, zuckergussbunten Outfit, hatte Dana eine ungute Regung ganz tief im Bauch verspürt. Sie hatte noch nie erlebt, dass eine Frau ihr tolles Aussehen derart herunterspielte, wie Lacey es tat, und wenn sie dann einmal so richtig alle Register zog, nun ja, also ganz ehrlich, das war verstörend. Blieb nur zu hoffen, dass es die gewünschte Wirkung auf Lord hatte.

»Die Kekse sind echt lecker«, stellte Lacey fest und hielt ihr den Teller hin. Dana schüttelte den Kopf. Wenn sie nervös war, konnte sie nichts essen.

Schritte waren zu hören, und dann halblaute Stimmen. Die Tür öffnete sich abermals. Fergus Lord kam herein, blieb auf der Schwelle stehen und zwang Charlie so, halb drinnen und halb draußen zu verharren. Lord stand mit voller Absicht im Licht vom Fenster her, begriff Dana. Wenn er erst Platz genommen hatte, würde er im Schatten sitzen. Er zeigte sich ihnen von seiner Schokoladenseite.

Er trug schwarze Jeans und ein schlichtes kragenloses Hemd, schräg geschnitten und mit breiter Schulterpasse. Groß und mit Haar von der Farbe eines Fuchspelzes und rötlichen Bartstoppeln, sah er aus wie Hamlet, eine Rolle, die er mehr als einmal gespielt hatte.

Zu ihrer Verblüffung stellte Dana fest, dass sie aufgestanden war. Ein paar Sekunden später folgte Lacey ihrem Beispiel.

»Vielen Dank, dass Sie sich Zeit für uns nehmen, Mr Lord«, begann sie. »Meine Partnerin und ich haben Sie vor ein paar Jahren im Globe Theatre in *Hamlet* gesehen. Es hat uns sehr gefallen.«

Er reichte ihr die Hand. »Danke, das ist sehr nett von Ihnen.« Sein Lächeln wirkte echt, doch sein Blick huschte rasch zu Lacey hinüber und wurde hart.

»Ich bin Lacey.« Sie wirkte selbstsicher und völlig unbeeindruckt, das Gegenteil von Dana. »Tolle Kekse.«

»Bitte setzen Sie sich doch.« Lord wartete, bis sie gehorchten, ehe er selbst Platz nahm. Er schlug die Beine übereinander und legte einen Knöchel auf das andere Knie. Seine Füße waren nackt.

»Ich hoffe, Sie haben nichts dagegen, wenn Charlie dabei ist«, sagte er, während der andere Mann sich auf einen Stuhl neben der Tür setzte und einen Laptop aufklappte. »Er weiß mehr über mich als ich.«

Sie konnten schlecht widersprechen. Lord traf sich freiwillig in seinem eigenen Haus mit ihnen und hatte das Recht, die Bedingungen festzulegen.

»Wir wüssten gern, wo Sie am Morgen des 11. September waren. Das war ein Freitag«, sagte Lacey nach einem

Moment, und Dana begriff, dass sie ein unbehagliches Schweigen zugelassen hatte. »Um genau zu sein, zwischen acht und zehn Uhr.«

An diesem Tag war das Baby bei der Tower Bridge entführt worden.

Lord wandte sich zu dem anderen Mann um und hob fragend die Augenbrauen.

»Sekunde … hier. Da warst du im LBC-Radiostudio in Leicester und solltest in der Show von Nick Ferrari auftreten.« Er sah Dana an. »Das kann ich bezeugen, ich war auch da. Und Mr Ferrari und ein nicht besonders großes Produktionsteam auch. Das Interview ist immer noch auf der Website von LBC eingestellt, Sie sollten also feststellen können, wann genau wir auf Sendung waren. Aber wir hatten für Viertel vor acht einen Wagen bei Uber bestellt, der uns dorthin bringen sollte.«

»Und am Morgen des 12. September?«, fragte Dana nach einem kurzen Blick auf ihre Notizen. »Zwischen zehn und elf.«

Der Morgen danach, als AryanBoy sich zum ersten Mal gemeldet und Emma Boston zu Hause in Earl's Court angerufen hatte.

»An dem Wochenende hattest du die Mädchen«, sagte Charlie, nachdem er ein paar Sekunden auf den Laptop-Bildschirm gestarrt hatte. »Also, das heißt, Samstagmorgen … lass mich nachdenken …«

»Ballettunterricht«, erklärte Lord. »In den Pineapple Studios. Ich bleibe immer im Gebäude, ihre Mutter ist nämlich sehr auf Sicherheit bedacht. Normalerweise bestelle ich mir in der Cafeteria einen Kaffee und lese.«

»Kann das jemand bestätigen?«, wollte Dana wissen.

Charlie gab ein Geräusch von sich, das sich wie ein Quäken anhörte. »Soll das ein Witz sein? Der Laden ist gesteckt voll mit sexy Mums, die alle so tun, als wär's ihnen völlig egal, dass Gus da ist, und dabei versuchen, genug Mut zusammenzukratzen, um seine Töchter zum Spielen zu sich nach Hause einzuladen.«

»Die sind doch alle sehr nett«, winkte Lord ab. »Wollen Sie noch weitere Daten checken?«

»Später am selben Tag, zwischen sechs und sieben?«

Als AryanBoy bei Scotland Yard mit Emma telefoniert hatte und das Überwachungsteam ihn in einem ziemlich großen Gebiet rund um den St. James's Park geortet hatte.

»Bei der BAFTA-Awards-Zeremonie«, antwortete Charlie.

»Haben Sie einen gewonnen?«, fragte Lacey Lord.

»Ich habe den Preis für die beste Schauspielerin überreicht«, antwortete Lord. »Suranne Jones hat mal wieder gewonnen.«

»Solche Veranstaltungen sind selten vor Mitternacht zu Ende«, ergänzte Charlie. »Nächstes Datum?«

Die beiden waren zu selbstsicher. Wirklich Unschuldige würden perplex und sogar erschrocken auf diese Befragung reagieren.

»Sonntag, der 13. September, neun Uhr abends bis in die frühen Morgenstunden«, sagte Lacey, nachdem sie ein paar Sekunden darauf gewartet hatte, dass Dana es tat. Die Nacht, in der AryanBoy Jason Hancock, alias Waluigi, zu dem Massagesalon in Peckham gelotst hatte. Die Nacht, in der Emma aus ihrer Wohnung entführt und über die Themse gehängt worden war.

»Im Terminkalender steht nichts«, stellte Charlie fest. »Weißt du's noch, Gus?«

Lord schüttelte den Kopf und mimte völlige Ahnungslosigkeit.

»Der Tag nach der Preisverleihung«, meinte Charlie. »Vielleicht ein ordentlicher Kater?«

»Der hätte nicht den ganzen Tag lang angehalten. Oh, ich erinnere mich, ich bin nach der Preisverleihung bei einem Freund geblieben, wir sind frühstücken gegangen, und ich bin gegen Mittag nach Hause gekommen.«

»Haben Sie Ihre Kinder gesehen?«, erkundigte sich Lacey.

Lord schüttelte den Kopf. »Nein, die waren wieder bei ihrer Mutter, weil ich ja wusste, dass ich nicht da sein würde. Um ehrlich zu sein, ich war total erledigt. Hab mich ein paar Stunden hingelegt, Abendbrot gegessen, ferngesehen und bin früh ins Bett gegangen. Also, was meinen Sie. Drei von vier habe ich doch bestanden, oder?«

»Das scheint ja schon ein ganz schöner Zufall zu sein«, sagte Dana. »Die Incel-Bewegung startet ihre Terrorkampagne, und nur wenige Wochen später stellen Sie eine politische Partei vor, deren Ziel es ist, deren Forderungen zu erfüllen.«

»Das stimmt nicht. Wir haben Ziele, keine Forderungen, und die sind ganz anders.«

»Was sind denn Ihre Ziele?«, fragte Lacey. »Was kann UNITY Ihrer Meinung nach erreichen? Wir wissen doch alle, dass die Incels komplett durchgeknallt sind und nicht den Hauch einer Chance haben.«

Schockiert ertappte Dana sich dabei, wie sie dachte: *Nein, reizen Sie diese Männer nicht, sie könnten uns etwas antun. Sie könnten meinem Kind etwas antun.*

»Stimmt.« Lord sah ganz und gar nicht gereizt aus. »Haben Sie mein Interview heute Morgen im Frühstücksfernsehen gesehen?«

»Da waren wir unterwegs«, antwortete Lacey. »Ich schaue mir die Aufzeichnung an. Aber tun Sie mir jetzt erst mal den Gefallen. Ich meine, Frauen das Stimmrecht nehmen und ihnen verbieten, fürs Parlament zu kandidieren, so etwas wird doch nie im Leben passieren.«

Lord betrachtete Lacey eingehend und war offenbar zu dem Schluss gekommen, dass er ihr den Gefallen tun wollte.

»UNITY wird sich für Gesetze starkmachen, die dafür sorgen, dass für die Anliegen von Männern und Frauen gleich viele Regierungsmittel bereitgestellt werden«, sagte er. »Im Moment bekommen Frauenanliegen viel mehr Aufmerksamkeit als Männerthemen, und das wirkt sich negativ auf die Gesundheit der Männer aus. Außerdem wollen wir, dass mehr Mittel für die Schulbildung von Jungen verwendet werden, vor allem in ärmeren Arbeitervierteln, und wir wollen Investitionen in traditionelle Männerberufe. Wir wollen das Gerede über den Gender Pay Gap beenden, das ist nämlich Schwachsinn, entschuldigen Sie, dass ich da so deutlich werde. Und wir wollen zurück zu den Zeiten, als man noch nach seinen Verdiensten bezahlt wurde.«

»Also geht's im Grunde ums Geld«, stellte Lacey fest.

»Es geht immer ums Geld«, sagte Charlie schroff. »Und ich fürchte, Gus hat jetzt einen Termin.« Er erhob sich.

»Eins noch.« Dana beachtete Charlie nicht. »Können Sie einen Midlands-Akzent nachahmen?«

Lord lächelte, ein langes, gemächliches, träges Lächeln, als hätte sie etwas recht Unterhaltsames gesagt, das immer lustiger wurde, je länger er darüber nachdachte. Er ließ etliche Sekunden verstreichen. »Ich bin Schauspieler«, sagte er schließlich. »Ich kann jeden Akzent imitieren, den Sie wollen.«

»Midlands reicht.« Dana sah Lacey an, die die Aufnahmefunktion ihres Smartphones aktivierte.

Lord richtete den Blick auf Lacey. »Jeder ist eine Hure, Lacey«, verkündete er mit sehr überzeugendem Birmingham-Akzent. »Wir verkaufen nur unterschiedliche Teile von uns.«

Lacey hielt Lords starrem Blick noch ein klein wenig länger stand, dann wandte sie sich an Dana. »Ein Zitat aus *Peaky Blinders*, Ma'am«, erklärte sie, als sie die verständnislose Miene ihrer Vorgesetzten sah. »Die angesprochene Person heißt Grace, nicht Lacey. Mr Lord hat improvisiert.«

»Ich habe mal für die Rolle von Tommy vorgesprochen«, meinte Lord, noch immer mit seiner Gangsterstimme. »Die haben gesagt, ich wäre zu vornehm.«

»Schön dumm von denen.« Dana stand auf. »Mögen Sie Frauen, Mr Lord?«

Er erhob sich ebenfalls, allerdings gemächlich, entwirrte geruhsam seine langen Beine. »Was lässt Sie daran zweifeln?«

»Eine ungute Scheidung, berufliche Probleme wegen eines öffentlichen Gesprächs, das Sie mit einer Frau geführt haben, die Gründung einer politischen Partei, die die

Rechte der Frauen nur beschneiden kann, wenn sie Erfolg hat, sosehr Sie auch das Gegenteil beteuern.«

»Sie irren sich so sehr, Detective Inspector, dass ich gern bereit wäre, zu demonstrieren, wie sehr ich die Gesellschaft von Frauen schätze, wenn Constable Flint bereit ist, mit mir essen zu gehen.«

Verdutzt konnte Dana nur rasch zu Lacey hinüberschauen, um ihre Reaktion einzuschätzen. Das war Zeitverschwendung. Wie üblich ließ diese Frau sich nichts anmerken.

»Die Aufmachung ist ein bisschen sehr offensichtlich«, fuhr Lord fort. »Aber mit einem haben Sie recht, sie ist absolut mein Typ.«

»Vielen Dank für Ihre Zeit, Mr Lord.« Dana trat vor und zwang Charlie so, ihnen die Tür zu öffnen.

»Charlie hat meinen Terminkalender«, sagte Lord hinter ihr, und Dana konnte nur annehmen, dass er mit Lacey gesprochen hatte.

Dana ging einige Meter die Straße hinunter, bevor sie etwas sagte. »Irgendetwas ist an dem nicht koscher. Haben Sie die Stimmaufnahme?«

»Ja«, antwortete Lacey. »Aber für drei von vier Zeiträumen, von denen wir sicher wissen, dass AryanBoy da telefoniert hat, hat er Alibis, die sich solide anhören. Er kann nicht AryanBoy sein.«

»Er weiß irgendetwas«, beharrte Dana, als sie das Ende der Straße erreichten.

»Und deswegen sollte ich mit ihm essen gehen«, erwiderte Lacey.

»Mark wird ausrasten.«

»Da hat er nicht mitzureden. Ich bin mir nicht mal sicher, ob Sie das zu entscheiden haben, bei allem Respekt. Das war eine private Einladung.«

Sie überquerten die Straße und strebten auf den U-Bahnhof zu.

»Wir wissen, dass AryanBoy auf mich steht«, sagte Lacey. »Jack Brine hat mich im Zug nach London angebaggert. Jetzt will Fergus Lord mit mir ausgehen. Das ist ein bisschen zu viel des Zufalls, finden Sie nicht?«

Haben Sie sich mal angesehen?, hätte Dana am liebsten gefragt. Für sie war es nicht im Mindesten überraschend, dass zwei Männer, vielleicht auch mehr, Lacey attraktiv fanden. Doch sie hatte recht, sie sollten darauf eingehen.

Sie selbst hatte auch recht. Mark würde ausrasten.

»Wenn überhaupt, dann machen wir das ganz offiziell«, sagte sie. »Mit voller Freigabe durch Scotland Yard. Darum kümmere ich mich. Wir wissen, wo Sie hingehen und wann, und wir lassen Sie beschatten.«

»Kein Problem.«

Schweigend gingen sie etwas weiter, dann wurden Laceys Schritte langsamer.

»Was ist denn?«

Mit dem Kopf deutete Lacey auf ein Internetcafé auf der anderen Straßenseite. »Ist das der Laden, wo Marks Team den Dead Drop lokalisiert hat? Der, in dem die Videos von der Tower-Bridge-Entführung gepostet worden sind?«

»Ich glaube schon.« Dana blickte die Straße hinauf. »Keine zehn Minuten von Fergus Lords Haus entfernt.«

Sie gingen weiter.

»Er hat schon eine besondere Ausstrahlung, oder?«, bemerkte Dana.

Lacey antwortete nicht.

»Komische Beziehung, finden Sie nicht? Er und dieser Charlie.«

»Gus ist nicht schwul«, sagte Lacey. »Das können Sie mir glauben.«

»Fergus Lord verdient bestimmt nicht megaviel. Das tun nur sehr wenige britische Schauspieler, nicht, solange sie nicht in den ganz großen Filmen mitspielen. Wie kann er sich da einen Vollzeitassistenten leisten?«

»Charlie Frost arbeitet nicht Vollzeit für Lord«, entgegnete Lacey. »Er ist staatlich geprüfter Finanzberater und hat eine ganze Anzahl Klienten im Showbusiness. Er und Lord scheinen sich nahezustehen, weil sie zusammen zur Schule gegangen sind.«

»In den Midlands?«, fragte Dana. Der *Peaky Blinders*-Akzent war sehr überzeugend gewesen.

Einen Moment lang antwortete Lacey nicht. »Nein«, sagte sie dann. »In Eastbourne.«

69

Von außen sah die Privatschule in Eastbourne mehr aus wie ein Palast aus der Tudorzeit als wie eine moderne Bildungsanstalt. Das Hauptgebäude war aus Backsteinen, die rot im Sonnenschein des späten Oktobers leuchteten, mit steinernen Fenstereinfassungen und tiefen Torbögen, die zu überdachten Wandelgängen führten. Der viereckige Turm ragte über riesigen Sportplätzen, Tenniscourts, Laufbahnen und Wohngebäuden für Internatsschüler empor. Eine Klingel ertönte, als Lacey aus ihrem Auto stieg, und plötzlich erwachte die Schule zum Leben. Die Kinder in ihren dunklen Blazern, mit ihrem glänzenden Haar und ihrer reinen Haut ignorierten sie allesamt, als sie auf den Haupteingang zuging, und sie war froh darüber. In letzter Zeit hatte sie immer öfter das Gefühl, mit einem Makel behaftet zu sein, untauglich für den Umgang mit diesen frischen jungen Menschen. Sie war eine Hochstaplerin mit gestohlener Identität, eine Lügnerin, ein Feigling. Ihr Schweigen konnte dazu führen, dass noch sehr viel mehr Menschen zu Schaden kamen.

Du bist also doch nicht von der Klippe runtergefahren?

Nicht einmal was ihren Besuch in Eastbourne anging, konnte sie ganz ehrlich sein; sie hatte lediglich zugegeben, dass auch Jack Brine die Stadt erwähnt hatte. Dana hatte Laceys heutige Fahrt hierher schließlich genehmigt, wahrscheinlich weil das Team nicht viele andere Spuren hatte. Doch sie hatte ihre wahre Überzeugung nicht verbergen können: dass es enorme Zeitverschwendung war.

Dana irrte sich. Eastbourne war der Schlüssel. Was immer gerade vorging, hatte hier seinen Anfang genommen, möglicherweise in dieser Schule. Und was für eine Ironie wäre es, wenn sie, Lacey, diejenige sein würde, die AryanBoy zur Strecke brachte, nur damit er sie dann vernichtete. Vielleicht war das ja sein Plan, sie zum Werkzeug ihres eigenen Ruins zu machen. Sie befand sich im freien Fall, wurde ihr klar, fast so, als sei sie doch über den Rand der Klippe gefahren, und stürzte tiefer und tiefer hinunter.

»Ich hatte gehofft, mit dem Schulleiter sprechen zu können«, sagte sie zu der grauhaarigen Frau Mitte fünfzig, die sie mehrere lange Flure hinunterführte, die Lacey überraschend deutlich an ihre eigene Schulzeit erinnerten. Das Innere von Schulgebäuden roch anscheinend immer gleich, egal, welcher Gesellschaftsschicht die Schüler angehörten.

»Dessen Terminkalender ist meistens voll bis zum Anschlag«, erwiderte die Frau. »Ich bin die Archivarin. Da Sie sich nach Leuten erkundigen, die hier vor langer Zeit Schüler waren, kann ich Ihnen wahrscheinlich am besten helfen. Allerdings gibt es da Grenzen. Datenschutz und all so was.«

So wenige Menschen verstanden die Datenschutzbestimmungen und was sie wirklich bedeuteten – im Gegensatz zu dem, was sie ihrer Meinung nach bedeuteten.

»Können Sie bestätigen, dass Fergus Lord hier zur Schule gegangen ist?«, fragte Lacey, als sie ein kleines, quadratisches Büro mit einem unordentlichen Schreibtisch und überquellenden Bücherregalen darin erreichten.

Die Archivarin zwängte sich hinter den Schreibtisch und bedeutete Lacey mit einem Nicken, auf dem Stuhl davor Platz zu nehmen.

»Ja, das ist ja öffentlich bekannt«, antwortete sie. »Das steht auf seiner Wikipedia-Seite. Er war von dreizehn bis achtzehn hier. Eine schillernde Persönlichkeit.«

Eine schillernde Persönlichkeit, die sie gestern zu einem Date eingeladen hatte.

Auf dem Stuhl lag ein Stapel Papiere. Mangels Anweisungen legte Lacey den Stapel auf den Schreibtisch. »Ich nehme an, er war Internatsschüler?«, sagte sie. »Seine Familie hat damals in Northamptonshire gewohnt.«

»Erscheint logisch«, meinte die Archivarin, kurz bevor ihr draußen etwas auffiel. Sie sprang auf und winkte wie wild.

»Wäre es möglich, das nachzuprüfen?«, erkundigte sich Lacey, als die Aufmerksamkeit der Frau wieder ihr galt.

Die Archivarin nahm wieder Platz. »Das läuft wahrscheinlich unter vertrauliche Informationen.«

Lacey ließ es dabei bewenden. Irgendwie glaubte sie nicht, dass Fergus Lord oder Charlie Frost AryanBoy waren. Sie hatte gestern keinerlei Wiedererkennen in ihren Augen gesehen. Frost hatte sich auf Dana konzentriert, die ranghöhere Polizistin, während Lords Interesse, zumindest oberflächlich betrachtet, anderer Art gewesen zu sein schien. Genauso war Lacey sich ziemlich sicher, dass sie und Jack Brine sich noch nie begegnet waren. Es galt, einen weiteren Namen zu finden.

»Was ich brauche, ist eine Liste aller männlichen Schüler, die zur selben Zeit hier waren wie Fergus Lord«, sagte sie.

»Idealerweise auch aus dem Jahrgang über und dem unter ihm.«

Sie wusste bereits, dass in jeder Klassenstufe ungefähr hundert Kinder waren. Ohne Fotos würde eine Namensliste nicht besonders viel helfen, aber es wäre ein Anfang. Wenn der Junge auf der Klippe ihr bloß seinen Namen gesagt hätte!

»Darf ich fragen, warum?«

Die Frau hatte kleine graue Augen und ein rundes Gesicht, das wahrscheinlich niemals attraktiv gewesen war, nicht einmal in ihrer Jugend.

»Das sind doch bestimmt öffentliche Informationen«, drängte Lacey. »Die Schule gibt schließlich immer ein Jahrbuch heraus, in dem jeder Schulabgänger aufgeführt ist. Das wird auf Ihrer Website erwähnt. Könnten Sie mir nicht eine Ausgabe von dem geben, das für Fergus Lords Jahrgang herausgegeben wurde?«

In den Jahrbüchern waren kleine Fotos von jedem Schüler.

Die Archivarin lächelte. »Ich fürchte, das ist kein öffentlich zugängliches Dokument. Nur Mitglieder der Schülerschaft bekommen eine Ausgabe ausgehändigt.«

Vielleicht hatte er ihr ja seinen Namen gesagt, und sie hatte ihn einfach nicht registriert.

»Wie dem auch sei, die Tatsache, dass das Dokument publiziert ist, bedeutet, dass es sich nicht um vertrauliche Informationen handelt. Es gibt also keinen Grund, warum Sie es mir nicht geben dürften.«

»Noch einmal, darf ich fragen, warum?«

»Wir haben Grund zu der Annahme, dass Mr Lord möglicherweise mit einer Verbrechensserie in Verbindung steht, die wir gerade untersuchen. Es wäre hilfreich, ihn ausschließen zu können.«

Die Archivarin lehnte sich mit einer Miene grenzenloser Befriedigung zurück. »Dann bezweifele ich, dass ich Ihnen noch irgendetwas anderes sagen kann, ohne seine Erlaubnis oder juristischen Rat einzuholen.«

»War Charles Frost hier auf der Schule?«, fragte Lacey, obwohl sie die Antwort kannte. Auch diese Information war auf LinkedIn zu finden gewesen.

»Ich fürchte, das darf ich Ihnen nicht sagen.« Die Frau erhob sich. »Sie werden mich jetzt entschuldigen müssen.« Sie kam hinter dem Schreibtisch hervor und ging zur Tür. Da sie wusste, dass ihr nichts anderes übrig blieb, stand Lacey auf.

»Was ist mit Jack Brine?«, fragte sie. Jack Brine hatte kein LinkedIn-Profil, und die Einträge auf seiner Facebook-Seite waren vage. »Und Adam Ryan? Für Adam Ryan interessiere ich mich ganz besonders.«

Doch Adam Ryan war bestimmt ein Deckname. Wenn sie sich nur erinnern könnte, ob der Junge auf der Klippe ihr seinen Namen gesagt hatte oder nicht!

»Kommen Sie mit einer gerichtlichen Verfügung wieder«, sagte die Frau mit der Miene eines Menschen, der so etwas schon immer einmal hatte sagen wollen. Sie machte eine übertriebene Geste mit der rechten Hand. »Nach Ihnen.«

In dem Wissen, dass sie – wahrscheinlich – besiegt war, trat Lacey in den Flur hinaus. Am Empfang musste sie sich anstellen, um ihren Besucherausweis zurückzugeben. An den Wänden der großen offenen Halle hingen riesige Fotografien von Schülern in unterschiedlichen Momenten des Schullebens: beim Segeln, über Bunsenbrenner gebeugt im Chemiesaal, ein Schulorchester, etliche Theateraufführungen.

Die Archivarin stand in Lauerstellung da, entschlossen, sie aus dem Gebäude zu begleiten.

Lacey ließ ihren Ausweis auf dem Tresen liegen und ging quer durch die Halle zu einem Foto an der gegenüberliegenden Wand, das ihr aufgefallen war. Eine Szene aus einer Theateraufführung: eine nur von Laternen erleuchtete, von Feen bevölkerte Waldgrotte. Ein schönes blondes Mädchen, spärlich bekleidet und mit einer Krone aus Blättern und Beeren, stand in der Mitte der Bühne. Ihr gegenüber, ebenfalls mit Blättern gekrönt und mit nackter Brust, stand der junge Fergus Lord. Zu den Füßen der Elfenkönigin kniete ein pummeliger Junge mit einem Eselskopf aus Pappmaché. *Ein Sommernachtstraum*.

Lacey suchte unter den anderen Schauspielern nach bekannten Gesichtern. Einer der Jungen, der den Blick gesenkt hielt, könnte Charlie Frost gewesen sein, doch das ließ sich nur schwer genau erkennen.

Und jetzt ging ihr etwas im Kopf herum, ganz weit hinten. *Ich hab nicht gefragt*, hatte sie ihn angeblafft. Was hatte sie nicht gefragt? Hatte er ihr seinen Namen gesagt? Scheiße, warum wusste sie das nicht mehr?

»Können Sie sich bitte aus der Besucherliste austragen?« Die Archivarin war ihr gefolgt. »Ich habe noch einen Termin.«

»Lassen Sie sich nicht aufhalten.« Lacey zückte ihr Handy und machte ein Foto von dem Bild. »Das da ist Fergus Lord als Oberon, nicht wahr? Und wenn ich mich nicht irre, ist der Junge, der Puck spielt, Jack Brine.«

70

»Ich bin mir nicht sicher, inwieweit das hilft, Lacey«, sagte Dana, als sie sich später am selben Tag in ihrem Büro trafen.

Vorhin hatte Mark angerufen. Er war wütend gewesen, weil sie Lacey allein nach Eastbourne hatte fahren lassen, und das Gefühl, gerüffelt worden zu sein, machte ihr immer noch zu schaffen. Aber vielleicht war es ja auch ein Fehler gewesen. Lacey war logischerweise eine Zielscheibe für die Incels. Nun, wenigstens war sie unversehrt zurückgekommen.

»Ein bisschen hilft es schon«, wandte Neil Anderson ein. »Lord, Frost und Brine sind zusammen zur Schule gegangen. Sie kennen sich seit Jahren; sie könnten ohne Weiteres AryanBoy, MadHatter und BlackPill88 sein.«

»Oder Joker«, gab Pete Stenning zu bedenken. »Wir suchen vier Männer, nicht drei.«

Sie hatten recht, es könnte wichtig sein, doch heute war der vierunddreißigste Tag nach AryanBoys Video-Premiere, und bald musste irgendetwas passieren. Dana hatte angefangen, jeden Tag die Zahl in ihren Kalender im Büro zu schreiben, ganz klein unten in die rechte Ecke. Als würde sie es sonst vergessen! Sobald sie morgens aufwachte, wusste sie sofort, wie viele Tag sie schon in der neuen Normalität lebten.

Die Tür ging auf, und Gayle Mizon streckte den Kopf herein. »DCI Joesbury hat gerade angerufen und wollte Sie sprechen, Dana«, sagte sie. »Wir sollen den Fernseher anmachen.«

Im Großraumbüro hatte Gayle die BBC eingeschaltet. Die Schlagzeilen waren abgearbeitet, und die Kamera richtete sich auf die Nachrichtensprecherin – eine attraktive, dunkelhaarige Frau –, die gleich die größte Story des Tages präsentieren würde.

»Der Gesetzentwurf eines Abgeordneten, der in den kommenden Tagen dem Parlament vorgelegt werden soll, verlangt beispiellose Maßnahmen, um das sogenannte Incel-Problem zu lösen«, verkündete sie den Zuschauern. »Die Vorlage, die unter Führung des anglikanischen Bischofs Desmond Sittingbourne angestoßen wurde, fordert, dass im Rahmen der Notstandsermächtigung des Parlaments die Freiheiten von Frauen und Mädchen stärker eingeschränkt werden. Unser Reporter in Westminster weiß mehr.«

Während sich alle um den Fernseher versammelten, wechselte das Bild zum Rasen vor dem Parlamentsgebäude, wo ein Mann Mitte vierzig im Businessanzug unter einem Regenschirm stand.

»Es ist ein noch nie da gewesener Vorgang«, begann er. »Eine parteiübergreifende Gruppierung aus Parlamentariern verschiedener Glaubensrichtungen, religiösen Führern und Social-Media-Kommentatoren hat eine sofortige Beschränkung der Frauenrechte gefordert, um die zunehmende Gewalt einzudämmen. Auf einer Pressekonferenz heute Vormittag traten weitere religiöse Führungsfiguren zusammen mit Bischof Sittingbourne auf, außerdem der konservative Abgeordnete James Hunter-Dean sowie der rechte Social-Media-Kommentator Tobias Coburn.«

Wieder ein Szenenwechsel, diesmal zu einem Raum im Palace of Westminster. Auf einer erhöhten Plattform stand ein langer Tisch, hinter dem drei Männer saßen: ein Bischof, ein Rabbi und ein Imam.

Es geschah also tatsächlich. Das Establishment fing an, den Forderungen der Incels nachzugeben, sich zu fragen: *Was können ein paar kleine Veränderungen schon schaden? Und wollen wir nicht alle dasselbe? Dass unsere Frauen sicher sind?* So würden sie es rechtfertigen. *Es ist doch zu eurem Besten.*

»Alles, worum wir bitten, ist ein Augenblick der Ruhe.« Der Bischof sprach in sanftem, melodischem Tonfall. »Unsere Vorschläge sind simpel, nicht weiter lästig und nicht von Dauer. Wir möchten einfach nur, dass die Frauen dieses Landes sich bis auf Weiteres zurückhaltender verhalten.«

»Fick dich!«, formte Gayle, an den Bildschirm gerichtet, lautlos mit den Lippen.

»Im Islam haben Frauen den Wert der Sittsamkeit schon lange erkannt«, sagte der Imam. »Deswegen werden Frauen in unserer Gesellschaft auch wertgeschätzt und beschützt.«

»Genau«, bekräftigte der Bischof, während der Rabbi zustimmend nickte. »Wir regen lediglich an, dass Frauen es sich auf absehbare Zeit zur Gewohnheit machen, sich in der Öffentlichkeit sittsam zu kleiden, dass sie nach zehn Uhr abends nicht mehr ohne männliche Begleitung aus dem Haus gehen und dass für Trunkenheit in der Öffentlichkeit Bußgelder erhoben werden. Das sind doch alles keine Härten.«

Vielleicht war es ja das, was MenMatter von Anfang an geplant hatte, dass der Mainstream sich die Denkweise der Incels aneignen und es ihnen leicht machen würde. Vielleicht war dies der Tag der Vergeltung, an dem die Welt, die Dana kannte, einstürzen würde: nicht mit einem Knall, sondern mit einem Wimmern.

Die Kamera wechselte zurück zu der Grünfläche vor dem Parlament. »Die Gruppe behauptet, die stillschweigende Unterstützung einer ganzen Anzahl Abgeordneter von allen Seiten des Hauses zu haben«, sagte der Reporter. »Und zwar nicht nur von männlichen, sagen sie. Vorhin habe ich mit der Innenministerin darüber gesprochen.«

Wieder wechselte die Szene, man sah Alison Brabin vor einem holzgetäfelten Hintergrund sitzen. Ihr gegenüber saß der Reporter; nur seine linke Schulter war im Bild.

»Madam Home Secretary, diese Gesetzesvorlage wird Frauen zum ersten Mal seit dem Sex Discrimination Act von 1975 nicht mehr mit Männern gleichstellen. Besteht irgendeine Chance, dass sie angenommen wird?«

Was für eine Zukunft konnte es für sie und Helen in einer Welt geben, in der Frauen nur existierten, um Männer zu umsorgen und zu unterstützen?

Brabin lächelte eisig. »Nicht die geringste. Ein solches Gesetz widerspricht allem, wofür wir in Großbritannien stehen.«

»Aber es gibt doppelt so viele männliche Abgeordnete wie weibliche«, erwiderte der Reporter. »Ist es möglich, dass

Sie einfach nicht genug Unterstützung haben, um das abzuschmettern?«

»Ich denke, die meisten Angehörigen des Parlaments werden diese Vorlage ungeachtet ihres Geschlechts als das Unding ansehen, das sie ist«, antwortete die Innenministerin. »Und die, die sich nicht sicher sind, täten gut daran, zu bedenken, dass Frauen an der Wahlurne zahlenmäßig gleich stark sind. Kein aktiver Abgeordneter kann es sich erlauben, Frauen gegen sich aufzubringen, und ein vernünftiger würde das gar nicht erst anstreben.«

Brabin trug ein dunkelblaues Kostüm, ganz anders als die leuchtenden Farben, in die sie sich sonst kleidete.

»Die MenMatter-Bewegung verlangt, dass Frauen das Wahlrecht entzogen wird«, sagte der Reporter.

»Ich werden diesen Unfug nicht mit einer Antwort aufwerten.« Die Ministerin erhob sich und beendete damit das Interview.

Sie sah älter aus, oder vielleicht trug sie auch weniger Make-up. Der Innenministerin, der möglicherweise mächtigsten Frau im ganzen Land, ging es genauso wie ihnen allen, dachte Dana. Sie hatte Angst.

71

Lacey Flint war in Eastbourne gewesen, in seiner alten Schule. Scheiße, damit hätte er rechnen müssen. Sie war Polizistin, war Zivilfahnderin gewesen, und zwar eine gute. Ihre Aufklärungsrate war beeindruckend. Er hätte wissen müssen, dass sie versuchen würde, ihn aufzuspüren, genauso wie er sie gefunden hatte.

AryanBoy griff nach dem leeren Kaffeebecher auf seinem Schreibtisch und war schon drauf und dran, ihn gegen die Wand zu pfeffern, doch er schaffte es gerade noch, sich zu bremsen. Wie sollte er das den anderen erklären?

Er spürte, dass er so nahe daran war, in Panik zu geraten, wie noch nie, seit sie mit alledem angefangen hatten. Und sie waren noch lange nicht am Ziel. Er atmete ein paarmal tief durch und zwang sich zur Ruhe.

Die Schule hatte ihr sicher nicht seinen Namen genannt, sonst wäre er bereits abgeholt worden. Ihre Kollegen drüben in Lewisham könnten eine gerichtliche Verfügung beantragen, aber die Chance, dass sie ihnen sagte, warum sie die Schule wirklich in Verdacht hatte, war gering. Ohne weitere Hinweise, ohne dass eine reale, unmittelbare Gefahr nachgewiesen werden konnte, würde es auf die Schnelle keine richterliche Anordnung geben. Vielleicht überhaupt nicht.

Schließlich konnte Lacey Flint ihnen ja nicht von der Nacht erzählen, in der sie ein gestohlenes Auto mit einer toten Frau am Steuer über den Rand der Klippe von Beachy Head geschoben hatte. Sie konnte ihnen nicht sagen, dass sie die Identität einer Toten gestohlen hatte, dass sie in Wirklichkeit Victoria Llewellyn hieß und dass die verurteilte Mörderin im Frauengefängnis von Durham ihre kleine Schwester Cathy war.

Lacey Flint war handlungsunfähig, und für ihn stand zu viel auf dem Spiel, um jetzt in Panik zu geraten. Früher oder später jedoch würde er sich mit ihr befassen müssen, und das bedeutete traurigerweise, dass sie beide wohl doch keine gemeinsame Zukunft hatten. Nein, Lacey Flint musste vom Spielfeld genommen werden.

72

»Ich muss dir etwas erzählen«, sagte Lacey spät am nächsten Tag.

Joesbury seufzte und streckte sich; sein Körper bewegte sich unter ihr. Er lag nach dem Sex nur selten still, sondern war im Gegenteil eher zappelig, fast energiegeladen.

»Geht's um den Anruf, den du ganz früh am Sonntagmorgen gekriegt hast?«, erkundigte er sich.

Lacey war froh, dass ihr Kopf immer noch auf seiner Brust lag und er ihr Gesicht nicht sehen konnte. »Es hatte keinen Sinn, dich deswegen anzurufen. Ich hab gewusst, dass Emma das melden würde, sobald ihr Personenschützer für den Tag da war. Ich möchte darüber reden, wann diese Insekten hier deponiert worden sind.«

»Du bestehst immer noch darauf, dass das nicht passiert ist, als du draußen im Hof warst?«

»Ja. Ich bin sicher, dass niemand den Schlüsselbund angefasst hat. Den hatte ich in einen Katalog geschoben. Einen Rosenkatalog, um genau zu sein.«

»Klingt nach Ms Pinney in Nummer sechs«, bemerkte Joesbury. »Die hat einen Dachgarten.«

»Ich weiß noch genau, welche Seite es war.« Lacey rollte sich herum, sodass sie ihn ansehen konnte. »Du weißt, ich merke mir so etwas. Ich glaube, da waren sonst meistens einfach nur Bilder von Rosensträuchern oder Großaufnahmen von Blumen, aber auf dieser Seite war ein Foto von einem Strauß hellrosa Rosen. Den habe ich gesehen, und, na ja, da dachte ich an … du weißt schon …«

Joesbury zog eine Braue hoch.

»Als ich zur Haustür zurückgerannt bin, da hatte ich's wahnsinnig eilig, ich weiß, aber ich habe dasselbe Bild gesehen. Die Schlüssel haben genau da gelegen, wo ich sie hingelegt hatte. Wie wahrscheinlich ist es, dass jemand sich ins Haus schleicht, die Schlüssel findet, damit die Wohnung aufschließt, die Teedose austauscht, wieder rausgeht und die Tür abschließt, ohne dass Emma etwas hört oder sieht, und die Schlüssel dann wieder auf genau dieselbe Seite legt?«

Joesbury schnitt eine Grimasse. »Nicht sehr wahrscheinlich. Aber es gibt da eine wichtigere Frage, die du stellen solltest.«

»Und welche?«

»Woher hat der Kerl mit den Insekten gewusst, was für Tee ich trinke und dass ich meine Teebeutel in einer großen Dose aufbewahre?«

Lacey setzte sich auf. Genau das hätte sie fragen müssen. Wenn sie nicht so sehr auf … nun ja, andere Dinge fixiert gewesen wäre, hätte sie auch daran gedacht.

»Das kann niemand wissen.«

Die Erkenntnis traf sie wie ein Schlag. Dass sie recht gehabt hatte, würde irgendwann ein gewisser Trost sein, fürs Erste jedoch gab es hier etwas sehr viel Ernsteres, worüber sie sich den Kopf zerbrechen musste.

Joesbury sprach ihren Gedanken laut aus. »Nur jemand, der schon mal in der Wohnung gewesen ist.«

»O Mann!«

»Du könntest also durchaus recht haben. Wahrscheinlich ist die Dose gar nicht vertauscht worden. Die Viecher sind schon einige Zeit, bevor sie aus der Dose getürmt sind, in die Wohnung geschafft worden. Von jemandem, der Zugang zu meiner Wohnung hat.«

Einen Moment lang dachte Lacey, sie müsste sich gleich übergeben. Die ganze Zeit, als Emma und sie geglaubt hatten, sie wären sicher, war genau das Gegenteil der Fall gewesen.

»Ich hab's ja gewusst. Ich hab's gewusst; die wissen zu gut Bescheid.« Sie reckte einen Finger der rechten Hand hoch. »Die wussten, wo Emma wohnt, und hatten ihre Festnetznummer.« Ein zweiter Finger. »Sie kannten das Codewort, um sie aus der Wohnung zu locken, als der Feueralarm losging.« Ein dritter. »Sie haben rausgefunden, wer ich bin. Sie sind mir nach Durham gefolgt. Sie haben gesehen, wie wir in das Hotel in Barons Court gebracht worden sind.« Ihr waren die Finger ausgegangen. »Die bräuchten doch eine ganze Armee, um uns so zu beschatten.«

Das war Joesbury schon selbst klar geworden. »Oder einen Mann am richtigen Ort. Unser Freund AryanBoy könnte einen Informanten mitten im Herzen von Scotland Yard haben. Verdammt, er könnte sogar selbst dort arbeiten …«

»Mein Gott.«

»Jep.«

Joesbury sah unglücklich aus, zutiefst besorgt sogar, dabei war es schlimmer, viel schlimmer, als er ahnte. Er dachte, jemand bei der Arbeit, dem er vertraute, würde ihn hintergehen. Wie würde er damit fertigwerden, wenn er herausfand, dass auch sie ihn hinterging? Lacey schaute auf die Uhr auf dem Nachttisch – sie musste los – und sah sich nach ihren Kleidern um. »Hast du eine Ahnung, wer es sein könnte?«, fragte sie.

Joesbury schüttelte den Kopf. »Ganz ehrlich, da kämen ein paar Dutzend Personen infrage.«

»Hast du es irgendjemandem gesagt?«

»Noch nicht. Ich hoffe die ganze Zeit, dass er sich verrät. Wenn ich eine Fahndung starte, löse ich bei ihm Alarmstufe rot aus.«

»Also finden sie mich und Emma, egal, wo wir sind.«

Sie konnte nichts gegen das jähe Aufwallen der Panik machen. Bisher war sie davon ausgegangen, dass AryanBoys schlimmste Drohung darin bestand, sie auffliegen zu lassen. Und wenn es jetzt mehr war? Wenn er ihr wirklich etwas antun wollte? Er hatte Emma schließlich beinahe umgebracht.

Dies könnte der richtige Moment sein, der richtige Moment, um abzuhauen. Nach dem Insektenanschlag war Joesbury wieder nach Pimlico gezogen. Ihr Boot war leer. Sie könnte innerhalb einer Stunde am Deptford Creek sein, ihre Tasche holen und verschwinden.

Aber sie hatte sich mit Emma verabredet, in nicht ganz einer Stunde. Und davonlaufen? Das fühlte sich an wie etwas, das sie jetzt nicht mehr tat.

»Vielleicht nicht.« Joesbury nahm eine Visitenkarte vom Nachttisch und reichte sie ihr. »Das ist eure neue Unterkunft. Ihr zieht heute Abend da ein.«

Sie warf einen raschen Blick auf die Karte. Darauf war ein Bild von einem großen Hotel unweit der Tower Bridge.

»Sieht ganz schön teuer aus«, bemerkte sie.

»Hoffen wir, dass ihr nicht lange dableibt. In der Zwischenzeit werden sie da bessere Sicherheitsvorkehrungen haben als die meisten anderen Hotels. Man braucht eine Schlüsselkarte, um in die Aufzüge und die Treppenhäuser reinzukommen. Ich schicke eure Sachen nachher per Kurier rüber. Niemand außer dir und mir weiß, wo ihr seid.«

Lacey schwieg.

»Da bist du sicher«, sagte er. Und dann, möglicherweise in einem Versuch, sie aufzuheitern: »Vor jedem außer mir.«

Joesburys Augen wurden dunkel, als sie nicht antwortete. Sie konnte es ihm nicht sagen.

Sie würde niemals sicher sein.

73

Während Lacey bei Joesbury gewesen war, hatte Emma in einer kleinen Revolte gegen die ständige Überwachung darauf bestanden, mit einigen ihrer Journalistenfreunde essen zu gehen, und Lacey hatte sich für kurz nach zehn mit ihr verabredet. Da ihr Auto noch in Lewisham vor dem Revier stand, fuhren sie und Emma mit der U-Bahn zum Hotel.

»In dem neuen Hotel sind wir Schwestern«, erklärte Lacey, als die Bahn in Leicester Square losfuhr. »Ich bin Laura Farrow, und du bist Ella, also pass auf, dass du keine Kreditkarten mit deinem richtigen Namen benutzt.«

»Als ob uns irgendjemand glaubt, dass wir Schwestern sind.«

Emma hatte getrunken, doch so gestresst, wie sie in letzter Zeit gewesen war, schadete das bestimmt nicht. Vielleicht würde sie ja zur Abwechslung tatsächlich einmal schlafen.

»Netter Abend?«, erkundigte sich Lacey und bemerkte im selben Moment Bewegung am hinteren Ende des U-Bahn-Wagens.

»Richtet nicht, auf dass ihr nicht …« Emmas Lider schlossen sich.

Eine neue Gruppe – etwa acht bis zehn identisch gekleidete Frauen – hatte den Wagen verbotenerweise von dem dahinter aus durch die Verbindungstür betreten und drängte sich durch die Menge der Fahrgäste.

»Und was macht der reizende Mark?«, nuschelte Emma.

»Hat viel zu tun.« Laceys Aufmerksamkeit galt weiter der Störung am anderen Ende des Wagens.

Nicht so viel, dass er sie nicht sofort gepackt hätte, als sie durch die Tür gekommen war. Dass er ihr nicht die Kleider vom Leib gerissen und sie dabei die ganze Zeit geküsst hätte, bis ihre Lippen schmerzten. »Dich nicht sehen zu können macht mich fertig«, hatte er ihr leise ins Ohr gesagt, sein Atem warm auf ihrer kalten Haut.

Er dachte immer noch, es wäre ein vorübergehendes kleines Problem, eins, das sie lösen und hinter sich lassen konnten. Er dachte immer noch, sie hätten eine Zukunft.

»Fährst du morgen trotzdem nach Scotland Yard?«

Lacey war zu einer Besprechung zitiert worden, bei der diskutiert werden würde, ob sie Fergus Lords Einladung zum Essen annehmen sollte.

»Darüber soll ich nicht reden«, antwortete Lacey.

Die gleich gekleideten Frauen sprachen Fremde an wie Angehörige einer religiösen Gemeinschaft oder übereifrige Spendensammlerinnen. Alle trugen pinkfarbene Sweatshirts und Baskenmützen, doch mit dieser Farbwahl endete jegliche beabsichtigte Weiblichkeit auch schon. Ansonsten trugen sie Jeans oder Cargohosen, schwere Stiefel und Rucksäcke. Die meisten hatten sehr kurzes Haar. Lacey sah, wie sie auf ihrem Weg durch den Wagen Flugblätter an Frauen verteilten, die allein oder in kleinen Gruppen unterwegs waren.

Als sie sich dem Bereich an der Mitteltür näherten, wo ein paar junge Männer beisammenstanden, gab Emma ein leises Schnarchen von sich. Die acht Frauen versuchten, sich vorbeizuschieben, und vermieden dabei jeglichen Blickkontakt. Die Männer machten es ihnen nicht leicht. Sie verstellten ihnen den Weg, wichen nur widerwillig aus, starrten sie unverwandt an. Als die Frauen an ihnen vorbei waren, drehten sie sich um und sahen ihnen nach.

»Guten Abend, Ladys.« Eine der Frauen blieb direkt vor Lacey stehen. »Alles okay?«

»Ja, danke.«

Das Alter der Frauen lag zwischen achtzehn, neunzehn und Ende zwanzig. Alle waren hellwach, konzentriert, selbstbewusst. Die Sprecherin war ungefähr siebenundzwanzig, klein und untersetzt. Das bisschen, was von ihrem Haar unter der Baskenmütze zu sehen war, war ungleichmäßig lila gefärbt.

»Wo soll's denn heute Abend hingehen?«, fragte sie.

Im Fenster gegenüber sah Lacey, wie Emmas Augen sich öffneten und dann riesengroß wurden. Die Männer an der Tür – es waren fünf, alle jung, alle weiß – beobachteten sie.

»Wir sind auf dem Weg nach Hause«, antwortete Lacey. »Darf ich fragen, wer Sie sind?«

Ein Blatt Papier wurde ihr entgegengestreckt.

»Wir sind die Mama Bears«, verkündete die lilahaarige Frau. »Können wir Sie irgendwo hinbringen, wenn Sie aussteigen?«

»Wieso brauchen wir eine Eskorte?«

»In London sind Frauen nicht mehr sicher.« Das kam von einer übergewichtigen jungen Frau mit Brille. »Hat eine von euch Alkohol getrunken? Davon raten wir ab, besonders, wenn ihr mit den öffentlichen Verkehrsmitteln unterwegs seid.«

»Wissen die von der Londoner Verkehrsbehörde, dass Sie das machen?« Emmas Journalisteninstinkt war erwacht. »Haben Sie was dagegen, wenn ich ein Foto mache?« Sie wandte sich an Lacey und erklärte: »Ich bin denen auf Facebook gefolgt und habe auch ein paar Nachrichten hinterlassen, aber bisher hat sich noch niemand bei mir gemeldet.«

Emma holte ihr Smartphone aus der Handtasche. »Was ist mit der British Transport Police? Wie finden die das, dass Sie in der U-Bahn patrouillieren?«

Die Frau mit den lila Haaren hob abwehrend die Hand. »Bitte keine Gesichter auf den Fotos. Wir haben jede Menge Feinde, und wir wollen keinen Ärger. Uns geht es nur um Ihre Sicherheit.«

Von der Tür her ertönte eine Männerstimme: »Lasst die Mädchen in Ruhe!«

Eine zweite rief: »*Ihr* macht hier die Probleme, nicht wir!«

»Darf ich Ihnen ein paar Fragen stellen?« Emma schaltete das Mikrofon ihres Handys ein. »Wie lange machen Sie das schon? Würden Sie sich als Bürgerwehr bezeichnen?«

Lacey stand auf. Die Männer an der Tür hatten sich zusammengedrängt, redeten halblaut und schauten immer wieder rasch zu ihnen herüber. Sie legte der Frau mit den lila Haaren die Hand auf den Arm. »Vielleicht gehen Sie jetzt lieber weiter«, meinte sie. »Meine Freundin kann sich ja morgen bei Ihnen melden, um Ihnen weitere Fragen zu stellen.«

Die Frau bedachte sie mit einem abfälligen Blick. »Ich will ja nicht respektlos sein, aber Ihre Freundin hat getrunken. Mit so was handelt man sich Ärger ein.«

»Ich bin echt nicht sicher, ob ihr Frauen seid.« Einer der Männer, ein Typ in Jeans und offenem Anorak, war näher gekommen. »Wie wär's, möchte es eine von euch beweisen?«

Der Zug wurde langsamer. Wieder fasste Lacey die lilahaarige Frau am Arm und zog dabei diskret ihren Dienstausweis aus ihrer Handtasche. »Ich bin Polizistin«, sagte sie leise. »Und ich glaube, die Situation hier könnte eskalieren. Ich möchte, dass Sie und Ihre Gruppe an diesem Bahnhof aussteigen und den nächsten Zug nehmen, bitte.«

Noch mehr Gejohle von der Tür her, als sie den Bahnhof erreichten.

»Soll mir recht sein«, antwortete die Frau mit dem lila Haar. »Danke für Ihre Hilfe, Officer.«

Der Zug hielt, und Lacey trat zur Seite, um die Leute aussteigen zu lassen. Mehr, argwöhnte sie, als eigentlich hatten aussteigen wollen; der Wagen war jetzt fast leer. Die Frauen in Pink verließen ihn als Letzte.

»Lacey«, rief Emma. Einer der Männer war auf einen Sitz ganz in ihrer Nähe gesprungen. Er presste die Hüften gegen das Fenster und entblößte sich vor der Gruppe in Pink. Emma stand auf und hielt sich an der Haltestange fest.

Die Türen schlossen sich. Im allerletzten Moment sprangen die Frauen in Pink im nächsten Wagen wieder in den Zug.

»Scheiße«, sagte Lacey halblaut, als der Zug anfuhr.

Das Manöver der Frauen war den Männern nicht entgangen. Alle fünf wandten sich dem Wagen vor ihnen zu und überlegten. Sollten sie den Frauen folgen oder nicht?

»Hier unten ist kein Netz«, verkündete Emma Lacey das, was sie bereits vermutet hatte.

Während der Zug schneller wurde, gingen die wenigen verbleibenden Fahrgäste auf Abstand.

Die Männer sahen alle nicht aus wie Incels, jedenfalls nicht vom Äußeren her, sondern eigentlich mehr wie Fußballfans, unter den richtigen Umständen auch wie Hooligans. Groß, rotgesichtig, mit tätowierten Fingerknöcheln. Es schien wahrscheinlicher, dass sie sich einem Marsch der rechtsextremen English Defense League anschlossen als der Incel-Bewegung, aber sie würden sich nicht gern von Frauen etwas sagen lassen. Sie waren weiße Männer aus dem Arbeitermilieu, wahrscheinlich gab es jede Menge Dinge, über die sich ärgerten, und dieser Ärger suchte nach einem Ventil. Und getrunken hatten sie auch noch.

Alle fünf machten obszöne Gesten in Richtung der Frauen, die ihnen vernünftigerweise den Rücken zukehrten und anfingen, die Fahrgäste im Wagen nebenan anzusprechen. Der Typ, der sich entblößt hatte, hatte beide Hände am Gürtel, als wolle er gleich wieder die Hosen fallen lassen.

Die Situation konnte binnen Sekunden außer Kontrolle geraten.

»Bleiben Sie hier.« Lacey trat die paar Schritte von Emma weg, die sie von den Männern trennte. »Was ist denn los, Jungs?« Sie hielt sich mit den Armen an den beiden Seitenstangen fest, sodass sie nicht losmarschieren konnten, ohne sie aus dem Weg zu drängen. Der Mann ganz vorn – massig, mit einem Kruzifix-Tattoo auf dem linken Wangenknochen, musterte sie von oben bis unten. »Haben die euch belästigt?«, fragte er und schaute über ihre Schulter zu der Crew in Pink hinüber.

»Die meinen's nicht böse.«

»Machen mehr Probleme, als sie lösen«, bemerkte der Kerl mit der Brille neben ihm.

»Scheiß-Lesben!«, brüllte ein anderer.

Lacey lächelte peinlich berührt. »Bitte, Jungs, dreht euch einfach um und setzt euch wieder hin. Am nächsten Bahnhof lasse ich die aus dem Zug holen.«

Der Mann mit dem Gesichtstattoo setzte eine ungläubige Miene auf. »Und wie willst du das machen?«

»Ich bin Polizistin.« Wieder zog sie ihren Dienstausweis hervor. »Und Sie, Sir«, fügte sie mit einem raschen Blick auf den Exhibitionisten hinzu, »machen Ihre Hose zu und lassen sie zu. Wir sind hier zivilisierte Menschen.«

Tattoo griff nach dem Dienstausweis. »Lass mal sehen.«

Polizisten geben ihren Dienstausweis nicht aus der Hand. Als ihre Hände sich berührten, trat Lacey einen Schritt zurück und steckte den Ausweis weg. Dann hob sie die Hand. »Bleiben Sie bitte zurück, Sir.«

Der Mann ließ die Schultern kreisen und trat vor anstatt zurück; die Konfrontation machte ihm Spaß. Jetzt war er ihr zu nahe, setzte seine Körpergröße ein, um sie einzuschüchtern. Auch die anderen drängten vor. »Ist verboten, sich als Polizist auszugeben«, sagte einer von ihnen. »Zeig uns den Ausweis.«

»Hey!«

Der Ruf hinter ihnen wurde von lautem Klopfen gegen Glas begleitet. Lacey drehte sich um und sah, wie die Frauen in Pink die Verbindungstüren zwischen den Wagen aufzogen. Das dauerte etliche Sekunden, die Türen wurden nicht oft geöffnet. Dann trat die Erste – die mit den lila Haaren – in den Wagen. »Bleibt weg von ihr«, rief sie.

Diese Idiotinnen dachten, sie würden sie retten.

Grobe Hände stießen Lacey zur Seite, und Tattoo-Gesicht rief: »Und was willst du dagegen machen, verdammte Scheiße?«

Die Frauen in Pink drängten sich wieder in den Wagen. Ein paar der Männer schoben sich nach vorn, an Lacey vorbei, und blieben stehen. Beide Gruppen – zornig, aufgebracht – hielten sich trotz allem zurück, ein Rest gesunder Menschenverstand verhinderte das Abrutschen in die Gewalt. Hier hielt ein soziales Konstrukt, begriff Lacey – Männer und Frauen prügelten sich nicht miteinander. Aber nur gerade eben so.

Und das war zum Teil ihre Schuld.

»Emma«, rief sie. »Zieh den Alarmgriff.«

Der Zug würde bis in den nächsten Bahnhof weiterfahren, und der war wahrscheinlich noch eine oder zwei Minuten entfernt, doch der Zugführer würde wissen, dass etwas nicht stimmte. Er konnte per Funk Hilfe anfordern.

Emma war auf den Beinen und hatte den nächsten Alarmgriff über der hinteren Tür entdeckt, doch Tattoo-Gesicht war zuerst bei ihr und stieß sie wieder auf den Sitz. »Nicht jetzt, Quasimodo.«

Emma lief knallrot an. »Zieht bitte mal jemand den Alarm!«, rief sie laut.

Neben der Tür am anderen Ende des Wagens griff eine Frau Mitte vierzig nach oben und betätigte den Griff.

Die Frauen hatten Waffen aus ihren Rucksäcken geholt, kurze, wuchtige Schlagstöcke, mit Lederschlingen ums Handgelenk befestigt. Sie hielten sie senkrecht vor sich wie hölzerne Phallussymbole, manche klatschten sie in die Handfläche. Ein schwachsinniges provokatives Verhalten.

Lacey hob die Hand und rief: »Bitte treten Sie zurück, Ladys.« Dann wandte sie sich wieder an die Männer und sagte: »Sie auch, Gentlemen, sonst nimmt das hier für keinen ein gutes Ende.«

Der Zug wurde erneut langsamer.

»Ich bin Polizistin, und meine Kollegen sind unterwegs«, ließ Lacey die Männer wissen.

Eine Bierdose kam vorbeigeflogen, auf die Frauen gezielt. Lacey fühlte, wie ihr Bier gegen die Wange spritzte, bevor die Dose scheppernd auf dem Boden landete und das Bier herausschäumte.

Lila Haare machte einen Schritt nach vorn, und Emma vertrat ihr den Weg. »Gar keine gute Idee«, sagte sie und schüttelte den Kopf.

Hände klatschten auf Laceys Schultern. Gleich würde sie aus dem Weg gestoßen werden. Sie fuhr zu Tattoo-Gesicht herum, packte seine Arme und schaute ihm in die Augen. Aus dem Augenwinkel konnte sie ihrer beider Spiegelbild im Wagenfenster sehen. Es sah aus, als würden sie sich gleich umarmen.

»Männer schlagen Frauen nicht zusammen. Nicht in diesem Land.« Sie sprach leise, wie ein hilfloses Weibchen, das einen Mann anfleht, ihr nichts zu tun. Noch während sie sich dafür verachtete, konnte sie sehen, dass es wirkte. Sein Blick wurde weicher, die Anspannung seines Körpers ließ nach. Er ließ ihre Schultern los und wandte sich ab.

»Lasst stecken, Jungs«, brummte er. »Lohnt sich doch nicht, nicht für'n Haufen Weiber.«

Der Zug hielt an, die Frauen in Pink stiegen aus, gefolgt von Lacey und Emma. Ein Sicherheitsbeamter der Verkehrsbehörde und ein Officer der British Transport Police warteten auf dem Bahnsteig. Es war vorbei.

Nie in ihrem Leben war Lacey wütender gewesen, nie hatte sie sich so sehr geschämt.

74

Nicken in der ganzen Runde, Blicke zuckten zwischen Lacey und Joesbury hin und her. Die meisten fanden, sie solle es tun, das merkte sie, sie sollte sich mit Fergus Lord verabreden, ihn besser kennenlernen, sollte, wenn sie konnte, ihre Undercover-Agentin werden.

Die Besprechung – am Tag nach ihrer Begegnung mit den Mama Bears – fand in Joesburys Büro im Gebäude von Scotland Yard statt. Archie hatte sie am Empfang abgeholt und nach oben begleitet. Sobald sie eingetreten war, hatte sie gewusst, dass dies Joesburys Arbeitszimmer war, obwohl er nicht da war. Wegen der Collage aus Fotos von Huck auf seinem Schreibtisch und den Segelfotos an den Wänden – und wegen des Geruchs.

In einem anderen Leben wäre sie oft hierhergekommen, würde die Leute draußen im Großraumbüro so gut kennen wie alte Freunde, und auf dem Schreibtisch würde ein Foto von ihr stehen, vielleicht von ihnen beiden zusammen. Doch das war ein anderes Leben, und im Moment sah sie keinen Ausweg aus diesem hier.

Und jetzt wollten sie eine Spionin aus ihr machen, ohne zu wissen, wie sehr sie die Ermittlungen gefährden könnte. Machte sie das zu einer Doppelagentin, wenn auch wider Willen? Aber handelten die meisten Doppelagenten denn nicht wider Willen, zumindest am Anfang? Hierhin und dorthin gezwungen, von Kräften, die etwas gegen sie in der Hand hatten.

Rasch schaute Lacey in die Runde an dem kleinen Konferenztisch: Superintendent Cook zu ihrer Linken, Dana links von ihm, gegenüber Dan Owen von der Terrorabwehr und Archie, der sich Notizen machte, neben ihm. Joesbury, der inzwischen eingetroffen war, tigerte seit fünf Minuten im Raum auf und ab.

David Cook, offiziell noch immer Laceys direkter Vorgesetzter, öffnete den Mund, um etwas zu sagen, doch Joesbury war schneller.

»Unsere Priorität sollte sein, Lacey aus dieser ganzen Nummer herauszuhalten, nicht, sie mitten reinzuschmeißen. Das läuft nicht.«

»Ist das nicht Laceys Entscheidung?«

Die neue Stimme überraschte sie alle. Niemand hatte bemerkt, wie die Tür sich leise geöffnet hatte.

Lacey drehte sich um und erblickte Commissioner Dickinson. Um sie herum erhoben sich alle.

»Constable Flint?« Die schlanke, zierliche Frau streckte die Hand aus. »Das haben Sie gut gemacht, letzten Monat. Auf dem Fluss, meine ich. Beide Male.«

Lacey ergriff die Hand, die sich klein und kalt anfühlte. Sie und ihre oberste Vorgesetzte, stellte sie fest, waren exakt gleich groß. »Vielen Dank, Ma'am.«

»Bitte setzen Sie sich doch alle. Ich wollte Lacey nur kurz Hallo sagen.« Dickinson sah sich im Raum um, und ihr Blick kehrte zu Lacey zurück.

»Lassen Sie die Ermittlungen mal einen Moment außen vor«, sagte sie zu Lacey. »Ein gut aussehender, bekannter Schauspieler hat Sie gebeten, mit ihm auszugehen. Sie sind beide Singles und vom Alter her kompatibel. Wenn die Umstände ansonsten dieselben wären, hätten Sie dann Ja gesagt?«

Es war interessant, dachte Lacey im Stillen, dass eine Frau auf den Gedanken gekommen war, das zu fragen.

»Nein, Ma'am«, antwortete sie. »Das hätte ich nicht getan. Ich habe einen Freund.«

Drüben am Fenster rührte Joesbury sich nicht. Sie wartete darauf, dass er Farbe bekannte und sagte, dass *er* dieser Freund war.

»Die wissen, dass sie bei der Polizei ist«, wandte er stattdessen ein. »Die wissen, dass sie an den Ermittlungen beteiligt ist. Lord wird auf gar keinen Fall irgendetwas verraten. Wir gewinnen nichts und könnten sie in Gefahr bringen.«

»Ich denke, ich sollte es tun«, sagte Lacey zu Dickinson. »Es ist doch kein Zufall, dass Fergus Lord und Jack Brine auf dieselbe Schule gegangen sind. Lord muss etwas mit dem Ganzen zu tun haben, und vielleicht kann ich's ja aus ihm rauskitzeln.«

Kaum waren die Worte aus ihrem Mund heraus, begriff Lacey, wie wahr sie waren. Das war es, was ihr gefehlt hatte, das Gefühl, etwas zu bewirken, dass sie etwas bewegen könnte, dass sie mehr war als Treibgut in einer starken Strömung.

Commissioner Dickinson traf eine Entscheidung. »Das sehe ich auch so«, pflichtete sie ihr bei. »Einen Versuch ist es wert. Streng nach Vorschrift, mit vollem Back-up.«

Joesbury widersprach nicht, und Lacey war nicht überrascht. Weniger als zwei Minuten in Gegenwart dieser Frau, und sie wusste, dass dies niemand war, dessen Anweisungen zur Diskussion standen.

»Dann sind wir hier wohl fertig«, stellte Joesbury fest, als Dickinson das Büro verließ. »Und Lacey muss telefonieren.«

75

»Was dagegen, wenn ich mich dazusetze?«

Das Café in Shepherd's Bush war fast leer, es gab also eigentlich keinen Grund dafür, dass Joesbury am selben Tisch sitzen wollte wie der weiße junge Mann, der bis eben in seinen Laptop vertieft gewesen war.

»Jack, stimmt's?«, fragte Joesbury, nachdem der verdutzte Rundblick des Jüngeren genau die Reaktion gewesen war, die er erwartet hatte. »Jack Brine?«

Brine trug, wie Joesbury feststellte, die braun-grüne Wendejacke, die Lacey vor zwölf Tagen im Zug fotografiert hatte. Die gleiche Jacke, die der Verdächtige auf den Überwachungsaufnahmen von der Tower Bridge getragen hatte, an dem Morgen, als das Baby entführt worden war. Da in Großbritannien jedes Jahr Tausende solcher Jacken hergestellt und verkauft wurden, war das noch kein Beweis, aber es würde helfen. Langsam nahm der Verdachtsfall Jack Brine Gestalt an.

Beunruhigend langsam allerdings, deswegen hatte Joesbury auch beschlossen, das Zusammentreffen heute Morgen selbst zu übernehmen. Irgendwie musste er die Dinge in Gang bringen.

»Kenne ich Sie?« Brine drückte auf ein paar Tasten und klickte weg, was immer er gerade auf dem Bildschirm gehabt hatte.

Das war eine gute Frage. Brine könnte ganz genau wissen, wer Joesbury war. In diesem Fall würde er sich irgendwann in den nächsten paar Minuten verraten, durch einen Versprecher, eine offenkundige Lüge, sogar durch defensive Körpersprache. Joesbury spielte das Spiel der Geheimnisse schon sehr viel länger als dieser Bengel hier.

Er deutete auf den Tresen. »Ich hab mich mit dem Mädchen unterhalten, das manchmal hier arbeitet. Hab gesagt, ich bin auf der Suche nach einem Website-Designer. Sie hat gesagt, ich soll mit Jack reden. Dass Sie an den meisten Tagen hier reinschauen und dass Sie mir vielleicht helfen können.« Ungebeten zog er einen Stuhl heraus und setzte sich. »Mick Jackson«, stellte er sich vor.

Der Argwohn wich nicht aus den Augen des anderen Mannes. »Was genau brauchen Sie denn?«

»Wie gesagt, eine neue Website. Die letzten zwei Jahre lang hatte ich zwei Firmen, die das, wie nennt ihr das noch mal, das Hosting gemacht haben. Haben's beide versaut, und ich verstehe ehrlich gesagt zu wenig davon, um zu wissen, wo die Mist gebaut haben. Ich muss ganz von vorn anfangen, mit jemandem, der sich auskennt und mir das Ganze in einfacher Sprache erklären kann.«

Nur wenige Scheinidentitäten, die er im Laufe der Zeit gehabt hatte, waren ihm leichter gefallen als die des ahnungslosen Technophoben.

»In welcher Branche sind Sie denn?«, wollte Brine wissen.

»Antiquitäten«, antwortete Joesbury. »Und Entrümpelungen. Nippes. Ich kaufe billig ein und verkaufe bei Online-Auktionen.«

»Geklautes?«, fragte Brine.

Joesbury sah ihn unverwandt an. »Wäre das wichtig?«

Brine zuckte die Achseln. »Dann zeigen Sie mal, was Sie bis jetzt haben.«

Joesbury zog einen Laptop aus seiner Schultertasche, einen von den alten, ausgemusterten aus dem Lager von Scotland Yard, und rief die Website auf, die Archie im Laufe der letzten paar Tage zurechtgezimmert hatte.

Brine begann darauf herumzuklicken. »Die Homepage ist ganz schön schwerfällig«, stellte er fest. »Die Menüleiste ist nicht eindeutig, die Links sind langsam. Wie lassen Sie die Käufer zahlen? Über PayPal?«

»Schien am einfachsten zu sein.«

Noch ein paar Sekunden, dann blickte Brine auf. »Ja, das Teil ist schon ziemlich mies gemacht. Das kriege ich besser hin. Aber erst in ein paar Wochen, ich bin gerade mitten in einem großen Auftrag, mit festem Termin.«

»Kein Problem, ein paar Wochen ist okay. Wenn Sie mir Ihre Kontaktdaten geben, kann ich mich bei Ihnen melden. Also, können Sie mir ein bisschen was über sich erzählen? Mir Sachen zeigen, die Sie gemacht haben?«

Brine tippte auf ein paar Tasten seines eigenen Rechners und drehte ihn dann herum. »Das hier ist meine Website-Kundenliste«, sagte er. »Ich mache viele wissenschaftliche und technische Sites, weil ich Naturwissenschaften studiert habe. Ein paar Arztpraxen, ein paar Kliniken.«

»Und woran arbeiten Sie jetzt gerade? Wenn Sie das sagen dürfen.«

»Ist kein Geheimnis. Haben Sie schon mal vom International Men's Day gehört?«

Joesbury spürte ein Anspannen tief im Bauch. »Nicht wirklich, aber so was scheint längst überfällig zu sein.«

Brine kratzte sich an der Wange. »Das ist so eine Spendenaktion. Hier, ich zeig's Ihnen.«

Er zog den Laptop wieder zu sich heran, tippte kurz darauf herum und drehte ihn dann von Neuem um. Joesbury sah ein Foto von Männern verschiedenen Alters und unterschiedlicher ethnischer Herkunft, die vor einem Meereshintergrund standen. Die Überschrift lautete: *International Men's Day UK*.

»Ist noch nicht freigeschaltet«, erklärte Brine. »Noch steht die hinter der Site vom letzten Jahr. Bis Ende nächster Woche muss ich sie im Netz haben. Schauen Sie, hier ist der entscheidende Teil.«

Er klickte auf einen Button mit der Aufschrift SPENDEN in der Menüleiste, und eine Seite mit der Überschrift »Hilfsorganisationen« tauchte auf. Unter der Überschrift sah Joesbury eine Liste mit Internetlinks, die in vier Sektionen unterteilt war. »Persönliche Entwicklung von Jungen und jungen Männern« war eine, eine andere hieß »Häusliche Gewalt«, »Vaterschaft« war eine dritte, und dann kam »Physische und psychische Gesundheit«.

»Da sind dreißig verschiedene Organisationen aufgelistet«, erklärte Brine, »die sich alle mit Männern und Männerthemen befassen. Die Publicity rund um den International Men's Day bringt die Leute dazu, auf die Website zu gehen, und da können sie sich aussuchen, welche Organisation ihnen am besten gefällt. Das Schwierige daran ist, dafür zu sorgen, dass die Spenden bei den richtigen Organisationen ankommen. Sie können sich ja vorstellen, was für einen Aufstand es gibt, wenn da was schiefläuft. Da lege ich gerade letzte Hand an. Drei Wochen vor dem Tag muss das Ding online sein, also im Grunde heute. Bis Mitternacht muss ich fertig sein.«

»Beeindruckend. Und wie kann ich Sie nun erreichen?«

Brine reichte ihm eine Visitenkarte, Joesbury schüttelte ihm die Hand und stand auf. Draußen auf der Straße rief er im Büro an.

»International Men's Day. Finden Sie alles heraus, was Sie kriegen können«, wies er Georgie per Telefon an, während er zu seinem Motorrad zurückging.

»Holen wir ihn zur Vernehmung?«, wollte Dickinson eine halbe Stunde später wissen, als Joesbury zurückgekommen war und sie dabei angetroffen hatte, wie sie drei Viertel seines Teams hochnotpeinlich befragte. Nur die Jungs, Georgie war nicht da.

»Wir haben ihn nicht mit dem Internetcafé in Fulham in Verbindung bringen können«, meinte Theo. »Wir wissen, dass Fergus Lord da oft hingeht, weil da immer all die heißen Hausfrauenbräute aus der Gegend scharenweise einlaufen, wenn er erwartet wird. Und sein Helfershelfer auch, dieser Charlie Frost, aber Brine haben wir da nicht geortet.«

»Die Jacke, die Ähnlichkeit mit den Posts von BlackPill, sogar sein Zusammentreffen mit Lacey Flint im Zug, das sind alles nur Indizien«, sagte Archie. »Die anders erklärt werden können«, fügte er hinzu, als müsste man dem Commissioner der Londoner Polizei erläutern, was Indizienbeweise waren.

»Haben wir irgendetwas Konkretes?«, fragte Dickinson.

Eine Sekunde lang sagte niemand etwas.

»Der Fall nimmt allmählich Gestalt an«, versicherte Joesbury. »Wir haben die bekannten Aktivitäten von Fergus Lord, Charlie Frost und Jack Brine mit den Posts von AryanBoy, MadHatter, BlackPill88 und Joker abgeglichen. Wir haben uns das jeweilige Timing angesehen, die Standorte, wenn wir sie kannten, den Stil und den Tonfall.«

Dickinson sah nicht beeindruckt aus. »Und?«

»Nichts weist darauf hin, dass Jack Brine nicht BlackPill ist«, sagte Joesbury.

»Und weist irgendetwas darauf hin, *dass* er BlackPill ist?«

»Charlie Frost könnte jeder von denen sein, allerdings glaubt Georgie, Ähnlichkeiten bei den Formulierungen in seinen normalen E-Mails und Jokers Posts entdeckt zu haben. Wir haben nichts, was Fergus Lord mit einem von den vieren in Verbindung bringen würde.«

»Selbst wenn die alle drei da mitmischen, wir suchen nach vier Tätern«, wandte seine Vorgesetzte ein. »Was Lord, Frost und diesen Brine angeht, könnten wir zu hundert Prozent richtigliegen, aber einer geht uns immer noch durch die Lappen.«

Dieser eine könnte mitten unter ihnen sein, dachte Joesbury im Stillen. Und wenn das der Fall war, hatte er Informationen bekommen, die sie ihm hatten zuspielen wollen.

Als niemand antwortete, schüttelte Dickinson den Kopf und strebte auf die Tür zu, wo sie beim Hinausgehen beinahe mit Georgie zusammenstieß.

Joesbury versammelte sein Team um den Tisch. Er wusste, dass ihnen diese Standpauke genauso nahe gegangen war wie ihm. Als alle saßen, fragte er: »Also, International Men's Day? Was haben Sie gefunden, Georgie?«

Georgie hatte sich handschriftliche Notizen gemacht. »Angefangen hat das in den Neunzigern, als eine Art Würdigung von Jungen und Männern und ihren Errungenschaften«, begann sie. »Irgendwann im Laufe der Jahre wurde es dann zu einem alljährlichen Event, und jetzt findet das jedes Jahr am 19. November statt, mit weltweiten Veranstaltungen. Jedes Jahr gibt es ein Thema, manchmal ganz pauschal, wie *Zusammen für Jungen und Männer*, manchmal beängstigend fokussiert, wie *Stoppt den Männer-Suizid*. Glauben Sie, das ist es, Sir? Dass der 19. November der Tag der Vergeltung ist?«

»Dann hätten wir noch drei Wochen«, stellte Archie fest.

»Erzählen Sie mir, was hier bei uns geplant ist«, bat Joesbury.

»Im Frühling hat der Premierminister verkündet, dass er dieses Jahr voll dahinterstehen wird«, berichtete Georgie. »Anscheinend haben ihn ein paar von seinen Hinterbänklern wegen mangelnder mentaler Gesundheit bei kleinen Jungen genervt. An dem Tag wird also eine Konferenz im Queen Elizabeth II Centre stattfinden, zu der Hunderte Fünft- und Sechstklässler mit Bussen angekarrt werden, um sich Reden anzuhören. Vom Premierminister, seinem Kabinett, führenden Wirtschaftsvertretern und Unternehmern, Gesundheitsfachleuten und so weiter.«

»Warum sollte ein Tag, der ausschließlich dazu dienen soll, die Lage der Männer zu verbessern, zur Zielscheibe der MenMatter-Kampagne werden?«, fragte Theo.

»Gute Frage«, meinte Georgie, »aber es gibt ganz schön Gegenwind von Frauenorganisationen. Die finden, bei all der Gewalt, die gerade angedroht und ausgeübt wird, wäre das Letzte, was die Regierung tun sollte, sich bei den Männern anzubiedern. Die Mama Bears – die Truppe, mit der Lacey gestern Abend in der U-Bahn aneinandergeraten ist – haben gesagt, sie werden in voller Mannschaftsstärke vertreten sein.«

»Na und?«, fragte Archie. »Die werden doch gar nicht reingelassen.«

»Nein, aber sie können vor dem Gebäude demonstrieren, die Delegierten anpöbeln, Aufmerksamkeit erregen und jede Menge Ärger machen. Einige Frauenvereine haben beim Bürgermeister die Genehmigung beantragt, auf dem Westminster Square zu demonstrieren. Ist abgelehnt worden, aber sie könnten trotzdem auftauchen. Ach ja, und die Innenministerin ist inzwischen auch involviert.«

»Brabin?«, fragte Joesbury. »Was hat die denn damit zu tun?«

»Sie behauptet, es wäre Zeit, nicht mehr von Männerthemen und Frauenthemen zu sprechen und zu akzeptieren, dass beide Geschlechter aufeinander angewiesen sind und sich gegenseitig helfen müssen. Sie hat dem Event ihre volle Unterstützung zugesichert und – mit Rückendeckung des Premierministers – eine Menge einflussreicher Frauen überredet, an der Konferenz teilzunehmen und positive Reden über Männerthemen zu halten. Ich habe Warwick gefragt, ob er mir eine Liste bekannter Teilnehmerinnen besorgen kann, aber ich weiß nicht, wie weit er damit ist.«

»Ist vor zehn Minuten reingekommen.« Warwick klickte einen Tab auf seinem Laptopbildschirm an. »Brabin selbst natürlich, und die meisten anderen Ministerinnen haben vor vorbeizuschauen. Commissioner Dickinson wird während eines Teils des Tages dabei sein. Prinz Charles wird die Konferenz eröffnen, aber es wird erwartet, dass Camilla bei ihm ist und ein paar Worte sagen wird. Dann haben wir Emma Watson, die Schauspielerin aus *Harry Potter*. Die war vor ein paar Jahren das Gesicht der HeForShe-Kampagne für Frauenrechte. Und Laura Bates vom Everyday-Sexism-Projekt, und J. K. Rowling hofft auch, dass sie kommen kann. Es wird sogar gemunkelt, dass Malala kommt.«

»Großer Gott«, knurrte Joesbury. »Mit wie vielen roten Tüchern können wir diesen Typen denn noch vor der Nase rumwedeln?«

»Gegen die Intention kann niemand etwas sagen«, fuhr Georgie fort. »Aber wir müssen schon fragen, ob das unter den gegebenen Umständen sehr klug ist.«

»Könnte so verstanden werden, dass Frauen wieder mal versuchen, einen Männerraum zu besetzen«, meinte Theo. »Oder sie an einem Tag herumzukommandieren, an dem es doch ausschließlich um Männer gehen soll.«

»Ich muss mit Dickinson reden.« Joesbury war klar, dass sie wahrscheinlich null Chancen hatten, die Innenministerin umzustimmen. »Sonst noch was?«

»Am Abend davor findet ein Dinner in der Guildhall statt«, sagte Warwick. »Nur für die großen Kaliber, die Eintrittskarte kostet so um die dreihundert Pfund, aber hauptsächlich Männer, also müssen wir uns darüber wahrscheinlich keine allzu großen Sorgen machen.«

»Also am nächsten Tag?«, fragte Joesbury. »Da passiert unserer Ansicht nach am ehesten etwas? Sieht jemand das anders?«

Besorgte Mienen ringsum.

»Ich weiß nicht, Boss«, sagte Archie. »MenMatter ist ja nun nicht al-Qaida. Die haben weder die Mittel noch die Ausbildung oder die nötige Disziplin. Alles, was die gemacht haben, war Amateurkram auf niedriger Ebene.«

»Sag das mal den Frauen, die bei dem Säureanschlag fürs ganze Leben entstellt worden sind«, erwiderte Theo. »Oder denen, die in dem Massagesalon erstochen wurden. Ach, Moment, geht nicht, die sind ja tot.«

»Und die Mittel haben sie vielleicht«, gab Warwick zu bedenken. »Mit diesem Videospiel könnten sie eine Menge Kohle gemacht haben. Wir wissen, dass UNITY, wenn die denn da mit drinstecken, finanziell gut dasteht. Und außerdem all die Crowdfunding-Aufrufe, um die Anwälte für die Männer zu bezahlen, die verhaftet worden sind.«

Archie gab nicht nach. »Worauf ich hinauswill, ist Folgendes. Ich glaube nicht, dass sie einen ausgewachsenen Terroranschlag auf das Queen Elizabeth II Centre planen. Da, wo der Premierminister ist, werden immer irrwitzige Sicherheitsvorkehrungen getroffen, und der Prince of Wales hat Personenschutz bis zum Anschlag.«

»Die sind aber nicht hinter dem Premier her oder hinter dem Prince of Wales, nicht wahr?«, entgegnete Georgie. »Die sind scharf auf die Innenministerin, oder auf die Duchess of Cornwall, oder auf Malala. Stellt euch mal vor, wie peinlich es wäre, wenn das Mädchen, das die Taliban überlebt hat, als Gast der Regierung Ihrer Majestät auf britischem Boden abgeknallt wird.«

Joesbury stand auf. »Dazu wird's nicht kommen«, sagte er. »Aber darauf müssen wir uns ab jetzt konzentrieren. Wir halten Ausschau nach allem, was darauf hindeutet, dass am 19. November irgendetwas passieren könnte. Georgie, rufen Sie Dan Owen von der Terrorabwehr an. Theo, Sie reden mit dem MI5, Archie mit der Kommunikationszentrale der Regierung.«

»Und was ist mit mir, Boss?«, wollte Warwick wissen.

»Sie haben weiter brillante Einfälle. Kommt, Leute, wir haben drei Wochen Zeit, bevor's hier richtig Scheiße regnet.«

Teil 3

76

Der November kam angeschlichen wie ein Gespenst. Frühnebel waberte feucht und schwer und war der schwachen, bleichen Sonne mehr als gewachsen. Von Tag zu Tag wurde es kälter und ungemütlicher. Jeder Tag ein graues Einerlei. Die Stadt wurde bleiern, und ihre Ecken und Kanten wurden spitzer und schärfer. Reif schimmerte an den Gebäuden wie der Schweißfilm auf der Haut eines Kranken. Die Londoner husteten, keuchten und niesten, und die Krankenhäuser füllten sich. Die Themse legte ihr eisengraues Winterkleid an und wurde unbesiegbar: Sank die Wassertemperatur erst einmal in den einstelligen Bereich, überlebten nur wenige, die in ihre trüben Fluten gerieten. In der Leichenstelle des Polizeireviers von Wapping war jetzt etwas mehr los.

Das Gute war, in den zwölf Tagen, seitdem Joesbury und sein Team den International Men's Day als wahrscheinlichstes Ziel des nächsten Angriffs ausgemacht hatten, war nichts Bedeutenderes passiert. Die Mikroaggressionen jedoch gingen nicht nur weiter, sondern nahmen zu. Überall im Land gingen Anzeigen von Frauen ein, die nachts von Männern gestalkt worden waren, und auch das Cyberflashing hielt unvermindert an, wobei die Bilder, die an fremde Frauen gesendet wurden, immer obszöner wurden. Catfishing – Frauen bei Blind Dates zu demütigen – grassierte immer noch, obwohl Tinder versuchte, Frauen vor dieser Gefahr zu warnen.

Lacey tat sich schwer in der fremden Umgebung, die andere als Luxus bezeichneten. Das luftige Zimmer des Viersternehotels kam ihr klaustrophobisch eng vor, denn sie war dort nie allein. Die Fenster ließen sich nicht öffnen, und der Fluss, gute fünfzehn Meter unter ihr, erschien ihr so fern wie der Mond. Es war nicht sicher, wer gereizter war, sie oder Emma.

Beide schliefen nachts nicht gut, beide fühlten sich unwohl, wenn sie allein draußen waren, und beide studierten unablässig die Nachrichten und die Social-Media-Plattformen.

Jedes Mal, wenn das Telefon klingelte, rechnete Lacey damit, dass es AryanBoy war. Sein Schweigen während der letzten Wochen war das genaue Gegenteil von beruhigend, und tief im Innern wusste sie genau, dass die Bedrohung nicht verschwunden war. Jeden Morgen fragte sie sich beim Aufwachen, ob dies wohl der Tag war, an dem ihr ihr Leben um die Ohren fliegen würde.

Joesbury sah sie nur selten.

Er war nicht blöd, er wusste, dass sie ihm aus dem Weg ging und Emma als Vorwand benutzte, um den größten Teil ihrer Zeit im Hotel zu verbringen. Er konnte ja unmöglich wissen, dass sie versuchte, ihn vor den unvermeidlichen negativen Konsequenzen zu schützen. Und sich selbst auch ein bisschen, denn ihn jetzt zu verlieren wäre vielleicht das Schlimmste, was sie je erlebt hatte. Er durfte die Wahrheit nicht erfahren, also musste sie zusehen, wie er seine eigenen Schlüsse zog. Sie war schon jetzt im Begriff, ihn zu verlieren, das war ihr klar, noch bevor Aryan-Boy zuschlug.

Am zehnten Tag des Monats, neun Tage vor dem erwarteten Tag der Vergeltung, tat sie etwas, von dem sie wusste, dass Joesbury deswegen *wirklich* sauer sein würde: Sie hatte ein Date mit einem anderen Mann in einem Londoner Nobelrestaurant.

»Und, bin ich immer noch Staatsfeind Nummer eins?«, wollte Fergus Lord wissen, als der Kellner Champagner einschenkte.

»Ich denke, um das zu entscheiden, sind wir hier.« Lacey hob ihr Glas. »Cheers.«

»Und worauf hoffen Sie? Auf Ja oder Nein?«

Auf Ja natürlich. Darauf, dass er sich im Laufe des Abends verriet, dass ihm irgendetwas herausrutschte, egal was, das sie ihrem Ziel, die Incel-Anführer dingfest zu machen, einen Schritt näher bringen würde. Denn wenn sie etwas Wesentliches dazu beitragen könnte, würde das vielleicht ein bisschen helfen, wenn AryanBoy alles aufdeckte und ihre Welt in sich zusammenstürzte.

»Schöner Laden«, stellte sie fest und ignorierte seine Frage. »Nach dem bisschen zu urteilen, was ich davon sehen kann.«

Sie saßen an einem Tisch am Fenster. In der großen Glasscheibe wetteiferte das Spiegelbild des hell erleuchteten Raumes mit den Lichtern der Stadt draußen, was einen Wirrwarr aus Umrissen, Farben und Bewegung erzeugte. Das Millennium Wheel, das Riesenrad an der Themse, war ein gewaltiger violetter Kreis, während die Altbauten am

Nordufer in blassem Gold leuchteten. Im Kontrast dazu war der Fluss unter ihnen gewaltig und verlassen, eine Leere im Herzen der Stadt.

Auf Lords Anweisungen hin hatte man sie so platziert, dass Lacey mit dem Rücken zu dem belebten Raum saß und sein Gesicht umso sichtbarer war.

Seine Augen wurden schmal. »Wir können gern die Plätze tauschen. Ich dachte nur, Sie möchten nicht unbedingt in den unvermeidlichen Social-Media-Posts auftauchen, die jedes Mal folgen, wenn ich essen gehe.«

Er trank sein Glas mit einem Zug fast leer, und Lacey fiel auf, dass seine Hand zitterte. Lord war nicht ganz so selbstsicher, wie er sich gab, aber ob er nervös war, weil er mit einer Frau verabredet war oder ob das an etwas ganz anderem lag, konnte sie unmöglich wissen.

»Daran hab ich nicht gedacht«, sagte sie. »Entschuldigung.«

»Kein Problem. Sie sehen toll aus. Sind Sie verkabelt?«

War sie nicht. Sie hatte sowohl zu Joesbury als auch zu Dana gesagt, das wäre nicht nötig. In ihrer Handtasche hatte sie ein aufgeladenes Handy und ein Polizeifunkgerät, direkt vor dem Restaurant stand ein Wagen mit Polizisten in Zivil, und man hatte ihr versichert, dass eines der anderen Paare im Restaurant Officers der SCD10 waren.

Dass sie gut aussah, war ihr allerdings sehr bewusst. Wieder trug sie ein Kleid von Dana, mitternachtsblau mit winzigen funkelnden Silberfäden. Frisur und Make-up waren Emmas Werk; wie sich herausgestellt hatte, war sie in beidem verblüffend gut.

»Nein«, antwortete sie auf Frosts Frage. »Aber Sie sollten davon ausgehen, dass ich im Dienst bin.«

»Noch einmal, kein Problem. Also, fragen Sie ruhig.«

Lacey nahm ihn beim Wort. »Sie sind in Eastbourne zur Schule gegangen?«

»Stimmt.« Er nannte die Schule. »War schön da. Manchmal fahre ich hin, um bei den Abschlussfeiern Preise zu verleihen.«

»Ihr Mitarbeiter Charlie Frost war auch dort?«

»Jep. War ein paar Jahrgänge unter mir. Wir haben uns im Theaterklub kennengelernt.«

»Ich habe ein Foto gesehen. Sie haben den Oberon gespielt.«

Ein verkniffenes Lächeln. »Daran erinnere ich mich. Die Titania hat ein bisschen so ausgesehen wie Sie. Ich war total in sie verknallt.«

Und genau aus diesem Grund hatte sie nicht gewollt, dass Joesbury und seine Kohorten mithörten. Sie hatte gewusst, dass sie würde flirten müssen, und das war nichts, was Joesbury mitbekommen musste.

»War Charlie auch in dem Stück?«

Lord machte ein Grübelgesicht. »Wahrscheinlich. Vielleicht einer von den Handwerkern – Peter Quince, Nick Bottom. Die großen Rollen haben die Älteren bekommen.«

»Ich dachte, ich hätte Jack Brine als Puck erkannt.«

»Wen?«

Sie wiederholte den Namen.

»Kommt mir bekannt vor.« Wieder setzte Frost eine nachdenkliche Miene auf. »Ja, da könnte ein Jack dabei gewesen sein. So ein Kleiner, Dünner, war gut im Turnen. Das war einer der Gründe, warum er den Puck spielen sollte. Warum interessiert Sie das?«

Sie rief sich ins Gedächtnis, dass Frost Schauspieler war, und zwar ein guter.

»Haben Sie noch Kontakt mit ihm?«

»Hab seit Jahren nicht mehr an ihn gedacht. Warum? Was treibt er denn so?«

»Er ist Webdesigner und wohnt in Shepherd's Bush. Ich bin ihm vor ein paar Wochen im Zug begegnet.«

»Die Welt ist klein.«

»Möglich. Erinnern Sie sich an einen Adam Ryan?«

Er lehnte sich zurück und machte jetzt ein etwas gequältes Gesicht. »Konnte die Schule Ihnen da nicht helfen? Das ist schon eine ganze Weile her.«

»Unser Antrag auf eine gerichtliche Verfügung wird gerade geprüft. Alles, woran Sie sich erinnern, würde das Ganze beschleunigen.«

Der Antrag war abgelehnt worden. Und Georgie war bei ihren Versuchen, die vier Incel-Anführer anhand ihres Online-Auftritts zu identifizieren, nicht weitergekommen.

»In meinem Jahrgang erinnere ich mich nicht an einen Adam Ryan«, sagte Frost. »Könnte einer von den Jüngeren gewesen sein.«

Lacey neigte zustimmend den Kopf. Fergus Lord, hatte sie bereits entschieden, war nicht der Junge von damals auf der Klippe, der Mann, der sich jetzt AryanBoy nannte. Er konnte es nicht sein. Selbst wenn ein Teenager noch ein ganzes Stück wachsen konnte, der Junge, dem sie vor zwölf Jahren begegnet war, hatte dunkles Haar gehabt, und Lord war eindeutig von Natur aus rothaarig. Die vollen Lippen waren ähnlich, aber die Gesichtsform stimmte nicht. Lords Gesicht wirkte länger und schmaler, und seine Nase hatte nicht jene leichte Krümmung, die sie in jener Nacht ganz sicher gesehen zu haben glaubte.

Außerdem war Joesburys Team bereits zu dem Schluss gekommen, dass Lord wegen seiner bekannten Termine zu den Zeiten, als AryanBoy online gewesen war, nicht ihr Hauptverdächtiger sein konnte. Jetzt, wo sie allein Zeit mit ihm verbrachte, musste sie dem zustimmen. Fergus Lord sah gut aus und war erfolgreich, auch wenn seine Schauspielerkarriere gerade feststeckte – es war nicht schwer für ihn, anziehend auf Frauen zu wirken. In der kurzen Zeit, die sie hier im Restaurant saßen, hatte sie etliche Seitenblicke von Frauen an den benachbarten Tischen bemerkt.

»Ich habe auch ein bisschen recherchiert«, meinte Frost. »Sie haben das Baby aus dem Fluss gerettet.«

»Ich war zur rechten Zeit am rechten Ort«, gab Lacey ihre Standardantwort. »Und ich kenne die Themse. Ich bin seit über einem Jahr bei der Flusspolizei.«

»Und Sie haben ein eigenes Paddelboot. Heißt das, Sie leben auf dem Wasser?«

»Sie werden mir verzeihen, dass ich darauf nicht antworte. Bis ich weiß, dass Sie kein Terrorist sind.« Sie lächelte, um der Abfuhr die Schärfe zu nehmen.

»Jede Botschaft, die ich verbreitet habe, verurteilt Gewalt«, entgegnete er.

»Ihre Partei hat hunderttausend Mitglieder. Nachdem Sie erst so kurze Zeit am Start sind, finden die Leute das bemerkenswert.«

»Wir haben einen Nerv getroffen. Und wir haben übrigens auch weibliche Mitglieder.«

»Allein mit Mitgliedsbeiträgen haben Sie über eine Million Pfund eingenommen. Wird damit der Champagner bezahlt?«

Jetzt hatte sie ihn verärgert. Er lehnte sich auf seinem Stuhl zurück. »Haben Sie eine Ahnung, wie viel es kostet, Wahlkampf zu machen?«

Einen Moment lang erwog sie, ihn zu besänftigen, und beschloss dann, dass sie genug davon hatte, nett zu sein, um Männern zu gefallen. »Ach, kommen Sie wieder runter, Lord. Glauben Sie, ich bin hier, weil ich in Sie verschossen wäre? Ich will Informationen, das wissen Sie genau.«

Seine Augen blieben schmal, seine Schultern steif. »Ich schätze es nicht, wenn man mich der Unterschlagung bezichtigt.«

»Dann entschuldige ich mich. Aber was passiert, wenn Sie es sich anders überlegen und einen Rückzieher machen? Sie *sind* die Partei, ohne Sie fällt das alles in sich zusammen. Da sucht dann eine Menge Geld ein Zuhause.«

»Wenn wir bei den nächsten Kommunalwahlen im Mai nicht antreten, wie wir es fest versprochen haben, wird das ganze Geld an Hilfsorganisationen für Männer weitergeleitet. Charlie hat den Treuhandfonds eingerichtet, der ist absolut wasserdicht.«

»Sind Sie beim International Men's Day am 19. November involviert?«, wollte Lacey wissen.

»Ich bin zu dem Dinner in der Guildhall am Abend vorher eingeladen worden«, antwortete Lord. »Sie können ja mitkommen.«

Sein Blick löste sich im selben Moment von ihren Augen, als Lacey merkte, dass jemand hinter ihr stand. Sie drehte sich um und erblickte einen Mann Mitte vierzig mit langem Haar und kurzem Bart.

»Entschuldigung.« Beschwichtigend hob der Mann beide Hände. »Wollte nicht stören, ich wollte nur sagen, ich bin ein großer Fan von Ihnen. Als Politiker meine ich, nicht als Schauspieler. Obwohl, da sind Sie auch gut.«

Lord lächelte höflich. »Vielen Dank, das ist nett von Ihnen.«

Der Kerl streckte ihm über Laceys Schulter hinweg die Hand hin, als hätte er kaum bemerkt, dass sie da war. Oder als hätte er es bemerkt, und es sei ihm egal. »Echt super!«, sagte er. »Machen Sie weiter so.«

»Das passiert oft.« Lord machte ein selbstgefälliges Gesicht, als der Mann zu seinem Tisch zurückging. »Also, was ist jetzt mit dem Guildhall-Dinner? Am 18. November. Mittwoch, glaube ich. Morgen in einer Woche. Haben Sie da Zeit?«

Ihre Vorspeisen kamen und verschafften Lacey ein wenig Bedenkzeit. Die Extravaganz der Speisekarte hatte sie mehr verunsichert, als sie hatte zugeben wollen, und sie hatte sich für das Billigste entschieden, ein veganes Gericht aus Austernpilzen mit Erbsengelee und Spargelschaum.

Als der Kellner ging, fragte sie: »Bitten Sie mich gerade um ein zweites Date?«

Das Gemüse auf ihrem Teller sah aus wie der Schwimmschlamm, den sie fast jeden Tag bei Ebbe auf dem Creek sah.

Lord griff nach einer Serviette. »Na ja … Sie haben nicht gesagt, dass Sie *nicht* in mich verschossen sind.«

Versuchsweise probierte Lacey den Spargelschaum. Er war köstlich.

77

Lange nachdem die meisten seiner Kollegen Feierabend gemacht hatten, saß Joesbury an seinem Schreibtisch und war sich der Tatsache bewusst, dass Lacey ein kleines Stück flussaufwärts fürstlich bewirtet wurde. Von Fergus Lord, der sich vielleicht, wenn Joesbury richtig Pech hatte, als ganz normaler Typ erweisen könnte, und noch dazu als einer, der überdurchschnittlich gut aussah und berühmt war.

Sein Fuß erwischte den Papierkorb, als er seinen Stuhl vom Schreibtisch zurückschob. Er trat danach, sodass er quer durchs Zimmer flog.

Er bekam Lacey kaum noch zu sehen, und wenn, dann nur aus beruflichen Gründen. Abgesehen von einem Wochenende, an dem Emma nach Derbyshire gefahren war, um ihre Eltern zu besuchen, hatte sie ihre Aufgabe als Personenschützerin sehr ernst genommen und Emma nur äußerst ungern allein gelassen, vor allem nachts.

Es hatte Zeiten gegeben, wo Joesbury sich gefragt hatte, ob die Situation mit Emma Lacey nicht ein bisschen zu gelegen kam, als ideale Ausrede, um ihm aus dem Weg zu gehen. Immer öfter hatte er gespürt, wie sie sich zurückzog, sich verschloss. Und wenn es darum ging, ihm Dinge zu verschweigen, hatte sie ja weiß Gott einiges auf dem Kerbholz.

Rasch schaute er auf die Uhr an der Wand, nur um sicher zu sein, dass seine Armbanduhr richtig ging.

Lacey und Lord hatten sich um acht getroffen. Joesbury hatte bei Cook einen Gefallen eingefordert und dafür gesorgt, dass sie mit einem Boot der Flusspolizei zum Anleger des OXO Tower gebracht worden war. Dasselbe Boot würde sie um zehn abholen und sie zu ihrem Hotel an der Tower Bridge zurückbringen. Zu ihrer eigenen Sicherheit, hatte er behauptet. Doch er hatte das Gefühl, dass alle wussten, es ging in Wirklichkeit darum, dass Lord sie nicht nach Hause brachte.

Vor einer Stunde hatte er via Überwachungskamera zugesehen, wie sie vorsichtig den Steg entlanggestöckelt war, nachdem das Boot sie abgesetzt hatte. Unsicher auf ungewohnt hohen Absätzen, das Haar am Hinterkopf hochgesteckt, während Danas Kleid um ihren schlanken Körper wehte. Es war ihm vorgekommen, als kenne er sie überhaupt nicht.

Noch eine Stunde.

Und wieder einmal erwies sich Lacey als Ablenkung. Was ihn im Moment am meisten beschäftigen, seine Aufmerksamkeit am meisten in Anspruch nehmen sollte, war die Möglichkeit, dass MenMatter einen Spion bei Scotland Yard hatte. Jemand, der gefährlich nahe an den Ermittlungen dran war, der Bescheid wusste und für alles planen konnte, was sie unternahmen, um die Terroristen ausfindig zu machen. Das würde so viel erklären, würde erklären, wie die es schafften, ihnen immer einen Schritt voraus zu sein.

In den letzten Tagen hatte Joesbury sich angewöhnt, durch seine Abteilung zu wandern und die Männer und Frauen der Einheit für Undercover-Operationen zu betrachten.

Alle wegen ihres Geschicks darin ausgewählt, zu täuschen und zu heucheln, alle mehr als fähig, eine Lüge zu leben, manchmal jahrelang.

Es könnte jeder und jede sein.

Und noch neun Tage bis zum Tag der Vergeltung, immer vorausgesetzt, dass sie recht hatten und es der 19. November war.

»Sir?«

Joesbury schaute auf. »Archie, was machen Sie denn hier?«

»Dasselbe wie Sie, Boss. Versuchen, denen zuvorzukommen. Das Hilton an der Tower Bridge hat gerade angerufen. Probleme.«

»Was für Probleme?«

»Noch keine großen, aber der Feind hat rausgefunden, wo sie und Emma sind.«

»Wie denn das, verdammte Scheiße?«

»AryanBoy hat's vor ein paar Stunden auf der Rage-Site bekannt gegeben«, antwortete Archie. »An der Rezeption vom Hilton haben bisher fünf Typen nach Emma Boston oder Lacey Flint gefragt, und noch ein paar andere am Telefon. Die vom Empfang wissen, dass sie die nicht durchstellen dürfen, und haben sich sofort in Southwark gemeldet. Die Kollegen haben noch einen Streifenwagen hingeschickt. Wir müssen die zwei noch mal woanders unterbringen.«

Das hatte ihm gerade noch gefehlt. »Haben Sie mit Emma gesprochen?«

Archie nickte. »Sie sagt, sie ist okay, aber ich bin mir da nicht sicher.«

Joesbury seufzte. »Lacey sagt, Emma kriegt jetzt auch Druck von ihren eigenen Leuten. Andere Journalisten behaupten, sie würde sich verantwortungslos verhalten und die Situation nur noch mehr anfachen. Regelmäßig wird gefordert, ihre Sachen nicht mehr zu veröffentlichen.«

»Ja, ich glaube, das ist es, was sie wirklich fertigmacht, dass Menschen, die sie kennt, sich gegen sie gewendet haben. Und es gibt Gerede, dass noch so eine Website eingestellt werden soll, Sie wissen schon, wie die für die weiblichen Abgeordneten. Nur diesmal für bekannte Journalistinnen. Emmas Name wird ganz oben stehen, zusammen mit Topleuten wie Laura Kuenssberg, Susanna Reid und Emily Maitlis.«

Genau im selben Moment gaben sowohl Joesburys als auch Archies Handy einen Alarmton von sich. Beide schauten auf ihre Displays.

»Heilige Scheiße!«, entfuhr es Archie, während Joesbury sich noch bemühte, die kurze Textnachricht zu verarbeiten. Die Worte waren ganz simpel, und viele waren es auch nicht, doch das war ein Irrtum, das musste ein Irrtum sein. Das konnte nicht stimmen!

»Sir«, stammelte Archie. »Was zum Teufel machen wir denn jetzt?«

78

Helen saß mit ihrem Laptop in der Küche. »Die sind wieder da.« Zerstreut hob sie Dana das Gesicht für einen Kuss entgegen. Sie schmeckte nach Rotwein und Schokolade.

»Was ist wieder da?« Dana nahm das leere Glas ihrer Frau mit zur Spüle. »Ist Ini okay?«

»Hat beschlossen, dass Baden doof ist und dabei die ganze Zeit gebrüllt und dann fast eine Stunde gebraucht, um zur Ruhe zu kommen. Damit war ich noch nicht fertig.« Sie stand auf, nahm Dana das Glas ab und füllte es neu.

»Hast du Fieber gemessen?«

»Alles völlig normal. Kein Anzeichen von irgendwelchen durchbrechenden Zähnen, und seit zwei Stunden hat er außer leisem Schnarchen keinen Mucks von sich gegeben. Abendessen steht neben der Mikrowelle.«

»Danke. Und wer ist jetzt wieder da?«

»Diese verdammte Website.«

Dana beugte sich über Helens Schulter und sah den Titel der Website: *No Girls in Government*. Keine Frauen in der Regierung. Unter einem Absatz, der erklärte, warum Frauen für Führungs- und Repräsentationsrollen ungeeignet waren, folgte eine Liste weiblicher Parlamentsabgeordneter. Zu jedem Eintrag gehörte ein unvorteilhaftes Foto. Das erste zeigte die Repräsentantin eines der nordöstlichen Wahlkreise, eine übergewichtige Frau, die zusammengesunken auf der grünen Bank hockte. Auf dem zweiten Bild stolperte eine gewählte Parlamentarierin gerade aus einem Taxi, auf dem dritten brüllte eine irgendetwas quer durch das House of Commons.

Neben den Fotos waren Informationen aufgelistet: Termine sämtlicher weiblicher Abgeordneter von der Innenministerin abwärts: Wahlkreisveranstaltungen, Sprechstunden, Arbeitsessen, sogar Feiern im kleinen Kreis. Und dazu Tipps, wie man zu dem fraglichen Ort kam, Schwächen der Sicherheitsvorkehrungen und Ideen, wie man das Arbeitsleben der Abgeordneten stören könnte. In manchen Einträgen wurden Namen und Alter der Kinder der Frauen genannt, mit Randbemerkungen darüber, dass es einer Frau voll den Rest geben würde, wenn jemand ihre Kinder bedrohte.

Die Absicht dahinter war von Anfang an klar gewesen: Einschüchterungsattacken auf Frauen zu fördern, die im Licht der Öffentlichkeit standen. Da die meisten Hinterbänklerinnen von Schutzmaßnahmen, wie sie einer Ministerin zuteilwurden, nicht einmal träumen konnten, waren sie zur leichten Beute geworden. Wahlkreisbüros waren besprüht, Autoscheiben eingeschlagen und Reifen aufgeschnitten worden. Eine Abgeordnete der Liberal Democrats, eine Frau Ende fünfzig, war mit Tinte bespritzt worden, eine andere war bei einem Besuch in einer Schule zu Boden gestoßen worden.

»Ich habe Mark eine SMS geschickt«, sagte Helen. »Er kümmert sich schon darum. Lange bleibt das nicht im Netz, aber bevor es gelöscht wird, ist es schon tausendmal kopiert worden.«

»Und hart arbeitende Frauen im ganzen Land stellen wieder mal ihre Terminkalender um«, ergänzte Dana. »Die Abgeordnete aus Solihull ist heute zurückgetreten.«

»Noch eine?«, fragte Helen.

»In drei Wahlkreisen gibt es Überlegungen, die weiblichen Abgeordneten durch Männer zu ersetzen, bis die Situation sich beruhigt hat«, berichtete Dana.

Ihre Partnerin machte ein verblüfftes Gesicht. »Dürfen die das denn?«

»Ein Wahlkreis kann einen amtierenden Abgeordneten durch einen Mehrheitsbeschluss ersetzen«, erklärte Dana. »Und es ist durchaus möglich, dass die Parteimitglieder dort dafür stimmen, wenn sie glauben, dass ihre Abgeordnete in Gefahr ist. Das Problem dabei ist, wenn diese Frauen ihre Sitze im Parlament erst los sind, bekommen sie sie vielleicht nie wieder zurück. Dann werden reine Männerparlamente zur neuen Normalität.«

Als sie die Treppe hinaufstieg, wurde Dana klar, dass sie den ganzen Tag gegen eine leichte Depression angekämpft hatte, wahrscheinlich sogar schon seit mehreren Tagen. Die neue Normalität war ja schon da. Sie wusste nicht mehr, wann sie das letzte Mal nach Einbruch der Dunkelheit eine Frau ganz allein draußen gesehen hatte. Eine Zeit lang hatten die Frauen auf der Straße Gruppen gebildet, in der Annahme, zu mehreren sicher zu sein, doch wie sich herausgestellt hatte, war das Gegenteil der Fall. Die Frauengangs waren zur Zielscheibe von Männerbanden geworden. Junge Frauen waren für das Verbrechen, spätabends nicht zu Hause zu sein, verprügelt und sexuell misshandelt worden.

Inigo schlief friedlich und schnuffelte vor sich hin, die Arme über den Kopf gestreckt. Dana strich ihm eine Locke aus der Stirn, die sofort zurücksprang.

»Ich bin ja so froh, dass du kein Mädchen bist«, flüsterte sie.

Unten hatte Helen das Essen warm gemacht, eine vegetarische Lasagne, die Dana gekocht und eingefroren hatte, und hatte ihr ein Glas Wein eingeschenkt.

»Wir hatten eine Besprechung bei Scotland Yard«, erzählte Dana, nachdem sie etliche Mundvoll hinuntergeschluckt hatte und ihr Hunger gestillt war. Von jetzt an würde sie nur weiteressen, damit Helen ihr nicht deswegen im Nacken saß, und weil sie wusste, dass es richtig war. »Marks Team hat die Berichte zu Fergus Lord, Jack Brine und Charlie Frost fertig.«

»Und?«, fragte Helen hoffnungsvoll.

»Nichts Brauchbares«, antwortete Dana. »Keiner von denen ist AryanBoy.«

»Sind sie sicher?«

»So sicher, wie's nur geht. Sie haben mehrere Daten und Uhrzeiten, wo sie genau wissen, dass AryanBoy entweder online war oder mit jemandem telefoniert hat, zum Beispiel mit Emma. Alle drei Verdächtigen haben Alibis für zumindest einige dieser Zeitfenster.«

»Hat einer von denen auch Alibis für alle?«

Dana überlegte einen Moment. »Nein«, sagte sie. »Brauchen sie aber auch nicht. Wenn Lord zum Beispiel beweisen kann, dass er den Anruf, den Marks Team mitgeschnitten hat, unmöglich getätigt haben kann, dann kann er nicht

AryanBoy sein. Auch wenn er zu einem anderen Zeitpunkt theoretisch Zeit gehabt hätte.«

»Stimmt wohl. Und was ist mit diesen anderen Typen, wie heißen die noch mal?«

»MadHatter, Joker und BlackPill88. Es gibt nichts, was Fergus Lord mit einem von denen in Verbindung bringt. Und alle vier waren heute Abend online aktiv, während Lacey, wie wir wissen, mit Lord im OXO Tower essen ist.«

»Da möchte man Mäuschen sein«, bemerkte Helen.

»Und außerdem hat von den vieren nur AryanBoy ein Verbrechen begangen«, fuhr Dana fort. »Nur AryanBoy hat die Verantwortung für die Bewegung übernommen, nur AryanBoy hat Emma bedroht. Nur er hat Jason Hancock geholfen, den Anschlag auf den Massagesalon zu planen. Selbst wenn wir die anderen Decknamen realen Personen zuordnen, viel können wir ihnen nicht zur Last legen.«

In diesem Moment gab Danas Handy einen Alarmton von sich. Rasch schaute sie auf das Display und sagte: »Das ist Mark.«

»Großer Gott, was ist denn jetzt?«

Dana öffnete die SMS. »O nein«, stieß sie hervor. »O Gott, nein.«

79

Bin ich verschossen in Fergus Lord?, fragte Lacey sich, als ihr Hauptgang abgetragen wurde und sie versichert hatte, dass sie wirklich keinen Nachtisch mehr schaffe, obwohl alles ganz wunderbar aussähe, vielen Dank. Lord, der während des ganzen Essens Kohlehydrate gemieden hatte, nickte zustimmend und bestellte Kaffee für sie beide.

Lord hatte etwas Faszinierendes an sich, das musste sie zugeben, und ein Freund, der kein ranghoher Polizeibeamter war, wäre sehr viel unkomplizierter. Wenn sich herausstellte, dass er wirklich nichts mit der MenMatter-Bewegung zu tun hatte, würde sie ihn dann in Erwägung ziehen?

Sie hatte Spaß mit ihm gehabt, nachdem er all ihre Fragen beantwortet hatte und sie das Thema Politik hinter sich gelassen hatten. Er hielt sich nicht zurück, wenn es darum ging, Klatsch und Tratsch aus dem Showbusiness zum Besten zu geben, und hatte dabei so eine bescheidene Art, die nicht ohne Reiz war.

Von der anderen Seite der Stadt her hörte Lacey Big Ben die volle Stunde schlagen, und unten am Steg wartete bestimmt schon ihre Kutsche. Sie war ein klein wenig enttäuscht, stellte sie fest.

Und, wenn sie ehrlich war – er sah verdammt gut aus.

»Hat das was mit Ihnen zu tun?«, fragte er und riss sie aus

ihrem kurzen Tagtraum. Er blickte über ihre Schulter hinweg zum Eingang des Restaurants.

Lacey schaute auf die spiegelnde Fensterscheibe und sah, dass ein Polizist in Uniform neben der Tür Posten bezogen hatte. Sie seufzte. Sollten die Leute von der SCD 10 nicht eigentlich Meister der Subtilität sein? Sie über den Fluss nach Hause zu schippern war eine Sache, einen uniformierten Kollegen zu schicken, um sie hinauszubegleiten, war etwas ganz anderes.

Und war das nicht Archie Leech, einer von Joesburys jungen Assistenten, der da am Empfang stand und gerade seine Brieftasche wieder einsteckte? Dann erschien eine andere Gestalt in der dunklen Glasscheibe. Joesbury kam auf sie zu, während der Oberkellner ein wenig nervös zusah.

Okay, das ging zu weit.

Joesbury trat an ihren Tisch.

»Mr Lord«, sagte er, »ich hoffe, Sie hatten einen angenehmen Abend. Ihre Rechnung ist beglichen worden. Und jetzt möchte ich, dass Sie meinen Kollegen zu Scotland Yard begleiten. Wir haben ein paar Fragen an Sie.«

Lords Blick zuckte von Joesbury zu Lacey. »Ist das Ihr Ernst? War das die ganze Zeit so geplant?«

Das war eine gute Frage.

»Es ist mein absoluter Ernst«, erwiderte Joesbury. »Aber Lacey ist genauso überrascht wie Sie. Also, Sie können jetzt ruhig und friedlich mitkommen, oder ich kann Sie festnehmen.«

Archie trat zu ihnen und hielt sich dicht hinter Joesbury, während Lord höhnisch fragte: »Mit welcher Begründung?«

»Terrorismusverdacht. Und das geschieht dann laut und unter Gewalteinsatz. Vielleicht gibt's noch ein paar Glasscherben und umgekippte Möbel dazu. Das sieht für einen angehenden Politiker nicht gut aus.«

»Er meint's ernst, Gus«, sagte Lacey. Sie konnte Lord nicht mehr in die Augen sehen. »Er macht das wirklich.«

Joesbury schaute demonstrativ auf die Uhr. »Sie haben fünf Sekunden Zeit aufzustehen, Gus«, sagte er. »Dann fange ich an zu brüllen.«

»Was zum Teufel sollte das?«, verlangte Lacey Minuten später zu wissen, als sie und Joesbury ins Freie traten. Archie und Fergus Lord stiegen bereits in ein wartendes Polizeiauto. Vernünftigerweise hatte Lord es nicht darauf angelegt, verhaftet zu werden, aber sein Gesichtsausdruck, als er sich vom Tisch abgewandt hatte, würde sie noch lange begleiten.

Joesbury schaute überallhin – die Straße hinunter, über den Fluss, zum Dach des Gebäudes hinauf, das sie gerade verlassen hatten – überallhin, nur sie sah er nicht an. »Aufs Boot«, befahl er, nahm sie am Arm und zog sie vorwärts. »Sofort.«

Die Targa-Motorjacht der Flusspolizei hatte am Ende des Stegs festgemacht.

Drei Schritte weit ging Lacey mit, das schien ihr genug zu sein. »Nein, das ist doch lächerlich. Du bist nicht mein Boss – in keinerlei Hinsicht –, und ich lasse mich von dir nicht so herumschubsen.«

Noch immer sah er sie nicht an. Jetzt schien er mit dem Blick die Blackfriars Bridge abzusuchen. »Das hier ist ein laufender Polizeieinsatz, also bin ich sehr wohl dein Boss. Jetzt mach voran, ich erklär's dir auf dem Boot.«

Zum ersten Mal bemerkte Lacey das andere Polizeiauto ein paar Meter weiter auf der Straße. Und dann ein drittes. Ein Constable hatte jetzt Posten am Anfang des Stegs bezogen, mit dem Rücken zu ihnen, wie um zu verhindern, dass ihnen jemand folgte. Das war doch nun wirklich zu viel des Guten.

Oder es war etwas anderes. Endlich registrierte sie Joesburys Anspannung und ging rasch den Steg entlang auf das Boot zu.

»Lacey!« Der Skipper des Motorboots war Fred Wilson, Joesburys Onkel. »Kommen Sie, schnell.«

Ein Crewmitglied – Gemma – reichte ihr eine Schwimmweste und machte dann die Leine los, während sie und Joesbury an Bord stiegen. Das Boot trieb vom Steg weg.

»Nach unten«, befahl Joesbury. »Alle nach unten.«

In der Kajüte übernahm Fred das Ruder und steuerte mit hoher Geschwindigkeit die Flussmitte an. Lacey sank auf eine der Bänke.

»Was ist los?«, fragte sie. »Was ist passiert?«

Emma? Dana oder Helen? Vielleicht sogar Tic … o Gott, nicht Tic!

»Alison Brabin«, antwortete Joesbury und setzte dann hinzu, »die Innenministerin«, als könnte sie vergessen haben, wer Alison Brabin war. »Sie ist heute Abend bei einer Wahlkampfveranstaltung in Dagenham niedergeschossen worden. Wir haben gerade erfahren, dass sie im OP gestorben ist.«

Emma hatte den Fernseher laufen, sah nebenbei Nachrichten eines anderen Programms auf ihrem Laptop und schaute alle paar Sekunden auf ihr Handy. Sie bedachte Lacey mit einem sehr kurzen Blick. »Hast du das von der Innenministerin gehört?«

Brabins Tod war noch nicht öffentlich bekannt gegeben worden, und Lacey brachte es nicht über sich, diejenige zu sein, die es Emma sagte.

»Nur, was ich auf meinem Handy finden konnte. Wie ist denn der neueste Stand?«

»Sie wird gerade notoperiert. Lebensgefährlich verletzt. Sie ist Anfang vierzig, Lacey. Zwei kleine Kinder. Und echt nett, ich bin ihr ein paarmal begegnet. Nicht dass es okay wäre, wenn sie fünfundsechzig und ein fieser alter Drachen wäre.«

Zwei kleine Kinder, die irgendwann in den nächsten paar Stunden erfahren würden, dass sie keine Mutter mehr hatten.

»Weißt du, was passiert ist?«, fragte sie.

Joesbury hatte es bestimmt gewusst, aber sie hatte nicht gefragt. Sie hatte nicht reden wollen, nachdem sie davon gehört hatte. Es reichte doch bestimmt zu wissen, dass eine Unschuldige an diesem Abend ums Leben gekommen war und dass Joesbury aufrichtig Angst um Lacey gehabt hatte. Wenn Lord irgendetwas damit zu tun hatte, wenn – Gott bewahre – ihr gemeinsames Abendessen eine Art Ablenkungsmanöver gewesen war, dann konnten sie ihn von ihr aus einbuchten und den Schlüssel wegschmeißen.

»Sie hat bei einer Veranstaltung im Rathaus gesprochen«, berichtete Emma. »Als sie angefangen hat, gab es draußen eine Rangelei. Die vom Sicherheitsdienst und ein Polizist sind nachsehen gegangen, deshalb hatte der Täter freies Schussfeld und hat von der Galerie aus mit der Schrotflinte von seinem Dad auf sie geschossen. Der Typ ist natürlich in Polizeigewahrsam, aber das ist jetzt auch egal.«

Lacey setzte sich aufs Bett und zog ihre Schuhe aus. »Morgen checken wir aus.«

Emma machte ein verdutztes Gesicht. »Echt? Wo sollen wir denn hin?«

Auf der Rückfahrt über den Fluss hatte Joesbury ihr davon abgeraten, Emma zu sagen, dass ihre Zuflucht entdeckt worden war. »Hat ja keinen Sinn, ihr Angst zu machen, bevor's unbedingt nötig ist«, hatte er gesagt.

»Ich wohne vielleicht ein paar Tage bei Dana und Helen. Die werden beide jede Menge zu tun haben und brauchen ein bisschen Hilfe mit dem Baby. Vielleicht kann ich mal ein bisschen Zeit mit Mark verbringen, obwohl, der hat auch viel um die Ohren. Du fährst nach Hause zu deinen Eltern.«

Emma fuhr herum. »Ich tue was?«

»Wir wissen beide, dass in den nächsten paar Wochen irgendetwas passieren wird, und du bist zu bekannt. Du bist eindeutig eine Zielperson.«

»Du doch auch!«

»Mich mit diesem Scheiß herumzuschlagen ist mein Job. Nicht deiner.«

Emma klappte ihren Laptop zu. »Nein, meiner ist, darüber zu schreiben. Und das kann ich nicht, wenn ich nicht hier bin.«

»Du weißt genau, dass du das sehr wohl kannst.«

»Ich gehe zu der Konferenz im Queen Elizabeth II Centre.«

»Auf gar keinen Fall. Schau mich nicht so böse an, Emma. Commissioner Dickinson will dich aus der Stadt raushaben, und sie hat recht. Keine von uns ist mehr sicher.«

80

»Wir müssen uns ranhalten«, sagte Dickinson am nächsten Tag. »In einer Viertelstunde muss ich am Kriegerdenkmal sein.«

Es war der Gedenktag für die Gefallenen der beiden Weltkriege. Jeder, der sich in der Öffentlichkeit zeigen würde, war in feierliches Schwarz gekleidet. Dickinson trug volle Uniform.

Die anderen sahen Joesbury an – aus irgendeinem Grund war er zu ihrem Sprecher ernannt worden.

»Ma'am, nach gestern Abend finden wir, Sie sollten sich das noch mal überlegen«, sagte er. »Sie sind eine der bekanntesten Frauen von ganz London. Wir können nicht riskieren, dass Ihnen auch noch etwas passiert.«

Das Gesicht seiner Vorgesetzten wurde kalkweiß.

Er hätte es ihr sagen sollen, hätte ihr von seiner Angst erzählen sollen, dass es schlimmer war, als sie alle ahnten, dass der Feind unter ihnen war. Verdammt, vielleicht sogar hier im Raum. Er war ein Idiot gewesen zu glauben, er könne das allein regeln.

Jetzt war es zu spät. In einer Viertelstunde musste die ranghöchste Beamtin der Londoner Polizei auf die Straße hinaus, und die Männer, die sie von ihrem Posten entfernen wollten, die sie vielleicht sogar tot sehen wollten wie Alison Brabin, wussten möglicherweise genau, wo sie stehen würde und welche Sicherheitsvorkehrungen für sie getroffen worden waren.

Wenn ihr etwas zustieße, würde es seine Schuld sein.

»Geht nicht anders«, sagte sie, genau wie er erwartet hatte. »Und jetzt mal Tacheles. Dieser Kerl, den wir gestern festgenommen haben, Lloyd Massey, richtig? Können wir den mit einem unserer vier Verdächtigen in Verbindung bringen?«

Niemand antwortete. Sie blickte von einem Gesicht zum anderen. »Kommt schon, sagt mir bitte, dass wir AryanBoy geschnappt haben. Oder wenigstens MadHatter.«

»Es gibt keinerlei Verbindungen zwischen Massey und den Anführern von MenMatter«, sagte Dan Owen von der Antiterroreinheit. »Wir suchen weiter, aber zurzeit gibt es nichts, was mit der Datenspur vergleichbar wäre, die wir zwischen Jason Hancock und AryanBoy aus der Zeit vor dem Anschlag auf den Massagesalon gefunden haben. Wenn Sie meine Meinung wissen wollen, ich glaube nicht, dass das zentral geplant war. Ich glaube, unser Täter von gestern Abend war ein einsamer Wolf.«

»Ein junger Mann mit ernsthaften psychischen Problemen und Zugang zu Dads Schrotflinte«, ergänzte Joesbury. Nachdem er die Nacht damit zugebracht hatte, Lloyd Masseys Online-Vergangenheit zu durchforsten, musste er Owen zustimmen.

»Der Premierminister hat mich gleich heute früh angerufen«, sagte Dickinson. »Heute Abend um sechs findet in der Westminster Abbey eine Trauerfeier für Alison Brabin statt. Wir müssen da sein. Jeder, der keinen Dienst hat.« Sie schaute in die Runde. »Okay, ich habe noch zehn Minuten. Was gibt's sonst noch?«

»Fergus Lord wird heute Morgen ohne Anklage auf freien Fuß gesetzt«, berichtete Joesbury. Er und die anderen hatten während der Nacht mit dem Schauspieler/Politiker gesprochen und nichts gefunden. Lord beharrte noch immer darauf, dass er nichts mit MenMatter zu tun hätte, und sie hatten keine Beweise dafür, dass er log.

»Der Premierminister will die Veranstaltungen am International Men's Day wie geplant durchführen«, sagte Dickinson. »Also, wie stehen wir dazu? Kommt schon, Leute. Dan, sagen Sie was dazu.«

Dan Owen saß rechts von Joesbury. »In der Guildhall rechnen wir nicht mit großen Problemen«, meinte er. »Auf der Gästeliste stehen massenweise Prominente, aber das sind größtenteils Männer.«

Joesbury erlaubte sich, einen Blick mit Dana zu wechseln, die ihm gegenübersaß. Sie und Helen würden beide an dem Dinner in der Guildhall teilnehmen, Dana dienstlich und Helen als ranghohe Interpol-Beamtin.

»Die Tische werden von Unternehmen gesponsert, und die laden Gäste ein, die sie beeindrucken wollen«, fuhr Owen fort. »Die Veranstaltung hat höchste Priorität. David Cooks Kletterteam nimmt sich das Gebäude ein paar Stunden vorher noch mal vor, und wir sperren einen knappen Kilometer vom Eingang entfernt alles ab und lassen nur Fahrzeuge mit Genehmigung durch. Der Bericht mit der Gefahreneinschätzung liegt auf Ihrem Schreibtisch, Ma'am.«

Commissioner Dickinson dankte ihm mit einem Nicken. »Dann ist also der Tag danach der, an dem wir uns Sorgen machen müssen?«, fragte sie. »Die Konferenz im Queen Elizabeth II Centre?«

»Lässt sich weniger leicht kontrollieren«, pflichtete Owen ihr bei. »Wir haben mit allen prominenten Gästen gesprochen, und keiner ist bereit abzusagen. Wir können dafür sorgen, dass alles nach Vorschrift gehandhabt wird, aber bei so vielen Leuten ist es immer riskant.«

Der Commissioner sah Joesbury an. »Mark?«

»Das Gequatsche im Internet geht ungebremst weiter«, sagte Joesbury. »Große Empörung wegen der weiblichen Teilnehmer. Wie können Frauen es wagen, sich bei unserem besonderen Tag mit reinzudrängen, et cetera. Es wird dafür getrommelt, dass die Kerle auf die Straße gehen, dass sie demonstrieren, dafür sorgen, dass die Foids nicht reinkönnen. Der übliche Schwachsinn, kommt aber an. Wir können mit einem erheblichen Auflauf rechnen, und mit der Möglichkeit, dass es knallt.«

Die Tür ging auf, und Dickinsons Assistentin streckte den Kopf herein. »Madam Commissioner, Ihr Wagen steht vor der Tür.«

Joesbury konnte nicht anders. »Ma'am, sind Sie sicher?«

Eine Sekunde lang, vielleicht auch zwei, geriet die Maske seiner Vorgesetzten ins Rutschen. Ihr Gesicht verkrampfte sich und lief rot an. Tränen stiegen ihr in die Augen, und dann schien sie den Halt zu verlieren. Als sie beim Aufstehen schwankte, machte Joesbury unwillkürlich einen Schritt auf sie zu. Abwehrend hob sie die Hand, doch der Blick, mit dem sie ihn bedachte, hätte ihn ohnehin innehalten lassen. Noch nie hatte er solche Wut im Gesicht einer Frau gesehen.

»Ich mochte Alison Brabin«, sagte sie, ehe sie ihnen allen den Rücken kehrte und hinausging.

81

The Black Friar, einen Steinwurf vom Fluss entfernt am Nordufer, war schon lange einer von Joesburys Lieblingspubs. Dort, wo er erbaut worden war, hatte früher ein altes Kloster gestanden, und die merkwürdige Bügeleisenform des Gebäudes mit seiner Jugendstil-Beschilderung stach auf reizvolle Weise aus seiner Umgebung hervor.

Die Innenausstatter, für die das kirchliche Motiv naheliegend gewesen war, hatten erwogen, ordentlich zu übertreiben, und sich dann gedacht, scheiß drauf, versuchen wir's doch gleich mit vollkommen absurd. Die gewölbten Decken, die großflächigen Mosaike und die Unmengen von Buntglasscheiben hatten fast schon etwas Disneyhaftes. Überall waren Mönche, starrten finster aus Alkoven, turnten über die Decke, waren in verrauchte Eichenbalken gehauen.

An diesem Donnerstagabend um kurz vor neun waren die meisten Großstädter bereits nach Hause gegangen.

»Genau rechtzeitig, Boss«, stellte Warwick fest, als Joesbury sich zu seinem Team gesellte. »Gleich kommt das Essen.«

Getränke waren auch schon da. Joesbury senkte den Pegel in seinem Bierglas um fünf Zentimeter, bevor er etwas sagte. »Gute Arbeit, Leute.«

»Warten Sie ab, bis Sie sehen, was Georgie für Sie hat«, erwiderte Warwick, ohne zu lächeln.

Sie waren komisch drauf, dachte er im Stillen. Aufgeregt, aber auch beklommen. Also nicht nur gute Nachrichten. »Ich höre.«

Georgie balancierte ihren Laptop auf dem kleinen Stück Tischplatte, das noch frei war. »Sir, erinnern Sie sich noch an die psychologischen Profile, die ich für die vier Hauptverdächtigen erstellt habe?«

»AryanBoy ist der mit der klassischen Bildung, Joker hasst die Welt, MadHatter nimmt nichts ernst, und BlackPill88 ist kurz davor, sich umzubringen.«

»Sehr schön zusammengefasst. Also, ich habe seitdem immer weiter daran gearbeitet und versucht, irgendetwas Spezielles wie BlackPills Legasthenie zu finden, mit dem wir versuchen können, sie im realen Leben aufzustöbern.«

Das Essen kam und zwang die Gruppe dazu, Small Talk zu machen. Da sie ihren Vorgesetzten gut kannten, hatten sie Fleischpastete und Pommes frites für ihn bestellt.

»Also, ein paar Dinge«, fuhr Georgie fort, als sie wieder allein waren. »Erstens, so ziemlich alles, was ich gefunden habe, hat anscheinend nur bestätigt, was wir bereits wissen. Aber dann ist mir mitten in der Nacht ein Gedanke gekommen.«

»Halten Sie durch, Boss, sie kommt schon noch zum Punkt«, meinte Archie.

Joesbury ermahnte sich im Stillen, Geduld zu haben.

»Was ist, wenn diese Persönlichkeiten gar nicht real sind?«, fragte Georgie.

Er überlegte. »Sie meinen, was ist, wenn Sie da Dinge gesehen haben, die gar nicht da sind?«

»Nein, das ist alles absolut da. Aber was ist, wenn wir das denken, was die uns glauben machen wollen – wenn wir nach einem suizidalen Depressiven, einem Gelehrten mit klassischer Bildung und einem komplett Durchgeknallten suchen, nur weil man uns das so vorgesetzt hat. Was ist, wenn die uns etwas vorgemacht haben?«

Für so etwas war er zu müde. »Ich weiß nicht recht, ob ich Ihnen folgen kann.«

»Okay, ich habe also eine Liste von den lateinischen Wörtern und Redensarten gemacht, die AryanBoy benutzt hat, seit wir auf ihn aufmerksam geworden sind. *Carpe diem* kommt viermal vor, *bona fide* dreimal, *ergo* habe ich mindestens sechsmal finden können. Außerdem haben wir ein paar *de facto* und mindestens zweimal *verbatim*. Dann habe ich *Häufige lateinische Worte und Phrasen* gegoogelt, und, glaubt man's, es gibt eine Website, auf der all die Worte aufgelistet sind, die AryanBoy benutzt.«

Joesbury legte seine Gabel hin.

»Also habe ich mir seine klassischen Zitate angeschaut. Die meisten sind von Homer, ein paar aus Virgils *Äneis* und eines aus der *Orestie* von Aischylos. Bei einer Suche auf der Goodreads-Website nach Zitaten aus besagten Texten tauchen die alle auf der ersten Seite auf. AryanBoy hat vielleicht gar keine klassische Bildung. Das könnte eine Tarnung sein.«

»Alles in Ordnung hier?« Die Kellnerin war zurückgekommen. Warwick lächelte und bedankte sich bei ihr, und sie ging wieder.

»Dann habe ich mir die anderen vorgenommen«, berichtete Georgie weiter. »Und nachdem ich gewusst habe, wonach ich suche, war's ganz offensichtlich. In Jokers Posts habe ich fünf Zeilen gefunden, die direkte Zitate aus dem *Joker*-Film sind.« Rasch schaute sie auf ihren Laptop hinunter. »Zum Beispiel *Bilde ich mir das nur ein, oder wird es da draußen immer verrückter?* Und *Du hörst nicht zu, oder?* Der hat eine Online-Figur erschaffen, die auf dem Filmcharakter basiert.«

»Bei den beiden anderen ist es dasselbe«, mischte Archie sich ein. »MadHatter richtet sich nach dem Charakter aus *Alice im Wunderland*, redet Blödsinn und reißt Witze. BlackPill redet in einer Tour von Depression und Selbstmord. Nur übertreiben es alle vier ein bisschen. Wenn man erst mal weiß, wonach man sucht, ist es nicht mehr zu übersehen.«

»Und warum?«, fragte Joesbury. »Warum ausgefeilte virtuelle Persönlichkeiten erschaffen, die nur ein Genie wie Georgie erkennen würde?«

»Weil die gewusst haben, dass ein Genie wie Georgie sie erkennen würde«, sagte Warwick.

»Die haben gewusst, dass Georgie es merken würde«, sagte Archie. »Finden Sie sich damit ab, Boss, die wussten die ganze Zeit, was bei uns läuft.«

»Die haben jemanden bei uns eingeschleust.« Warwick

senkte die Stimme. »Jemanden, der ganz nahe an allem dran ist.«

Schweigen senkte sich herab. Joesbury hielt den Blick fest auf seinen fast unberührten Teller gerichtet.

»Das haben Sie schon gewusst, stimmt's?«, fragte Archie schließlich.

Joesbury nickte.

»Weiß es sonst noch jemand?«, wollte Theo wissen.

Joesbury schüttelte den Kopf.

»Sie haben gehofft, dass er sich verrät«, sagte Archie. »Wenn sich das rumspricht, haben wir keine Chance mehr, ihn zu enttarnen.«

»Genau. Und nur fürs Protokoll, ich habe keine Ahnung, wer es ist. Der Kerl ist echt gut.«

Wieder verstrichen etliche Sekunden.

»Also BlackPills Legasthenie, aus der wir geschlossen haben, dass er Jack Brine ist, das ist ein totaler Fake?«, fragte Theo. »Brine könnte ebenso gut Blackwell sein wie ich.«

»Nein, die Legasthenie ist echt«, widersprach Georgie. »Er hat versucht, sie mit ein paar absichtlichen Rechtschreibfehlern hier und da zu kaschieren, aber manches von dem, was er tut, gehört nicht wirklich zum Allgemeinwissen. Zum Beispiel den Buchstaben t mit der Endung ed zu verwechseln, sodass er *lookt* statt *looked* schreibt. Das tun sowohl BlackPill als auch Jack Brine. Ich glaube, er ist wirklich Legastheniker.«

Joesbury gab den Versuch zu essen auf. Er hatte keinen Hunger mehr.

»Kopf hoch, es kommt noch mehr«, verkündete Archie. »Weiter, Georgie.«

»Ehrlich gesagt war das Wort *looked* oder *lookt* schließlich der Knackpunkt«, sagte sie. »Weil ich nämlich exakt das in einem Post entdeckt habe, der gestern Nacht erschienen ist. Um zwei Uhr morgens, um genau zu sein.«

Sie warf erst Warwick und dann Archie einen nervösen Blick zu.

»In einem Post von AryanBoy«, fuhr sie fort und drehte den Laptop so, dass Theo und Joesbury einen Screenshot der Rage-Website sehen konnten. Da war es. AryanBoy hatte etwas über den unmittelbar bevorstehenden Tag der Vergeltung gepostet und dabei das Wort *looked* falsch geschrieben, mit t anstatt mit e und d.

»Dann ist AryanBoy also auch Legastheniker?«, fragte Theo.

»Das kann nicht sein. Ich bin sämtliche Posts von ihm durchgegangen, die wir gespeichert haben. Ein paar Fehler habe ich gefunden, aber nicht annähernd genug. Und wenn diese Rechtschreibfehler auftauchen, dann zu mehreren in denselben Posts. Ich habe einen Text von ihm mit drei Fehlern gefunden, darunter *should of* anstatt *should have*, und noch einen mit zwei Fehlern, und dann noch einen mit drei. Andere sind fehlerfrei, auch manche von diesen langen Tiraden, die er gern mal einstellt.«

Plötzlich erkannte Joesbury, worauf sie hinauswollte.

»BlackPill postet manchmal als AryanBoy?«, fragte er.

»Super, Boss. Schneller als Warwick und ich«, bemerkte Archie.

»Jedenfalls habe ich dann gedacht, wenn BlackPill das kann, machen die beiden anderen es vielleicht auch«, berichtete Georgie weiter. »Vielleicht teilen die sich ja alle vier ihre Internet-Namen. Also habe ich mir Worte und Formulierungen angeschaut, die die anderen gewöhnlich benutzen, und eine Liste gemacht. Und die habe ich dann noch mal mit AryanBoys Posts verglichen.«

»Und?«

Georgie nickte. »Definitiv. Wenn man erst mal weiß, wonach man suchen muss, ist es ganz offensichtlich. Das könnte auch ein Grund dafür sein, dass sie sich ziemlich ausgefeilte Internet-Persönlichkeiten gebastelt haben, damit es leichter ist, von einer Rolle in die andere zu schlüpfen.«

»Warum?«, fragte Theo. »Warum die Mühe?«

»Die decken sich gegenseitig«, antwortete Archie.

»Fergus Lord haben wir als Verdächtigen ausgeschlossen, weil er unwiderlegbare Alibis für die Zeiten hatte, wo AryanBoy gepostet hat«, sagte Joesbury. »Aber wenn einer von den anderen in seinem Namen gepostet hatte, könnte Lord doch AryanBoy sein.«

»Und Sie haben Ihre Freundin mit ihm essen gehen lassen«, witzelte Archie. »Aber das Beste haben Sie noch gar nicht gehört. Los, Georgie, das große Finale.«

»Ich habe Eigenheiten von Joker, MadHatter und BlackPill in AryanBoys Posts gefunden, aber nichts von ihm in ihren«, sagte Georgie. »Keine lateinischen Redensarten, keine klassischen Zitate. Die schreiben vielleicht an seiner Stelle, aber er nicht für sie. Und außerdem posten sie auch nicht füreinander. MadHatter übernimmt nicht die Figur von Joker, Joker wird nicht manchmal zu BlackPill. Die drei treten nur manchmal als AryanBoy auf.«

Joesbury schüttelte den Kopf. »Jetzt enttäusche ich euch bestimmt, aber ich versteh's nicht.«

»Wir haben nach vier Männern gesucht«, erklärte Theo, »aber es sind nur drei. AryanBoy existiert offline nicht. Er ist ein fiktives Konstrukt der anderen drei.«

»Wir waren hinter einem Geist her«, fügte Archie hinzu. »Kein Wunder, dass er uns immer wieder entwischt.«

Es war möglich, gleichzeitig Erschöpfung und überschäumende Freude zu empfinden, begriff Joesbury.

»Wie geht's jetzt weiter?«, wollte Theo wissen.

»Morgen früh lasse ich im Rahmen der Notfallermächtigung Fergus Lord, Charlie Frost und Jack Brine verhaften und ihre Computer, Handys und so weiter beschlagnahmen«, antwortete Joesbury. »Und Georgie, das haben Sie verdammt gut gemacht.«

82

Sie rückten ihm zu dicht auf den Pelz. Diese verdammte Georgie mit ihrem endlosen Gegrübel über winzigen Kleinigkeiten. Es wäre gemein, wenn es ein Foid wäre, und noch dazu ein potthässlicher, der sie an der allerletzten Hürde zu Fall brachte. Eine Woche noch. Sieben verdammte Tage.

Und dieser verdammte Jack und seine verfluchte Achtlosigkeit! Er war so oft gewarnt worden. Sieh alles noch mal durch, lies jeden Post ein paarmal, bevor du ihn abschickst. Er war sogar angewiesen worden, seine Texte rückwärtszulesen, ein klassischer Korrektorentrick.

Das Gute, das einzig Gute an dem Ganzen war, dass diese Idioten zwei und zwei zusammengezählt und drei herausbekommen hatten. Weil sich mehrere Leute Aryan-Boys Online-Identität teilten, weil er seine Persona manchmal anderen lieh, gingen sie davon aus, dass er nicht real war.

Er war real, und wie, das würden sie schon bald herausfinden.

Aber noch sieben Tage. Die Zeit war nicht auf seiner Seite. Und Joesbury mochte ja nicht die hellste Kerze auf der Torte sein, aber dumm war er nicht.

Nun, zum Glück hatte er für genau dieses Szenario geplant.

Es wurde Zeit, zwei Fliegen mit einer Klappe zu schlagen. Zeit, Lacey Flints Freund vom Spielfeld zu nehmen.

83

Dies hätte Glück sein sollen: Ihr sacht in der auflaufenden Flut schaukelndes Segelboot, der Mann, den sie liebte, warm an ihrer Seite, sein Sohn in der Kabine am Heck. Sie alle drei, vor der Welt geschützt, komplett.

Die Flut kam mit voller Wucht herein, in ein paar Stunden würde sie ihren Höchststand erreicht haben; also war es zwischen Mitternacht und zwei Uhr morgens. Laceys Augen öffneten sich und sahen Schwärze durch die halb offene Luke.

Das hier war das genaue Gegenteil von Glück: Das hier war Furcht. Joesbury und die anderen dachten, AryanBoy sei nicht real. Als was hatte er ihn bezeichnet – als ein fiktives Konstrukt der anderen beiden? Falscher konnte er gar nicht liegen. AryanBoy war absolut real, er war voller Wut, und er hatte es auf sie abgesehen. Wenn Joesbury wüsste, was sie ihm verschwiegen hatte, würde er ihr niemals verzeihen.

Mittlerweile galt Fergus Lord erneut als Hauptverdächtiger. Und sie zweifelte jetzt an ihrer eigenen Überzeugung, dass er nicht der Junge auf der Klippe sein konnte. Männer veränderten sich zwischen vierzehn und Ende zwanzig doch mehr als Frauen. Fergus Lord – AryanBoy? War das möglich?

Joesbury regte sich, und kühle Luft streifte Laceys Haut, als er aus der Koje stieg. Sie sah zu, wie er nach seinen Kleidern tastete und behutsam die Tür öffnete. Dann ging er leise durch die große Kajüte und öffnete die Luke. Sie hörte eine zweite Stimme. Eine Frau.

Lacey schob die Daunendecke weg und suchte sich eine Jogginghose und ein Sweatshirt. Die Kajüte war voller frischer, kalter Luft und Nachtgeräuschen. Joesbury stand auf dem Deck.

Von der Mitte des Niedergangs aus konnte Lacey einen zierlichen Schatten auf dem Nachbarboot erkennen, dunkles Haar, das Schimmern von Augen. Eine Taschenlampe.

»Mark?«, sagte sie.

Er schaute zu ihr zurück und streckte dann die Hand aus, um der Frau an Bord zu helfen. Zuerst kam der Taschenlampenstrahl, dann zwei Füße in Turnschuhen. Joesburys Körper verbarg ihre Besucherin vor Laceys Blick, während er ihre Hand weiter festhielt und sie ins Cockpit hinunterführte. Endlich konnte Lacey sehen, wer der spätnächtliche Besuch war: Georgie, die mit Joesbury bei Scotland Yard arbeitete.

Als alle drei in der Kajüte waren, schloss Joesbury die Luke.

»Es tut mir wirklich leid«, beteuerte Georgie, und ihr Blick huschte zwischen den beiden hin und her. »Ich wäre nicht hier, wenn's nicht wichtig wäre.«

»Das wissen wir«, antwortete Joesbury. »Setzen Sie sich.«

Georgie zwängte sich auf eine der Bänke, Lacey setzte sich ihr gegenüber. Joesbury lehnte sich an den Niedergang und fragte: »Sie waren gar nicht zu Hause?«

Georgie schüttelte den Kopf. »Als wir uns vor dem Pub verabschiedet haben …« Sie warf Lacey einen ängstlichen Blick zu. »Nicht nur Mr Joesbury und ich, das ganze Team war dabei, wir alle fü…«

Joesbury fiel ihr ins Wort. »Das weiß sie, Georgie. Ich habe die letzten zwei Jahre weiß Gott nicht durchgestanden, um jetzt fremdzugehen.«

Jetzt nahm er sich einen Moment Zeit, um Lacey anzusehen, den Mundwinkel zu einem Lächeln zu verziehen, ganz leicht mit dem rechten Auge zu zwinkern.

»Entschuldigung, ich weiß«, sagte Georgie. »Also, nachdem wir uns verabschiedet hatten, habe ich mich ein bisschen verrückt gemacht, wegen all dem, was ich Ihnen erzählt hatte. Ich habe die ganze Zeit gedacht, was ist, wenn ich mich irre? Dann ist die Kacke richtig am Dampfen, entschuldigen Sie meine Ausdrucksweise, und das könnte für uns alle megapeinlich werden, für die Polizei meine ich, nicht nur für uns. Also habe ich gedacht, ich prüfe das lieber noch mal nach.«

»Sie sind wieder zum Yard gefahren?«

Georgie nickte mit unglücklicher Miene.

»Und, haben Sie sich geirrt?«

Georgie schüttelte den Kopf. »Sir, ich wünschte wirklich, es wäre so. Aber alles, was ich darüber gesagt habe, wie die drei Männer sich online verhalten, stimmt.«

Joesbury rührte sich nicht, er erstarrte immer, wenn er scharf nachdachte.

Lacey übernahm das Fragen. »Und wo ist dann das Problem?«

Als Georgie nicht antwortete, stand Lacey auf. »Wollt ihr unter vier Augen reden? Ich bin in der Kabine.« Sie rang sich ein Lächeln ab und wusste dabei, dass sich mit dem nächtlichen Besuch etwas ins Innere ihres Bootes geschlichen hatte. Etwas Finsteres. Alles war anders geworden.

»Bleib«, befahl Joesbury, als wäre sie ein Hund. Er hatte es ebenfalls gemerkt, vielleicht noch schneller als sie. Was Georgie ihnen offenbaren würde, würde alles verändern. »Spucken Sie's aus, Georgie. Ich habe keine Geheimnisse vor Lacey.«

»Ich musste auf die Rage-Website«, fing Georgie an. »Da war in den letzten Tagen viel los, und ich wollte mir das alles noch mal ansehen. Die Sache ist die …«

Joesburys Gesicht war wie aus Stein. »Was?«

»Sie müssen verstehen, Sir, wenn ich mir die Posts ansehe, die diese Leute einstellen, dann gehe ich anders vor. Ich schaue mir jeden Buchstaben an, jedes Satzzeichen, weil alles relevant sein könnte. Es ist, als ob ich mit Absicht den Wald nicht sehe, weil ich mich auf die Bäume konzentrieren muss. Ich denke, irgendwann hätte vielleicht auch jemand anderes gesehen, was mir heute Nacht aufgefallen ist, aber vielleicht auch nicht. Vielleicht hätte es nie jemand bemerkt.«

»*Was* haben Sie gesehen?«

»Eine Bearbeitung an einem von den Posts, etwas Superwinziges, das vor ein paar Tagen da eingefügt worden war. Im wahrsten Sinne des Wortes bloß ein Smiley am Ende des Kommentars, unter Dutzenden von anderen Kommentaren und Antworten und Antworten auf Antworten. Sie wissen ja, wie die Threads ausufern können.«

»Ja, das weiß ich«, bestätigte Joesbury.

»Meinen Sie eine Änderung von AryanBoy?«, fragte Lacey mit heftig pochendem Herzen.

Georgie schien beinahe froh zu sein, jemand anderen als Joesbury ansehen zu können. »Ja, und ich habe das erst heute Nacht bemerkt, obwohl es seit ein paar Tagen da ist. Selbst als ich es gesehen habe, ist es mir fast nicht aufgefallen, weil, es ist ja nichts weiter, aber …«

»Es entspricht nicht Ihrer Natur, irgendetwas einfach links liegen zu lassen«, bemerkte Joesbury.

Georgie nickte unglücklich. »Nein, also habe ich getan, was ich immer tue. Ich habe die IP-Adresse überprüft, nur um zu sehen, ob er Mist gebaut hat, ob er von irgendwo anders gepostet hat, und tatsächlich, so war's.«

Joesbury seufzte. »Nach Ihrem Gesichtsausdruck zu urteilen, Georgie, ist das nicht der Durchbruch, auf den wir alle gehofft haben, nehme ich an?«

Sie schüttelte den Kopf. »Erst dachte ich, es wäre so, ich

hätte Sie und die anderen fast angerufen. Aber irgendetwas hat mich noch mal nachsehen lassen. Sehen Sie, die IP-Adresse kam mir ein bisschen bekannt vor. Ich sehe so viele von denen, dass ich mir nicht sicher war, und das sind ja auch alles nur Zahlenreihen, aber irgendetwas hat da nicht gestimmt. Und dann habe ich begriffen, es ist eine Scotland-Yard-Adresse.«

Sofort spürte Lacey, wie sich ihr ganzer Körper verspannte. Das war der Hammer! Wenn AryanBoy von einem Computer im Yard gepostet hatte, dann konnte das nur eins bedeuten. Sie hatten ihn und seinen Maulwurf gefunden, und zwar gleichzeitig. AryanBoy selbst war der Maulwurf! Lacey hatte im Laufe der letzten paar Wochen genug über IP-Adressen gelernt, um zu wissen, dass jeder Computer seine eigene, einzigartige Zahlenreihe hatte. Bestimmt hatte Scotland Yard einen Block gemeinsamer Zahlen, bei denen nur die letzten drei Ziffern für jedes Gerät unterschiedlich waren. Georgie hätte den Computer genau identifizieren können, den AryanBoy benutzt hatte. Warum war Joesbury also plötzlich so erstarrt?

»Weiter«, sagte er zu Georgie. »Wer hat das gepostet? Ich weiß, dass Sie das rausgefunden haben.«

Georgie sah aus, als wäre sie den Tränen nahe. »Sie, Sir«, antwortete sie leise.

Lacey spürte, wie die ganze Kajüte von ihr wegglitt. Joesbury hatte keinen Muskel gerührt.

»Ich war natürlich schockiert«, fuhr Georgie fort. »Ich dachte, ich hab mich bestimmt geirrt, aber ich hab's wieder und wieder überprüft, und ich hatte mich nicht geirrt. Also habe ich mir die früheren Posts angesehen.«

»Und?«, fragte Lacey.

»Ich habe drei weitere Interaktionen von Mr Joesburys Computer in AryanBoys Namen gefunden, alle in den letzten beiden Monaten. Drei Interaktionen unter Hunderten, alles Änderungen an vorherigen Kommentaren, oder kleine Emojis, und alle mehrere Tage später gemacht, nachdem der ursprüngliche Post eingestellt worden war. Alle tagsüber, zu Zeiten, wo Sie im Büro waren, Sir. Ich habe Ihren Online-Terminkalender überprüft. Der Beweislage nach …«

»Bin ich AryanBoy«, beendete Joesbury den Satz für sie. Dann drehte er sich von ihnen weg, beugte sich über die Stufen des Niedergangs und ließ den Kopf auf die Arme sinken.

»Es war mutig von Ihnen herzukommen.« Für Lacey fühlte es sich an, als spräche sie durch einen Mundvoll Watte. »Aber wahrscheinlich nicht klug. Ich hoffe, Sie kriegen keinen Ärger.«

Georgie zuckte mit den Schultern und warf ihrem Vorgesetzten nervöse Blicke zu. »Das Ganze ist natürlich Schwachsinn. Jemand will ihm was anhängen.«

Natürlich wollte ihm jemand etwas anhängen. Aber das zu beweisen würde Zeit kosten, und bis zum Tag der Vergeltung waren es nur noch sechs Tage.

Joesbury riss sich zusammen und drehte sich wieder zu ihnen um. »Sie müssen mich verhaften«, sagte er zu Georgie. »Lacey, kannst du bei Huck bleiben? Bring ihn morgen früh zu seiner Mum. Dann geh zu Dana, sie wird wissen, was zu tun ist.«

Dana würde keinen blassen Dunst haben. Genau wie Joesbury arbeitete Dana zurzeit halb blind.

Georgie erhob sich. »Ich bin hergekommen, damit Sie Zeit haben, damit Sie eine Chance haben, abzuhauen und … ich weiß nicht … eine Lösung zu finden.«

Schweigen.

»Wäre ja nicht das erste Mal«, bemerkte Lacey, und als Joesbury sie ansah, wusste sie, dass sie beide daran dachten, wie er vor etwas über einem Jahr untergetaucht war, als er beschuldigt worden war, einen Polizisten getötet zu haben. Er hatte sich auf einem verlassenen Baggerschiff nicht weit von ihrem Boot versteckt, und sie hatte sein Geheimnis bewahrt. Das könnten sie wieder tun.

Einen Moment lang glaubte sie schon, er würde es in Erwägung ziehen, dann schüttelte er den Kopf.

»Ich kann keinen Cyberkrieg führen, wenn ich mich verstecken muss«, erwiderte er. »Scheiße, ich weiß nicht mal, ob ich einen führen kann, wenn ich mich nicht verstecken muss. Diese Typen können nach Belieben Schlitten mit mir fahren. Kommen Sie, Georgie, verhaften Sie mich. Es darf nicht infrage gestellt werden, dass Sie hergekommen sind, um das Richtige zu tun.«

Eine Träne lief Georgie die Wange hinunter. »Mark Joesbury«, begann sie, »ich verhafte Sie wegen …« Sie hielt inne. »Ich darf das doch gar nicht, Sir, ich bin Zivilistin, schon vergessen? Ich habe gar keine Befugnis, jemanden festzunehmen.«

»Mark Joesbury, Sie sind verhaftet wegen des Verdachts terroristischer Aktivitäten.« Laceys Stimme klang, als hätte sie sie sich von einem zweitklassigen Imitator geborgt. »Sie brauchen sich nicht zu äußern, aber es könnte sich nachteilig auf Ihre Verteidigung auswirken, wenn Sie bei der Befragung etwas verschweigen, worauf Sie sich später vor Gericht berufen. Alles, was Sie sagen, kann als Beweis gegen Sie verwendet werden.«

Im Boot war es still.

Lacey senkte den Blick. »Bringen Sie ihn aufs Revier, Georgie.«

»Gut so«, sagte Joesbury. »Und jetzt, und das meine ich ernst: Mach keine Dummheiten.«

Ohne sich zu verabschieden, machte er kehrt und stieg den Niedergang hinauf. Georgie folgte ihm und ließ Lacey allein zurück.

Erst als sie sicher war, dass sie den Schleusenhof verlassen hatten, ging Lacey aufs Deck hinauf und ließ sich von der kalten Luft abkühlen. Das Boot schaukelte auf dem steigenden Wasser, während sie darauf wartete, dass Schmerz über sie hinwegflutete. AryanBoy hatte das zuwege gebracht, irgendwie, er hatte es getan, um sie zu treffen, und sie sah keinerlei Möglichkeit, sich zu wehren.

Doch das war kein Schmerz, dieses Gefühl, das da ganz tief in ihrem Bauch wuchs, das brannte wie ein Geschwür und ihre Gliedmaßen entflammte. Das war kein Schmerz, der ihr Herz rasen und sämtliche Nerven kribbeln ließ. Schmerz drückte einen nieder, drohte einen zu verschlingen, zu lähmen. Er ließ einen nicht lichterloh brennen und geradewegs auf den Feind losstürmen wollen. Ließ einen nicht kämpfen und alles in Schutt und Asche legen wollen, was einem im Weg war.

Das war kein Schmerz, das war Wut.

84

»Wann hatten Sie das letzte Mal eine Freundin, Mr Brine?«, fragte Dana.

Er starrte sie lange an. »Ich bin mir nicht sicher, ob ich die Frage richtig verstehe.«

Dana wusste, dass sie nicht annähernd genug in der Hand hatten, um Anklage gegen Jack Brine zu erheben, und die drei anderen Personen im Vernehmungszimmer wussten es auch. Sie hätte ihn länger festhalten können als üblich, doch was hatte das ohne weitere Anhaltspunkte für einen Sinn? Man konnte dieselben Fragen ja nicht beliebig oft stellen.

Inzwischen war ein möglicher massiver Terroranschlag nur noch Tage entfernt, der Ermittlungsleiter – ihr bester Freund – war verhaftet worden, und heute war Freitag, der 13.

»Und ich bin mir nicht sicher, ob ich die Frage noch deutlicher formulieren kann. Wann hatten Sie das letzte Mal eine romantische Beziehung zu einer Frau? Und ich werde ihren Namen und ihre Kontaktdaten wissen wollen.«

Brine sah sich verdutzt im Raum um. »Ist es jetzt ein Verbrechen, eine Freundin zu haben? Erheben Sie Anklage gegen mich, weil ich gern mit Frauen zusammen bin?«

Der Kerl war viel zu anmaßend. »Wenn ich Anklage gegen Sie erheben lasse«, erwiderte sie, »dann wegen Terrorverbrechen. Wir haben mit Ihren Mitbewohnern gesprochen. Die sagen, Sie haben seit über einem Jahr keine Frau mehr abgeschleppt. Eine ganz schöne Durststrecke.«

Brine verbrachte mehrere Sekunden damit, seine Fingernägel zu betrachten. Dana war schon drauf und dran, ihn zum Antworten zu drängen, als er sagte: »Ich bin nicht auf der Suche nach was Festem. Viele Mädchen fangen gern bei Tinder was an, oder in Clubs. Letzte Woche habe ich im Zug ein nettes Mädchen kennengelernt, die wollte meine Telefonnummer haben. Vielleicht habe ich da ja Glück.«

Er meinte Lacey. Brine verhöhnte sie, er wusste, dass seine Fahrt nach Durham der Polizei keinen Anhaltspunkt lieferte. Er hatte Freunde dort, ehemalige Kommilitonen, die er mehrmals im Jahr besuchte, und dass er im selben Zug gesessen hatte wie Lacey, bewies gar nichts.

Lacey machte ihr auch Sorgen. Sie war unnatürlich ruhig gewesen, als sie heute früh bei ihnen vor der Tür gestanden hatte, noch bevor Dana damit fertig gewesen war, Inigo zu füttern.

Er hat gesagt, Sie werden wissen, was zu tun ist, hatte sie gesagt.

»Und doch haben Ihre Mitbewohner von diesen sexuellen Ausschweifungen nichts mitbekommen«, sagte sie zu Jack Brine.

»Die Mädchen haben's lieber, wenn man zu ihnen geht. Finde ich auch besser. Dann kann ich aufstehen und mich vom Acker machen, wann ich will.«

»Sie haben mehrmals auf Incel-Websites gepostet. Wieso tun Sie das, wenn Sie sich nicht als einer von denen betrachten?«

»Ich verbringe viel Zeit im Internet. Manchmal gerate ich da auf komische Seiten, werde in Chats reingezogen, die am Anfang noch ganz okay sind und dann irgendwann abdrehen. Sie wissen ja, wie das ist. Ich bin mir aber ziemlich sicher, dass ich nichts Illegales getan habe.«

Hatte er auch nicht. Wenn Jack Brine unter seinem Klarnamen postete, war er vorsichtig.

»Wie ich sehe, haben Sie einen Tor-Browser.«

»Das ist ja nicht verboten.«

»Wie oft sind Sie im Darknet unterwegs?«

»So gut wie nie. Das ist voll die Katastrophe. Meistens versuche ich gar nicht erst, mich da zurechtzufinden.«

»Und warum dann der Tor-Browser?«

»Aus Sicherheitsgründen. Man weiß ja nie, wann Big Brother mal vorbeischaut.«

»Was versuchen Sie zu verbergen?«

Er zuckte die Achseln. »Okay, erwischt. Ich steh auf Oktopus-Pornos.« Er schenkte ihr ein träges, widerliches Lächeln.

Dana merkte, wie sie allmählich verzweifelte. Wenn sie schon einmal weniger Erfolg bei einer Vernehmung gehabt hatte als bei dieser, so konnte sie sich nicht mehr daran erinnern.

»Wo sind Ihre anderen Endgeräte?«

»Ich weiß nicht, was Sie meinen.«

»Ihr zweites Handy, Tablet, das Gerät, das Sie benutzen, wenn Sie BlackPill88 sind.«

Er sah aufrichtig verwirrt aus. »Wer?«

»Posten Sie manchmal unter dem Namen AryanBoy?«

»Nein.«

»Wer sind Joker und MadHatter?«

Er schüttelte den Kopf. »Tut mir leid, Detective, so langsam verstopft hier mein Qualitätsfilter.«

»Wann haben Sie Fergus Lord das letzte Mal gesehen?«

»Im richtigen Leben? In der Schule würde ich sagen. Er ist ein paar Jahre älter als ich.«

»Sind Sie Mitglied in seiner Partei?«

»UNITY? Nein, ich interessiere mich nicht für Politik.«

»Aber gehört haben Sie davon.«

»Ich kriege mit, was Gus so macht. Und er hat sich positiv zum International Men's Day geäußert, das ist gut für mich.«

Der Pflichtverteidiger neben Brine sah plötzlich etwas weniger gelangweilt aus.

»Inwiefern?«, wollte Dana wissen.

»Ich habe die Website mit dem Spendenaufruf entworfen. Wenn die gut funktioniert und 'ne Menge Kohle einbringt, nehmen die mich nächstes Jahr wieder.«

»Ach ja, die habe ich mir angeschaut. Nicht schlecht. Mit IT kennen Sie sich wirklich gut aus.«

Sein Gesicht wurde starr. »Ich bin Informatiker. ITler reparieren Drucker.«

»Ich nehme alles zurück. Wie viel Geld wird beim International Men's Day zusammenkommen?«

Brine zuckte mit den Schultern. »Schwer zu sagen. Letztes Jahr sind nicht ganz zwölf Millionen an so um die dreißig Hilfsorganisationen geflossen. Dieses Jahr hoffen sie auf mehr.«

»Es ist also nicht in Ihrem Interesse, die nächsten vierzehn Tage in Polizeigewahrsam zu verbringen? Wenn zu diesem Zeitpunkt bei der Website irgendetwas schiefgeht, sieht das für Sie nicht gut aus.«

Brine stieß einen tiefen Seufzer aus. »Das Ding ist online und ist getestet worden bis zum Gehtnichtmehr. Dass ich hier bin, ändert überhaupt nichts. Sie können mich festhalten, solange Sie wollen.«

»Läuft's bei ihr besser als bei mir?«, fragte Dana, nachdem sie die Vernehmung von Brine beendet hatte und ihr Team dabei antraf, wie sie sich die Liveübertragung davon ansahen, wie Gayle Mizon Charlie Frost befragte.

Pete gab sich nicht mit Plattitüden ab. »Würde ich nicht unbedingt sagen, Boss.«

»Wir haben gehört, Mark ist nach Charing Cross gebracht worden«, berichtete Neil. »Da bleibt er bis auf Weiteres.«

»Bis auf Weiteres« bedeutete laut der Terrorismusgesetzgebung bis zu vierzehn Tagen. Bis dahin würde alles, was am International Men's Day geschah, längst vorbei sein.

»Meine Pläne für diesen Donnerstag?«, sagte Charlie Frost auf dem Bildschirm gerade. »So mal aus dem Stegreif, ein paar Telefonate mit Klienten, ein Blick auf die Märkte, eine oder zwei Besprechungen. Abends bin ich wahrscheinlich bei Gus. Die neue Partei sorgt gerade für eine Menge neue Arbeit. Wieso, passiert da irgendetwas Besonderes?«

»Das führt doch zu nichts, Boss«, sagte Neil. »Ihre Endgeräte sind alle sauber, jedenfalls die, die wir gefunden haben, und sie haben alle Alibis für einige von den Zeitfenstern, in denen AryanBoy aktiv war.«

»Was überhaupt nichts beweist, wenn Georgie recht hat und sie diese Identität alle benutzen«, entgegnete Dana.

»Das können wir ihnen nicht nachweisen. Wenn Sie meine Meinung wissen wollen: Ich habe mir alle drei Vernehmungen angeschaut, und der Einzige, der kurz davor ist einzuknicken, ist Fergus Lord. Dem sollten wir Druck machen.«

Im Vernehmungszimmer wurde Charlie Frost lauter und blickte dabei sogar kurz in die Kamera, als wolle er, dass alle, die zuschauten, zur Kenntnis nahmen, was er sagte.

»Für mich scheint die Lösung ganz einfach zu sein«, sagte er. »Wenn Sie glauben, dass am Donnerstag irgendwas Großes abgeht, dann behalten Sie mich und Gus doch bis dahin hier. Dann können wir das Parlament nicht in die Luft jagen, oder einen Sturm auf den Buckingham Palace anführen, oder was immer wir Ihrer Ansicht nach sonst geplant haben.«

»Was immer die geplant haben, es ist bereits im Gange«, stellte Dana fest. »Dass die drei aus dem Spiel genommen worden sind, ändert gar nichts.«

»Und was machen wir dann jetzt?«

»Ich denke, wir müssen sie laufen lassen.«

85

Der Schlüssel zu Joesburys Wohnung passte noch, als Lacey es am Sonntagabend damit probierte. Drinnen brannte Licht: grelles Licht im Flur, eine schwächere Lampe im Wohnzimmer. Möbel waren verrückt und Bilder von der Wand genommen worden. Leer fühlte sich die Wohnung nicht an.

»Dana?« Sie wusste nicht, wer sonst noch einen Schlüssel haben könnte.

Bewegung im Schlafzimmer, dann ging eine Tür auf, und ein Mann erschien, den Lacey nicht kannte. Weiß, ungefähr so alt wie sie, vielleicht eins achtzig, in Anzug, Hemd und Krawatte. Ein gut aussehender Typ; sein verblüffend blondes Haar war ein seltsamer Widerspruch zu seinen tiefblauen Augen. Er hatte eine ausgeprägte Nase und dicke, volle Lippen.

Sein Kopf kippte zur Seite, wie der eines Reptils, das eine Beute mustert. »Lacey, richtig? Lacey Flint?«

Sein Verhalten trug nicht dazu bei, ihr Unbehagen zu mindern. »Wer sind Sie?«

»Theo Cox. Ich arbeite bei Scotland Yard mit Mark Joesbury zusammen. Moment.«

Er schob die Hand in die Tasche seines Jacketts. Sie kämpfte gegen den Instinkt an zurückzuweichen, doch was er hervorzog, war lediglich ein Dienstausweis. Vorsichtig trat sie näher – der Ausweis war echt. Er war Theo, das vierte Mitglied des Undercover-Cyberteams.

»Sie sind der Einzige, den ich noch nicht kennengelernt habe«, sagte sie, während ein wenig von der Anspannung verflog. »Aber ich glaube, wir haben schon mal telefoniert.«

Er schenkte ihr ein schüchternes, schiefes Lächeln. »Wir hätten wohl auf bessere Umstände hoffen können. Ziehen Sie wieder hier ein?«

Nach Joesburys Verhaftung war Laceys persönliche Sicherheit auf der Prioritätenliste von Scotland Yard ein ganzes Stück nach unten gerutscht, wofür sie nicht ganz undankbar war.

»Ich habe gesagt, ich hole ein paar Sachen für seinen Sohn. Und ich habe hier einen Föhn liegen lassen.«

»Haben Sie den Boss besucht?«, wollte Theo wissen.

»Ich hab's versucht. Er durfte übers Wochenende keinen Besuch bekommen, außer von seinem Anwalt. Und Sie?«

Theo schüttelte den Kopf. »Streng genommen sind wir im Ermittlungsteam, wir dürfen überhaupt nicht in seine Nähe kommen. Keinem von uns gefällt das, aber …« Er sprach nicht weiter, doch das war auch nicht nötig. Keiner von ihnen konnte seinen Job riskieren, wie loyal sie Joesbury gegenüber auch waren.

»Und warum sind Sie hier?«, fragte sie. »Suchen Sie etwas?«

»Nein, das Team von der Cyber-Spurensicherung war schon hier. Die haben seinen Computer und seinen Laptop mitgenommen und den Laden gründlich gefilzt. Ich bin hier, weil wir – also, die anderen und ich – dachten, wir sollten ein bisschen aufräumen. Eigentlich war's gar nicht so schlimm. Die Suchteams waren echt vorsichtig.«

Ein unbehagliches Schweigen entstand. »Ich bin gleich wieder weg«, versicherte Lacey und ging auf Hucks Zimmer zu. »Ich zeige Ihnen, was ich mitnehme«, fügte sie hinzu, um es ihm zu ersparen, sie darauf aufmerksam zu machen, dass das notwendig war.

»Keiner von uns glaubt, dass der Boss schuldig ist«, rief er ihr nach. »Das müssen Sie wissen. Hören Sie, haben Sie was dagegen, wenn wir uns hinsetzen? Ich fühle mich nicht ganz wohl dabei, hier im Flur zu reden.«

Wortlos ging Lacey ihm voraus ins Wohnzimmer, wo ihr das gedämpfte Licht merkwürdig intim vorkam. Sie machte die Deckenlampe an und setzte sich auf die Armlehne eines der Sofas. Theo nahm ihr gegenüber Platz.

»Der Boss hat die Angewohnheit, das Büro zu verlassen, ohne sich auszuloggen«, sagte er. »Nach fünfzehn Minuten macht der Computer das automatisch, aber da bleibt immer ein Zeitfenster, wo sich jemand hätte reinschleichen können. Außer uns arbeiten noch mehr als ein Dutzend andere Leute im großen Büro. Und ganz in der Nähe sind noch mehr Büros. Wir glauben, diese angeblichen AryanBoy-Posts sind jeweils eingestellt worden, wenn wir fünf gerade alle zusammen Besprechungen abgehalten haben.«

Wenn das alles vorbei war, würde sie Joesbury den Arsch dafür aufreißen, dass er so verdammt unvorsichtig war.

Theo blickte auf den Teppich hinunter, als denke er über irgendetwas nach. Dann sagte er: »Wegen einem sollte ich Sie warnen, Lacey.«

»Wegen was denn?«

»Wir wissen, dass Sie sich gestern mit Fergus Lord getroffen haben, nicht lange nachdem er auf freien Fuß gesetzt worden war.«

Das sollte sie nicht im Mindesten überraschen. »Werde ich beschattet? Gelte ich jetzt als Verdächtige?«

»Nein, das war einfach nur so ein Zufall. Sie sind auf Überwachungsaufnahmen entdeckt worden. Aber wahrscheinlich wird man Sie danach fragen. Warum er sich mit Ihnen treffen wollte, worüber Sie geredet haben.«

»Also, ehrlich gesagt habe ich mich bei ihm gemeldet. Ich wollte ihn fragen, ob er okay ist.«

Überraschung malte sich auf Theos Miene, sogar Misstrauen – vielleicht hielt er das für mangelnde Loyalität Joesbury gegenüber. Aber Fergus Lord war einer der wenigen Anhaltspunkte, die sie noch hatten.

Wie sich herausgestellt hatte, war er alles andere als okay. Verhaftet zu werden hatte ihn völlig verstört.

Unschuldig war er deswegen nicht.

»Ich bin nicht überzeugt, dass er nichts mit dem Ganzen zu tun hat«, sagte sie.

»Wir auch nicht, aber wir haben nichts gegen ihn in der Hand.«

Sie sah ihm unverwandt in die Augen. »Vielleicht kann ich ihm ja mit Fragen kommen, die Sie nicht stellen können.«

Theo sah nervös aus. »Ist das eine gute Idee?«

Sie zuckte die Achseln. »Das werden wir wohl noch herausfinden.«

Es war dunkel, als Lacey zum Deptford Creek zurückkam, und es regnete leicht, doch die abendlichen Aktivitäten ihrer Nachbarn waren seltsam tröstlich, als sie die Stufen vom Kai hinunterstieg und sich den Weg über die Reihe der festgemachten Boote suchte. Auf dem ersten Kahn sahen Kinder gerade fern, ganz in der Nähe übte jemand Klarinette. Der Geruch brutzelnder Zwiebeln kam aus den Luken gewirbelt, um sie zu begrüßen, als sie bei ihrem direkten Nachbarn übers Vorschiff ging und auf ihr eigenes Boot stieg. Gerade wühlte sie in ihrer Tasche nach dem Schlüssel, als ihr Handy klingelte.

»Hallo, Lacey.« AryanBoys deutlicher Midlands-Akzent.

Mit klopfendem Herzen wartete sie ab.

»Das mit deinem Freund tut mir leid, aber ganz ehrlich, du kannst doch was Besseres kriegen.«

»Ich bin neugierig, wie Sie das angestellt haben«, sagte sie. Sie wusste, dass nur wenige Männer der Versuchung widerstehen konnten anzugeben.

»Damit hatte ich nichts zu tun«, lautete die Antwort. »Ist wohl einfach ein krummer Hund. Nicht das erste Mal, dass er Ärger hat, nach dem, was ich gehört habe.«

»Was wollen Sie?«

»Eine ganze Menge. Fangen wir mal damit an, dass du deinen Pferdeschwanz aufmachst. So nach hinten gezerrt gefällt mir dein Haar nicht.«

Lacey Hand zuckte zu ihrem Kopf hinauf, fühlte die Feuchtigkeit des Regens auf ihrem Haar. Sie überlegte kurz und stieg dann wieder aufs Seitendeck. Der Mann am Telefon wollte, dass sie dachte, er könne sie sehen.

Es herrschte Ebbe, nur ein Rinnsal am Grund des Kanals war noch vom Ravensbourne übrig. Bei Ebbe konnte man den Deptford Creek zu Fuß hinaufgehen, das nahe gelegene Bildungszentrum veranstaltete von Zeit zu Zeit sogar geführte Ausflüge. Aber ohne die richtige Ausrüstung und ohne das Terrain zu kennen, war es gefährlich. Es war unwahrscheinlich, dass er sich im Flussbett befand.

»Du wirst mich nicht finden«, verkündete er am Telefon. »Ich habe ein Fernglas mit Nachtsichtfunktion.«

Selbst wenn das stimmte, gab es nur relativ wenige Orte, wo er sein konnte. Das Gelände am gegenüberliegenden Ufer war größtenteils in Privatbesitz, und man kam dort nur schwer hin. Lacey zog die Luke auf und schwang sich in die Kajüte hinunter.

Keine Reaktion von dem Mann am Telefon.

Innen war das Boot genau so, wie sie es verlassen hatte. Nichts war nicht am richtigen Ort, alles sah aus wie immer, fühlte sich an wie immer und roch auch wie immer. Er war nicht hier gewesen.

»Sie haben noch zehn Sekunden, dann lege ich auf«, sagte sie.

»Ich habe gehört, deine Freunde bei Scotland Yard wissen von unseren Plänen für Donnerstag«, sagte er.

Er meinte den International Men's Day, die Konferenz im Queen Elizabeth II Centre. »Wenn das so ist, dann sagen sie's mir nicht.«

»Ich brauche ein Ablenkungsmanöver.«

»Ein was?«

»Etwas, um sie zu beschäftigen. Damit sie ihre Ressourcen aufteilen. Damit wir eine Außenseiterchance bekommen.«

Sie schwieg.

»Du musst Folgendes tun, Lacey«, meldete er sich erneut zu Wort. »Am Donnerstagmorgen paddelst du mit deinem

Kajak am Südufer entlang zur Tower Bridge und machst dort fest. Um genau elf Uhr dreißig schlägst du in der Kindertagesstätte in der Gainsford Street in Southwark auf und holst Inigo Tulloch-Rowely ab. Die Tagesstätte wird eine Stunde zuvor eine E-Mail von seiner Mutter bekommen haben, dass du ihn abholen darfst. Die werden dir keine Schwierigkeiten machen.«

Lacey spürte, wie eine dumpfe Kälte in ihr emporkroch.

»Dann steigst du mit dem Baby wieder in dein Kajak – ich würde dir empfehlen, dir so ein Trageteil zum Umschnallen zu besorgen – und paddelst raus in die Fahrrinne. Da bleibst du und wartest auf weitere Anweisungen. Sorg dafür, dass dein Handy aufgeladen ist und dass es nicht nass wird.«

»Sie haben sie ja nicht alle!«

»Eine schöne Symmetrie, findest du nicht? Mit einem Baby auf dem Fluss hat das Ganze angefangen. Was ein großartiger Erstschlag unserer Kampagne hätte werden sollen, ist von dir in deinem kleinen Einbaum vereitelt worden, und von diesen beiden Lesben, mit denen du so dicke bist. Die werden schon lernen, in ihrer Spur zu bleiben, wenn ihr eigenes Balg in Gefahr ist. Und wir senden all den anderen dreisten Weibern eine klare Botschaft, die glauben, sie können sich mit uns anlegen. Lasst es bleiben.«

»Daraus wird nichts. Selbst wenn ich bereit dazu wäre, was ich nicht bin, ein Kajak würde in der Fahrrinne innerhalb weniger Sekunden kentern, vor allem, wenn noch das Gewicht eines Kleinkinds dazukommt. Wir haben Ende November, falls Sie's nicht gemerkt haben, und es hat viel geregnet. Der Fluss ist sehr voll und sehr schnell. Und wenn ich dicht am Ufer bleibe, werde ich nach ein paar Minuten einkassiert. Die Flusspolizei wird eins von den Schlauchbooten losschicken. Die sind da gerade mal anderthalb Kilometer weit weg.«

Sie konnte hören, wie ihre Sätze immer schneller wurden, ihre Stimme immer schriller. AryanBoy dagegen war beängstigend ruhig, als er antwortete.

»Wir haben uns die Gezeiten angeschaut, und um diese Zeit herrscht noch eine Stunde lang Ebbe. Jemand wie du sollte keine Probleme damit haben, ein Boot in der Fahrrinne zu halten. Und wegen der Flusspolizei brauchst du dir keine Sorgen zu machen. Die hören auch von uns, und zwar dass dir ein Scharfschütze ein Loch in den Schädel ballert, wenn jemand in deine Nähe kommt. Dann geht ihr beide drauf, du und das Baby.«

»Was?«

»Na ja, das werden wir ihnen erzählen. Und es könnte ja wahr sein. Da gibt's jede Menge hohe Gebäude, die werden sie nie alle rechtzeitig überprüfen können. Du solltest zur Sicherheit davon ausgehen, dass es stimmt.«

»Wie in aller Welt kommen Sie auf den Gedanken, dass ich da mitmachen werde?«, fragte Lacey und wusste genau, warum er das dachte.

»Weil wir eine Pressemitteilung rausgeben und deine wahre Identität und deine enge verwandtschaftliche Beziehung zu der berüchtigtsten Mörderin der letzten zehn Jahre publik machen, wenn du es nicht tust. Dann bist du erledigt.«

»Ich bin auch erledigt, wenn ich ein Kind entführe und sein Leben in Gefahr bringe.«

»Nein, bist du nicht. Du sagst, dass du unter Zwang gehandelt hast, und wir werden das bestätigen. Dass du akut bedroht worden bist. Und natürlich wirst du alles tun, was in deiner Macht steht, um das Baby zu beschützen, wenn ihr beide auf dem Fluss seid. Wir sind keine Ungeheuer, Lacey, wir wollen nicht, dass das Baby wirklich stirbt. Oder du.«

Doch, sie waren Ungeheuer. Das andere Baby wäre umgekommen, wenn sie die Kleine nicht rechtzeitig zu fassen bekommen hätte. Frauen waren getötet und entstellt worden, waren verprügelt, vergewaltigt und fast zu Tode geängstigt worden, und zwar hauptsächlich wegen dieses Mannes. Er log.

»Und was soll das Ganze?«, wollte sie wissen.

»Jetzt pass doch mal auf, das habe ich dir eben schon gesagt. Du bist ein Ablenkungsmanöver. Wenn der Polizei klar ist, dass sie es mit einer Geiselnahme zu tun haben, schicken sie alles, was sie haben, zum Fluss.«

»Und Sie haben freie Bahn für das, was Sie am Queen Elizabeth II Center geplant haben.«

»Du wirst vielleicht dreißig Minuten auf dem Fluss sein, höchstens vierzig. Dann geben wir dir Entwarnung. Du schaffst das schon, Lacey. Sorg nur dafür, dass ihr beide warm angezogen seid.«

Die Leitung war tot. Er war weg. Und plötzlich war es in der Kajüte erstickend heiß. Sie stieg wieder aufs Deck und fürchtete sich nicht mehr davor, wer sie vielleicht beobachtete. Das Zittern in ihren Fingern, das seit Joesburys Verhaftung immer da gewesen war, war verschwunden, und an seine Stelle war eine eisige Ruhe getreten.

Nicht ein einziges Mal in zwei Jahren hatte sie begriffen, wie jemand, der so nahe mit ihr verwandt war, der in so vielerlei Hinsicht genauso war wie sie, einem anderen Menschen das Leben nehmen konnte. Jetzt verstand sie es.

Sie würde nicht abhauen. AryanBoy konnte tun, was er wollte, und er würde herausfinden, mit wem er es zu tun hatte. Sie würde mit Freuden untergehen, solange sie diesen gemeingefährlichen Dreckskerl mit in den Abgrund reißen konnte.

»Bist du da drin, Victoria?«, fragte sie im Flüsterton in sich hinein. »Ich glaube, ich werde dich brauchen.«

86

»Sie fragen sich wahrscheinlich, warum wir noch nicht mit Ihnen gesprochen haben.«

Sie hatten einen Commander geschickt, um ihn zu verhören. Die Frau war Mitte vierzig, mit stumpfbraunem Haar und schlechter Haut. Sie wurde von einem jungen Mann begleitet; sein Name und sein Dienstgrad waren Joesbury gesagt worden, doch er hatte keine Lust, sie sich zu merken. Ohne Joesbury in die Augen zu sehen, klappte er einen Laptop auf und begann zu tippen.

»Ich bin davon ausgegangen, dass Sie mich schmoren lassen. Betrachten Sie mich als geschmort. Haben Sie Fergus Lord, Charlie Frost und Jack Brine schon festgenommen?«

Madam Commander nickte ihrem Begleiter zu. »*Diesen* Fergus Lord?«

Als der Laptop umgedreht wurde, sah Joesbury ein unscharfes Schwarz-Weiß-Foto von zwei Menschen in einem Coffeeshop. Lord, leger gekleidet, saß mit dem Gesicht zur Kamera. Die andere Person war eine Frau. Joesbury erkannte das Muster des Pullovers wieder, die langen Haare. Lacey.

»Das ist von Samstagnachmittag«, sagte Madam Commander. »Kurz nachdem er, Mr Frost und Mr Brine von unseren Freunden in Lewisham ohne Anklage auf freien Fuß gesetzt worden waren. Ein zweites Date, nach dem, was ich gehört habe.«

Joesbury sah ihr in die Augen. »Diese drei Typen sind die grauen Zellen hinter der MenMatter-Kampagne. Sie planen einen Anschlag auf die Stadt, wahrscheinlich in drei Tagen am Queen Elizabeth II Centre, und sie haben einen Insider bei Scotland Yard. Wenn Sie all ihre Endgeräte finden, besteht die Chance, dass mein Team Verbindungen mit den Online-Posts der vier User finden kann, die, wie wir wissen, die treibende Kraft der Incel-Bewegung sind.« Er hielt inne, holte Luft. »Gern geschehen.«

Madam Commander lächelte verkniffen. »Ein Insider bei Scotland Yard, sagen Sie? Jemanden, der, sagen wir mal, Posts von AryanBoy von Polizeicomputern verschicken kann?«

Er war ihr in die Falle getappt. »Wir waren nahe dran«, erwiderte er. »Wir wissen, dass wir nach drei Männern suchen, und nach dem Insider. Wir haben drei Namen. Deswegen mussten die mich reinreißen.«

Sie schwieg.

»Ich habe diese vier Posts nicht eingestellt. Wenn Sie tief genug graben, werden Sie sehen, dass ich für drei der betreffenden Tage und Uhrzeiten Alibis habe.«

»Oh, das haben wir überprüft. Richard?«

Ihr Begleiter – Richard – las vom Bildschirm ab. »Einer der Posts wurde fünf Minuten, bevor Sie eine Besprechung in Ihrem Büro abhalten sollten, eingestellt, DCI Joesbury, eine Besprechung, von der wir wissen, dass sie stattgefunden hat. Ein anderer Beitrag ist gepostet worden, nachdem Sie gerade eine E-Mail an Ihre Ex-Frau abgeschickt hatten, in der es darum ging, wer Ihren Sohn von der Schule abholt. Sie waren also bei mindestens zwei Gelegenheiten in Ihrem Büro, als die Nachrichten rausgegangen sind. Und bei einer haben Sie an Ihrem Schreibtisch gesessen.«

Scheiße, diese Arschlöcher waren gut.

»Was wir interessant finden«, sagte die Frau, »ist, dass AryanBoy ganz uncharakteristisch schweigsam ist, seit Sie am frühen Freitagmorgen festgenommen worden sind. Finden Sie das nicht interessant, Detective Chief Inspector?«

»Nein, ich finde es absolut vorhersehbar.«

Sie starrte ihn mehrere Sekunden lang an und begann dann – möglicherweise völlig unbewusst –, an einem Pickel auf ihrem Kinn zu pulen. »Constable Flint hat Sie die letzten paar Jahre ganz schön vorgeführt, stimmt's?«

»Meine Beziehung zu Lacey Flint geht Sie nichts an.«

»Also, das sehe ich anders. Ihre Kollegen sagen, Ihr Interesse an ihr sei schon fast eine Obsession, und zwar eine ziemlich ungesunde.«

»Dann wüsste ich gern die Namen dieser Kollegen.«

»Ich nehme also an, es wäre nicht allzu überraschend, wenn Sie eine Abneigung gegen das weibliche Geschlecht entwickelt haben.«

»Es gibt ein paar Frauen, bei denen ich eine Abneigung gegen das weibliche Geschlecht entwickeln könnte. Lacey gehört nicht dazu.«

»Und doch hat sie Sie wegen einem Schauspieler abserviert, nur ein paar Tage nachdem Sie verhaftet worden sind.«

»Wenn sie mich abserviert hat, dann hat sie mir das noch nicht mitgeteilt. Warum lassen Sie nicht zu, dass sie mich besucht, damit sie's mir sagen kann?«

»Und Dana Tulloch? Noch eine Frau, auf die Sie angeblich scharf waren. Muss ja eine Enttäuschung gewesen sein, als sie sich als lesbisch herausgestellt hat?«

»Sie hat sich nicht als lesbisch herausgestellt, sie *ist* lesbisch. Außerdem ist sie meine beste Freundin. Wir sind beide Paten unserer jeweiligen Kinder. Es steht mir nicht zu, Sie Ihr Handwerk zu lehren, Commander, aber dieser Vernehmungsansatz führt zu nichts. Ich bin kein Incel.«

Schmale Lippen dehnten sich zu einem verkniffenen, humorlosen Lächeln. »Sie haben recht. Das steht Ihnen nicht zu. Richard, haben Sie die Aufnahme parat?«

»Ja, Ma'am.«

»Können Sie sie bitte abspielen?«

Noch mehr Tippen auf Richards Laptop, dann hörte Joesbury seine eigene Stimme.

»Da gibt's diese Frau. Seit Monaten fährt die schon mit mir Schlitten. Die Sache ist die, ich weiß, dass sie auf mich steht,

aber sie … keine klare Linie, verstehst du, was ich meine? Ich hab keinen blassen Dunst, woran ich mit ihr bin. Ich sag dir, Alter, das macht mich noch wahnsinnig.«

Madam Commanders Blick blieb fest auf Joesburys Augen gerichtet, während die Aufnahme, aus der die Antworten des anderen Mannes herausgelöscht worden waren, weiterlief.

»Also, weißt du, da liegst du falsch. Nimm mal meine Ex-Frau – bitte! War nur 'n Witz. Bei der hab ich gewusst, wie ich mit ihr dran war, hab gewusst, was sie wollte. Das Problem war nur, sie wollte, dass ich jeden Abend um fünf zu Hause bin, und so hab ich nun mal nicht getickt, verstehst du? Frauen, die bremsen einen aus, versuchen, einen zu ändern. Warst du je verheiratet?«

Der Mann mit dem Messer – Waluigi – hatte den Kopf geschüttelt. Aber er hatte zugehört.

»Alter, ich weiß, was bei dir Sache ist. Die meisten von uns wissen das, die Typen, von denen ich jetzt rede. Scheiße, Polizeiarbeit war so viel leichter, bevor sie die verdammten Weiber da rangelassen haben. Aber wir müssen nun mal gute Miene zum bösen Spiel machen.«

»Richard, klingt das für Sie nach einem Mann, der Frauen schätzt und respektiert?«

»Nein, Ma'am, tut es nicht.«

»Und für Sie, DCI Joesbury?«

»Ich habe versucht, eine Verbindung zu einem Mann aufzubauen, der gerade zwei Frauen ermordet und versucht hatte, noch einige weitere umzubringen. Es hat funktioniert. Die Festnahme war erfolgreich.«

Keine Antwort von Madam Commander.

»Ich habe fünfzehn Jahre lang Undercover-Einsätze durchgeführt.« Es kotzte Joesbury an, dass er das Bedürfnis verspürte, sie zu überzeugen. »Ich weiß, wie man schauspielert.«

»Hmm.« Sie senkte den Blick und sah ihn dann von Neuem an. »Wo sind Ihre anderen Endgeräte?«

»Meine was?«

»Endgeräte, Detective Chief Inspector: Telefone, Laptops, iPads. Wir haben Ihre Computer aus Ihrem Büro und Ihrer Wohnung, einen von der Polizei zur Verfügung gestellten Laptop und ein Smartphone. Was war das noch mal für eins, Richard?«

»Ein iPhone, Ma'am.«

»Ja, ein iPhone. Wo sind die anderen? Wir wissen, dass sie nicht in Ihrer Wohnung oder auf Constable Flints Boot sind, beides haben wir nämlich gründlich durchsucht.«

»Und Sie haben keins davon mit irgendwelchen Incel-Aktivitäten in Verbindung bringen können? So ein Jammer. Also, tut mir leid, Sie noch mehr enttäuschen zu müssen, aber ich habe keine anderen Endgeräte.«

»Sind die vielleicht bei Ihrem Sohn, wie heißt er noch gleich, Richard?«

»Huckleberry, Ma'am.«

»Ja, stimmt, bekannt als Huck. Süßer Name. Werden wir die Geräte bei ihm zu Hause in seinem Zimmer finden, was meinen Sie? Haben Sie sie ihm zum Aufbewahren gegeben?«

Diese Schweine würden das Haus seiner Ex-Frau durchsuchen. »Wenn Sie meinem Sohn Angst machen, ach, Scheiße, wenn Sie auch nur seine Mutter beunruhigen, dann sorge ich persönlich dafür, dass Sie dran sind!«

»Notieren Sie, dass DCI Joesbury mir droht, Richard.«

»Und achten Sie darauf, sich selbst in diese Drohung miteinzubeziehen, Richard.«

Richard schaute nicht auf.

»Richard«, sagte Madam Commander, »können wir mal das Video sehen, das Sie gespeichert haben? Das wird DCI Joesbury bestimmt interessieren.«

Wieder wurde der Laptop umgedreht. Diesmal sah Joesbury ein Überwachungsvideo des nächtlichen Londoner Autoverkehrs. Er erkannte die Straße, sie war nicht weit vom Parliament Square entfernt.

»Das Fahrzeug, das uns interessiert, sollte jetzt ins Bild kommen«, sagte Madam Commander, gerade als Joesbury einen weißen Lieferwagen vor der Kamera vorbeifahren und nach links auf Broad Sanctuary abbiegen sah.

»Der Wagen ist über den Birdcage Walk gekommen«, ließ Madam Commander ihn wissen. »Ist nach rechts auf Little Sanctuary abgebogen und nach links auf Broad Sanctuary, ehe er die Parliament Street nach Norden entlanggefahren ist.«

Die Bedeutung dieser Route entging Joesbury nicht. Auf Little Sanctuary wäre der Lieferwagen direkt hinter dem Queen Elisabeth II Centre vorbeigekommen.

»Um diese Zeit wurde nichts angeliefert«, fuhr Madam Commander fort. »Wir mussten uns also fragen, warum der Wagen so eine Route durch diesen Teil von London genommen hat. Besonders, nachdem wir herausgefunden hatten, dass es das zweite Mal in derselben Nacht war, dass er genau diese Schleife gefahren ist, und dass die Kennzeichen gefälscht sind.«

»Die versuchen, Sie von ihrer Fährte abzubringen«, sagte Joesbury. »Diese Typen sind klug genug, mich reinzureißen, so etwas Offensichtliches würden die nicht tun.«

»Oder vielleicht wollen Sie auch, dass wir das denken.«

»Vielleicht liegen wir ja falsch, was das Centre und die Konferenz betrifft«, meinte er. »Findet an dem Tag irgendetwas in der Westminster Abbey statt? Sie könnten es auf das Parlament abgesehen haben.«

»Ihr Team, wie nennen Sie sie doch gleich, die Undercover-Cybereinheit? Ich bin übrigens sehr beeindruckt von ihnen. Also, die haben im Laufe des Wochenendes jede Menge Online-Chatter über Sprengstoff und selbst gebaute Bomben gefunden. Können Sie uns etwas darüber sagen?«

Joesburys Unruhe nahm zu.

»Hört sich für mich an, als ob MenMatter viel von dem verraten, was sie planen. Das ist ungewöhnlich für diese Typen. Sie könnten versuchen, Sie auf die falsche Fährte zu locken.«

»Und trotzdem waren Sie bei dem Anschlag an der Tower Bridge vorgewarnt«, warf Richard ein. »Deswegen konnten Ihrer Behauptung zufolge Sie und einer Ihrer Mitarbeiter – Theo Cox, glaube ich – so schnell vor Ort sein. Und sowohl der Anschlag in dem Massagesalon als auch der in dem Sportzentrum wurden vorher auf den sozialen Medien angekündigt.«

»Im Fall des Massagesalons und des Sportzentrums Stunden vorher, nicht Tage«, konterte Joesbury. »Nach dem Tower-Bridge-Anschlag sind sie vorsichtiger geworden. Es gab das Gerücht, dass Lacey, Helen und Dana wegen

Online-Warnungen dienstlich dort gewesen wären. Das stimmt nicht, es war ein Zufall, aber es hat die Incels vorsichtiger gemacht. Und gut zu wissen, dass Sie auch selber denken können, Richard.«

Joesbury wandte sich an Richards Vorgesetzte. »Sprechen Sie mit meinem Team. Sagen Sie ihnen, sie sollen rausfinden, wie es jemand geschafft hat, diese Posts von meinem Computer abzuschicken. Die kriegen das hin.«

Madam Commander erhob sich. »Das ist jetzt *mein* Team, DCI Joesbury. Einen schönen Abend noch.«

Joesbury war schon öfter verhaftet worden und hatte schon öfter in Arrestzellen gesessen. Wenn man undercover arbeitete, gehörte das quasi zur Stellenbeschreibung. Aber noch nie so lange, und nie, ohne zu wissen, dass irgendjemand draußen ihn zur richtigen Zeit herausholen würde. Als er allein war, verflüchtigte sich die gespielte Tapferkeit, die ihn während der Befragung über Wasser gehalten hatte. Er fühlte sich hilflos.

Der weiße Kastenwagen, der um das Queen Elizabeth II Centre gekreist war, kam ihm völlig verkehrt vor. Das war ein viel zu offenkundiger Hinweis darauf, dass dort etwas passieren würde. Wenn das nun ein Ablenkungsmanöver war? Ein Taschenspielertrick?

Und was lief da zwischen Lacey und Fergus Lord, verdammt noch mal? Nach dem Dinner im OXO Tower hatte sie das Ganze kleingeredet, hatte behauptet, es sei dienstlich gewesen und Lord sei kein besonders angenehmer Unterhalter gewesen. Und trotzdem hatte sie ihn wiedergesehen, nur Tage später. Entweder mochte sie ihn mehr, als sie zugegeben hatte, oder sie arbeitete im Alleingang an dem Fall. Joesbury vermochte wirklich nicht zu sagen, was ihm lieber gewesen wäre.

Schritte hallten den Korridor herunter und hielten vor seiner Tür an. Schlüssel rasselten und wurden im Schloss gedreht. Der diensthabende Sergeant, ein Mann, den Joesbury seit Jahren kannte und der ihn die letzten Tage über gut behandelt hatte, erschien im Türrahmen.

»Besuch für Sie«, verkündete er. »Sie haben zehn Minuten.«

Der Sergeant trat rückwärts aus der Tür und machte Platz, damit sein Besuch in die Zelle treten konnte. Es war Lacey. Sein kurzer Moment des Hochgefühls verflog sofort. Ihre Miene war todernst.

»Wir müssen reden«, sagte sie.

87

»Lass mal sehen«, sagte Helen.

Dana drehte das Handy um, sodass die Kamera auf den großen Spiegel gerichtet war. Unten hörte sie die Musik, mit der die Abendnachrichten angekündigt wurden.

»Hmmm«, machte Helen.

»Was?«

»Du hättest dir einfach meinen Smoking leihen können, und gut.«

»Dein Smoking ist mir zu groß.«

Doch Helen hatte nicht ganz unrecht. Im bodenlangen, langärmeligen schwarzen Kleid würde Dana sich kaum von den Hunderten Männern im Dinnerjacket unterscheiden, mit denen sie in der Guildhall rechnete. Das Kleid hatte sogar einen weißen Kragen. Ihr Haar, das am Hinterkopf zu einem straffen Knoten zusammengerafft war, vervollständigte den androgynen Look.

»Ich will nicht auffallen«, erklärte sie. »Auffallen erscheint mir nicht klug.«

Helen schwieg einen Moment, dann sagte sie: »Wahrscheinlich nicht. Wie geht's dem Wechselbalg?«

Dana richtete die Kamera auf das Babybettchen, das noch immer neben ihrem Bett stand. Die winzige Gestalt lag regungslos in einem viel zu großen Schlafsack mit blauen Pinguinen darauf. Die Arme waren in der klassischen Baby-Schlafstellung über den Kopf gestreckt, und die Händchen in den Fäustlingen waren geballt. Ein blaues Mützchen bedeckte das dunkle Haar, sodass nur geschlossene Augen, die Wölbung seiner Wangen und sein vollkommener kleiner Mund sichtbar waren. Ein Geräusch, das irgendwo zwischen einem Schnarchen und einem Greinen lag, durchbrach die Stille.

»Schläft wie ein Baby«, verkündete Dana.

»Sollte Lacey nicht allzu viel Ärger machen. Wie geht's ihr denn?«

Dana drehte dem Bettchen den Rücken zu. »Du kennst doch Lacey. Lässt nichts raus. Stiller als sonst, würde ich sagen, aber sie hält sich gut. Hör zu, ich muss los. Ich ruf dich später an.«

Dana dimmte das Licht, sodass das Zimmer im Halbdunkeln lag. Ein Aufweinen war zu hören, als sie behutsam die Tür zuzog, als spüre das Kind in dem Bettchen, dass sie wegging, und würde darunter leiden. Sie spürte ein Ziehen ganz tief im Innern und sagte sich, dass das Blödsinn sei. Ihr Kind war vollkommen sicher.

Unten warf sie einen Blick ins Wohnzimmer. Lacey, blass und mit müdem Gesicht, hatte sich in Helens Sessel zusammengerollt. Eine Polizistin in Uniform saß auf dem Sofa. Beide Frauen sahen aus, als fühlten sie sich unwohl, entweder miteinander oder mit der Situation.

Lacey rang sich ein Lächeln ab. »Sie sehen …« Ihre Stimme erstarb. »… toll aus«, vollendete sie den Satz ohne Enthusiasmus.

»Geben Sie sich keine Mühe, ich habe schon eine Ansage von Helen bekommen.« Dana streckte einen Fuß nach vorn. »Turnschuhe«, verkündete sie und zeigte den schwarzen Laufschuh vor. »Für den Fall, dass ich rennen muss.«

Die uniformierte Frau machte ein beklommenes Gesicht. »Heute Nacht passiert nichts«, sagte Lacey.

»Der Wagen steht draußen«, meldete die Polizistin.

»Im Kühlschrank ist Abendessen.« Dana zog ihren Mantel an. »Muss nur ein paar Minuten in die Mikrowelle. Das Baby wird bis etwa zehn keinen Ärger machen, dann fängt er vielleicht an zu brüllen. Das Fläschchen steht auch im Kühlschrank. Dreißig Sekunden in die Mikrowelle, gründlich schütteln und dann am Handgelenk testen.«

Lacey hielt Blickkontakt, ohne zu blinzeln. »Wir kommen schon klar. Viel Spaß.«

Sonst gab es nichts zu sagen. Mit einem Nicken verließ Dana das Zimmer und schloss ihren Mantel, während sie die Haustür öffnete. Der Himmel war bedeckt, und Regen drohte. Niemals in ihrem ganzen Erwachsenenleben hatte es ihr derart widerstrebt, das Haus zu verlassen.

Sie stieg in den wartenden Wagen, um sich in die Stadt fahren zu lassen.

88

BlackPill88 tippte. AryanBoy wartete, während die drei Punkte sich erneuerten, einmal, zweimal, dreimal, dann …

Letzter Check erledigt. Alles gut. Ich fahr gleich morgen früh los.

Gut gemacht, Kumpel, antwortete Joker. *Schon gepackt?*

Klar. Alles okay für morgen, Boss?

Alles bereit, schrieb AryanBoy. Wenn er mit den beiden anderen kommunizierte, benutzte er den Namen MadHatter, nur ohne die öden Witze. AryanBoy war, wie Georgie ärgerlicherweise ausgeknobelt hatte, eine Internet-Identität, die sie sich zu dritt teilten. Oder vielmehr eine, die er den beiden anderen lieh, die er sie von Zeit zu Zeit verwenden ließ. Aber es war mehr seine als ihre. Im Laufe der Zeit war es ihm immer mehr so vorgekommen, als sei AryanBoy das, was er wirklich war.

Glaubst du, sie macht's?, fragte Joker. *Echt jetzt?*

Ich denke schon, antwortete AryanBoy. *Sie ist bei Tulloch und Rowley eingezogen, im Moment ist sie praktisch die Nanny von dem Kleinen. Sie hat sich's leicht gemacht.*

Okay, das wär's, schrieb er dann, weil er die beiden loswerden musste. Er hatte noch etwas zu erledigen. *Wir sehen uns auf der anderen Seite, Gentlemen.*

BlackPill88 und Joker meldeten sich ab und wünschten einander Glück für den folgenden Tag.

AryanBoy stieß einen erleichterten Seufzer aus. Für den Rest der Nacht hatte er seine Ruhe.

Es war ihm vollkommen egal, ob Lacey Flint die Nummer auf dem Fluss morgen durchziehen wollte oder nicht. Er würde ihr keine Gelegenheit dazu geben.

Er wartete nur noch auf ein letztes Signal. Auf die Meldung eines einsamen Soldaten, der an einer Straßenecke in Battersea auf seinem Posten stand.

Da war es. Eine einzeilige SMS. Dana Tulloch hatte das Gebäude verlassen und war auf dem Weg zu einem Nobeldinner in der Guildhall.

Es war an der Zeit vorzurücken.

89

»Wie alt ist er denn?«, erkundigte sich die Polizistin, die Elly hieß, während sie und Lacey am Küchentisch saßen und ihr Abendessen beendeten. Aus dem Babyfon war gerade ein leises Quäken gedrungen.

»Ungefähr acht Monate«, antwortete Lacey.

»War ja bisher ganz schön still. Nicht dass ich mich mit Babys auskenne.«

»Ich auch nicht«, gab Lacey zu.

»Aber retten können Sie sie?«

Lacey stand auf, um ihren Teller zur Spüle zu bringen.

»Das muss ja voll schrecklich gewesen sein«, sagte Constable Elly.

Sie wollte über die Rettung des Babys auf dem Fluss reden. Das wollte zurzeit jeder, dem Lacey begegnete.

»Ich geb's ja gern zu, ich hab echt Angst vor dem Fluss«, fuhr Elly fort. »Vor allem im Winter. Aber Sie sind das bestimmt gewohnt, Sie arbeiten ja bei der Flusspolizei.«

Elly hatte die ganze Zeit geredet, seit Dana gegangen war. In gewisser Weise hatte es geholfen, sich auf etwas anderes konzentrieren zu können als auf …

»Das hätte doch ganz leicht schiefgehen können, als Sie da dem Baby hinterhergepaddelt sind. Ich habe das Video gesehen, die Wellen waren total hoch. Wie haben Sie's geschafft, dass das Boot nicht umkippt?«

Eigentlich waren das gar keine Wellen gewesen, nur kabbeliges Wasser wegen des Windes, und der Wind war an jenem Septembermorgen gar nicht so schlimm gewesen. Die Heckwellen der größeren Boote hatten die wirkliche Gefahr dargestellt, und außerdem bestand immer das Risiko, ein größeres Stück Treibgut zu rammen.

Der Wind sollte laut Wetterbericht im Laufe der Nacht stärker werden und morgen Mittag fast Stärke sechs erreichen. Sie würde bei Windstärke sechs mit ihrem Kajak losfahren, etwas, das sie normalerweise nicht in Erwägung ziehen würde, nicht einmal allein. Und trotzdem würde sie in etwas mehr als zwölf Stunden am Südufer festmachen, diesen Winzling da oben aus der Kindertagesstätte abholen und mit ihm auf den Fluss hinausfahren. Die Chance, dass sie beide das unversehrt überlebten, war gering.

Und das auch nur unter der Voraussetzung, dass AryanBoy die Wahrheit gesagt und nicht irgendetwas anderes geplant hatte, etwas, das sie völlig kalt erwischen würde.

»Wie lange wohnen Sie schon hier?«, wollte Elly wissen.

»Seit Montagabend«, antwortete Lacey. »Inigo hat sich eine Erkältung eingefangen, deshalb konnte er nicht in die Krippe. Dana und Helen wussten nicht recht weiter, also habe ich gesagt, ich helfe erst mal aus.«

»Das war aber nett von Ihnen.«

»Eigentlich nicht. Bei der Arbeit war's in letzter Zeit ein bisschen irre. Ich war froh über die Pause.«

Die letzten zwei Tage waren alles andere als eine Pause gewesen. Lacey saß mit dem Baby und ihrem Polizeischutz hier im Haus fest, schob den Kinderwagen gefühlte Kilometer weit auf den Straßen von Battersea herum und rechnete jeden Moment damit, dass AryanBoy zuschlug. Noch nie war sie so nervös gewesen. Stündliche Anrufe von Dana hatten auch nicht gerade geholfen.

Und nichts war passiert. Allmählich sah es so aus, als hätte AryanBoy es ernst gemeint, als wolle er wirklich, dass sie morgen mit Inigo auf den Fluss hinausfuhr.

»Das ist Ihres«, schreckte Elly sie auf.

Sie meinte Laceys Handy. Die junge Polizistin griff danach und warf dabei rasch einen verstohlenen Blick auf das Display. »O mein Gott«, stieß sie hervor, »das Gesicht kenne ich. Das ist, wie heißt er noch mal?«

Es war Fergus Lord.

»Hi.« Lacey verließ die Küche, machte der neugierigen Elly die Tür vor der Nase zu und ging bis ans Ende des Flurs.

Nachdem er sich erkundigt hatte, wie es ihr ginge, fragte er: »Was haben Sie heute Abend vor?«

»Babysitten.«

Eine Sekunde Schweigen. »Echt jetzt? O Mann, Sie haben ein Kind?«

»Danas Baby. Das ist meine Vorgesetzte. Sie haben sie kennengelernt, als wir neulich bei Ihnen zu Hause waren.«

Wieder ein paar Sekunden Schweigen. »Lust auf Gesellschaft?«

Lacey spürte, wie ihr die Brust eng wurde. Sie hatte gewusst, dass AryanBoy jeden Moment in Aktion treten konnte. War es jetzt so weit?

»Sie meinen, jetzt gleich? Ich dachte, Sie gehen zu dem Guildhall-Dinner.«

Er seufzte schwer. »Hab's nicht fertiggebracht. Nicht nach allem, was passiert ist. Um die Wahrheit zu sagen, Lacey, das Ganze hat mich ziemlich fertiggemacht. Verhaftet zu werden, das war am Freitag so eine Art Weckruf.«

Das war nichts Neues. Lord war ganz offensichtlich völlig verstört gewesen, als sie beide sich am nächsten Tag auf einen Kaffee getroffen hatten. Die Polizei tat Festnahmen irgendwann als Nichtigkeiten ab und war sich nicht über die Auswirkungen im Klaren, die dergleichen auf Menschen haben konnte, die nicht an so etwas gewöhnt waren.

»So allmählich wünsche ich mir, ich hätte nie mit dieser UNITY-Nummer angefangen«, sagte er. »Sie sind eine gute

Zuhörerin, Lacey. Ich bin bestimmt nicht der Erste, der Ihnen das sagt.«

»Wo ist Charlie?«, fragte sie.

»Wir wohnen nicht zusammen, er hat sein eigenes Leben. Jetzt mal im Ernst, eine Stunde? Das Baby ist doch bestimmt schon im Bett. Ich kann eine Flasche Wein mitbringen.«

Sie hatte einen Kurs abgesteckt, jetzt blieb ihr nichts anderes übrig, als es durchzuziehen.

»Wir stehen aber unter Aufsicht«, warnte sie ihn. »Ich habe eine Kollegin von der Polizei hier. Als Leibwächterin. Und wohl auch als Leibwächterin für das Baby.«

Ein belustigter Tonfall schlich sich in seine Stimme. »Ich frage noch mal, echt jetzt?«

»Für die MenMatter-Bewegung bin ich eine Person von Interesse, und die ganze Stadt ist in Alarmbereitschaft. Ich werde nicht eine Minute allein gelassen.«

Wenn Lord jetzt einen Rückzieher machte, dann würde ihr das doch etwas verraten, oder?

»Tja, dann gibt's wohl zwei für den Preis von einer. Also, kann ich vorbeikommen?«

Manchmal konnte man gegen einen Löwen nur kämpfen, indem man geradewegs in seine Höhle hineinmarschierte. Sie gab ihm Danas Adresse, und er sagte, er wäre in einer halben Stunde da.

Als Lacey wieder in die Küche kam, erwachte das Babyfon schlagartig zum Leben.

Elly machte ein erschrockenes Gesicht. »Es ist doch noch lange nicht zehn. Sollen wir ihn füttern?«

Lacey machte auf dem Absatz kehrt. »Dana hat gesagt, dass das passieren könnte. Ich gehe mal nach oben.«

Das Geschrei wurde lauter.
»Viel Glück.«

In Danas und Helens Schlafzimmer nahm Lacey den Kleinen auf den Arm. Er war warm und schwer, als sie mit ihm auf und ab ging, und sein Gebrüll wurde allmählich leiser, genau wie Dana es vorhergesagt hatte. Als er etliche Sekunden still gewesen war, legte sie ihn behutsam wieder in sein Bettchen und war überrascht, wie leer ihre Arme sich danach anfühlten.

Unten hörte sie ein Klopfen. Fergus Lord war früh dran. Lacey ließ Elly ein paar Minuten Zeit, sich an seiner Gesellschaft zu erfreuen, und ging ins Bad. Sie hörte, wie Elly den Neuankömmling begrüßte, wie die Haustür geschlossen wurde, und dann die Schritte zweier Personen auf den Fliesen im Flur. Nachdem sie sich vergewissert hatte, dass sie keinen Spinat zwischen den Zähnen hatte, schaute Lacey ein letztes Mal zu dem Bettchen hinüber.

Eine seltsame Stille begrüßte sie im Erdgeschoss. Elly hatte die Küche aufgeräumt, Geschirr und Besteck in der Spülmaschine verstaut und Tisch und Arbeitsplatten abgewischt. Weder sie noch Lord waren zu sehen. Eine Andeutung von Frischluft hing im Raum, als sei innerhalb der letzten paar Minuten die Hintertür geöffnet worden.

»Elly?«, rief sie.

Keine Antwort.

Nervös verließ Lacey die Küche. Die Haustür war zu, die Kette immer noch vorgelegt. Sie stieß die Wohnzimmertür auf, sah eine Ecke des Raumes, Helens leeren Sessel.

»Seid ihr hier drin?«

Wieder keine Antwort. Mit pochendem Herzen trat Lacey ins Zimmer. Der schlaffe Körper der Polizistin lag halb übers Sofa gestreckt. Lacey schoss los, hockte sich neben Elly und streckte die Hand nach ihrem Hals aus, um nach einem Puls zu suchen.

Sie hörte die Diele knarren und wollte sich gerade umdrehen, als der unerträgliche Schmerz ihren Körper durchzuckte.

Die Welt wurde dunkel.

90

In der großen, mittelalterlichen Halle der Guildhall von London konnten bis zu sechshundert Personen Platz nehmen. Obgleich sie nicht voll war, fand Dana es heiß, überfüllt und klaustrophobisch eng. Die steinerne Gewölbedecke schien nicht hoch genug zu sein, um das Summen und Knistern Hunderter Männerstimmen abzuleiten, und die riesigen Statuen von Nelson, Wellington, der beiden Pitts und der biblischen Riesen Gog und Magog betonten das Männliche des Raumes noch. Sogar das Farbschema des Abends wirkte bedrückend, die riesigen Steinfassaden wurden abwechselnd violett, dunkelblau und flaschengrün angestrahlt. Ein Bildschirm unter den Buntglasfenstern zeigte in Endlosschleife Videoclips von erfolgreichen Männern und Jungen: Sie gewannen Wettläufe, erklommen unfassbar hohe Gipfel, impften in fernen Ländern schwarze Kinder.

Danas instinktiver Entschluss, anonymes Schwarz zu tragen, war richtig gewesen – dies war kein Umfeld, in dem Frauen willkommen waren. Mehr als alles andere bedauerte sie die Entwicklungen in letzter Minute, die Helen am Mitkommen gehindert hatten. Helen hätte sich von dem Ganzen nicht beirren lassen. Helen ließ sich von nichts beirren.

Eine Hand legte sich leicht auf ihre Schulter. Dana drehte sich um und erblickte Georgie, die junge Frau aus Marks Team. Georgie legte einen verschlossenen Umschlag vor sie auf den Tisch, machte kehrt und strebte durch das Gewirr der Tische hindurch auf den Ausgang zu. Dana riss den Umschlag auf. Die mit der Hand geschriebene Nachricht darin lautete: *Wir müssen Sie sprechen. Dringend.*

Georgie wartete in der Eingangshalle. Mit leiser Stimme sagte sie: »Als ich DCI Joesbury gestern Nacht nach Scotland Yard zurückgefahren habe, hat er gesagt, wenn einem von uns irgendetwas einfällt, sollten wir uns an Sie wenden.«

»Und, ist Ihnen etwas eingefallen?«, wollte Dana wissen.

»Möglicherweise. Und wenn ich recht habe, müssen wir uns beeilen. Können Sie nach Scotland Yard mitkommen? Archie ist auch da. Er hat eine andere Spur verfolgt. Er glaubt, er weiß, wie die Mr Joesbury diese Nummer mit den Posts angehängt haben.«

Danas Mantel hing in der Garderobe, doch wenn sie ihn holen ging, würden kostbare Minuten verloren gehen. »Haben Sie ein Auto?«, fragte sie.

Georgie nickte.

»Dann los.«

91

Schwärze überall. Lacey bekam keine Luft, konnte sich nicht bewegen. Schreckliche Kopfschmerzen. Und das Baby weinte. Was zum Teufel ging hier vor?

Ein fernes Dröhnen. Bewegung. Motoren- und Benzingeruch. Lacey wurde nach vorn geschleudert, stieß gegen etwas Festes und wurde dann wieder zurückgestoßen. Schmerzen durchfuhren ihren Körper, diesmal von ihrem Arm aus, der unter ihr eingeklemmt war. Irgendetwas drückte gegen ihr Gesicht, das bisschen Luft, das sie bekam, war heiß und stickig.

War sie wach oder in einem grauenhaften Traum gefangen? Krämpfe packten ihren Unterschenkel. Noch mehr Schmerzen, und aufsteigende Panik. Sie war von irgendetwas umhüllt – einem Sack, einer Tasche … Sie konnte die weiche Glätte von Kunststoffgewebe an ihrem Gesicht fühlen.

Die Polizistin – Elly –, vornüber aufs Sofa gesackt. Sie konnte sich nicht erinnern, sie angefasst zu haben, hatte keine Ahnung, ob sie noch lebte oder tot war.

Das Weinen hörte nicht auf. Das Baby war ganz in der Nähe.

Lacey befreite ihren Arm, packte den Stoff mit beiden Händen und zerrte ihn in einem verzweifelten Versuch, ihn zu zerreißen, auseinander. Er hielt, doch eine ihrer

Hände streifte etwas Kaltes, Raues, Vertrautes. Ein Reißverschluss.

Sie befahl sich, ruhig zu bleiben, langsam zu atmen, und fuhr mit den Fingern den Reißverschluss entlang bis über ihren Kopf, aber sie konnte den Schieber nicht finden, mit dem man ihn öffnen könnte. Das andere Ende des Reißverschlusses war schwerer zu erreichen, vor allem in dem beengten Raum, doch nach etlichen panischen Minuten schlossen sich die Finger ihrer rechten Hand um das kleine Metallplättchen. Vorsichtig zog sie es nach oben, vorbei an ihren Knien, ihren Hüften, ihrem Gesicht. Die Luft war unwesentlich frischer, doch sie lag noch immer in einem engen Raum, noch immer im Stockfinstern.

Sie streckte die Hand aus, berührte etwas Hartes und Kaltes. Ihre Füße traten aus und stießen auf Widerstand. Ihr Rücken tat weh, ihr Kopf fühlte sich an, als sei er aufgesprengt worden. Sie lag in Embryonalstellung da und konnte raues Mattengewebe unter sich fühlen.

Und sie war in Bewegung. Die Metallkiste, in der sie gefangen war, bewegte sich.

Sie war im Kofferraum eines Autos eingeschlossen. Und das Baby, mit dessen Schutz man sie betraut hatte, war auch irgendwo im Auto.

92

Dankbar für die Sportschuhe, folgte Dana Georgie fast im Laufschritt den Korridor in Scotland Yard entlang und in das Großraumbüro, wo Marks Cyber-Squad arbeitete. Der Raum war leer bis auf Archie Leech, der an seinem Schreibtisch saß.

»Hundert Prozent«, sagte er zu Georgie, nachdem er Dana mit einem Nicken begrüßt hatte. »Der Boss ist aus dem Schneider.«

»Was? Wie?« Dana schaute von einem zum anderen. »Was haben Sie gefunden?«

»Wir sollten in sein Büro gehen«, sagte Archie. »Da können wir reden.«

Er ging voran, Georgie folgte ihm, und Dana bildete den Schluss. Stühle wurden herangezogen. Archie und Georgie setzten sich. Widerstrebend folgte Dana ihrem Beispiel.

»Wer fängt an?«, fragte Georgie.

»Du«, antwortete Archie. »Deins ist wichtiger.« Er warf Dana einen kurzen Blick zu. »Nichts für ungut, ich weiß, wir müssen den Boss rausholen, aber auf das hier muss sehr schnell reagiert werden.«

»Wir denken, dass wir vielleicht die ganze Zeit auf der falschen Fährte waren«, erklärte Georgie. »Wir haben uns auf einen Terroranschlag vorbereitet, weil sich diese Typen wie Terroristen verhalten haben, seit wir auf sie aufmerksam geworden sind. Aber was ist, wenn es um etwas ganz anderes geht?«

»Ich kann Ihnen nicht folgen«, erwiderte Dana.

»Von Anfang an hatte die MenMatter-Bewegung etwas von einer Scharade«, sagte Georgie. »Die haben sich zu viel Mühe gegeben, eine Illusion von etwas zu erzeugen, was sie gar nicht sind.«

»Alles nur Blendwerk«, fügte Archie hinzu. »Es ging nur um Aufmerksamkeit. Wie ein guter Zauberkünstler, der uns in eine ganz bestimmte Richtung schauen lässt, damit wir nicht merken, was er wirklich macht.«

»Ich hätte früher darauf kommen müssen.« Georgie machte ein unglückliches Gesicht. »Aber die sind gut. Diese Szene mit dem Baby, so was haben wir doch noch nie erlebt. Und dann der Massagesalon, Emmas Entführung, der Säureanschlag. Und all die aggressiven Botschaften. Natürlich haben wir sie beim Wort genommen.«

»Die haben uns das quasi tröpfchenweise eingeträufelt«, meinte Archie. »Uns immer wieder neue Drohungen vor den Latz geknallt, den Druck hochgehalten, ständig von einem Tag der Vergeltung geredet, sodass wir alle angefangen haben, zu zweifeln und Panik zu schieben, dass ein Riesenanschlag bevorsteht. Die wussten, dass wir uns auf den International Men's Day einschießen würden, das war viel zu offensichtlich, und so sind wir auf die Konferenz im Queen Elizabeth II Centre gekommen. Dann haben sie den Chatter von selbst gebauten Bomben gestartet. Die haben einen Lieferwagen durch Westminster fahren lassen und gewusst, dass die Überwachungskameras ihn filmen. Sie wollten, dass wir uns ganz und gar darauf konzentrieren, morgen einen Riesenanschlag zu verhindern, damit wir nicht mitkriegen, was wirklich gespielt wird.«

»Und was wird wirklich gespielt?«

»Ich habe erst Verdacht geschöpft, als mir klar geworden ist, dass sie diese ausgeklügelten Online-Charaktere erschaffen haben«, sagte Georgie. »Und dass sie sich damit abgewechselt haben, AryanBoy zu sein. Wenn sie das können, habe ich gedacht, dann täuschen sie uns vielleicht auch in anderer Hinsicht, bei etwas Größerem.«

Archie klinkte sich abermals ein. »Und die konnten auf diese riesige Menge frustrierter, unzufriedener Männer zurückgreifen, die wie ein Pulverfass waren, das darauf wartet zu explodieren. Sie haben unglückliche junge Männer im ganzen Land benutzt und sie zu vielen kleinen Einschüchterungsattacken angestiftet, und manche auch zu schweren Verbrechen. Die sind alle auch über den Tisch gezogen worden, sie haben gedacht, sie sind Teil von etwas Großem, etwas, das die Welt verändern würde.«

»Ich habe die Online-Posts von Jack Brine, Fergus Lord und Charlie Frost auseinandergenommen und untersucht«, erklärte Georgie. »An manche davon, auf Snapchat zum Beispiel, komme ich nicht ran, aber die waren alle jahrelang auf Facebook, Twitter und Instagram aktiv. Ich habe nach Inhalten gesucht, die ich mit den Posts verknüpfen konnte, die die vier Anführer von MenMatter eingestellt haben. Sie wissen schon, wiederholte Formulierungen, dieselben Ansichten, die sagen wir, von Brine und BlackPill geäußert werden. Wenn Jack Brine zum Beispiel Interesse an Selbstmord geäußert hätte, wäre das ein weiterer Indizienbeweis gegen ihn. Wenn sich in Charlie Frosts Posts dieselbe Wut gezeigt hätte, die wir in Jokers gesehen haben, wieder ein Fingerzeig in die richtige Richtung.«

»Individuell fast bedeutungslos«, ergänzte Archie, »aber mit genug Beispielen wären wir auf dem Weg zu einer Anklage gewesen.«

Dana nickte, um zu zeigen, dass sie mitkam.

»Und ich habe nichts gefunden«, verkündete Georgie.

»Nichts?« Dana fragte sich, worauf zum Teufel das hier hinauslief.

»Nichts, was darauf hindeuten würde, dass Brine, Frost oder Lord je auch nur ansatzweise Sympathie für die Sache der Incels gehegt hätten. Wenn überhaupt, dann ganz im Gegenteil. Lord hatte früher lange Beziehungen, er hat jung geheiratet, an weiblicher Gesellschaft hat es ihm seit seiner Scheidung nicht gemangelt. Brine und Frost spielen nicht in derselben Liga wie er, aber sie hatten Freundinnen, von Zeit zu Zeit sogar feste Beziehungen.« Georgie schüttelte den Kopf, um zu betonen, was sie meinte. »Die sind keine Incels.«

Dana ließ sich einen Moment Zeit. »Also haben wir uns geirrt. Sie sind nicht die treibende Kraft hinter MenMatter? Wir suchen nach jemand ganz anderem?«

Sie fühlte, wie sie Verzweiflung überkam. Nur verzweifelten diese beiden nicht, ganz und gar nicht. Sie hatte selten jemanden so aufgekratzt erlebt. Georgie hielt es praktisch kaum noch auf ihrem Stuhl.

»Doch, sind sie«, antwortete sie auf Danas Frage. »Nur ihr Motiv ist ein ganz anderes.«

»Und was haben sie dann in Wirklichkeit vor?«

Georgie sah Archie an, der ihr aufmunternd zunickte.

»Wir denken, es geht um Geld«, sagte sie.

»Um Geld?«

»Davon waren sie im Laufe der Jahre wie besessen. Sogar Lord, dem es ja nicht gerade schlecht geht, hat sich darüber beklagt, wie wenig britische Schauspieler im Vergleich zu amerikanischen verdienen. Die schicken sich Bilder von Häusern, schnellen Autos, Jachten auf dem Mittelmeer, ambitionierte, neidische Posts. Sie sind alle sehr stark finanziell motiviert.«

»Vor allem für Raub und Betrug auf hohem Niveau haben sie sich interessiert«, setzte Archie hinzu. »Sie schauen sich Filme an, in denen glamouröse Player clevere Tricks durchziehen und sich mit einem Vermögen vom Acker machen. Dieses letzte Jahr haben sie sich da sehr zurückgenommen, aber davor war das schon fast obsessiv, würde ich sagen. Ach, und bis vor einem Jahr waren sie alle auch Freunde auf Facebook und sind einander auf Instagram und Twitter gefolgt. Wenn Brine behauptet, er hätte keinen Kontakt mit den beiden anderen, lügt er.«

Nun, das war wenigstens etwas, damit konnten sie arbeiten.

»Moment«, sagte Dana. »Wie verträgt sich das mit AryanBoys Telefonaten? Mit den Videos, die er eingestellt hat? Ich habe mir die so oft angeschaut, dass ich sie Wort für Wort auswendig kann. Seine Wut ist doch geradezu greifbar. Er hasst Frauen wirklich. Ein so starkes Gefühl kann man doch nicht faken.«

»Bei allem Respekt, Ma'am, aber die sind alle drei Schauspieler, nicht nur Lord«, erklärte Georgie ihr. »Sie waren alle auf dem Foto, das Lacey gesehen hat, von der Aufführrung von *Ein Sommernachtstraum.* AryanBoy hat von einem Skript abgelesen.«

Irgendwie fühlte sich das nicht richtig an, aber die beiden schienen sich so sicher zu sein.

»Aber MenMatter ist doch keine reiche Organisation«, wandte sie ein und dachte an Helens Erklärung, wie Terrorgruppen finanziert wurden. »Alles, was sie bisher gemacht haben, war ziemlicher Kleinkram. Schlimm, aber Kleinkram.«

Georgie schüttelte den Kopf. »Stimmt nicht«, widersprach sie. »Die hocken potenziell auf einem Vermögen. Archie hat das Puzzle zusammengesetzt. Schauen Sie mal …«

Sie schob Dana einen Notizblock zu.

»Das Crowdfunding für die Männer, die bisher verhaftet worden sind, hat fast eine halbe Million Pfund eingebracht, meistens in Kleinspenden von einzelnen Personen«, erläuterte Archie. »Die Online-Spiele könnten mehrere Millionen eingefahren haben, und in der Kasse von UNITY liegt über eine Million.«

Dana schüttelte den Kopf. »Das ist nicht viel Geld. Nicht, um so etwas zu riskieren.«

»Am International Men's Day kommen jährlich bis zu zehn Millionen zusammen«, gab Archie zu bedenken. »Letztes Jahr waren es zwölf Millionen, und dieses Jahr könnt's durch die Decke gehen. Überlegen Sie doch mal, Ma'am. Seit Monaten redet das Land jetzt über Männerprobleme, und darüber, ob Männer es verglichen mit Frauen schwer haben. Das Bewusstsein für diese Themen ist enorm. Und, und das ist von entscheidender Bedeutung, das meiste Geld, das am International Men's Day eingenommen wird, kommt an genau dem Tag rein, und an ein paar Tagen direkt danach. Das ist eine der größten Spendensammelaktionen im ganzen Land.«

»MenMatter und UNITY haben zusammengearbeitet«, sagte Georgie. »MenMatter stellt das Thema in den Vordergrund und benutzt dabei Schocktaktiken, und UNITY dirigiert die Wahrnehmung dann zu offiziellen Ventilen. Wie oft haben wir Fergus Lord sagen hören, *Wenn Ihnen Männerthemen am Herzen liegen, tun Sie etwas Positives. Spenden Sie für Organisationen, die Männern helfen. Arbeiten Sie ehrenamtlich für die Sache der Männer.* Die zwölf Millionen könnten sich dieses Jahr verdoppeln. Addieren Sie das mit dem, was über die anderen Kanäle reingekommen ist, und das Ergebnis liegt irgendwo über fünfundzwanzig Millionen.«

Das war viel Geld, mehr als genug.

»Und Jack Brine hat die Website für die Spendensammlung gebaut«, stellte Dana fest. »Aber wie kommt MenMatter an das Geld ran? Die Spenden gehen doch alle direkt an die Organisationen.«

Archie drehte seinen Laptop so, dass Dana den Bildschirm sehen konnte. »Das hier ist ihre Homepage. Da sieht man die dreißig verschiedenen Wohltätigkeitsvereine.«

Dana schaute kurz auf die Liste der Organisationen, zu deren Unterstützung Menschen im ganzen Land in dieser Woche aufgefordert werden würden: *LadsNeedDads, Future Men, The ManKind Initiative, Baggy Trousers, Prostrate Cancer UK.*

»Ich denke, sie haben es folgendermaßen angestellt«, sagte Archie. »Weil, ganz ehrlich, so würde ich es machen, und es wäre nicht schwer. Ich glaube, die haben ein zweites

Zahlungssystem aufgebaut, das praktisch identisch mit dem ist, das jetzt hinter der offiziellen Men's Day-Website steht. Irgendwann in allernächster Zeit werden sie das offizielle System deaktivieren und es durch das andere ersetzen. Wenn morgen all die Spenden anrollen, werden sie auf ein Konto abgeleitet, das diesen Typen gehört.«

»Die Wohltätigkeitsorganisationen, für die die Spende gedacht ist, bekommen eine Nachricht, dass sie eine Zahlung erhalten werden, also denken die, es ist alles gut. Und es könnte mehrere Tage dauern, bis sie merken, dass das Geld gar nicht auf ihrem Konto ist. Bis die Besitzer der Website – der Treuhandfonds, der hinter dem International Men's Day steht – kapieren, was los ist, ist das Geld längst weg.«

»Und wann?«, fragte Dana. »Wann würden sie das tun?«

»Ich tippe auf heute Nacht«, antwortete Archie. »Im Laufe der letzten Wochen sind regelmäßig Spenden eingegangen, weil die Aufmerksamkeit immer größer geworden ist. Das weiß ich, weil ich heute direkt bei ein paar von den Organisationen nachgefragt habe. Ich denke, irgendwann in den frühen Morgenstunden, wenn bei den Wohlfahrtsverbänden niemand wach ist und das Ganze überprüft und wenn die sowieso damit rechnen, dass keine Spenden mehr kommen. Wenn das Geld morgen wieder fließt, geht es nicht mehr an die Hilfsorganisationen.«

»Also kein großer Terroranschlag?«, fragte Dana.

»Nein, aber innerhalb der nächsten Stunden ein verdammt großer Raubzug«, antwortete Archie.

Dana erhob sich. »Wir brauchen Commissioner Dickinson. Sie kann anordnen, dass der Account der Website gesperrt wird. Und wir können alle drei wieder einkassieren, sodass sie keinen Schaden anrichten können.«

»Ma'am, wir haben noch etwas gefunden«, sagte Georgie. »Zumindest glaube ich das.«

Archie übernahm das Reden. »Ich glaube, ich weiß, wie sie den Boss reingerissen haben. Ich habe etwas gefunden …«

»Heben Sie sich das für später auf«, wehrte Dana ab. »Mark kann warten. Wir müssen die Website dichtmachen.«

Ihr Handy begann zu klingen. Es war Neil Anderson.

»Wir sind bei Ihnen zu Hause, Dana«, sagte er, während sich etwas Kaltes, Hartes um Danas Magen krallte. »Ich werd's nicht beschönigen, wir haben hier massiv Scheiße gebaut.«

Neil Anderson und Pete Stenning hatten in einem Zivilfahrzeug in Danas Straße gesessen, eine inoffizielle Zugabe zu dem Streifenwagen, der dort postiert war. Sie sollten auf Lacey und das Baby aufpassen.

Dana legte ihr Telefon auf den Tisch und schaltete auf Lautsprecher. »Weiter.«

»Fergus Lord hat vor etwa zwanzig Minuten sein Auto ein kleines Stück von Ihrem Haus entfernt geparkt«, fuhr Neil fort. »Das Problem ist, die Kollegen von der Streife haben ihn bemerkt und ihn angehalten. Ehrlich gesagt, wir wussten nicht genau, wie wir das am besten regeln sollten. Er hat mit ihnen rumgestritten, und die Kollegen sahen aus, als wären sie drauf und dran, ihn mitzunehmen, also habe ich Pete losgeschickt, damit er interveniert. Dabei habe ich Ihr Haus aus den Augen gelassen. Nicht lange, aber es hat gereicht. Als ich wieder hingeschaut habe, war Laceys Wagen weg.«

»Lacey ist weggefahren?«

»Da mussten wir dann nachschauen gehen. Niemand hat sich gemeldet, weder aufs Klopfen hin, noch als ich ihr Handy angerufen habe, also habe ich durchs Fenster geschaut. Die Kollegin, die ein Auge auf Lacey haben sollte, lag zusammengesackt auf dem Sofa.«

Dana war sich der ängstlichen Blicke bewusst, die zwischen Georgie und Archie hin und her zuckten.

»Sie war bewusstlos«, fuhr Neil fort. »Der Krankenwagen transportiert sie gerade ab.«

»Was ist mit Lacey?«, fragte Dana. »Und …«

»Keine Spur von Lacey oder dem Baby«, sagte Neil. »Es tut mir leid, Dana, sie sind beide verschwunden.«

93

Lacey hatte jegliches Zeitgefühl verloren und trieb zwischen verschiedenen Bewusstseinsebenen dahin. Sie brachte die Energie auf, gegen den Kofferraumdeckel zu hämmern, wenn sie merkte, dass das Fahrzeug anhielt. Einmal hörte sie Geschrei und wusste, dass das Baby ganz nahe war, nur Zentimeter entfernt auf dem Rücksitz, doch die Schreie erstarben.

Vor Danas Haus hätten zwei Polizeiautos stehen sollen, ein Streifenwagen und ein Zivilfahrzeug. Niemand hätte imstande sein sollen, sie und das Baby aus dem Haus zu schaffen. Sie vertraute Neil Anderson und Pete Stenning blind. Wo zum Teufel waren sie?

Schließlich gingen das glatte Rollen und das gedämpfte Surren der Reifen auf Asphalt in Schaukeln und Holpern über, und nur noch das Geräusch des Motors war zu hören. Sie waren von der Straße abgebogen. Der Wagen ruckte und schleuderte, der Motor heulte auf, das Auto kippte zur Seite, die Räder drehten durch. Es mühte sich weiter und kam endlich zum Stehen. Der Motor wurde ausgemacht. Eine Autotür öffnete sich.

Lacey wappnete sich und spannte die Muskeln in Händen, Füßen und Schultern an. Abgesehen von dem Kleidersack, den sie abgeschüttelt hatte, war sie nicht gefesselt. Sie musste bereit sein.

Ein Klicken. Frische Luft auf ihrem Gesicht. Der Kofferraum war offen.

Sie hob eine Hand, und die traf auf das Metall des Kofferraumdeckels. Noch mehr kalte Luft, ein Streifen Nachthimmel wurde sichtbar. Sie drückte, öffnete den Kofferraum vollständig. Wind packte ihr Haar, ein Geruch – fremd, aber mit einer fernen Erinnerung verknüpft – stürzte auf sie ein, und hoch über ihrem Kopf hießen geflügelte Geschöpfe sie kreischend wieder bei sich willkommen.

Sie wusste, wo sie war, noch ehe sie sich umblickte. Sie war in Eastbourne, hoch über dem Meer auf Beachy Head, wo ihr Leben, so wie es jetzt war, begonnen hatte. Wo Lacey Flint – die echte Lacey Flint – in ein nasses Grab gestürzt war.

In dem Wissen, dass sie nur einen Schmerzschub davon entfernt war, sich zu übergeben, kletterte sie aus dem Kofferraum. Ihre wackeligen Beine mühten sich ab, sie zu tragen. Als sie sich ein paar Sekunden lang am Rand des Kofferraums festhielt, wurde ihr klar, dass sie in ihrem eigenen Auto entführt worden war.

Das war nicht gut.

In einiger Entfernung konnte sie den Mann sehen, der sie hergebracht hatte, eine schattenhafte, verzerrte Gestalt oben auf der Klippe. Er schien im Wind zu schwanken, als wiege er sich zu einer Musik, die nur er hören konnte, und in den Armen hielt er ein Bündel.

Er hatte das Baby.

Langsam tappte Lacey vorwärts, suchte sich einen Weg über das unebene Heideland, zuerst mit einer Hand am Auto, weil sie ihrem Gleichgewicht nicht ganz traute. Der Schlüssel steckte im Zündschloss. Offensichtlich dachte er, dass das Baby in Gefahr war, würde reichen, um sie an den Rand der Klippe zu locken.

Da irrte er sich. Fast wäre sie auf den Fahrersitz gesprungen und rückwärts wieder auf die Straße gefahren, hätte ihn tun lassen, was er wollte. Doch AryanBoy, Adam Ryan, der Mann im Zentrum des Ganzen, stand mit dem Rücken zu ihr, ein dunkler Mantel verhüllte seine Silhouette, und wenn sie ihn stellen wollte, ein für alle Mal, wenn sie die Macht, die er über sie hatte, brechen wollte, dann würde sie zu ihm gehen müssen.

Zehn große Schritte, und sie wäre an seiner Seite.

Sie machte den ersten Schritt und fühlte, wie der Wind sie zurückzerrte. Die Nacht war finster, sogar noch finsterer als damals, als sie zum ersten Mal hier gewesen war. Eine Wolkendecke verbarg Mond und Sterne, sie konnte kaum den Boden vor ihren Füßen sehen. Nur ein ganz schwacher Farbwechsel kennzeichnete den Rand der Klippe.

Lärm füllte ihre Ohren: das Fauchen des Windes, brandende Wellen, Möwen, die ihr zuschrien, wegzubleiben, ins Auto zu steigen, davonzufahren, was zum Teufel sollte das hier werden? Alles war ganz anders als die Stille, die sie letztes Mal begrüßt hatte.

Noch fünf Schritte, und der Mann auf der Felskuppe hatte sich nicht gerührt. Er stand sehr dicht am Rand, dabei musste er doch wissen, dass die Klippen an der Südküste für ihre Instabilität berüchtigt waren. Dass sie beständig erodierten, dass kluge Menschen sich von ihnen fernhielten. Der Wind wurde stärker, ihr Fuß blieb in einem Gewirr aus hartem Gras hängen. Noch drei Schritte.

Zwei Schritte. Sie konnte das hellere Schimmern seiner Haut zwischen Mantelkragen und Mütze sehen. Lacey machte noch einen Schritt und trat neben ihn an den Klippenrand. Sein Gesicht lag noch immer im Schatten.

»Hallo, Lacey«, sagte er ohne jede Spur des Midlands-Akzents, der sie am Telefon alle getäuscht hatte.

Er hielt das Kind im Arm, in die blau karierte Decke gehüllt, die Dana über das Fußende von Inigos Bettchen gehängt hatte. Wie um sie zu begrüßen, war ein Laut zu vernehmen, irgendwo zwischen Schluckauf und Weinen. Und dann bückte er sich und legte das Bündel vor seinen Füßen auf den Boden. Das Baby war kaum einen halben Meter vom Rand der Klippe entfernt.

»Nur heißt du ja gar nicht so, stimmt's?«, sagte er.

»Letzten Endes entscheiden wir selbst, wie wir heißen«, antwortete sie. »Ob wir bei dem Namen bleiben, der uns gegeben worden ist, oder einen anderen Weg einschlagen, wir treffen die Entscheidung. Ich habe mich entschieden, Lacey Flint zu sein.«

Und das war wahr, begriff sie, noch während sie die Worte aussprach. Sie war hier an diesem Ort zu Lacey Flint geworden, und das war keine Fassade mehr. Sie *war* Lacey Flint.

»Die Frage ist«, fuhr sie fort, »wer beschließt *du* zu sein?«

Er drehte sich um, und endlich erkannte sie ihn. Sie erkannte sein Gesicht, sein Haar, die gekrümmte Nase und die vollen Lippen. Den Jungen von damals auf der Klippe und den jungen Zivilangestellten der Londoner Polizei, der mit dem Mann zusammenarbeitete, den sie liebte.

»Theo.« Also hatte sie vor ein paar Tagen recht gehabt, als sie AryanBoys Identität erraten zu haben glaubte. »Du warst nicht blond. Vor zwölf Jahren warst du nicht blond.«

»Du auch nicht«, gab er zurück. »Das war noch eine Verbindung zwischen uns, oder jedenfalls habe ich das gedacht.«

Er war damals auch kleiner gewesen, und dicker, aber Jungs wuchsen auch als ältere Teenager noch weiter, und mit ein bisschen harter Arbeit konnten sie auch ihre Statur verändern.

Er brach den Blickkontakt ab und starrte aufs Meer hinaus. »Wir haben in der Schule *Ein Sommernachtstraum* aufgeführt«, sagte er. »Ich war Nick Bottom, Bottom der Weber. Der Regisseur fand, arisches Blond passe nicht zu der Rolle, also hat er den Direktor überredet, dass ich mir die Haare färben durfte.«

Natürlich. Er hatte ihr doch seinen Namen gesagt. *Ich heiße Nick,* hatte er gesagt, zu nervös, um ihr seinen richtigen Namen zu verraten. *Ich hab nicht gefragt,* hatte sie geantwortet und den Namen aus ihrem Gedächtnis gelöscht.

Und er war auch auf dem Schulfoto gewesen, mit Fergus, Jack Brine und Charlie Frost. Unkenntlich, weil er einen Eselskopf aufgehabt hatte.

»Du hast mich damals gebrochen«, sagte er. »Alles, was ich gebraucht hätte, war ein freundliches Wort, dann wäre alles okay gewesen. Ich dachte, du wärst hier, um mich zu retten.«

»Habe ich ja vielleicht auch. Du scheinst ganz gut zurechtgekommen zu sein.«

Er schüttelte den Kopf. »Ich habe Jahre gebraucht, um über diese Nacht hinwegzukommen. Eigentlich weiß ich gar nicht genau, ob ich's je geschafft habe. Alles, was seither für mich schiefgelaufen ist, kann ich auf diese Nacht damals zurückführen.«

»Das hat nichts mit mir zu tun.«

Jetzt drehte er sich ganz zu ihr herum; Wut loderte in seinen Augen. »Es hat sehr wohl mit dir zu tun! Ich hab dich gefragt, ob du mit jemandem wie mir gehen würdest, und du hättest Ja sagen können. Du hättest lügen können.«

Seine Ich-Besessenheit war fast schon lachhaft, oder sie wäre lachhaft gewesen, wäre sie nicht so gefährlich.

»Ob du's glaubst oder nicht, ich hatte damals andere Dinge im Kopf, als deinem Ego zu schmeicheln. Und außerdem ist mir schon vor Tagen klar geworden, wer du bist. Ich habe mit so was gerechnet.«

Das stimmte, sie hatte mit einer Kampfansage gerechnet, aber nicht mit einer derart erfolgreichen. Sie hatte nicht damit gerechnet, dass er ihre Sicherheitsmaßnahme umgehen und sie aus dem Haus holen könnte.

»Wie denn?« Die Frage platzte aus ihm heraus, als hätte er sie gestellt, ohne nachzudenken. »Ich sehe doch überhaupt nicht mehr so aus wie damals.«

Lacey sagte sich, dass Verstärkung vielleicht gar nicht mehr weit war. Das Kennzeichen-Erfassungssystem auf vielen Straßen Großbritanniens könnte ihren Wagen identifiziert haben.

»Du hast dich am Telefon verraten, mit dem Spruch über meine Haare«, erklärte sie ihm. »Als wir uns in Marks Wohnung begegnet sind, hatte ich einen Pferdeschwanz, weil ich gerade von der Arbeit kam. Aber davon habe ich Kopfweh bekommen, also habe ich ihn im Auto aufgemacht. Als du mich am Creek angerufen hast, waren meine Haare offen. Da habe ich gewusst, dass du mich nicht sehen konntest, aber mir war klar, dass du nur riskiert hättest, das zu behaupten, wenn du mich innerhalb der letzten Stunde gesehen hättest. Außerdem wussten wir schon seit einer ganzen Weile, dass einer von den Incel-Anführern bei Scotland Yard arbeitet. Alles hat auf dich hingedeutet.«

Er schnappte nach Luft und schien drauf und dran zu sein, sie anzuspucken. Stattdessen sagte er: »Ist doch egal. Du hast es bestimmt niemandem gesagt, du hast viel zu viel zu verbergen.«

»Ich habe niemandem gesagt, wer du bist, das stimmt.«

»Spring«, sagte er.

»Was?«

»Spring. Na los, mach schon. Es wird ganz schnell gehen. Oder auch nicht. Ich habe nicht vergessen, was du damals gesagt hast. Vielleicht liegst du stundenlang auf dem Strand und leidest Höllenqualen, ehe du stirbst. So oder so, du machst den Abflug.«

Der Wind nahm zu und packte die Babydecke, sodass sie beide unwillkürlich nach unten schauten. Das Kind lag viel zu dicht an der Kante. Eine starke Bö konnte es hinabwehen.

»Wenn du springst, lasse ich das Baby am Leben«, sagte er. »Ich lege es auf den Rücksitz und rufe anonym beim nächsten Polizeirevier an. Dem Kleinen passiert nichts.«

»Und wenn ich's nicht tue?«

»Dann fliegt der Balg als Erstes da runter, und danach bist du dran. Du hast vorhin eins auf den Schädel gekriegt. Ich laufe vierhundert Meter in fünfundfünfzig Sekunden, ich glaube nicht, dass du schneller bist.«

Er würde den Kleinen trotzdem hinunterwerfen, schließlich hatte er schon einmal versucht, ein Baby umzubringen. Lacey schaute rasch zur Straße hinüber, sie konnte nicht anders.

»Es kommt niemand«, sagte er. »Diese Trottel von der Streife in Battersea waren viel zu sehr damit beschäftigt, Fergus Lord festzunehmen, um mitzukriegen, wie ich abgehauen bin.«

Aber Neil und Pete würden es mitgekriegt haben. Wo waren sie?

»Also, welcher bist du?«, erkundigte sie sich. »Wenn du nicht AryanBoy bist? Bist du Joker oder MadHatter?«

»MadHatter«, antwortete er mit einem sonderbar stolzen Unterton. »Charlie ist Joker, und wie du ganz richtig gedacht hast, Jack ist BlackPill88. Um ehrlich zu sein, er ist das schwächste Glied in der Kette. Wenn er nicht so gut mit Websites wäre, hätten wir ihn schon vor Monaten in die Wüste geschickt.«

»Und Fergus Lord?«

Theo warf verächtlich den Kopf zurück. »Dieser nützliche Idiot. Glaubt tatsächlich, er tut das Richtige für Männer und Jungs in ganz Großbritannien.«

Nun, das war doch wenigstens etwas. Sie hatte Gus gern gemocht.

»Mir scheint, *du* bist das schwächste Glied«, bemerkte sie. »Lässt zu, dass ein persönlicher Rachefeldzug deinen Plänen für morgen in die Quere kommt.«

Er lachte. »Du bist nicht hier, weil ich mich rächen will, Lacey.« Und dann lächelte er, ein bedächtiges, gemeines Lächeln. »Na ja, nicht nur, weil ich mich rächen will, das ist nur das Sahnehäubchen auf der Torte. Du bist hier, weil ich mit deinem Freund zusammenarbeite. Die letzten paar Wochen hab ich's vermieden, dir zufällig zu begegnen, aber mir war klar, dass du dich früher oder später an mich erinnern würdest. Du musst weg. Tut mir leid und so weiter.«

Er machte einen Schritt auf sie zu. Dann noch einen. Sie wich zurück.

»In einem stimme ich dir zu«, sagte sie. »Einer von uns kommt diesmal nicht davon. Ich finde, das solltest du sein.«

Er schüttelte den Kopf. »Daraus wird nichts.«

»Komisch, dass du meinen Freund erwähnst«, meinte sie und blieb dabei in Bewegung, war sich darüber im Klaren, dass sie auf dem unebenen Boden leicht ins Stolpern geraten könnte. »Der hat vor ein paar Monaten mal etwas gesagt, als wir in einem anderen Einsatz waren. Das habe ich nie wieder vergessen.«

Sie riskierte einen weiteren schnellen Blick in die Runde und zum Auto hinüber. Der Schlüssel steckte, doch es war zu weit weg, und er kam immer näher. Lacey hob die Hand, eine »Bleib stehen«-Geste. »Das musst du hören.«

Er hielt an.

»Er hat gesagt: ›Wann immer du kannst, setz die Strategie des Feindes gegen ihn ein.‹«

Theo schüttelte den Kopf, öffnete den Mund, um etwas zu sagen, und machte noch einen Schritt auf sie zu.

»Du hast ihn dir gar nicht angeschaut, stimmt's?«, fuhr Lacey fort. »Nicht richtig. Du hast ihn einfach aus seinem Bettchen gerissen und ihn hinten ins Auto geschmissen. Es spricht wohl für dich, dass du ihn nicht ansehen wolltest.«

Theos Augen wurden schmal. Er blieb stehen, dann machte er kehrt und ging zurück, dorthin, wo das Kind am Rand der Klippe lag. Als spüre es sein Kommen, fing es von Neuem zu weinen an.

Lacey konnte nicht anders, sie folgte ihm.

Sie sah, wie Theo einen Augenblick lang auf das Baby hinabstarrte und sich dann bückte und die Decke zur Seite schob. Er heulte vor Wut auf und hob das Kind hoch.

Sie sah zu, wie er das Bündel in die Luft schleuderte und danach trat. Die winzige Gestalt, noch immer in die blau karierte Decke gewickelt, flog durch den dunklen Himmel, ehe sie außer Sicht stürzte.

Der Tritt brachte Theo aus dem Gleichgewicht. Seine Arme begannen zu fuchteln. Einen Moment lang dachte sie, er würde hintenüberkippen und hart, aber unversehrt auf dem Boden landen. Doch das tat er nicht. Er fing sich wieder.

Den Bruchteil einer Sekunde, bevor der Klippenrand wegzubrechen begann.

Hastig tappte er rückwärts, aber bei jedem Schritt bröckelte mehr von dem instabilen Kreidefelsen ab. Er fuhr zu ihr herum, als wolle er sich mit einem Hechtsprung nach vorn werfen, und seine Hände streckten sich nach ihr aus. Sie waren nur Zentimeter von ihren entfernt. Ihre Finger berührten sich, und sie wusste, wenn er zupackte, würden sie beide abstürzen.

Sie tat, was sie tun musste.

Theos Blick, voller Entsetzen und Unglauben, begegnete ganz kurz dem ihren. Dann verschwand er mit den Füßen voran.

Er war viel schwerer als das Baby, dachte Lacey und hörte das Getöse der brechenden Wellen. Er könnte vielleicht sogar zuerst unten ankommen.

94

Helen meldete sich nach dem siebten Klingeln, als Dana kurz davor war loszuschreien.

»Zeig ihn mir«, verlangte sie. »Zeig ihn mir, jetzt sofort.«

Ihre Partnerin klang, als schliefe sie noch halb. »Dana, was zum Teufel soll das?«

»Tu's einfach.«

»Er ist oben. Okay, warte.«

Helen verstummte, während sie rasch durch das Haus in Lanarkshire schritt, in dem ihre Eltern wohnten. Dana erhaschte kurze Blicke auf Treppenstufen, auf einen Flur, eine Zimmertür. Und sah dann endlich, endlich ihren schlafenden Sohn in dem Reisebettchen im Gästezimmer von Helens Eltern, völlig ahnungslos, was für Abenteuer sein Doppelgänger Hunderte von Kilometern entfernt erlebt hatte.

Helen hielt die Kamera ein paar Sekunden lang ruhig, dann hob sie sie vor ihr Gesicht.

»Wenn's hilft, kann ich gern bestätigen, dass er atmet«, sagte sie.

Dana brach in Tränen aus.

Ein paar Augenblicke später sagte Helen: »Ich nehme mal an, es ist etwas passiert?«

»Er ist zu uns nach Hause gekommen, vor zwei Stunden. Er hat Lacey mitgenommen, und … und den anderen.«

»Den Wechselbalg?« Helen benutzte den Spitznamen, den sie beide dem unechten Baby gegeben hatten, dem Babysimulator, der an der Themse von der Promenadenmauer gestürzt war und den Dana aus der Asservatenkammer geholt hatte, nachdem sie von AryanBoys jüngster Drohung gehört hatte.

»Was ist los?«, fragte Helen. »Ist Lacey okay?«

Nach Atem ringend erzählte Dana ihr von Laceys Begegnung auf Beachy Head mit Theo Cox, einem der wichtigsten Mitglieder von Marks Cyber-Squad, von dem angenommen wurde, dass er der Mann war, der als AryanBoy bekannt war.

»Ein Team versucht gerade, die Leiche zu bergen«, sagte sie. »Er hat das Baby von der Klippe geworfen, Helen. Er hat es einfach runtergeschmissen. Es hätte Ini sein können.«

Helen trat wieder an das Reisebettchen und schob die Hand hinein, um die Wärme ihres unversehrten, lebendigen Sohnes zu spüren. Einige Sekunden lang konnte sie anscheinend kein Wort hervorbringen.

Dann sagte sie: »Er ist okay, Dana. Er ist wirklich okay.«

Dana weinte immer noch. »Aber wir nicht, stimmt's?«

»Nein«, pflichtete Helen ihr bei, während ihr Tränen über die Wangen zu rollen begannen. »Aber irgendwann schon.«

95

Ein paar Tage später …

Sie verabschiedeten sich am Eingang zum Park von Emma und sahen ihr nach, als sie in Richtung Chelsea Bridge eilte und dabei durch ihre Textnachrichten scrollte.

»Bald ist die viel zu wichtig, um uns zu kennen«, bemerkte Helen und hakte sich bei Dana unter.

Emma war auf dem Weg in die Marsham Street, um das erste Fernsehinterview mit der neuen Innenministerin zu führen, einer Schwarzen, deren Eltern zur »Windrush-Generation« gehört hatten, Menschen, die zwischen 1948 und 1971 aus der Karibik nach Großbritannien gekommen waren. Die Kamera würde so positioniert sein, dass sie die vernarbte Seite von Emmas Gesicht zeigte. Das sollte die sehr klare Botschaft senden, dass Frauen ihrer Talente wegen wertgeschätzt werden sollten und nicht wegen ihres Aussehens.

»Ist wohl ein Schritt in die richtige Richtung«, hatte Emma zugegeben. »Aber auf Twitter werde ich dafür ganz schön was zu hören bekommen.«

Noch keine Woche nach dem International Men's Day gab es Anzeichen dafür, dass die gegen Frauen gerichtete Online-Gehässigkeit allmählich nachließ. Der Tod eines der MenMatter-Anführer und die publik gemachte Verhaftung der anderen hatte geholfen, doch es würde dauern. Etwas Ähnliches konnte man über die Gewalt gegen Frauen im wirklichen Leben sagen. In den letzten Tagen hatte es weniger Vorfälle gegeben als in der Woche vor dem International Men's Day, aber sie kamen immer noch vor.

Marks Team überwachte weiterhin die Aktivitäten der Incels im Darknet und war sich einigermaßen sicher, dass sie allmählich an Schwung verloren. Dana musste hoffen, dass sie recht hatten.

Die beiden Frauen kehrten in den Park zurück. Dana schob Inigo im Kinderwagen. Es fühlte sich an, als wäre dies seit einer Ewigkeit der erste schöne Tag – blauer Himmel, kein Wind, die Luft kalt und frisch auf der Haut. Und doch hatte sie das unsinnige Verlangen, zu Hause zu sein, weit weg von gelegentlich vorbeikommenden Männern, die vielleicht normal aussahen, aber insgeheim einen Groll gegen sie, ihre Partnerin und ihr Kind hegten.

Es war noch nicht vorbei.

Bei der Konferenz hatte es die erwarteten Proteste gegeben, mit etlichen Festnahmen und Verletzungen, aber Archie und Georgie hatten recht gehabt, als sie aufgedeckt hatten, dass es MenMatter ausschließlich ums Geld gegangen war. Keine Bombe war explodiert, kein Schütze Amok gelaufen, keine Prinzessin der königlichen Familie und keine Frauenrechtlerin war ermordet worden. Der Tag war nicht annähernd so schlimm gewesen wie befürchtet, und allein schon das hatte sich wie ein Sieg angefühlt, wenn auch nur ein kleiner. Vielleicht war es ja ein Zeichen der neuen Normalität, dass sie weniger erwarteten, dass sie dankbar für kleine Gaben waren. *Ihr habt uns heute nichts getan, ihr habt uns wieder ein gewisses Maß an Freiheit zugestanden. Danke.*

Der Website-Spendenraub war in den frühen Morgenstunden erfolgreich verhindert worden, und der Rekordbetrag von zweiunddreißig Millionen Pfund war an Männer-Hilfsorganisationen gespendet worden. Ein Abgeordneter hatte in aller Öffentlichkeit gesagt, dass er das für einen deutlichen Silberstreif am Horizont hielt.

»Es ist gut, dass die weiblichen Abgeordneten wieder ins Parlament zurückkommen«, bemerkte Helen, während sie auf den See zugingen. Inigo war immer ganz hingerissen von den Wasservögeln, und Dana fürchtete sich schon halb vor der Zeit, wenn er laufen konnte, weil ihr klar war, dass er bei der ersten Gelegenheit geradewegs ins Wasser marschieren würde. »Und die meisten haben auch wieder angefangen, Bürgersprechstunden abzuhalten.«

»Die sind alle unheimlich mutig«, meinte Dana. »Und Emma auch.«

Es war noch nicht vorbei.

Manchmal hatte sie Angst, dass es nie vorbei sein würde, dass während der letzten Monate etwas Finsteres entfesselt worden war und dass sich überall auf der Welt mental instabile, zornige Männer legitimiert fühlten. Die Büchse der Pandora stand sperrangelweit offen.

96

Ein paar Minuten vor Sonnenuntergang segelten ein Mann und eine Frau in einer Jolle auf dem Unterlauf der Themse, ungefähr auf halber Höhe zwischen Stadt und Mündungsgebiet. Beide trugen androgyne Thermo-Neoprenanzüge, Schwimmwesten und Handschuhe, um der kalten Herbstluft zu trotzen. Nur der Pferdeschwanz der Frau, der wie das Banner einer Königin hinter ihr herflatterte, unterschied sie voneinander. Ein Spätnachmittag Ende November, wenn das Licht aus dem Himmel weicht, ist vielleicht nicht die klügste Zeit für einen Segeltörn, doch er war (im wahrsten Sinne des Wortes) auf der Themse geboren worden, und sie schwamm wie ein Fisch.

Das Wasser war glatt und still, der Wind wehte frisch und stetig, und das Boot lief fantastisch; Joesbury schätzte, dass sie an die zehn Knoten machten.

»Gegen Charlie Frost und Jack Brine ist heute Vormittag Anklage erhoben worden.« Er hob die Stimme, um den Wind zu übertönen. »Dein Freund Gus ist ohne Anklage auf freien Fuß gesetzt worden.«

»Ich glaube wirklich nicht, dass er irgendwas davon gewusst hat«, rief Lacey zurück, die auf dem Bootsrand saß und sich weit hinauslehnte.

»Wahrscheinlich nicht«, gab Joesbury zu. Wenn er ganz ehrlich war, hätte er sich erheblich besser gefühlt, wenn Fergus Lord ein paar Jahre hinter Gittern vor sich gehabt hätte, aber das würde er niemals laut sagen.

In den Stunden, nachdem Theo Cox vom Beachy Head in den Tod gestürzt war und Joesbury noch immer in der Dienstelle in Charing Cross festgehalten wurde, hatte Commissioner Dickinson persönlich die Ermittlungen übernommen. Frost und Brine waren noch in derselben Nacht festgenommen worden. Da genug Beweise dafür vorlagen, dass die illegale Schattenwebsite Brines Werk war, war der Kerl eingeknickt und hatte alles zugegeben. Sowohl er als auch Frost behaupteten, nichts von den Morden in dem Massagesalon, Emmas Entführung, dem Säureanschlag im Freizeitzentrum oder der Entführung des Babys gewusst zu haben, doch Dickinson hatte heute Vormittag zu Joesbury gesagt, dass die Staatsanwaltschaft sehr zuversichtlich sei.

Joesbury selbst war dank der Arbeit, die Archie und Georgie geleistet hatten, um seine Unschuld zu beweisen, am International Men's Day entlassen worden, eine Stunde vor Mitternacht. Wenn Theo Cox, Jack Brine und Charlie Frost gut waren, so war Archie Leeds, wie sich herausstellte, noch besser. Er hatte binnen weniger Minuten die Malware ausfindig gemacht, die heimlich auf Joesburys Computer installiert worden war. Damit hatten von außen Posts in AryanBoys Namen eingestellt werden können, die aber in jeder Hinsicht so aussahen, als seien sie von Joesburys Computer verschickt worden. Theo hatte sich nur einmal heimlich in Joesburys Büro schleichen und sich Zugang zu seinem System zu verschaffen brauchen. Auf Joesbury selbst kam ein Disziplinarverfahren zu, allerdings nur ein geringfügiges, weil er nicht ausreichend auf die Datensicherheit geachtet hatte.

Schuldig, Euer Ehren.

»Klar zur Wende«, befahl er, holte die Großschot dicht und setzte sich auf das Backbord-Dollbord. Lacey ließ die Fockschot auslaufen und schwang sich anmutig zu ihm hinüber, ehe sie die Schot erneut dichtholte. Zum allerersten Mal in einer Laser-Segeljolle – und sie erwies sich als Naturtalent. Das Boot flitzte quer über den Fluss wieder auf das Südufer zu.

Joesbury beugte sich vor, um einen prüfenden Blick auf das Wasser um sie herum zu werfen. Auf dieser Seite der Thames Barrier waren Sportboote selten, aber man musste auf den gewerblichen Schiffsverkehr achten, selbst so spät am Tag.

»Schöne Aussicht auf die Rückseite vom Supermarkt«, rief Lacey ihm zu.

Thameshead an einem Ufer, Dagenham am anderen – dies hier war nicht gerade der malerischste Teil des Flusses. Nicht weit von der Mündung entfernt war er breit und das umliegende Land flach und mit nichtssagenden Gewerbe- und Industriegebäuden bebaut.

Er wusste, was er tat.

Eine verirrte Welle schwappte über den Bug. Der Wind ließ nach, das Boot wurde langsamer und schob weniger Lage.

»Die hätten allein bei der Spendenabzocke über dreißig Millionen machen können.« Joesbury nutzte die momentane Flaute. »Brine hatte vor, das Land zu verlassen, aber sie hätten die Geldströme aus den verschiedenen anderen Kanälen noch eine Weile weiterlaufen lassen können. Nachdem ich aus dem Weg war, hätte Theo so lange als vertrauenswürdiger Mitarbeiter der Londoner Polizei weitermachen können, wie er wollte.«

»Lange wäre das nicht gut gegangen«, meinte Lacey, ohne ihm in die Augen zu sehen. »Irgendwas war komisch an dem. Ich glaube, im Gegensatz zu den beiden anderen war er wirklich ein Incel.«

Da könnte sie recht haben. Mit Rückendeckung von Commissioner Dickinson hatte das Team genauer bei Goldman Sachs nachgefragt und erfahren, dass Theo die Bank nicht im Guten verlassen hatte, sondern dass man ihm sehr entschieden nahegelegt hatte zu kündigen. Obwohl er unbestreitbar hervorragend in seinem Job gewesen war, hatten mehrere seiner Kolleginnen nur widerwillig mit ihm zusammengearbeitet. Wegen unangebrachter Bemerkungen, behaupteten sie, oder einfach nur wegen eines unguten Gefühls in seiner Nähe. Es war etwas anderes gewesen als das frauenfeindliche Geplänkel, das in manchen Unternehmen in der Stadt noch allzu üblich war, hatte der Leiter der Personalabteilung Joesbury erklärt. Irgendetwas an Theos Art Frauen gegenüber hatte sich nicht richtig angefühlt.

Laut Jack Brine, der noch immer plauderte wie aufgezogen, war es ein entscheidender Bestandteil ihres Plans gewesen, Theo in eine Schlüsselposition bei Scotland Yard zu bringen. So konnte sichergestellt werden, dass die Men-Matter-Bewegung denen, die sie zur Strecke bringen sollten, immer einen Schritt voraus war.

Joesbury wendete das Boot abermals und stellte das Großsegel neu, um der Biegung des Flusses Rechnung zu tragen. Schweigend segelten sie eine Weile weiter.

»Und wie hast du Dana und Helen dazu gekriegt, das Baby aus der Stadt zu schaffen?«, wollte er wissen, als die Woolwich-Fähre fast schon in Sicht war.

»Dana brauchte man da gar nicht zu überreden. In dem Moment, als ich ihr erzählt habe, was Theo von mir wollte, war sie praktisch schon am Packen.«

»Weißt du, sie werden dich fragen, wieso Theo geglaubt hat, dass du es möglicherweise tun würdest. Die werden wissen wollen, was er gegen dich in der Hand hatte.«

Sie sah ihn nicht an, als sie antwortete. »Ich werde sagen, ich glaube, er hat nie damit gerechnet, dass ich's tue. Das war Teil ihrer Täuschungskampagne, um uns in die Irre zu führen.«

Er überlegte kurz. »Ja, das werden sie dir wahrscheinlich abkaufen.«

»Und du?«, fragte sie.

Er kaufte ihr das nicht ab. Joesbury wusste, dass Theo ein Druckmittel gegen sie gehabt hatte, dass es immer noch verdammt viel gab, was sie ihm verschwieg. Er befahl sich, beim Wesentlichen zu bleiben.

»Ist er runtergefallen?«, fragte er.

Die untergehende Sonne war gerade eben nicht mehr zu sehen, doch Streifen aus reflektiertem Gold krochen um die Flussbiegung wie Feuer auf Wasser.

Etliche Sekunden vergingen, und sie hatte noch immer nicht geantwortet.

»Es bleibt unter uns«, sagte er. »Ich werde dir keine Vorwürfe machen. Ich hätte ihn auch runtergestoßen. Aber ich muss es wissen.«

»Das schon wieder?«

Joesbury steuerte den Laser um die Biegung, und London breitete sich vor einem Hintergrund aus Gold vor ihnen aus. Der Himmel hinter dem Canary Wharf und den sie umgebenden Wolkenkratzern hatte die Farbe einer reifen Mandarine, und die Lichter des Millennium Dome wölbten sich empor wie die Krone eines Großkönigs. Die Verkleidungen der Fluttore, der Barrier Piers, waren in jedem Licht wunderschön, aber bei Sonnenuntergang schimmerten sie wie gehämmertes Kupfer. Sie strahlten in einem Orangeton, der nicht ganz von dieser Welt zu sein schien, und schickten Lichtströme übers Wasser wie leuchtende Teppiche, die sie zu Hause willkommen hießen.

Lacey ließ zu, dass sich ein Lächeln langsam auf ihrem Gesicht ausbreitete, und er wusste genau, was sie dachte. Es hatte eine Zeit gegeben, kurz nachdem sie sich kennengelernt hatten, da war er sicher gewesen, dass die Frau, in die er sich gerade verliebte, in Wirklichkeit Victoria Llewellyn war, die Hauptverdächtige im schlimmsten Mordfall, den die Stadt seit Jahrzehnten erlebt hatte. Er war sogar so weit gegangen, sie unter diesem Namen zu verhaften. Sie hatte ihm das Gegenteil bewiesen.

Oder?

»Ich bin Lacey Flint«, sagte sie und sah ihm in die Augen. »Und Lacey Flint ist kein Killer.«

Die Art und Weise, wie sie sich abwandte, hatte etwas Endgültiges. Das war alles, was er bekommen würde. Dann drehte sie sich wieder um und überraschte ihn von Neuem.

»Und außerdem«, sagte sie, »müssen wir uns im Moment wegen etwas Wichtigerem Gedanken machen.«

»Ach ja? Und das wäre?«

Wieder lächelte sie. »Ich bin schwanger.«

Ein Brief an meine Leserinnen und Leser

Liebe Leserin, lieber Leser,

vielen Dank, dass Sie sich aus den Millionen Büchern, die heutzutage zum Verkauf stehen, *Das Dunkle in dir* ausgesucht haben. Ich fühle mich geehrt, und außerdem freue ich mich wie eine Schneekönigin.

Wie es jeder gute Autor und jede gute Autorin tun sollte, schreibe ich solche Bücher, wie ich sie selbst gern lese: spannende, verschlungene Geschichten über finstere Taten, bevölkert mit Charakteren, die zwar unwiderstehlich sind, aber zugleich auch viele Fehler haben. Geschichten voller Leidenschaft und Intrigen, wo es oft um Leben und Tod geht und die Erzählung in halsbrecherischem Tempo dahinrast. Ich schreibe in der Tradition der Schauergeschichten, die ich liebe, und packe tonnenweise Frösteln, Freude und gruselige Atmosphäre in meine Bücher.

Man könnte also meinen, ich würde in der Ruine eines schottischen Schlosses hausen, wo ich in einem von Kerzen erhellten Gemach die Nächte durchschreibe und bei Tage auf der Suche nach einer Muse über die windgepeitschten Hügel streife.

Aber so besonders ist mein Leben bei Weitem nicht. Ich bin eine Frau Anfang sechzig und lebe nicht allzu weit von London entfernt (allerdings ist die berühmte Serie *Inspector*

Barnaby bei uns im Dorf gedreht worden, also ist hier ja vielleicht doch irgendwas im Wasser) mit meinem Windhundmischling Lupe, meinem Mann und gelegentlich unserem Sohn, der mittlerweile im Studentenalter ist. Meine große Leidenschaft – abgesehen von Familie und Geschichten – ist das Schwimmen in freier Natur und Segeln, und nichts genieße ich mehr als ein gemütliches Abendessen mit Freunden und jeder Menge gekühltem Weißwein.

Wenn Sie zum ersten Mal bei den Lacey-Flint-Geschichten gelandet sind, hoffe ich, Sie mögen Lacey genauso gern wie ich.

Und falls Sie in der Zeit bis zum nächsten Buch Kontakt halten möchten, dann abonnieren Sie bitte meinen Newsletter oder besuchen mich auf Facebook, Twitter und Instagram.

www.sharonbolton.com

@Author.SJBolton

@SharonJBoltonCrime

@sharonjbolton

Danksagung

Über die Welt des Cyberspace zu schreiben hat mich weit aus meiner Komfortzone herausgeführt, daher bin ich unendlich dankbar für den Scharfsinn und die Geduld meines jungen Freundes Archie Licudi. Alles Raffinierte stammt von ihm, die Fehler sind von mir. Und auch Danke an meinen Schwager Gareth Cooper – die Kran-Szene war seine Idee, und sein technisches Know-how hat geholfen, sie zu realisieren. Belinda Bauer war meine zuverlässige Expertin für ekelige Krabbelviecher, und Christina Anderson hat meiner Bürgerwehr ihren Namen verpasst – die Mama Bears.

Meine wunderbare Lektorin Sam Eades ist in Elternzeit gegangen, als ich gerade halb mit *Das Dunkle in dir* fertig war, doch ein talentiertes Trio aus Sarah Benton, Rachel Neely und Fran Pathak hat sie vertreten, um dieses Buch fertig zu bekommen.

Meine Agentin Anne Marie Doulton hat sich dieses Jahr selbst übertroffen. Vielen, vielen Dank an sie und auch an die wunderbare Familie Buckman.

Autorin

Sharon Bolton, geboren im englischen Lancashire, hat eine Schauspielausbildung absolviert und Theaterwissenschaft studiert. Ihr Debütroman »Todesopfer« machte sie über Nacht zum Star unter den britischen Spannungsautor*innen. Seitdem wurde sie mit zahlreichen Preisen ausgezeichnet, unter anderem mit dem Dagger in the Library für ihr Gesamtwerk. Sharon Bolton lebt mit ihrer Familie in Oxford.

Sharon Bolton im Goldmann Verlag:
Die Lacey-Flint-Thriller:
Dunkle Gebete (als Taschenbuch, E-Book und Audio Download)
Dead End (als E-Book)
Ihr Blut so rein (als E-Book)
Schwarze Strömung (als E-Book)
Das Auge des Flusses (als E-Book)
Das Dunkle in dir (als Taschenbuch und E-Book)

Die Florence-Lovelady-Thriller:
Der Meister des Todes (als E-Book)
Der Schatten des Bösen (als Taschenbuch und E-Book)
Das Gift des Bösen (als E-Book)

Stand-Alone-Thriller:
Bluternte (als E-Book und Audio Download)
Böse Lügen (als E-Book)
Er liebt sie nicht (als E-Book)
Im Visier des Mörders (als Taschenbuch und E-Book)
Dein kaltes Herz (als Taschenbuch und E-Book)
Beste Freunde (als Taschenbuch und E-Book